Das Buch

Morgan Albright sehnte sich schon immer nach einem echten Zuhause. Mit fünfundzwanzig kann sie sich endlich die Anzahlung für ein kleines Häuschen leisten, in das sie mit ihrer besten Freundin Nina zieht. Später möchte sie einmal ihre eigene Bar eröffnen. Für diesen Traum arbeitet sie hart, rackert sich in zwei Jobs ab. Auf Männer lässt sie sich nicht so einfach ein, die zielstrebige junge Frau kann keine Ablenkungen von ihrem großen Ziel gebrauchen. Bis sie den charmanten Luke trifft. Alles scheint auf dem richtigen Weg, endlich kann Morgan Wurzeln schlagen. Doch dann findet sie Nina zu Hause ermordet auf. Was sich danach entspinnt, ist ein Wirklichkeit gewordener Albtraum: Der Täter ist ein seit Jahren vom FBI gejagter Frauenmörder und Identitätsdieb. Er sucht sich seine Opfer sorgfältig aus und ist dem FBI dabei immer einen Schritt voraus. Morgan passt genau in sein Portfolio. Er wird nicht ruhen, bis er auch sie erledigt hat. Doch so einfach gibt Morgan nicht auf.

Die Autorin

Nora Roberts wurde 1950 in Maryland geboren. Ihren ersten Roman veröffentlichte sie 1981. Inzwischen zählt sie zu den meistgelesenen Autorinnen der Welt. Ihre Bücher haben eine weltweite Gesamtauflage von 500 Millionen Exemplaren überschritten. Mehr als 200 Titel waren *New-York-Times*-Bestseller, und ihre Bücher erobern auch in Deutschland immer wieder die Bestsellerlisten. Nora Roberts hat zwei erwachsene Söhne und lebt mit ihrem Ehemann in Maryland.

Mehr Informationen über die Autorin und ihr Werk finden sich am Ende des Romans.

nora roberts

SPUR DER FINSTERNIS

ROMAN

Aus dem amerikanischen Englisch
von Christiane Burkhardt

Wilhelm Heyne Verlag
München

Die Originalausgabe *Identity* erschien erstmals 2023
bei St. Martin's Press, New York.

Penguin Random House Verlagsgruppe FSC® N001967

3. Auflage
Vollständige Taschenbuchausgabe 11/2024
Copyright © 2023 by Nora Roberts
Published by arrangement with Eleanor Wilder
Copyright © by Wilhelm Heyne Verlag, München,
in der Penguin Random House Verlagsgruppe GmbH,
Neumarkter Str. 28, 81673 München
Redaktion: Claudia Krader
Dieses Werk wurde vermittelt durch die
Literarische Agentur Thomas Schlück GmbH, 30161 Hannover.
Printed in Germany
Umschlaggestaltung: t. mutzenbach design
unter Verwendung von Arcangel (Judy Kennamer),
Shutterstock.com (Doug Lemke, Sopotnicki, brickrena,
Sean Pavone, Dan Lewis, Nikolay 007, LeStudio)
Satz: satz-bau Leingärtner, Nabburg
Druck und Bindung: GGP Media GmbH, Pößneck
ISBN: 978-3-453-42982-6

www.heyne.de

Dieses Buch ist der Familie gewidmet:
Derjenigen, in die man hineingeboren wird,
und der, die man selbst gründet.

Teil 1

Pläne

Nur ein schlechter Plan erlaubt keine Änderung.

Publilius Syrus

Zu Hause glücklich zu sein ist das höchste Ziel,
nach dem man streben kann.

Samuel Johnson

1

Ihre Träume und Ziele waren unkompliziert und überschaubar. Als Kind eines Soldaten hatte Morgan Albright von klein auf in verschiedenen Ländern und auf mehreren Kontinenten gelebt. Wegen des Berufs ihres Vaters hatte sie nie richtig Wurzeln schlagen können, denn sie war häufig verpflanzt worden. Von einer Militärbasis zur anderen, von einem Haus, einem Bundesstaat, einem Land zum nächsten. Bis sie vierzehn war und ihre Eltern sich scheiden ließen.

Sie hatte kein Mitspracherecht.

In den ersten drei Jahren nach der Scheidung war ihre Mutter ebenfalls ständig mit ihr umgezogen. Mal in eine Kleinstadt, mal in eine Großstadt, auf der Suche nach … Ja, wonach eigentlich? Morgan war das nie so recht klar geworden.

Mit siebzehn, fast achtzehn beendete sie diesen Zustand der Entwurzelung, indem sie aufs College ging. Dort arbeitete sie an ihren Zielen, Träumen. Sie lernte eifrig und machte zwei Abschlüsse – in Wirtschaftswissenschaften und in Hotelmanagement. Das versetzte sie in die Lage, ihren größten Traum wahr zu machen: Wurzeln zu schlagen. Ein Zuhause zu schaffen. Eine eigene Firma zu gründen.

Auf eigenen Beinen zu stehen.

Sie prüfte Landkarten, Stadtviertel und Klimazonen, um die

Auswahl einzuengen. Mit dem Ziel, herauszufinden, wo sie sich nach dem Studium niederlassen sollte. Sie stellte sich eine nette Nachbarschaft vor, möglichst in einem historischen Viertel, in der Nähe zu Geschäften, Restaurants, Bars und anderen Menschen.

Eines Tages würde sie nicht nur ein eigenes Haus, sondern auch ihre eigene Bar besitzen.

Klare Ziele.

Die Tinte auf den Abschlusszeugnissen war kaum getrocknet, da war sie auch schon an den Stadtrand von Baltimore, Maryland, gezogen. Alte Häuser mit Gärten in einer Gegend, die noch nicht gentrifiziert und daher erschwinglich war.

Sie hatte sich ihr Studium selbst finanziert, indem sie erst gekellnert und ab ihrem einundzwanzigsten Lebensjahr als Barkeeperin gejobbt hatte. Dabei hatte sie stets Geld zur Seite gelegt.

Ihr Vater, inzwischen Oberst, schaffte es nicht zu ihrer Abschlussfeier. Obwohl sie mit Auszeichnung bestanden hatte, gab es keinerlei anerkennende Worte von seiner Seite. Das hatte sie nicht weiter erstaunt. Im Grunde hatte sie bereits aufgehört, für ihn zu existieren, als die Scheidung ausgesprochen worden war.

Aber ihre Mutter und ihre Großeltern mütterlicherseits waren gekommen. Morgan konnte damals nicht ahnen, dass sie ihren Großvater das letzte Mal sehen würde. Der robuste Siebzigjährige, ein sportlicher, gesunder Mann, starb im Winter nach ihrem Abschluss. Er stürzte von einer Leiter. Ein falscher Schritt – alles vorbei.

Eine Lektion, die sich Morgan trotz ihrer Trauer zu Herzen nahm.

Ihr Großvater hinterließ ihr zwanzigtausend Dollar und wertvolle Erinnerungen wie die an gemeinsame Wanderungen in den Green Mountains Vermonts. Das Geld aus dem Erbe ermöglichte Morgan den Umzug von ihrem winzigen Apartment in ein kleines Haus. Ein eigenes Haus, renovierungsbedürftig, aber mit einem Garten, in dem es ebenfalls viel zu tun gab. Die drei kleinen Zimmer und zwei winzigen Bäder erlaubten es, dass sie eine Mitbewohnerin aufnahm, um den Hauskredit schneller abzahlen zu können.

Außerdem hatte sie gleich zwei Jobs: Fünf, sechs Abende die Woche stand sie im Next Round hinterm Tresen, einer wunderbaren kleinen Kneipe, die sie sehr lieb gewonnen hatte. Tagsüber arbeitete sie als Büroleiterin in einem familiär geführten Bauunternehmen.

Ihre Mitbewohnerin lernte sie im örtlichen Gartencenter kennen, als sie sich gerade Gedanken über Bodendecker machte. Nina Ramos arbeitete in den Gewächshäusern und kannte sich wirklich gut aus. Das war praktisch, wenn man einen Garten neu angelegen musste. Nina half ihr, ihre Vorstellungen umzusetzen, und zog in diesem ersten Frühling bei ihr ein. Die beiden jungen Frauen kamen gut miteinander aus und wussten, wann sie sich gegenseitig Ruhe und Freiraum gewähren mussten.

Mit fünfundzwanzig hatte Morgan also ihren ersten Traum wahr gemacht. Wenn sie richtig gerechnet hatte, sollte sich auch ihr zweites Ziel vor dem dreißigsten Geburtstag umsetzen lassen. Ihr einziger Luxus stand in der schmalen Auffahrt. Es würde zwar Jahre dauern, das Auto abzubezahlen, aber dafür brachte es sie zuverlässig und sparsam zur Arbeit und wieder zurück. Bei gutem Wetter fuhr sie sowieso mit dem Rad ins Büro. Nina bezeichnete das Auto als Morgans »Teilziel«.

Das kleine Haus in der Newberry Street besaß einen hübschen Vorgarten und war frisch geweißt worden. Die neue Haustür hatte sie in einem zarten, freundlichen Blau gestrichen. Ihr Chef bei Greenwald's Builders hatte ihr geholfen, die alten Bodendielen abzuschleifen, ihr Rabatt auf die Farbe gegeben und sie bei allen Reparatur- und Wartungsarbeiten unterstützt.

Morgan hatte Wurzeln geschlagen und spürte, wie gut ihr das tat.

Sie strahlte beim Anblick der leuchtend gelben Narzissenblüten, die ihren neu gepflasterten Gartenweg säumten. Ende März war das Wetter launisch, aber bei den vielen Frühlingsboten … Im letzten Herbst hatten Nina und sie einen Hartriegelstrauch im Vorgarten gepflanzt, und sie konnte regelrecht spüren, wie er die Blüte kaum erwarten konnte. Bald ist es so weit, dachte sie, als sie ihr Rad zum Ständer schob und es vorsichtshalber abschloss. Es war zwar ein sicheres Viertel, aber sie wollte niemanden in Versuchung führen.

Sie schloss die Haustür auf und rief: »Hallo«, da Ninas wenig zuverlässiges Auto am Straßenrand parkte. »Ich bin's, ich bin spät dran.« Sie ging durchs Wohnzimmer und dachte wie so häufig daran, wie viel offener der Raum wirken würde, wenn sie die Wand zur Küche einriss. Dafür sparte sie bereits vielleicht im Herbst, noch vor Weihnachten …

»Ich bin nicht spät dran«, rief Nina zurück. »Und ich hab eine Verabredung!«

Nina hatte ständig Verabredungen. Sie war quirlig und lebensfroh und hatte mehr Zeit als Morgan, weil sie nicht in zwei Jobs gleichzeitig arbeitete.

Morgan blieb in der offenen Zimmertür stehen.

Verschiedene, offensichtlich aussortierte Outfits lagen über das ganze Bett verteilt. Nina bewunderte sich gerade vor dem Ganzkörperspiegel. Ihr rabenschwarzes Haar fiel tief auf das Rückenteil eines roten Kleides, das die Kurven ihrer zierlichen Figur perfekt zur Geltung brachte. Ihre dunklen Augen strahlten, als sie Morgans Blick im Spiegel begegneten.

»Na, was sagst du?«

»Eigentlich sollte ich dich hassen. Aber egal. Wohin gehst du und vor allem mit wem?«

»Sam lädt mich heute Abend ins Fresco's ein.«

»Schick! Ja, das rote Kleid ist der Hammer.« Sie war ein wenig neidisch. Der einzige Nachteil ihrer Wohngemeinschaft bestand darin, dass Morgan lang und schlaksig, Nina dagegen klein und kurvig war. Sie konnten ihre Klamotten also nicht tauschen. »Behalt es an! Kann es sein, dass du seit fast drei Wochen ausschließlich mit dem wahnsinnig gut aussehenden Sam ausgehst?«

»Seit fast vier.« Nina drehte sich um die eigene Achse. »Von daher ...«

»Ich werde ganz leise sein, wenn ich nach Hause komme.«

»Ich mag ihn echt, Morgan.«

»Ich auch.«

»Nein, *so richtig*, meine ich.«

»Aha.« Morgan legte den Kopf schräg und musterte ihre Freundin. »Ich weiß, dass er es ernst mit dir meint. Es steht ihm im Gesicht geschrieben. Wenn du auch in diese Richtung denkst, kann ich dir als deine Freundin nur meinen Segen geben.«

Nachdem sie ihre Wahnsinnshaarpracht zurückgeworfen hatte, stieß Nina einen ihrer verträumten Seufzer aus. »Und ob ich in diese Richtung denke!«

»Ich kann dir nur zuraten. Aber jetzt muss ich mich für die Arbeit umziehen.«

»Von einem Job zum nächsten. Ich muss hier dringend aufräumen und putzen, Sam soll mich schließlich nicht für schlampig halten.«

»Du bist nicht schlampig.« Nur chaotisch, dachte Morgan, doch zum Glück behielt Nina ihr Chaos bei sich.

Im Gegensatz zu Ninas fröhlichem Durcheinander, ihren lavendelfarbenen Wänden und ihrem Schminktisch voller Make-up, Haarpflegeprodukte und sonstiger Utensilien, sah es in Morgans Reich eher übersichtlich aus. Das dritte Zimmer, kaum mehr als eine Abstellkammer, nutzte sie als Arbeitszimmer. Das war also tabu. Ruhige blaue Wände, das ein oder andere Kunstwerk, das sie Straßenkünstlern in Baltimore abgekauft hatte, eine weiße Steppdecke mit passenden Kissen, dazu ein kleiner, gemütlicher Lesesessel.

Morgan legte ihre Bürokleidung ab – graue Hose, weiße Bluse, marineblauer Blazer – und schlüpfte in ihr Kneipenoutfit – schwarze Hose, schwarze Bluse. Im Bad zog sie die Schublade auf, in der sie ihr Make-up sortiert hatte. Und verwandelte sich von ihrer Tages- in die Nachtversion. Ihr kurzes, asymmetrisch geschnittenes blondes Haar passte zu beiden Jobs, aber die Barkeeperin wählte dramatischeren Lidschatten und knalligeren Lippenstift. Aufgrund jahrelanger Übung war die Verwandlung innerhalb von zwanzig Minuten vollzogen.

Da sie nicht edel bei Fresco's speisen würde, sauste sie in die Küche und nahm sich einen Joghurt aus dem Kühlschrank. Sie aß ihn im Stehen, malte sich aus, die Wand wäre schon weg, träumte von neuen Schranktüren und Küchengeräten, von ein paar offenen Regalen und …

»*Amiga mia*, du musst was Richtiges essen.«

»Joghurt ist was Richtiges.«

Nina, die inzwischen einen Bademantel trug, stemmte die Hände in die Hüften. »Ich meine etwas, was man mit Messer und Gabel essen und kauen muss. Du bist von Natur aus beneidenswert schlank, aber wenn du nicht isst, wirkst du dürr und ausgezehrt. Im Ernst: Eine von uns beiden sollte dringend kochen lernen.« Sie hob einen Finger mit korallenrot lackiertem Nagel und zeigte damit auf Morgan. »Ich finde, das solltest du machen.«

»Ja genau, das mache ich dann in meiner großzügig bemessenen Freizeit. Bist du nicht diejenige mit der Mutter, die toll kochen kann?«

»Komm am Sonntag mit zum Abendessen. Und sag jetzt nicht, du musst arbeiten, irgendwelche Excel-Tabellen erstellen oder so. Du weißt, wie gern dich meine Eltern haben. Mein Bruder Rick kommt auch.«

Den Joghurt in der einen und den Löffel in der anderen Hand, winkte Morgan energisch ab. »Ich werde mich *nicht* mit deinem süßen Bruder verabreden. Das wäre viel zu gefährlich. Hinterher verlier ich dich als Mitbewohnerin, nur weil ich Sex mit ihm habe und mich anschließend trenne.«

Nina hielt sich eine goldene Kreole ans eine Ohr, dann einen Ohrhänger aus drei miteinander verschränkten Kreisen ans andere. »Welchen soll ich nehmen?«

Morgan zeigte auf den Ohrhänger. »Der ist aufregender.«

»Gut. Aber vielleicht kommst du ja mit Rick zusammen, hast Sex mit ihm und verliebst dich wirklich?«

»Dazu hab ich keine Zeit. Gib mir noch zwei, drei Jahre, dann gibt's vielleicht eine Lücke im Terminkalender.«

»Ich plane auch gern, aber nicht in Liebesdingen. Doch du hast vom Thema abgelenkt. Du musst was essen.«

»Ich krieg was in der Kneipe.«

»Am Sonntag kommst du mit zum Abendessen«, beharrte Nina, während Morgan den Becher wegwarf und den Löffel abspülte. »Ich sag meiner Mutter, dass du zugesagt hast. Dann gibt es kein Zurück mehr.«

»Ich würde echt gerne kommen. Aber lass mich erst diese Woche hinter mich bringen. Wir haben verdammt viel zu tun bei Greenwald's. Im Frühling wollen alle ihre Veranda umbauen, anstreichen oder neu bauen.« Sie griff nach ihrer Handtasche. »Viel Spaß heute Abend.«

»Den werd ich haben. Ich ruf meine Mutter an, bevor ich mich in Schale schmeiße.«

»Du bist immer in Schale.«

Morgan eilte zu ihrem Wagen. Sie freute sich, dass sie früh dran war und fuhr die paar Kilometer zur Ortsmitte. Die Läden an der sogenannten Market Mile, der Einkaufsstraße, die tatsächlich genau eine Meile lang war, würden in einer Stunde schließen. Aber Restaurants und Cafés sorgten dafür, dass die Lichter dort erst spätabends ausgingen. Die meisten Gebäude, rosa oder weiß getünchte Ziegelbauten, hatten unten Läden und darüber Wohnungen. Das Next Round bildete keine Ausnahme und vermietete gern an Geschäftsleute oder Angestellte, die kein Problem damit hatten, über einer Bar zu leben.

Morgan verließ die Market Mile und fuhr auf den Parkplatz vor dem Hintereingang der Kneipe. Sie schloss den Wagen ab und lief über den knirschenden Kies zur Küchentür. Wärme und Lärm schlugen ihr entgegen. Im Round gab es Burger, Muscheln, Nachos, Pommes, frittierte Zwiebelringe und Pickles sowie drei Variationen von Chicken Wings.

Wenn sie ihre eigene Bar eröffnete, würde sie weitere Speisen anbieten: mehr Abwechslung. Am besten, sie lernte vorher kochen. Man konnte schließlich nie wissen, wann man einspringen musste.

»Hi, Frankie«, rief Morgan der Frau am Grill zu, während sie ihre Jacke aufhängte. »Wie läuft's?«

»Ganz gut.« Mit ihrem tintenschwarzen Haarschopf unter der weißen Kappe wendete Frankie drei dicke Burger. »Roddy und seine Brüder essen was bei uns, bevor das Darts-Turnier beginnt. Sei froh, dass du heute nicht zur Happy Hour da warst. Es war knallvoll.«

»Ich mag knallvoll.«

Sie begrüßte die beiden Köche, den jungen Spüler und die Kellnerin, die eine weitere Bestellung für Nachos aufnahm. Obwohl sie noch zehn Minuten Zeit hatte, bevor ihre Schicht begann, ging sie durch die Tür in die Kneipe.

Eine andere Art Lärm, dachte sie. Nicht das Zischen von Fleisch auf dem Grill, das Hacken von Messern und Klappern von Geschirr. Stimmengewirr erfüllte den großen Raum mit der langen schwarzen Bar, den Tischen und Nischen. Laute Musik kam aus der Jukebox, aber nicht so laut, dass sie die Gespräche übertönte. Sie sah Roddy und seine Brüder in ihrer üblichen Nische bei der Dartscheibe. Die Stammgäste tranken Bier und knabberten Nüsschen. Sie ging hinter den Tresen und wollte Wayne ablösen, der gerade einen Limettenschnitz in eine Flasche Corona-Bier gab.

»Gerade ist es eher ruhig«, meinte der und schenkte ihr sein strahlendstes Lächeln. »Der Typ am Tresenende muss noch zahlen. Er hat schon seinen zweiten Wodka Tonic intus, also behalt ihn im Auge.« Wayne brachte das Corona zu einem anderen Tresengast und wechselte ein paar Worte, bevor er zu Morgan zurückkam. »Er wartet auf sein Onlinedate – es ist die erste Verabredung. Sie ist spät dran, und er wirkt nervös.«

Süß, fand Morgan, ein bisschen nerdig. Wetten, dass er lauter Spielkonsolen im Wohnzimmer hatte? »Verstehe.«

»Gut, dann geh ich jetzt mal. Noch einen schönen Abend.«

Wie immer kontrollierte sie die Vorräte: Eiswürfel, Limetten- und Zitronenschnitze, Oliven und Kirschen. Sie arbeitete ein paar Bestellungen von den Tischen ab und wollte gerade zu dem Corona-Typen, als sie eine Frau entdeckte, die sich nervös umsah, bevor sie auf den Typen an der Bar zuging.

»Dave? Ich bin Tandy. Tut mir leid, dass ich zu spät bin.«

Seine Miene hellte sich auf. »Ach, das macht doch nichts. Schön, dich kennenzulernen. Wollen wir uns an einen Tisch setzen?«

»Nein, das passt schon.« Sie ließ sich auf den Barhocker neben ihm sinken.

Morgan lief den Tresen entlang. Die beiden sahen sich ebenso nervös wie erwartungsvoll an. »Hi. Was darf ich euch bringen?«

»Äh, ja … könnte ich ein Glas Chardonnay haben?«

»Aber natürlich. Tolle Ohrringe.«

»Ach.« Tandy fasste sich ans linke Ohrläppchen. »Danke.«

»Echt hübsch«, bekräftigte Dave. »Du siehst toll aus.«

»Danke. Du auch.« Sie lachte. Morgan schenkte den Wein ein. »Man weiß nie, was einen erwartet. Ich war so nervös, dass ich noch mal um den Block marschiert bin. Deshalb bin ich ein bisschen spät dran.«

»Ich war vor lauter Anspannung zwanzig Minuten zu früh da.«

Morgan sah, dass das Eis gebrochen war. Einer der Gründe, warum sie es so liebte, in einer Kneipe zu arbeiten. Man wusste nie, welche Liebesgeschichten in einem netten Nachbarschaftslokal anfingen oder endeten, aufblühten oder dahinwelkten. Während Roddy und seine Brüder ihre Burger vertilgten, füllte sich der Laden. Das Onlinepärchen beschloss, sich doch an einen Tisch zu setzen, und orderte Nachos. Morgan wettete auf ein zweites Date. Der Wodka Tonic zahlte und ging, er gab ein mickriges Trinkgeld. Dartpfeile bohrten sich in die Scheibe, befeuert vom Jubel der Zuschauer.

Ein Mann Anfang dreißig kam rein. Blonde Haare, markante Züge, durchtrainierter Körper. Fast wirkte er wie ein Filmstar, der inkognito unterwegs war. Er trug Jeans, Stiefel und einen hellblauen Pulli, der nach Kaschmir aussah, und ließ sich auf einen Hocker sinken.

Morgan ging zu ihm. »Willkommen im Next Round. Was kann ich für dich tun?«

»Ich wüsste da so einiges.« Er grinste sie an – unverkrampft, charmant. »Fangen wir mit einem Bier an. Habt ihr lokales Bier vom Fass?«

»Natürlich.« Obwohl Getränkekarten auslagen, zählte sie die Sorten auf.

»Wie wär's, wenn du mir eines aussuchst?«

»Wonach suchst du denn?«

»Noch so eine doppeldeutige Frage.«

Sie lächelte. Der sucht bestimmt Anschluss, dachte sie, und will nicht nur einen Drink. Konnte er haben.

»Bei einem Bier, meine ich.«

»Weich, aber nicht langweilig. Vollmundig, aber nicht zu dominant. Mit einer malzigen Note.«

»Versuch mal das.« Sie holte ein Probierglas und zapfte einen Schluck.

Während er das Bier verkostete, ließ er sie nicht aus den Augen. »Ja, das passt. Eine gute Wahl.«

»Das ist mein Job.«

Bevor er etwas sagen konnte, tauchte eine der Kellnerinnen auf. »Der Mädelstisch da hinten ist in den Neunzigern stecken geblieben. Vier Cosmopolitans, Morgan.« Sie trug ein Tablett mit leeren Gläsern in die Küche, während Morgan sich an die Arbeit machte.

»Du verstehst was von deiner Arbeit«, bemerkte der Neuankömmling, als sie die Drinks mixte.

»Das sollte ich auch. Bist du geschäftlich unterwegs?«

»Sehe ich nicht aus wie ein Einheimischer?«

Fast, dachte sie. Seine Kleidung war teuer, aber nicht protzig. »Ich hab dich hier noch nie gesehen.« Gelächter wurde laut. »Ein Darts-Turnier«, erklärte sie.

»Verstehe. Ein richtiges Turnier?«

»Irgendwie schon. Magst du noch was? Die Speisekarte?«

»Ist die Küche gut?«

»Ja.« Sie legte ihm eine Karte hin. »Schau mal rein, lass dir ruhig Zeit.« Mit den fertigen Cosmopolitans marschierte sie den Tresen entlang. Nahm Bestellungen entgegen, erledigte sie und plauderte dabei mit den Stammkunden. Dann arbeitete sie sich zurück zu ihrem Ausgangspunkt.

»Ich probier einen Market-Street-Burger, außer du rätst mir ausdrücklich davon ab.«

»Der ist nicht umsonst ein Klassiker. Wenn du es ein bisschen schärfer magst, nimm die Spicy Fries dazu.«

Er hob die Hände. »Bisher hast du immer richtig gelegen.«

Lachend bonierte sie seine Bestellung.

Roddy, eins zweiundneunzig groß und einhundertzwanzig Kilo schwer, kam an den Tresen. »Noch 'ne Runde, ihr Süßen. Wie geht's?«, sagte er freundlich zu dem Schönling, während Morgan seine Bestellung abarbeitete.

»Ein kaltes Bier, eine wunderschöne Barkeeperin, Sport live. Was will man mehr.«

»So schaut's aus.« Roddy nahm die Biere und ging.

»Dein Freund?«

Morgan musterte ihren Gast. »Nein, Roddy und seine Brüder – die Darts-Spieler – sind Stammkunden. Bei meinem anderen Job arbeite ich mit seiner Freundin zusammen.«

»Zwei Jobs? Wie ehrgeizig. Was ist deine andere Arbeit?«

»Büroleiterin eines Bauunternehmens. Und was machst du so?«

»Was mir Spaß macht, zumindest versuch ich es. Bin in der IT-Branche und nur für ein paar Monate hier, ein Beraterjob.«

»Woher stammst du?«

»Ich bin viel unterwegs. Ursprünglich komm ich aus San Francisco, lebe aber inzwischen in New York, zumindest überwiegend. Bist du in der Gegend zu Hause?«

»Inzwischen, ja.«

Eine weitere Kellnerin kam und rasselte eine Bestellung herunter.

»Ich bin ein Soldatenkind«, erzählte sie, während sie weiterarbeitete.

»Dann weißt du, wie es ist, viel unterwegs zu sein.«

»Allerdings. Ich bin froh, es hinter mir zu haben.«

Als sein Essen kam, musterte er ausgiebig den Teller. »Ihr macht wirklich keine kleinen Portionen.«

»Nein. Möchtest du einen Tisch?«

Er schenkte ihr ein bezauberndes Lächeln. »Mir gefällt es hier. Ich heiße übrigens Luke«, stellte er sich vor. »Luke Hudson.«

»Morgan. Schön, dich kennenzulernen.«

Er aß, bestellte noch ein Bier und blieb das gesamte Darts-Turnier über da. Dabei stellte er Fragen, ohne aufdringlich zu werden. Tresengeplauder, wie Morgan fand.

Luke war in einem Hotel abgestiegen. Seine Firma hätte ihm ein Haus gemietet, aber er mochte Hotels und genoss auf seinen Reisen das Lokalkolorit. Er fragte, wo ihr Vater stationiert gewesen sei, wo sie bisher am liebsten gelebt habe. Ein lockeres Gespräch, während sie Drinks mixte, den Tresen wischte, mit anderen Gästen sprach.

»Ich sollte los«, meinte er. »Eigentlich wollte ich nicht so lange bleiben. Ich scheine meine Stammkneipe gefunden zu haben.« Er stand auf. »Wir sehen uns.« Er überraschte sie mit einem Handschlag, behielt ihre Hand in seiner und lächelte sie an. »Es war schön, Zeit mit dir zu verbringen, Morgan.«

»Ich hab auch gern mit dir geplaudert.«

»Das wiederholen wir.«

Er zahlte bar und gab ein großzügiges Trinkgeld.

***

Einige Abende später erschien Luke, als Morgans Schicht fast beendet war. Es war Quizabend im Round, und der Geräuschpegel stieg, als Tische und Grüppchen Antworten brüllten.

»Such mir ein anderes lokales Bier vom Fass aus«, bat er Morgan. »Etwas … Aufregendes.« Er drehte sich zu den Teilnehmenden um. »Heute kein Darts?«

»Quizabend. Alle können mitmachen, also ruf einfach die Antwort rein, wenn dir danach ist.«

»Was gibt es zu gewinnen?«

»Zufriedenheit.« Sie hielt ihm ein Probierglas hin.

»Interessant und aufregend«, befand er. »Schwarze Johannisbeere. Das nehm ich.«

Beim Zapfen lächelte sie ihn an. »Noch was dazu?«

»Erst mal nur das Bier. Ich hatte einen langen Tag.«

»Wie läuft's in der IT-Welt?«

»Die ist genau wie das Bier. Interessant und aufregend. Und bei dir so?«

»Viel zu tun, aber ich mag das.« Sie arbeitete Bestellungen ab. Da das Quiz seinen Höhepunkt erreicht hatte, wurde es jedoch ruhiger.

»Was machst du, wenn du nicht so viel zu tun hast?«, fragte Luke.

»Sollte es jemals dazu kommen, geb ich dir Bescheid.«

»Man muss sich Pausen gönnen. Für den Kopf, für den Körper und die Seele. Erzähl mir, was du dir für einen freien Tag so ausmalst.«

»Ausmalen ist ein gutes Stichwort. Mein Haus muss gestrichen werden, ist aber noch nicht fertig renoviert. Und jetzt im Frühling planen wir die Bepflanzung.«

»Wir?«

»Ich wohn in einer WG.«

»Ist dein Mitbewohner Handwerker?«

»Es ist eine Mitbewohnerin. Sie weiß genau, wie man ein Anwesen mit Pflanzen aufpeppt. Weil sie in einem Gartencenter arbeitet. Innenausstattung ist dagegen nicht so Ninas Ding, damit kenn ich mich eher aus.«

»Du arbeitest in einem Bauunternehmen. Wie praktisch.«

»Es hilft.«

»Als Hauseigentümer muss man vieles instand halten. Das dürfte mit ein Grund sein, warum ich nie in diese Richtung gedacht habe. Ich bin nicht sehr praktisch veranlagt. Und dann ist da noch mein Job.« Er zeigte erneut auf sie. »Soldatenkind. Du wolltest also Wurzeln schlagen.«

»Ganz genau.« Sie mixte einen Whiskey Sour und zapfte zwei Biere, bevor er sie wieder auf sich aufmerksam machte.

»Was hat dich ausgerechnet hierher verschlagen, wenn ich fragen darf?«

»Dieser Ort bietet alles, was ich will. Vier Jahreszeiten, nah an der Stadt, ohne direkt im Zentrum zu sein, keine Kleinstadt, keine Großstadt, genau richtig eben.« Sie stellte ihm ein Schälchen mit Salzbrezeln hin.

»Es ist eine schöne Gegend. Ideal, um ein Haus so aufzuwerten, wie du das gerade tust. Genau deshalb bin ich übrigens hergekommen. Manche Haus- und Ladenbesitzer wollen ihre Haustechnik modernisieren, und es gibt ein paar Neubauten, die als Smart Homes geplant sind. Alte Häuser, neue Käufer, die sanieren oder upgraden wollen.« Er zuckte mit den Schultern. »Ich stelle einen Teil der Infrastruktur zur Verfügung. Alle wollen heute ein Homeoffice. Die Voraussetzungen dafür kann ich schaffen. Du hast bestimmt auch eines.«

»Ja. Nicht übertrieben smart, aber es funktioniert.«

Das Quiz endete mit Jubel und Buhrufen. Es gab wieder eine neue Runde und Snacks. Während Morgan arbeitete, sah sie, dass Luke mit einem anderen Tresengast ins Gespräch kam. Baseball. Er schien genug zu wissen, um das Gespräch am Laufen zu halten.

»Noch was zu trinken?«

»Ja, danke. Was ist mit dir, Larry? Das geht auf mich.«

»Gern. Wie geht es Ninas Auto?«

»Schlecht.«

Larry schüttelte den Kopf und fuhr sich über den kurzen Bart. »Sie sollte es mal bei mir vorbeibringen.«

»Ich werd's ausrichten. Larry ist der beste Automechaniker

von hier bis Baltimore«, erklärte sie Luke. »Er hat dafür gesorgt, dass Ninas Schrottkarre immer noch fährt.«

»Ich tu, was ich kann. Gefällt dir dein neues Auto noch?«

»Es ist perfekt.« Sie stellte ihnen die Getränke hin und machte eine weitere Runde für einen Sechsertisch fertig. Larry lenkte das Gespräch auf Autos und Motoren, und wieder schien Luke genug zu wissen, um mitreden zu können.

»Ich muss los.« Larry sprang auf. »Meine Frau kommt jeden Moment nach Hause. Literaturkreis … im Grunde nur ein Vorwand, um Wein zu trinken und zu quatschen. War schön, mit dir zu reden, Luke. Danke für den Drink.«

»Gerne wieder.«

»Noch eine Runde?«, fragte Morgan.

»Zwei Bier sind genug. Ich sollte ebenfalls aufbrechen, morgen wartet ein anstrengender Tag auf mich.« Er zahlte und gab ein großzügiges Trinkgeld. »Ich würde gern sagen, arbeite nicht so viel, aber das wirst du ohnehin tun. Schön, dich wiedergesehen zu haben.«

»Viel Glück in der IT-Welt.«

Er schenkte ihr ein Grinsen und marschierte hinaus.

***

An einem turbulenten Freitagabend schaute Luke erneut im Round vorbei. Gemeinsam mit Morgan arbeitete ein Kollege, der immer am Wochenende aushalf, wenn viel los war. Luke lehnte am Tresen, denn jeder Barhocker war besetzt. »Überrasch mich. Ich hatte eine verdammt gute Woche.«

»Ich gratuliere! Hast du das Wochenende frei?«

»Ach, ein bisschen Papierkram und Organisation, aber ansonsten schon. Hast du eine Idee, wie ich meine Freizeit verbringen könnte?«

»Du könntest nach Baltimore fahren, das Hafenviertel und

das Aquarium anschauen. Und die O's haben ihren Saisonstart in Camden Yards.«

»Möchtest du mir die Stadt zeigen?«

Morgan konnte nicht behaupten, dass das überraschend kam. Sie merkte, wann ein Mann Interesse an ihr hatte. Dennoch ging sie nicht auf seinen Vorschlag ein. Das gehörte zum Job. »Geht leider nicht. Am Samstag bin ich tagsüber mit dem Haus beschäftigt, und abends steh ich wieder hier. Der Sonntag ist sowieso komplett verplant. Aber danke für das Angebot.«

Er kostete von dem Bier, das sie ihm anbot. »Der reinste Kurs zum Kennenlernen lokaler Biere. Das ist lecker, zapf mir gern eins.« Er wartete, bis sie ihn bediente. »Hör zu, ich will nicht aufdringlich wirken. Wenn du vergeben bist, sag mir das, kein Problem. Darf ich dich irgendwann zum Essen ausführen? An einem Abend, an dem du ausnahmsweise nicht arbeitest?«

Sie zögerte.

»Kein Stress. Nur nett essen gehen und reden. Magst du Pizza?«

Aus irgendeinem Grund entspannte sie sein Plauderton. »Ich fände es eher komisch, wenn jemand keine mag.«

»Die Pizza im Luigi's ist gut.«

»Da hast du ja gleich den besten Laden gefunden.«

»Wir könnten eine Pizza essen und ein Glas Wein trinken gehen. Wie wär's, wenn wir uns direkt dort treffen?«

Sie hatte sich seit Ewigkeiten nicht mehr mit einem Mann verabredet, nicht seit … wann genau? Sie wollte nicht darüber nachdenken. Also warum eigentlich nicht? »Am Montagabend hab ich Zeit.«

»Um sieben im Luigi's?«

»Okay. Klingt gut.«

»Hast du was dagegen, wenn wir unsere Telefonnummern austauschen? Nur für den Fall …«

Sie zückte ihr Handy und schickte ihm ihre Daten. »Wenn

du bleiben willst und einen Platz am Tresen möchtest: Das Pärchen drei, vier Hocker weiter geht bestimmt bald.«

»Danke. Ich bleibe.«

Sie schenkte ihm ein Lächeln und machte sich wieder an die Arbeit.

Er schnappte sich einen Hocker, trank seine zwei Bier und ging kurz nach Mitternacht.

»Montagabend«, sagte er. »Genieß das Wochenende.«

»Du auch.«

»Ein Bild von einem Mann.« Gracie, die Kellnerin, sah ihm nach. »Und er hat einen Blick auf dich geworfen, Süße.«

»Vielleicht. Er scheint nett zu sein, solide – und er ist nur für ein paar Monate in der Gegend.«

»Schmiede das Eisen, solange es heiß ist.«

»Vielleicht«, meinte Morgan.

2

Morgan verbrachte den Samstagvormittag damit, sich ums Haus zu kümmern – Wäsche waschen, putzen und von eingerissenen Wänden, einem neuen Anstrich und einer neuen Küchentheke träumen. Sie erledigte die Wocheneinkäufe, auch für Nina, und legte die Quittung für die monatliche Abrechnung auf die Küchentheke.

Als Nina am Nachmittag mit Stiefmütterchen, Blumenerde und Mulch heimkam, schleppten sie die Übertöpfe aus dem Schuppen. Eines Tages will ich Pflanzkästen haben, dachte Morgan. Aber sie wollte auch neue Fensterläden und eine niedliche kleine Veranda nach vorne raus. Wenn sie sich nicht verrechnet hatte, würde sie sich all das im nächsten Frühling leisten können. Bis es so weit war, kamen die Stiefmütterchen genau richtig.

»Erzähl mir mehr von diesem Luke.«

Mit ihrer Kapuze gegen die kühle, nicht sehr aprilmäßige Brise geschützt drückte Morgan die Erde um die fröhlichen Stiefmütterchen fest. »Da gibt es nicht viel zu erzählen. Er ist ITler und muss recht gut in seinem Job sein. Sonst würde ihn seine Firma nicht monatelang irgendwo hinschicken, um ein Gebiet neu zu erschließen oder wie die das nennen. Außerdem zieht er sich gut an. Nicht übertrieben, nur gut.«

»Du hast gesagt, dass er fantastisch aussieht.«

»Ja. Weil es stimmt. Gute Manieren, freundlich. Trinkt nie mehr als zwei Bier. Ich habe einfach eine Verabredung zum Pizzaessen. Mit einem Typen, der bloß vorübergehend in der Gegend ist, Nina. Wir haben kein Aufgebot bestellt.«

Nina schob ihren Sonnenhut aus der Stirn. »Wann warst du das letzte Mal zum Pizzaessen oder so verabredet?«

»Ich will nicht darüber reden.«

»Weil es da nichts zu reden gibt. Du lächelst immer und sagst Nein. Warum hast du diesmal Ja gesagt? Weil er fantastisch aussieht?«

Morgan zuckte etwas verlegen mit den Schultern. »Es schadet jedenfalls nicht. Ich kann auch oberflächlich sein. Er ist interessant, muss sich nicht ständig selber reden hören und hört zu. Das ist nett. Ich finde ihn nett.«

»Und er ist nur vorübergehend in der Gegend.«

»Ja, was momentan ein Pluspunkt ist. In fünf, sechs, sieben Jahren sehe ich mich vielleicht nach was von Dauer um.« Ihre flaschengrünen Augen bekamen einen verträumten Ausdruck. »Dann kann ich mich verlieben, mir Zeit nehmen, überlegen, eine Familie zu gründen … Zuerst muss ich meine Träume verwirklichen. Wow, wie niedlich diese Blumen sind! Schlau von mir, eine Gärtnerin als Mitbewohnerin auszusuchen.«

»Sehr schlau. Wenn ich einmal so weit bin, dann wünsche ich mir einen großen, wilden Garten. Das Haus kann ruhig klein sein, aber ich brauch einen riesigen Garten.« Sie legte sich rücklings ins kühle Gras. »Mit Schatten spendenden Bäumen, mit Zierpflanzen, mit Schmetterlingswiesen und schmalen Wegen, die sich durch den Nutzgarten schlängeln. Mit originellen Häuschen und Badestellen für die Vögel. Ich will einfach alles.«

Morgan streckte sich neben ihr aus. »Wir sollten uns auch ein Vogelhäuschen anschaffen. Ich hab zwar nicht die geringste Ahnung, was ein Nutzgarten ist, aber ich will unbedingt einen.«

»Das lässt sich einrichten.« Nina drückte Morgans Hand. »Mir gefällt es hier. Das Haus hat zwar nicht den riesigen Garten meiner Träume, aber jede Menge Potenzial. Vor allem, wenn du mir freie Hand lässt.«

»Wir ergänzen uns.«

»Du solltest den Supertypen zum Essen einladen.«

»Wir können nicht kochen.«

»Wir kriegen das hin. Ich kann Mama nach einem einfachen Rezept fragen, das trotzdem was hermacht. Sie hat bestimmt eine Idee. Komm, lass uns aufräumen. Dann gehen wir rein und überlegen, was du zu deinem Date anziehst.«

»Wir gehen bloß Pizza essen, Nina.«

»Heute Pizza und morgen … wer weiß? Wir ergänzen uns«, rief Nina ihr in Erinnerung. »Mit Dates kenne ich mich aus. Ich würde sagen, lässig und ein bisschen sexy für eine Verabredung mit einem Mann, der nur vorübergehend in der Gegend ist.«

»Kann sein, dass ich nichts habe, auf das diese Beschreibung passt.«

»Glaub mir, auch mit dem Problem werde ich fertig.«

***

Morgan fragte sich, ob Luke wohl am Samstagabend im Round vorbeischauen würde. Und was es zu bedeuten hatte, dass sie enttäuscht war, als er nicht erschien. Macht nichts, redete sie sich ein. Es war ohnehin wahnsinnig voll gewesen. Außerdem musste sie am Sonntag eine Nachmittagsschicht einlegen, weil ein Kollege mit Blinddarmentzündung ins Krankenhaus gekommen war. Direkt nach der Arbeit war sie dann zu Ninas Familienessen gegangen, hatte eine fantastische Paella und viel Gelächter genossen.

Am Montag nach der Arbeit fuhr sie mit dem Rad nach

Hause. Einen Teil des Wochenendes hatte sie damit verbracht, ihre Finanzen zu checken und sich auszurechnen, was sie sich alles leisten konnte. Heute hatte sie ihren Vorgesetzten im Bauunternehmen gefragt, was es wohl kosten würde, die Wand einzureißen und die Küche zu erneuern. Neue Geräte, eine neue Arbeitsfläche, neue Schränke. Das volle Programm. Mit diesem Betrag im Kopf passte sie ihre Pläne entsprechend an. Sie würde die Schränke neu streichen statt sie zu ersetzen, zumindest fürs Erste. Denn auf die Kücheninsel ihrer Träume wollte sie nicht verzichten.

Als sie ihr Rad abstellte, trat Nina in die Haustür.

»Du bist spät dran.«

»Ich habe noch anderthalb Stunden Zeit. Fast.«

»Komm rein, *amiga mia*. Wir haben so einiges zu erledigen. Ich muss dich schminken.«

»Das kann ich doch selbst machen …«

»Du weißt, wie sich eine Büroangestellte und eine zu kleinen Flirts aufgelegte Barkeeperin schminkt. Aber weißt du auch, wie das Make-up für ein lässiges, sexy Pizzadate aussieht?«

»Ich denke schon.«

»Von wegen.« Nina hob den Zeigefinger. »Komm mit in mein Badezimmer, da hab ich meinen ganzen Kram. Einen Hocker hab ich auch schon bereitgestellt, du bist immerhin fünfzehn Zentimeter größer als ich.«

»Sechzehn Zentimeter.«

»Ja, ja, du mit deinen kilometerlangen Beinen.«

Weil Nina Nina war, beanspruchte sie fast die Hälfte der Zeit, die Morgan hatte, um sich fertig zu machen.

»Ich glaube, mein Gesicht ist fünf Pfund schwerer.«

»Aber jedes einzelne Gramm ist es wert. Schau dich an! Du hast auch so schon wunderschöne grüne Augen, aber jetzt sind sie der Wahnsinn! Ich weiß, was ich tue.«

Da konnte Morgan nicht widersprechen. Ihre Augen wirkten

riesig und das Grün intensiv, ihre Haut taufrisch trotz oder wegen der zahllosen Make-up-Schichten.

»Der rote Lipgloss kommt echt gut«, befand Nina und musterte das Ergebnis ihrer Anstrengungen. »Super. Du hast die perfekten Lippen, richtig schön voll. Zieh dich an!«

»Was machst du heute Abend?«

»Ich bleib daheim.« Nina kam mit in ihr Zimmer, um sicherzustellen, dass Morgan tatsächlich anzog, was sie bereitgelegt hatte.

»Echt?«

»Es ist jede Menge Essen von meiner Mutter übrig. Ich lege einen ruhigen Abend mit Schönheitsprogramm ein. Schaumbad, Haarkur, Gesichtsmaske. Ein ausgiebiges Wannenbad mit einem Glas Wein und Kerzen. Ein Verwöhnabend. Hinterher will ich alles über dein Date wissen.«

»Wir gehen bloß Pizza essen.« Diese ganzen Vorbereitungen machten Morgan langsam nervös.

»Mit irgendwas muss man ja anfangen. Meine Güte, hast du einen tollen Po«, fügte Nina hinzu, als Morgan in eine enge Jeans schlüpfte. »Kilometerlange Beine und ein Knackpo.«

Morgan schaute sich um und wackelte mit dem Hinterteil. »Baggerst du mich etwa an?«

»Wenn der Mann, der nur vorübergehend in der Gegend ist, das nicht tut, stimmt was nicht mit ihm.«

»Ich will nicht angemacht werden.« Morgan zog den hellblauen Pulli an. »Aber ein bisschen Interesse kann nicht schaden.« Unter Ninas kritischen Blicken tauschte sie Ohrstecker gegen Ohrhänger, zog ihre besten Stiefel an und schlüpfte in die anthrazitgraue Lederjacke, ein Weihnachtsgeschenk von ihrer Mutter. »Geht das so?«

»Lässig und sexy hoch drei.« Nina holte einen kleinen Zerstäuber aus der Tasche. »Lauf durch den Sprühnebel«, befahl sie und sprühte drauflos.

Morgan verdrehte die Augen und gehorchte.

»Perfekt. Und jetzt ein Drink.«

»Ich werde zum Essen einen Wein trinken.«

»Du wirst auf der Stelle ein winziges Gläschen trinken, damit du schön entspannt bist. Wenn du es beim Abendessen total übertreibst und zwei Gläser Wein trinkst, gehst du mit deinem Date auf der Market Mile spazieren, runter zum Park, zum Teich und wieder zurück. Du brauchst also meinen blauen Schal mit Blumenmuster. Der sorgt für das gewisse Etwas.«

Um Punkt sieben betrat Morgan das Luigi's. Dort herrschte genauso viel Trubel, wie es sich für ein gutes Lokal gehörte. Es duftete nach Tomatensoße, Gewürzen und geschmolzenem Käse. Sie war erleichtert, dass Luke bereits in einer Nische saß. Das Lächeln, das er ihr schenkte, als er sie sah, tat ihrem Ego gut. Sie ging auf ihn zu.

Er verließ die Nische, nahm ihre Hand und küsste sie leicht auf die Wange. »Du siehst atemberaubend aus.«

»Danke. Ich hoffe, du wartest nicht schon länger auf mich.«

»Ich bin gerade erst gekommen. Tolle Jacke«, bemerkte er, als er ihr hinaushalf.

»Ein Geschenk von meiner Mutter.«

»Sie hat einen coolen Geschmack. Ich hab schon mal eine Flasche Rotwein bestellt, ich hoffe, das ist okay. Wir können die Bestellung aber auch ändern.«

»Rotwein ist prima. Wie war dein Wochenende?«

»Produktiv. Ich habe deinen Rat befolgt und mir das Viertel von Inner Harbour angeschaut.« Er lächelte die Kellnerin an, die den Wein brachte.

»Wisst ihr, was ihr nehmt?«

»Vielleicht lässt du uns ein paar Minuten Zeit.«

»Kein Problem. Solange ihr wollt.«

Luke hob sein Glas. »Auf einen wunderschönen Abend. Ich hatte Angst, du könntest es dir anders überlegen.«

»Und eine Gratispizza verpassen?«

Er lachte. »Welchen Belag möchtest du?«

»Egal, ob mit allem oder ohne alles: Pizza geht immer.«

»Ich sehe, wir verstehen uns. Wie war dein Wochenende?«

»Auch produktiv. Nina und ich haben Stiefmütterchen gepflanzt. Jedes Mal, wenn ich heimkomme oder losgehe, zaubern sie mir ein Strahlen ins Gesicht.«

»Deine Mitbewohnerin aus dem Gartencenter.«

»Ganz genau.«

»Ihr seid gut befreundet.«

»Ja.« Die erste dauerhafte Freundschaft, die sie in ihrem Nomadenleben geschlossen hatte. »Es ist toll, jemanden zu haben, der kapiert, welchen Rhythmus man hat. Normalerweise ist sie längst weg, bevor ich aufstehe, und meist im Bett, wenn ich vom Round heimkomme.«

»Das dürfte gar nicht schlecht sein. So gebt ihr euch mehr Freiraum.«

»Ja, aber wir genießen es auch, gleichzeitig zu Hause zu sein. Ist es nicht seltsam, keinen geregelten Tagesablauf und keine Nachbarn oder Freunde in der Nähe zu haben?«

»Im Moment gefällt es mir so, wie es ist.« Er lehnte sich zurück. Ein Mann, der mit sich selbst im Reinen war. Das fand Morgan sehr attraktiv. »Eines Tages werde ich mich bestimmt irgendwo niederlassen wollen. Aber noch lerne ich viel über unser Land und schließe spannende Bekanntschaften.« Ein kurzes, intensives Lächeln. »Wie mit dir.«

Auch sein Rhythmus gefiel ihr. Er flirtete genau richtig, nicht zu viel und nicht zu wenig. »Deine Arbeit scheint dir echt Spaß zu machen. Du dürftest richtig gut darin sein.«

»Ich liebe meine Arbeit. Ich liebe es, Software zu programmieren und Probleme zu lösen, um den Leuten das Leben zu erleichtern, ihren Horizont zu erweitern. Vielleicht zeigst du mir eines Tages dein Haus und lässt dich von mir beraten?«

»Vielleicht.«

Wieder lächelte er. »Pizza also.«

Am Ende trank sie zwei Gläser Wein und genoss jede Minute. Er erzählte ihr, wie er eine Ranch in Butte, Montana, mit Smart-Home-Technologie ausgestattet und dabei Bisons beim Grasen beobachtet hatte. Dann hörte er sich die Pläne für ihre neue Küche an und machte Vorschläge. Solche, die es wert waren, auf ihre Wunschliste gesetzt zu werden.

Nach dem Zahlen schlug er einen Spaziergang vor. Die Abendbrise war kühl, aber nach der Wärme im Restaurant tat das richtig gut. Außerdem war es lange her, dass sie mit jemandem spazieren gegangen war, der ihre Hand hielt. Es war fast zehn, viel später als geplant, als sie zu ihrem Auto ging.

»Ich würde dich gern noch mal in so einem Rahmen treffen. Nicht dass ich nicht gern auf einem Barhocker sitze, während du arbeitest. Aber ich möchte dich wiedersehen. Du bestimmst den Zeitpunkt, ich kann mich darauf einstellen.«

Vielleicht weil Nina es vorgeschlagen hatte – jedenfalls ertappte sie sich dabei, ihn zum Abendessen einzuladen. »Am nächsten Montagabend bei mir. Das passt mir am besten.«

»Kannst du kochen?«

»Nein. Das gehört zu den Dingen, die ich noch lernen muss.«

»Das heißt, Nina kann kochen.«

»Nein, aber ihre Mutter. Die wird uns mit Rat und Tat zur Seite stehen. Vorausgesetzt, du bist bereit das zu riskieren.«

»Ich liebe das Risiko. Passt dir sieben Uhr?«

»Ja. Sieben ist prima.«

»Ich werde kommen. Hast du eine Adresse für mich?«

Sie streckte die Hand nach ihrem Smartphone aus. »Ich schick dir eine Wegbeschreibung.«

Er winkte lächelnd ab. »Ich schau einfach bei Google. In der Bar komm ich natürlich vorher vorbei. Vielleicht versuch ich es sogar mal mit Dartspielen.«

»Roddy ist ein Profi.«

»Das Risiko geh ich ein.« Dann beugte er sich vor. Eine dezente Aufforderung, wie sie fand. Genauso weit, dass ihre Lippen sich berührten. Er bedrängte sie nicht, hinterließ aber einen bleibenden Eindruck. Und bescherte ihr ein Kribbeln, das sie lange vermisst hatte. Genau das Richtige, um den Abend zu beschließen. »Gute Nacht, Morgan.«

»Gute Nacht. Ich habe mich wirklich gut amüsiert.«

»Ich mich auch. Komm gut heim.«

Das tat sie, auch wenn sie von dem Gutenachtkuss fast ein bisschen high war. Als sie ins Haus schwebte, wartete nach ihrem Verwöhnprogramm eine strahlende Nina auf sie. Im gemütlichen Pyjama. »Okay, ich brauch dich nur anzusehen und weiß, dass das ein perfektes erstes Date war. Los, erzähl! Hat er dich angebaggert?«

»Genau richtig. Ich mag ihn richtig.« Mit einem glücklichen Seufzen ließ sich Morgan in einen Sessel fallen. »Er ist echt locker, ein toller Gesprächspartner. Der Typ ist wahnsinnig viel rumgekommen, kann gut erzählen und trotzdem zuhören.« Sie zuckte mit den Schultern. »Als er mich zum Abschied geküsst hat, bekam ich Schmetterlinge im Bauch.«

»Was war das für ein Kuss? Ich will mehr wissen.«

»Ich würde sagen, ein zärtlich-verträumter. Nicht aufdringlich, nicht wild-leidenschaftlich. Einfach nur schön und wirkungsvoll. Da hab ich ihn für nächsten Montag zum Abendessen eingeladen.«

»Juhu!« Nina sprang auf und führte einen kleinen Freudentanz auf. »Und er hat dich nicht zufällig unter Drogen gesetzt? Oder irgendwie hypnotisiert?«

»Er ist ein netter, fantastisch aussehender, interessanter Mann. Mehr hat es nicht gebraucht.«

»Das ist mehr als genug. Mama wird uns beim Kochen helfen. Oder soll ich am Montag lieber nicht zu Hause sein?«

»Nein«, erwiderte Morgan spontan mit Nachdruck. »Bitte bleib. Ich hätte ihn nicht eingeladen, wenn du nicht daheim wärst.«

»Soll ich Sam dazu bitten?«

»Ja, gern. Keine große Sache, Nina. Ein nettes, zwangloses Abendessen. Lass uns locker bleiben.«

»Locker. Lässig. Sexy. Schon verstanden, Morgan.«

»Wenn das mit dem Kochen schiefgeht, lassen wir uns eben etwas liefern.« Sie stand auf. »Ich gehör ins Bett. Du auch. Schließlich musst du morgen früh um acht Uhr raus.«

»Ich geh ja schon, ich geh ja schon. Aber erst schick ich Mama eine Nachricht, damit sie sich schon mal Gedanken über ein Menü machen kann. Süße Träume muss ich dir gar nicht erst wünschen, die wirst du ohnehin haben. Bis morgen. Ach, ich kann es kaum erwarten, den Typen kennenzulernen, den Morgan Albright zum Abendessen eingeladen hat.«

***

Luke kam am Dienstagabend in die Kneipe. Er suchte sofort das Gespräch mit ihr – und mit ein paar Stammgästen. Dann bewies er sich eine Weile im Dartspielen und war gar nicht schlecht darin. Er trank seine zwei Bier, aß Chicken Wings.

»Du hast einen Freund.« Gracie zog vielsagend die Brauen hoch.

»Nein. Er ist nur ein paar Monate in der Stadt.«

»Ich sage ja nicht, dass du ihn heiraten musst.«

Als die Lichter ausgingen, um die letzte Runde anzukündigen, ließ Gracie die Schultern kreisen. »Der ist wirklich ein Hingucker. Aber er hat sowas Glattes an sich. Normalerweise werde ich da misstrauisch. Vor fünfzehn Jahren hätte ich fast das erste Mal geheiratet. Der war auch so ein Hingucker. Leider ist er mit meiner Cousine Bonnie im Bett gelandet.«

»Gut, dass ich nicht auf der Suche nach einem Ehemann bin.«

»Also genieß den Hingucker.«

Warum auch nicht?, dachte sich Morgan, als er zum Quizabend erschien. Dass er daran teilnahm, sorgte dafür, dass er erst recht einen Stein bei ihr im Brett hatte. Ein interessanter Mann fühlte sich sichtlich von ihr angezogen, doch ihr voller Terminkalender ließ nicht viel Zeit für Zweisamkeit. Damit konnten sie beide gut leben.

Das hieß nicht, dass Morgan wegen Montagabend nicht nervös war. Erstens galt es zu kochen und zweitens zu gucken, ob das zweite mit dem ersten Date mithalten konnte. Sie verließ das Büro eine Stunde früher als sonst. Weil es endlich milder und wirklich April geworden war, fuhr sie beschwingt mit dem Rad nach Hause.

In kürzester Zeit würde es so richtig Frühling sein, überall bunte Blumen und so. Sie sah, dass an ein paar Forsythien bereits was Goldgelbes aufblitzte. Und die große Weide an der Ecke des Häuserblocks zeigte schon erste Weidenkätzchen. In ihrem Garten blühten tiefrote Tulpen. Die Azaleen, zu denen ihr Nina bei ihrer ersten Begegnung im Gartencenter geraten hatte, trugen schon rosa Knospen, die sich im Nu zu einer pinken Blütenpracht entwickeln würden. So albern das auch sein mochte, aber dadurch sie fühlte sie sich als Teil der Nachbarschaft.

Sie stellte ihr Rad ab, strahlte beim Anblick der Stiefmütterchen und betrat das Haus, wo bereits laute Musik lief. Nina war schon zu Hause. Morgan warf ihre Schlüssel in die Schale auf dem Tischchen neben der Haustür, hängte ihre Jacke auf, stellte ihre Handtasche in den Garderobenschrank und betrat das Küchenchaos.

Nina hatte das Haar zum Pferdeschwanz gebunden und trug eine Schürze, die mit weiß Gott was bespritzt war. Ninas

Mutter hatte ihr die mitgegeben und auch an eine Schürze für Morgan gedacht. Flaschen, Gläser, Gewürzstreuer waren über die klebrige Arbeitsfläche verteilt.

»Ich hab's geschafft.« Ninas Augen waren weit aufgerissen, ihr Blick wild. »Ich hab die Marinade für die Lammkoteletts hingekriegt.« Sie riss die Kühlschranktür auf. »Siehst du?«

Neugierig beugte sich Morgan vor und starrte durch die Plastikfolie, mit der die Glasschüssel abgedeckt war.

»Selbst gemacht.«

»Es sieht aus, wie es aussehen soll, und duftet herrlich. Willst du eine Pause machen, Nina?«

»Gern. Du musst die Kartoffeln kochen. Wenn Männer zum Essen kommen, heißt das Fleisch und Kartoffeln. Und, weil April ist, Spargel dazu. Wir müssen außerdem den Tisch decken, für eine schöne Atmosphäre sorgen und uns selbst schön machen. Worauf haben wir uns da bloß eingelassen?«

»Jetzt gibt es kein Zurück mehr. Den Tisch kannst gern du decken. Solltest du Hilfe bei der Deko brauchen, frag mich. Ich schau mir das immer auf dem Kochkanal an. Die Kartoffeln kann gern ich übernehmen. Wenn du eine Marinade hinbekommst, werd ich wohl mit den Kartoffeln fertigwerden. Auf sie mit Gebrüll.« Morgan zog eine Schürze an. Sie wusch die Kartoffeln und schnitt sie wie in dem Rezept von Ninas Mutter in Spalten. Upps, sie hatten nicht alle dieselbe Größe, ob das wohl ein Problem werden konnte? Doch sie freute sich, dass ihre Schürze im Gegensatz zu Ninas kein bisschen so aussah wie ein Gemälde von Jackson Pollock.

Die Anweisungen von Ninas Mutter wurden haarklein befolgt. Das war nicht so einfach, da diese keine genauen Mengenangaben machte, sondern wollte, dass man Augen und Nase benutzte. Los ging's. Sie vermengte die Gewürze in einer

Schale, schnupperte und schaute. Über die Kartoffeln damit, dann etwas Öl dazu und alles auf einem Backblech verteilen. Anschließend die Lammkoteletts dazu und ab in den Ofen. Blieb nur noch, das Beste zu hoffen.

Das Tischdecken überließ sie Nina, die konnte das gut. Stattdessen stürzte sich Morgan auf den Abwasch und das Aufräumen. Erschöpft legte sie danach ihre Arbeitskleidung ab und schlüpfte in die knöchellange Baumwollhose und das knallpinke T-Shirt. Sie fragte sich ernsthaft, wie Leute das mit der Kocherei jeden Tag hinbekamen. Jetzt mussten dringend der Spargel gegart und das Baguette aufgebacken werden. Wieder band sie sich die Schürze um.

Nina, die aussah wie ein Frühlingsmorgen, begegnete ihr im Flur. »Also Oliven, Käse und ein bisschen Rohkost als Vorspeise. Das kriegen wir hin. Zu schade, dass die Küche so klein ist, da kann man nicht gemütlich sitzen.«

»Im nächsten Frühling«, versprach Morgan. »Es riecht echt gut, Nina. So, als wüssten wir, was wir tun.« In der Küche standen sie dicht nebeneinander und starrten in den Ofen. »Es sieht gut aus. Bist du sicher, dass der Spargel insgesamt bloß zehn Minuten gedämpft und sautiert wird?«

»Wenn Mama es sagt«, meinte Nina feierlich. »Aber wir müssen ihn erst schälen. So gegen Viertel nach sieben fangen wir dann gemütlich mit dem Spargel an. Welche fünf Minuten möchtest du übernehmen? Das Sautieren oder Dämpfen?«

»Äh … das Dämpfen.«

»Das wollte ich eigentlich machen. Also.« Nina ballte eine Faust »Auf drei.«

»Verdammt«, zischte Morgan, als Nina gewann. Stein bricht Schere.

Um sieben lief die Musik nur noch leise im Hintergrund, der Ofen hielt die Speisen warm, und das Fingerfood für die Vorspeise war arrangiert. Pünktlich klopfte es.

»Schürzen aus«, befahl Nina. Sie gingen gemeinsam zur Tür und sahen zwei Männer davorstehen.

»Wir sind gleichzeitig angekommen.« Der reizende Sam mit der Hornbrille überreichte Nina einen Strauß rosa Tulpen und Morgan eine Flasche Wein.

»Ich mach es umgekehrt.« Luke hatte für Morgan lila Hyazinthen in einer transparenten Kugelvase mitgebracht. »Hallo, Nina, ich bin Luke.« Er reichte ihr eine Flasche Wein.

Nach den hektischen Vorbereitungen war der Rest das reinste Kinderspiel. Mit einem Glas Wein drängten sie sich in der winzigen Essecke in der Küche. Soweit Morgan das beurteilen konnte, freundeten sich Luke und Sam rasch an. Der IT-Experte und der leidenschaftliche Gamer hatten sich viel zu erzählen.

Morgan hoffte, dass ihr das Glück weiterhin hold blieb, und gab Butter für den Spargel in die Pfanne.

»Wenn man viel unterwegs ist, gibt es nichts Schöneres als selbst gekochtes Essen.« Luke küsste sie flüchtig auf die Wange. »Ich weiß das echt zu schätzen.«

»Hoffen wir, dass es schmeckt wie gute Hausmannskost und nicht wie eine Herdkatastrophe.«

Er lachte. »Es duftet köstlich. Kann ich mir kurz irgendwo die Hände waschen?«

»Klar. Links in den Flur, dann die Tür zu deiner Rechten.«

»Noch zehn Minuten, bevor es losgeht«, verkündete Nina.

Sam legte den Arm um sie. »Ich kann kaum glauben, dass ihr selbst gekocht habt. Ihr musstet bestimmt den ganzen Tag schuften, um das auf den Tisch zu bringen.«

»Noch hast du nichts probiert«, warnte Morgan.

»Ihr habt den ganzen Tag geschuftet«, wiederholte Sam und küsste Nina auf den Scheitel. »Nur um uns heute Abend zu bekochen.«

Zufrieden hob Nina das Kinn für einen richtigen Kuss.

»Also, los geht's.« Morgan gab den gedämpften Spargel in die geschmolzene Butter und stellte den Timer ihres Smartphones auf fünf Minuten. Sie schüttelte zwischendurch mehrmals die Pfanne und versuchte, Salz und Pfeffer nach Augenmaß zu dosieren. Während sie am Herd hantierte, half Sam Nina, Koteletts und Kartoffeln aus dem Ofen zu holen und das Brot aufzubacken.

»Teamwork. Toll. Jetzt lass mich ran, Nina.« Sie tauschten ihre Positionen. Nina ließ den Spargel auf einen Teller gleiten und schnitt das Baguette. Morgan arrangierte Kartoffeln und Koteletts auf einer Servierplatte von Ninas Mutter und dekorierte alles laut Anweisung mit frischem Rosmarin.

»Entschuldigung.« Luke kam wieder rein. »Ich hatte einen dringenden Anruf.«

»Kein Problem, wir sind gleich soweit.« Morgan sah zu ihm hinüber. »Alles in Ordnung?«

»Ach, nur eine kleine Terminänderung morgen. Kann ich mich irgendwie nützlich machen?«

»Vielleicht schenkst du Wein nach?«

Endlich stand alles auf dem Tisch. Sam nahm den ersten Bissen. »Du bist ein Schätzchen«, sagte er zu Nina und strahlte dann Morgan an. »Und da sitzt noch eins.«

Nina probierte von dem Lammkotelett. »Hmmm! Wir sind echt gut. Und jetzt?«

»Das selbst gekochte Mahl kann verzehrt werden. Ladys?« Luke hob sein Weinglas. »Auf die Köchinnen!«

»Und auf meine Mutter. Sie muss sich nicht für uns schämen, Morgan.«

Trotz des langen Tages genoss Morgan jede Minute. Eine richtige Essenseinladung in ihrem Zuhause. Eine echte Premiere, ganz ohne Take-away oder Lieferdienst. Gute Gespräche, fröhliches Lachen und Lukes Hand, die ab und zu nach ihrer griff. Sie fand es süß, dass die Männer unbedingt den Abwasch machen wollten, und entspannte sich bei Kaffee und gekaufter Frischkäsetorte.

»Ich hasse es, jetzt wegzumüssen. Der heutige Abend ist das Highlight meines bisherigen Aufenthalts. Aber die besagte Terminänderung erfordert, dass ich morgen früh Punkt acht vor Ort sein muss.«

»Wo musst du hin?«, fragte Sam.

»Nach Baltimore. Dort hat ein Investor zwei Reihenhäuser gekauft und möchte sie zusammenlegen, ausgestattet mit Smart-Home-Technik. Ich fürchte, ich muss ein paar Tage dortbleiben. Drei bestimmt.« Er zuckte mit den Schultern. »Den Auftrag hat man mir Ende letzter Woche in den Kalender gequetscht. Ein Freund von einem meiner Chefs.«

»Um acht Uhr in Baltimore. Da musst du früh aufstehen.«

Er nickte Nina zu. »Allerdings. Aber ich freu mich auf die Herausforderung. Zwei alte Häuser zu einer smarten Minivilla umbauen und dabei die historische Bausubstanz erhalten.« Er schaute sich um. »Dieses Haus würde ich nur zu gern übernehmen. Das hat ein Wahnsinnspotenzial, Morgan.«

»Ja, ich weiß. Wenn ich die Zwischenwand einreißen lasse, kann ich vielleicht auch über smarte Technologien nachdenken.«

»Wann immer es so weit ist: Ruf mich an. Ich werde dich auf jeden Fall irgendwie einschieben, das versprech ich dir. Danke, Nina. Bedank dich auch in meinem Namen bei deiner Mutter.« Er stand auf. »Es war alles ganz wunderbar. Schön, dich kennengelernt zu haben, Sam. Ich schaffe es bestimmt, mir dein System nächste Woche anzusehen.«

»Das wäre toll.«

Morgan brachte ihn zur Tür.

»Sobald ich wieder da bin, schau ich in der Kneipe vorbei. Ist es okay, wenn ich dir ab und zu eine Nachricht schicke, während ich einsam und allein in Baltimore im Hotelzimmer sitze?«

»Natürlich.«

»Und darf ich dich nach meiner Rückkehr wieder zum Essen ausführen? Vielleicht zu etwas Edlerem als Pizza?«

»Klingt toll.«

Als er sie küsste, ein bisschen intensiver als beim ersten Mal, hielt sie das für eine ausgezeichnete Idee.

»Viel Glück in Baltimore.«

»Wenn man was von seiner Arbeit versteht, braucht man das nicht, aber danke für die guten Wünsche. Gute Nacht und noch mal vielen Dank für das Abendessen.«

Morgan sah zu, wie Luke an dem nebligen, regnerischen Aprilabend zu seinem Wagen ging. Als sie die Haustür schloss, spürte sie, dass sie einen Freund hatte. Vorübergehend.

Nina steckte den Kopf aus dem Wohnzimmer. »Ich hab gehört, wie die Haustür ins Schloss gefallen ist. Also, ich mag ihn.«

»Ich auch.«

Sam gesellte sich dazu. »Und ich auch, da wären wir uns also einig.«

»Du solltest ihn am nächsten Sonntag zum Abendessen bei Mama mitbringen. Sie ist so was wie deine Mutter hier in Maryland und würde sich freuen.«

»Vielleicht. Ich denk drüber nach. Jetzt geh ich ins Bett. Sehen wir uns morgen früh, Sam?«

»Die Chancen stehen gut«, meinte Nina und brachte ihn zum Grinsen.

Sie machte sich bettfertig und wollte gerade unter die Decke schlüpfen, als sie eine Nachricht von Luke bekam.

Mittwoch, spätestens Donnerstag. Vermiss dich jetzt schon.

Obwohl sie lächeln musste und ihr ganz warm ums Herz wurde, zögerte sie. Dann schüttelte sie den Kopf und reagierte aufrichtig.

Vermiss dich auch. Schlaf gut.

Als sie sich im Bett ausstreckte, strahlte Morgan immer noch.

3

Ninas Auto war alt und schlecht in Schuss. Kein Wunder, dass es am Dienstagmorgen nicht anspringen wollte. Sam fuhr sie liebend gern zur Arbeit, und ein kopfschüttelnder Larry schleppte das Gefährt in seine Werkstatt. Beim Heimkommen klagte Nina über Halsschmerzen und erzählte, dass Larry keine guten Nachrichten in puncto Reparatur habe.

»Eine neue Batterie muss her. Und dann war da noch was mit Keilriemen und Getriebe. Larry geht von fünfhundert Dollar aus.« Sie warf die Hände in die Luft. »Weg sind sie!«

»Das tut mir total leid.« Morgan umarmte sie fest. »Du brauchst einen Tee mit Honig. Ich mach dir welchen.«

»Danke.« Mit schweren Lidern und ziemlich blass um die Nase ließ sich Nina auf einen Stuhl fallen. »Ich hasse Frühlingsschnupfen, aber ich fürchte, den krieg ich gerade. Das und die fünfhundert machen mich echt fertig.«

»Wie wär's mit Suppe?« Morgan öffnete einen Küchenschrank und nahm eine Dose heraus. »Hühnersuppe mit Nudeln. Die ist zwar nicht von deiner Mama, aber besser als nichts.«

»Hört sich super an. Ich glaube, ich nehme eine heiße Dusche. Danach lege ich mich mit Suppe, Toast und Tee ins Bett und schaue einen Film.«

»Ja, geh ruhig unter die Dusche und mach's dir im Bett gemütlich. Ich bring dir nachher das Essen.«

»Eine bessere Vermieterin kann man sich nicht wünschen. Ich würde dich zu gern umarmen, will dich aber nicht anstecken.«

Als Morgan ihr das Tablett brachte, saß Nina mit ihrem Notebook im Bett, eine große Schachtel Taschentücher neben sich. »Danke. Echt. Schon geht's mir besser.«

»Vielleicht solltest du dir morgen einen faulen Tag im Bett machen.« Nachdem sie das Tablett abgestellt hatte, befühlte Morgan Ninas Stirn. »Fieber scheinst du nicht zu haben.«

»Nur so ein blöder Frühlingsschnupfen, dabei haben wir in der Arbeit gerade richtig viel zu tun.«

»Du kannst mein Auto nehmen, wenn du willst.«

»Ich werde gebracht und geholt, trotzdem danke.« Nina hob den Tee zum Mund, blies hinein und nippte daran. »Ah, das ist genau das Richtige. Ich bin dir was schuldig.«

»Als ich letzten Herbst dieses Magen-Darm-Virus hatte, wer hat sich da um mich gekümmert?«

»Ich, weil wir befreundet sind. Ich werd mich gleich aufs Ohr legen und mich gesund schlafen.«

»Schreib mir eine Nachricht, wenn du was brauchst. Ich melde mich nicht, um dich nicht zu wecken, schau aber nach dir, sobald ich heimkomme.«

»Ich hab alles, was ich brauche, außerdem nehme ich ein Schlafmittel.« Sie tauchte den Löffel in die Suppe. »Es ist nicht die von Mama, aber Hühnersuppe mit Nudeln funktioniert immer. Hab einen schönen Abend.«

Als Morgan von ihrer Schicht nach Hause kam, fand sie Nina tief schlafend vor. Am nächsten Tag wachte sie in einem leeren Haus auf und ging davon aus, dass Nina schon unterwegs war.

***

Am Vormittag schickte Luke ihr wieder eine Nachricht: Vermutlich müsse er noch einen Tag länger in Baltimore bleiben. Morgan saß in ihrer Mischung aus Büro und Rezeption mit Blick auf den Parkplatz. Die Aussicht störte sie nicht. So sah sie immerhin sofort, wer kam und ging.

In der Ecke gedieh ein Bogenhanf. Soweit sie wusste, hatte ihn die Frau des Oberchefs vor zwanzig Jahren dorthin gestellt. Jetzt maß er beinahe einen Meter achtzig in seinem roten Übertopf, den sie nicht mehr umfassen konnte. Bill Greenwald, Chef in zweiter Generation, hatte ihr erzählt, seine Mutter beharre darauf, dass die Pflanze der Firma Glück bringe. Solange er gedieh, würde die Firma gedeihen. Bills Frau Ava trug immer noch Schutzhelm und Werkzeuggürtel. Sie arbeitete nach wie vor mit ihren Leuten auf Baustellen. Dort wussten alle, dass sie das Sagen hatte und man sich besser nicht mit ihr anlegte. Bills Bruder Bob, ein Anwalt, kümmerte sich um den Papierkram. Bills und Avas Kinder, Jack und Ella, arbeiteten ebenfalls in der Firma ihrer Eltern mit.

Sollte der Tag kommen, an dem Morgan eine eigene Bar aufmachen würde, würde ihr die Arbeit für diese lebhafte Truppe mit dem engen Familienzusammenhalt bestimmt fehlen.

Bill kam in seiner üblichen Arbeitsuniform – Jeans, T-Shirt und darüber ein aufgeknöpftes Flanellhemd – vorbei. Seine Haare unter der Kappe mit dem Firmenlogo waren grau meliert, die Augen hinter einer rechteckigen Metallbrille verborgen und seine Arme muskelbepackt. »Ich kenne diesen Gesichtsausdruck. Post von deinem neuen Freund?«

»Neu stimmt, aber als meinen Freund würde ich ihn nicht bezeichnen.«

Er zeigte mit dem Finger auf sie. »Wenn der Blitz einschlägt, spürt man das. Mein Vater hat Ava eingestellt, und ich habe mehr als einen Monat mit ihr zusammengearbeitet. Damals dachte ich mir nur, dass sie mit einem Hammer umgehen kann und sich nichts bieten lässt. Und eines Tages stößt sie dieses Lachen aus. Du kennst es.«

Ein dickes, fettes Lachen. »Allerdings.«

»Dieses Lachen hat mich umgehauen. ›Das ist sie, Bill‹, hab ich mir gesagt. ›Gewöhn dich an den Gedanken.‹ Wie dem auch sei, ich treffe mich mit der Bauaufsicht bei dem Moreni-Job. Danach schau ich bei der Langston-Baustelle vorbei. Mal gucken, ob ich sie lachen höre. Wenn alles nach Plan läuft, bin ich gegen drei zurück, sonst geb ich dir Bescheid.«

»Ich halte die Stellung.«

»So wie immer.«

Genau das gefällt mir, dachte Morgan. Bill ging, und sie stürzte sich auf die Arbeit. Später füllte sie ihre Trinkflasche am Wasserspender auf, setzte sich wieder an ihren Schreibtisch und beantwortete Lukes Nachricht.

Hoffe, alles läuft gut. Hast du Zeit am Sonntag?
Gehst du mit zu Ninas Eltern?

Es dauerte ein paar Minuten, bis er reagierte.

Klingt super! Alles cool, melde mich.

Toll. Abendessen früh, gegen fünf. Warnung:
Jede Menge Leute, Lärm und Essen.

Ich bin dabei! Soll ich dich um vier abholen?

Passt.

Hoffe, wir sehen uns Freitag. Muss los.

Luke schickte ein Blumen-Emoji. Als ihr Smiley-Emoji auf seinem Display auftauchte, benutzte er seine Kreditkarte, um das lächerliche Schloss an ihrer Hintertür zu öffnen. Die Leute, vor allem Frauen, waren so was von blöd. Er sah sich in dem Haus um, das er einerseits für Schrott hielt. Andererseits hatte es eine gute Substanz und eine passable Lage.

Rein und wieder raus, ermahnte er sich und begab sich auf direktem Weg in ihr Arbeitszimmer. Er wollte die Software deinstallieren, die er am Montagabend während seiner »Toilettenpause« installiert hatte. Bloß keine Spuren hinterlassen. Danach würde er ein paar äußerst profitable Wochen innerhalb weniger Stunden zu Ende bringen. Seine Arbeit mit Erfolg krönen. Das Wiedersehen würde für sie schneller kommen als gedacht.

Er wollte sie auf dem Kneipenparkplatz neben ihrem Wagen umlegen. Sollte sie nicht als Letzte gehen, würde er sich bereits *im* Wagen auf dem Rücksitz verstecken. Überraschung! Gefolgt vom Finale. Ihre Leiche würde er unterwegs entsorgen und den Wagen zu einem Komplizen in Baltimore bringen. Sich ein anderes Fahrzeug für ihre ach so umweltbewusste Japankarre holen und fröhlich davonbrausen.

Wenigstens musste er sie vorher nicht vögeln. Er hatte gleich gemerkt, dass er kein leichtes Spiel bei Morgan Albright haben würde. Das sparte Zeit, Mühe und Unannehmlichkeiten. Ansonsten war alles echt glatt gelaufen.

Seine Hände steckten in Chirurgenhandschuhen, als er ihr Notebook öffnete. Er fuhr es hoch und wunderte sich, warum die Frau nicht mehr von ihrem hart verdienten Geld in eine bessere Ausrüstung investiert hatte. Kaum hatte er mit dem Deinstallieren begonnen, als er Schritte hörte. Sofort drehte er sich um, ein entwaffnendes Grinsen im Gesicht. Nina tauchte in der Tür auf, eindeutig nicht in Bestform.

»Luke?« Ihre Stimme klang heiser, sie musste husten. »Was machst du da?«

»Hi. Ich hab Morgan überredet, ihr eine bestimmte Software aufzuspielen. Bin durch die Hintertür rein. Tut mir leid, dass ich dich geweckt habe.« Sie war fraglos krank. Höchste Zeit, etwas zu improvisieren. Er setzte ein mitfühlendes Gesicht auf. »Sie meinte, es gehe dir nicht gut, und du würdest wahrscheinlich schlafen.«

»Ein scheußlicher Schnupfen. Mein Chef hat mich nach Hause gefahren. Ich wollte gerade … Woher wusste Morgan, dass ich krank zu Hause bin? Hat Angie sie angerufen?«

Zu kompliziert, befand er. Außerdem musste sie was gemerkt haben, weil sich etwas in ihrem Blick veränderte. Die Zeichen standen auf Flucht. Ehe sie die Chance dazu hatte, schnappte er sich das Notebook und schlug mit aller Kraft zu. Er knallte es gegen ihre Schläfe. Ihr Kopf schlug hart gegen den Türrahmen. Lautlos ging sie zu Boden.

Er holte ein zweites Mal aus und schlug erneut zu. Sie hatte ihm alles versaut, jetzt würde er das mit Morgan nicht mehr hinkriegen. Also Plan B.

»Zur falschen Zeit am falschen Ort«, sagte er, kniete sich hin und drehte sie auf den Rücken, damit er an ihren Hals herankam. »Du hast dir den falschen Tag zum Krankmachen ausgesucht, Schlampe. Noch dazu bist du nicht die Richtige, und ich muss mit dir vorliebnehmen.«

Wie immer versetzte es ihn in einen Rausch, jemanden zu erwürgen. Obwohl sie die Augen verdrehte und mit den Füßen zappelte, kam sie nicht mehr richtig zu Bewusstsein. Er ließ sie und das kaputte Notebook auf dem Boden liegen.

Dann durchsuchte er die Küche nach einem Müllsack. Er warf Ninas Notebook, ihr Handy und etwas billigen Schmuck hinein, fand hundertachtundfünfzig Dollar in ihrer Handtasche und in der Wäscheschublade. Anschließend filzte er Morgans Zimmer. Sie besaß tatsächlich ein paar wertvolle Schmuckstücke.

Goldene Diamantstecker – klein, aber in einer guten Farbe und mit einem guten Schliff. Sie sahen alt aus, vermutlich ein Familienerbstück. Er warf etwas von ihrem Modeschmuck dazu. Bloß nichts verschwenden, dachte er, während er alles zusammenraffte. Morgans Knete, fünf Zwanziger, steckte zusammengerollt in einem Paar Sportsocken. Zuletzt nahm er ihre Schlüssel aus der Schale neben der Haustür und ging, wie er gekommen war. Mit dem Ellbogen zertrümmerte er eine der Scheiben der Hintertür. Ein Einbruchdiebstahl am helllichten Tag mit tragischem Ausgang – danach sollte es aussehen.

Zu dumm, zu traurig.

Er entriegelte den Wagen mit der Fernbedienung und warf die Tasche mit seiner Beute auf den Rücksitz. Rückwärts fuhr er aus der Einfahrt. Auf dem Weg nach Baltimore summte er laut Billie Eilishs Coverversion von *Yesterday* mit.

***

Es regnete, als Morgan von der Arbeit nach Hause radeln wollte. Auf dem Smartphone kontrollierte sie den Wetterbericht. Nur ein Schauer, der bald nach Westen abziehen würde. Sie beschloss, so lange zu warten, und schrieb Nina eine Nachricht mit der Frage, ob sie ihr chinesisches Essen mitbringen sollte. Keine Reaktion.

Morgan wunderte sich. »Vielleicht ist die Erkältung hartnäckiger als gedacht«, murmelte sie, während sie in den Regen starrte. »Und sie hat sich nach der Arbeit hingelegt.« Sie bestellte für alle Fälle eine zweite Portion Nudeln und Shrimps süßsauer. Eine Viertelstunde später trat sie in die feuchte Luft hinaus. Die Sonne schien schon wieder. Sie holte das Essen ab und stellte es zu ihrer Handtasche in den Fahrradkorb.

Sie rechnete mit einem eher ruhigen Abend im Round.

Mittwochs war meist wenig los. Der Außenbereich war noch nicht geöffnet. Wenn sie ihre eigene Bar hatte, wünschte sie sich eine große Terrasse mit Pergola und Feuerschalen. Mehr Tische, mehr Umsatz, mehr Gewinn.

Als Morgan zu Hause sah, dass ihr Auto nicht in der Einfahrt stand, bekam sie einen Schreck. Dann wurde ihr klar, dass Nina es bestimmt gebraucht hatte. Vielleicht, um Medikamente zu holen? Trotzdem, normalerweise fragte sie vorher. Sie betrat das Haus und nickte, als sie sah, dass der Autoschlüssel nicht mehr in der Schale lag. Sie hängte ihre Jacke auf, verstaute ihre Handtasche und schaute dann in Ninas Zimmer.

Nina war eindeutig da gewesen. Die Box mit den Taschentüchern stand wieder auf dem Bett. Tee mit Honig, dachte Morgan und ging in die Küche, um den Kessel aufzusetzen und das Essen zu verstauen. Sie erstarrte mitten in der Bewegung, als sie die eingeschlagene Scheibe der Hintertür entdeckte, die Scherben auf dem Boden.

Sie wich zurück. Ihr stockte der Atem, während sie nach dem Handy in ihrer Hosentasche griff. Notruf. Zu mehr war ihr Gehirn nicht fähig.

»Sie haben den Notruf gewählt, was ist passiert?«

»Ein Einbruch, ein Einbruch. Die Küchentür.«

Sie schaute zu den Zimmern hinüber, in ihr Arbeitszimmer. Die Hand, der Unterarm, das Blut im Flur. »O Gott! O Gott! Das ist Nina!« Sie rannte hinüber, ließ sich auf den Boden fallen. »Beeilen Sie sich, schnell. 229 Newberry Street. Sie ist verletzt. Ich sehe Blut. Sie rührt sich nicht mehr.«

»Hilfe ist unterwegs. Können Sie mir Ihren Namen sagen?«

»Morgan. Nina ist verletzt, da ist Blut. Ich glaube – ich glaube, sie ist tot. Nein, nein, nein! Was soll ich tun?«

»Morgan, ist ein Einbrecher im Haus?«

»Weiß ich nicht. Sie atmet nicht, ich kann keinen Puls fühlen. Helfen Sie mir!«

»Hören Sie die Sirenen? Sie sollten besser rausgehen, Morgan.«

»Ich lasse sie nicht allein. Soll ich Erste Hilfe leisten? Ich hab einen Kurs gemacht. Sie ist kalt. O Gott, sie ist so kalt. Ich sollte eine Decke holen.«

»Nina ist kalt?«

»Ich hole eine Decke.«

»Morgan, der Krankenwagen steht vor der Tür. Lassen Sie die Sanitäter rein, machen Sie die Tür auf.«

Sie hatte gerade die Decke vom Sofa reißen wollen, riss aber stattdessen die Haustür auf. »Beeilen Sie sich bitte. Sie ist kalt und blutverschmiert. Sie will nicht aufwachen.« Morgan rannte hinter den Sanitätern her und schlug die Hände vor den Mund.

Eine Frau mit dunkelrotem Haar und hellblauen Augen schaute sie an. »Ma'am, wie lange liegt sie schon so da?«

»Das weiß ich nicht, ich bin gerade nach Hause gekommen. Ich war spät dran, erst der Regen und dann der Chinese, beim Heimkommen hab ich die zerbrochene Scheibe gesehen und dann Nina. Können Sie sie aufwecken?«

»Ich kann nichts mehr für sie tun«, murmelte der andere Sanitäter.

Die Frau wandte sich Morgan zu. »Setzen wir uns.«

»Bringen Sie sie ins Krankenhaus?« Eine tonnenschwere Last lag auf ihrer Brust. Sie bekam kaum Luft. Ein schriller Ton klingelte ihr in den Ohren. »Sie muss ins Krankenhaus.«

»Es tut mir leid, es tut mir so leid, aber wir können nichts mehr für Ihre Freundin tun. Sie ist tot.«

»Nein, nein!«

»Sie stehen unter Schock. Setzen wir uns.«

»Nein, nein«, wiederholte Morgan. Die Sanitäterin führte sie zum Sofa. »Ich hab das Essen fallen lassen. Auf den Boden.«

»Darum kümmern wir uns später.« Die Frau half der zitternden Morgan aufs Sofa, legte ihr die Decke um.

Zwei Polizisten in Uniform kamen zur Tür herein.

»Bei meinem Partner im Flur liegt eine Tote. Sie ist bereits kalt, dürfte seit ein paar Stunden tot sein. Die Frau, die den Notruf gewählt hat, steht unter Schock.« Sie wandte sich an Morgan. »Können Sie mir Ihren Namen sagen?«

»Morgan. Morgan Albright. Sie heißt Nina, Nina Ramos.« Ihr liefen die Tränen übers Gesicht. »Bitte, können Sie ihr nicht helfen?«

»Ich hole Ihnen ein Glas Wasser. Reden Sie mit dem Polizeibeamten.«

»Ms. Albright.« Der Polizist setzte sich neben sie. Morgan versuchte, sich auf sein Gesicht zu konzentrieren, aber es verschwamm vor ihren Augen. »Ich bin Officer Randall. Können Sie mir sagen, was passiert ist?«

»Ich weiß nicht. Es hat geregnet, ich wollte nicht im Regen heimradeln, also habe ich gewartet. Ich hatte Hunger, also bin ich noch zum Chinesen. Nina hat nicht reagiert, als ich ihr geschrieben habe, aber sie ist erkältet, ich dachte, sie macht vielleicht ein Nickerchen. Als ich hier ankam, war mein Auto weg, ihres ist in der Werkstatt, also dachte ich, das passt schon, sie macht bestimmt Besorgungen.«

»Ihr Auto? Was ist das für ein Auto?«

Alles kam ihr auf einmal so weit weg vor. Als würde sie durch ein umgedrehtes Fernglas schauen. »Äh, danke.« Sie nahm das Wasser entgegen, das ihr gereicht wurde, brauchte beide Hände, um das Glas zum Mund zu führen, weil sie so zitterte. »Ein Prius.«

»Welche Farbe, welches Baujahr? Wissen Sie das Kennzeichen?«

»Er ist blau. Dunkelblau. Von 2019. Ich kann mich gerade nicht an das Kennzeichen erinnern. Es fällt mir nicht ein.«

»Das macht nichts. Sie haben Nina gefunden?«

»Ich bin heimgekommen und hab in ihr Zimmer geschaut.

Sie ist von der Arbeit nach Hause, das wusste ich, weil die Box mit den Taschentüchern auf dem Bett stand. Sie ist erkältet, und da wollte ich ihr Tee machen. Ich hab den Wasserkessel aufgesetzt. Ich hab vergessen, den Herd auszumachen.«

»Schon erledigt«, bemerkte der Sanitäter.

»Ich hab die zerbrochene Scheibe gesehen und bekam Angst. Ich habe den Notruf gewählt. Da hab ich sie gesehen. Ich hab ihren Arm und das Blut gesehen.«

»Wo waren Sie, bevor Sie nach Hause gekommen sind?«

»In der Arbeit. Bei Greenwald's Builders. Es fing an zu regnen.«

»Ja, gegen fünf Uhr. Ein kurzer Schauer.«

»Ja. Ich hab mir den Wetterbericht angeschaut und gewartet, dann hab ich das Essen bestellt.«

»Wie sind Sie nach Hause gekommen?«

»Mit dem Rad. Normalerweise fahr ich damit, solange das Wetter okay ist. Wenn Nina nicht verabredet ist, essen wir oft zusammen, bevor ich meinen zweiten Job antrete.«

»Bei Greenwald's?«

»Nein, nein, im Next Round.«

»Sie sind die Barkeeperin«, stellte Randall fest. »Wusst ich's doch, dass ich Sie kenne. Ich war schon ein paarmal dort. Ms. Albright, können wir jemanden benachrichtigen? Können Sie heute Nacht woanders bleiben?«

»Ich wohne hier.«

»Vielleicht können Sie ja woanders übernachten?«

»Ich habe niemanden.« Die Wahrheit traf Morgan wie ein Keulenschlag. »Nina ist tot. Jemand ist eingebrochen und hat ihr das angetan. Dabei besitzen wir nichts von Wert.«

»Am besten, wir schauen nach, ob Sie irgendwas vermissen. Wollen wir mit Ninas Zimmer anfangen?«

Benommen stand Morgan auf. Als sie Ninas Zimmer betrat, sah sie auf einmal schrecklich klar. »Ich kann ihr Notebook nirgendwo entdecken. Ihre Eltern haben ihr zu Weihnachten eins geschenkt. Nicht das hier, das davor. Es war pink. Ihr Smartphone fehlt auch. Es könnte allerdings in ihrer Hosentasche sein.« Sie atmete tief durch. »Jemand hat in ihrer Kommode gewühlt. Sie ist chaotisch, lässt die Schubladen aber nicht offen stehen.«

»Können Sie reinschauen, ohne etwas anzufassen?«

»Die Organizer stehen auf dem Boden. Die aus Acryl für ihren Schmuck. Sie hat nichts Kostbares besessen, aber ihren Schmuck hat sie in diesen Organizern aufbewahrt. Sie hatte ein wenig Bargeld bei ihrer Unterwäsche. Wie viel genau, weiß ich nicht. Bestimmt nicht mehr als hundert Dollar.«

»Sonst noch was?«

»Keine Ahnung.«

»Schauen wir in Ihr Zimmer.«

Morgan ging durch den Flur und atmete tief durch. »Ich bin ordentlich. Jemand hat meine Sachen durchwühlt. O Gott, ich hatte kleine Diamantstecker und ein altes Goldmedaillon von meiner Urgroßmutter. Der Rest war Modeschmuck. Und in diesen Socken auf dem Boden waren fünf Zwanziger.« Sie schloss die Augen, spürte, wie ihr schwindelig wurde. Sofort riss sie sich zusammen. »Mein Notebook in meinem Arbeitszimmer. In dem Zimmer, wo … in dem anderen Zimmer. Es lag kaputt auf dem Boden, und da war Blut. Das ist mir vorhin nicht aufgefallen. Sie wurde damit geschlagen und getötet. Ich war nicht da, um ihr zu helfen.«

Sie wischte sich die Tränen weg, die unablässig flossen. »Der Autoschlüssel lag nicht in der Schale neben der Haustür. Die Einbrecher haben ihn genommen und sind mit meinem Auto auf und davon.« Sie holte tief Luft. »Das Kennzeichen lautet 5GFK82.«

»Das hilft uns sehr.«

»Sie müssen diejenigen finden, die ihr das angetan haben.

Sie hätte ihnen alles gegeben, was sie wollten. Sie hätten das nicht tun müssen. Sie arbeitet beim Gartencenter. Jemand muss sie heimgefahren haben, weil ihr Wagen in der Werkstatt ist. Es muss also jemanden geben, der weiß, wann sie nach Hause kam. Ihre Mutter …« Morgan klappte zusammen, sie ließ sich zu Boden sinken und ihren Tränen freien Lauf.

Die Sanitäter wollten ihr ein mildes Beruhigungsmittel geben, aber sie lehnte ab. Ihre Gefühle waren alles, was sie noch hatte. Sie bedrängten sie, woanders hinzugehen, während sie taten, was sie tun mussten.

Sie wollte nicht.

Sie setzte sich allein nach draußen. Zwang sich, in der Kneipe anzurufen, woraufhin weitere Tränen flossen und sie verschiedene Angebote bekam, woanders unterzukommen.

Bill schaute vorbei. Vermutlich hatte der Chef ihres Abendjobs den Chef ihres Tagesjobs angerufen. Er schwieg, saß einfach nur neben ihr und legte den Arm um sie. »Du kommst mit zu uns«, beschied er, nachdem ihr letzter Weinkrampf verebbt war.

»Ich kann nicht. Sonst schaffe ich es nicht mehr, zurückzukehren. Das ist mein Zuhause. Ich brauche es.«

»Ich repariere die kaputte Scheibe und mach einen Riegel an die Tür. Ich geh nicht von hier weg, bevor die Polizei mich lässt. Ava wird mir das Auto bringen. Für dich. Ich habe noch den Laster. Ich lasse dich nicht ohne Auto hier. Keine Diskussion.«

»Na gut, danke. Die Polizei muss mein Auto finden, damit sie die Täter finden. Dann kommen die hinter Gitter.«

»Worauf du wetten kannst, mein Schatz. Du brauchst morgen nicht zur Arbeit zu kommen. Erst wenn du wieder dazu in der Lage bist, verstanden?«

»Ich muss morgen Ninas Familie besuchen. Heute Abend kann ich das nicht. Ich habe das Gefühl, dass ich da fehl am

Platz bin. Und Sam … Die Polizei hat gesagt, dass sie mit ihm reden werden und ich ihm nichts sagen darf. Ich bin nicht blöd. Sie wollen sicherstellen, dass er es nicht war. Er hätte ihr nie etwas getan, aber sie müssen ihn verhören.«

»Wenn du irgendwas brauchst: Es gibt jede Menge Leute, die dir helfen wollen. Du bist sehr beliebt, Morgan.« Bill tätschelte ihr Knie. »Jetzt kümmere ich mich um die Tür.«

Als Morgan weit nach Mitternacht endlich allein war, starrte sie auf die Visitenkarte, die ihr einer der Polizisten gegeben hatte. Für eine Tatortreinigung. Eine Reinigung wie in einer x-beliebigen Küche mit schmutzigem Geschirr.

Für den Tatort, an dem Nina gestorben war.

Sie würde dort nicht anrufen. Es betraf Nina, und sie würde das selbst erledigen. Das war das Mindeste, was sie für jemanden tun konnte, den sie geliebt hatte wie eine Schwester. Also holte sie spätnachts in einem Haus, in dem die Stille fast fühlbar war, Eimer und Schrubber heraus.

Die Polizei hatte das Notebook mitgenommen, um es auf Spuren zu untersuchen. Sie hatten Fotos und Videos gemacht, nach Fingerabdrücken gesucht. Die Polizei hatte mit ihr geredet, dabei ständig dieselben Fragen gestellt. Das Blut auf dem Boden, am Türrahmen, an der Wand ihres Arbeitszimmers hatten sie zurückgelassen.

Es dauerte, weil sie sich einmal hatte übergeben müssen und zweimal zusammengeklappt war. Aber sie hatte es geschafft. Wenn nötig, würde sie das Ganze bei Tageslicht wiederholen.

Dann fiel ihr Luke ein. Sollte sie ihm schreiben? Nein, lieber anrufen. Sie ließ es klingeln, erreichte jedoch nur die Mailbox.

Also warf sie das Essen weg, gönnte sich ein Glas Wein in der Hoffnung, dass sie dann einschlafen konnte.

In der Stille, in dieser Leere, legte sie sich in Ninas Bett und umarmte das Kissen, das nach Ninas Shampoo duftete. Obwohl sie eigentlich längst keine Tränen mehr haben dürfte, weinte sie erneut.

Als ein neuer Aprilmorgen dämmerte, schlief sie endlich ein.

4

Morgan versuchte mühsam, sich über Wasser zu halten, sie war einfach am Ende. Aber sie durfte nicht untergehen, durfte sich auf keinen Fall aufgeben. Sie musste noch einmal mit der Polizei reden. Deren Fragen beantworten, eine offizielle Aussage machen. Das hielt die Trauer lebendig.

Ninas Familie war auch so etwas wie ihre Familie. Sie konnte diesen Menschen nicht helfen, wenn sie selbst unterging. Sie trauerte mit ihnen und bemühte sich nach Kräften, bei den Beerdigungsvorbereitungen zu helfen.

Beide Chefs bestanden darauf, dass Morgan sich eine Woche freinahm. Kollegen brachten Essen vorbei. Aufläufe, Nudelgerichte, Schinken, Huhn … Sie teilte sich alles mit Sam. Wenn er nicht bei Ninas Familie war, war er bei ihr. Er hatte sein eigenes Päckchen zu tragen. Sie saß neben ihm, während sie beide in einem Auflauf herumstocherten.

»Immer noch keine Neuigkeiten von deinem Auto?«

»Nein.« Da er Wein zum Essen mitgebracht hatte, das keiner von beiden wirklich anrührte, nippte sie an ihrem Glas. »Ich fürchte, es ist verschwunden. Die Polizei sagt das zwar nicht so direkt, aber ihren Worten kann ich es eindeutig entnehmen. Heute habe ich es bei der Versicherung als gestohlen gemeldet.«

Er drückte ihre Hand. »Albträume?«

»Ja, und wie.«

»Ich auch. Das Angebot, dass ich bei dir übernachte oder du bei mir steht nach wie vor.«

»Ich weiß.«

»Oder dass du mich anrufen kannst, wenn du nachts hochschreckst.«

Jetzt drückte sie seine Hand. »Dasselbe gilt für dich. Es ist toll von Bill, dass er mir sein Auto leiht, aber ich muss mich nach einem neuen umschauen, bevor ich wieder anfange zu arbeiten.«

»Wenn du Hilfe brauchst, gib Bescheid.«

»Danke.«

Sie erwähnte nicht, dass die Versicherungssumme deutlich geringer sein würde als das, was sie für den Wagen bezahlt hatte. Schließlich war er gebraucht und hatte einige Kilometer auf dem Tacho. Dazu kam die hohe Selbstbeteiligung. Aber das war etwas für einen anderen Tag.

»Gestern haben wir ihre Sachen zusammengepackt. Ninas Schwester, ihre Mutter und ich.«

Er nickte und sah ihr in die Augen. »Ich war bei ihren Eltern, bevor ich herkam. Die Fotos, die du mit ihnen für den Trauergottesdienst ausgesucht hast, sind perfekt.«

»Sie machen mir keine Vorwürfe.«

»Du hast dir nichts vorzuwerfen.«

»Rein theoretisch weiß ich das auch. Nie hätte ich mir träumen lassen, dass hier jemand einbricht. Ganz im Ernst: Was gab es für diesen Mistkerl zu holen? Nicht einmal das Auto ist viel wert. Hätte ich doch nur bessere Schlösser einbauen lassen oder in eine Alarmanlage investiert.«

»Hör auf damit.« Diesmal nahm er ihre Hand und ließ sie nicht mehr los. »Echt jetzt, hör auf. Sie hat mir geschrieben, dass ihr Chef sie heimgeschickt hat. Genauso gut könnten wir sagen: Was, wenn ihr Chef sie nicht heimgeschickt hätte? Was, wenn ich vorbeigeschaut hätte, um ihr Medikamente zu bringen, ihr eine Suppe zu kochen oder so. Hätte, hätte, hätte ... Fest steht, dass niemandem etwas vorzuwerfen ist – außer diesen Typen, die das getan haben.«

Weil sie ihm recht geben musste, nickte sie. Trotzdem ... »Es ist mir so schwergefallen, ihre letzten Sachen zu packen, Sam, und sie aus ihrem Zimmer zu räumen. Da allein reinzugehen, jetzt, wo nichts mehr von ihr da ist ...«

»Sie hat gern bei dir gewohnt. Ich wusste, es würde schwer werden, sie zu überreden, mit mir zusammenzuziehen. Eben, weil sie sich bei dir so wohl gefühlt hat.«

Sie bekam einen Kloß in der Kehle. »Das wolltest du sie fragen?«

»Ich hätte noch ein bisschen damit gewartet.« Mit einem schiefen Grinsen klopfte er sich gegen die Schläfe. »Aus strategischen Gründen. Ich weiß, dass wir erst wenige Wochen richtig zusammen waren, aber für mich war es ernst.«

»Das wusste sie.«

»Echt?«

Sie sah den Schmerz in seinen Augen, der genauso unermesslich war wie ihrer. »Klar. Du warst nicht nur eine Affäre, Sam. Du hättest ihr etwas Zeit geben, die richtigen Worte finden müssen, aber dann hätte sie Ja gesagt.«

»Wie sollen wir bloß über ihren Tod hinwegkommen, Morgan? Wie sollen wir ohne sie weiterleben?«

»Keine Ahnung. Ich weiß noch, wie wir ihr Zimmer gestrichen haben, bevor sie eingezogen ist. Das Haus hatte ich gerade erst gekauft, Nina war also von Anfang an dabei. Sie hatte diese Fliederfarbe im Haar und, als wir fertig waren, auch im Gesicht.« Morgan sah es genau vor sich, so als wäre es erst gestern gewesen. »Und wie sie mir das Blumenpflanzen gezeigt hat. Wie sie sich nicht hat abwimmeln lassen und

mich zu meinem ersten Abendessen bei ihrer Familie mitge-
schleift hat.«

»Die sind wirklich unvergleichlich.«

»Sie wollte mich mit ihrem Bruder Rick verkuppeln.«

Sam nippte an einem Bier. »Tja, wohl eher erfolglos.«

Das entlockte ihrer zugeschnürten Kehle ein kurzes Auflachen. »Ich weiß noch, wie sie dich mit ins Round gebracht
hat, damit ich dich begutachten kann.«

»Wir haben Tequila Shots getrunken.«

»Stimmt. Und dann der Abend, an dem wir gekocht haben.
Als ich von der Arbeit kam, stand sie genau dort. Die Küche
sah aus, als hätte eine Bombe eingeschlagen. Sie hat sich kaum
wieder eingekriegt vor Begeisterung darüber, dass ihr die Marinade für die Lammkoteletts gelungen ist.«

»Ein wirklich schöner Abend.«

»Ein großartiger Abend.«

Er stocherte weiter in seinem Essen herum. »Du hast immer
noch nichts von Luke gehört?«

»Ich fürchte, der ist weg, genauso wie mein Auto. Er hat
nicht auf meine Nachrichten oder die Anrufe wegen Nina ge-
antwortet. Manche Leute können mit so was nicht umgehen
oder wollen keinen emotionalen Stress.« Sie zuckte mit den
Schultern. »Besser, das klärt sich gleich am Anfang, bevor die
Beziehung ernster wird.«

»Dabei hat er so einen zuverlässigen Eindruck gemacht.«

»Er war nur vorübergehend in der Gegend. Das hat er von
Anfang an klargemacht. Wenn er da war, war er zuverlässig.«
Sie zuckte erneut mit den Schultern. »Egal. Was vorbei ist, ist
vorbei.« Sie meinte es ernst. »Er spielt keine Rolle.«

Bevor Sam ging, kontrollierte er wie immer das Schloss an
der Hintertür. »Also, bis morgen. Ich kann dich abholen, wenn
du willst.«

»Ich habe Bills Auto.«

»Ich war noch nie auf einem Trauergottesdienst.«

»Das wird bestimmt nicht ohne.« Schon bei dem Gedanken daran bekam sie Bauchschmerzen. »Wir halten zusammen.«

»Ja.« Er umarmte sie. »Schließ hinter mir ab.«

Sie wusste, dass er wartete, bis er das Klicken des Riegels hörte, und sie wusste auch, dass sie das Schloss an der Hintertür zwanghaft noch einmal kontrollieren würde, bevor sie ins Bett ging. Ebenso das der Haustür.

Allein betrat sie Ninas leeres Zimmer, in dem die fröhlichen Wände dunkle Stellen aufwiesen, wo zuvor Bilder gehangen hatten. Blumenposter … bei Nina hatte sich alles um Blumen gedreht. Dann war da der Fleck, wo ihre Pinnwand mit den Zeichnungen ihrer kleinen Cousinen, Nichten und Neffen gehangen hatte. Dort pinnte sie auch Zettel mit Verabredungsterminen dran. Nun kündeten nur diese Leerstellen davon, dass Nina Ramos einst hier gewohnt hatte.

Morgan würde sich eine neue Mitbewohnerin suchen müssen. Sonst reichte ihr Geld nicht für den Hauskredit und ihre anderen Ausgaben. Doch wie sollte sie es je ertragen, dass eine andere Person dieses Zimmer bezog? Sie machte das Licht aus, schloss die Zimmertür und wusste, dass sie das schaffen würde. Ganz einfach, weil sie es musste.

Am nächsten Morgen um zehn saß sie mit Sam hinter Ninas Verwandtschaft in einer Kirchenbank. Hinter Eltern, Großeltern, Geschwistern, Cousinen, Tanten, Onkeln, Nichten und Neffen. Hinter Menschen, die teilweise aus einem anderen Bundesstaat und sogar aus Mexiko angereist waren. Familie, Freunde, Kollegen, ehemalige Klassenkameraden, Kunden des Gartencenters – die Kirche war gesteckt voll. Eine von Ninas Cousinen sang wunderschön.

Ninas Schwester hielt die Trauerrede, aber es kamen noch andere zu Wort. Da Ninas Mutter Morgan gebeten hatte, ebenfalls etwas zu sagen, schob sie sich aus der Bank, ging an dem mit Blumen geschmückten Sarg vorbei und erzählte von ihrer Freundschaft. Davon, wie Nina ihr geholfen hatte, aus ihrem ersten eigenen Haus ein Zuhause zu machen, ihr gezeigt hatte, wie man einen Garten anlegt. Davon, wie herzlich sie von Ninas Familie aufgenommen worden war, weil ihre eigene so weit weg lebte.

Das Ganze erschien ihr vollkommen surreal. Das Ritual, die Musik, die Blumen, die Worte – sogar ihre eigene kleine Rede.

Als es vorbei war, wunderte sie sich, dass sie nichts anderes fühlte als davor. Während sie mit den anderen zum Friedhof fuhr, dachte sie darüber nach. Eigentlich hatte sie erwartet, nach dem Trauergottesdienst, nach dem Ritual und den ganzen Worten weniger Kummer zu verspüren, besser damit umgehen zu können. Zumindest ansatzweise. Aber als sie neben Sam stand und seine Hand nahm, als würde sie ohne diesen Anker davontreiben, war alles wie vorher. Der Priester spendete in seiner Grabrede Trost, der bei ihr nicht ankam.

Sie spürte die kühle Aprilluft im Gesicht, sah das grüne Gras, das Grau und Weiß der marmornen Grabsteine. Die Blumen. So viele Blumen für Nina. Irgendwo sang ein Vogel. Die Sonne spiegelte sich im polierten Holz des Sarges. Sie ließ die weißen Rosen erstrahlen, die ihn bedeckten.

Sie dachte an Nina, die darin lag, im hellrosa Kleid, das ihre Mutter ausgesucht hatte. Sie hatten Nina nicht aufbahren lassen, aber ihre Mutter hatte sich das rosa Kleid gewünscht und eine weiße Rosenknospe im Haar.

Doch sie lag nicht wirklich da drin, wie Morgan klar wurde. Nina befand sich nicht in der mit Seide ausgeschlagenen Kiste. Sie war dort, wo diejenigen hinkommen, die von uns gehen. Sie war bereits dort gewesen, bevor Morgan nach Hause kam und sie auf dem Fußboden vorfand. Sie war längst fort gewesen.

Gräber, Grabsteine, Worte und Musik waren nicht für die

Toten gedacht, sondern für die Lebenden, die Hinterbliebenen. Darauf vertrauend, konnte Morgan sich kurz ihrem Schmerz hingeben. Für einen Moment verbarg sie das Gesicht an Sams Schulter und ließ sich von ihrer Trauer überwältigen. Als sie wieder Luft bekam, erneut die kühle Frühlingsluft spürte, war sie einen Millimeter weitergekommen bei der Verarbeitung dessen, was geschehen war. Sie umarmte die Angehörigen, einen nach dem anderen. Sie kondolierten sich gegenseitig. Dabei bekam sie heftige Kopfschmerzen.

Auf dem Weg zu Bills Wagen dachte sie an das nächste Trauerritual. Zurück zur Familie, um gemeinsam etwas zu essen und zusammenzusitzen.

Dort ging sie nach einer Stunde, weil die Kopfschmerzen unerträglich wurden und sie die Erschöpfung überwältigte. Sie wünschte sich nichts sehnlicher, als ihr schwarzes Kleid auszuziehen, sich ins Bett zu legen und zu schlafen. Um endlich allein zu sein, bevor sie sich mit dem »Danach« beschäftigen musste.

Sie würde sich dem Leben erneut stellen müssen.

Als Morgan in ihrer Einfahrt hielt, stiegen gerade zwei Personen aus einem am Straßenrand parkenden Wagen. Sie blieb stehen, als die beiden im dunklen Anzug und dunklen Kostüm die Einfahrt betraten. Keine Reporter, dachte sie. Sie hatte in den vergangenen Tagen gelernt, diese Leute zu identifizieren und zu meiden. Polizei? Leute von der Versicherung? Was wollten sie von ihr? Sie hatte nichts mehr zu sagen.

»Ms. Albright?« Der Mann im Anzug, ergraut und untersetzt, hielt ihr einen Dienstausweis hin. Die Frau, dunkle Hautfarbe, kurze Locken und dunkelbraune, seltsame kühle Augen, tat es ihm gleich. »FBI-Ermittler Morrison und Beck. Könnten wir Sie kurz sprechen?«

Da ihre Schläfen pochten, starrte Morgan nur auf die Dienstausweise. »FBI? Ich verstehe nicht.«

»Uns ist bewusst, dass Sie einen harten Tag hinter sich haben. Aber wenn wir kurz hereinkommen dürften, würden wir Ihnen gern etwas erklären.«

»Geht es um Nina?«

»Ja, Ma'am.«

»Na gut.« Sie ging voran. »Ich habe schon mit der Polizei gesprochen und meine Aussage gemacht. Wirklich, ich weiß nicht mehr.« Sie schloss auf und ging ins Haus. »Ich kann Kaffee machen«, bot sie an, wenn auch nur aus Pflichtgefühl.

Die Frau, Beck, nickte unmerklich. »Wenn es nicht zu viele Umstände macht.«

»Nein. Setzen Sie sich, ich bin gleich wieder da.«

Statt im Wohnzimmer Platz zu nehmen, folgte ihr Morrison und blieb in der Küchentür stehen. »Ein schönes Haus.«

»Danke.« Als sie den Kaffee aufsetzte, sah sie, wie sein Blick zur Hintertür huschte. »Bill, mein Chef, hat die Tür gesichert. Die Polizei … die Beamten, die nach den anderen Polizisten und der Spurensicherung gekommen sind, haben gesagt, es ist okay, die kaputte Scheibe auszutauschen und den Riegel zu installieren.«

»Natürlich.«

»Ich hatte vorher nur ein Zylinderschloss. Er hat die Scheibe eingeschlagen, die Hand durch das Loch gesteckt und die Klinke runtergedrückt.«

»Er?«

»Er, sie, einer oder mehrere … keine Ahnung.«

»Sie kam überraschend früh nach Hause?«

Schon wieder, dachte Morgan. Sie musste alles von vorn erzählen. »Sie war krank und wurde heimgeschickt. Ein Kollege hat sie nach Hause gefahren, weil ihr Auto in der Werkstatt war. Er meinte, sie hätten angehalten, um Medikamente zu kaufen. Sie muss sich hingelegt haben, denn die Tabletten lagen auf dem Nachttisch und die Box mit den Taschentüchern stand auf dem Bett.« Sie blieb beschäftigt, holte Becher, Sahne, Zucker, Löffel, ein Tablett. »Die Ermittler meinten, es sähe ganz danach aus, dass er in mein Arbeitszimmer gegangen ist. Entweder um es als Erstes zu durchsuchen, oder um sich dort zu verstecken, weil er sie gehört hat. Das Haus hätte eigentlich leer sein sollen. Er war im Arbeitszimmer, und sie kam rein, als er sie umgebracht hat. Wie oft muss ich das eigentlich wiederholen?«

»Darf ich Ihnen das Tablett abnehmen?«

Sie ließ es geschehen, weil sie sich setzen wollte. Sie wollte es hinter sich bringen. Beck nahm ihrem Kollegen das Tablett ab, sobald sie das Wohnzimmer betraten.

»Sie haben den Autoschlüssel zu Hause aufbewahrt. Gut sichtbar?«

»Selbstverständlich, ja.« Vom Verstand her wusste sie, dass die beiden nur ihren Job machten, aber sie war genervt. »Auch das habe ich schon mehrfach erzählt. In der Schale neben der Haustür. Ich komme rein und lege ihn dorthin, so weiß ich immer, wo er ist. Der Kerl muss geglaubt haben, das Haus wäre leer. Davon gingen die Ermittler zumindest aus.« Gequält presste sie die Finger gegen die Lider. »Er ist eingebrochen und hat Nina umgebracht, weil sie zu Hause war. Er hat ihren und meinen Schmuck gestohlen – beides kaum etwas wert. Ich hatte hundert Dollar in bar in einer Socke. Dazu kam das Bargeld, das Nina in ihrer Schublade aufbewahrt hat. Er hat ihr Notebook und ihr Handy geklaut. Mein Notebook ging kaputt, als er sie damit erschlagen hat. Dann hat er sich den Autoschlüssel aus der Schale geschnappt und ist mit meinem Wagen abgehauen. Mehr weiß ich nicht.«

Beck klappte einen schmalen Koffer auf und holte ein Foto heraus. »Kennen Sie diesen Mann?«

Sein Haar war länger und lässig zerzaust, aber sonst … Zu den Kopfschmerzen gesellte sich Übelkeit. »Luke Hudson.«

»Woher kennen Sie ihn?«

»Er kam in die Kneipe, in der ich abends arbeite. Ich bin Barkeeperin. Er wollte ein lokales Bier, hat mit mir geplaudert. Er meinte, er wäre für ein paar Monate in der Gegend. Als IT-Spezialist für Smart-Home- und Smart-Office-Anwendungen.« Ihre Hände zitterten, also setzte sie sich darauf. »Das stimmt nicht, oder? Sonst wären Sie nicht gekommen. War er es?«

»War er jemals hier?« Morrison ignorierte ihre Frage. »In Ihrem Haus?«

»Ein einziges Mal. Wir haben zusammen zu Abend gegessen, Nina, Sam und ich. Nina war mit Sam Nichols zusammen. Wir haben die Männer zum Essen eingeladen, am … am …« Sie verstummte und presste die Lippen zusammen. »Am Montagabend vor ihrem Tod. An meinem freien Abend.«

Beck notierte sich etwas.

Morgan rieb sich die Arme, sie hatte Gänsehaut. »Ich … Er war ein paarmal in der Kneipe. Er war freundlich, nicht aufdringlich. Hat sich auch mit anderen Gästen unterhalten. Irgendwann hat er mich zum Abendessen eingeladen. Auf eine Pizza. Ich dachte, warum nicht? Wir haben uns bei Luigi's getroffen.«

»Hatten Sie eine sexuelle Beziehung mit ihm?«

Morgan schaute Beck an. »Nein. Nina wollte Sam und ihn bekochen. An meinem freien Montagabend. Wie bereits erwähnt. Sonntag- und Montagabend habe ich frei, solange hinterm Tresen kein Personal fehlt.«

»Er war also zum Abendessen hier«, hakte Morrison nach.

»Ja.« Wieder setzte sie sich auf ihre Hände. »Es war das erste Mal, dass wir ein richtiges Abendessen gekocht haben. Dann hat sich sein Terminplan geändert. Er meinte, er müsse für zwei, drei Tage nach Baltimore. In dieser Zeit hat er mir ein paarmal geschrieben.«

»Hat er das Zimmer, in dem Sie alle gesessen haben, irgendwann verlassen?«

»Nein, wir …« Sie zog die Hände unter den Schenkeln hervor, presste die Finger erneut gegen die Lider. »Doch, doch das hat er. Er hat gefragt, ob er sich die Hände waschen kann. Das Bad ist da hinten.« Sie zeigte in die entsprechende Richtung. »Als er zurückkam, hat er sich entschuldigt, dass es so lang gedauert hat. Er musste telefonieren.«

»Wie lang war er fort?«

»Keine Ahnung. Wir haben Wein getrunken und geredet und … Moment mal.« Sie fuhr sich mit den Fingern durchs Haar. »Spargel. Ich glaube … ja, knapp zehn Minuten. Hat er es getan? Wer ist er? Warum sollte er so was machen? Für ein Notebook und ein gebrauchtes Auto? Das ist ja verrückt.«

»Er heißt Gavin Rozwell, und genau das ist seine Spezialität. Er ist ein Psychopath, ein Betrüger, ein Serienmörder. Und Sie, Ms. Albright, sind genau sein Typ.«

»Ich bin sein Typ? Was denn für ein Typ?«

»Eine zierliche Blondine, Single, zwischen vierundzwanzig und dreißig. Der androgyne Name ist ebenfalls von Vorteil.«

Sie hörte, was Beck da sagte, doch es klang wie eine Fremdsprache. »Wie bitte?«

»Das hilft ihm dabei, Ihre Identität zu klauen und sich in Morgan Albright zu verwandeln. Er hat Sie sich ausgeguckt, schon bevor er überhaupt das erste Mal in die Kneipe kam.«

»Das ist völlig irre«, meinte Morgan »Warum sollte er meine Identität stehlen wollen? Ich habe nichts.«

»Sie haben dieses Haus«, erklärte ihr Morrison. »Sie hatten ein Auto. Sie haben zwei Jobs, also auch ein Bankkonto.«

»Das Wichtigste dabei ist, dass er es genießt«, fügte Beck hinzu. »Haben Sie irgendwelche Kreditkarten?«

»Eine. Ich benutze sie überwiegend für Lebensmitteleinkäufe und fürs Tanken, die Beträge werden monatlich abgebucht. Sie ist wichtig für die Beurteilung meiner Kreditwürdigkeit.«

»Die hat er bestimmt geknackt, mindestens eine weitere angefordert und diese bis zum Limit belastet. Machen Sie Onlinebanking?«

»Ja, bei meinem vollen Terminkalender …«

»Haben Sie letzte Woche Ihren Kontostand kontrolliert?«

»Nein. Warum sollte ich?«

»Könnten Sie bitte sofort mal nachsehen?«

Fast wäre sie aufgestanden, um zu ihrem Notebook im Arbeitszimmer zu gehen. Sie zückte ihr Handy. Sämtliche Farbe wich aus ihrem Gesicht. »Das kann doch nicht wahr sein. Da steht, dass ich keine zweihundert Dollar mehr habe. Ich hatte etwas mehr als Zwölftausend. Dafür habe ich Jahre gespart. Das muss ein Irrtum sein.«

»Wir haben es mit Cyberkriminalität zu tun, Ms. Albright, mit Identitätsdiebstahl. Tut mir leid«, fuhr Morrison fort. »Es dürfte sogar noch schlimmer kommen. Sie besitzen eine Immobilie, und auf solche Leute hat er es abgesehen. Höchstwahrscheinlich hat er Ihre Identität und die Informationen aus Ihrem Computer benutzt, um eine Hypothek aufzunehmen und einen Geschäftskredit zu beantragen. Er dürfte sich eher an Geldverleiher statt an Banken gewandt haben. Die verlangen höhere Zinsen für kurzfristige Darlehen. Die Schadsoftware, die er vermutlich in diesen zehn Minuten auf Ihrem Computer installiert hat, hat ihn in die Lage versetzt, Zugriff auf Ihre Konten zu bekommen.«

»Er kennt sich auf diesem Gebiet sehr gut aus«, ergänzte Beck. »Vermutlich ist er ohne Probleme ins Haus gelangt. Bestimmt wollte er die Schadsoftware deinstallieren und dann verschwinden. Nur leider war Ms. Ramos da. Da hat er den Einbruch fingiert, die Scheibe eingeschlagen und die Wertsachen sowie das Bargeld von Ihnen beiden eingesteckt, um vom Rest abzulenken.«

»Ms. Albright.« Morrison wartete, bis ihr glasiger Blick auf seinem Gesicht ruhte. »Was Ihnen und Ihrer Freundin da passiert ist, tut uns sehr leid. Meine Kollegin und ich sind seit Jahren hinter Rozwell her. Was hier geschah, ließ uns zuerst nicht hellhörig werden, da Ms. Ramos nicht sein Typ ist. Sie war zierlich, hatte dunkles Haar und einen hispanischen Nachnamen. Außerdem besaß sie keine Immobilie. Hinzu kam der ungeschickte Einbruch. Doch dann wurden Sie in einem Artikel erwähnt. Ihr Haus. Ihr Auto.«

»Sie sind sein Typ«, fuhr Beck fort. »Nachdem er Sie finanziell ruiniert hätte, hätte er Sie umgebracht. Er kennt Ihre Arbeitszeiten, Ihre Gewohnheiten, hat sich Ihr Vertrauen erschlichen. Er hätte Sie abgepasst, wenn Sie alleine sind, und Ihnen das angetan, was er Ms. Ramos angetan hat.«

»Aber Sie sind noch am Leben. Sie sind das erste seiner Opfer, mit dem wir reden können.«

»Ich muss mal …« Morgan erhob sich und rannte ins Bad. Nachdem sie sich übergeben hatte, spritzte sie sich Wasser ins Gesicht und spülte den Mund aus. Im Spiegel sah sie einen Schatten ihrer selbst. Sie war käseweiß, ihr Blick starr. Nach dem Abflauen der Übelkeit fühlte sie sich wie betäubt. Sie ging ins Wohnzimmer zurück. »Was soll ich tun?«

»Ich weiß, das ist ein Schock für Sie«, hob Morrison an. »Mir ist bewusst, was für eine schwere Zeit Sie gerade durchmachen. Können wir jemanden anrufen?«

»Nein. Was soll ich tun?«

»Sie sind die einzige Überlebende, die wir kennen«, wiederholte Beck. »Sie müssen uns alles erzählen, woran Sie sich erinnern können. Was er getan und gesagt hat. Sie meinten, er hätte Ihnen Nachrichten geschrieben. Die würden wir gern kopieren. Was den Identitätsdiebstahl und Ihre aktuelle Lage betrifft rate ich Ihnen, sich so bald wie möglich einen Anwalt zu nehmen, der sich um all das kümmert.«

»Wovon soll ich den bezahlen?«, fragte sie. »Ich bin pleite … Er kam eines Dienstagabends in die Kneipe«, erinnerte sie sich laut und erzählte ihnen alles, was sie wusste.

***

Es wurde schlimmer, immer schlimmer.

In den nächsten sechs Wochen wurde Morgan das Ausmaß des Schadens, den Gavin Rozwell angerichtet hatte, erst richtig bewusst. Er hatte es geschafft, ihre letzte Darlehensrate umzuleiten und ihre beiden letzten Gehaltsschecks einzulösen – für jeden Job einen. Er hatte ihre Kreditkarte mit über achttausend Dollar belastet und zwei weitere Kreditkarten beantragt, wodurch sie sich insgesamt mit mehr als fünfzehntausend Dollar in den Miesen befand. Er hatte in ihrem Namen eine Hypothek auf das Haus aufgenommen. Ihre liebevollen Renovierungsarbeiten hatten den Wert des Hauses erhöht. Ihre Kreditwürdigkeit war ausgezeichnet gewesen. Er hatte das Limit ausgeschöpft und war mit fünfundzwanzigtausend Dollar abgehauen. Dazu kam ein Start-up-Kredit in Höhe von weiteren fünfundzwanzigtausend Dollar, den er sich mit ihrem Haus als Sicherheit organisiert hatte.

Eigentlich hätte er gar keine zwei Kredite von zwei verschiedenen Geldgebern bewilligt bekommen dürfen, aber er hatte es geschafft. Nicht zum ersten Mal, wie sie erfuhr. Die Versicherungssumme, die sie für ihren gestohlenen Wagen bekommen hatte, deckte kaum den Betrag, den sie der Bank noch für das Auto zurückzahlen musste. Ihr blieben nur Schulden, juristische Probleme und Sorgen. Fast noch schlimmer war, dass er das gestohlene Notebook benutzt hatte, um auch Ninas mickrige Ersparnisse abzuräumen.

Sie musste all ihren Stolz hinunterschlucken, um ihre Großmutter anzurufen und sie zu bitten, ihr Geld für einen Anwalt zu leihen. Beide Arbeitgeber boten ihr finanzielle Unterstützung an, die sie nicht annehmen wollte.

Doch sie ließ sich Ninas Auto schenken, obwohl sie sich dafür schämte. Sie musste arbeiten. Um zu ihrem Arbeitsplatz zu gelangen, brauchte sie ein Auto.

Eines Sonntagmorgens Mitte Juli erfuhr Morgan dann von einem weiteren Darlehen, das auf ihren Namen aufgenommen worden war, als zwei Männer vor ihrer Haustür standen. Sie sah auf den ersten Blick, dass es Geldeintreiber waren, also stellte sie den Rasenmäher ab und wartete.

»Wir suchen Morgan Albright.«

»Ich bin Morgan Albright.«

Die beiden Männer tauschten einen Blick. »Sie sehen kein bisschen aus wie er.«

»Weil ich nicht er bin«, erklärte sie erschöpft. »Wenn es um die Hypothek, den Start-up-Kredit und die Kreditkarten geht: Darum kümmert sich mein Anwalt.«

»Sie sind in Zahlungsverzug, Morgan. Mr. Castle hat Ihnen die zwanzigtausend in gutem Glauben überlassen. Am ersten Juli sollte alles vollständig zurückgezahlt sein. Und seit dem Ersten haben sich die Zinsen täglich verdoppelt.«

»Ich kenne keinen Mr. Castle, und er hat mir auch nichts geliehen. Ich bin Opfer eines Identitätsdiebstahls geworden und gebe Ihnen gern die Kontaktdaten meines Anwalts sowie die der zuständigen FBI-Ermittler.«

»Mr. Castle interessiert sich nicht für Ihre Probleme, Lady. Morgan Albright hat das Geld bekommen, und Morgan Albright wird es zurückzahlen.«

»Wie wär's, wenn Sie guten Willen zeigen und uns zehn Prozent geben«, schlug der andere Mann vor. »Sie wollen doch keinen Ärger.«

Genauso gut hätten sie das Blaue vom Himmel verlangen können. »Ich habe bereits nichts als Ärger und keine zehn Prozent von irgendwas. Weil er sich nämlich alles genommen hat. Sie suchen nach einem Mann namens Gavin Rozwell. *Er* hat Mr. Castles Geld.« Sie warf die Hände in die Luft. »Ich habe zwei Jobs und kann kaum die Rechnungen bezahlen. Meine Anwaltsgebühren fressen mich auf. Es ist der reinste Albtraum. Er hat meine Freundin erst halb erschlagen und dann erdrosselt, um Himmels willen! Suchen Sie nach ihm. Finden Sie diesen Mistkerl. Die Polizei scheint das nicht zu können.«

»Was für eine Geschichte. Damit können Sie das Ganze um höchstens eine Woche hinausschieben. Aber wenn wir dann zurückkommen, sind wir nicht mehr so freundlich.«

Sie rief die FBI-Ermittler an.

Am nächsten Morgen sah sie, dass die Reifen von Ninas Auto zerstochen worden waren. Morgan hatte keine Tränen mehr übrig. Sie mochte den ganzen Arbeitsweg über zittern, aber Tränen hatte sie keine mehr. Sie erzählte keinem davon, auch nicht Bill. Die Vorstellung, darüber sprechen zu müssen, erschöpfte sie.

Um den Kredit für das Haus abzahlen zu können, arbeitete sie auch noch montagabends, denn niemand wollte das Zimmer einer Ermordeten mieten. Ein Gefallen ihres Chefs, denn sie wusste, dass sie eigentlich nicht gebraucht wurde.

Nachdem sie das mit den Reifen gesehen hatte, schnappte sie sich ihre Barklamotten, statt sich ein Brot zu machen, zog sich schnell um und schminkte sich, so gut sie konnte. Jetzt würde sie nach Mitternacht mit dem Rad heimfahren, aber sie hatte Reflektoren und eine Stirnlampe. Das geht schon, redete sie sich ein.

In der Bar bediente sie Einheimische und mixte Drinks für Touristen. Ein Mann setzte sich auf einen der freien Hocker. Untersetzte Statur, Mitte fünfzig, leicht gewelltes tintenschwarzes

Haar. Er trug ein hellblaues Polohemd und eine leichte Baumwollhose. »Ein schöner Abend«, sagte er.

»Das stimmt. Was darf ich Ihnen bringen?«

»Einen Gin Tonic mit etwas Limette. Nette Kneipe.« Er schaute sich um. »Gute Atmosphäre.«

»Das finden wir auch. Sind Sie das erste Mal hier?«

»Ja. Bin auf der Durchreise. Und Sie, sind Sie von hier?«

»Jetzt schon, ja.« Als sie ihm seinen Drink servierte, legte er ihr einen Zettel mit einer Zahl darauf hin. »Das schuldet er mir bis heute.« Dann hob er die Hand. »Ich will Ihnen keine Probleme machen. Ich bin nur gekommen, um an einem öffentlichen Ort mit Ihnen zu reden.«

Ihre Kehle schnürte sich zusammen, sie konnte kaum schlucken. »Ich hab kein Geld.«

»Wie bereits gesagt«, er klopfte auf den Zettel. »Das schuldet *er* mir. Nicht Sie. Er hat uns beide verarscht. Meine Angestellten haben mir Ihre Geschichte erzählt. Ich bekomme viele traurige Geschichten zu hören, auch viele erfundene, aber Ihre wurde bestätigt.« Er hob seinen Drink und ließ sie nicht aus den Augen, während er daran nippte. »Gut eingeschenkt, der Gin. Ich wollte Ihnen nur sagen, dass Sie von mir keinen Ärger zu befürchten haben.« Er steckte den Zettel wieder ein. »Das sind nicht Ihre Schulden. Ich finde es nicht fair, Sie damit zu belasten. Das können Sie also abhaken.« Er trank erneut. »Der Kerl hat mir eine traurige Geschichte erzählt. Das hat er echt drauf. Ich bin stinksauer. Er hat mir Ihren Namen, Ihre Adresse und Ihren Arbeitsplatz genannt. Beide Arbeitsplätze. Wissen Sie noch irgendwas über ihn, das nicht in der Zeitung steht?«

»Keine Ahnung. Ich habe nichts davon verfolgt.«

Er nickte nur. »Ich habe das mit Ihrer Freundin gelesen und ihr Foto gesehen. Eine hübsche junge Frau. Nur wer echt krank ist, tut Frauen so was an.« Er zückte eine Geldspange und zog zwei Fünfziger heraus. »Wir zwei sind quitt. Sie haben mein Wort, und darauf können Sie sich verlassen. Entschuldigen Sie die Unannehmlichkeiten.«

»Mr. Castle.« Sie schob ihm die Scheine wieder hin. »Das ist zu viel.«

Er schüttelte den Kopf. »Ich zahle meine Schulden«, sagte er und ging.

Als Morgan am nächsten Tag das Haus verließ, hatte Ninas Wagen vier neue Reifen.

5

Der Sommer wich dem Herbst. Doch Morgan konnte sich nicht wie sonst über den Wechsel der Jahreszeiten freuen.

Weil sie sich der Realität stellen musste.

Sie versuchte alle Bälle gleichzeitig in der Luft zu halten. Allein die Anwaltskosten überstiegen die Summe, die ihre Großmutter ihr geliehen hatte. Trotzdem konnte Morgan sich nicht dazu durchringen, sie um mehr Geld zu bitten. Ihr Leben drehte sich inzwischen nur noch um Arbeit, Rechnungen, Schulden und die damit verbundenen Sorgen. Ihre Mutter und ihre Großmutter wollten sie gern besuchen, doch auch das war ihr zu viel. Sie sagte ab.

Obwohl sie fast achtzig Stunden die Woche arbeitete, konnte sie ihren Verbindlichkeiten nicht nachkommen. Ninas Auto brauchte weitere Reparaturen. Auch wenn Larry ihr einen Spezialpreis gemacht hatte, riss das eine empfindliche Lücke. Ihre Waschmaschine beschloss den Geist aufzugeben und setzte alles unter Wasser. Genau einen Tag, nachdem sie neue Mäntel für die Fahrradreifen gebraucht hatte.

Als Nächstes wurde ihr der Strom abgestellt. Morgan hatte die Rechnung zwar bezahlt, aber Gavin Rozwell hatte mit ihrer Kundennummer den Vertrag gekündigt. Sie versuchte, das in Ordnung zu bringen. Die Stromgesellschaft bestand jedoch auf die Gebühren für den neuen Stromanschluss. Gleichzeitig erfuhr sie, dass ihr Peiniger auch ihre Haftpflichtversicherung gekündigt und enorm hohe Rechnungen bei ihrer Krankenversicherung eingereicht hatte. Das lasse sich alles regeln, versicherte ihr der Anwalt. Gegen zusätzliche Gebühren, Prozesskosten und Auslagen, in der Hoffnung, sie später zurückbezahlt zu bekommen.

Im November akzeptierte Morgan, dass ihr die Sache finanziell über den Kopf wuchs. Zusammen mit Sam ging sie zu Ninas Grab mit dem weißen Grabstein. Es stürmte, der Wind verwehte totes Laub, und der bleigraue Himmel kündete von Schneeregen. Sie hatten keine Blumen dabei. Nina hätte es gehasst, wenn diese in der Kälte verwelkt und erfroren wären. Da waren sie sich einig.

»Ich weiß, dass sie nicht mehr da ist.« Morgan lehnte den Kopf an Sams Schulter. »Manchmal spüre ich sie trotzdem im Haus. Das hilft. Klingt das seltsam?«

»Ich finde nicht.« Er legte den Arm um sie. »Ich gehe alle paar Wochen zu ihrer Familie zum Abendessen, weil mir das hilft. Du warst länger nicht mehr dort.«

»Ich habe kaum Zeit zum Luftholen.«

»Es tut mir alles so leid, Morgan. Ich gebe die Hoffnung nicht auf, dass sich eines Tages alles regeln wird.«

»Ich werde das Haus verkaufen.«

»Das geht doch nicht.« Er trat einen Schritt zurück und packte sie an den Armen. »Es muss eine andere Lösung geben.«

»Ich kann es nicht halten. Wenn ich die Raten für das Darlehen zahle, kann ich die anderen Schulden nicht begleichen. Wenn ich die anderen Schulden abbezahle, muss ich beim Darlehen passen. Ich ersticke in Anwaltsrechnungen, und dauernd kommen neue.« Sie atmete tief durch. »Wollen wir ein bisschen spazieren gehen? Ich habe sonst das Gefühl, Nina damit zu belasten.«

»Gern.« Er nahm ihre Hand. »Ich muss dir doch irgendwie helfen können. Du kennst viele Leute, die dir gern unter die Arme greifen wollen, Morgan.«

»Ich weiß, aber er hat mich nicht nur ruiniert, sondern mir auch sämtliche Freude an meinem Haus genommen. Es ist nur noch eine Last, die ich irgendwie stemmen muss, Sam, nicht mehr mein Zuhause. Ich weiß nicht, wie lange es dauern wird, bis ich wieder auf die Beine komme. Bestimmt werden Jahre vergehen, bis ich meinen Status quo wieder erreicht habe.«

»Dieser Mistkerl. Wieso finden die diesen Mistkerl nicht?«

»Keine Ahnung. Damals, als er anfing in die Bar zu kommen hat Gracie, die Kellnerin im Round, gesagt dass er was Glattes hat und sie ihm nicht traut. Leider hatte sie recht.«

»Was willst du jetzt machen?«

»Das Haus verkaufen. Die Maklerin hat mir geraten, bis März oder April damit zu warten. Es könnte dauern, das Haus zu veräußern. Aber ich muss sofort loslegen. Nur dann kann ich durchhalten. Ich habe also keine andere Wahl.« Sie betrachtete die Grabsteine, die Skulpturen und Blumen, die verwelken und vergehen würden. »Sobald der Verkauf über die Bühne ist, ziehe ich nach Vermont.«

»Ach, Morgan!«

»Ich kann nicht bleiben und mir eine neue Wohnung suchen. Nicht in dem Wissen, dass alles weg ist, was ich mir erarbeitet hatte. Wenn ich jeden Tag auf dem Weg zur Arbeit damit konfrontiert werde. Genauso beim Einkaufen oder Tanken. Das schaff ich einfach nicht.«

»Ich verstehe das, Morgan, wirklich.«

»Gestern Abend habe ich mit meiner Mutter und meiner Großmutter gesprochen. Sie werden mich aufnehmen.«

»Vielleicht kannst du bis zum neuen Jahr warten, bevor du das mit dem Haus angehst, dir ein wenig mehr Zeit geben.«

»Es ist nicht mehr mein Zuhause«, betonte sie erneut. »Und die Arbeit? Das sind nur noch Jobs. Aufstehen, zur Arbeit gehen, heimgehen, wieder zur Arbeit und dann ins Bett. Am nächsten Tag alles wieder von vorn. Die Sorgen erdrücken mich schier. So möchte ich nicht leben.«

»Gönn dir eine Pause. Begleite mich zu Ninas Familie zum Abendessen.«

»Ich kann nicht, ehrlich. Die werden mir Druck wegen Thanksgiving machen. Am Telefon kann ich leichter absagen. Ich kann dieses Jahr keine Dankbarkeit heucheln. Aber bitte sag ihnen nichts davon.« Sie blieb stehen, drehte sich um und packte seine Hände. »Ich werde ihnen Bescheid sagen, sobald das Haus verkauft ist.«

»Wenn du willst.«

»Ja. Ich muss zurück. Ich habe eine lange Liste mit Dingen, die die Maklerin am Haus geändert haben will. Bevor das nicht erledigt ist, macht sie keine Besichtigungen.« Ihre Augen füllten sich mit Tränen. »Ich muss die lila Wände überstreichen. In Ninas Zimmer.«

»Das wäre ihr egal.«

»Stimmt.« Morgan betrachtete wieder den weißen Grabstein. »Sie würde das verstehen.«

Farbe war billig, und selbst zu malern kostete nichts. Sie strich die Wände in einem neutralen Eierschalenton, der ihr überhaupt nicht gefiel. Auch beim Rest orientierte sich an den Immobiliensendungen im Fernsehen, wo alles farblich neutral sein musste. Sie entfernte persönliche Gegenstände, räumte Fotos und ein paar ebenso hübsche wie alberne Nippesfiguren in Kisten. Dann schrubbte sie jeden Millimeter dessen, was einmal ihr Zuhause gewesen war und jetzt das Symbol für einen Kampf, den sie verloren hatte.

Das Haus war sechs Wochen auf dem Markt, ohne dass es ein einziges Angebot gegeben hätte. Dann empfahl die Maklerin, etwas mit dem Preis runterzugehen. Morgan willigte ein und putzte erneut für das, was die Maklerin eine »Neujahrsbesichtigung« nannte. Mitte Januar gab es einen zweiten Preisnachlass, und sie verkaufte ihre Wohnzimmermöbel, was ihr beim Begleichen der Rechnungen half. Außerdem recherchierte sie zum Thema Privatinsolvenz.

Dann kam endlich ein Angebot für das Haus. »Es liegt zwanzigtausend unter Ihrer Preisvorstellung, man will Sie also herunterhandeln. Ich schlage vor, wir bieten ihnen ...«

»Nehmen Sie das Angebot an.« Morgan saß an diesem Sonntagabend in einem Café, weil Interessenten durch ihr Haus geschleust wurden. Sie trampelten hindurch, beäugten es kritisch und überlegten, was sie alles ändern würden.

»Morgan, ich weiß, das war nicht leicht für Sie, aber wenn man die Notargebühren abzieht, reicht der Kaufpreis nicht, um das Darlehen abzulösen. Lassen Sie mich meine Arbeit machen und ein Gegenangebot abgeben.«

»Na gut.« Sie starrte in die Schüssel mit Dosensuppe, die sie hinunterzuwürgen versuchte. »Aber nehmen Sie das Angebot an, falls die Ihr Gegenangebot ausschlagen. Ich muss so schnell wie möglich fort von hier.«

»Verstehe. Ich melde mich.«

»Danke.« Sie schob ihre Suppe beiseite und zog das alte Notebook zu sich her, den Sam ihr überlassen hatte. »Keine Widerrede, Morgan«, hatte er gesagt. »Jetzt nimm das verdammte Ding einfach.« Sie hatte das verdammte Ding genommen und stellte ein paar Berechnungen an. Belinda, die Maklerin, hatte natürlich recht. Die angebotene Summe würde nicht reichen, um ihre Schulden zu bezahlen. Aber statt mit dreihunderttausend wäre sie danach nur noch mit rund siebentausend im Minus. Damit konnte sie leben. Ihre jetzige Situation war deutlich schlimmer.

Die Maklerin rief wieder an. »Die Käufer sind bereit, uns auf halbem Weg entgegenzukommen. Ich würde gern noch ein Gegenangebot machen.«

»Nehmen Sie es an, bitte. Nehmen Sie es einfach an. Das rettet mir den Hals.«

»Verstehe. Ich möchte nur ungern, dass Sie sich mit weniger zufriedengeben, als es wert ist.«

»Belinda, in diesem Haus ist eine Frau ermordet worden. Wir beide wissen, dass das den Wert erheblich drückt.«

»Sie haben was Besseres verdient.«

»Ich nehme, was ich kriegen kann. Wie schnell können wir zum Notar?«

»In dreißig Tagen.«

»Gut, bis dahin bin ich fertig. Vielen Dank für alles, wirklich.« Sie lehnte sich zurück, schloss die Augen und merkte, dass sie erleichtert war.

***

Die dreißig Tage waren schnell um. Morgan kündigte ihre beiden Jobs und half bei der Einarbeitung ihrer Nachfolgerinnen. Da sie keine Verwendung dafür haben würde, verkaufte oder verschenkte sie den Rest ihres Mobiliars, den Inhalt ihrer Küchenschränke und sogar ihr Putzzeug. Egal, wie sehr sie sich innerlich wappnete – der Abschied fiel ihr schwerer als gedacht.

Am Tag des Notartermins schloss sie das leere Haus ein letztes Mal ab. Die Erleichterung, an die sie sich bis dahin geklammert hatte, schlug in Selbstmitleid um. Doch weinen würde sie später. Das schwor sie sich.

Nachdem die Verträge unterzeichnet waren und die neuen Eigentümer strahlten, tröstete sie sich mit dem Gedanken, dass nun andere ihr ehemaliges Zuhause schätzen würden.

Morgan verließ den Notar mit einem Scheck in Höhe ihres

Arbeitslohns für zwei Wochen. Die Erinnerung daran, wie euphorisch sie gewesen war, als sie dasselbe Notarbüro als frisch gebackene Hausbesitzerin verlassen hatte, blendete sie lieber aus. Sie stieg in Ninas Wagen, den sie bereits mit ihren Koffern beladen hatte, und fuhr Richtung Norden.

Wenn sie in früheren Jahren an Weihnachten ihre alljährliche Reise nach Vermont angetreten hatte, hatte sie immer den Zug genommen. Eine schöne Reise ist das gewesen, dachte sie jetzt. Nur mit einem kleinen Koffer, mit einer Tasche voller Geschenke und erfüllt von Weihnachtsvorfreude.

Die Fahrt von der Peripherie Baltimores nach Westridge, Vermont, sollte laut ihrem Handy-Navi stolze acht Stunden dauern. Morgan konnte nur hoffen, dass sie nicht irgendwo übernachten musste. Und dass Ninas Auto durchhalten würde. Sie fuhr direkt in den Winter hinein, mit von Raureif bedeckten Bäumen und reichlich Eisregen.

Nachdem sie erst Philadelphia und dann New York umfahren hatte, hielt sie kurz an, um zu tanken und sich die Beine zu vertreten. Auf dem Rastplatz aß sie die Hälfte der Sandwiches mit Erdnussbutter und Marmelade, die sie mitgenommen hatte, und sah zu, wie ein Pärchen einen Hund mit langem gelocktem Fell ausführte. Einen Hund hatte sie sich auch anschaffen wollen, sobald sie selbstständig gewesen wäre.

Morgan ertappte sich beim Tagträumen und schloss die Augen. Stopp. Aufhören. Vorbei. Sofort hatte sie keinen Appetit mehr, wickelte die Sandwiches ein und setzte ihren Weg fort.

Sie überquerte die Grenze von Connecticut nach Massachusetts. Eine dicke weiße Schneedecke bedeckte das Land auf beiden Seiten der Straße, und der bleigraue Himmel kündete von weiteren Niederschlägen. Der Wind wehte von den Bergen und brachte schließlich Schnee. Der Verkehr bewegte sich so langsam vorwärts, dass sie sich fühlte wie auf einer einsamen Eisscholle. Also machte sie lieber noch eine Rast und lief in der eiskalten Luft auf und ab. Als es dunkel wurde, wollte sie fast aufgeben. Ein anständiges Motel, ein warmes, ruhiges Zimmer. Endlich schlafen.

Stattdessen kaufte sie sich einen großen Kaffee und schrieb ihrer Mutter, dass sie in wenigen Stunden ankommen würde.

Erwarten dich. Eintopf steht auf dem Herd. Fahr vorsichtig.

Sie schickte ein Herz-Emoji hinterher, und Morgan fühlte sich verpflichtet, ihr auch eines zu schicken. Ihre Müdigkeit unterdrückte sie und überquerte die Grenze zu Vermont und den Green Mountains. Schön war es hier, allerdings etwas kalt zu dieser Jahreszeit. Das konnte sie nicht leugnen. Bei ihren Besuchen und den kurzen Sommeraufenthalten als Kind hatte sie die Landschaft immer genossen. Die verschneiten Berge, Wälder und Täler sorgten für eine amerikanische Winterlandschaft wie aus dem Bilderbuch. Sie fuhr durch die traumhafte Szenerie und spürte, wie etwas in ihr nachgab, als die schmale Sichel des Mondes durch die Wolken brach und die weiße Pracht in blaues Licht tauchte.

Bei ihren seltenen, viel zu kurzen Sommeraufenthalten war sie mit ihrem Großvater durch diese Wälder gewandert. Er kannte jeden Stein. Ihr fiel auf, dass er ihr in dieser Landschaft mehr fehlte also irgendwo sonst. Er hatte sich ihre Träume angehört. Fairerweise musste sie zugeben, dass ihre Großmutter und Mutter das auch getan hatten. Aber Pa hatte zugehört, als gäbe es in diesem Moment nichts Wichtigeres als ihre Worte und Wünsche.

Sie dachte an ihn und erinnerte sich an die vielen Dinge, die er ihr beigebracht hatte. Wie man einen Nagel einschlägt, ohne sich auf den Daumen zu hauen. Wie man einen Kompass benutzt. Wie man die Fährte eines Rehs oder eines Bären liest. Wie man angelt. Für die Angelei interessierte sie sich aber nur, um Zeit mit ihm zu verbringen.

Diesmal würde er nicht da sein. Diese traurige Wahrheit führte dazu, dass sich ihr Herz schmerzhaft zusammenzog. Sie nahm die Straße, die aus dem Wald nach Westen führte, durchquerte Städte, Ortschaften und deren Peripherie. Und endlich, endlich, fast zehn Stunden nach ihrem Aufbruch, erreichte sie das große Haus im Tudorstil. Es lag auf der verschneiten Anhöhe, mit hell erleuchteten Fenstern und zwei Kaminen, aus denen Rauch stieg.

Morgan stellte den Wagen vor der Garage ab, stieß einen erleichterten Stoßseufzer aus und stieg mit wackligen Beinen aus, um ihre zwei Koffer aus dem Wagen zu wuchten. Beißende Kälte empfing sie, und der Wind heulte in den vor Kälte erstarrten Bäumen. Aber der Schnee in der Auffahrt war geräumt, der breite geziegelte Weg frei. Am Ende ihrer Kräfte hievte sie die Koffer die wenigen Stufen bis zum überdachten Eingang empor und klopfte.

Die Tür öffnete sich, man hatte sie erwartet. Die Familienähnlichkeit stach ins Auge. Sie glichen einander sehr, waren alle schlank mit knallblauen Augen, hatten eine Figur und Gesichter, die auch im Alter schön wirkten. Im Nu wurde Morgan in weibliche Arme gezogen, der Duft von Frauen hüllte sie ein.

»Lass die Kälte draußen, Audrey. Und lass mich diese junge Frau in Ruhe anschauen.« Olivia Nash packte Morgan an den Schultern, hielt sie auf Armeslänge von sich ab und musterte sie gründlich. »Du bist völlig fertig, stimmt's?«

»Es war eine lange Fahrt, Gram.«

»Nun, dann zieh den Mantel aus. Du bekommst als Erstes einen Eintopf. Ich würde ja für ein Glas Whiskey plädieren, aber wenn ich mich recht erinnere, hat der dir nie geschmeckt.«

Ihre Mutter nahm ihr Mantel, Schal und Mütze ab und betrachtete sie ebenfalls eingehend. »Wie wär's mit einem Glas Wein zum Eintopf?«

»Das wäre toll.« Dabei wollte Morgan beides nicht. Alles, was sie wollte, waren ein Bett und ein dunkles Zimmer.

Doch sie ließ sich aus der Halle ziehen, vorbei am Wohnzimmer mit dem knisternden Kaminfeuer und am Arbeitszimmer, in das sich ihr Großvater stets zurückgezogen hatte. Hinein in das, was ein großer Aufenthaltsraum mit gemütlichen Sofas, Essecke und Küche geworden war. Der Blick durch die Fenster fiel auf den verschneiten Garten und die Wälder dahinter. Alles blitzsauber und typisch für die beiden Frauen, die hier lebten – sowohl praktisch als auch mit viel weiblichem Charme eingerichtet.

»Setz dich«, ordnete Olivia an. »Audrey, du holst den Wein, ich bring den Eintopf.«

Geschäftig eilten sie hin und her auf eine Art, die erkennen ließ, was für ein eingespieltes Team sie waren. Das Haar ihrer Großmutter war stahlgrau, passend zu ihrem eisernen Rückgrat. Sie trug es kurz wie ein Junge. Morgan fand, dass sie sich kein bisschen bewegte wie eine Frau, die die siebzig bereits hinter sich hatte. Aus dem Topf auf dem funkelnden Herd schöpfte sie doppelt so viel Eintopf in den Teller, wie Morgan bestenfalls hätte essen können.

Audrey stellte ein Glas mit tiefrotem Wein auf die Küchentheke und strich Morgan übers Haar. »Wir haben auch frisches Sauerteigbrot. Ich habe es heute Morgen gebacken.«

»Du hast Brot gebacken?«

»Eine Freundin hat mir im letzten Herbst Sauerteigansatz geschenkt, ich musste es also wenigstens probieren. Dann habe ich Gefallen am Brotbacken gefunden, und inzwischen bin ich richtig gut darin. Glaube ich zumindest.« Sie schnitte eine dicke Scheibe von einem runden Laib auf dem Schneidebrett ab.

Ihr weizenblondes Haar war nach wie vor lang und zu einem ordentlichen Pferdeschwanz gebunden. Mit eleganten und schmalgliedrigen Händen stellte sie Morgan die Butter hin. »Ich bin gespannt, was du sagst.«

»Klapperdürr.« Olivia schob Morgan die Suppenschale, einen Löffel und eine Stoffserviette hin. »Das werden wir ändern.« Sie drückte Morgans Hand. »Lass uns Wein trinken, Audrey.«

»O ja, gern.«

Während ihre Mutter die guten Kristallgläser holte, probierte Morgan von dem Eintopf. »Er schmeckt köstlich.« Dann knabberte sie an dem Brot. Erstaunt, dass sie nicht lügen musste, lächelte sie. »Alles schmeckt köstlich. Danke, dass ich kommen durfte.«

»Das ist doch selbstverständlich. Ich will nichts mehr davon hören.« Olivia hob mahnend den Zeigefinger und griff mit der anderen Hand zu ihrem Weinglas. »Du bist meine einzige Enkelin, das einzige Kind deiner Mutter. Das hier ist auch dein Zuhause. Selbst wenn du irgendwann ein eigenes gründen solltest, wird es immer dein Zuhause bleiben. Wir sind ab sofort zu dritt.« Sie hob das Glas. »Auf uns drei!«

Nickend hob auch Morgan ihr Glas und nippte daran. »Du hast einige Oberschränke mit Glastüren versehen. Sieht hübsch aus.«

»Mit Innenbeleuchtung.« Olivia drückte auf einen Schalter, der die Gläser und das gute Service ins rechte Licht setzte. »Dazu haben wir uns wann entschlossen, Audrey?«

»Im letzten Frühling, beim Frühjahrsputz. Ich hab dir Fotos geschickt, stimmt's, Morgan?«

»Ja, aber jetzt, wo ich es vor mir sehe … Tut mir leid, dass ich Weihnachten nicht gekommen bin. Ich weiß, dass ihr mich beide besuchen wolltet, aber …«

»Vergiss das für einen Moment.« Olivia nahm sich einen der

Hocker. »Heute Abend wollen wir nicht daran denken. Wir werden später in Ruhe darüber reden. Über alles, was dir auf dem Herzen liegt. Wir kriegen das alles hin. Heute Abend zählt nur, dass du da bist.«

Morgan nickte erneut und aß weiter von dem Eintopf. »Wie läuft der Laden?«

»Ach, bestens, nicht wahr, Audrey?«

»Wintertouristen.« Audrey setzte sich ebenfalls. »Sie fahren nur zu gern in den Ort, um dort ein Souvenir zu kaufen. Wir haben sogar vor, eine hippe Cafébar einzurichten.«

»Echt?«

»Sie hat mich dazu überredet, hat keine Ruhe gegeben.« Olivia schaute ihre Tochter an, verdrehte die Augen und lachte. »Leider muss ich ihr inzwischen recht geben. Nächste Woche wollen wir aufmachen.«

»Ausgewählte Kaffee- und Teesorten und in dieser Jahreszeit auch heiße Schokolade. Eiskaffee und Eistee, frische Limonade und so was für die Sommertouristen. Guten Wein gibt es natürlich das ganze Jahr über.«

»Klingt toll«, meinte Morgan, auch wenn sie sich nicht vorstellen konnte, dass ihre Mutter auf diese Idee gekommen war. »Wo soll das Café hin?«

»Jetzt kommt's!«

»Wir haben den verstaubten Laden mit Pseudoantiquitäten nebenan dazugekauft. Dann mussten wir die Wand zwischen den beiden Häusern einreißen und den Staub von Jahrhunderten vertreiben. Sie hat mein fortgeschrittenes Alter und meine nachlassende Widerstandskraft einfach ausgenutzt.«

»Von wegen! Wir stellen ein paar neue Tische und Bänke hinein, bieten Cookies und Scones an. Nichts Kompliziertes. Die Leute können zum Einkaufen kommen und Kaffee trinken. Oder zum Kaffeetrinken und einkaufen. Oder sie trinken erst Wein, um dann ganz viel einzukaufen.« Audrey lachte.

»Wir haben den alten Abzug abgeklemmt und einen Elektrokamin einbauen lassen.«

»Cool.«

»Was haben wir hin und her überlegt! Ein echter Kamin hätte mehr Vermont-Touch gehabt, aber das ist sicher und sauber.«

Sie hatten ihr gar nichts davon erzählt, fiel Morgan auf, während sie aß und zuhörte. Weil sie wussten, dass sie genug eigene Probleme hatte. Irgendwann schob sie die Schale von sich weg. »Mehr schaffe ich nicht. Es schmeckt toll. Auch das Brot, Mom. Ich bekomm bloß keinen Bissen mehr runter. Die Fahrt hat mich vollkommen erschöpft. Wenn ihr nichts dagegen habt, würde ich gern nach oben gehen und ein bisschen schlafen.«

»Du brauchst doch nicht um Erlaubnis zu fragen.« Olivia stand auf. »Komm, ich begleite dich.«

Zu dritt schleppten sie das Gepäck in das Zimmer, das Morgan immer bewohnte. Zwei Türen vom Schlafzimmer ihrer Großmutter entfernt und dem ihrer Mutter gegenüber.

Als Morgan es betrat, fielen ihr sofort die Veränderungen auf: Die altmodische Tapete mit dem Rosenmotiv war verschwunden. Stattdessen waren die Wände in einem beruhigenden Blau gestrichen, das sich schön von den dunklen Leisten abhob. Die Dielen glänzten. Ein neuer blau-beigefarbener Teppich mit einem dezenten Blumenmuster schmückte sie. Ihr altes Bett war durch ein breiteres mit einem Kopf- und Fußende aus Messing ersetzt worden. Darauf eine weiße Daunendecke mit blau-weißen Kissenbezügen. Eine Decke in Blautönen lag zusammengefaltet am Fußende. Statt an der Wand entdeckte sie die rosa Rosen nun in einer Vase auf dem Nachttisch. Ein Stuhl und ein rundes Tischchen mit Leselampe standen in der Ecke.

»Einfach nur wunderschön.«

»Das ist noch nicht alles.« Olivia öffnete die Tür zum angrenzenden Bad. Eine großzügige Dusche. Eine dunkelblaue Schminkkommode mit blau geäderter weißer Marmorplatte. Offene Regale mit flauschigen Handtüchern. Gläser mit Badesalzen, Ölen und Wattebäuschen verbreiteten weiblichen Charme.

»Das ist so … Das hätte es doch nicht gebraucht.«

»Schluss damit! Wir sind Nash-Frauen«, stellte Olivia fest. »Nash-Frauen tun, was getan werden muss. Vielleicht nicht sofort oder jedes Mal, aber irgendwann fast immer.«

»Wir haben den Nebenraum einfach in ein Bad und den begehbaren Schrank umgewandelt. Es sind noch genug Zimmer für Gäste übrig. Ist doch schön, wenn jede ihr eigenes Bad hat«, warf Audrey ein.

»Macht das Zusammenleben leichter«, meinte Olivia. »Am anderen Ende des Flurs gibt es nach wie vor das alte Bad und unten die Toilette. Das große alte Haus hatte dringend ein paar Veränderungen nötig.«

Audrey lächelte. »Können wir dir beim Auspacken helfen?«

»Nein, nein, so viel habe ich gar nicht dabei.«

»Dann gönnen wir dir etwas Ruhe.« Olivia trat einen Schritt nach vorn und küsste sie auf die Wange. »Im Unterschrank des Badezimmers steht Mineralwasser, solltest du Durst bekommen. Du weißt ja, wo du uns findest, falls du etwas brauchst.«

»Ja. Danke für alles. Es ist wirklich wunderschön.«

Audrey zog sie an sich, schmiegte die Wange an ihre. »Gute Nacht, Morgan.« Die beiden Frauen gingen und schlossen die Tür hinter sich.

Um es hinter sich zu bringen, packte Morgan aus, ohne groß zu überlegen, was wohin sollte. Hauptsache, alles war schnell verstaut. Weil sie das Gefühl hatte, ein Jahr die Kleider nicht gewechselt zu haben, zog sie sich aus und nahm eine Schlafanzughose sowie ein T-Shirt aus der gerade von ihr bestückten

Kommode. Dann ging sie unter die Dusche und ließ das Wasser auf sich herabprasseln. Wie schön warm es war! Während der Dampf aufstieg und der Duschstrahl gegen die Fliesen plätscherte, musste sie ein bisschen weinen. Sie hatte verloren, sie war gescheitert. Sie besaß nichts mehr.

Sie weinte um Nina, um ihre wunderschöne Freundin.

Sie weinte um ihr Zuhause, in dem jetzt jemand anders lebte. Um die Jobs, die sie so geliebt hatte. Um alles, was sie sich aufgebaut hatte. Um ihre Zukunft.

Erschöpft stellte sie das Wasser ab und zog ihren Schlafanzug an. Wie sie es gelernt hatte, hängte sie ihr Handtuch zum Trocknen auf, bevor sie sich für die Nacht fertig machte. Anschließend setzte sie sich auf die Bettkante, lauschte auf den Wind und das Ächzen des Hauses. Ein Haus, in dem sie wohnen durfte, besaß dieses wunderschöne Zimmer. Dank der Großzügigkeit der beiden Frauen, die sie liebten.

»Und nun?«, überlegte sie laut. »Was mache ich jetzt?«

Morgen, sagte sie sich, als sie unter die gestärkten Laken und die kuschelige Decke schlüpfte. Darüber würde sie morgen nachdenken. Oder übermorgen. Oder überübermorgen.

Sie löschte das Licht und schloss die Augen. Um in Schlaf zu sinken wie ein Stein, den man in einen Fluss geworfen hat.

6

Völlig desorientiert schlug Morgan die Augen auf und glaubte kurz zu träumen. Das schöne Zimmer in beruhigenden Blautönen, die Art, wie das Licht durch die Fenster fiel, erschienen ihr seltsam und ungewohnt. Dann fiel ihr alles wieder ein. Sie musste gegen das heftige Bedürfnis ankämpfen, die Augen zuzumachen und sich in den Schlaf zu flüchten. Doch das ging nicht. Es würde sowieso nichts bringen. Nina wäre nach wie vor tot, und Morgans Leben läge nach wie vor in Trümmern. Sie musste nach vorn schauen. Ihr blieb nur, weiterzumachen und ein neues Leben anzufangen.

Also stand Morgan auf und zog sich an. Aus alter Gewohnheit machte sie das Bett und schüttelte die Kissen auf, bevor sie nach unten ging. Olivia saß an der Kücheninsel und trug ein schwarzes Sweatshirt. In weißen Buchstaben stand darauf:

ICH BIN DAGEGEN

Sie nippte an einem riesigen Kaffeebecher, während sie auf ihrem Tablet ein Kreuzworträtsel löste.

Morgan zeigte auf den Sweatshirt-Aufdruck. »Wogegen?«

»Was glaubst du? Komm, ich mach dir einen Kaffee. Wir haben nach der Renovierung diese schicke Maschine angeschafft.«

»Das mach ich. Ich bin ... ich war schließlich Barkeeperin«, verbesserte sich Morgan. »Mit Kaffeemaschinen kann ich gut. Tut mir leid, dass ich so lange geschlafen habe.«

»Nach der weiten Fahrt hätte ich gedacht, dass du noch etwas liegen bleibst. Wie wär's mit Frühstück?«

»Nein, danke, ich mag nichts. Bitte keine Umstände.«

»Großmütter sind dafür da, Umstände zu machen. Das macht uns glücklich. Willst du nicht, dass ich glücklich bin?«

»Mit Kaffeemaschinen kann ich echt gut«, murrte Morgan, während die Bohnen gemahlen wurden und schließlich der Kaffee in den unter die Maschine gestellten Becher strömte. »Großmütter find ich schwieriger.«

»Weil wir so weise sind, und. Weisheit geht damit einher, dass man zu Tricks greift. Wie ich sehe, nimmst du immer noch ein wenig Kaffee zu Milch und Zucker.«

»Ich dachte, du würdest längst im Laden stehen.«

»Deine Mutter hat Frühschicht. Sie ist gerade weg.«

Morgan nippte an ihrem Getränk, nickte und lehnte sich gegen die Küchentheke. »Das bedeutet wohl, dass ihr mich abwechselnd im Auge behalten wollt.«

»Sieht ganz so aus«, meinte Olivia leichthin. »Ich habe um diesen ersten Morgen gebeten, weil es dir vielleicht leichter fällt, deiner Großmutter zu erzählen, was dich umtreibt. Sollte ich mich täuschen, was ich kaum glaube, kann ich gern mit deiner Mutter tauschen.«

»Was mich umtreibt ...« Morgan schloss die Augen. »Ich habe alles verloren, vor allem meine engste Freundin.« Sie machte die Augen wieder auf. »Ninas Mutter hat mir erzählt, dass du und Mom geschrieben habt. Das hat ihr viel bedeutet.«

»Wir kannten Nina nur durch dich. Das hat genügt, um sie zu einem Teil unserer Familie zu machen.«

»Außer Nina habe ich auch alles andere verloren. Meine Ersparnisse, mein Zuhause, mein Auto – alles futsch. Meine

Pläne, meine Ziele, mein Stolz, mein Sicherheitsgefühl, sogar mein Selbstwertgefühl – alles futsch. Einfach so.« Sie schnippte mit den Fingern. »Es ist kein Jahr her, da hatte ich alles am Start. Und jetzt? Jetzt hab ich gar nichts mehr, rein gar nichts, und wohne im Haus meiner Großmutter.«

»Verstehe.« Olivia nippte an ihrem Becher. »Du hast alles Recht der Welt, dich so zu fühlen. Ich an deiner Stelle würde nach allen Regeln der Kunst ausrasten.«

Aber nicht aus Selbstmitleid, wie Morgan auffiel. Das kam für Olivia Nash nicht infrage. »Hab ich auch gemacht.«

»Gut, das ist nur gesund. Du darfst all diese Gefühle haben«, wiederholte Olivia. »Sogar wenn du nicht recht hast.«

»Inwiefern?«

»Du sagst, du hast nichts mehr. Du hast dich, Morgan Nash-Albright. Vergiss das nie! Und du wohnst nicht im Haus deiner Großmutter. Das ist das Zuhause der Kennedy-Nashs. Du darfst dich so lange in Selbstmitleid suhlen, so lange im Bett bleiben, wüten und fluchen, wie du willst. Wonach auch immer dir der Sinn steht. Du bist das Opfer eines Verbrechens geworden. Für eine starke, intelligente Frau wie dich ist das sicher ätzend.«

»Alle hatten Mitleid mit mir, aber …«

»Aber keiner ist richtig wütend geworden. Nur ich. Und deine Mutter. Ich würde diesem Mistkerl liebend gern in die Eier treten, bis sie blau sind, bevor ich ihm den Schwanz abschneide.« Schulterzuckend fuhr Olivia mit dem Kaffeetrinken fort. »Um das mal deutlich zu sagen.«

»Ich weiß zwar nicht genau, warum«, sagte Morgan nach einer Weile. »Aber das hilft mir.«

»Prima.«

»Ich muss mir einen Job suchen.«

»Im Moment musst du gar nichts. Setz dich, ich mach dir ein Omelett.«

»Gram …«

»Meine Omeletts lehnt keiner ab.« Olivia stand auf. »Setz dich endlich. Ich will dich um einen Gefallen bitten.«

»Um was für einen Gefallen?«

»Nimm dir zwei Wochen Zeit. Zum Schlafen, Essen, Lesen, Filmegucken, Spazierengehen, einen Schneemann bauen. Egal, wofür.« Sie holte Eier, Käse und frischen Spinat aus dem Kühlschrank. »Man sieht dir den Stress des letzten Jahres an, mein Schatz. Ehrlich.«

Das ließ sich kaum leugnen. Morgan setzte sich. Sie sah es ja selbst, sobald sie in den Spiegel schaute.

»Nimm dir Zeit. Wenn du dich nützlich machen willst, gern. Komm in den Laden, und wir geben dir etwas zu tun. Ansonsten kümmerst du dich um dich selbst.«

»Ich muss meinen Lebensunterhalt verdienen.«

»Ja, natürlich. Das wirst du auch. Zwei Wochen Pause werden nichts daran ändern. Deine Mutter und ich möchten Zeit mit dir verbringen. Außerdem glaube ich, dass auch du dringend Zeit mit uns verbringen solltest. Und meistens habe ich recht.«

Morgan schwieg, während Olivia Eier in einer Schale verquirlte und die Pfanne auf dem Herd erhitzte. »Ich fühle mich wie eine totale Versagerin, Gram.«

»Das wird nicht so bleiben, denn das bist du nicht. Für dich ist eine ganze Welt zusammengebrochen. Ich weiß, wie sich das anfühlt. Meine ist auch zusammengebrochen.«

»Als Pa gestorben ist.«

»Ja, aber wir durften vorher unser ganzes Leben miteinander verbringen, haben all diese Erinnerungen. Ich kann mir eine aussuchen wie Pralinen aus einer Schachtel, jede mit einer anderen Geschmacksrichtung. Vor langer Zeit habe ich außerdem ein Kind verloren.«

»Wie bitte?« Morgan zuckte zusammen. »Wann denn? Das hab ich nicht gewusst.«

»Deine Mutter war gerade zwei, sie erinnert sich also nicht daran. Ich habe es ihr erst nach Steves Tod erzählt.«

»Es tut mir so leid.«

»Steve und ich haben dieses große, wunderbare Haus gebaut und wollten es mit Kindern füllen. Wir haben uns mindestens vier gewünscht. Als Audrey kam, waren wir überglücklich. Unser wunderschönes Mädchen, unser erstes Kind. Es ging alles so einfach. Wie nach Plan war dann gleich das zweite unterwegs.« Sie gab die verquirlten Eier in die Pfanne, fügte Käse und Spinat hinzu. »Ich war im achten Monat. Wir richteten gerade das Kinderzimmer ein und diskutierten über Namen. Was man eben so macht. Und dann ist irgendwas schiefgegangen. Ich verlor das Kind und jede Möglichkeit auf ein weiteres. Es war ein kleiner Junge. Er bekam nie die Chance zum ersten Atemzug.«

»Ach, Gram.«

»Ich weiß, wie sich Ninas Mutter fühlt. Neben der Trauer fühlte ich mich als Versagerin. Ich hatte mein Kind verloren, und es würde auch keine anderen Kinder mehr geben.« Sie wendete das Omelett mit der Pfanne, geschickt wie eine französische Köchin. »Wir sind darüber hinweggekommen, aber es war schwer. Es war brutal. Wir hatten unsere wunderschöne Tochter. Steve hatte seine Arbeit, und ich habe angefangen zu töpfern.« Sie lachte. »Ich war eine Null, und es wurde nicht besser. Ich bin eine Geschäftsfrau und keine Künstlerin. Doch dass ich es versucht habe, hat mir tiefen Respekt für Künstler und Kunsthandwerker eingeflößt. Mich auf neue Ideen gebracht.«

»Der schiefe grüne Becher, in dem Großvater seine Stifte im Arbeitszimmer aufbewahrt hat.« Morgan erinnerte sich. »Er hat mir mal erzählt, dass du den vor langer Zeit gemacht hast.«

»Das sollte eine Vase werden.« Olivia schüttelte den Kopf. »Dieser Mann hat mich wirklich geliebt. ›Verkauf so Sachen,

Liv‹, hat er zu mir gesagt. ›Du weißt, was gut ist, und du bist die geborene Verkäuferin. Du brauchst nur einen Laden.‹«

»Crafty Arts war seine Idee?«

»Das ist so eine Praline. Ich hab aufgehört, hässliches Zeug zu töpfern, und wir haben den Laden eröffnet. Zuerst war er wirklich winzig. Aber mit der Zeit wurde er größer, genau wie Aubrey. Und ich hatte wieder etwas für mich. Nicht das, was ich geplant hatte, aber etwas Wunderschönes.« Sie stellte Morgan das Omelett hin. »Du wirst wieder Pläne schmieden und dir etwas Neues aufbauen. Aber jetzt iss erst mal.«

»Danke. Danke, dass du mir das erzählt hast. Gram? Dürfte ich diesen Becher haben? Den schiefen grünen? Er wird mich an ihn und dich erinnern und mich auf neue Ideen bringen.«

Olivia umrundete die Kücheninsel, drückte einen Kuss auf Morgans Schläfe und verharrte so. »Natürlich kannst du den haben. Also denk immer dran: Der Mann, der all das verbrochen hat, wird dafür büßen, so oder so. Ob du nun davon erfahren wirst oder nicht. Das Schicksal schlägt in der Regel nicht wahllos zu, sondern mit einem Sinn für Gerechtigkeit. Der Kerl wird dich nicht zerstören, weil du es nicht zulässt … Zwei Wochen«, setzte sie nach.

»Zwei Wochen«, willigte Morgan ein. »Ich liebe dich, Gram.«

»Natürlich tust du das, und ich liebe dich auch. Jetzt iss.«

***

Also aß und schlief Morgan. Sie machte Spaziergänge und saß mit einem Buch am Kamin. Am dritten Tag fragte sie sich, wie lange sie das aushalten würde, ohne den Verstand zu verlieren.

Ihre Großmutter mochte um zwei Wochen gebeten haben, aber Morgan brauchte dringend eine Beschäftigung. Als Olivia und Audrey am dritten Tag in der Arbeit waren, setzte sie sich vor das gebrauchte Notebook und öffnete den Budgetplan, den sie vor Monaten erstellt hatte. Die Fakten hatten sich nicht geändert, seit sie sich das letzte Mal mit ihnen beschäftigt hatte. Pleite hieß pleite. Doch diesmal schmiedete sie Zukunftspläne. Natürlich konnte sie unentgeltlich in dem hübschen blauen Zimmer wohnen, so lange sie das wollte oder musste. Aber Morgan würde ihren Beitrag leisten.

Sie konnte ein paar Aufgaben im Haushalt übernehmen. Allerdings hatten die Damen bereits wöchentlich ein Putzteam. Die drei Frauen, die sich um das Haus kümmerten, taten das bereits seit zig Jahren. Würde Morgan das übernehmen, wären sie arbeitslos. Das kam also nicht infrage. Die Wäsche? Auch darum kümmerte sich das Putzteam. Sie konnte sich ums Einkaufen kümmern und Mutter und Großmutter erst mit ihren Kochkünsten behelligen, wenn sie Kochen gelernt hatte.

Einkaufen und nach dem Essen abspülen? Damit wäre sie ungefähr drei Stunden pro Woche beschäftigt, was ihre Zeit nicht einmal ansatzweise füllte. Sie brauchte eine richtige Arbeit. Einen Job. Sie wollte Geld verdienen. Und wenn sie damit anfing? In den Ort fuhr, sich umsah, den Laden besuchte? Dort wollte sie allerdings nicht arbeiten, das fiel in dieselbe Kategorie wie unentgeltliches Wohnen.

Morgan schminkte sich. Da sie sich schon seit Monaten keinen professionellen Haarschnitt mehr gegönnt hatte, versuchte sie sich selbst die Haare zu schneiden. Eine Friseurin würde definitiv nicht aus ihr, aber schlimm sah es nicht aus. Dann zog sie sich um: dicke Leggins, Stiefel und einen roten Pulli über Thermounterwäsche. Bevor sie es sich anders überlegen und wieder in ihr Zimmer flüchten konnte, holte sie Mantel, Wollmütze und Schal, um in den eiskalten, erbarmungslosen Wintertag hinauszutreten.

Sie konnte nur beten, dass Ninas Auto anspringen würde. Es röchelte und stotterte ein paarmal, doch dann nahm der Motor seine Arbeit auf. In weniger als zehn Minuten war sie unter den verschneiten Bäumen hindurch bis zur schmalen Brücke und über den zugefrorenen Fluss gefahren, um dahinter auf die Hauptstraße des Ortes einzubiegen.

Westridge war eine Mischung aus Kleinstadt und großem Dorf. Ein durchaus pittoresker Ort, vor allem im Wintergewand. Wie sie wusste, lockte das Städtchen zu jeder Jahreszeit Touristen an. Im Winter, im Frühling, im Sommer und im goldenen Herbst. Zum Wintersport, Wandern, Jagen, Angeln und zum Beobachten von Vögeln. Ein teures Resort mit edlen Blockhütten und vornehmen Hotelsuiten zog eine vermögende Klientel an. Es bot alle oben genannten Aktivitäten sowie hervorragendes Essen, einen bewundernswerten Weinkeller und zwei Bars. Eine davon eher lässig im Blockhausstil und eine eher elegant mit riesigen Fensterscheiben und einem wuchtigen steinernen Kamin.

Der Ort hatte jede Menge Restaurants zu bieten, vom gutbürgerlichen Lokal bis zum Nobelrestaurant. Es gab Boutiquen, Sportgeschäfte, Souvenirläden, Kunstgalerien und Geschäfte für den Alltagsbedarf.

Viele davon befanden sich in der Hauptstraße, auch das Crafty Arts ihrer Großmutter. Crafty Arts & Wine Café, wie es jetzt auf dem neuen Schild hieß.

Selbst heute, gegen Ende der Wintersaison und vor dem ersten lauen Frühlingswetter war einiges los, wie Morgan zugeben musste. Da sie sich nicht wirklich auskannte, musste sie nach einem Parkplatz suchen. Ihr fiel der kleine Privatparkplatz hinter dem Laden ein, aber sie wusste nicht, wie sie dorthin gelangen sollte. Doch dann fand sie einen Platz am Straßenrand und konnte die wichtigsten Geschäfte und potenziellen Arbeitsplätze erkunden.

Restaurants, Läden, Cafés, eine Bäckerei und eine gehobene Bar. Sie konnte auch kellnern, wenn es sein musste, aber die Bar stand ganz oben auf ihrer Liste. In den Seitenstraßen entdeckte sie eine Galerie, niedrige Wohnblöcke, weitere Läden, eine Arztpraxis und einen Weinladen mit einer kleinen Weinbar. Die kam auf die zweite Stelle ihrer Liste. An einem weniger kühlen und windigen Tag würde sie sich weiter umsehen. Doch jetzt blieb sie vor dem Crafty Arts & Wine Café stehen.

Jemand hatte das Schaufenster wunderbar gestaltet. Auf unterschiedlich hohen Tischen standen mundgeblasene Glasobjekte, Holz- und Keramikschalen. Eine hellgraue Decke lag über die Rücklehne eines Schaukelstuhls drapiert.

Drinnen war es warm, nicht nur von der Temperatur, sondern auch vom Licht her. Die Holzdielen glänzten. Gemälde schmückten die Wände. Alte Vitrinen stellten handgemachten Schmuck und kleine Keramik-, Silber- und Kupfergefäße zur Schau. In offenen Regalen standen Kerzen und funkelten verschiedene Glasobjekte. Ein langer, niedriger antiker Bücherschrank diente als Ladentresen. Dort plauderte eine Frau fröhlich mit einer Kundin, während sie Einkäufe einpackte. Hinter ihr schlug ein Pfau aus Buntglas sein Rad.

Die Frau sah auf und lächelte. »Kann ich Ihnen helfen?«

»Noch nicht, danke. Ich schau mich erst um.« Morgan ging weiter. Wie viel war seit ihrem letzten Besuch gemacht worden!

Auf verschiedenen kleinen Tischen gab es Keramiken, Lampen, Schneidebretter und Servierplatten zu bewundern. Sie stieg über die Treppe nach oben. Soweit sie wusste, hatte das Obergeschoss ihrer Großmutter früher als Lagerraum und Büro gedient. Heute wurden dort Textilien, handgestrickte Schals, Handschuhe, Mützen, Tischdecken und Tischläufer angeboten. Dazu Seifen und Lotionen aus lokalen Manufakturen, Kleinmöbel und Kunstgegenstände. Hätte sie Geld übrig gehabt und diesen Laden betreten, sie hätte ihn bestimmt nicht mit leeren Händen verlassen.

Als Morgan wieder nach unten ging, kam sie an einem Paar

vorbei, das gerade nach oben wollte. Die Angestellte an der Ladentheke hatte inzwischen einen weiteren Kunden bedient.

»Sie kommen zurecht?«

»Ja. Tut mir leid, ich hätte mich vorhin vorstellen sollen, aber Sie hatten zu tun. Ich bin Olivias Enkelin.«

»Ach, Sie sind Morgan.« Die Frau ergriff beide Hände Morgans. »Ich bin mit Ihrer Mutter zur Schule gegangen. Wie schön, Sie kennenzulernen, ich bin Sue Newton.«

»Ich freue mich ebenfalls, Sie kennenzulernen.«

»Die beiden sind im Café, das am kommenden Samstag eröffnet wird. Die letzten Handgriffe … Gehen Sie einfach rüber.«

Eine Plastikplane verdeckte den Zugang. Sie schob sie beiseite und stand in einem lichtdurchfluteten Raum. Auch das Panoramafenster zur Straße war verhängt. Eine geniale Idee! So hatten die Leute bis zur großen Enthüllung etwas zu rätseln.

Das neue Café würde total cool werden.

Die beiden Chefinnen hatten für alle Räume den gleichen Holzboden gewählt. Gemälde hingen an den cremeweißen Wänden. Man durfte sich keine Gelegenheit entgehen lassen, etwas zu verkaufen. Dunkle Wandpaneele bildeten einen interessanten Kontrast dazu. Das Holz des Tresens war farblich darauf abgestimmt. Seine gemusterte Granitplatte verband den Cremeton der Wände mit dem Dunkel der Paneele. Es gab normale Tische, Hochtische und Sitznischen mit Polstern aus dunkelblauem Leder. Natürlich durfte ein kleiner Verkaufsbereich mit Flaschenverschlüssen, Gläsern, Korkenziehern, Bechern, Teetassen sowie Kaffee- und Teezubehör nicht fehlen. Die Decke war vertäfelt, was edel und gemütlich wirkte.

Weil Morgan nicht anders konnte, ging sie hinter die Bar. Regale, ein Kühlschrank für Wein und einer für andere Getränke, ein Eiswürfelbereiter, ein Flaschenregal, ein Fach für Zubehör, eins für Geschirrtücher. Sie griff nach einer ledergebundenen Karte und staunte über die große Auswahl. Bevor sie sie zurücklegen und die Bar verlassen konnte, kamen ihre beiden Damen aus dem Hinterzimmer.

»Das dürfte funktionieren«, sagte Audrey gerade, als sie Morgan entdeckte. »Was für eine Überraschung! Na, was sagst du?« Sie breitete die Arme aus.

»Ich bin überwältigt. Toll, einfach alles. Das Obergeschoss nebenan wurde auch umgebaut, es ist super. Und das Café? Großartig. Edel, aber nicht steif. Zweckmäßig, aber nicht spießig.«

»Ein paar Kleinigkeiten fehlen noch, aber bis Samstag ist alles fertig.« Olivia gestikulierte. »Komm, schau dir die Küche an. Wir bieten Selbstgebackenes an, und dafür brauchten wir eine verdammte Profiküche. Aber die ist jeden Cent wert.«

Morgan trat durch die Schwingtür. Alles glänzte, wie es sich für so einen Raum gehört. Edelstahl, Regale mit Kochgeschirr und Kochgeräten. Die große Profidunstabzugshaube über dem sechsflammigen Herd, die Kühlzelle – alles vom Feinsten. Spülmaschine, Spüle, Ausgussbecken und der größte, glänzendste Mixer, den sie je gesehen hatte.

»Nichts fehlt. Jeder Winkel ist clever genutzt.«

»Endabnahme erledigt.« Audrey wischte sich über die Stirn. Und wippte dann auf den Zehen, sodass ihr blond glänzender Pferdeschwanz hin und her schwang. »Wir mussten alles kompakt halten, denn wir brauchten noch Platz für …«

Sie öffnete eine Tür.

»Ich glaub, ich spinn!«

Ein richtiger Weinkeller, drei Wände voller Regale, die ausnahmslos Flaschen enthielten. »Hier sind die Weißweine«, erklärte Audrey. »Heimische Weine, französische, italienische und so weiter, dann kommen die Roten, die Rosés und Schaumweine. Der Sommelier vom Resort hat uns beraten.«

»Weil er auf deine Mutter steht.«

»Mom!«

»Aber wenn es doch stimmt.«

Die leichte Röte auf den Wangen ihrer Mutter verschlug Morgan die Sprache. »Ein bisschen vielleicht. Wie dem auch sei, das Büro und der Lagerraum sind oben.«

»Ich weiß, ich hab's schon gesehen. Ganz wunderbar.«

»Ja. Wir haben einen Zugang vom Büro aus, können also rüber und nach unten gehen, wenn es sein muss. Es ist alles so überwältigend, ich bin total aufgeregt.«

»Meine spontane Reaktion: Super, super, einfach nur super.«

»Ich freue mich so, dass du hier bist.« Audrey umarmte sie. »Du kannst miteinsteigen. Du kommst doch am Samstag?«

»Klar. Ich helfe gern an der Bar aus, wenn ihr wollt.«

»Echt?« Audrey strahlte, Olivia lächelte nur.

»Nicht als Arbeit, als Familienmitglied. Ihr habt bestimmt längst Barleute eingestellt.«

»Zwei«, erklärte Olivia. »Einen mit Geschäftsführerpotenzial. Aber deine Meinung ist uns willkommen. Es würde uns sehr beruhigen, wenn du am Samstag alles beaufsichtigen könntest.«

»Einverstanden. Nächste Woche beginne ich mit der Jobsuche, aber bei der Eröffnung springe ich ein. Wenn ich euch irgendwie unterstützen kann, bin ich da.«

»Wie wär's, wenn du letzte Hand mit uns anlegst?« Olivia winkte sie hinaus. »Wir müssen die Toilette einrichten.«

»Unisex, behindertengerecht«, fügte Audrey hinzu.

»Es fehlen Bilder. Ein Tisch oder eine Konsole und etwas, was darüber passt. Danach müssen wir die Tische im Café eindecken …«

»Das passt zufällig in meinen Terminplan.«

»Prima. Wenn wir fertig sind, führe ich meine beiden Mädels zum Abendessen aus.«

Morgan genoss es. Für ein paar Stunden dachte sie nicht

mehr an das, was sie verloren hatte, oder daran, was noch auf sie wartete. Sie genoss es, Zeit mit den beiden Frauen zu verbringen, über Bilder, Möbel und den geeigneten Platz dafür zu diskutieren. Sie genoss es auch, dem Familienbetrieb eine persönliche Note zu geben, indem sie eine festliche Lichterkette fürs Panoramafenster vorschlug. Hinterher genoss sie das Abendessen im Restaurant, was nicht so elegant ausfiel, wie sie erwartet hätte, sondern sich als Einladung zu Pizza und einer Karaffe mit rotem Hauswein entpuppte.

Als Morgan ins Bett ging, hatte sie tatsächlich das Gefühl, etwas geleistet zu haben. Vielleicht lag die Phase des Selbstmitleids tatsächlich hinter ihr.

Die nächsten Tage verbrachte sie damit, ihren Lebenslauf zu aktualisieren und alles für die große Eröffnung vorzubereiten. Sie packte aus, spülte und verstaute Becher, Unterteller, Sahnekännchen und Zuckerschälchen, die ihre Großmutter bei einem hiesigen Töpfer in Auftrag gegeben hatte: weiß mit einem Rotkleemotiv, das für den Bundesstaat Vermont stand.

»Die sind perfekt, Gram.«

»Ja, das sind sie.«

»Du musst dir noch Preise überlegen für den Fall, dass jemand das Geschirr kaufen will.«

»Die Idee ist mir auch schon gekommen.«

»Das will ich doch hoffen. Mir ist noch was eingefallen.«

»Was wird mich das kosten?«

»Langfristig dürfte es dir eher etwas einbringen. Das ist ein Café und eine Weinbar, und du bietest einheimische Weine an. Wie wär's, wenn du auch lokale Kaffees und Tees anbietest? Die kannst du in hübschen Teedosen und edlen Kaffeesäckchen verkaufen. Röstereien gibt es genug, und du könntest mit einer Teefarm zusammenarbeiten. Davon gibt es einige in Vermont.«

»Gute Idee.« Olivia kniff die Augen zusammen. »Eine wirklich verdammt gute Idee.«

»Bei Crafty Arts dreht sich alles um Kunst und Kunsthandwerk aus Vermont. Ich habe recherchiert.« Morgan griff in ihre Handtasche und zog eine Broschüre hervor.

»Aha.«

»Na, wenn ich erst mal loslege … Über diese Dinge ließe sich langfristig nachdenken.«

»Das werde ich auch.« Olivia setzte die knallrote Lesebrille auf, die ihr an einer Kette um den Hals hing, und überflog die ersten Seiten. »Das ist eine gute Idee, Morgan. Du hast uns in den letzten Tagen wahnsinnig geholfen. Du bist flink, hast Ausdauer und einen guten Blick. Ich danke dir.« Sie ließ die Liste sinken. »Kann ich dich vielleicht dazu überreden, den neuen Laden zu leiten?«

»Du brauchst mich nicht, Gram. Am Anfang greife ich euch natürlich gern unter die Arme. Aber Mom und du, ihr habt alles im Griff. Ich brauch etwas Eigenes.«

»Das hab ich mir gedacht. Deshalb sag ich dir, dass das Après, die wichtigste Bar am Ort, eine Barkeeperin und Managerin sucht. Ab nächster Woche. Der Barchef hat gekündigt. Seine Frau hat einen Job in South Carolina bekommen, und sie ziehen um.« Olivia legte die Liste weg. »Weil ich dich liebe, hab ich mir das gemerkt und schon mal mit Lydia gesprochen.«

»Mit welcher Lydia?«

»Mit Lydia Jameson. Wir kennen uns seit einer Ewigkeit, ihr Mann war gut mit deinem Pa befreundet. Sie hat dort das Sagen. Du kannst ihr deinen Lebenslauf schicken. Sie schauen ihn sich an, bevor sie die Stelle offiziell ausschreiben.«

»Die Bar gehört zum Resort. Ich war noch nie im Après, aber ich habe mir die Webseite angeschaut. Es stand bereits auf meiner Liste. Danke.« Sie zog Olivia an sich.

»Das heißt nicht, dass du die Stelle auch kriegst.«

»Ich weiß. Das liegt allein an mir. Aber es ist eine Chance, das tun zu können, worin ich gut bin.«

»Schick Lydia deine Bewerbung. Ich habe ihre Mailadresse. Wie gesagt, wir kennen uns schon sehr lange.«

»Wird gemacht. Danke, Gram. Aber ich werde euch zur Hand gehen, so gut ich kann. Ob ich diesen Job bekomme oder nicht.«

»Wir verlassen uns darauf.«

***

An diesem Abend googelte Morgan Lydia Jameson, um ein Gespür zu bekommen. Morgan verstand sofort, warum Lydia und Olivia sich so lange kannten. Beide waren in Vermont geboren und aufgewachsen, beide stammten aus New-England-Familien. Sie waren gebildete, kultivierte Frauen, taff und unbeugsam. Geborene Geschäftsfrauen, allesamt. Lydias Firma war um ein Vielfaches größer als die ihrer Gram, aber Firma war Firma.

Sie verbrachte eine gute Stunde damit, ein Anschreiben aufzusetzen. Formell und respektvoll, mit einer persönlichen Note – zum Dank, dass man bereit war, sie in Erwägung zu ziehen. Dann atmete sie tief durch, nicht ohne eine Hand auf den schiefen grünen Becher zu legen, und schickte die Mail ab.

Eine neue Chance. Und weitere in Aussicht, rief sie sich in Erinnerung. Vielleicht stand sie nicht dort, wo sie hingewollt hatte, aber hier gab es Chancen. Vor allem eine Chance, jene Wurzeln zu schlagen, die sie sich so sehr wünschte.

Nervös ging sie nach unten. Mit offenem schulterlangem Haar stand Audrey in der Küche und schenkte sich ein Glas Wein ein. Wieder dieses leichte Erröten. »Ertappt.«

»Darf ich dir Gesellschaft leisten?«

»Ich bin so nervös. Ich dachte, ein Glas Wein hilft mir beim Einschlafen. Kaum zu fassen, dass wir morgen das Café eröffnen. Es war nur so eine Idee, dann haben wir Pläne geschmiedet und sie umgesetzt.« Sie gab Morgan ein Glas. »Jetzt ist alles fertig, und ich bin total nervös. Deine Gram ist oben und schläft wie ein Baby. So was wie Nervosität kennt die gar nicht, anders ist das nicht zu erklären.«

»Weil sie weiß, dass du die Sache im Griff hast.«

»Glaubst du wirklich?«

»Nein, ich weiß es sogar. Weißt du, der Verkauf, die Kunst wie in dem Laden – das ist nicht so meins. Aber eine Weinbar durchaus. Ich habe mich ein paar Häuser weiter im Weinladen umgesehen, und dessen Bar ist echt nett. Klein und gemütlich, gut geführt, dunkles Holz, intensive Farben. Und deine? Groß und luftig, künstlerisch gestaltet, eine ganz andere Atmosphäre. Und wie du die mit dem gut eingeführten Laden verbunden hast. Total clever. Genau wie die Idee, Kaffee und Tee anzubieten. Und dann die vor Ort hergestellten Backwaren und Scones. Du hast an alles gedacht, Mom.«

»Das sage ich mir die ganze Zeit. Aber wenn du das tust, fühlt es sich besser an.«

Sie hatte ihre Mutter lange für jemanden gehalten, der sich nicht niederlassen, keine Entscheidungen treffen und umsetzen kann. Davon war nichts mehr zu spüren. »Tut mir leid, dass ich mich nicht öfter gemeldet und euch besucht habe.«

»Du musstest dir was aufbauen und hast dich ja gemeldet, mein Schatz. Ich habe Freunde, die nur von ihren erwachsenen Kindern hören, wenn sie zu Besuch kommen. Du hast alle paar Wochen angerufen und gemailt, warst Weihnachten hier. Du brauchst dich nicht zu entschuldigen. Ich bin stolz auf dich.«

»Da bist du aber die Einzige.«

»Hör auf damit! Ich an deiner Stelle würde mich noch heute

unter der Bettdecke verkriechen. Du bist eine echte Macherin, Morgan. Das warst du schon immer.«

»Du aber auch«, fiel Morgan auf.

»Ich?« Audrey lachte und nippte am Wein. »Ich war eher so was wie eine Mitmacherin.«

»Ich finde nicht …« Morgan verstummte, da ihr Handy in der Hosentasche eine Nachricht ankündigte. »Eine E-Mail. Jetzt noch? Es ist schon nach elf.«

»Schau nach.«

Morgan holte ihr Handy hervor, wischte über das Display und starrte darauf. »O Gott. Ich habe ein Vorstellungsgespräch. Am Sonntag um elf im Après.«

»Ach, das ist ja toll, ganz wunderbar. Jetzt sind wir beide mit den Nerven am Ende. Komm, schenken wir uns Wein nach, nehmen ihn mit nach oben und überlegen, was du anziehen sollst. In so was bin ich gut.«

»Ich … okay. Ich hätte nie gedacht, so bald was zu hören.«

»Lydia Jameson? Beim Wettlauf zwischen Hase und Igel ist sie der Igel. Sie gewinnt immer. Komm, spielen wir Modenschau.«

7

Obwohl sie noch nie auf einer gewesen war, fand Morgan die Eröffnungsfeier des Cafés großartig. Um Punkt zehn wurden die Türen geöffnet, und die Leute strömten herein.

Sie half, Sekt mit Orangensaft, Kaffee, Tee und die Scones auszugeben, die in der ersten Stunde kostenlos waren. Sie lernte die Bürgermeisterin kennen, eine Frau mit blonder Mähne und schallendem Gelächter. Der Polizeichef schaute vorbei. Anfang dreißig, gut aussehend, schlaksig und blaue Augen, bei denen einem die Knie weich wurden. Er nahm einen schwarzen Kaffee. Außerdem schien er jeden zu kennen, was Morgan bei einem Polizeichef als Pluspunkt verbuchte. Als sie sah, dass er mit einer Einkaufstüte wieder ging, nahm sie an, dass er etwas gefunden hatte, was ihm gefiel.

In den neuen Räumen herrschte angeregtes Stimmengewirr.

Eigentlich hatte sie nur in der ersten Stunde aushelfen wollen, war aber seit drei Stunden da.

»Du solltest dringend eine Pause machen«, meinte Olivia, als Morgan einen weiteren Tisch bediente.

»Alles gut. Ich mag es, wenn richtig was los ist, Gram. Ich habe mich seit Langem nicht mehr so gut gefühlt. Siehst du die Frauen an Tisch vier? Sekt mit O-Saft und Scones? Die waren vor zehn Jahren auf dem College alle im selben

Wohnheim und fahren jeden Sommer für eine Woche zusammen weg. Sie haben inzwischen alle Familie, deshalb ist es dieses Jahr nur ein verlängertes Wochenende geworden. Die wohnen im Resort und sind zum Einkaufen in die Stadt gekommen. Heute ist ihr letzter Tag.«

»Woher weißt du das alles?«

»Ich bin eine verdammt gute Barkeeperin. Die Leute reden mit mir. Die Frauen haben sich königlich amüsiert und sind begeistert, dass sie diesen Laden entdeckt haben. Wie du an den Crafty-Arts-Tüten unterm Tisch sehen kannst, nehmen sie jede Menge Souvenirs mit. Du solltest sie kurz begrüßen.« Morgan wischte den Tisch ab. »Da freuen sie sich bestimmt.«

»Dann mach ich das mal.«

Acht Stunden, nachdem die Türen geöffnet worden waren, schlossen sie sich wieder. Das gesamte Team jubelte. Nach einem auffordernden Nicken ließ Morgan die Sektkorken knallen und schenkte allen ein. Olivia bestellte Pizza. Wer hätte gedacht, dass ihre Großmutter so was mochte? Ein idealer Energiespender nach einem erfolgreichen Tag.

Als sie endlich nur noch zu dritt waren, legte Olivia die Füße hoch. »Ich entlaste nicht nur die schmerzenden Füße, sondern bin einfach selig.«

»Wir haben noch nie so viel Umsatz gemacht wie heute, Mom.«

Olivia lächelte stolz. »Ich weiß.«

»Trotz unserer Eröffnungsrabatte und der Gratisgetränke hat das Café gut zwanzig Prozent mehr eingenommen als geplant. Wahnsinn!« Audrey ließ sich auf einen Stuhl fallen, warf die Arme in die Luft und klatschte rhythmisch in die Hände.

»Und das von einer Frau, der das Geld als Kind nur so durch die Finger rann. Nicht einmal, wenn man es ihr in den Saum eingenäht hätte, hätte sie's zusammenhalten können. Und jetzt macht sie die Gewinn- und Verlustrechnung einfach im Kopf.«

»Ich konnte schon immer gut mit Zahlen umgehen. Nur eben nicht mit Bargeld.« Sie legte ihre Stiefel mit den schmalen Absätzen auf einen anderen Stuhl. Seufzend zog sie die silberne Libellenhaarspange aus dem Haar. Morgan war es ein Rätsel, wie die Hochsteckfrisur gehalten hatte. »Ich bin selig.« Nachdem Audrey das Haar aufgeschüttelt hatte, fiel es wie frisch gestylt. »Wir haben nicht erwartet, dass du den ganzen Tag mithilfst, Morgan. Du hast echt Ausdauer. Immer wenn ich am Rande meiner Kräfte war, habe ich zu dir rübergeschaut und gesehen, wie mühelos du das alles wuppst.«

»Wollt ihr hören, was ich denke?«

»Unbedingt.«

»Ich mach uns Cappuccinos, und dann verrat ich es euch.« Morgan trat hinter die Bar und hantierte am Kaffeeautomaten. »Das war erst der Anfang. Jeden Tag könnt ihr die Leute nicht so bedienen.«

»Ach.« Audrey schnippte mit den Fingern und ließ die Hände sinken. »Und ich dachte …«

Morgan sah sie belustigt an. »Ihr habt einen Volltreffer gelandet. Dafür gibt es mehrere Gründe.« Die Maschine zischte beim Milchaufschäumen. »Zunächst einmal habt ihr eine tolle Location, außerdem habt ihr nichts dem Zufall überlassen. Ihr habt ein tolles Team zusammengestellt. Ein paar der Neulinge müssen ihren Rhythmus noch finden, machen aber gute Fortschritte. Und, ganz wichtig, ihr behandelt eure Angestellten mit Respekt.« Sie stellte die drei Cappuccinos, Löffel und eine Zuckerdose auf ein Tablett und trug alles zum Tisch. »Ich kenne euren Businessplan nicht und muss das auch nicht. Aber ich weiß, dass ihr ein super Produkt anbietet. Stilvoll und lässig wie es der Location entspricht. Aber!«

»Oje«, murmelte Audrey.

»Ihr müsst noch jemanden einstellen. Vor allem in der Hochsaison muss einer zwischen den einzelnen Geschäftssparten hin und her springen. Jemanden, der Wein servieren, Kaffee machen, bedienen und im Laden verkaufen kann. Jemanden, der sich auskennt. Oder zumindest bereit ist, alles über Kunst, Kunsthandwerk und die Leute zu lernen, die es herstellen. Fragen gab es schon heute jede Menge, die das Team an dich oder einen Ladenangestellten weiterleiten musste.«

»Wo du recht hast, hast du recht. Möchtest du den Job?«

Morgan sah ihre Großmutter an und schüttelte den Kopf. »Das ist nicht meine Stärke. Du brauchst jemanden, der gut koordinieren kann, eine Art Geheimwaffe. Ihr habt ja Zeit, eine geeignete Person zu finden. Wenn das erledigt ist, müsst ihr unbedingt ein Buch mit Café- und Barrezepten rausbringen, das auch Abbildungen von der Kunst und dem Kunsthandwerk enthält. Fotos von Wein in Gläsern, die ihr verkauft, zum Beispiel. Von der Kaffeetorte auf einem eurer Teller, von schön arrangierten *biscotti* und so. Sucht euch einen Fotografen aus dem Ort dafür, wie es eurem Motto entspricht, und verkauft das Buch exklusiv im Laden.«

Olivia lehnte sich zurück. »Hör sich das mal einer an! Das hat man davon, wenn man so cleveren Nachwuchs hat.«

»Ein Bildband, ein Coffeetable-Buch. Ich sehe es direkt vor mir«, meinte Audrey. »Wisst ihr, wer die Fotos macht?«

»Tory Phelps«, sagten alle im Chor.

»Schwarmintelligenz.« Olivia hob die Hand. »Aber zuerst die neue Angestellte. Morgan hat recht. Die Zeiten, in denen wir sieben Tage die Woche zehn Stunden am Tag gearbeitet haben, sind vorbei, Audrey.«

»Einverstanden. Ich kann trotzdem schon mal bei Tory vorfühlen, wie viel Geld sie nehmen würde. Dann wissen wir, ob es überhaupt machbar ist. Sie ist echt gut«, sagte sie zu Morgan. »Wir haben einige Arbeiten von ihr im Laden und letztes Jahr eine Ausstellung mit ihr gemacht. Sie unterrichtet Fotografie an der Volkshochschule.«

»Deine Mutter ist immer für neue Projekte zu haben.«

Morgan schaute sich im Café um. »Das Letzte ist echt schön geworden.«

»Da kann ich schlecht widersprechen.« Olivia tätschelte die Hand ihrer Tochter. »Lasst uns zusehen, dass wir nach Hause kommen. Diese Frau hier hat morgen ein Vorstellungsgespräch und muss ordentlich schlafen.«

Das dürfte schwierig werden, dachte Morgan. Dafür war sie viel zu aufgedreht.

Was, wenn sie den Job nicht bekam? Sie konnte sich natürlich anderweitig umschauen, sie konnte … Sollte sie den Ladys sagen, dass sie als Koordinatorin einsteigen würde? Schaffen würde sie das. Das Wissen über Kunst, Kunsthandwerk und die Menschen, die es hergestellt hatten, konnte sie sich problemlos aneignen. Und sie wusste bereits, wie man ein Team, einen Laden führte. Vielleicht war das der Moment, ihre Pläne ad acta zu legen und zu nehmen, was sich ihr anbot. Doch so weit war sie noch nicht. Sie wollte noch nicht alle Träume begraben, für deren Erfüllung sie so lange geschuftet hatte. Sollte sie allerdings fünf Jahre im Laden arbeiten und sparen, konnte sie vielleicht einen Neuanfang wagen.

Mit diesem Gedanken schlief Morgan ein und wachte früh auf, um weiter darüber nachzugrübeln.

Als sie nach unten ging, um Kaffee zu machen, saß ihre Mutter bereits mit ihrem Notebook am Küchentresen. Sie hatte ihr von der Sonne gebleichtes Haar zum Zopf geflochten und trug einen knallrosa Bademantel. »Guten Morgen. Ich recherchiere gerade, wie man Coffeetable-Bücher produziert. Da gilt es, so einiges zu berücksichtigen.«

»Das denk ich mir.«

»So eine tolle Idee. Jetzt hab ich alles abgespeichert.« Audrey tippte sich an die Schläfe. »Ich kann einfach nicht lockerlassen. Ich möchte die Kalkulation und die Organisation lieber im Griff haben, bevor ich mit deiner Gram darüber rede. So krieg ich sie am ehesten rum.«

Morgan wollte gerade nach einem Becher greifen, als sie neben der Kaffeemaschine eine Crafty-Arts-Schachtel und eine Karte mit ihrem Namen sah.

»Was ist das?«

»Nur eine Kleinigkeit von Gram und mir, als Glücksbringer für heute. Wenn es dir nicht gefällt, lass dir nichts anmerken. Ich hab sie dahin gestellt, weil ich nicht wusste, ob du schon auf sein wirst, bevor wir zur Arbeit gehen.«

Morgan stellte sich bereits auf eine Notlüge ein und öffnete die Schachtel. Silberne Ohrclips mit funkelndem Strassbesatz. Keine Notlüge erforderlich. »Sie sind wunderschön.«

»Wir dachten, die könnten gut zu dem Outfit passen, das du für heute rausgelegt hast.«

»Habt ihr das nicht rausgelegt?«

»Na ja, wir haben ein wenig nachgeholfen. Das Outfit war Teil deiner Garderobe. Gefallen dir die Ohrringe wirklich?«

»Ich finde sie wunderschön.« Sie legte sie an. »Wie seh ich aus?«

»Sie passen perfekt. Originell und stilvoll, gut gearbeitet. Wie wär's mit einem kleinen Frühstück?«

»Ausgeschlossen.« Morgan legte die Hand auf den Bauch. »Ich bin nervös.«

»Na klar, wer wäre das nicht? Aber du musst nur du selbst sein. Das Resort kann froh sein, dich zu bekommen. Als Managerin weiß ich, was ich da sage. Ich habe dich gestern beobachtet, Schätzchen. Du weißt genau, was du tust.«

»Ich gehe durchaus optimistisch ins Vorstellungsgespräch. Aber ich brauche Bestätigung, das lässt sich nicht leugnen. Ich brauche jemanden, der weder meine Mutter noch meine Großmutter ist, um mir zu sagen, dass ich gut genug bin.«

»Der verdammte Mistkerl hat dich echt in die Sch… eiße geritten, auch psychisch.«

Morgan runzelte die Stirn. »So redet meine Mutter?«

»Ach, ich kann auch so reden, du hast es bloß nicht mitbekommen. Vielleicht war es ein Fehler, dass ich dir gegenüber nie rausgelassen habe, wenn nicht alles in bester Ordnung war. Aber das lässt sich nicht mehr ändern. Du gehst heute zu diesem Vorstellungsgespräch und bist einfach du selbst. Wenn sie dir den Job nicht geben, sind sie dumm.« Audrey klappte ihr Notebook zu und stand auf. »Ich muss mich anziehen. Wir dürften weg sein, bevor du aufbrichst.« Sie sah ihrer Tochter in die Augen und legte ihr eine Hand auf die Wange. »Gibst du uns Bescheid, wie es gelaufen ist? Schreib mir, oder schau im Laden vorbei, einverstanden?«

»Ja. Danke für die Ohrringe. Sie werden mir Glück bringen.«

Sie zog das von ihrer Mutter empfohlene Outfit an. Salbeigrüne Bluse, schmale schwarze Hose, hohe schwarze Stiefel und den Blazer aus butterweichem Leder. Zugegeben, Audrey hatte immer recht, wenn es um Mode ging. Morgan sah professionell und selbstbewusst aus, war ganz sie selbst. Jetzt musste sie sich nur noch entsprechend verhalten. Während sie unten in ihren Mantel schlüpfte, sprach sie sich Mut zu.

Du bist gut in dem, was du tust.

Dein Lebenslauf ist mehr als nur vorzeigbar.

Gut möglich, dass du den Job gar nicht willst. Du wirst ihn trotzdem nehmen, weil du ihn brauchst.

Die Kälte verschlug Morgan regelrecht den Atem, als sie zu Ninas Wagen ging. Als er ansprang, seufzte sie erleichtert auf. Weil die Heizung erst reagieren würde, wenn sie bereits am Ziel wäre, bibberte sie die ganze Fahrt über.

Im Ort sah sie, wie ein Pärchen gerade das Café verließ. Es hatte zwei Einkaufstüten dabei. Ein gutes Omen, gerade einen Tag nach der Eröffnung, dachte sie, während sie schon wieder aus dem Ort hinausfuhr. Sie bog links ab, holperte über eine Brücke, unter der eiskaltes Wasser über die Flusskiesel plätscherte. Beim Gedanken daran schnatterte sie erst recht. Noch einmal abbiegen. Verschneite Wälder säumten die Straße. Während sie eine Steigung nahm, kontrollierte sie die Heizung. Immerhin kam schon kühle statt kalter Luft.

Morgan entdeckte die ersten Blockhütten in der verschneiten Landschaft und musste sich eingestehen, dass sie nie verstanden hatte, was die Leute an Winterurlaub im Schnee fanden. Ein tropischer Strand, eine sonnenbeschienene italienische Villa – das ergab wenigstens einen Sinn! Aber eine Blockhütte in den Wäldern Vermonts? Dafür zahlen, dass man sich in einem Skilift oder beim Schlittschuhlaufen auf einem zugefrorenen See den Hintern abfriert? Nein, danke.

Wenn du diesen Job ergattern willst, solltest du diese Gedanken lieber für dich behalten.

Sie folgte der Beschilderung, nahm die gewundenen Straßen zum Hotel. Weiß hob es sich kaum vom Weiß des Schnees ab und wirkte eher gediegen als glamourös. Vier Stockwerke, ein schlichter, solider Bau. Im Erdgeschoss befanden sich Läden, zwei Restaurants, zwei Bars und Lounge-Areale, ein Hallenbad und ein Fitnessstudio, wie Morgan von der Webseite wusste. Daneben gab es ein kleines Spa, Konferenzräume, einen Ballsaal für Hochzeiten und größere Veranstaltungen sowie zweiundfünfzig Zimmer, darunter ein Dutzend Suiten. Gleich hinter dem Hotel ragten die Berge auf, Skipisten führten von ihnen hinunter.

Morgan fuhr auf den Parkplatz, und sah, dass er sogar in dieser Saison gut belegt war. Es gab einen Parkservice, aber der war bestimmt für zahlende Gäste gedacht. Also lief sie eine gefühlte Ewigkeit zum Eingangsbereich, eine riesige beheizte Säulenhalle.

Dort herrschte ebenfalls Weiß vor: glänzende Marmorböden, ein nach allen Seiten hin offener Kamin, vor dem Leute in gemütlichen Sesseln oder Sofas einen späten Morgenkaffee nahmen. Ein runder Tisch, darauf ein wunderbares Frühlingsblumenarrangement. Sie sog seinen Duft ein und ging durch die Lobby, durch einen Torbogen in den Après-Ski-Bereich. Von der Webseite wusste sie, was sie erwartete. Dennoch konnte sie beim Anblick der Bar nur denken: Lieber Gott, ich will diesen Job unbedingt haben!

Nur eine Glaswand trennte die Bar von der Außenwelt. Da waren die Berge, die Skipisten, ein Stück vom See, die Wälder und Wanderpfade. Außerdem gab es anscheinend eine Gartenanlage rund um die riesige Terrasse. Doch die wäre erst zu bewundern, wenn der Winter seinen eisigen Griff gelockert haben würde.

Glänzende Tische aus dunklem Holz, auf jedem eine Glasleuchte mit Teelicht und eine kleine Vase. Stühle und Nischen luden dazu ein, auf weichem steingrauem Leder Platz zu nehmen. Die Bar beherrschte die seitliche Wand, belohnte die Gäste jenseits des Tresens mit einem Blick auf den gesamten Raum. Ihr dunkles Holz wie das der Tische wirkte fast antik. Der Eindruck wurde durch das Schnitzwerk und die säulenverzierte Rückwand samt Rundbogenspiegeln und Regalbrettern verstärkt. Genau das wollte sie später haben.

Die edle, kupferglänzende Kaffeemaschine stand auf einem eigenen Tresen neben dem Barbereich, die Kasse in einer diskreten Nische gegenüber. Eine Schwingtür führte zum Servicebereich. Sie machte sich im Geiste Notizen für die Zukunft – die hochwertige Einrichtung war einfach nur stimmig.

Morgan konnte es kaum erwarten, hinter dieser Bar zu stehen, zu gucken, wie sie organisiert war, die Zapfhähne zu kontrollieren – ein halbes Dutzend auf beiden Seiten der Bar. Sie ging darauf zu. Vielleicht einen kurzen Blick riskieren? Da kam ein Mann mit einem Eimer durch die Schwingtür. Groß und schlaksig, kurzes Haar, ordentliche Dreadlocks. Er trug ein weißes Hemd, eine schwarze Kellnerweste und eine schwarze Hose. Auf dem kupfernen Namensschild stand *Nick*.

»Guten Morgen.« Er strahlte sie an. »Der Après-Ski-Bereich macht erst ab halb zwölf auf, aber in der Lobby werden Kaffee, Tee und Heiße Schokolade serviert. Ich nehme Ihre Bestellung gerne entgegen.«

»Nein, danke. Ich bin mit Ms. Jameson verabredet. Nell Jameson. Ich bin ein bisschen zu früh dran.«

»Morgan Albright?« Sein Lächeln wurde breiter, während er den Eimer auf die Bar stellte. Dann gab er ihr die Hand. »Nick Tennant. Ich bin tagsüber hier. Sie bewerben sich auf den Managerposten. Schön, Sie kennenzulernen.«

»Danke, gleichfalls. Echt toll, diese Bar.«

»Allerdings.« Stolz lag auf seinem Gesicht. »Natürlich bin ich nicht ganz unvoreingenommen. Ich arbeite seit zehn Jahren im Après-Ski-Bereich. Wenn ich die Zeit im Sommerresort und in den Ferien dazuzähle, sind es vier Jahre mehr.«

»Zehn Jahre.«

»Ganz genau.« Seine dunkelbraunen Augen ruhten auf ihrem Gesicht, ließen es auf sich wirken. »Gern beantworte ich Ihnen die Frage, die Sie mir nicht stellen wollen: Ich will den Managerposten nicht. Ich arbeite gern acht Stunden und gehe dann nach Hause. Wir haben gerade erst ein Baby bekommen.«

»Ach, ich gratuliere.«

Strahlend zückte er sein Handy und zeigte ihr den Bildschirmschoner. Ein Baby mit den dunklen Augen seines Vaters und Löckchen. Das rosa Schleifchen und das rosa Rüschenkleid ließen auf ein Mädchen schließen.

»Ganz der Papa. Wie heißt sie?«

»Shila. Den Mund hat sie von ihrer Mutter, aber ansonsten kommt sie nach mir. Haben Sie Kinder?«

»Nein.«

»Kinder ändern alles.«

Er lächelte der Kleinen auf dem Bildschirm ein letztes Mal zu, bevor er sein Handy verstaute. »Ich hab über den Job nachgedacht, über die vielen Abendstunden, die damit verbunden sind. Dass ich reinkommen müsste, wenn irgendwas ist. Dazu die Organisation und der Papierkram. Finanziell wäre es natürlich besser, aber … Nein, danke. Von halb zehn bis halb sieben passt besser zu mir. Ich komm morgens rein, kontrolliere Vorräte und Zapfanlage, bereite die Cocktailgarnituren vor. Na, Ihnen muss ich das nicht erzählen.«

»Stimmt.«

»Ich mach die Bar auf, steh meinen Mann und seh zu, dass ich um Viertel vor sieben bei meinen beiden Mädels bin. So hab ich das Beste aus beiden Welten.«

»Klingt gut.«

»Setzen Sie sich an die Bar. Ich bringe Ihnen ein alkoholfreies Getränk.«

»Gern. Könnte ich … Ich würde gern einen Blick hinter den Tresen werfen.«

»Kommen Sie.« Er ging voraus, holte ein Glas.

Sauber, glänzend, gut organisiert, das sah sie auf den ersten Blick. Genau so, wie es sein sollte. Eiswürfelbereiter, Abtropfgestell, blitzblanke Spüle, Weinkühler, Shaker, Korkenzieher, Messer, Cocktailquirle, Barlappen, Cocktailservietten. Alles so makellos wie die Flaschen und Gläser hinter ihm im Büfett.

»Na, was sagen Sie?«

»Dass die Leute, die hier arbeiten, wissen, was sie tun.«

Er stellte ihr das Getränk hin. »Ich kann Nell gern eine Nachricht, schicken, dass Sie da sind.«

»Keine Eile. So hab ich Zeit, mir alles in Ruhe anzusehen.« Sie schaute sich um, nahm auf einem der Hocker Platz. »Ich bin es nicht gewohnt, auf dieser Seite des Tresens zu sitzen.«

»Wie lange sind Sie schon Barkeeperin?«

»Fast sieben Jahre. Ich hab in meinem letzten Studienjahr

damit angefangen und wusste sofort: Das ist mein Ding. Sie brauch ich gar nicht zu fragen, ob Sie gern hier arbeiten. Sonst dürften Sie kaum so lange durchgehalten haben.«

»Es ist ein toller Job. Meine Frau habe ich auch hier kennengelernt. Corrine ist für die Reservierungen zuständig. Jetzt hat sie Mutterschaftsurlaub, möchte aber in Teilzeit zurückkehren, wenn Shila ein halbes Jahr alt ist. Ich habe gute Freunde gefunden, und die Atmosphäre stimmt. Hal ist Oberkellner im Klub. Seit über siebenundzwanzig Jahren. Damit ist er nicht mal der langjährigste Mitarbeiter.«

»Tatsächlich?«

»Mrs. Finski war sechsunddreißig Jahre im Haus, bevor sie in Rente ging. Als Hauswirtschaftsleiterin.«

»Eine echt loyale Angestellte.«

»Zu Recht. Die Jamesons sind voll in Ordnung.«

»Danke, Nick.«

Morgan erkannte Nell Jameson sofort. Sie sah genauso aus wie auf der Webseite und füllte den Raum mit ihrer Präsenz.

Mit ihren stylishen Stiefeln war sie etwa einen Meter sechzig groß und betonte ihre durchtrainierte Figur mit einem knielangen rostroten Kleid. Das hübsch gesträhnte braune Haar trug sie zu einem lässigen Dutt hochgesteckt. Obwohl sie auf dem Foto verdammt gut aussah, war sie in natura noch hübscher. Vielleicht wegen ihrer Ausstrahlung oder der dunklen Augen.

Auch ihr Gang war extrem selbstbewusst. »Nell Jameson.«

»Morgan Albright.«

Sie gaben sich die Hand und musterten sich.

»Bin ich zu spät?«

»Ich war ein wenig zu früh.« Sei ganz du selbst, ermahnte sich Morgan. »Ich wollte ein Gefühl für die Bar bekommen, bevor wir sprechen.«

»Und, was sagt Ihnen Ihr Gefühl?«

»Zu dieser Bar?« Morgan fuhr über den Tresen. »So eine möchte ich auch mal haben.«

»Das kann ich gut verstehen. Mein Großvater hat sie mit dem Schiff aus Dublin kommen lassen.«

»Echt authentisch. Einfach nur großartig. Elegant, aber nicht steif. Gut organisiert, gut sortiert – Dinge, die Gäste nicht unbedingt wahrnehmen, aber trotzdem spüren. Und das Panorama ist der Wahnsinn.«

»Isolierglas, getönt, damit die Sonne nicht blendet. Man kann gucken, was auf den Pisten passiert. Fahren Sie Ski?«

»Kein bisschen.«

»Na gut. Frühling, Sommer, Herbst – von hier aus hat man einen Blick bis zum neunten Loch und über den ganzen See. Golfen Sie?«

»Nein. Aber ich habe in einigen Gärten gesessen und selbst welche angelegt. Ich nehme an, der Blick auf die Gartenanlage ist ebenfalls spektakulär, wenn kein Schnee liegt.«

»Ja, das ist er. Setzen wir uns, und legen wir los.« Nell hielt einen Finger hoch. »Wie wär's, wenn Sie mir vorher zeigen, was Sie praktisch draufhaben? Können Sie mir einen Kir Royal machen?«

»Aber sicher. Vorher müsste ich allerdings Ihren Ausweis überprüfen.« Morgan hörte, wie Nick scharf einatmete, ließ aber Nell nicht aus den Augen.

»Ist das Ihr Ernst?«

»Ansonsten darf ich Sie nicht bedienen.«

»Ich bin siebenundzwanzig.«

»Das sagen alle. Tut mir leid, aber Sie könnten zwanzig sein. Das kann an den Genen und der Figur liegen. An einem Ort wie diesem sollte man nichts dem Zufall überlassen.«

»Ist das Ihre private Meinung?«

»Ja, und ich hoffe, sie entspricht Ihrer Philosophie. Ansonsten bin ich die Falsche für den Job.«

»Verstehe.« Nell legte ihren Aktenkoffer auf den Tresen und klappte ihn auf. Sie holte ein schmales Lederetui heraus und zückte ihren Führerschein.

Morgan kontrollierte ihn und bedankte sich lächelnd. Mit Herzklopfen trat sie hinter die Bar. Dann beruhigte sie sich sofort wieder. Sie füllte eine Sektflöte mit Eis und kaltem Wasser, stellte sie beiseite, während sie eine Flasche Crème de Cassis, eine Zitrone und ein Schälmesser holte. »Auf der Webseite steht, dass Sie die Restaurantleiterin sind.«

»Richtig.«

Morgan nahm eine Flasche Sekt aus dem Kühlschrank. »Das beinhaltet den Après-Ski-Bereich, die Bar in der Lodge, die Restaurants und den Zimmerservice?«

»Plus die Saftbar im Fitnessbereich, die Snackbar neben dem Lift und den Lebensmittellieferservice für die Blockhüttengäste.«

»Das ist eine Menge«, meinte Morgan, während sie die Flasche mit einem eleganten, dumpfen Knall entkorkte.

»Ich habe ein tolles Team.«

»Bisher kenne ich erst Nick, aber wenn die anderen ähnlich sind, ist das so.« Sie schüttete das Eis weg und gab einen Esslöffel Crème de Cassis in die Sektflöte und neigte das Glas, um den Sekt einzuschenken.

»Arbeiten Sie gern im Familienbetrieb?«

»Ja.« Neugierig geworden, stützte Nell das Kinn in die Hand. »Kann es sein, dass Sie gerade ein Vorstellungsgespräch mit mir führen?«

»Ich mache nur Konversation.« Morgan schälte die Zitrone mit dem Messer, entfernte das Weiße und schnitt eine perfekte Spirale. Goss dann Sekt nach, gab die Garnitur dazu und stellte die Sektflöte auf eine Cocktailserviette. »Lassen Sie es sich schmecken.«

Nell nippte am Kir und stellte das Glas ab. »Gut, der ist

perfekt. Ich hatte eigentlich nicht vor, ihn auszutrinken, aber ich werde eine Ausnahme machen. Setzen wir uns.«

Während Nell zur Nische am Fenster ging, grinste Nick Morgan an und hob den Daumen.

»Eines möchte ich gleich sagen«, hob Nell an, während Morgan ihr gegenüber Platz nahm. »Was Ihnen und Ihrer Freundin zugestoßen ist, tut mir sehr leid. Mein Beileid.«

»Danke.«

»Und noch etwas. Ich war nicht begeistert, als meine Groß-mutter dieses Vorstellungsgespräch vereinbart hat. Sie hat sich damit in meinen Verantwortungsbereich eingemischt.«

»Aha.« Mist! »Das kann ich gut verstehen.«

»Großmütter.« Jetzt strahlte Nell sie an. »Nur gut, dass ich meine sehr verehre.«

»Ich verehre meine auch.«

»Super, dann wäre das geklärt.« Wieder klappte Nell ihren Aktenkoffer auf. Diesmal holte sie eine Mappe heraus und schlug sie auf. »Ihr Lebenslauf ist beeindruckend. Sie haben das Next Round in Maryland gemanagt?«

»Ich war dort Barkeeperin. Gemanagt habe ich nur das Büro für Greenwald's Builders.«

»Ihr dortiger Arbeitgeber sagte mir, dass Sie häufig Termin-planung, Inventur, Bestellungen sowie kleinere Reparatur- und Wartungsarbeiten übernommen haben.«

»Bei Bedarf, ja.«

»Genau die richtige Arbeitsauffassung! Er hat mir auch er-zählt, dass Sie in den sechsunddreißig Jahren des Bestehens der Bar seine zweitbeste Kraft waren.«

»Big Mac ist die Nummer eins.«

Nell lächelte erneut. »Ganz genau. Big Mac hat Ihnen den Rang abgelaufen, weil er singen konnte wie ein Engel und je-den potenziellen Störenfried durch seine schiere Körpergröße in die Schranken gewiesen hat. Aber Sie waren zuverlässiger und flexibel. Das Ergebnis ist äußerst knapp ausgefallen. Er wollte Ihnen den Laden verkaufen, wenn er in Rente geht.«

Das erwischte sie kalt. »Das wusste ich nicht.«

»Er anscheinend auch nicht, bis Sie weggezogen sind. Wollen Sie in Westridge bleiben?«

Morgan war ganz verwirrt bei der Vorstellung, nur knapp an einer eigenen Bar vorbeigeschrammt zu sein. Doch im Augenblick zählten nur das Hier und Jetzt. »Ich möchte Wurzeln schlagen. Dort wartet niemand auf mich, und meine Familie lebt hier.«

»Sie sind oft umgezogen. Kein Wunder, wenn der Ernährer beim Militär ist. Hat es Ihnen irgendwo am besten gefallen?«

»Nein. Das war alles vorübergehend, von Anfang an.«

»Da bindet man sich lieber nicht.« Nell nickte, und obwohl sie Morgans Lebenslauf vor sich hatte, warf sie keinen Blick darauf. »Sie haben neben dem Studium gearbeitet und viel Erfahrung als Bedienung. Sie wissen, was da alles anfällt. Was die Managementseite betrifft, hat Sie Ihr Chef bei Greenwald's Builders über den grünen Klee gelobt.«

Morgan staunte, dass ihre Referenzen bereits überprüft worden waren. »Es war ganz wunderbar, für die Greenwalds zu arbeiten.«

»Ein Familienbetrieb.«

»Genau.«

»Ihre Großmutter und Ihre Mutter führen ebenfalls einen Familienbetrieb.«

»Ja.«

»Ich liebe das Crafty Arts und muss unbedingt demnächst in die Stadt, um das neue Café auszuprobieren.«

»Es ist super.«

»Wollen Sie nicht dort arbeiten?«

»Eine Weinbar ist nett, aber eben keine richtige Bar. Sie könnten jemanden gebrauchen, aber nicht mich.«

»Arbeiten Sie gern in einem Familienbetrieb?«

Zum ersten Mal musste Morgan lachen. »Ja.«

Nell lehnte sich zurück und nippte an ihrem Drink. »Wieso ausgerechnet eine Bar?«

»Ich mag Menschen. Und Menschen treffen sich in Bars. Steht man hinterm Tresen, schauen sie einen an, um einen Drink zu bekommen. Man muss sie einschätzen können. Wollen sie einfach nur fröhlich sein, haben sie was zu feiern, möchten sie sich nach einem anstrengenden Tag entspannen? Sind sie sauer oder suchen sie Gesellschaft? All das serviert man ihnen zusammen mit dem Drink. Ich kann gut Cocktails mixen und habe eine hervorragende Menschenkenntnis. Bars sind eine eigene Welt.«

»Wie sind Sie dazu gekommen?«

»Da draußen dreht sich alles weiter.« Morgan ließ den Finger kreisen. »Aber drin kann man durchatmen. Lief das Meeting schlecht, blieb die Gehaltserhöhung aus? Kurz zur Ruhe kommen. Das Kind hat eine Supernote bekommen, man wurde befördert? Der ideale Ort, um zu feiern und die gute Nachricht weiterzuerzählen. Bei einer Bar in einem Resort wechseln die Gäste öfter, aber es kommen auch Einheimische.« Sie zeigte auf einen leeren Tisch. »Ein Geschäftstreffen. – Da drüben ein Paar in den Flitterwochen. – Zwei Pärchen, alte Freunde, die zusammen einen Kurzurlaub machen. – Ein Junggesellinnenabschied. All das bekomme ich hinterm Tresen mit, der Raum ist perfekt dafür eingerichtet. Ohne meine Gäste an der Bar vernachlässigen zu müssen.«

»Welche Erwartungen haben Sie an den Service?«

»Dieselben wie an mich. Der Kunde ist König, er muss zufrieden sein. Nicht das Gespräch suchen, bevor er es tut. Trinkgeld gewünscht? Dann lächeln, Blickkontakt herstellen, aufmerksam bleiben und niemanden bevorzugen. Der Service muss freundlich, aber effizient sein. Erst bedienen, dann plaudern. Braucht jemand Hilfe, springe ich ein. Ganz nach Bedarf.«

»Also gut, eine Viertelstunde hab ich noch. Lassen Sie uns die Details klären, anschließend soll meine Assistentin Ihnen alles zeigen.« Nell nippte erneut an ihrem Drink. »Sollten wir uns einig werden, können Sie gleich nächsten Montag kommen und eingearbeitet werden. Sie sollten eine gute Woche mit Don verbringen, unserem derzeitigen Manager, bevor Sie die Verantwortung übertragen bekommen.«

Morgan faltete die Hände in ihrem Schoß. »So schnell?«

Diesmal musterte Nell ihren Drink, bevor sie daran nippte, und sah Morgan dann direkt in die Augen. »Ich habe ebenfalls eine gute Menschenkenntnis.«

***

Neunzig Minuten später betrat Morgan immer noch ganz verdattert das Crafty Arts. Ein halbes Dutzend Kunden war da.

Sue tippte gerade etwas in die Kasse ein. »Hallo, Morgan. Deine Mom und deine Gram sind nach oben ins Büro gegangen.«

»Danke.«

Morgan ging hinauf, fand beide vor dem Computer. Ihre Großmutter spähte Audrey über die Schulter. »Morgan!« Audrey faltete die Hände unterm Kinn. »Haben dir die Ohrringe Glück gebracht?«

»Besser geht's nicht. Ich hab den Job.«

»Das war nicht anders zu erwarten.« Olivia zuckte mit den Schultern, doch ihre Augen strahlten.

Audrey sprang auf und zog Morgan an sich. »Die Jamesons sind schließlich nicht blöd.«

»Ab morgen werde ich eingearbeitet, ich habe drei Monate Probezeit. Danach gibt es automatisch eine Gehaltserhöhung.

Die bieten mir sogar mehr, als ich im Next Round verdient habe, plus Sozialleistungen. Außerdem werde ich dreiundzwanzig Leute unter mir haben, einschließlich des gesamten Serviceteams.«

»Das müssen wir feiern«, verkündete Audrey. »Wir laden dich zum Abendessen ein.«

»Ich mach Schweinekoteletts«, schlug Morgan spontan vor. Audrey blinzelte. »Du willst kochen?«

»Ein Rezept von Ninas Mutter. Ich hab es schon mal hingekriegt. Schweinekoteletts mit pikanten Kartoffeln«, wiederholte sie. Das würde ihr helfen, die traurige Erinnerung zu verarbeiten. »Wir werden das gute Service und die guten Gläser nehmen. So möchte ich feiern. Danke, Gram, dass du deine Beziehungen hast spielen lassen. Danke euch beiden für die Glücksbringer-Ohrringe. Ich geh einkaufen und koche dann.« Sie drückte die beiden Frauen. »Wenn es nicht schmeckt, behaltet es für euch.«

8

Er staunte stets aufs Neue, wie dumm und leichtgläubig die Menschen sein konnten. Gleichzeitig war er entzückt davon. Denn ohne diese wundervollen Schwächen könnte er nicht auf dem Niveau leben, das er verdiente.

Gavin Rozwell hatte früh gelernt, dass die weibliche Spezies geradezu unendliche Möglichkeiten bot, sie auszubeuten und zu manipulieren. Zu welcher Methode er griff, hing von der jeweiligen Person ab. Bei manchen genügte es, gut auszusehen. Er sah gut aus, das hatte man ihm zeitlebens versichert.

Was brauchte man noch? Charme. Den wusste er gezielt einzusetzen, ließ ihn verschwenderisch sprühen, wenn Zielperson und Situation es erforderten. Er besaß diese Gabe.

Andere wiederum mochten es hart und direkt. Auch das war kein Problem. Aber er übertrieb es nicht damit, bevor er endgültig zuschlug.

Manche verliebten sich in den einsamen Wolf, den Eigenbrötler, den Poeten, den Coolen oder den Verklemmten.

Er konnte in eine Million verschiedene Persönlichkeiten schlüpfen wie in einen Maßanzug. Herzzerreißende Geschichten waren bei vielen der ideale Einstieg. Die vom kürzlich Verwitweten zum Beispiel oder die vom betrogenen Ehemann.

Der Trick war, genau denjenigen zu verkörpern, den sich die Zielperson wünschte. Das beherrschte er meisterlich.

Er hatte es von klein auf gelernt, indem er beobachtet hatte, wie seine Mutter ständig reingefallen war. Sie hatte tatsächlich geglaubt, jeder Mensch hätte einen guten Kern – und sei der auch noch so gut verborgen. Laut seiner guten alten Mom war niemand von Grund auf schlecht. In ihrer Welt gab es das abgrundtief Böse einfach nicht. Gott hatte die Welt erschaffen, und Gott war gut. Egal, wie oft man ihr übel mitgespielt hatte, sie glaubte fest daran, dass man mit Freundlichkeit am Weitesten kommt.

Seine Mutter, die Heilige. Seine Mutter, die Idiotin.

Für sie war er ein Geschenk gewesen. Ihr gut aussehender, schlauer kleiner Junge. Okay, sein Vater, ihr Mann, hatte sie ganz schön durch die Gegend geprügelt, wenn er ihr ausnahmsweise seine Aufmerksamkeit schenkte. Dann kamen die Entschuldigungen. Von ihr, niemals von ihm: Er hatte einen schweren Tag. Er regt sich nun mal schnell auf. Ich hätte lieber nichts sagen sollen.

Sein Vater ließ sie schließlich sitzen. Nicht ohne das Geld mitzunehmen, das sie zwischen ihren billigen, spießigen weißen BHs und Höschen versteckte. Auch das hatte sie ihm verziehen. Er liebt uns einfach zu sehr, deshalb musste er gehen.

Das führte dazu, dass er ihre Schwäche erkannte. Die Schwäche einer Frau, die es auszubeuten galt. Also mimte er den liebenden, hingebungsvollen Sohn, während sie Hilfsjobs für Vollidioten verrichtete, die kaum genug zahlten, um die Miete begleichen zu können. Ein kleiner Strauß Narzissen oder ein aus Rechenpapier geschnittenes Herz genügten, dass sie ihn von vorn bis hinten bediente. Nahm er sich fünf oder zehn Dollar aus der Kaffeedose im Küchenschrank, merkte sie das nicht, zumindest erwähnte sie es kein einziges Mal.

Er kam gut in der Schule voran. Er war intelligent, benahm sich tadellos und nutzte das sorgfältig erworbene Vertrauen für kleine Betrügereien an Mitschülern und Lehrern. Dazu kam sein Händchen für Computer. Das setzte er ein, um das Leben seines Geschichtslehrers in der achten Klasse zu zerstören. Der Idiot hatte ihm eine Zwei minus gegeben. Sobald er den Bogen raushatte, stellte Gavin fest, wie leicht es war, fremde Rechner zu hacken. Mr. Stockmans Computer mit Kinderpornos zu bestücken war eine Herausforderung, die er erfolgreich gemeistert hatte. Stockman verlor seinen Job, seine Frau, seine Kinder und wanderte für sechs Jahre in den Knast. Das war für deine Zwei minus, du Trottel!

Gavins Rede auf der Abschlussfeier rührte seine Mutter zu Tränen. Und nicht nur sie. Er bekam ein Stipendium für die Michigan State University. Obwohl er mehrere Colleges zur Auswahl hatte, behauptete er, in der Nähe seiner Mutter bleiben zu wollen, um ihr helfen zu können. Das tat er auch gewissenhaft. Bis zum Frühjahr seines zweiten Semesters. Sein erster Mord.

Was für ein Schock! Was für eine Tragödie! Der sinnlose Tod einer einundvierzigjährigen Frau in dem von ihr gemieteten Rattenloch. Umgebracht durch einen Einbrecher. Der einzige, ihr liebevoll ergebene Sohn befand sich zum Zeitpunkt der Tat hundertfünfzig Kilometer weit weg auf dem College. Ein Neunzehnjähriger, der bei ihrer Beerdigung zusammenbrach.

Mit neunzehn erlangte er also endlich seine Freiheit. Ohne Gefahr zu laufen, in eine Pflegefamilie zu müssen oder einen Vormund zu bekommen. Er kassierte die Lebensversicherung, zu der er sie eigens überredet hatte. Nur fünfzehn Dollar im Monat, dann kannst du ruhig schlafen!

Danach startete Gavin Rozwell, der geborene Psychopath, so richtig durch. Er schlug sich prächtig.

Eine Weile reiste er nur durch die Gegend und ließ es sich gut gehen. Aber irgendwann würde die Versicherungssumme aufgebraucht sein.

Eine Zeit lang beging er kleine Betrügereien. Das machte Spaß und war profitabel. Bis er sich auf Identitätsdiebstahl spezialisierte, was ihm noch mehr Gewinn in Form von Geld und Befriedigung einbrachte. Aber so richtig aufregend war das alles nicht. Es verschaffte ihm keinen echten Kick, versetzte ihn nicht in einen Rausch.

Wie er so unterwegs war, Pläne schmiedete und Intrigen spann, fand er mit der Zeit seine wahre Berufung. Er wusste, dass er mit jedem neuen Opfer stets von Neuem seine Mutter umbrachte. Mit Psychologie kannte er sich schließlich aus. Na und? Er genoss es, wenn er das Leben einer Frau beendete, in ihre weit aufgerissenen Augen sah, während er sie erwürgte. So hatte er wieder die Augen seiner Mutter vor sich. Wer sagt denn, dass man nicht mehr an seinen Ursprung zurückkehren kann? Es steigerte das Vergnügen, wenn er den Frauen vorher alles nahm, was ihnen wichtig war. Wie sein Vater seiner Mutter alles genommen hatte. Bis auf ihn natürlich.

An diesem schönen Frühlingsmorgen setzte er sich auf die Terrasse seiner Hotelsuite in Maui. Er atmete die gute Luft und genoss die Aussicht, während er an seiner zweiten Tasse Kaffee nippte. In den zwölf Jahren seit dem Mord an seiner Mutter hatte er ein gutes Leben im Luxus geführt. Die Versicherungssumme über 250 000 Dollar hatte ihm den Lifestyle ermöglicht, für den er gemacht war.

Er hob die Kaffeetasse. »Danke, Mom.«

Seitdem hatte er sich jeden einzelnen Penny verdient. Was er tat, war Arbeit. Arbeit, die Zeit, Know-how und Geschick erforderte. Die wochen- oder sogar monatelangen Recherchen und Vorbereitungen waren nicht ohne. Außerdem musste er sorgfältig auf sein Äußeres achten, es unterwegs stets ein wenig verändern. Hinzu kamen die Kosten für den Erwerb neuer Identitäten und die dazu passende Garderobe.

Einige der Zielpersonen erwarteten Sex, den er, offen gestanden, nie genoss. Aber er gehörte eben zum Geschäft. Da war diese Frau in Portland gewesen, vor drei oder vier Jahren. Unglaublich, wie aufdringlich die gewesen war. Am Ende hatte er sie um fast achthunderttausend Dollar erleichtert, bevor er ihre Beziehung und ihr Leben beendete.

Er hatte es weit gebracht, genoss seine Arbeit, das Reisen. Seine Erfolgsquote lag bei hundert Prozent, weil er nichts weniger als hundert Prozent verdiente. Die totale Perfektion.

Bis zu Morgan Albright. Die war ihm entwischt. Das nagte an ihm. Er musste zugeben, dass ihn dieser Umstand in seinen Grundfesten erschüttert, eine Pause und einen längeren Urlaub erzwungen hatte. Die Schlampe dürfte mit der Polizei geredet haben, mit den Vollpfosten von der Bundespolizei. Und vielleicht, ganz vielleicht, war ihm in ihrer Gegenwart etwas entwischt, was sie nie hätte erfahren dürfen. Sehr wahrscheinlich war das nicht, aber dieses quälende Vielleicht zwang ihn zu einer Verschnaufpause. Und dazu, mehrere Tausend Kilometer zwischen sie und sich zu bringen.

Andererseits konnte er es sich leisten, eine gewisse Zeit in San Diego und anschließend ein paar Monate in Malibu zu verbringen, bevor er auf Hawaii Inselhopping betrieb.

Was gab es Besseres als ein gutes Strandhotel? Wie hieß es so schön? Arbeit allein macht nicht glücklich. Doch selbst in den luxuriösen Hotels an den schönsten Stränden bekam er sie nicht aus dem Kopf. Er hatte ihr alles genommen, aber sie lebte noch. Sie hatte seine Glückssträhne beendet. Das ließ ihm keine Ruhe.

Er musste das in Ordnung bringen, um auf den Glückspfad zurückzukommen. Außerdem langweilte er sich. Arbeit bedeutete Spaß, und den vermisste er. Und weil er ihn so vermisste, hatte er angefangen zu recherchieren.

Doch ehe er sich um Morgan kümmern konnte, musste er mit einer neuen Glückssträhne beginnen. Auf dem Festland hatte er zwei geeignete Kandidatinnen gefunden. Schon bald würde er sich für die glückliche Gewinnerin entscheiden.

Und Morgan? Die bewies nur, wie dumm die Leute waren, wie sorglos – leichte Opfer. Sie hatte ihre Passwörter geändert. Als ob das irgendetwas bringen würde. Letztes Jahr hatte sie zudem ihre ohnehin wenig genutzten Social Media Accounts aufgegeben. Ihre Mutter hingegen war überall aktiv. Sie postete regelmäßig Infos über den Familienbetrieb in Vermont. Hübsche Fotos, gutes Marketing mit persönlicher Note.

Deshalb wusste er, dass Morgan, inzwischen vollkommen pleite, nach Vermont gezogen war. Zurück nach Hause zu Mommy und Grandma. All die schönen Posts sorgten dafür, dass er sie im Auge behalten konnte. Er hatte schon, bevor er diese unbedeutende Bar betreten hatte, Recherchen über ihre Familie angestellt, über deren Immobilien und Läden. Also kannte er die Verhältnisse, die Finanzen gut. Wenn er so weit war, würde er die Accounts ihrer Mutter nutzen, um sich durch ein Hintertürchen in die von Morgan zu hacken.

Wenn er so weit war.

Vielleicht hatte es ja einen tieferen Sinn, dass sie ihm beim ersten Mal entwischt war. Diese Vorstellung beruhigte ihn. Dass sie überlebt hatte, hatte ihn in seiner Eitelkeit verletzt. Doch er konnte sie weitaus mehr verletzen, indem er sie noch ein wenig am Leben ließ, um ihr dann erneut alles zu nehmen. Ein zweiter Versuch erforderte eine ganz neue Strategie, eine ganz andere Methode. Die jedoch riesiges Potenzial besaß. Eines, bei dem mehr Geld, mehr Schmerz, mehr Lust für ihn drin war. Was, wenn er alle drei umbrächte? Darüber lohnte es sich nachzudenken.

Aber zunächst einmal musste er sich wieder warmlaufen. Höchste Zeit, dass er die glückliche Gewinnerin ermittelte.

Er begann einen Plan zu schmieden.

***

Morgan liebte es wieder zu arbeiten. Sie liebte die Routine, die Struktur, den festen Zeitplan. Wenn sie ihre Arbeitskleidung anzog, fühlte sie sich leistungsfähig und kompetent. Sie lernte die anderen Angestellten kennen und war wieder Teil eines Teams. Die Einarbeitung war kein Problem. Natürlich war die Après-Bar größer und vornehmer als jedes Lokal, für das sie bislang gearbeitet hatte. Aber sie würde das hinkriegen.

Gut möglich, dass ihr der Besuch des Weinkellers ein wenig die Sprache verschlug. Regale um Regale mit Jahrgängen, die weitaus älter waren als alle, die sie je dekantiert hatte. Auch das würde sie hinkriegen.

Die Speisekarte des hauseigenen Restaurants war deutlich anspruchsvoller als die im Round. Die Gäste bekamen mit Ahornsirup karamellisierte Mandeln und Picholine-Oliven zu ihren Drinks statt Salzbrezeln und Nüsschen. Das war nur eine Frage des Stils. Sie bediente Gäste, die sich nicht sehr von denen unterschieden, die sie bei ihrem Vorstellungsgespräch mit Nell beschrieben hatte. Obwohl sie Nick für den besten Mitarbeiter der Bar hielt, konnte sie auch über die anderen nicht klagen. Die Serviceleute waren alle ebenfalls gut.

Gegen Ende der ersten Woche wurde Morgan von Lydia Jameson einbestellt. Sie hätte eher ein elegantes, vornehmes Büro erwartet, das zu dem Foto der Frau im Internet passte. Zu der Biografie, die sie gegoogelt hatte. Stattdessen fand sie sich in einem bescheidenen Raum wieder, in dem tatsächlich gearbeitet wurde. Ein Schreibtisch und ein Stuhl, dessen Lehne genauso kerzengerade war wie Lydias Rückgrat.

Das honigblonde Haar fiel ihr in weichen Wellen ums markante Gesicht. Die Falten darin nahmen ihm nichts von seiner Schönheit, sondern ließen es weise und Respekt einflößend wirken. Die Augen hinter dem schwarzen Brillengestell waren goldbraun. Ihre mohnroten Lippen verzogen sich nicht zu einem Lächeln, während sie Morgan musterte. »Setzen Sie sich.« Die kräftige Stimme passte zum Gesicht. Als sie eine auffordernde Geste machte, funkelte ein Solitär im Quadratschliff auf einem feinen Goldreif an ihrer Hand auf, der den Ehering begleitete. »Herzlich willkommen in der Familie Jameson.«

»Danke. Ich freue mich, dazugehören zu dürfen.«

»Ich erkenne Olivia in Ihnen und auch etwas von Audrey. Die Augen dürften Sie von Ihrem Vater haben.«

»Die Augenfarbe, ja.«

»Olivia respektiere ich sehr, seit einigen Jahren auch Ihre Mutter. Deshalb sind Sie hier. Beziehungsweise haben so die Möglichkeit bekommen, bei uns anzufangen.«

»Ich weiß. Dafür bin ich sehr dankbar.«

»Das sollten Sie auch sein. Ich habe Nell das Vorstellungsgespräch überlassen, da ich mich im Hintergrund halten wollte. ich habe großen Respekt vor meiner Enkelin.«

»Das finde ich richtig.«

Lydias Brauen wanderten nach oben. »Nell und Don haben mir gesagt, dass Sie ein echter Gewinn für unser Resort sind.«

»Das ist zweifellos meine feste Absicht.«

»Halten Sie sich für willensstark, Ms. Albright?«

»Ja, Ma'am, das tue ich.«

Lydia machte eine kurze Pause, in der sie Morgan schweigend musterte. »Es ist nicht leicht für eine willensstarke Person, ganz von vorn anzufangen. Aber ohne Willenskraft und Ausdauer kein Erfolg. Ihre vorherigen Arbeitgeber haben Ihre Loyalität betont. Wir geben viel auf Loyalität und sind unsererseits loyal.«

»Das weiß ich sehr zu schätzen, und ich habe das bereits erleben dürfen. Nick Tennant ist zehn Jahre im Betrieb, Opal Reece zwölf, Ada Fine sechzehn. Niemand bleibt in einem Job, wenn er nicht gut behandelt wird. Wenn es nicht auf beiden Seiten Respekt und Loyalität gibt. Ich werde mein Bestes geben, Mrs. Jameson, verlassen Sie sich darauf.«

»Etwas anderes hätte ich von Olivias Enkelin nicht erwartet. Also: Herzlich willkommen in der Familie Jameson.« Lydia stand auf und gab ihr die Hand.

»Danke.«

Als sie zur Après-Bar zurückging, atmete Morgan erleichtert auf. Sie war sich sicher, den letzten Test bestanden zu haben.

***

An ihrem ersten Tag als Managerin der Après-Bar trug Morgan ihre Glücksbringer-Ohrringe. Sie erschien eine Stunde vor Arbeitsbeginn im Resort, um sich mit Nell und deren Mutter Drea Jameson zu treffen. Diese war für die Events zuständig.

Sie saßen in Dreas Büro, das größer war als Lydias. Dort standen ein rosa Zweiersofa und zwei Sessel mit geblümtem Bezug. Morgan fand, dass der feminine Touch gut zu der Frau mit den kupferroten Locken, dem Porzellanteint und den verträumten blauen Augen passte. Drea trug einen pflaumenblauen Mantel, dazu ein taillenkurzes Jackett. Morgan nahm an, dass die zierliche Frau die grauen Pumps mit den Stilettoabsätzen trug, um größer zu wirken.

»Tut mir leid, dass ich es bisher nicht in die Après-Bar geschafft habe, um mich vorzustellen.«

»Zwei Hochzeiten, eine Geburtstagsparty, ein Firmenbankett und das Grototti-Familientreffen dürften Ihnen in den letzten Wochen kaum Zeit dazu gelassen haben.«

Drea lächelte. Morgan überlegte, ob es Zufall oder Absicht

war, dass ihr Lippenstift mit der Sofafarbe harmonierte. Sie tippte auf Absicht.

»Nell hat mir schon erzählt, dass Sie auf alles achten.«

»Selbstverständlich. Die Eventabteilung hat Tische in der Bar reserviert.«

»Ja, das stimmt. Also.« Sie reichte Morgan eine Mappe. »Das sind die Events der nächsten vier Wochen. Don wollte sie immer per Mail zugeschickt *und* ausgedruckt bekommen. Es wird sich noch einiges verändern. Zusätzliche Buchungen, Absagen … die definitiven Zahlen sind jeweils in Rot gehalten.«

Morgan schlug die Mappe auf und überflog die Ausdrucke. »Jede Menge los. Das gefällt mir. Mir reichen die Mails, aber den Ausdruck würde ich gern für die Angestellten aushängen. Ich kümmere mich selbst darum. Und aktualisiere ihn bei Bedarf.« Sie schaute auf. »Kann ich eine Liste für alle Events in den nächsten vier bis sechs Monaten haben?«

»Natürlich. Don mochte es etwas zeitnäher.«

»Mit der langfristigen Übersicht kann ich besser Urlaube und Schichten planen und überlegen, welche Veranstaltungen Änderungen am Barbestand und mehr Barpersonal erfordern. Welche Getränke bereitgestellt werden müssen, ob die volle Cocktailkarte gebraucht wird oder nur Wein, Bier und alkoholfreie Getränke.« Morgan wandte sich an Nell. »Das fällt zwar in Ihren Bereich, aber die Eventbars führen dazu, dass es in der Après-Bar während der Veranstaltung weniger voll ist. Außerdem dürften Sie dann Personal von der Après- oder der Lodge-Bar benötigen.«

»Ja, richtig.« Nell legte den Kopf schräg. »Sonst noch irgendwas?«

»Nun, Firmentreffen machen eher einen geringen Teil des Geschäfts aus. Die Teilnehmenden nutzen die Bar aber zum Netzwerken und für informelle Treffen. Weiß ich ein halbes Jahr im Voraus Bescheid, habe ich genug Getränke auf

Lager. Wir mussten uns letzten Freitag eine Flasche 1800 Silver Tequila von der Lodge-Bar ausleihen.«

»Das waren die Leute von Knox«, stellte Nell fest. »Tequila-Shots zum Wochenende. Wir hätten eigentlich vorbereitet sein müssen.«

»Don war da schon nicht mehr da.« Drea hob ihre Kaffeetasse. »Ich kann Ihnen alle gebuchten Events ein halbes Jahr im Voraus geben, zusätzlich zum Zweimonatsüberblick, per E-Mail.«

»Danke, das wäre perfekt.«

Nell neigte erneut den Kopf. »Noch etwas?«

Das Aprés war zwar nicht Morgans Bar, trotzdem … »Wenn ich schon mal dabei bin, würde ich gern einen Wunsch äußern. Ich würde gern einen saisonalen Spezialdrink anbieten. So ähnlich wie das Spa bei seinen Peelings und Lotions. Der Apfel ist ein typisches Obst in der Gegend, wir könnten also im Herbst und Winter einen Cider-Cocktail vorschlagen, vielleicht sogar Glühwein, wenn es richtig kalt ist. Eine moussierende Cider-Mischung im Frühling und Sangria im Sommer, so was in der Art. Ich könnte mich auch mit dem Spa und deren Angebot abstimmen.«

»Und wenn die ein Lavendel-Peeling anbieten?«, überlegte Nell laut. »Das gibt es nächste Woche zum Frühlingsbeginn.« Nell stellte ihre leere Tasse ab. »Was Sie längst wissen dürften.«

Selbstverständlich war Morgan vorbereitet. »Dann gibt es eine Lavendel-Margarita, Lavendel-Gin-Fizz und einen Lavendel-Champagner-Cocktail. Ich muss nur Bescheid wissen, dann bestelle ich den entsprechenden Sirup und lege Zweige als Garnitur bereit. Damit kann man bei Frühlings- oder Sommergetränken jede Menge machen.«

»Ich fände eine Lavendel-Margarita toll«, meinte Drea. »Das klingt attraktiv. Was meinst du, Nell?«

»Im ganzen Resort oder nur in der Après-Bar?«

»Die Entscheidung überlasse ich dir.«

»Gut. Versuchen wir es mit einem aufs Spa abgestimmten Angebot. Im ganzen Resort. Sie können es nächste Woche in der Après-Bar ausprobieren.«

»Super. Ich bestelle, was wir brauchen.«

»Ich begleite Sie hinaus.« Nell stand auf.

»Willkommen an Bord, Morgan.« Drea erhob sich ebenfalls. »Und richten Sie Ihrer Mutter und Großmutter aus, dass ich die beiden beim Yoga vermisse.«

»Beim Yoga?«

»Studio Om in der South Alley, gleich hinter der High Street. Wir versuchen immer, den Neun-Uhr-Kurs am Mittwoch zu machen, aber wegen des neuen Cafés und meines Terminplans haben wir uns mindestens einen Monat nicht gesehen. Sagen Sie ihnen, dass ich fest vorhabe, diese Woche zu kommen.«

»Gern.«

»Sie meditiert auch«, sagte Nell, während sie den Bürotrakt mit seinen klingelnden Telefonen und geschäftigen Assistenten und Assistentinnen durchquerten. »Meditieren Sie ebenfalls?«

»Nur, wenn ich bewusstlos bin.«

Lachend warf Nell ihr schulterlanges Haar nach hinten, das sie heute offen trug. Ein eher lässiger Look, der zu der grauen Hose und dem dunkelblauen Pulli passte. »Mir geht es ganz genauso. Ich weiß nur nicht, ob mich die Vorstellung von einer Lavendel-Margarita eher fasziniert oder überfordert.«

»Kommen Sie nächste Woche vorbei. Ich mach Ihnen eine.«

»Vielleicht tu ich das.« Sie zückte ihr klingelndes Handy. »So, aber jetzt gibt's keine Meditation und keine Margaritas für mich. Viel Glück heute Abend«, fügte Nell hinzu und lief dann mit raschen Schritten in die andere Richtung.

Ich mag es, wenn viel los ist, dachte Morgan. Sie nickte oder winkte den Angestellten, denen sie beim Weg durch die Lobby begegnete. Es fühlte sich an, als hätte sie ihren Platz gefunden.

Die Bar brummte, so wie eine Bar aus ihrer Sicht brummen sollte. Die Leute entspannten sich bei einem Drink vor dem Abendessen oder aßen eine Kleinigkeit am Tresen. Sie verschaffte sich einen schnellen Überblick und entdeckte zwei Geschäftsmänner, die die Köpfe zusammengesteckt hatten und sich angeregt unterhielten. Drei Frauen, die lachend bei einem Glas Wein saßen. Und blieb abrupt stehen, als sie die beiden Biertrinker erblickte. Noch mehr Jamesons! Der Patriarch, Michael »Mick« Jameson, der Mann, der mit seiner Frau Lydia das, was vorher nur eine Handvoll Blockhütten und ein Zwanzigzimmerhotel gewesen war, zum Westridge-Resort ausgebaut hatte. Er saß mit Nells Bruder Liam zusammen, dem jüngsten Enkel. Ein echter Hingucker, die beiden Generationen, fand Morgan. Der Großvater mit seinem glatten silbergrauen Haar über dem zerfurchten Gesicht und der junge Mann mit seiner lässigen braunen Haartolle und den glatten Zügen. Trotzdem sah man sofort, dass sie miteinander verwandt waren. Die erste Generation im Sweatshirt, die letzte in einem Kapuzenpulli. Die beiden unterhielten sich lebhaft. Geschäftlich, privat oder beides?

Morgan ging hinter die Bar.

»Du bist früh dran.« Nick bereitete eine weitere Runde für das Damentrio an Tisch fünf vor, Chardonnay, Zinfandel und Cabernet. »Alle lassen anschreiben«, erklärte er Morgan.

»Zwei haben sich gerade am Rand der Lobby hingesetzt, als ich reinkam.«

»Um die kümmert sich Lacy. Sie holt ihnen gerade eine Käseplatte. Die Chefs sitzen an Tisch acht.«

»Schon gesehen.«

»Die dürften bald nachordern«, sagte er und zeigte auf die Biere. »Wenn sie die nächste Runde bestellen, leg Cheese Fries dazu – selbst, wenn sie die nicht bestellt haben. Mick liebt Cheese Fries.«

»Verstanden. Geh heim. Ich leg dein Trinkgeld beiseite.«

»Du bist die Chefin.«

»Sieht ganz so aus.«

Ein Mann, der aussah, als hätte er gerade ein ausgiebiges Schläfchen gemacht, ließ sich auf einen der Barhocker sinken.

»Guten Abend. Was darf ich Ihnen bringen?«

Er lächelte verträumt. »Ich hatte gerade meine erste Hot-Stone-Massage. Haben Sie die schon mal ausprobiert?«

»Leider nicht.«

»Tun Sie sich den Gefallen. Ich war noch nie so entspannt. Meine Frau bekommt auch eine und trifft sich gleich hier mit mir. Wir sind das erste Mal da.«

»Und, genießen Sie Ihren Aufenthalt?«

»Ich würde am liebsten herziehen. Meine Frau wird ein Glas Champagner haben wollen. Echten Champagner! Sie weiß zwar nichts davon, aber sie wird einen trinken. Ich versuch's mal mit einem lokalen Bier. ›Marie‹, so heißt auch meine Frau.«

Morgan fand, dass sich Marie glücklich schätzen konnte. Die kam kurz darauf herein. Sie verschmolz förmlich mit ihrem Hocker. »Meine Güte, Charlie. Warum habe ich das nicht schon früher gemacht?« Dann blinzelte sie erstaunt, als Morgan ihr ein Glas Champagner hinstellte. »Champagner?«

»Den hast du dir verdient. Achtzehn Jahre«, erzählte Charlie Morgan. »Drei Kinder und unsere erste Reise allein seit sechzehn Jahren.«

»Ich fühle mich wie eine Prinzessin. Ich weiß, dass wir uns eigentlich schick machen und essen gehen wollten, Charlie, aber ich bin einfach durch.«

»Ich auch. Ist das Essen in der Bar gut?«, fragte er Morgan.

»Selbstverständlich. Setzen Sie sich doch in die Nische am Fenster. Ich bringe Ihnen die Drinks. Schauen Sie sich die

Speisekarte an. Wenn Sie lieber bei uns essen wollen, sag ich die Restaurantreservierung für Sie ab.«

»Wie nett.« Marie seufzte selig. »Alles hier ist einfach nur nett. Ich liebe diesen Ort. Wir schulden meiner Schwester einen Riesenstrauß, weil sie uns den Tipp gegeben hat.«

Während Morgan sich um die beiden kümmerte, brachten die Jamesons ihre leeren Gläser zurück und nahmen auf Barhockern Platz. »Noch eine Runde. Wir lassen uns gerne nachschenken.«

Morgan stellte die leeren Gläser in die Spüle. »Cheese Fries dazu?«

Mick grinste breit und sah für einen Moment genauso jung aus wie sein Enkel. »Mein Ruf eilt mir wohl voraus. Was meinst du, Liam? Wir teilen uns eine Portion, aber sag bitte deiner Großmutter nichts davon.«

»Wenn du zahlst.«

Sie bonierte die Bestellungen und zapfte das Bier.

»Keine Ahnung, was Sie zu dem Paar da drüben gesagt haben.« Mick nickte zu Charlie und Marie hinüber. »Aber es hat sie glücklich gemacht. Genau das ist unser Ziel: die Leute glücklich zu machen.«

»Dafür hat die Hot-Stone-Massage gesorgt. Jetzt hab ich auch Lust auf eine.« Morgan brachte das Bier und sah, dass Charlie ihr winkte. »Entschuldigen Sie mich einen Augenblick.« Sie ging hinüber und winkte einer Bedienung.

Als sie zurückkam, holte sie einen Champagnerkühler. »Das Glade verliert eine Reservierung. Charlie und Marie werden hier essen. Sie nimmt ein Klub- und er ein Steak-Sandwich. Die Zwiebeln lassen wir weg. Charlie hat heute noch was vor.« Sie wackelte mit den Brauen, während sie den Kühler mit Eis füllte. »Sie feiern ihren ersten Urlaubstag mit einer Flasche richtigem Champagner.«

»Der Champagner geht aufs Haus«, sagte Mick.

»Ach, das ist … Das ist einfach mega.«

»Ich geh mal schnell Hallo sagen, während Sie die Flasche in den Kühler stellen. Nicht alle Pommes aufessen, Liam.«

»Mehr kriegst du nicht, Mick.« Liam schüttelte bedauernd den Kopf.

Morgan kassierte die Geschäftsleute ab, mixte ein paar trockene Martinis und sah zu, wie Charlie und Marie miteinander anstießen.

»Sie lassen Ihren harten Job so mühelos wirken«, bemerkte Mick, während er sein Bier trank. »Das weiß ich sehr zu schätzen. Komm, gehen wir, Kumpel.« Er schlug Liam auf die Schulter. Mick schob Morgan drei Zwanzigdollarscheine hin. »Weiter so.«

»Danke, Mr. Jameson.«

»Mick. Wir sind hier eine Familie.«

»Fahren Sie Ski, Morgan?«

Sie sah Liam an und schüttelte den Kopf.

»Das werden wir ändern.«

»Ich denke eher nicht.«

»Wenn es keine Skipisten, Wanderpfade oder Seilrutschen gäbe, wüsste ich nicht, was ich hier sollte.«

Mick zwinkerte ihr zu, bevor die beiden verschwanden.

***

Morgan staunte, dass beide Ladys auf sie warteten, als sie nach Hause kam. »Wieso seid ihr denn noch auf? Es ist fast zwei Uhr früh.«

»Dein erster Tag als Managerin! Wir haben uns eine Kanne von unserem neuen Vermont-Tee gemacht.« Audrey schenkte eine dritte Tasse ein. »Setz dich, trink ein wenig Tee und erzähl, wie es gelaufen ist.«

»Ich musste sie davon abhalten, die Bar zu besuchen. Du

kannst froh sein, dass du mitten in der Nacht bloß Tee trinken musst.«

Morgan nahm den Tee entgegen und ließ sich in einen Sessel neben dem noch brennenden Kamin fallen. »Es lief super. Ich hatte erst einen Termin mit Ms. Jameson, also mit Lydia, anschließend einen mit Drea und Nell. Von Drea soll ich dir ausrichten, dass sie dich beim Yoga vermisst und hofft, es diesen Mittwoch zu schaffen.«

»Wir auch.«

»Ich hab grünes Licht für meine Idee mit den saisonalen Spezialdrinks bekommen und darf sie ausprobieren. Dann habe ich Mr. Mick Jameson und Liam an der Bar kennengelernt. Womit mir nur noch die mittlere Generation fehlt, also Rory Jameson. Und sein ältester Sohn Miles aus der dritten Generation.«

»Die Familie hat im Ort viel bewirkt.« Olivia nippte an ihrem Tee. »Dank der Resort-Gäste macht ganz Westridge gute Geschäfte.«

»Sie haben ständig neue Ideen. Genau wie du.« Audrey prostete ihr mit ihrer Teetasse zu. »Ich bin mir sicher, dieser Tee wird der Hit.«

»Die scheinen eng miteinander verbunden zu sein, eine Familie, die richtig zusammenhält. Ich arbeite echt gerne dort. Da ich jetzt Geld verdiene und verdammt gutes Trinkgeld bekomme, möchte ich von nun an Miete zahlen.«

»Auf gar keinen Fall. Kommt nicht infrage«, schnitt ihr Olivia das Wort ab. »Ich nehme kein Geld von dir. Von dir etwa, Audrey?«

»Nein.«

»Siehst du! Ohne Audrey wäre ich ganz alleine und könnte das Haus vermutlich nicht halten. Das wäre einfach zu viel für eine Frau meines Alters und auch zu einsam. Du kannst so lange bleiben, wie du willst. Eines Tages wirst du einen eigenen Hausstand gründen, aber bis dahin ist das dein Zuhause. Wenn du dich irgendwie einbringen willst, gern. Du kannst uns an deinem freien Tag einmal im Monat was zum Abendessen kochen.«

»Ich soll kochen?«

»Deine Schweinekoteletts waren wirklich lecker«, rief ihr Audrey wieder in Erinnerung. »Wir mussten kein bisschen lügen. Du kannst dieses Rezept machen oder dir was Neues ausdenken, egal. Mom und ich kochen gern, freuen uns aber, wenn wir ausnahmsweise mal nichts machen müssen.«

»Kochen lernen macht unabhängig« fügte Olivia hinzu. »Ich staune immer, dass du nicht kochst, wo du doch so viel Wert auf Unabhängigkeit legst.« Olivia lächelte. »Du kannst auf ein Auto sparen, bei dem deine Mutter und ich nicht ständig in Sorge sein müssen. Wir sind Ninas Familie sehr dankbar, wissen aber trotzdem, dass das Ding bald den Geist aufgeben wird. Meine Seelenruhe ist mir wichtiger als Geld.«

»Na gut.«

»Bald gibt es Gartenarbeit. Da wäre Hilfe schön.«

»Und hör endlich auf, dir selbst die Haare zu schneiden, Kind.« Olivia verdrehte die Augen. »Geh zum Friseur. Der in der Stadt ist wirklich gut.«

Morgan fuhr sich durchs Haar. »Ich dachte eigentlich, das sieht gut aus.«

»Nein«, sagte Audrey entschieden. »Ich weiß, du willst Geld sparen. Eine pflegeleichte Frisur ist wichtig. Aber du bist jeden Tag unter Leuten. Du musst dich von deiner besten Seite präsentieren.«

»Ein Besuch bei der Kosmetikerin würde auch nicht schaden.«

Morgan schlug die Hände vors Gesicht. »Mein Gesicht.«

»Sieht wunderschön aus.« Audrey lächelte tröstend. »Aber du darfst dich ruhig etwas verwöhnen lassen. Im Resort machen sie tolle Gesichtsbehandlungen, außerdem bekommst du dort als Angestellte Rabatt. Du musst dir was Gutes tun. Und jetzt sollten wir uns alle ein wenig Schönheitsschlaf gönnen.«

»Ich mach den Abwasch. Ich kann schließlich bis mittags schlafen, wenn ich will.« Das würde sie zwar nicht machen, wusste Morgan, aber möglich wäre es.

»Na dann, gute Nacht.« Audrey zog sie in eine Umarmung. »Gratuliere noch mal zu deinem ersten Tag als Managerin.«

Während sich Morgan um das Geschirr kümmerte, fiel ihr auf, dass sie meistens in einem Frauenhaushalt gelebt hatte. Ihr Vater war so oft weg gewesen und irgendwann ganz verschwunden. Anschließend hatte sie mit Nina zusammengewohnt. Aber sie war noch nie in der Minderheit gewesen. Zwei gegen eine.

9

Freitagabend. Am Ende einer Arbeitswoche war viel los im Après. Morgan befand sich ganz in ihrem Element. Während sie mixte, schüttelte, rührte und zapfte, wurde ihr bewusst, dass sie trotz des schlimmen Jahres einen Volltreffer gelandet hatte. Sie brauchte einen Job, weil sie Geld verdienen musste, und hatte auf Anhieb einen gefunden, der ihr gefiel. Einen, der ihr dabei half, wieder zu sich selbst zu finden.

Zu der fähigen Morgan, der Morgan, die Pläne schmiedete und auf ein Ziel hinarbeitete. Zu der Morgan, die so gut darin war, Fremden den Tag zu versüßen. Was auch immer Gavin Rozwell ihr genommen hatte, ihre Fähigkeiten besaß sie nach wie vor. Nach einem holprigen Start war ihr Selbstbewusstsein zurückgekehrt. Sie wollte das Beste daraus machen.

An der Bar bediente sie Keith und Martin – trockene Wodka-Martinis mit drei Oliven. Das Paar feierte seinen fünften Jahrestag. Sie hörte sich die Wochenendpläne an.

»Er geht ins Fitnessstudio.« Keith, der mit seiner dunkelblauen Brille hinreißend aussah, verdrehte die Augen. »Und will mich mitschleppen.«

»Weil ich dich liebe.«

»Jaja, ist ja gut.«

»Danach gehen wir schwimmen.« Martin nahm den ersten

Schluck von seinem Drink. »Mhm! Das nenn ich einen Martini. Wie wär's, wenn Sie uns nach Burlington begleiten und unsere Freitagabend-Martinis mixen? Wir würden Sie wie eine Prinzessin behandeln und auf Händen tragen.«

»Bekomme ich ein Diadem?«

»Klar.«

»Sie können fest auf mich zählen.« Morgan lief die Bar entlang, um die Bestellungen eines Kellners abzuarbeiten. Sie wusste, dass Opal bereits seit zwölf Jahren dabei und wenig begeistert von der neuen Managerin war.

Opal war dreiundvierzig, stämmig gebaut und trug ihr Haar in einem braunen praktischen Bob. Während Morgan sich um die vorliegende Bestellung kümmerte, gab die Frau ihr die Bestellungen eines weiteren Tisches durch. »Wenn du zu lange für die Drinks brauchst, bekommen wir weniger Trinkgeld.«

Morgan gab eine Orangenscheibe und eine Kirsche in einen Whiskey Sour, während sie ein Pils zapfte. »Hat sich jemand über den Service beschwert?«

»Noch nicht.«

Sie blieb freundlich, schenkte ein Glas Merlot ein, stellte einen klassischen Sidecar zusammen. »Sag mir Bescheid, wenn es so weit ist.«

»Don war schneller.« Mit dieser Bemerkung sauste Opal mit ihren Drinks davon.

Man konnte es nicht jedem recht machen, zumindest nicht auf Anhieb. Sollte sich so ein Vorfall jedoch wiederholen, würde Morgan das Gespräch suchen. Inzwischen arbeitete sie eine weitere Bestellung ab und servierte den Bargästen Snacks und Getränke. Diesmal gab es keinen Kommentar zu ihrem Tempo. Sie flirtete harmlos mit Keith und Martin, weil ihnen das gefiel. Gegen Mitternacht kassierte sie die beiden ab.

Aus den Augenwinkeln sah sie, wie ein Mann am Ende der

Bar Platz nahm. Er sah aus wie ein Single, denn er scrollte auf seinem Handy herum. »Guten Abend. Was darf ich Ihnen bringen?«

»Ein Glas Cabernet«, meinte er, ohne aufzuschauen.

Sie holte ein Rotweinglas. Ein Eigenbrötler, schlussfolgerte sie. Keine Konversation erwünscht. Trotz des Flanellhemds, der Jeans und des dichten braunen Haars, das ihm über den Hemdkragen fiel, sagte ihr etwas, dass er ein Geschäftsmann war. Sie stellte ihm den Wein hin. »Sollten Sie etwas aus der Küche wollen: Die macht in zehn Minuten zu.«

Mit gesenktem Kopf tippte er was mit beiden Daumen in die Handytastatur und schüttelte nur den Kopf. Sie ließ ihn mit seinem Wein und seinem Handy allein.

Als sich die Tische eine halbe Stunde später leerten und die Nachtschwärmer hereinkamen, saß er immer noch am Ende der Bar, beschäftigte sich mit seinem Handy und hatte das Glas erst zur Hälfte geleert.

Minuten vor der letzten Runde kamen drei Männer herein. Anfang vierzig, schätzte sie, und eindeutig angeheitert. Laut lachend ließen sie sich auf die Barhocker fallen. Der in der Mitte zeigte auf sie. »Sie sind neu. Ich war dreimal hier, aber da waren Sie noch ein Mann. Ist das wirklich schon ein halbes Jahr her? Da waren Sie ein Mann.«

»Sie haben nicht ganz unrecht. Ich bin neu.«

Er grinste sie betrunken an. »Sie sind deutlich hübscher.«

»Danke. Womit kann ich Ihnen was Gutes tun?«

Grinsend beugte er sich vor. »Rate mal.«

»Sollten Sie nicht im Resort wohnen, bestelle ich Ihnen besser ein Taxi.«

Blinzelnd verarbeitete er das Gesagte, schlug dann auf den Tresen und lachte. »Taxi«, wiederholte er, während seine Freunde ebenfalls lachten. »Was ist das denn für ein Drink?«

Lächelnd beugte sie sich vor, um ihm in die glasigen Augen

zu schauen. »Ihnen und Ihren Freunden. Es sei denn Sie sind Resortgast.«

»Wir haben die verfickte Präsidentensuite gebucht.« Da er es mit Stolz statt mit Zorn in der Stimme sagte und seine Zimmerkarte zückte, hielt sie ihr Lächeln aufrecht.

»Die soll ganz wunderbar sein. Was gibt es zu feiern?«

»Meine Scheidung. Ich bin ein freier Mann.« Er breitete die Arme aus, umschlang beide Freunde, die noch lauter lachten.

»Wie wär's, wenn du mit uns zum Feiern raufkommst, Süße?«

»Ach, das klingt zwar verführerisch, aber wie wär's, wenn ich euch den letzten Drink des Abends serviere?«

»Gut, als echte Männer nehmen wir ein Herrengedeck.«

»Genau.«

»Sie hat versucht, mich zu entmannen«, behauptete er, während Morgan die Getränke zusammenstellte.

»Da ihr ein Herrengedeck trinkt wie echte Männer, dürfte sie keinen Erfolg gehabt haben.«

»Zwölf Jahre meines Lebens habe ich ihr geopfert.« Seine Freunde tätschelten ihm die Schultern und stürzten sich auf die gerösteten Mandeln, die sie ihnen hingestellt hatte.

»Auf die nächsten zwölf Jahre.« Sie stellte die Herrengedecke auf den Tresen. »Die Getränke gehen auf mich.«

»Weißt du, Süße, wär ich mit dir verheiratet gewesen, wär es dabei geblieben.«

»So was Nettes hat mir heute noch keiner gesagt. Genießt eure Drinks.«

Sie kümmerte sich um die anderen Nachtschwärmer, bevor sie zum Eigenbrötler am Ende der Bar ging. »Letzte Runde. Möchten Sie noch einen Cabernet?«

»Ein stilles Wasser, bitte.« Er sah auf. »Sie haben gut reagiert.«

Ihr wurde ganz anders. Er hatte gelbbraune Tigeraugen, einen ganz intensiven Blick. Kurz konnte sie gar nichts anderes mehr wahrnehmen. Dann erfasste ihr Blick den Rest. Ein markantes

Gesicht, ein energisches Kinn. Würde man fünfundvierzig bis fünfzig Jahre draufrechnen und sich blaue Augen dazu denken, dann wäre er sein Großvater.

»Danke, Mr. Jameson.«

»Miles.« Er schaute zu der Dreiergruppe, während sie sein Wasser holte. »Ich gebe dem Wachdienst Bescheid. Der sorgt dafür, dass sie aufs Zimmer kommen.«

»Die sind harmlos. Er ist bloß traurig.«

»Ist er das?«

»Selbst wenn man die Scheidung will, macht einen das Ende einer Ehe traurig.«

»Der wird morgen mit einem Riesenkater aufwachen.«

Sein Handy klingelte, die ersten Noten von *Bad to the Bone*.

»Hilfe.« Er griff danach, und sie ließ ihn allein.

Als die Dreiergruppe aus der Bar wankte, stand Miles auf, ließ einen Zwanzigdollarschein auf dem Tresen zurück und folgte den Männern.

Sie beendete ihre erste Woche als Managerin mit einem knallvollen Samstagabend. Einfach perfekt!

***

Am Sonntag hatte Morgan frei. Sie sah zu, wie ihre Mutter Brot backte und ihre Großmutter ein Huhn in den Ofen schob. Ihr Job? Kartoffeln waschen und vierteln, Karotten schälen. Es war gemütlich und entspannend. Sie freute sich, dass ihre Mutter von den im Schnee blühenden Krokussen schwärmte.

»Morgen und Dienstag gibt es über zehn Grad.«

»Und am Mittwoch Schneeregen.«

Audrey seufzte. »Ich weiß, aber ich sage dir, der Winter ist vorbei. Schnee*regen*. Der Frühling in Vermont ist ganz besonders schön, weil man so lange darauf wartet. Du machst nächste Woche diese Lavendel-Drinks, stimmt's, Morgan?«

»Ja, also bitte lieber Schnee*regen* und Krokusse.« Vor dem Fenster lag nach wie vor Schnee, aber sie sah, wie er dahinschmolz. Vereinzelt gab es kahle Stellen auf dem Rasen. Sträucher und Büsche schüttelten die weiße Pracht ab. Eiszapfen tropften und glitzerten. Morgan dachte an die Stiefmütterchen, die Nina und sie vor einem Jahr gepflanzt hatten. Sie würde demnächst welche kaufen, zum Gedenken und um ihre Ladys zum Strahlen zu bringen.

Morgan löste sich von der Küchenzeile. »Passt das so?«

»Ja. Jetzt vermengst du alles in dieser Schüssel mit Olivenöl.«

»Wie viel?«

»Benutz deine Augen.«

»Ach herrje.«

»Danach gibst du Honig, geriebene Zitronenschale, Pfeffer und Oregano dazu. Wie bei einem Drink. Du schaffst das.«

Gesagt, getan. Sie verteilte die Kartoffeln auf einem Blech, das sie in den Ofen schob. »Mom hat alles abgewogen, als sie den Brotteig gemacht hat.«

»Backen ist was anderes.«

Morgan widersprach nicht, sondern wechselte lieber das Thema. »Ich hab ganz vergessen, euch zu erzählen, dass ich inzwischen den Letzten der Jameson-Geschwister kennengelernt habe. Miles.«

»Hattet ihr einen Termin?«, fragte Audrey.

»Nein, er kam am Freitagabend in die Bar. Spät. Hat sich etwa eine Stunde an einem Glas Cabernet festgehalten und sich mit seinem Handy beschäftigt.«

»Ein Arbeitstier«, verkündete Olivia. »Immer schon gewesen.«

»Wenn das jemand beurteilen kann, dann du.«

Olivia zuckte mit den Schultern und nahm dann einen Weißwein aus dem Weinkühler. »Showpferde sehen hübsch aus, Arbeitspferde schaffen was weg.«

»Er sieht nicht so gut aus wie seine Geschwister. Zu viele

Falten, um schön zu sein. Trotzdem ein echt gut aussehendes Arbeitspferd.« Morgan holte Gläser. »Die Jamesons sehen alle gut aus.«

»Ja, das stimmt. Meine Tante aus dem Nash-Zweig der Familie hat einen Cousin der Jamesons geheiratet. Ich war Blumenmädchen. Ich dürfte damals sechs Jahre alt gewesen sein und weiß heute noch, wie schön das war«, erzählte Olivia.

»Das wusste ich gar nicht.«

Olivia, in einem grauen Sweatshirt mit Regenbogenmotiv, erwiderte ihren Blick. »Das waren deine Urgroßtante und dein Urgroßonkel. Es gibt also entfernte Jameson-Cousins und Cousinen. Ich trug ein rosa Organzakleid und rosa Rosenknospen im Haar.« Olivia nahm den Wein, den Morgan ihr anbot. »Ich kann mich erinnern, dass ich erst mit meinem Vater und dann mit meinem Bruder Will getanzt habe.« William Nash war nach Vietnam gegangen und dort gefallen, wie Morgan wusste. »Wie dem auch sei, unsere Familien sind seit Langem miteinander verbunden. Beide Seiten haben jede Menge Show- und Arbeitspferde zu bieten.«

Audrey holte das Brot aus dem Ofen, und machte einen kleinen Freudentanz, als sie es aufs Kühlgitter gleiten ließ. »War Miles nicht irgendwann verlobt?«

»Nein, nur fast. Es hat nicht geklappt. Lydia redet nicht viel über Privates. Ich weiß nur, dass sie froh darüber war.«

»Jetzt, wo ich drüber nachdenke, hat auch Drea im Yoga nie von dieser Frau erzählt. Wer war das eigentlich? Ich kann mich nicht erinnern. Keine von hier jedenfalls.«

»Ein Ahornsirup-Prinzesschen aus Brattleboro.« Olivia legte ihre Füße auf einen Hocker. »Reinrassiges Showpferd. Edgar Winemans Enkelin. Liebling der Klatschpresse.«

Fasziniert nahm Morgan neben ihr Platz. »Was ist passiert?«

»Keine Ahnung. Ich vermute, ein Enkel von Lydia und Mick Jameson ist schlau genug, sich nicht an ein Showpferd zu binden, das nichts lieber tut als zu paradieren, um Bewunderung zu ernten, statt Dinge geregelt zu kriegen.«

»Verstehe. Gebt mir doch bitte einen Überblick über diese Familie. Lydia Jameson sehe ich vor mir, aber die anderen …«

»Also gut. Mick ist schlau, ein echter Visionär, der sich nicht scheut, selbst Hand anzulegen. Wenn er könnte, würde er sich nur im Freien aufhalten. Steve und er waren oft gemeinsam in der Natur unterwegs. Zwei geborene Sportler. Ich war unglaublich verknallt in ihn, als ich dreizehn war.«

»Im Ernst?«

»Zum Glück hab ich das überwunden, sonst würdest du nicht hier sitzen und Wein trinken. Rory, der Erstgeborene, hat Jura studiert. Er kümmert sich um die rechtliche Seite des Geschäfts. Hat seine eigene Kanzlei. Eine der Töchter seiner Schwester arbeitet bei ihm. Jackie, seine Schwester, dürfte im Alter deiner Mutter sein. Sie hat Architektur studiert und ihren Mann auf dem College kennengelernt. Sie haben ein eigenes Büro in New York, steigen aber mehrmals im Jahr im Resort ab.«

»Diese Familie hält echt zusammen.«

»Ja. Drea solltest du bei deinem Meeting etwas kennengelernt haben. Sie ist sehr intelligent.«

»Und nett«, fügte Audrey hinzu.

»Ja, sie hat eine Engelsgeduld. Die braucht sie auch als Eventmanagerin. Wenn etwas heikel ist, fragt man am besten Drea. Selbst Diplomaten können sich eine Scheibe von ihr abschneiden. Wende das Gemüse, Morgan.«

Sie stand auf und gehorchte. »Und die dritte Generation?«

»Nun, beginnen wir mit dem Jüngsten. Liam sieht nicht nur echt gut aus. Er kommt auch sonst ganz nach seinem Großvater, ein Sportler und Naturbursche. Die Familie war klug genug, seine Talente zu fördern. Was die Geduld betrifft, kommt er nach seiner Mutter. Ein fröhlicher junger Mann, soweit ich das feststellen konnte.«

»Den Eindruck hat er auf mich auch gemacht.« Morgan setzte sich erneut.

»Nell ist genauso durchsetzungsstark wie die Großmutter. Die knickt nicht schnell ein und ist gut vernetzt mit anderen Geschäftsleuten. Und jetzt zu Miles.« Olivia nippte nachdenklich an ihrem Wein. »Der ist nicht so leicht zu durchschauen. Er wohnt allein auf dem Familienanwesen. Lydia und Mick fanden es zu groß für sich. Das ist es tatsächlich. Also haben sie es ihm überlassen. Rory und Drea waren mit ihrer Wohnsituation zufrieden, also wurde eine Generation übersprungen. Während Liam einen offenen Charakter hat und mit jedem über alles reden kann, ist sein Bruder eher der ruhige Typ. Höflich, gut erzogen, aber zurückhaltend. Andererseits ... nachdem Mick und Lydia halb in Rente sind und Rory seine Kanzlei hat, dürfte er den Tanker in Zukunft steuern.«

»Einen echt großen Tanker.«

Olivia nickte. »Mit jeder Menge Decks. Ein kostbares Erbe, das es über Wasser zu halten gilt. Bist du glücklich bei uns, Morgan?«

»Ja, total. Es ist nicht das, was ich vorhatte, aber ich habe das Gefühl, gut angekommen zu sein. Es ist ein super Platz zum Arbeiten. Mehr kann ich nicht verlangen.«

»Natürlich kannst du das.« Olivia tätschelte ihre Hand, bevor sie aufstand, um das Huhn zu übergießen. »Aber es ist ein guter Anfang.«

***

Einmal im Monat, und zwar um Punkt drei am Sonntag, veranstalteten die Jamesons ein Familientreffen. Das fand traditionell in der verwinkelten viktorianischen Villa statt, in der Miles Großeltern mehr als ein halbes Jahrhundert ihres Ehelebens verbracht hatten. Obwohl Miles das Haus geerbt hatte, betrachtete er sie nach wie vor als Gastgeber und Eigentümer.

Als Kind hatte er ein Großteil dieses Sonntags mit einem Buch in der Bibliothek oder im Garten verbracht. Dort hatte er seine Schwester Nell abwechselnd geärgert oder ignoriert und sich mit Liam verbündet, wenn der gerade da war.

Er dachte gern daran zurück.

Mit sechzehn hatte er stolz an seinem ersten Treffen teilgenommen, die Verantwortung und die Herausforderungen des Unternehmens kennengelernt. Es ernährte nicht nur seine Familie, sondern garantierte dem ganzen Ort ein Auskommen und Arbeit. Die jahrzehntelange Tradition der Familientreffen bedeutete, dass sie reibungslos abliefen und gut strukturiert waren. Doch natürlich gab es immer eine Familiendynamik. Er hätte es sich nicht anders vorstellen können.

Wie immer bereitete er sich auf das Meeting vor, sah sich die Tabellen, Gehaltslisten, Kontoauszüge und Prognosen in seinem Büro im zweiten Stock des Ostturms an. Die Fenster dort boten Ausblick auf den vorderen Garten sowie auf einen kleinen Apfelhain, in dessen Bäume er einst geklettert war, um sich seinen Kinderträumen hinzugegeben. Der Hund, den Miles nie haben wollte, schlief vor dem Kamin. Er nannte ihn Howl, denn er heulte tatsächlich und hatte sich irgendwann im vorigen Winter als Streuner zweifelhafter Herkunft mit ebenso zweifelhaften Manieren in Miles' Herz und Heim geschlichen.

Nachdem er alles überprüft hatte, nahm Miles sein Notebook, seine Ausdrucke und schaltete den Kamin aus, den seine Großeltern in einen Gaskamin umgewandelt hatten. Howl öffnete ein Auge und grunzte leise. Miles beachtete ihn nicht weiter, verließ den Raum und nahm die Hintertreppe zur Küche. Wie immer folgte ihm der Hund auf dem Fuß. Das struppige graue Fellbündel mit dem langen Schwanz und den langen Schlappohren sah zu, wie Miles seine Sachen auf den Esstisch legte, das Licht und den Kamin anmachte. Miles ging zurück in die Küche, öffnete die Terrassentüren und befahl: »Raus!«

Howl marschierte auf die Terrasse, nahm die Stufen in den Garten, wo er ein wenig Zeit damit verbrachte, das Anwesen vor Eichhörnchen zu beschützen, sich im Schnee zu wälzen und in den Wind zu heulen. Durch geduldiges Üben hatte Miles ihm beigebracht, zum Windfang zu kommen, wenn er reinwollte. Howl dagegen hatte ihm beigebracht, einen Vorrat alter Handtücher im Windfang aufzubewahren. Damit konnte er sich je nach Saison um Schneereste, Blätter und Schlammspuren kümmern.

Da seine Mutter einen Schinkenbraten mitbringen würde, musste er sich nur um Kaffee, alkoholfreie Getränke und den Wein zum anschließenden Essen kümmern. Sie wechselten sich mit dem Essen ab, was eine zusätzliche Liste und einen zusätzlichen Kalender erforderte, aber es funktionierte.

Miles kochte Kaffee und genoss, was er am meisten liebte: Ruhe und Einsamkeit. Er mochte das Haus, seine Größe und Marotten. Er mochte das Labyrinth aus Zimmern, auch wenn er die Entscheidung seiner Großeltern zu schätzen wusste, die Wand zwischen Küche und Esszimmer einzureißen. Das öffnete den Raum. Genauso wie er einsah, dass Gaskamine einfach praktischer waren als Holzkamine. Seit seinem Einzug hatte er nur wenig verändert. Wozu auch, wenn er sich wohlfühlte? Außerdem blieb es selten bei nur einer Veränderung. Sie führten oft zu einem regelrechten Dominoeffekt.

Jetzt trug er den Kaffee ins Esszimmer und stellte ihn auf die Anrichte aus Walnussholz. Er schenkt sich eine Tasse ein und sah zu, wie sich der Hund im Schnee wälzte, als wäre das draußen eine Sommerwiese. Die Bäume begannen zu knospen, das erste Grün spross, noch zaghaft, aber immerhin. Schon bald würden nicht mehr Schneebläser und Schaufeln, sondern Rasenmäher und frischer Mulch zum Einsatz kommen.

In dem sich der Hund wälzen würde.

Im Wald und neben den Wanderpfaden würden Waldlilien blühen. Der Judasbaum würde seine grellen Blüten zeigen, noch bevor sich seine grünen Blätter entrollten – dort, wo sein Vater und Großvater weit vor seiner Geburt ein Baumhaus gebaut hatten. Das Baumhaus gab es immer noch, genau wie die Jamesons. Er hörte die Stimmen und Schritte seiner Eltern. Sie waren die Ersten, die hereinkamen.

»Man riecht den Frühling«, sagte seine Mutter, während sein Vater die große Platte auf die Kücheninsel stellte.

»Ich rieche Schinkenbraten.«

Seine Mutter fühlte sich hier wie zu Hause und hatte die Backformen in den Ofen geschoben, um den Inhalt warm zu halten. »Der riecht auch gut, aber der Frühlingsduft wird länger halten.«

»Wo steckt der Hund?« Rory hielt einen riesigen Knochen aus Rinderhaut hoch.

»Draußen, um sich so richtig schön einzusauen.«

»Wie es sich für einen Hund geziemt.« Rory legte den Knochen weg, um seiner Frau den Mantel abzunehmen. Er hängte ihre Garderobe im Windfang auf. »Lust auf Kaffee, Schätzchen?«

»Nein, danke. Hallo, Fremder.« Sie drückte Miles an sich. »Ich hab dich diese Woche kaum gesehen.«

»Es ist viel los.«

»Als ob ich das nicht wüsste.«

Während Drea ihr Notebook samt Unterlagen auspackte, ging Rory zur Tür, um hinauszuschauen. Groß und schlank stand er da, die Hände in den Hosentaschen. Er trug ein rotes Cordhemd, das bestimmt Miles Mutter ausgesucht hatte, dazu ausgeblichene Jeans. Wie immer, wenn er nicht den Anwalt geben musste. Sein Haar war an den Schläfen ergraut, ansonsten braungrau meliert.

»Wie lange ist der Hund schon draußen?«, fragte er Miles.

»Ach, zwei oder drei Tage.«

Rory fuhr herum.

»Zehn Minuten vielleicht. Er ist gerne draußen.«

»Er ist auch gerne drinnen. Ich lass ihn wieder rein und mach ihn vorher sauber.«

»Er vermisst Congo«, murmelte Drea, als Rory in den Windfang ging, um den Hund hereinzurufen.

»Ich weiß.«

Am liebsten hätte Rory die alte Boston-Terrier-Hündin sogar mit aufs Gericht genommen. Die geliebte Congo war seine stille Partnerin in der Kanzlei gewesen.

»Ich vermisse sie auch. Siebzehn Jahre sind eine lange Zeit, und so ein Abschied fällt schwer. Ich weiß, wir haben das Richtige getan. Die Arme hat genug gelitten. Aber solange dein Vater nicht bereit für einen neuen Hund ist, wird er deinen mit Liebe überschütten.«

Miles hörte, wie sein Vater auf den Hund einredete und das entzückte Heulen als Antwort. »Wie man hört, ja.« Da er mitbekam, dass seine Großeltern das Haus betraten und ihre Vorlieben kannte, brachte er ihnen gleich Kaffee.

Um drei versammelte sich die Familie um den Esstisch. Seine Mutter trank Mineralwasser, Liam eine Cola, der Rest Kaffee. Sie gingen die Bankauszüge und Prognosen für die kommenden Monate durch, schlossen alte Planungen ab und fingen mit neuen an. Liams neuester Vorschlag war ein Klettergarten.

»Ich hab einen Kostenvoranschlag für den Bau und die Versicherungen machen lassen. Dad hat sich inzwischen die rechtliche Seite angesehen. Ihr solltet jetzt alles auf euren Bildschirmen haben.«

»Ich weiß, so was ist sehr beliebt«, hob Drea an. »Aber, offen gestanden, kann ich nicht ganz nachvollziehen, warum die Leute auf Seilen und Wackelbrücken rumklettern wollen.«

»Aus demselben Grund, aus dem sie auf zwei Skiern oder

einem Snowboard zu Tal rasen. Es macht Spaß. Außerdem würde es gut zu unserem Abenteuerprogramm für warmes Wetter passen.«

»Früher bestand das aus Wandern, Kanufahren und Kajaken.« Lydia spähte durch ihre Lesebrille auf das Notebook.

»Die Zeiten ändern sich, mein Schatz.«

Sie sah zu ihrem Mann auf der anderen Seite des Tisches hinüber. »Allerdings.«

»Die Kletterwand, die wir vor fünf Jahren aufgebaut haben, kommt gut an. Im Sommer ist sie an den Wochenenden gut gebucht, an Wochentagen zwischen vierzig und siebzig Prozent ausgelastet. Und die Seilrutsche ist der Hit. Wir werden alles in einem speziellen Abenteuerangebot kombinieren. Kletterwand oder Seilrutsche plus Wandern, Radfahren oder Kajaken. Nach drei Buchungen gibt es fünfzehn Prozent Rabatt. In der kommenden Saison könnten wir gleich den Klettergarten dazunehmen, wenn er rechtzeitig fertig wird.«

Lydia klopfte auf den Tisch. »Miles, du hast dich noch gar nicht dazu geäußert.«

»Liam sollte selbst argumentieren, und ich glaube, das hat er überzeugend getan. Er hat mich so lange damit genervt, bis ich zum White River Resort gefahren bin, um dort den Klettergarten auszuprobieren. Es macht Spaß.«

»Das White River Resort ist dreimal so groß wie wir.«

Liam grinste. »Klein, aber oho, Grandpa.«

»Natürlich ist Liam dafür.« Mick hob ergeben die Hände. »Miles, ich nehme an, du auch?«

»Ja.«

»Nell?«

»Ich sage Ja.«

»Und Drea, Liebes?«

Während sie das Haar zurückwarf, schenkte sie ihrem Schwiegervater ein verführerisches Lächeln. »Ich will dir mal was sagen,

Mick, mein Lieber. Ich habe nie verstanden, warum sich jemand an ein Seil hängen will, aber ich bin trotzdem dafür.«

»Ebenso der Jurist in der Runde«, fügte Rory hinzu. »Ich sage also auch Ja. Lydia, beschließen wir das einstimmig?«

»Wer sich gegen Veränderungen wehrt, geht zugrunde.« Sie zeigte auf ihren Mann. »Bilde dir bloß nicht ein, du könntest auch auf diesen Seilen rumklettern, du irischer Dickschädel.«

»Spielverderberin! Ich werde mich gleich nächste Woche mit dem Designer und den Handwerkern dran setzen«, sagte Liam. »Danke. Miles, du hast gar nicht erzählt, dass du im White River Resort warst.«

Miles zuckte mit den Schultern. »Letzten Herbst. Ich hätte dir nichts davon erzählt, wenn ich den Klettergarten blöd gefunden hätte. Du hast gut argumentiert.«

»Sonst noch irgendwelche Geschäftsideen, Liam?«

»Nein, Pop. Ich ziehe mich siegreich zurück.«

»Drea?«

»Ein paar saisonale Änderungen, was die Events betrifft. Nell und ich arbeiten gerade was für den Sommer aus, ein Picknick unter der Woche. Ein festes Menü, jeden Mittwochabend, lange Tische am See, zwei Bars, ein großes Büfett und Grillstationen, musikalische Unterhaltung.«

»Picknick am See.« Nell nahm das Thema auf. »Ich kümmere mich mit dem Lodge-Chef um das Menü. Was Schlichtes, mit genügend Alternativen für Kinder, Vegetarier und Veganer. Im Grunde das, was wir sonntags am Büfettabend in der Lodge machen, nur eben unter der Woche und im Freien.«

»Ich habe am See gezeltet, als wir nur die Lodge hatten.« Mick kontrollierte den Kostenvoranschlag und runzelte die Stirn. »Diese Grills kosten deutlich mehr als ein Kessel oder eine Pfanne überm Lagerfeuer.«

»Die Zeiten ändern sich«, sagte Lydia lachend.

»Ertappt. Mir gefällt's. Die langen Tische, an denen die Leute zusammenkommen – das schafft Verbundenheit.«

»Bis zum nächsten Treffen haben wir genauere Zahlen.«

»Und die Speisekarte, die entsprechend angepasst werden kann«, fügte Drea hinzu. »Das Restaurantpersonal spricht sich mit dem Spa wegen der saisonalen Drinks ab. Wir beginnen mit den Lavendel-Margaritas.«

»Was ist denn das für ein seltsamer Drink?«, fragte Mick.

»Eine Idee der neuen Après-Managerin. Eine gute, wie ich finde. Nell ist noch nicht überzeugt, aber mir gefällt sie«, fuhr Drea fort. »Vor allem seit Morgan mir eine gemixt hat.«

»Mir hat sie noch keine gemixt.«

Drea wandte sich schulterzuckend an ihre Tochter. »Du wolltest nicht probieren. Sie meint, dass sie zu allem, was das Spa an Peelings und Lotionen so bietet, einen passenden Drink kreieren kann. Das nehme ich ihr auch ab. Außerdem habe ich unser Berichtswesen dahingehend geändert, dass ich ihr die Liste der geplanten Events ein halbes Jahr im Voraus schicke.«

»Das finde ich gut, da lässt sich das Personal besser einteilen. Sie hat übrigens beim Vorstellungsgespräch meinen Ausweis verlangt. Ich kann es immer noch nicht fassen.«

»Wie, sie hat deinen Ausweis verlangt?«, fragte Miles.

»Sie sollte mir einen Drink machen, und da meinte sie, dass sie vorher meinen Ausweis sehen muss.«

Rory prustete los. »Schätzchen, nimm es als Kompliment.«

»Vor allem war es ziemlich mutig.« Nell zuckte mit den Schultern. »Ich habe Don nur ungern ziehen lassen, aber ich muss sagen, dass sie das Team besser führt. Opal beschwert sich zwar, sie würde langsamer mixen und ausschenken …«

»Opal beschwert sich über alles, wenn sie mies drauf ist.«

»Stimmt«, sagte sie zu Liam. »Jedenfalls wird mehr Trinkgeld gegeben. Bisher schreibt das Après schwarze Zahlen.«

»Sie ist nicht langsam«, bemerkte Miles.

Lydia legte den Kopf schräg. »Ach ja?«

»Ich war am Freitagabend eine Weile in der Bar. So gegen Mitternacht. Da hat sie alles allein gewuppt. Es war einiges los, was den Service nicht beeinträchtigt hat. Ich habe keine Verzögerungen bemerkt. Nicht mal, als sie sich um diesen stockbesoffenen Typen und seine Freunde gekümmert hat. Der hat seine Scheidung etwas zu übermütig gefeiert. Die waren alle hackedicht, als sie sich an die Bar gesetzt haben.« Weil er genug Kaffee intus hatte, ging Miles zum Wasser über. »Sie hat als Erstes kontrolliert, ob die Jungs Resortgäste sind, bevor sie sie bedient hat. Ohne sie zu provozieren. Als der Geschiedene sie angebaggert hat, hat sie das elegant abgebogen, ohne seinen Stolz zu verletzen.«

»Sie ist nicht umsonst Olivias Enkelin«, bemerkte Mick. »Damit wäre der geschäftliche Teil erledigt.« Er zwinkerte seinem Enkel zu. »Lasst uns essen.«

10

An ihrem freien Tag gab Morgan dem Druck der beiden Ladys nach und nahm in einem Frisierstuhl des Salons Platz. Die Friseurin, Renee, trug das goldbraune Haar mit den rosa Spitzen zu einem tollen Fischgrätenzopf geflochten. Sie warf einen Blick auf Morgans Frisur und seufzte. »Mädel, was hast du da bloß angestellt?«

Morgan fuhr sich durchs Haar. »Ich habe nur ein bisschen daran rumgeschnippelt.«

»Wir treffen eine Vereinbarung.«

»Echt jetzt?«

»Wenn dir gefällt, was ich mache, wirst du nie mehr daran rumschnippeln.« Sie ließ ihre Finger durch Morgans Haar gleiten. »Schön und gesund. Ein natürliches Blond, genau wie deine Mom. Du hast Glück. Woran hast du denn gedacht?«

»An eine einfache, pflegeleichte Frisur. Ich hatte die Haare ursprünglich etwas kürzer und gestuft, habe mich aber nicht getraut, noch mehr zu schneiden.«

»Gelobt sei der Herr.« Renee kniff die Augen zusammen und musterte Morgan im Spiegel. »Du hast ein schönes, markantes diamantförmiges Gesicht. Wir machen was Freches.«

»Äh …«

»Vertrau mir. Es wird dir gefallen.«

Nach dem Haarewaschen, das eine Wohltat war, lehnte sich Morgan in ihrem Stuhl zurück, während Renee schnitt. Sie hatte nie viel Zeit beim Friseur verbracht, sich nur ungefähr alle sechs Wochen einen neuen Schnitt gegönnt. Rein in den Laden und wieder raus. Hier schienen die Leute gar nicht wieder gehen zu wollen. Sie plauderten in Pediküresesseln oder an Maniküretischen, während Stimmengewirr, Scherengeklapper und das Summen der Rasierer in der Luft lag. Genau wie in einer Bar, fiel Morgan auf. Eine ganz eigene Welt aus Stammkunden, Durchlaufpublikum und den Menschen, die alle umsorgten.

»Der Schnitt ist gut«, meinte Renee, während sie etwas in ihre Hände gab und es im Haar verteilte. »Außerdem hast du Volumen, brauchst also nicht viele Produkte, wenn du dich nicht extra stylen willst. Ich geb dir trotzdem was für zu Hause mit.« Sie fuhr ihr erneut mit den Fingern durchs Haar. »So, vor dem Föhnen. Oder zwischen den einzelnen Haarwäschen auf trockenem Haar.«

»Okay.«

Renee lächelte und begann, mit Fön und Bürste zu hantieren. »Schau gut zu, was ich mache. Es ist eine pflegeleichte Frisur. Genau die richtige Mischung aus stufig, frech und lässig, stimmt's? Mit asymmetrisch angestuftem Pony. Ein echter Hingucker! Ohne dass du irgendwie aufgedonnert aussehen würdest. Außerdem fällt es schön.«

Staunend wohnte Morgan ihrer Verwandlung bei. Die stumpfen, fransigen Haare gehörten der Vergangenheit an. Ihre Frisur war modisch, aber nicht übertrieben. Sie hatte ohnehin keine Zeit für aufwendiges Styling. Das Ergebnis war lässig und vermutlich ein Hingucker. Im Spiegel erwiderte sie Renees Blick und schwor: »Ich werde nie mehr daran rumschnippeln.«

»Das hör ich gern.«

»Kann ich gleich einen neuen Termin machen? Wann soll ich zum Nachschneiden kommen?«

»Das höre ich noch lieber. Wir machen etwas aus.«

***

Morgan fuhr zur Gärtnerei außerhalb des Orts und kaufte Stiefmütterchen, Töpfe und alles, was sie zum Einpflanzen brauchte. Als sie wieder zu Hause war und hörte, dass ihre Ladys heimkamen, schenkte sie Wein ein.

»Morgan, deine Stiefmütterchen! Die sind so süß. Was duftet denn da so? Hast du gekocht? Heute ist doch gar nicht dein Tag … O mein Gott.« Ihre Mutter erstarrte. »Deine Frisur. Deine Frisur sieht toll aus.«

»Echt?«

»Ja. Dreh dich um, los umdrehen! Das gefällt mir. Mom, schau dir nur unser Mädchen an.«

»Ich finde es auch prima. Die Frisur steht dir. Du wirkst so jung und selbstbewusst. Was machst du da?«

»Ich habe ein Rezept gefunden, bei dem man kaltes Huhn vom Vortag verwenden kann. Es klang nicht allzu kompliziert. Wobei es immer leichter wirkt, als es ist, insofern bleibe ich vorsichtig. Aber ich glaube, es wird super. Ich hab schon davon gekostet. Chicken Chili.«

»Was für eine Überraschung! Drei Überraschungen auf einmal. Eine schöner als die andere.« Audrey nahm den Wein entgegen. »Was für einen vollen Tag du hattest.«

»Es hat sich gut angefühlt. Alles hat sich gut angefühlt.«

»Kommt, setzen wir uns kurz.« Olivia griff nach ihrem Glas. »Und lassen es uns gut gehen.«

***

Als Nell kurz vor Mittag in die Bar kam, kümmerte sich Morgan gerade um die Vorbereitungen.

»Zuallererst: tolle Frisur.«

»Danke. Kann ich Ihnen was bringen?«

»Noch nicht. Wo ist Nick?«

»Beim Zahnarzt. Wurzelbehandlung.«

»Autsch.« Nell sog instinktiv hörbar die Luft ein. »Ich sollte auch mal wieder zur Vorsorge. Machen Sie eine Doppelschicht? Konnte niemand anders einspringen?«

»Charlenes Kind ist krank zu Hause. Rob hat heute zwei Seminare, und es stehen Abschlussprüfungen an. Deshalb wollte ich ihn nicht anrufen. Ich hab es bei Becs probiert, aber die hatte wegen Charlenes krankem Kind schon gestern eine Doppelschicht. In der Lodge gibt es eine geschlossene Gesellschaft. Wozu dort Personal abziehen, wenn ich reinkommen kann? Das passt schon. Alles unter Kontrolle.«

»Wie krank? Welches Kind? Jack oder Lilah?«

»Jack, aber sein Fieber hat heute Morgen nachgelassen. Es geht ihm schon besser.« Trotzdem tat es gut, dass Nell gefragt hatte, fand Morgan. Und auch, dass sie die Namen von Charlenes Kindern wusste.

»Na gut. Meine Brüder kommen. Wir haben ein Meeting und werden etwas essen.« Sie sah auf ihre Armbanduhr. »Ich bin früh dran. Miles wird pünktlich sein und Liam zu spät.« Sie ließ sich auf einen Barhocker sinken und klopfte auf das Schild vor der Vase mit den Lavendelzweigen. »Und?«

»Es läuft gut. Eine Fünfergruppe Spa-Leute, die jedes Jahr kommen, hat zwei Runden bestellt. Möchten Sie probieren?«

»Noch nicht. Meine Mutter meinte, ihrer sei köstlich gewesen. Das war ganz schön raffiniert von Ihnen, ihr einen bringen zu lassen. So was gefällt mir.«

»Schön, dass er ihr geschmeckt hat.«

»Hat er. Ich könnte einen Latte gebrauchen.«

»Wie wär's mit einem Lavendel-Latte?«

Nell sah sie mit einer Mischung aus Faszination und Entsetzen an. »Soll das ein Witz sein?«

»Nein. Trauen Sie sich?«

»Wenn ich Nein sage, bin ich ein Feigling. Nicht schlecht.«

»Sie sind kein Feigling.« Morgan ging zur Kaffeemaschine. »Wenn es Ihnen nicht schmeckt, mach ich Ihnen einen normalen Latte. Ich hab vom neuen Event gehört. Picknick am See.«

»Echt?« Nell sah Morgan bei der Arbeit zu. »Das hat sich ja schnell rumgesprochen.«

»Wer gut zuhören kann, bekommt so einiges mit. Eine tolle Idee. War die von Ihnen?«

»Meine Mutter und ich sind bei einem Brainstorming draufgekommen.«

»Toll. Meine Leute dürften sich darum reißen, dort zu arbeiten. Außerdem wird es so nie langweilig. Dazu trägt auch der Lavendel-Latte bei.« Sie stellte Nell ein großes Glas hin.

»Wir werden sehen. Haben Sie vom Klettergarten gehört?«

»Nein. Anscheinend bin ich doch keine so gute Zuhörerin. Es wird ein Klettergarten angelegt?«

»Das ist Liams neueste Idee und der Hauptgrund für unser heutiges Treffen.« Sie verstummte, um vorsichtig von dem Latte zu nippen. Und nippte ein zweites Mal. »Ja, das schmeckt echt gut. Wer zum Teufel denkt sich bloß so was aus?«

»Ich glaube, das kommt aus Asien.«

»Egal.« Sie nahm noch einen Schluck. »Ich werde noch ein Schild machen lassen. Wovon Sie von Anfang an ausgegangen sind, wenn ich mir Ihre selbstzufriedene Miene so ansehe.«

»Seh ich selbstzufrieden aus?« Morgan fasste sich ins Gesicht. »Ich dachte, ich wirke eher zufrieden. Im Next Round hätte das niemals funktioniert, aber bei Ihrer Klientel wird das irre gut laufen. Während der Saison sollte das Getränk genauso teuer sein wie der normale Latte. Die Kosten für die zusätzlichen Zutaten und den Mehraufwand sind minimal. Dann bringen wir es schon unter die Leute.«

»Wird gemacht. Miles.« Nell drehte sich um, als ihr Bruder hereinkam. »Probier mal.«

Er schüttelte nur den Kopf und schaute Morgan an. »Schwarzen Kaffee, bitte. Arbeiten Sie jetzt tagsüber?«

»Wurzelbehandlung«, hob Nell an. »Krankes Kind, Abschlussprüfungen. Doppelschicht. Nur mal probieren!«

»Wow.« Er nahm einen kleinen Schluck und machte ein verwirrtes Gesicht. »Kaffee mit Blumen? Wozu denn das?«

»Miles ist ein Kaffeepurist. Ist der Kaffee nicht schwarz, ist es kein richtiger Kaffee.«

»Dann sollte der passen.«

»Ja. Und Liam nimmt eine Cola, wenn er kommt.«

»Cheese Fries?«

Miles erwiderte Morgans Blick. Nein, kein gut aussehendes Showpferd, dachte sie. Aber ein echt gut aussehendes Arbeitspferd.

»Ich denke schon. Wir nehmen eine der hinteren Nischen.«

Kein Anzug, fiel Morgan auf. Schwarze Hose, gut gebügeltes blaues Hemd, gute Schuhe. Was er genauso lässig trug wie seine unverblümte Art. Sie hatte Nell für eine harte Nuss gehalten, die sie jedoch geknackt hatte. Miles wirkte eine Nummer härter auf sie, aber auch ihn würde sie knacken.

Allmählich füllte sich die Bar. Da es in der Lodge eine geschlossene Gesellschaft gab, würden die Leute für eine unkomplizierte Mahlzeit in die Après-Bar kommen. Umso besser, dachte sie, während sie die ersten Getränkebestellungen abarbeitete. So würde sie sich bestimmt nicht langweilen.

Als Liam in Wanderstiefeln, schwarzem Pulli und Jeans hereineilte, deutete Morgan auf die Nische am Ende der Bar.

»Ich bin ein bisschen spät dran. Sie haben noch nicht bestellt, oder?«

»Nein.«

»Cool. Kann ich eine …« Morgan schob ihm ein großes Glas Cola mit Zitrone hin. »Toll, perfekt. Sie können Gedanken lesen.« Er eilte zur Nische.

Keine harte Nuss, dachte Morgan. Ein echtes Schätzchen. Dann konzentrierte sie sich auf zwei Frauen, offensichtlich Schwestern, vielleicht sogar Zwillinge, die sich gerade auf den Barhockern niederließen.

Die Linke las stirnrunzelnd das Schild. »Was ist eine Lavendel-Margarita?«

»Was Köstliches«, versicherte ihr Morgan. Sie machte zwei. Kurz vor fünf stellte sie das Lavendel-Latte-Schild auf den Tresen. Auf Nell war Verlass.

Um Mitternacht fing sie an, von einer schönen heißen Dusche und einem warmen weichen Bett zu träumen. Es waren sechs Tische, fünf Nischen und fünf von acht Barhockern besetzt. Miles kam herein, nahm einen Hocker am Ende der Bar und zückte sein Handy.

»Ein Glas Cabernet?«

Er nickte nur, also schenkte sie ihm ein und überließ ihn sich selbst. Vierzig Minuten verließen die lebhaften sechs Gäste ihren Tisch, es wurde merklich ruhiger. Blieben zwei Typen auf Barhockern mit einem Rest Bier, eine Vierergruppe, die gerade eine Flasche Wein austrank, und ein Pärchen, das an seinen zweiten Martinis nippte. Und Miles.

»Letzte Runde, Gentlemen. Noch ein Getränk?«, fragte Morgan die Biertrinker. Sie lehnten dankend ab und zahlten. Das Vierergrüppchen ging wenige Minuten später. »Ich rechne Tisch Nummer drei für dich ab, Holly. Du kannst nach Hause gehen.«

»Ich hätte eigentlich gedacht, dass Tisch Nummer drei

schon vor einer Stunde geht, um die Matratze quietschen zu lassen.«

»Martinis als Vorspiel.«

Lachend ging Holly nach hinten, um ihren Mantel zu holen. Morgan schenkte zwei stille Mineralwasser auf Eis ein. Eines davon stellte sie Miles hin.

»Danke.« Er sah nicht auf. »Die letzte Runde ist gelaufen, Mr. und Mrs. Martini haben die Gelegenheit also verpasst. Holly konnte unmöglich die Bar allein schließen.«

»Der Kapitän geht als Letzter von Bord. Und Mr. Martini ist verheiratet, allerdings nicht mit der Frau da.«

Er schaute auf, Neugier in den Tigeraugen. »Wie kommen Sie darauf?«

»Er trägt einen Ring, sie nicht.«

»Vielleicht lässt sie ihren gerade ändern.«

»Vielleicht aber auch nicht. Sie ist zwölf bis fünfzehn Jahre jünger als er.«

»Das muss nichts heißen.«

Sie sah, dass sie sein Interesse geweckt, dafür gesorgt hatte, dass seine harte Schale einen kleinen Riss bekam. »Das allein nicht.« Sie sah zu ihnen hinüber, während sie an ihrem Wasser nippte. »Wenn sie nicht gerade in ihre Geräte vertieft sind, hält er ihr Vorträge. Sie hört mit großen Augen zu, als wäre er der faszinierendste Kerl, der ihr je begegnet ist. Als sie aufs Klo ging, hat er ihr auf den Hintern gestarrt. Es hat nicht viel gefehlt, und er hätte gesabbert.«

»Vielleicht besteht einfach eine große Anziehung.«

»Er hat einen Anruf bekommen, als sie draußen war. Wetten, das war Ms. Martini? Er war genervt, hat sich kurz gefasst. Man könnte auch sagen, er hat sie abgewürgt. Dann hat er die Stirn gerunzelt, an seinem Ehering gespielt und noch eine Runde geordert.«

»Indizienbeweise.«

Morgan lehnte sich an den Tresen. »Wetten Sie gern, Miles?«

»Vielleicht.«

»Ich wette einen brandneuen Dollarschein, dass ich recht habe.«

»Ich weiß nicht, ob ich einen brandneuen Schein habe.«

»Dann schulden Sie mir eben einen. Er hat seiner Frau bestimmt gesagt, dass er geschäftlich unterwegs ist. Sie glaubt ihm nicht, also hat sie angerufen und mehrere Nachrichten geschickt. Er hat seiner brandneuen oder relativ neuen Flamme erzählt, dass er sich gerade in einer schwierigen, langwierigen Scheidung befindet. Vielleicht glaubt sie ihm, vielleicht auch nicht. Auf jeden Fall bekommt sie Spa-Behandlungen und eine Nacht in einem edlen Hotel spendiert. Der Platinarmreif, mit dem sie die ganze Zeit spielt, stammt übrigens aus der Schmuckboutique des Resorts. Er lag im Schaufenster. Ein sehr hübsches Stück … Entschuldigung.« Mr. Martini rief nach ihr, er wollte zahlen.

Miles sah zu, wie sie die Rechnung brachte und noch kurz mit ihm plauderte.

»Einen wunderschönen Abend, Mr. und Ms. Cabot.«

Die Frau kicherte und schmiegte sich an Mr. Martini. »Ach, wir sind nicht verheiratet. Noch nicht.«

Morgan räumte die leeren Gläser ab, wischte den Tisch ab und verstaute den Lappen hinter ihrer Schürze.

»Ich schulde Ihnen einen Dollar.«

»Allerdings, einen brandneuen Schein.« Sie stellte die Martinigläser, das Weinglas, die Wassergläser, die Shaker, die Häppchenteller auf ein Tablett und trug es in die Küche.

Als sie zurückkam, war er weg. Schulterzuckend leerte sie den Eiskühler und wischte die Spüle sauber. Sie schloss die Kasse, staubte Bar und Flaschen ein letztes Mal ab. Da kam er zurück, in einem schwarzen Mantel und dazu passendem Schal.

»Sorry, Sir, die Bar hat geschlossen.«

»Ich begleite Sie nach draußen.«

»Danke, aber Sie müssen nicht …«

»Ich muss sowieso zum Wagen. Holen Sie Ihren Mantel.«

Sie holte Mantel, Mütze, Schal und Handschuhe.

Er musterte sie, die sich dick eingemummt hatte. »Machen Sie einen Abstecher in die Arktis?«

»Diese kalten Vermont-Nächte haben für mich nichts Frühlingshaftes.« Er löschte die Lichter, und sie sah sich ein letztes Mal um. Sie durchquerten die ruhige Lobby. Ein Mann las an der Rezeption ein Taschenbuch. »Gute Nacht, Walter.«

»Nacht, Morgan. Gute Nacht, Miles. Kommen Sie gut heim.«

Sie traten in die Kälte hinaus. Nicht mehr so eisig wie im Monat davor, spürte Morgan, aber immer noch beißend. Sie gingen nach links, den breiten Weg hinunter, zum Parkbereich für die Mitarbeiter. Die Eigentümer hatten reservierte Parkplätze mit Namensschildern. Sein mattschwarzer SUV stand alleine da, aber er ging mit ihr daran vorbei.

»Ich steh gleich da drüben. Danke fürs Begleiten.«

»Ist das Ihr Ernst?« Er musterte Ninas Auto. »Sie brauchen mehr als nur einen Dollar, wenn Sie diesen Wagen fahren.«

Normalerweise hätten sich ihr bei so einer Bemerkung sämtliche Nackenhaare aufgestellt, hätte er nicht die Wahrheit gesagt. »Ich schaue mich schon um.« Bald, dachte sie.

»Dann beeilen Sie sich. Ich warte, ob die Karre anspringt.«

»Die springt schon an. Danke noch mal, gute Nacht.« Morgan fand sich in der noch kälteren Luft im Auto wieder. Das stotterte und röchelte beim Anlassen. Sie schloss die Augen und schickte ein Stoßgebet zum Himmel. Endlich sprang der Wagen an, und sie schwor sich, an ihrem nächsten freien Tag ernsthaft nach einem Auto zu suchen. Beim Blick in den Rückspiegel sah sie, wie Miles dastand und ihr nachschaute, die Hände in den Hosentaschen.

Ja, dachte sie, sie hatte seiner harten Schale einen ersten Riss beigebracht.

***

Die Woche verging wie im Flug. Morgan legte ihren Lohn und einen Großteil ihres Trinkgelds beiseite und verbrachte den Montagvormittag damit, im Internet nach Gebrauchtwagen zu suchen. Sie gelangte zu dem Schluss, dass sie sich einen anständigen Wagen leisten konnte. Allerdings einen deutlich besseren, wenn Ninas Auto einen weiteren Monat durchhielt.

»Einen Monat«, murmelte sie.

Der Frühling hatte sich noch nicht durchgesetzt, Schnee und Kälte drohten nach wie vor, aber der schlimmste Winter war vorbei. Ein weiterer Monat bedeutete weniger Schulden und weniger Zinsen. Außerdem musste Ninas Auto sie bloß zur Arbeit und nach Hause bringen, hin und wieder zum Einkaufen oder in die Stadt, wenn sie im Café aushalf. Sie legte den Autokauf ad acta und begann stattdessen, Rezepte zu recherchieren. Als sie davon genug hatte, beschloss sie, einen Spaziergang zu machen. Um einen freien Kopf zu bekommen. Sie schlüpfte in ihre Stiefel. Um sich darüber klar zu werden, wie ihre nächsten Schritte aussehen sollten. Sie konnte nicht ewig auf der Stelle treten.

Ja, ich habe einen guten Job, den ich echt mag, rief sie sich in Erinnerung, als sie ins Freie trat. Sie hatte ein Dach über dem Kopf und lernte viel von den Ladys. Ihr Haus vermisste sie nicht. Nach Ninas Tod war es ohnehin kein Zuhause mehr gewesen. Sie vermisste Nina genauso wie ihre Freundschaft mit Sam. Ebenso ihre Mitarbeiter und Chefs, die so etwas wie Familie gewesen waren, als sie beschlossen hatte, Wurzeln zu schlagen.

Morgan blieb stehen und bewunderte den knallblauen Himmel über den Bergen. So ein Panorama hatte sie damals allerdings nicht direkt vor der Haustür gehabt. Auch hier gab es vier Jahreszeiten. Waren da nicht schon die ersten Vorboten des Frühlings? Auch die Luft und das Licht hatten sich geändert.

Was war der nächste Schritt?

Das Auto, Morgan, und das weißt du auch. Gib dich geschlagen, und such nach einem Auto, dachte sie. Es ging nicht nur ums Geld, sondern darum, dieses letzte Stück von Nina loszulassen. Das letzte Stück, das sie mit ihrem früheren Leben verband. Also kehrte sie ins Haus zurück und zog sich an wie eine Frau, die weiß, was sie will. Sie suchte die Autopapiere heraus, ihre Versicherungsunterlagen, die Kontodaten und alles, was ihr sonst noch einfiel.

Nachdem Morgan das Ganze in eine Mappe gelegt hatte, legte sie ihre Glücksbringer-Ohrringe an. Um einen guten Preis auszuhandeln und einen günstigen Kredit zu bekommen, konnte sie ein wenig Glück gebrauchen. Wenn sie Ninas Auto in Zahlung gab, brachte das vielleicht auch etwas. »Gebrauchtwagenhändler wollen Autos verkaufen, oder?«

Sie kümmerte sich um ihre Frisur. Dann ging sie nach unten und schlüpfte in ihren Mantel. Als sie die Tür aufzog, standen die FBI-Ermittler Morrison und Beck unter dem Vordach. Sie erstarrte zur Salzsäule. »Ms. Albright, Sie wollten gerade gehen? Wir können ein andermal wiederkommen.«

Sie starrte Morrison an. »Ich wollte nur … Nein, nicht so wichtig. Kommen Sie rein.« Sie machte einen Schritt zurück, ihr war als träumte sie. »Ich nehme Ihnen die Mäntel ab.« Sie hängte sie in den Garderobenschrank. »Ich mach Kaffee.«

»Nur keine Umstände«, meinte Beck. »Setzen wir uns doch.«

»Ja, natürlich.«

Im Wohnzimmer griffen die beiden nach je einem Stuhl,

sodass Morgan auf dem Sofa Platz nahm und die Hände im Schoß verschränkte. »Er … Er hat es wieder getan, einer anderen das Gleiche angetan. Das wollen Sie mir doch sagen. Ist sie tot?«

»Eine Frau in Tennessee, unweit von Nashville. Alleinstehend.« Beck war noch nicht fertig. »Eine schlanke Blondine, neunundzwanzig Jahre alt. Sie wurde vor zwei Tagen von ihrer Schwester gefunden, nachdem das Opfer nicht auf Anrufe und Nachrichten reagierte und nicht zur Arbeit erschien. Ihre Konten wurden geplündert, mehrere Kredite auf ihren Namen aufgenommen, dabei wurde ihr Haus als Sicherheit benutzt. Ihr Auto ist weg. Die Schwester hat Gavin Rozwell als denjenigen identifiziert, mit dem sich ihre Schwester getroffen hat.«

»Verstehe.« Tatsächlich verstand Morgan gar nichts. Das überstieg ihre Vorstellungskraft.

»Er hat sich John Bower genannt«, erzählte Beck. »Er hat behauptet, ein freier Fotograf zu sein, der gerade an einem Buch arbeitet. Sie hieß Robin Peters.«

»Was ihr zugestoßen ist, tut mir sehr leid. Auch für ihre Familie. Aber warum haben Sie den weiten Weg hierher gemacht?«

»Bisher hat er nie etwas zurückgelassen. Wenn das Opfer Schmuck trug, hat er ihn mitgenommen, so wie alles andere von Wert. In diesem Fall haben wir das hier beim Opfer gefunden.«

Beck zückte ein Foto und reichte es Morgan.

»Mein Goldmedaillon. Das Medaillon, das mir meine Großmutter geschenkt hat. Es hat ihrer Mutter gehört. Da sind Fotos von den Eltern meiner Großmutter drin. Hat er es ihr geschenkt, bevor er ihr das angetan hat?«

Morrison wartete, bis Morgan ihn ansah. »Die Schwester hatte es noch nie gesehen. Und auch keiner der Kollegen des

Opfers. Statt der Fotos, die Sie bei Ihrer Zeugenaussage angegeben haben, enthielt das Medaillon das hier.«

Sie griff zum nächsten Ausdruck und starrte auf ein Foto von ihrem eigenen Gesicht. Und auf das Gesicht des Mannes, den sie unter dem Namen Luke Hudson kannte.

Teil 2

Neuanfang

*Morgen auf zu unberührten Wäldern,
neuen Weiden.*

John Milton

Aller Anfang ist schwer.

Sprichwort

11

Panik überwältigte Morgan, rauschte in ihren Ohren, schnürte ihr die Kehle zu. »Was hat das zu bedeuten? Wir waren kein Liebespaar. Wir haben nie … Es war keine ernsthafte Beziehung … nicht einmal, als ich dachte, er wäre …«

»Rozwell geht keine normalen Beziehungen ein, Morgan.« Beck wählte ihre Worte mit Bedacht. »Wir glauben, dass Sie das Einzige seiner Opfer sind, das überlebt hat. Soweit wir wissen, ist das auch das erste Mal, dass er eine Trophäe eines Opfers beim nächsten hinterlassen hat.«

»Eine Trophäe«, wiederholte sie.

»Gegenstände, die er behält«, erklärte Morrison. »Da einige wiederaufgetaucht sind, wissen wir, dass er alles, was von Wert ist, weiterverkauft oder ins Pfandhaus bringt. Das muss jedoch nicht heißen, dass er sich von allem trennt. Er behält etwas von all seinen Opfern.«

»Als Trophäe.« Sie hatte schon davon gehört, natürlich hatte sie das. Sie las Bücher, sah Filme. Neues Entsetzen überfiel sie. »Wie so ein Geweih an der Wand. Aber mein Medaillon hat er nicht behalten.«

»Er hat es seinem Opfer umgehängt, wohl wissend, dass wir es als Ihr Eigentum identifizieren werden. Selbst ohne die Fotos hätten wir es als einen der Gegenstände identifiziert, die am Tag der Ermordung von Ms. Ramos gestohlen worden sind.«

»Warum sollte er so was tun?« Sie wusste es, sie wusste es längst. »Um mir Angst einzujagen«, stellte sie fest. »Um mir mitzuteilen, dass er mich nicht vergessen hat, dass wir nach wie vor miteinander verbunden sind. Was will er von mir?«, fragte sie. »Er hat gewonnen. Er hat Nina, meine beste Freundin, umgebracht. Er hat mir alles genommen, wofür ich so hart gearbeitet habe. Ich habe mein Zuhause verloren.«

»Sie haben überlebt«, sagte Beck nur.

»Aber nicht Nina.«

»Er hatte kein Interesse an Nina. Er hat sie notgedrungen ermordet, nicht aus Lust. Zum ersten Mal hat er versagt und sein Ziel verfehlt. Sie haben überlebt«, wiederholte Beck. »Und Sie bauen sich gerade ein neues Leben auf.«

Einen Schritt nach dem anderen, dachte sie. Und jetzt?

»Sie wollen mir damit sagen, dass er noch eine Rechnung offen hat. Dass er es erneut versuchen könnte. Was soll ich tun?« Sie stand auf, lief auf und ab. »Fortgehen, mich verstecken, meinen Namen ändern? Was bringt das? Wenn er mich finden will, wird er mich finden.«

»Er will Ihnen Angst machen«, sagte Morrison. »Er will, dass Sie ihn nicht mehr aus dem Kopf kriegen. Denn er hat nur noch Sie im Kopf. Das tut ihm weh, Morgan. Es verletzt sein empfindliches Ego. Diese Verletzung hat dazu geführt, dass er einen Fehler gemacht hat. Wir sind vorgewarnt und Sie auch.«

»Was nützt mir das?« Sie ließ sich erneut aufs Sofa fallen. »Soll ich von nun an jeden Tag in Angst leben und nur darauf warten, dass er mich holen kommt? Und was ist mit meiner Mutter, meiner Großmutter?«

»Ich rate Ihnen, eine Alarmanlage zu installieren.«

»Wir haben eine, benutzen sie bloß nie.«

»Dann sollten Sie sofort damit anfangen«, bemerkte Morrison ungerührt. »Ich will nicht behaupten, dass Sie sich keine Sorgen machen müssen, aber Sie sind eindeutig im Vorteil.«

»Könnten Sie mir das erklären? Ich tue mich gerade sehr schwer, hier irgendwelche Vorteile zu erkennen.«

»Sie wissen, wie er aussieht. Er ändert zwar sein Aussehen. Haarfarbe, Bart oder nicht, gefärbte Kontaktlinsen, Brille oder nicht. Sie kennen ihn aber. Seine übliche Methode kann er bei Ihnen nicht mehr anwenden. Er muss sich was Neues ausdenken, und Sie können es ihm zusätzlich schwer machen. Zunächst einmal durch die Alarmanlage.«

»Sie arbeiten bis spätnachts«, fuhr Beck fort. »Kaufen Sie einen mobilen Notruf. Den und Ihre Schlüssel haben Sie stets griffbereit, wenn Sie Ihren Arbeitsplatz verlassen. Lassen Sie sich von Mitarbeitern zu Ihrem Wagen begleiten. Kontrollieren Sie den Reifendruck und die Benzinuhr, bevor Sie losfahren. Lassen Sie Ihr Auto nie entriegelt stehen und schauen Sie immer auf den Rücksitz, bevor Sie einsteigen. Rozwells Fahndungsfoto wurde bereits der lokalen Polizei übergeben. Der Wachdienst Ihres Arbeitgebers sowie die Mitarbeiter des Ladens Ihrer Familie bekommen es auch. Um Ihnen etwas anzutun, muss er in Ihre Nähe gelangen. Erschweren Sie ihm das.«

»Er könnte mir aus der Ferne eine Kugel in den Kopf jagen.«

»Da fehlt der Lustgewinn.« Beck sagte das so ungerührt, dass Morgan laut auflachte. »Na dann.«

»Für ihn ist es unerlässlich, Ihnen nahe zu kommen. Es ist eine sehr persönliche Angelegenheit. Gut möglich, dass er das nur getan hat, um uns eins auszuwischen und Ihnen Angst zu machen. Ich rate Ihnen sehr, Vorsichtsmaßnahmen zu ergreifen.«

»Tragen Sie stets ein aufgeladenes Handy bei sich«, fügte Morrison hinzu. »Geben Sie uns und der Ortspolizei Bescheid, wenn er versucht, Kontakt zu Ihnen aufzunehmen. Rufen Sie uns an, wenn Ihnen irgendetwas komisch vorkommt. Ein Grundkurs in Selbstverteidigung könnte auch nicht schaden. Offen gestanden, würde ich das jedem raten.«

»Ihre beste Verteidigung besteht darin, Ihr Leben zu leben.«

»Unter den von Ihnen genannten Vorkehrungsmaßnahmen.«

Jetzt änderte sich Becks Tonfall, er wurde ein wenig weicher. »Das meiste ist gesunder Menschenverstand. Sie sind eine intelligente Frau, Morgan. Tut mir leid, dass wir Ihnen das sagen mussten. Es tut mir auch leid, dass er noch frei herumläuft. Wir gehen davon aus, dass er den Großteil des Jahres untergetaucht war, weil Sie ihn so verstört haben. Doch jetzt ist er aktiv geworden und hat Fehler gemacht.«

»Das Medaillon.«

»Nicht nur.«

Beck schaute ihren Partner an, ein fast unmerkliches Nicken ließ sie fortzufahren. »Alles weist darauf hin, dass er sein Opfer vierundzwanzig Stunden zu Hause gefangen gehalten hat, bevor er es umbrachte. So ein Risiko ist er bisher nie eingegangen. Die Schwester des Opfers hatte einen Schlüssel, das wusste er. Sie hätte jederzeit reinkommen können. Er hat auch mit einer Nachbarin seines Opfers gesprochen und das Haus nur dafür verlassen, um ein Gespräch zu beginnen. Laut deren Zeugenaussage war sowohl das Gespräch als auch sein Verhalten seltsam. Sie fand es komisch, dass das Opfer nicht selbst vor die Tür kam. Es wäre also möglich gewesen, das der Polizei zu melden. Er ist das Risiko eingegangen. Höchstwahrscheinlich, um sein Ego aufzupäppeln, nachdem er das letzte Mal versagt hat und sein Treiben unterbrechen musste.«

»Die Frau ist trotzdem tot.«

»Ja. Sie hat ihn nicht gekannt und hatte keine Möglichkeit, Vorsichtsmaßnahmen zu ergreifen. Aber Sie haben diesen Vorteil.« Beck legte einen braunen Umschlag zwischen ihnen auf den Tisch. »Da drin sind einige Fotos von Rozwell sowie eine

Beschreibung seiner Angewohnheiten. Meine Visitenkarte und die meines Kollegen liegen dabei. Wie gesagt, die hiesige Polizei wurde bereits verständigt. Bitte zeigen Sie das alles auch Ihrem Arbeitgeber und Ihrer Familie. Sollte Ihnen das schwerfallen, können wir das gern für Sie übernehmen.«

»Ich mach das schon.«

»Wir stehen Ihnen jederzeit zur Verfügung, Tag und Nacht.« Morrison stand auf. »Treffen Sie Vorkehrungsmaßnahmen, Morgan.«

Das würde sie, natürlich würde sie das. Was bleibt mir auch anderes übrig?, dachte sie, als sie allein im Haus zurückblieb.

Als Erstes musste sie sich um die Alarmanlage kümmern, die ihre Großmutter kurz nach Pas Tod installiert, aber nie benutzt hatte, wie Morgan wusste. Morgan suchte die Gebrauchsanweisung und den Code aus den Unterlagen ihrer Großmutter heraus und aktivierte die Anlage, bevor sie den Umschlag nahm und das Haus verließ. Sie hasste es, dass ihr Herz so raste. Dass sie zitterte, als sie zum in der Tat entriegelten Wagen ging und den Rücksitz kontrollierte. Der Tank war drei viertel voll, immerhin, doch wie sie den Reifendruck überprüfen sollte, wusste sie nicht. Sie würde es eben lernen.

Auf der kurzen Fahrt nach Westridge ertappte Morgan sich dabei, zwanghaft in den Rückspiegel zu schauen, und sich zu verspannen, sobald ihr ein Wagen entgegenkam. Sie stellte das Auto auf dem Parkplatz hinter dem Laden ab, schloss ab und betrat den Laden. Sofort umfing sie die freundliche Atmosphäre. Sue und eine Kundin lachten wie alte Freundinnen.

Ihre Mutter stand vor einem Aufsteller, während eine Frau einen Anhänger anprobierte. Audrey lächelte Morgan zu. »Er steht Ihnen ganz ausgezeichnet, passt so gut zu Ihren Farben. Diese Ohrringe hier würden toll dazu aussehen. Sie harmonieren, sind aber kein Set, was oft gewollt wirkt.«

»Du bist echt unfair, Audrey.« Trotzdem hielt sich die Frau einen der Ohrringe an.

»Probier sie ruhig an. Schau, wie es sich anfühlt. Was meinst du, Morgan? Irene, das ist meine Tochter, Morgan.«

»Das ist also Morgan.« Irene drehte sich zu ihr, während sie ihren eigenen Ohrring abnahm und ihn Audrey reichte. »Deine Mom redet die ganze Zeit von dir. Kein Wunder, dass du gesagt hast, wie schön sie ist, Audrey. Sie sieht genauso aus wie du. Ich finde diese Ohrringe echt verdammt toll.«

»Sie stehen Ihnen wirklich«, brachte Morgan mit Ach und Krach heraus. »Und der Anhänger ist wunderschön.«

»Wo Sie recht haben, da haben Sie recht. Na gut, Audrey, bring beides zur Kasse. Aber dann ergreife ich die Flucht, bevor meine Kreditkarte in Flammen aufgeht.«

»Ist Gram da?«, fragte Morgan.

»Sie ist gerade raufgegangen.«

»Könntest du auch raufkommen, wenn du fertig bist? Nur eine Minute?«

»Na klar.«

Sie ging durchs Café und schaffte es, der Frau hinterm Tresen zuzulächeln, bevor sie die Treppe nach oben nahm. Zwischen Küche und Büroräumen setzte sie sich einen Moment hin, um sich zu sammeln. Bring es hinter dich, sprach sie sich Mut zu und stand auf. Sie hörte ihre Großmutter reden, bevor sie das Büro betrat. Olivia saß am Schreibtisch und schaute in ihren Computer, während sie telefonierte.

»Wenn Sie nächste Woche liefern können, nehmen wir zwei von jedem Modell, also insgesamt sechs. Aber nicht bei der Akustik schummeln, Al. Der Sound ist so wichtig wie die Ausführung. Ich verlass mich da auf dich. Dienstag passt gut. Also bis dann, tschüs.« Sie legte auf. »Klangspiele, ein halbes Dutzend. Außerdem Kolibri-Futterautomaten, Gartenspieße, Vogelhäuschen und so weiter. Kommt alles nächste Woche. Ein-

deutig ein Zeichen dafür, dass es langsam Frühling wird.« Sie
griff nach ihrem Tee und musterte Morgan sorgfältig. »Was ist
los? Du hast doch was auf dem Herzen.«

»Ich habe gerade …« Sie verstummte, als Audrey hereineilte. »Was ist mit dir? Ich hab's an deinen Augen gesehen.«

»Alle hinsetzen«, befahl Olivia. »Atme tief durch, Morgan,
und dann schieß los.«

»Er hat noch eine Frau in Tennessee umgebracht. Die
FBI-Ermittler waren bei uns zu Hause, um mir Bescheid zu
geben.«

»Audrey, hol deiner Tochter ein Glas Wasser.«

»Es geht mir gut.« Nachdem sie die Hand ihrer Mutter
genommen hatte, um sie am Gehen zu hindern, erzählte
Morgan weiter. »Mein Medaillon … dein Medaillon, Gram …
er hat es dieser Frau umgehängt. Die Fotos hat er durch eines
von mir und eines von ihm ersetzt. Sie meinen, er hätte einen
Fehler gemacht, aber …« Sie erzählte ihnen, was sie über den
Mord, die Schwester und die Nachbarin erfahren hatte.

»Wie wird man bloß zu so einem Monster?«, murmelte
Olivia. »Wird man so geboren, oder entscheidet man sich dafür? Vermutlich beides.«

Audrey erhob sich und schenkte aus der bereitstehenden
Flasche Wasser ein, das sie Morgan reichte. »Langsam trinken. Du gehst nirgendwohin, wechselst nicht noch mal den
Wohnort. Ende der Diskussion. Ich weiß doch, was in dir
vorgeht.«

»Wenn das so ist, kannst du das vergessen. Die Nash-Frauen
halten zusammen. Reden wir nicht mehr darüber.« Mit einer
energischen Handbewegung unterband Olivia jede Diskussion.

»Er hat Nina umgebracht, weil sie gerade zufällig da war.
Was, wenn …«

»Was wann, was wenn!« Jetzt warf Olivia die Hände in die
Luft. »Was, wenn er morgen von einem Laster überfahren

wird? Jetzt hör mir mal gut zu! Du wirst nicht davonrennen. Deine Mutter und ich würden vor lauter Sorge kein Auge mehr zukriegen. Dieser Mistkerl bringt uns nicht auseinander.«

»Wir sollten von nun an die Alarmanlage benutzen.«

»Ich hab sie eingeschaltet, bevor ich weg bin. Das FBI hat mir dazu geraten. Außerdem soll ich mir einen mobilen Notruf zulegen. Und ihr macht das bitte auch.«

»Einverstanden.« Audrey strich liebevoll über Morgans Arm. »Wir reden mit dem Polizeichef, mit Jake.«

»Er weiß schon Bescheid. Ihr sollt auch eines der Fotos von ihm bekommen und ihre Visitenkarten.«

Olivia betrachtete das Bild, das Morgan ihr gab, und nickte. »Wir werden eines davon im Laden aushängen und ein weiteres im Café, damit jeder diese Mördervisage sehen kann.«

»Ach, Gram.«

»Wir werden Kopien anfertigen, Audrey. Die anderen Ladeninhaber sollen sie auch aushängen. Ganz Westridge wird mit seiner Visage zugepflastert werden. Soll er sein Glück ruhig versuchen! Niemand macht sich an meine Enkelin ran. Ich nehme an, das Resort soll die Fotos auch bekommen?«

»Ja.«

»Ich weiß nicht, was sie dir sonst gesagt haben, aber bisher klingt alles sinnvoll. Du wirst deine Schrottkarre gegen einen neuen, sicheren und zuverlässigen Wagen eintauschen. Um die Finanzierung kümmere ich mich.«

»Gram.«

»Fall deiner Großmutter nicht ins Wort«, befahl Audrey.

»Ich werde Zinsen von dir verlangen, und du wirst mir den Betrag in monatlichen Raten zurückzahlen wie bei einem Bankdarlehen. Wir stellen einen Zahlungsplan auf. So tun deine Mutter und ich was für unseren Seelenfrieden, und du behältst deinen Stolz. Beides ist wichtig.«

»Ich hab mich schon nach Gebrauchtwagen umgeschaut …«

»Ein Neuwagen.« Wieder diese energische Geste von Olivia. »Ein zuverlässiger Neuwagen, der gut mit den Wintern in Vermont zurechtkommt. Ich gebe dir den Namen der Verkäuferin, bei der ich meine letzten beiden Autos gekauft habe. Wir haben uns auf einen guten Preis geeinigt. Wenn sie weiterhin Geschäfte mit mir machen will, wird sie dir entgegenkommen.«

»Sei nicht dumm, Morgan, und sag Danke.«

»Danke, Gram, echt. Danke euch beiden.« Vor lauter Dankbarkeit schmerzte ihre Kehle, ihr Herz, ihr Magen. »Nur weiß ich leider nicht, ob ich noch einen Job haben werde, nachdem ich den Jamesons diese Nachricht überbracht habe.«

»Darüber kannst du dir später Sorgen machen«, riet ihr Olivia. »Tu, was du tun musst. Anschließend gehst du mit der Visitenkarte meiner Verkäuferin zu dem Autohändler.« Sie zückte einen dicken Ordner und blätterte darin. »Da ist sie ja. Ich werd sie anrufen und sagen, wonach du suchst und was ich mir so vorstelle.« Als Nächstes zückte sie ein Scheckbuch. »Komm bloß nicht ohne ein anständiges Fahrzeug nach Hause.« Sie stellte einen Blankoscheck für den Autohändler aus. »Den Zahlungsplan arbeiten wir heute Abend aus.«

»Wir werden da sein, wenn du kommst.« Audrey nahm Morgans Hand und schmiegte sie an ihre Wange. »Ohne den verdammten Code kommen wir nicht ins Haus. Wie war der gleich wieder?«

Morgan staunte, dass sie ihn bereits auswendig kannte. Sie lachte und nannte ihn ihr. Obwohl Ninas Wagen auf der Fahrt zum Resort röchelte, nahm sie sich vor, nicht über Autos nachzudenken. Gut möglich, dass sie ohne einen Job vom Resort zurückkehren würde. Dann war ein Neuwagen überflüssig. Auf dem Angestelltenparkplatz verriegelte sie den Wagen und ging dann zur Lobby. Dort stand ein riesiges Frühlingsblumenarrangement. Wieder wurde ihr bewusst, wie gern sie hier arbeitete. Die Leute, die Atmosphäre, die Energie und auch die Verantwortung, die man ihr überragen hatte, gefielen ihr.

Doch nun konnte Gavin Rozwell ihr das wieder wegnehmen.

Obwohl sie an Montagen nicht arbeitete, kannte sie die Termine der anderen auswendig. Nell, ihre Vorgesetzte, hatte gerade ein Meeting, bei dem das Menü einer bevorstehenden Hochzeit besprochen wurde. Es brachte nichts, sie dabei zu stören oder zu warten, bis es vorbei war. Außerdem hatte sie das Gefühl, mit dieser Angelegenheit zur Geschäftsführung gehen zu müssen. Und Lydia Jameson war montags im Büro.

Morgan ging in den Bürotrakt und sah, dass Lydias Tür offen stand. Die Frau saß hinter ihrem Computer.

»Noch eine Doppelschicht?«

»Nein, Ma'am. Haben Sie vielleicht eine Minute Zeit?«

Lydia bedeutete ihr, hereinzukommen. Morgan gehorchte und zog die Tür hinter sich zu.

***

Währenddessen saß der Polizeichef Jake Dooley bei Miles im Büro. Die beiden Männer waren seit Schulzeiten befreundet, und weil Jake Miles in- und auswendig kannte, redete er Klartext.

Der hörte zu und betrachtete das Foto von Rozwell, das Jake ihm gegeben hatte. »Verstehe. Verrat mir, was du von der ganzen Sache hältst. Nicht die FBI-Ermittler, sondern du.«

»Er war dumm, solche Risiken einzugehen … Mit der Nachbarin zu reden. Das Opfer tagelang am Leben zu lassen, obwohl ihre Schwester den Schlüssel hatte. Alles Risiken, die er laut seiner Akte vorher nie eingegangen ist.« Jake beugte sich vor und tippte auf das Foto. »Das ist kein Typ, der gefasst werden möchte, Miles. Dafür genießt er das, was er tut, viel zu sehr. Er ist nicht nur ein Psychopath und Sadist, er ist verwöhnt. Und gierig. Bisher ist er mit äußerster Vorsicht vorgegangen. Und das Medaillon?«, fragte Jake. »Er hat es nicht nur beim Opfer zurückgelassen, sondern auch die Fotos ausgetauscht, gegen je eines von sich und Morgan. Eindeutiger kann eine Botschaft nicht sein.«

»Sie sagt, sie wären kein richtiges Paar gewesen.«

»Nein, das nicht. Aber sie beherrscht seine Gedanken. Sie ist der Grund, warum seine Glückssträhne ein Ende genommen hat. Sie soll wissen, dass er noch nicht mit ihr fertig ist.«

»Wenn sie da keine Angst hat, ist sie dumm. Für dumm halte ich sie ganz bestimmt nicht. Ich werde mit unserem Wachdienst, mit der Familie und mit ihr selbst reden.«

»Gut. Dann gib ihr bitte zu verstehen, dass sie mich jederzeit kontaktieren kann. Ich weiß, dass die Nashs eine gute Alarmanlage haben. Wenn sie sie bisher nicht benutzt haben, werden sie es von nun an tun.«

»Und ob sie das werden.«

»Ich seh mich mal nach Nell um.« Jake stand auf. »Sie ist Morgans Vorgesetzte, stimmt's? Ich möchte ihr die Sache persönlich erklären.«

»Gut. Ich werde dir berichten, was Morgan gesagt hat.« Kaum war er allein, musterte Miles Rozwells Foto gründlich. Dann stand er auf. Als Erstes würde er mit seiner Großmutter reden.

***

»Sie haben etwas auf dem Herzen«, stellte Lydia fest. »Irgendwelche Schwierigkeiten in der Après-Bar?«

»Nein, Ma'am, es ist privat.«

»Dann setzen Sie sich. Raus mit der Sprache.«

»Sie wissen, was passiert ist, als … Bevor ich …«

»Lassen Sie sich Zeit«, sagte Lydia, als Morgan verstummte. »Es hat also etwas mit dem Mann zu tun, der Ihre Freundin umgebracht und Ihre Identität gestohlen hat.«

»Ja. Die FBI-Ermittler waren bei mir und haben mir gesagt, dass er vor Kurzem erneut eine Frau umgebracht hat.« Ihre Worte überschlugen sich, sie wollte es hinter sich bringen, während sich ihr Magen schmerzhaft zusammenzog.

»In diesem Umschlag steckt sein Foto?«

»Ja.«

»Zeigen Sie her.«

Sie brauchte beide Hände, um es herauszuziehen, so sehr zitterten sie. Dann stand sie auf und reichte es ihr. »Mrs. Jameson, wenn Sie nicht wollen, dass das Resort, die Mitarbeiter, Ihre Gäste, Ihre Familie von diesen Problemen beeinträchtigt werden, habe ich vollstes Verständnis.«

»Ein gut aussehender Mann. Aber irgendwie glatt. Glatte Typen hab ich noch nie gemocht.« Lydia legte das Foto weg und schaute Morgan an. »Sie sind seit einem Monat bei uns.«

»Ja, Ma'am.«

»Sie haben eine rasche Auffassungsgabe. Einer der Gründe, warum Sie den Job bekommen haben. Sie lernen schnell. Aber wenn Sie glauben, die Jamesons wären so herzlos und feige, Sie wegen dieser Sache zu entlassen, dann habe ich mich wohl in Ihnen getäuscht.«

Eine ganze Reihe von Gefühlen überfluteten Morgan, Stress, aber auch Erleichterung. In Tränen aufgelöst ließ sie sich wieder in den Sessel sinken und schlug die Hände vors Gesicht.

Nach einmaligem Klopfen stieß Miles die Tür auf. »Grand, ich … äh, was zum Teufel?«

»Gib der jungen Dame ein Taschentuch.«

»Ich hab keines dabei.«

»Komm rein, und mach die Tür zu.«

»Vielleicht sollte ich ein andermal …«

»Sofort!« Lydia zog eine Schublade auf, nahm eine Packung Taschentücher heraus. »Gib ihr eins, hol ihr ein Wasser und stell dich nicht so an.«

»Es tut mir leid, ich dachte nur, ich …«

»Weinen Sie ruhig. Sie haben jedes Recht dazu. Dieser widerliche Mörder hat eine Frau in Tennessee umgebracht.« Lydia schilderte die Lage, in einer weitaus logischeren Reihenfolge, als Morgan das geschafft hatte. Miles behielt lieber für sich, dass er bereits Bescheid wusste.

»Sie dachte, wir würden sie deswegen feuern.«

»Dann ist sie nicht besonders schlau.«

»Doch, ist sie. Sie ist nur mit den Nerven am Ende, wie jeder vernünftige Mensch sehen kann.«

»Tut mir leid.« Morgan versuchte die Fassung zu gewinnen und tupfte sich die Tränen ab. »Entschuldigung.«

»Wofür entschuldigen Sie sich?«

Morgan sah mit feuchten Augen zu Lydia hinüber. »Keine Ahnung, ich weiß nicht. Ich wünschte, das wäre anders.« Sie nahm noch ein Taschentuch. »Meine Güte, ich bin fix und fertig. Da darf ich mich doch entschuldigen?«

»Entschuldigung angenommen. Miles?«

»Jake, der Polizeichef«, fügte er hinzu. »Er hat mit mir gesprochen. Wir werden das Foto kopieren und sicherstellen, dass alle Wachleute es haben. Natürlich auch die Leute am Empfang, die Restaurant- und Barmitarbeiter … Grand, wir müssen ihr ein Auto aus unserem Fuhrpark zur Verfügung stellen. Du solltest die Rostlaube sehen, die sie fährt. Irgendwann bleibt sie damit liegen.«

»Ich werde ein neues Auto kaufen. Noch heute. Meine Großmutter hat sich nicht davon abbringen lassen.«

»Olivia Nash ist eine intelligente Frau. Dasselbe erwarte ich von ihrer Enkelin. Sie gehören zur Jameson-Familie, und wir kümmern uns um unsere Leute. Verstanden?«

»Ja, Ma'am. Dafür bin ich sehr dankbar.«

»Leisten Sie weiterhin so gute Arbeit, dafür bin ich dann dankbar. Miles, bring Morgan zu ihrem Wagen.«

Morgan stand auf. »Ich werde gute Arbeit leisten und trotzdem dankbar sein. Also noch einmal: Danke schön.«

»Hier entlang.« Miles führte sie nach links, vorbei an einer Reihe von Büros und blieb vor einer Toilette stehen. »Gehen Sie da rein und kümmern Sie sich um Ihr Gesicht.«

»Seh ich so schlimm aus?«

»Schlimm genug jedenfalls.«

Sie gehorchte, sah, dass er nicht gelogen hatte, und bemühte sich nach Kräften. »Besser?«, fragte sie beim Herauskommen.

»Auf jeden Fall. Jemand vom Wachpersonal wird Sie jeden Abend nach Arbeitsschluss zu Ihrem Wagen bringen. Jake meinte, Sie hätten eine Alarmanlage zu Hause. Benutzen Sie sie, und kaufen Sie nicht wieder so eine Schrottkarre. Sie brauchen ein Fahrzeug mit Allradantrieb.«

Etwas an seiner direkten, sachlichen Art tröstete sie seltsamerweise. »Ich weiß.«

»Haben Sie schon mal ein Auto gekauft?«

»Ja. Ich hatte einen Prius. Er hat ihn mir gestohlen.«

»Zahlen Sie nie den Preis auf dem Verkaufsschild, nur weil Sie müde sind und Kopfschmerzen haben.«

Auf einmal fühlte sie sich dumm und unwissend. »Ich *bin* müde. Und ich *habe* Kopfschmerzen.«

»Und lassen Sie sich keine Extras aufschwatzen.« Er wartete, bis sie den Wagen aufgeschlossen hatte.

Sie nickte nur und stieg ein.

Er hielt ihr die Tür auf und schaute auf sie herunter. »Morgan, wer einen Fehler gemacht hat, übernimmt die Verantwortung, sonst ist er ein Idiot. Aber wenn man keinen Fehler gemacht hat, wäre es dumm, die Verantwortung zu übernehmen. Sie können überhaupt nichts dafür. Fahren Sie los und kaufen Sie sich ein Auto.« Er schloss die Tür.

Wieder stand Miles mit den Händen in den Hosentaschen da und schaute ihr nach. Anschließend ging er zurück ins Resort, um ein dringendes Familientreffen einzuberufen.

Das würde die Sache beschleunigen.

**

Morgan kaufte sich ein Auto. Allerdings nicht für den Betrag auf dem Preisschild. Was Morgan eher den Beziehungen ihrer Großmutter zuschrieb als ihren Verhandlungskünsten. Egal, sie nannte einen neuen kompakten SUV ihr Eigen, der auch mit dem nächsten Wintereinbruch klarkommen würde. Einen Hybrid, der zu ihren finanziellen Vorstellungen und ihrem Umweltbewusstsein passte. Ein Auto, das weder röchelte noch schepperte oder stotterte. Dass Ninas Auto ohne mitleidige Blicke in Zahlung genommen wurde, war immerhin etwas.

Wie versprochen warteten die Ladys zu Hause auf sie. Sie mussten nach ihr Ausschau gehalten haben, da beide vors Haus traten, als sie in der Auffahrt hielt.

»Ah, ist der schön.« Audrey klatschte in die Hände. »Was für ein schönes Blau.«

»Sieht solide aus.« Olivia umrundete ihn und nickte anerkennend. »Und sicher.«

»Solide, sicher und schön. Gut gemacht, Morgan.«

»Ein Hybrid. Weit muss ich ja nicht fahren, und es gibt Ladestationen im Resort. Insofern ist das praktisch.«

»Hört sich doch super an.« Audrey legte tröstend den Arm um Morgans Taille. »Du bist erschöpft, Schätzchen. Lass uns reingehen und was essen. Gram hat geräucherte Tomatensuppe gekocht. Soll ich dir einen leckeren Käsetoast dazu machen?«

»Das klingt toll, danke.« Im Haus hängte Audrey Morgans Mantel auf, bevor sie das selbst tun konnte. »Sie haben mich weder gefeuert noch darum gebeten, dass ich kündige.«

»Natürlich nicht. Wie wär's mit einem Tee? Setzt du den Kessel auf, Mom?«

»Ein steifer Drink würde dir vielleicht eher etwas Farbe ins Gesicht zaubern, aber bleiben wir erst mal beim Tee. Setz dich, Morgan. Du hast es geschafft. Das ist alles, was zählt.«

Sie setzte sich an den Küchentresen und massierte sich die Lider. »Ich hab geweint. Stellt euch vor, ich bin echt zusammengeklappt, direkt in Mrs. Jamesons Büro.«

Nachdem sie die Flamme unter dem Kessel angemacht hatte, stieß Olivia zu ihnen. »Das dürfte nicht das erste Mal gewesen sein, dass jemand in Lydias Büro geweint hat.«

»Dann ist Miles reingekommen, genau in dem Moment, als ich geheult habe. Er meinte, ich wäre nicht besonders schlau.«

Audrey, die Sauerteigbrotscheiben butterte, erstarrte. Mit funkelnden Augen fragte sie: »Weil du geweint hast?«

»Nein, nein. Weil ich gedacht habe, sie würden mir kündigen. Ich bin mir ziemlich dumm vorgekommen, aber auch erleichtert. Sie waren so nett. Sachlich, aber nett.« Sie ließ die Hände sinken. »Miles wollte sogar, dass sie mir ein Auto leihen, weil ich so eine Schrottkarre fahre.«

»Nun, das mit der Schrottkarre stimmt.« Audrey belegte das Brot großzügig mit Cheddar. »Womit ich Nina und ihre Familie nicht beleidigen will.«

»Nina wusste, dass es eine Schrottkarre ist. Ich habe ihnen gesagt, dass Gram mir befohlen hat, heute ein neues Auto zu kaufen. Dann hat Mrs. Jameson Miles aufgefordert, mich zu meinem Wagen zu begleiten. Er meinte, ich soll mich um mein Gesicht kümmern. Ich hab echt furchtbar ausgesehen nach dieser Heulattacke. Anschließend redete er auf mich ein, ich solle bloß nicht den Preis auf dem Schild zahlen.«

»Der hat dir noch gefehlt.« Olivia stellte Morgan ihren Tee hin. »Wie kommt er nur darauf, eine Frau wäre zu blöd zum Verhandeln?«

»Er dürfte das eher gesagt haben, weil ich so mitgenommen und völlig benebelt gewirkt habe. Schon die ganze Zeit, seit das FBI vor unserer Haustür stand.« Morgan war dermaßen erschöpft, dass sie sich die Augen rieb. »Ich hab befürchtet, dass er mitkommen und für mich verhandeln will, damit ich es nicht versaue. Stattdessen meinte er, Verantwortung für seine Fehler zu übernehmen würde bedeuten, dass man kein Idiot ist. Verantwortung für etwas zu übernehmen, wofür man nichts kann, wäre allerdings dämlich. So was in der Art.«

»Und, hast du's versaut?«, fragte Olivia, während das Sandwich auf dem Grill brutzelte.

»Ich glaube nicht.«

»Trägst du irgendeine Schuld an dem, was dieses Monster getan hat?«

»Nein, aber …«

»Das Aber kannst du dir sparen. Die Antwort lautet Nein.«

Morgan war zu müde, um ihr zu widersprechen, und nickte. »Die Papiere liegen noch im Auto.«

»Darum kümmern wir uns morgen.« Olivia schöpfte Suppe in eine Schale, während Audrey das Sandwich in der Pfanne wendete. »Dann kümmern wir uns auch um den Zahlungsplan. Die erste Rate zahlst du am fünfzehnten Mai. Die nächste am fünfzehnten des Folgemonats.«

»Gut. Das Auto hat eine tolle Sicherheitsausstattung.«

»Und es ist schön.« Audrey gab das Sandwich auf einen Teller, schnitt es diagonal durch, legte es mit einer Serviette zur Suppe.

»Ja, es ist schön. Hat sich der Nebel in meinem Gehirn erst mal verzogen, werde ich es lieben, das weiß ich genau.« Morgan löffelte Suppe, spürte die tröstende Wärme. Die reinste Wohltat nach diesem Stress! »Ach, tut das gut.« Genießerisch biss sie in den geschmolzenen Käse. »Köstlich.«

Als ihr Audrey übers Haar strich, verbarg Morgan das Gesicht an der Schulter ihrer Mutter.

»Alles wird gut, mein Schatz.« Sie sah zu Olivia hinüber. »Alles wird gut.«

12

Die Jamesons versammelten sich um einen Tisch im kleinen Konferenzraum. Miles bestellte Sandwiches und Salate beim Zimmerservice, denn wegen verschiedener Verpflichtungen hatten sie sich nicht vor sieben Uhr abends treffen können. Da er das Treffen organisiert hatte, saß er am Kopf des Tisches.

»Ich kann euch sagen, dass ich inzwischen mit den Ermittlern gesprochen habe. Dem, was wir bereits wussten, als wir Morgan eingestellt haben, und dem, was sie Grand heute Nachmittag erzählt hat, ist nicht viel hinzuzufügen. Alles weist darauf hin, dass Gavin Rozwell zehn Frauen ermordet hat, darunter auch das Opfer in Tennessee vor ein paar Tagen.«

»Zehn«, murmelte Mike. »Grundgütiger.«

»In einem Zeitraum von dreizehn Jahren. Das Täterprofil beschreibt ihn als Psychopathen, krankhaften Narzissten und Soziopathen, der weder Schuld noch Reue empfinden kann. Jake meint, dass dazu Sadismus und Gier kommen. Ich glaube nicht, dass er sich täuscht.«

»Er ruiniert sie finanziell.« Nell musterte das Foto von Rozwell, das Miles hatte herumgehen lassen. »Anschließend ermordet er sie. Ich würde sagen, Jake hat recht.«

»Die Frauen, die er sich aussucht«, fuhr Miles fort, »oder

zumindest in den letzten vier Jahren ausgesucht hat, stehen für seine Mutter: schlanke Figur, blondes Haar, Single, androgyner Vorname, Besitzerin eines Hauses, Autos oder Pick-ups. Seine Mutter war das erste der zehn Opfer.«

»Er hat seine Mom umgebracht?« Hin- und hergerissen zwischen Entsetzen und Ekel warf Liam sein Sandwich zurück auf den Teller. »Nicht zu fassen.«

»Sein Vater hat sie regelmäßig misshandelt und ist dann abgehauen. Nachdem er einen Kredit auf ihr Haus aufgenommen, ihr Konto geplündert und ihr Auto geklaut hatte«, erzählte Nell. »Diese Informationen sind von Jake. Im Grunde ahmt er seinen Vater nach und benutzt die Frauen, um seine Mutter zu bestrafen.«

»Er ist schlau und ein guter Hacker«, fügte Miles hinzu. »Er besitzt echten Charme und schlüpft in unterschiedliche Rollen, um seine Opfer zu verführen. Es ist davon auszugehen, dass er viel über die Frauen recherchiert, bevor er sich eine aussucht. Normalerweise tritt er nur für zwei bis vier Wochen in ihr Leben, bevor er ihnen die Identität stiehlt, um sie erst auszunehmen und dann zu töten.«

»Dass er sie finanziell ruiniert, genügt ihm also nicht.« Rory, der direkt vom Gericht kam und deshalb Anzug trug, überflog den Polizeibericht. »Erst ruiniert er sie und profitiert finanziell. Auf diese Weise finanziert er seinen nicht ganz billigen Lebensstil. Er missbraucht ihr Vertrauen, aber das genügt ihm nicht. Er erwürgt sie mit bloßen Händen. Das ist etwas sehr Persönliches.«

»Morgan hat er nicht in die Finger bekommen«, meinte Drea.

»Er hat ihre Freundin umgebracht«, führte Liam an.

»Aber nicht Morgan, und in die hat er viel investiert.«

»Ganz genau.« Miles nickte seiner Mutter zu. »Soweit die Ermittler wissen, ist sie die Einzige, die überlebt hat.«

»Aber ein Narzisst darf nicht scheitern.« Nell stocherte in ihrem Salat. »Das heißt, dass er sich sein Scheitern nicht eingestehen kann. Deshalb das Medaillon. Indem er es hinterlassen hat, spielt er mit ihr, macht ihr klar, dass er beim nächsten Mal mehr Erfolg haben wird.«

»Das FBI und Jake sehen das genauso. Ich teile diese Einschätzung«, fügte Miles hinzu. »Nun zu uns. Die Wachleute haben sein Foto und alle relevanten Informationen, genauso wie die Manager der verschiedenen Abteilungen. Ich habe auch Zimmermädchen, Pagen, Parkservice und Butler informiert. Einer der Wachleute wird Morgan nach der Arbeit zu ihrem Wagen begleiten. Sie wird ihn auf dem Gästeparkplatz abstellen, gleich vor der Tür.«

»Das ist besser, ja«, pflichtete ihm Mick bei. »Auf dem Angestelltenparkplatz gibt es zwar eine Beleuchtung, aber der Gästeparkplatz ist von der Lobby aus einsehbar.«

»Wir werden ihr die Telefonnummer der Wachleute als Notrufnummer ins Handy speichern.«

»Oft schließt sie die Après-Bar ganz alleine«, überlegte Nell laut. »Ich finde, sie sollte jemanden zur Seite gestellt bekommen.«

»Guter Vorschlag.« Drea fuhr damit fort, sich Notizen auf ihrem Tablet zu machen. »Dieser Wahnsinnige dürfte ihr nichts tun, wenn jemand anders dabei ist. Er ist ein Feigling.«

»Ich könnte sie tagsüber einsetzen. Es ist zwar eine Verschwendung ihrer Fähigkeiten, aber wir könnten umplanen.«

»Das wird ihr nicht gefallen.« Miles sah seine Schwester an und schüttelte den Kopf. »Ich hab auch schon daran gedacht. Abgesehen davon, dass wir sie so herabstufen würden, sind die Leute spätabends vorsichtiger. Sie ist nicht leichtsinnig. Ich glaube nicht, dass sie unnötige Risiken eingeht.«

»Sie ist eine vernünftige junge Frau.« Erstmals meldete sich Lydia zu Wort. »Wir tun alles, um die Sicherheit unserer Gäste und unseres Personals zu garantieren. Unter den gegebenen Umständen treffen wir zusätzliche Vorkehrungen. Sind damit alle einverstanden?«

»Natürlich.« Mick tätschelte die Hand seiner Frau. »Sie gehört zur Resort-Familie. Außerdem gefällt mir, wie sie die Bar leitet. Sie hat so was Unangestrengtes. Ich verstehe zwar nicht, wie man Lavendel mit Tequila mischen kann, aber sie macht ihre Arbeit so, dass es mühelos wirkt.«

»Lavendel-Margarita. So eine könnte ich jetzt gebrauchen.«

»Wie wär's, wenn ich dir nach dieser Besprechung einen Drink ausgebe, Schätzchen?«

Drea lächelte ihren Mann an. »Abgemacht.«

»Mehr habe ich im Moment nicht zu sagen. Ich werde Kontakt zu den mit dem Fall betrauten FBI-Ermittlern und zu Jake halten, damit wir auf dem Laufenden bleiben. Nell, schreibst du Morgan, wo sie parken soll?«

»Gern. Ich werde sie bitten, morgen eine halbe Stunde früher zu kommen, damit wir alles besprechen können. Ich frage mich, warum sie zu Grand statt zu mir gekommen ist.«

»Sie dachte, wir würden ihr kündigen.«

Liam sah seine Großmutter mit großen Augen an. »Im Ernst? Das hätte sie eigentlich besser wissen müssen.«

»Jetzt weiß sie es«, meinte Miles.

»Trotzdem. Egal, ich rede gleich morgen früh mit den Abenteuer-Verantwortlichen, damit die auch eingeweiht sind. Aber jetzt bin ich weg, ich habe ein Date.«

»Liam Jameson hat ein Date.« Seine Schwester gab sich schockiert. »Die Presse wird ausrasten.«

»Du bist nur eifersüchtig.«

»Ein bisschen schon.«

Er stand auf und gab ihr einen Klaps. »Wenn du nicht so wählerisch wärst, hättest du auch eins.«

»Wenn du kritischer wärst, hättest du nicht so oft eins.«

»Kann sein, aber dann müsste ich ganz allein ins Kino gehen. Gute Nacht, allerseits.«

»Ach, wenn ich noch mal fünfundzwanzig wäre.« Mick seufzte.

»Mit fünfundzwanzig warst du mit mir verlobt.«

Er nahm Lydias Hand und küsste sie. »Ganz genau. Wieso lad ich dich nicht auf einen Drink ein, Liebling?«

»Ja, warum eigentlich nicht?«

»Miles, Nell, wollt ihr der Gründergeneration Gesellschaft leisten?«

»Ich würd ja gern, aber ich muss arbeiten.« Miles suchte seine Unterlagen zusammen.

»Ich leiste euch Gesellschaft«, versprach Nell. »In ein paar Minuten stoße ich zu euch.«

Als sie allein waren, sah Miles seine Schwester an. »Was ist?«

»Glaubst du, er kommt?«

»Ich glaube, er dürfte ihr eher zu Hause auflauern. Oder auf ihrem Arbeitsweg.«

»Das denke ich auch, und dagegen können wir leider wenig tun.« Nell stand auf und hängte sich ihre Aktentasche um. »Ich mag sie.«

»Sie ist wirklich sympathisch.« Er wickelte sein unberührtes Sandwich in eine Serviette.

»Bring die Serviette wieder zurück.«

»Okay. Ich mach zu Hause weiter …_«

»Ich sag dem Zimmerservice Bescheid, damit er hier aufräumt.«

»Nimmst du dein Sandwich auch mit nach Hause?«

»Nein, ich lass mich von Pop zum Essen einladen.«

Er schnappte sich noch eine Serviette und wickelte auch ihr Sandwich ein. »Ich bring beide zurück. Nell, lass dich von den Eltern begleiten, wenn du aufbrichst, tu mir den Gefallen.«

»Ich bin nicht sein Typ.« Sie zupfte an ihren braunen Haaren.

»Geh keinesfalls allein zum Auto. Bitte.«

»Wird gemacht.«

Zufrieden verließ er mit ihr den Raum und ging nach Hause.

***

Auf ihrer ersten Fahrt zur Arbeit mit dem neuen Wagen empfand Morgan ein freudiges Kribbeln. Er schnurrte so schön und roch so gut. Sie liebte das moderne Display und schwor sich, die Route zur Arbeit bei nächster Gelegenheit ins Navi einzugeben.

Nur so zum Spaß.

Dass sie den Gästeparkplatz benutzen sollte, gefiel ihr weniger, aber sie würde nicht protestieren. Die Jamesons unterstützten sie nach Kräften. Da war es das Mindeste, sich ihren Wünschen zu fügen.

Als sie das Gebäude betrat, fing sie den Blick des Pagen auf. Es hatte sich also bereits herumgesprochen. Sie würde versuchen, sich nicht so verletzlich zu fühlen. Auf dem Weg zum Bürotrakt schaute man ihr nach. Logisch. Die Leute waren besorgt, neugierig oder beides.

Nells Tür stand offen. Sie lief in ihrem Büro auf und ab, sprühte nur so vor Energie, während sie mit Headset telefonierte. Heute hatte sie das Haar hochgesteckt und trug eine braune Hose, dazu eine ausgeschnittene, ärmellose Bluse. Eine cremebeige Lederjacke hing über der Lehne ihres Schreibtischstuhls. »Es ist alles bis ins Detail geregelt. Ja, der Zimmerservice wird das Gewünschte um Punkt zwei aufs Zimmer der Braut bringen und um halb drei aufs Zimmer des Bräutigams.« Sie warf Morgan einen Blick zu, verdrehte die Augen und wies auf einen Sessel. »Ich habe erst heute Morgen mit meiner Mutter gesprochen. Sie weiß über das Eindecken Bescheid. Ja, auch über die Sitzordnung. Sie brauchen sich nicht mehr bei ihr rückzuversichern. Es wird eine wunderbare Hochzeit, Mrs. Fisk. Wir haben alles unter Kontrolle. Ja, wir freuen uns auch. Bis Samstag.«

Nell unterbrach die Verbindung und ließ sich in einen Sessel fallen. »Die Mutter der Braut.«

»Das hab ich mir gedacht.«

»Ich wette eine Million Dollar, dass sie einen von uns beiden oder uns beide noch mal anruft, bevor der Tag rum ist.«

»Diese Wette würde ich nicht annehmen. Genauso wenig wie Ihren Job.«

»Gut, denn ich mag den zufälligerweise. Kann sein, dass mit mir was nicht stimmt, aber ich mag ihn. So, ich wollte Ihnen nur sagen, dass wir sämtliche Sicherheitsvorkehrungen wie besprochen getroffen haben.«

»Das weiß ich sehr zu schätzen. Immerhin bedeutet es zusätzlichen Aufwand und Ärger.«

»Nicht der Rede wert. Wir haben einen guten Wachdienst und sind vorgewarnt. Was ich Sie fragen wollte … Warum sind Sie mit dem Problem nicht zu mir gekommen, Morgan? Dachten Sie, ich bin weniger einfühlsam und hilfsbereit als meine Großmutter?«

»Nein, um Himmels willen, nein. Sie waren in einer Besprechung. Wegen der Hochzeit am Samstag.«

»Ach ja, die unvermeidliche Mrs. Fisk.« Nell fuhr sich durchs Haar. »Mir war nicht klar, dass Sie zu diesem Zeitpunkt da waren. Hätten Sie sonst zuerst mit mir gesprochen?«

»Ja.«

Da die Antwort ohne jedes Zögern gegeben wurde, nickte Nell. »Nun gut. Ich wollte nur klarstellen, dass Sie jederzeit zu mir kommen können. Im Ernst«, fügte sie hinzu. »Und sei es nur, um sich auszusprechen. Ich weiß offen gestanden nicht, was ich an Ihrer Stelle tun, wie ich damit umgehen würde.«

»Sie würden bestimmt nicht vor Ihren Chefs in Tränen ausbrechen.«

»Im Plural?«

»Miles ist genau in dem Moment reingekommen, als sich die Schleusen geöffnet hatten.«

Nells Mund verzog sich zu einem Lächeln. Sie streckte die Beine aus. »Ich lächle nicht über Sie, sondern über seine Reaktion, die ich mir gerade ausgemalt habe. ›Ach du Schande‹ oder so was Ähnliches.«

»So was Ähnliches. Man könnte sagen, ich habe mich ausgesprochen. Inzwischen geht's mir gut.«

»Ernsthaft?«

»Was bleibt mir anderes übrig? Ich muss weiterleben, weiterarbeiten. Zu Hause nutzen wir jetzt die Alarmanlage. Ich halte alle Sicherheitsvorkehrungen ein und habe einen mobilen Notruf bestellt. Und ich mache einen Selbstverteidigungskurs.«

»Was den angeht, brauchen Sie nicht weiterzusuchen.«

»Wie? Sie unterrichten …?«

»Nein … Seh ich so aus, als käme ich nicht alleine klar?« Nell ließ ihren Bizeps spielen.

»Beeindruckend.«

»Dafür ist Jen verantwortlich. Meine Personal Trainerin, die auch das Fitnessstudio managt. Zu unseren Zusatzleistungen zählt die kostenlose Benutzung des Fitnessstudios. Für Personal Training gibt es Rabatt. Jen unterrichtet außerdem alle drei Monate an der Westridge High School Selbstverteidigung. Den Frühjahrskurs haben Sie gerade verpasst, aber Sie sollten sie im Studio aufsuchen.« Nell sah auf die Uhr. »Sie haben noch fast fünfundzwanzig Minuten. Gehen Sie doch gleich zu ihr.«

»Sofort?«

»Warum warten? Ich schick ihr eine Nachricht und warne sie vor.«

Vorgesetzten nie widersprechen, rief sich Morgan in Erinnerung, und marschierte runter ins Studio. Noch nicht einmal fünfzehn Minuten später hatte sie die erste Trainingseinheit für den nächsten Tag gebucht.

Morgan besaß eine Yogahose und einen Sport-BH, auch wenn sie keinen Sport trieb. Zum Glück, da sie jetzt einmal die Woche eine Trainingssession absolvieren würde. Wegen des Rabatts war der Preis annehmbar, selbst bei ihrem begrenzten Budget. Außerdem erfuhr sie, dass die einschüchternd fitte Jen Nicks Schwester war. Das dürfte ein nettes Training garantieren.

Wie vereinbart kam sie eine Viertelstunde vor dem Trainingstermin, um sich je nach Lust und Laune auf dem Laufband, dem Crosstrainer oder dem Liegerad aufzuwärmen.

Sie mochte Radfahren, aber das Liegerad sah seltsam aus, und der Crosstrainer schüchterte sie ein. Das Laufband schien ihr die beste Option zu sein. Ein paar Leute waren gerade an den einschüchternden Geräten zugange, stemmten Gewichte oder machten irgendwelche Verrenkungen auf Matten. Morgan stieg auf eines der Laufbänder, machte sich mit den Funktionen vertraut und stellte die erforderlichen fünfzehn Minuten bei moderater Steigung und Geschwindigkeit ein. Sie hörte Musik über Kopfhörer und fühlte sich stark und selbstbewusst.

Das Fenster gab den Blick auf die gebirgige Landschaft frei. Auf Büsche, die langsam zum Leben erwachten. Ein paar tapfere Narzissen und Tulpen knospten bereits. Schön! Sie genoss es. Jetzt, wo so etwas wie Alltag eingekehrt war, fehlte ihr das Radfahren am Wochenende. Das hier war natürlich nicht dasselbe, da sie einfach nur auf der Stelle lief. Vielleicht würde sie sich im Sommer ein gebrauchtes Fahrrad zulegen und die Bergstraßen erkunden. Ab und an könnte sie sogar mit dem Rad in den Ort fahren.

Trotz der Ratenzahlungen für das Auto kam sie mit ihrem Budget klar, und langsam konnte sie auch wieder Geld beiseitelegen. Ein halbes Jahr, beschloss sie. Sie würde sich ein halbes Jahr Zeit lassen, bevor sie über langfristige Ziele nachdachte.

Sie staunte, wie schnell und mühelos die Viertelstunde vergangen war. Insgeheim klopfte sie sich auf die Schulter und verließ das Laufband.

Jen sah in einem roten Sportoberteil und in rot-schwarz marmorierten Leggins fit und cool aus. Sofort fühlte sich Morgan in ihrer alten schwarzen Yogahose völlig unfit und uncool. Die Trainerin sprach mit einem Mann im Krafttrainingsbereich, der gerade Hanteln stemmte.

Morgan brauchte eine Minute, bis ihr Blick über die langen, kräftigen Beine in der schwarzen Trainingshose, das ärmellose graue T-Shirt, auf dem sich Schweißspuren abzeichneten, und die definierten Armmuskeln geglitten und beim Gesicht angelangt war. Ihr Erstaunen darüber, dass Schweiß sexy wirken konnte, wich einem überraschten Zusammenzucken. Wer hätte gedacht, dass Miles so gut gebaut war? Und warum, um Himmels willen, musste er ausgerechnet in diesem Augenblick im Fitnessstudio schwitzen, während sie eine alte Yoga-Hose, einen ausgeleierten Sport-BH und ein uraltes T-Shirt trug?

Sie sah sie sich nach einer Fluchtmöglichkeit um, als Jen sie entdeckte. »Morgan!« Jen winkte sie näher.

Oje, dachte Morgan und lief los. Miles nahm die Hantel in die andere Hand und trainierte weiter.

»Entschuldige, ich hatte eine Frage an Miles.«

»Kein Problem.«

»Hast du dich fünfzehn Minuten aufgewärmt?«

»Ja.«

»Wie weit bist du gekommen?«

»Wie weit? Ach, ungefähr anderthalb Kilometer, glaube ich.«

»Das werden wir steigern. Legen wir los. Danke, Miles.«

»Hmpf«, stieß er hervor und setzte sein Training fort.

»Wenn es voll ist, benutze ich diesen Bereich fürs Personal Training«, hob Jen an. »Oder für Einzelunterricht im Yoga.«

Der Raum war klein, mit einer verspiegelten Wand und Regale

mit Gymnastikbällen, Medizinbällen, Bändern und Matten. In einer Ecke stand ein Ständer mit Kurzhanteln.

»Also, was tun Sie, wenn Sie angegriffen werden?«

»Ihm eine ins Gesicht hauen?«

»Lieber gegen den Hals schlagen.«

»Echt?«

»Nehmen wir an, ein Riese verfolgt dich, wie reagierst du?«

»Ich renne kreischend davon?«

»Ganz genau. Solange du kreischen und davonrennen kannst, tust du das. Wenn nicht, versteckst du dich. Je nach Situation. Geht beides nicht, kämpfst du.«

Morgan ballte die Faust. »Ich schlag ihm gegen den Hals.«

Jen wirbelte herum und packte Morgan von hinten. »Aber wie? Du kannst nicht ausholen, um deine Faust zu benutzen.«

»Also schreie ich wieder?«

»Mach so viel Lärm wie nur möglich, aber verteidige dich. Wir beginnen mit den Grundlagen: SING.«

»Davon hab ich schon mal gehört.«

»*Solarplexus.*« Jen versetzte Morgan einen leichten Stoß auf den Magen. »*Instep* – Spann.« Sie deutete auf Morgans Fußrist. »*Nose* – Nase. *Groin* – Schritt. Greif mich von hinten an, pack mich und schau in den Spiegel, ich werde dir nicht wehtun.«

Morgan schlang die Arme um Jen, die ihr Gewicht nach vorn verlagerte. »Du beugst dich vor, um dir mehr Platz zu verschaffen. Und dann?« Sie spürte, wie Jens Ellbogen ihrem Solarplexus einen sanften Stoß versetzte. »Der Ellbogen ist deine stärkste Waffe. Stärker als deine Faust. Benutze ihn, aber mit Karacho! Du willst deinem Angreifer nicht nur wehtun. Er soll seinen Griff lockern, damit du besser ausholen kannst. Sein Spann ist eine Schwachstelle, tritt drauf.« Jen stemmte ihre Ferse sanft auf Morgans Spann. »Wahrscheinlich wird sich sein Griff dadurch lockern, sodass du dich drehen kannst.

So.« Jen hob die Hand, drehte die Ferse nach außen. »Ein kräftiger, aufwärts gerichteter Schlag gegen seine Nase, anschließend machst du dich klein, rammst dein Knie brutal seinen Schritt. Immer mit Ellbogen, Ferse, Handballen oder Knie arbeiten. Das sind spitze Körperteile, die richten Schaden an.«

»Damit ich kreischend davonrennen kann.«

»Wenn das eine Option ist, ja. Lass uns mit diesen vier Schritten beginnen.« Es fühlte sich gut an, fast wie ein Tanz. »Ja, genau so. Nicht drüber nachdenken, einfach nur SING. Nächste Woche kommt ein Freiwilliger mit gepolstertem Anzug dazu. Da kannst du es richtig krachen lassen.«

»Das wird mir Spaß machen. Wer hätte je gedacht, dass ich Gefallen daran finde, jemanden zu schlagen?«

»Nehmen wir an, du stehst mit dem Rücken zur Wand.« Nachdem sie Morgan an die Wand geschoben hatte, rückte ihr Jen auf die Pelle. »Er hat seine Hände um deinen Hals gelegt.« Sie hob ihre Arme, ließ sie wieder sinken und trat einen Schritt zurück. »Oje, tut mir leid. Ich hab nicht nachgedacht.«

»Alles okay. Ich weiß, dass du gewarnt wurdest. Deshalb bin ich ja hier. Zeig es mir.«

»Er hat dich an die Wand gedrängt, du kannst also nicht das Knie anziehen und hast keine Möglichkeit, den Ellbogen anzuwinkeln. Die meisten Leute zerren instinktiv an den Händen, die ihnen die Luft abschnüren. Das kannst du dir sparen. Seine Schwachstelle in dieser Situation sind die Augen. Ziel auf seine Augen. Mit den Fingern, am besten mit den Daumen. Press deine Daumen in seine Augäpfel, als wolltest du sie in seinen Schädel drücken.«

»Igitt.«

»Mit den Daumen! Dann wird er den Griff lockern, weil das brennt wie Feuer. Kannst du anschließend aufrecht stehen, ramm ihm das Knie in die Eier und den Ellbogen in den Magen. Wenn du dann zum Schlag ausholen kannst …« Jen nahm Morgans Hand, ballte sie zur Faust und führte sie an ihren Hals. »Hierhin zielen oder dorthin.« Sie führte die Faust an ihre Nase. »Mit der Faust oder mit dem Handballen, ganz schnell, anschließend sofort zurückweichen. Probier es aus.«

Sie übten es ein halbes Dutzend Mal.

»Gut, wirklich gut.« Jen gab ihr einen leichten, freundlichen Klaps auf die Schulter. »Du lernst schnell.«

»Ich muss noch nachdenken. Außerdem weiß ich, dass du mir nicht wehtun wirst, bin also nicht in Panik.«

»Irgendwann machst du alles ganz instinktiv. Der Instinkt trägt dich durch die Panik. Glaub mir, ich habe da Erfahrung.«

»Das tut mir leid.«

»Vielleicht reden wir mal bei einer deiner Lavendel-Margaritas vom Krieg. Jetzt bleiben dir noch zwanzig Minuten. Da kümmern wir uns um etwas anderes. Du hast mir ja gestanden, keine Fitnessroutine zu besitzen. Bei schönem Wetter bist du aber sechzehn Kilometer mit dem Rad gefahren. Deshalb hast du trainierte Beine.«

»Ich habe mein Rad vor meinem Umzug verkauft, will mir aber im Sommer wieder eines zuzulegen.«

»Gut. Radfahren macht dir Spaß, also wirst du wieder damit anfangen.« Lächelnd kniff Jen in Morgans Bizeps. »Bis dahin kümmern wir uns um einen muskulösen, gut definierten Oberkörper.« Jen ging zu dem Ständer mit den Kurzhanteln.

Morgan verschränkte abwehrend die Arme. »Muss das sein?«

»Die meisten Männer, die Frauen angreifen, betrachten sie als schwache Opfer. Wir haben Verteidigungstechniken geübt, mit denen du dich gegen einen potenziellen Angreifer wehren kannst, der stärker ist als du. Das heißt nicht, dass du keine Kraft aufbauen musst. Nur mit Kraft sind deine Verteidigungstechniken effektiv.« Jen kam mit zwei Hanteln zurück und gab sie Morgan. »Machen wir dich stark.«

In den nächsten zwanzig Minuten lernte Morgan nicht nur,

mit Hanteln Bizeps, Trizeps und Brustmuskulatur zu trainieren, sondern auch, wie man dabei atmet und steht. Zwei Dinge, von denen sie eigentlich gedacht hätte, sie wüsste, wie das geht. Außerdem erfuhr sie, wie man die soeben trainierten Muskeln dehnt, bis es brennt.

»Gut, sehr gut. Du bist ins Schwitzen gekommen.«

»Sieht so aus.«

»Nächste Woche machen wir weiter. In der Zwischenzeit solltest du für den Anfang dreimal die Woche trainieren.«

Morgan rieb sich die protestierenden Arme und musste sich zusammenreißen, um nicht entsetzt aufzustöhnen. »Hier?«

»An den beiden anderen Tagen draußen im Studio. Fünfzehn Minuten Kardiotraining zum Aufwärmen. Dabei die Geschwindigkeit langsam steigern, bis du mindestens zwei Kilometer geschafft hast. Fünfzehn Minuten für Oberkörper und Arme und fünfzehn Minuten für den Unterkörper und die Beine. Anfangs fünf Minuten für die Rumpfmuskulatur, gefolgt von zehn Minuten Dehnübungen. Wenn ich nicht da bin, um dir das Work-out für den Unterkörper zu zeigen, übernehmen das Ken oder Andy.«

»Ich habe nicht immer eine Stunde Zeit …«

»Drei Stunden die Woche. Das ist der Anfang. Motivier dich, nimm dir die Zeit dafür. An den anderen Tagen ruhst du dich aus.« Sie reichte Morgan eine Flasche Wasser. »Genug trinken! Wir sehen uns übermorgen.«

»Danke. Wenn auch mit schwerem Herzen.«

Jen verließ lachend den Raum.

Nachdem sie gierig Wasser getrunken hatte, betrachtete sich Morgan im Spiegel und spannte den Bizeps an. »Autsch.« Sie strich sich über den Oberarm. Dreimal die Woche? Dreimal die Woche, damit ich stark werde? Na gut, dachte sie, sie würde es versuchen. Einen Monat lang. Bloß einen Monat.

Morgan erschien an diesem Abend mit schmerzenden Armen

und einem schmerzenden Po zur Arbeit. Diese verdammten Kniebeugen mit Hanteln. Auch ihre Beinmuskeln erinnerten sie daran, dass sie sehr lange nicht mehr laufen gewesen war.

Nick strahlte sie an. »Jen meint, du hast dich super geschlagen.«

»Deine Schwester ist ein Monster.«

»Ja, das sagen alle. Muskelkater?«

»Na, was glaubst du?« Nachdem Morgan einen kurzen Blick auf die Tische und Nischen geworfen hatte, schaute sie, ob beim Service alles in Ordnung war.

»Du wirst dich dran gewöhnen«, meinte Nick, als sie wieder hinter den Tresen zurückkehrte

»Ich glaube eher nicht.«

»Es waren übrigens Leute zur Happy Hour da. Unsere Spezialdrinks verkaufen sich prächtig.«

»Gut zu wissen. Bedien den Kerl am Ende der Bar, danach kannst du nach Hause gehen. Ich mach die Bestellung fertig.«

»Danke. Meine Mom passt heute auf das Baby auf, wir wollen ins Kino. Ich liebe meine Tochter über alles, aber es wird bestimmt toll, mit meinem Schatz auszugehen.« Er zapfte ein Bier für den Gast an der Bar, stellte ein Glas Weißwein daneben. »Er wartet auf seine Frau, der Betrag wird angeschrieben, Zimmernummer 305. Ich bin dann weg.«

»Viel Spaß.« Morgan schenkte ein und zapfte, wischte und bediente, sodass sie den Muskelkater beinahe vergaß. Aber eben nur beinahe.

Gegen Mitternacht ließ sich Miles auf einem Barhocker nieder. Sie stellte ihm ein Glas Cabernet hin. »Normalerweise wär das nicht Ihr Abend«, bemerkte sie.

»Habe ich feste Tage?«

»Freitag.«

Er zuckte nur mit den Schultern. »Ich hatte zu arbeiten.

Bisher hab ich Sie noch nie beim Training gesehen«, sagte er, bevor sie verschwinden konnte.

»Das war mein erstes Mal überhaupt in einem Fitness-studio.«

Bernsteinfarbene Augen musterten ihr Gesicht, als könnte er es nicht glauben. »Ernsthaft, Sie waren noch nie in einem? Nie in Ihrem Leben?«

»Ich hatte andere Prioritäten.«

»Sie haben also zu Hause Onlinekurse gemacht?«

»Nein.« Warum war ihr das bloß peinlich? »Nicht alle ... Es gibt auch Leute ... Ich bin Rad gefahren, fast jeden Tag zur Arbeit und wieder zurück.«

»Verstehe.« Er griff zum Wein statt zum Handy. »Und?«

»Ich bin Rad gefahren«, wiederholte sie. »Ungefähr sech-zehn Kilometer und so.«

»Und so?«

»Normale Sachen halt.«

Ein Lächeln erfasste seine Augen. Das hatte sie noch nie bei ihm gesehen. Heimlich verspürte sie den Wunsch, es möge dort bleiben.

»Hat Jen Sie rangenommen?«

»Ich sollte eigentlich einen Selbstverteidigungskurs bekom-men. Damit hat es auch angefangen. Dann hieß es auf einmal: ›Nimm diese Hanteln, noch fünf Wiederholungen.‹«

»Spüren Sie was?«

»Klar. Jetzt will sie, dass ich dreimal die Woche in diese Fol-terkammer gehe. Wenn ich nicht komme, wird sie mich be-stimmt aufstöbern und dafür büßen lassen.«

»Sie werden hingehen, aber nicht aus Angst vor Jen.«

»Wieso sonst?«

»Weil Sie nicht so schnell aufgeben.«

Morgan wusste nicht recht, was sie davon halten sollte. Sie ging und arbeitete die Bestellungen eines Tisches ab. Als sie zu ihm hinüberspähte, huschten seine Daumen über die Handytastatur, deshalb ließ sie ihn in Ruhe.

Als sie die letzte Runde einläutete, stellte sie ein Glas Wasser auf den Tresen. »Sind Sie gekommen, um mich im Auge zu behalten?«

»Ich hatte zu arbeiten und Lust auf ein Glas Cabernet.«

»Lou vom Wachdienst hat gestern Abend bei Arbeitsschluss gewartet, bis ich fertig war. Heute sind Sie dran?«

»Ich werde den Wein austrinken und meine Arbeit erledigen. Da ich schon mal da bin, bringe ich Sie danach zum Auto.«

»Ich frage mich, wann Ihre Familie merkt, dass ich mehr koste als einbringe.«

Jetzt legte er sein Handy weg. »Zunächst einmal haben wir ein anderes Verständnis von Arbeit. Wenn Sie glauben, Sie würden uns nur Geld kosten, sollten Sie an Ihrem Selbstwertgefühl arbeiten.«

»Ich dachte, das hätte ich beim Training erledigt. Es tut ein bisschen weh.«

»Sie werden's überleben. Der letzte Tisch bricht auf.«

»Ja, das hab ich gesehen.«

Draußen umrundete er ihren Wagen. »Eine eindeutige Verbesserung.«

»Ich weiß. Ich soll den Rücksitz kontrollieren, bevor ich einsteige, die Benzinuhr und den Reifendruck. Dieser Wagen sagt automatisch Bescheid, wenn der Reifendruck nicht stimmt. Keine Ahnung, wie das funktioniert, aber es klappt.«

»Gute Vorkehrungsmaßnahmen.«

»Treffen Sie die auch?«

»Nein.«

Sie seufzte laut und kontrollierte den Rücksitz. »Ich werd ins verdammte Fitnessstudio gehen. Nicht aus Angst vor Jen … obwohl, ein bisschen vielleicht schon. Und nicht, weil ich nicht so schnell aufgebe. Sondern damit ich stark genug bin.«

»Was mehr oder weniger auf dasselbe hinausläuft.«

»Kann sein. Danke.« Sie drückte den Knopf, um den Wagen zu entriegeln. »Gute Nacht.«

Sie warf einen Blick auf die Benzinuhr, bevor sie losfuhr. Da stand er und schaute ihr nach.

So langsam gewöhnte sie sich daran.

13

Es wurde Frühling. Blüten öffneten und Blätter entfalteten sich. Morgan räumte erleichtert ihre Wintersachen weg. Obwohl ihre Großmutter nichts von Mietzahlungen wissen wollte, war sie sich sicher, dass sie Blumen nicht ablehnen würde. Ihre Fahrt zum Gartencenter rief bittersüße Erinnerungen an Nina wach. Mit der Stimme ihrer Freundin im Ohr suchte sie Pflanzen aus, die Trost schenkten. Sie verbrachte den restlichen Tag damit, sie nach Hause zu schleppen, in Töpfen aus dem Gartenschuppen zu arrangieren und farbenfrohe einjährige Blüher ins Beet zu den mehrjährigen Stauden zu setzen.

Als ihr Handy piepte, legte Morgan die Gartenwerkzeuge weg und duschte, um sich auf die Arbeit vorzubereiten. Ein schöner, produktiver Tag, fand sie. An dem man nicht zwanghaft überlegen musste, was man machen sollte, sondern einfach zu tun hatte. Der Tag wurde noch schöner, als sie ins Erdgeschoss kam und aufgeregte Stimmen hörte.

»Oh, schau nur diese Farben! Und wie sie alles in den Töpfen arrangiert hat, die Pflanzen in unterschiedlichen Höhen. Ein echter Hingucker.«

»Ich sag dir was, Audrey. Ich wollte dieses alte, wacklige Blumenregal eigentlich längst wegwerfen. Sieh nur, wie schön es jetzt aussieht.«

»Sprühfarbe und neue Schrauben«, bemerkte Morgan und trat auf die Terrasse. »Gefällt es euch?«

»Es sieht wundervoll aus.« Audrey beugte sich vor, um den Duft des Heliotrops einzuatmen. »So eine tolle Überraschung! Auch die Blumen, die du im Vorgarten gesetzt hast. Du musst den ganzen Tag geschuftet haben.«

»Es hat Spaß gemacht. Alles hab ich nicht geschafft.« Sie zeigte auf die leeren Beete. »Aber ich dachte, vielleicht habt ihr ja Spaß daran selbst zu bestimmen, was wohin kommt.«

»Hast du das Gartencenter aufgekauft?«, fragte Olivia.

»Nicht ansatzweise. Die haben eine Riesenauswahl. Ich bin nicht dazugekommen, die Terrassenmöbel rauszuholen und zu putzen, aber das kann ich morgen machen.«

»Das wäre toll, Morgan, wirklich.« Nach wie vor freudestrahlend, sah sich Audrey um. »Ich wusste gar nicht, dass du so was kannst.«

»Nina hat mir viel über Pflanzen beigebracht. Und wenn man nicht viel Geld hat, sind Drahtbürste, Sandpapier und Farbe deine besten Freunde. Egal, ich muss zur Arbeit. Bis morgen.«

»Sie sah so glücklich aus«, murmelte Audrey.

»Ja. Sie erholt sich. Sie ist jemand, der aktiv sein muss.«

Audrey strich sanft über die Büschel des Steinkrauts, das aus einem der Übertöpfe lugte. »Ich wusste wirklich nicht, dass sie das kann. Nicht so.«

»Jetzt weißt du's.«

Kurz drückte Audrey die Hand ihrer Mutter. »Vermutlich hast auch du über mich einiges nicht gewusst.«

»Töchter werden groß und leben ihr Leben. So ist das nun mal.«

»Ich wüsste nicht, wo ich wäre, hätte ich nicht hierher zurückkehren und noch mal neu anfangen können.«

»Hm.«

»Ich weiß, dass sie vermutlich nicht hierbleiben wird, aber …

Ich hoffe, dass die gemeinsame Zeit die Distanz zwischen uns überbrückt. Eine Distanz, an der nur ich schuld bin.«

»Hör auf damit!«

»Nein, echt«, beharrte Audrey. »Ich hätte es besser wissen müssen. Ich hatte die Wahl, sie nicht. Ich weiß, dass sie nicht zu mir zurückgekehrt wäre, hätte sie die Wahl gehabt.«

»Wie sagten die Jungs aus Liverpool so schön? *All You Need Is Love.* Dazu vielleicht bequeme Schuhe und einen schönen Drink nach einem langen Tag. Aber Liebe ist das Wichtigste. Sie liebt dich, Audrey.«

»Ja. Darüber bin ich sehr froh. Morgan und ich, wir haben uns auseinandergelebt. Nun haben wir die Möglichkeit, wieder zusammenzuwachsen wie diese Blumen, die sie gepflanzt hat. Ich habe vor, jede einzelne Minute dieser Zeit zu genießen.«

»Ich auch. Wieso werfen wir vor dem Abendessen nicht einen Blick in den Schuppen und gucken, was unser Mädchen noch alles aufhübschen kann, wo es sie doch so glücklich macht?«

***

Statt nach dem Resort direkt nach Hause zu fahren, schaute Miles bei Jake vorbei. Sein Freund wohnte am Stadtrand, in einem kompakten zweigeschossigen Holzhaus mit einer kleinen Veranda. Miles hatte Jake dabei geholfen, die hintere Terrasse plus Überdachung zu bauen, damit Jake das ganze Jahr grillen konnte. In Jakes Welt kam alles, was nicht vom Takeaway stammte oder ins Haus geliefert wurde, auf den Grill.

Miles hielt vor dem Haus. Blumenampeln am Verandageländer sorgten für Farbtupfer. Was bedeutete, dass Jakes Mutter vorbeigeschaut hatte. Jake würde die Pflanzen pflichtbewusst und aus begründeter Angst vor ihrem Zorn gießen.

Miles, der mehr oder weniger bei ihm zu Hause war, verschaffte sich Einlass. Er konnte bis in die Küche sehen, wo Jake gerade Hackfleisch zu Hamburgern formte. »Hi. Bier?«

»Wenn du meinst …«

Miles öffnete den Kühlschrank, in dem sich Bier, ein Viertelliter Milch, Cola, ein Krug mit Mangosaft, den Jake so gern mochte, und ein einsames Stück Butter befanden.

»Ich habe gerade einen Streit wegen Hundekot in Anne Vincents Blumenbeet geschlichtet. Kennst du die?«

»Nein.«

»Geh ihr aus dem Weg. Sie ist fest davon überzeugt, dass der Haufen vom Zwergspitz Gigi ihrer Nachbarin stammt. Ms. Vincent hat ihn entfernt, um ihn auf den Stufen zur Haustür ihrer Nachbarin zu hinterlassen. Was der achtjährige Sohn der Nachbarin mitbekommen hat, Charlie Potter. Daraufhin hat er seiner Mutter, also Kate Potter, Bescheid gesagt.«

Miles setzte sich an den Küchentresen. »Kenn ich nicht.«

»Die anschließende Auseinandersetzung, die mit lautem Geschrei, dem Einsatz von Kraftausdrücken und einer Rangelei einherging, hat den kleinen Charlie so aufgewühlt, dass er die Polizei gerufen hat.«

»Da kamst du ins Spiel.«

»Ich war gerade auf dem Heimweg. Das Haus liegt an meiner Strecke.« Da Miles gekommen war, formte Jake einen zweiten Hamburger. »Beide Frauen waren außer sich, wenn ich diese schöne Metapher verwenden darf. Ich habe zwar nicht direkt um mein Leben gefürchtet, hatte aber Angst davor, zwei Frauen auf die Wache schleifen zu müssen.«

»Von dem Kind und dem Hund ganz abgesehen.«

»Genau. Die eine sagt, Gigi würde den Garten nicht mehr ohne Leine verlassen, seit der Hund letzten Herbst ein einziges Mal unter dem Zaun durchgeschlüpft ist und die Chrysanthemen der Nachbarin ausgebuddelt hat. – Reich mir die Brötchen und die Chips da.«

Er zeigte erst auf den Schrank und dann auf die Terrasse, bevor er den Teller mit den Hamburgern zum bereits glimmenden Grill trug. Das Fleisch zischte, und Jake wendete es.

»Die andere keift nicht zu knapp weiter und meint, der nächste Hund, der ihr Grundstück betritt, würde von ihr erschossen.«

»Kaum zu glauben.«

»Genau, ich sage ja, die solltest du meiden. Ich erwidere, dass sie dann im Nu in einer Zelle hocken wird, und setze meine grimmigste Miene auf. Erst da gibt sie endlich nach.«

Erneut wendete Jack die Hamburger. Da er sich bei seinem Freund auskannte, hatte Miles die Würzsoßen und Pappteller bereits aus dem Schränkchen unter dem Grill geholt. Sie setzten sich an den Tisch, den Jake im Holzworkshop der Highschool gebaut hatte, bastelten ihre Burger zusammen und rissen die Chipstüte auf.

»Und, wie war dein Tag?«

»Nicht so spannend wie deiner.«

»Wie geht es Morgan?«

»Sie kommt zurecht. An dem Tag, an dem du mir von Rozwell erzählt hast, bin ich zu Grand ins Büro. Da saß sie, völlig in Tränen aufgelöst.«

»Tja, sie macht ganz schön was mit.«

»Allerdings. Beim Training hab ich sie auf einem der Laufbänder gesehen. Im gemütlichen Spazierschritt. Das kann sie sich eigentlich sparen.« Schulterzuckend begann er zu essen. »Als Nächstes sehe ich, dass sie mit Jen trainiert. Selbstverteidigung.«

»Mit Jen, der Barbarin?«

Miles grinste und zuckte erneut mit den Schultern. »Am selben Abend war ich in der Bar. Sie hatte Muskelkater. Egal, sie hat sich endlich ein anständiges Auto gekauft.«

»Marke, Modell, Baujahr, Farbe? Wir wollen sie schließlich

im Auge behalten.« Miles erzählte, was er wusste, und Jake prägte sich gleich alle Details ein. Mit einem Blick auf Miles biss er in einen Chip. »Sieht ganz so aus, als werde sie bereits im Auge behalten.«

»Die Wachleute sind informiert«, hob Miles an.

»Davon gehe ich aus. Aber ich meinte eigentlich dich.«

»Sie arbeitet für uns.«

»Wie viele Menschen aus Westridge. Ich merke doch, wenn du ein Auge auf jemanden geworfen hast.«

»Ich habe auf niemanden ein Auge geworfen. Sie hat auch so genug um die Ohren.«

»Dem kann ich schlecht widersprechen. Noch ein Bier?«

»Nein, danke. Ich habe Arbeit mitgenommen und muss heim, den Hund füttern.« Er blieb noch kurz sitzen und genoss den Rest seines Biers. »Es ist kompliziert.«

»Los, erzähl.«

***

Das Fitnesstraining gehörte nicht zu Morgans Lieblingsbeschäftigungen, aber sie hielt durch. Vielleicht, weil Jen sie einschüchterte, gestand sie sich während ihrer Trizeps-Dips ein. Vielleicht auch, weil sie sich schon ein bisschen stärker fühlte. Vor allem aber, weil sie so drei Stunden die Woche etwas zu tun hatte. Und ins Schwitzen geriet.

Die Selbstverteidigungseinheiten hingegen mochte sie richtig gern. Sie fühlte sich besser vorbereitet, bekam ein gutes Gespür für ihren Körper. Morgan musste zugeben, dass sie es genoss, auf Richie in seinem gepolsterten Anzug loszugehen. Aber das Gewichtestemmen, die Ausfallschritte, die fiesen Kraftmaschinen und die anderen Folterqualen, die Jen sich für sie ausdachte, mochte sie nicht. Wohl wissend, dass Jens Habichtsaugen sie jeden Moment erspähen konnten, ging Morgan in eine tiefe Hocke. Diese Stellung bezeichnete ihre tolle

Trainerin als »Göttinnenpose«. Haha. Jetzt kamen die Arm-beugen, die ihren Bizeps zum Brennen brachten.

»Ich hab Ihnen eine Nachricht geschickt.«

Morgan schaffte es nicht, das Stöhnen zu unterdrücken, als sie aufsah und Nell entdeckte. Nell mit perfekt glänzendem langem Haar und perfektem Make-up. In einem Frühlingskleid ohne jeden Schweißfleck und in hübschen rosa Slingpumps.

»Ich habe gerade keine Hand frei.«

»Das sehe ich. Tracie meinte, Sie wären hier.« Mühelos ging Nell in die Hocke. »Können Sie mir einen Gefallen tun?«

»Ich soll Ihnen einen Gefallen tun?« Fest entschlossen durch-zuhalten, nahm Morgan die Hantel in die andere Hand und begann mit der zweiten Hälfte der Übung. »Wenn ich Ja sage, übernehmen Sie dann mein Rumpfmuskeltraining?«

»Das würde Ihnen nichts bringen. Ich habe Loren von der Lodge und Tricia vom Après für die Janson-Hochzeit heute Abend eingeplant.«

»Ich weiß. Können Oberschenkel platzen?«, fragte Morgan keuchend. »Meine stehen jedenfalls kurz davor. Warum will Jen mich eigentlich umbringen?«

»Loren hat sich den Finger verstaucht.«

»Beim Sport?«

»Basketball. Rechte Hand, Ringfinger. Er steckt für eine Weile in einem Verband.«

»Das tut mir leid. Hat bestimmt wehgetan. In diesem Zu-stand kann er natürlich nicht die Bar auf der Janson-Hochzeit übernehmen. Brauchen Sie jemanden aus meinem Team?«

»Ich brauche Sie.«

»Ich hab mich verzählt. Es sollten fünfzehn Wiederholun-gen sein.« Morgan richtete sich langsam auf. »Alles brennt.«

»Das muss so sein. Hören Sie …«

»Sie haben leicht reden. Sie haben Arme wie Linda Hamilton in *Terminator II*.«

»Danke. Morgan …«

»Jaja.« Sie ließ sich auf eine Bank fallen. »Die Hochzeit mit zweihundert Gästen hin oder her – der Freitag ist einer unserer vollsten Tage.«

»Nicht von sieben bis Mitternacht, weil die Hochzeitsgäste das Resort dieses Wochenende zu fünfunddreißig Prozent auslasten. Nick hat sich auf eine Doppelschicht eingelassen. Sie konnte ich nicht erreichen«, wiederholte Nell. Morgan starrte sie an. »Ich hab ihn gebeten, einzuspringen, wenn Sie die Hochzeit übernehmen. Er hat Ja gesagt.«

»Er könnte auch die Hochzeit machen.«

»Ja, könnte er. Tricia arbeitet an den Wochenenden im Après, weil sie zu den Besten gehört. Loren ist der erfahrenste Barman der Lodge. Nick ist wunderbar, aber ich möchte nicht, dass er das nach einer vollen Schicht übernimmt. Außer, es geht gar nicht anders. Und Ariel Jenson«, fuhr sie fort. »Die Braut. Sie ist wie Mrs. Fisk auf Steroiden. Ein Monster. Es muss alles perfekt ablaufen. Meine Mutter bittet Sie ebenfalls um diesen Gefallen.«

»Sie bezahlen mich. Sie könnten es einfach anordnen.«

»So läuft das nicht bei uns. Wir fragen.«

Morgan griff nach dem Handtuch auf der Bank und tupfte sich damit das Gesicht ab. »Es gibt also Wein und das komplette Barangebot?«

»Ja. Zwei Bars, eine in der nordöstlichen Ecke des Ballsaals und eine in der südwestlichen. Sie hat zwei Spezialcocktails bestellt. Ihre Farben sind Lavendel und Pfirsich, es wird also ein Bellini. Und ein Aviation, weil der lila ist. Ich hab das Rezept.«

»Ich weiß, wie man einen Aviation macht.«

»Echt? Ich hatte noch nie davon gehört. Loren und Tricia auch nicht. Aber sie haben geübt und bestanden. Deshalb brauchen wir Sie. Sie kennen sich einfach sehr gut aus.«

»In Ordnung, geht klar. Was …«

»Toll. Vielen Dank. Ich schreib Ihnen alles auf, aber Sie müssen um sechs zum Briefing kommen. Die Zeremonie findet um sieben statt, das Dinner um halb acht, Tanz mit Liveband von halb neun bis Mitternacht. Sollte es länger dauert, wird es teuer. Sie sollten trotzdem eher mit ein Uhr rechnen.«

»Gut. Und Sie wollen wirklich nicht mein Rumpftraining übernehmen?«

»Ich habe Ihnen eine nette Verschnaufpause verschafft. Außerdem hat Jen erzählt, dass Sie die reinste Maschine sind.«

Morgan fühlte sich gleich besser. »Echt?«

»Eine Maschine, die an einigen Stellen etwas geölt werden muss, aber eine Maschine.« Nell kniff in Morgans Bizeps. »Da tut sich was. Ich muss los. Ich schreibe Ihnen.«

Morgan blieb noch eine Weile auf der Bank sitzen, machte eine Armbeuge und kniff sich in den Oberarm. Vielleicht tat sich da tatsächlich was. Jetzt musste sie sich dem Horror der Bauchmuskelübungen stellen. Bicycle Crunches. Danach würde sie kontrollieren, ob Nick alles hatte, was er brauchte. Anschließend ab nach Hause, um zu duschen und zu planen.

***

Morgan hatte bereits auf einigen Hochzeiten gearbeitet. Doch noch nie hatte sie eine so vornehme, formelle Feier erlebt, die bis ins kleinste Detail durchgeplant war. Der Ballsaal glich einem Frühlingsgarten. Überall funkelte Kristall und flackerten Kerzen. Sogar ihre Bar war mit einem Arrangement von pfirsichrosa Rosen in einer schmalen Silbervase geschmückt. Riesige Blumenarrangements flankierten die Bühne, die durch einen weißen Vorhang vom restlichen Saal getrennt wurde. Dort würde die Band spielen. Ein Wunsch der Braut. Blumengirlanden säumten die Türen des Ballsaals, die sie durchschreiten würde.

Auf den Tischen mit lavendelblauen Tischdecken und pfirsichrosa Läufern standen Gestecke aus mit Lichterketten geschmückten Blüten. Sogar die Hussen der Stühle hatten hinten eine große Schleife, in der ebenfalls ein Blumensträußchen steckte. Am Ende eines weißen Läufers stand eine blütengeschmückte Laube. Links davon würde ein Streichquartett spielen, bevor die Zeremonie begann, und die acht Brautjungfern samt Blumenmädchen und Ringträger bei ihrem Einzug begleiten. Die Musikstücke waren von der Braut persönlich ausgewählt worden. Das galt für die gesamte Zeremonie und das Abendessen.

Freunde des Bräutigams würden die Gäste zu ihren Tischen geleiten. Das Personal sollte dann die Getränkebestellungen entgegennehmen. Vor der Zeremonie gab es am Tisch nur Champagner, einen der zwei Spezialdrinks oder alkoholfreie Getränke. Die Barleute hatten die Aufgabe, sich bis Punkt sieben um die Wünsche der Gäste kümmern. Dann würden der Bräutigam und sein Trauzeuge durch die Seitentüren den Ballsaal betreten. Gäste, die nach sieben Uhr eintrafen, würden draußen warten müssen, bis die Braut und ihr Vater die Laube erreicht haben würden. Keine Ausnahmen. Befehl der Braut.

»Die Hochzeitszeremonie dauert fünfzehn Minuten«, fuhr Drea fort. »Sind Braut und Bräutigam verheiratet, dürfen die Gäste an den Tischen alle Getränke bestellen und zu den Bars gehen. In der Zwischenzeit entfernt das Personal Laube und Läufer. Der Großteil der Fotos ist bis dahin gemacht, aber der Foto- und der Videograf werden bestimmt noch eine halbe Stunde nach der Zeremonie weitermachen. Die Braut wünscht, dass das Essen um halb acht beginnt. Dann kündigen sie die Hochzeitsparty an, die Eltern des Bräutigams und der Braut werden ein paar Worte sagen, gefolgt vom glücklichen Paar. Sobald alle sitzen, wird das Menü serviert, und die Bars sind geöffnet. Um halb neun geht der Vorhang auf, und die Band beginnt zu spielen.«

Drea ging alles noch einmal durch. Eröffnungstanz des Brautpaars, gefolgt von einer Runde mit zwei Paaren aus Mutter und Sohn sowie Vater und Tochter, Anschneiden der Hochzeitstorte, Werfen des Brautstraußes.

Um halb sieben nahm Morgan ihren Platz ein, und die ersten Gäste strömten herein. In Abendgarderobe passten sie zum festlichen Saal, der begeistert gewürdigt wurde. Dann war sie mit dem Mixen der Pfirsich- und Lavendeldrinks und dem Ausschenken von Mineralwasser beschäftigt.

Sie wusste nicht, ob es der anspruchsvollen Braut oder Drea zu verdanken war, aber alles lief genau nach Plan, bis sich um Punkt sieben die Musik änderte. Die Brautjungfern in ihren lavendelblauen Roben mit Kränzen aus pfirsichrosa Röschen im Haar schritten den Läufer entlang. Ringträger und Blumenmädchen ernteten ein Lächeln. Er trug einen winzigen lavendelblauen Smoking mit passender Weste und sie ein pfirsichrosa Tüllkleid. Dann folgte eine dramatische Pause, bis endlich die Braut am Arm ihres Vaters hereinkam. Sogar Morgan konnte kaum einen ehrfürchtigen Ausruf unterdrücken.

Die Braut trug eine Prinzessinnenrobe, schneeweiß, mit einem Rock aus Kilometern von Stoff. Dazu eine eng anliegende schulterfreie Korsage, die im Licht glitzerte. Ihr rabenschwarzes Haar war hochgesteckt worden, ein paar lose, kunstvoll arrangierte Löckchen umspielten ihr Gesicht. Auf dem Kopf hatte sie einen Blumenkranz, aufwendiger als der ihrer Brautjungfern, dazu einen Schleier, der ihr hauchzart über den Rücken wallte. Sie mochte eine schwierige Kundin sein, aber so, wie sie den Mann in der Laube ansah, und so, wie er sie ansah, war es eindeutig Liebe.

Drea kam zu Morgan. »Wow«, sagte sie leise.

»Atemberaubend, alles ist atemberaubend.«

»Genau so hat sie es sich gewünscht.« Sie wies mit dem Kinn Richtung Braut und Bräutigam, die sich gerade die Treue schworen. »Das ist das erste Mal seit Wochen, dass ich sie entspannt und glücklich sehe.« Sie huschte wieder hinaus.

Morgan sah zu, wie sich das Brautpaar küsste, wie der Bräutigam die Hand seiner Braut an die Lippen hob, während sie sich ihren Gästen zuwandten. Wie es sich wohl anfühlte, wie eine Prinzessin auszusehen? Wie es sich wohl anfühlte, wenn einen jemand so ansah wie der Bräutigam die Braut? So als hätte er die Erfüllung all seiner Träume direkt vor Augen.

Dann schritt das Brautpaar über den Läufer aus dem Saal, und Morgan machte sich rasch an die Arbeit.

***

Die Band ließ es krachen. Da das Publikum aus drei Generationen bestand, spielten sie Coverversionen aktueller Hits und schoben ein paar bekannte Standards ein, ergänzt von reichlich Klassikrock. Die Tanzfläche blieb gut gefüllt und leerte sich nur für das traditionelle Anschneiden der vierstöckigen Hochzeitstorte.

Gegen Mitternacht hatte sich etwa die Hälfte der Gäste verabschiedet. Die andere Hälfte feierte munter weiter. Morgan wunderte sich nicht, als sie erfuhr, dass der Vater der Braut eine weitere Stunde bewilligt hatte. Sie schenkte aus, rührte, schüttelte, genoss Musik und Show. Auf einmal kam Miles herein. Er wirkte in Hemd und Jeans kein bisschen fehl am Platz zwischen Smokings und Roben. Eine elegante Aura umgab seine gesamte Erscheinung.

»Tut mir leid, Sir, geschlossene Gesellschaft.«

Er spähte hinter sie, zu den wenigen Champagnerflaschen in silbernen Eiskühlern. »Wie viele davon sind Sie losgeworden?«

»Mit den Flaschen an den Tischen dürften es fast hundert sein. Der Bellini und Champagner pur waren sehr beliebt. Der Aviation dürften weit abgeschlagen den dritten Platz belegen, noch hinter Champagner und Bier.«

»Aviation?«

»Das ist ein Drink, Miles.«

Wie auf ein Stichwort kam der Trauzeuge, ohne Blazer, Krawatte und Weste, zur Bar. »Na, wie läuft's, Morgan?«

»Super, Trevor. Noch eine Runde für Darcie und dich?«

»Du kannst Gedanken lesen. Die beste Party überhaupt! Ich hol gleich die Drinks. Vorher muss ich tanzen.«

»Kennen Sie den Mann?«, fragte Miles.

»Inzwischen schon. Er und der Bräutigam Hank, das ist der mit dem Blumenkranz auf dem Kopf, sind seit der Grundschule befreundet.« Sie gab Eis in eine Sektflöte und in ein Martiniglas, um beides zu kühlen, und holte dann den Shaker. »Trevor und Darcie sind seit zehn Monaten ein Paar. Was Ernstes.« Sie gab Eis in den Shaker. »Ein Aviation«, fuhr sie fort. »Einer von zwei gewünschten Spezialdrinks. Gin, Zitronensaft, Maraschino und Veilchenlikör.«

Während sie die Zutaten mixte, nahm sie eine Champagnerflasche aus dem Kühler. Sie löste den silbernen Verschluss, kippte das Eis aus der Sektflöte. Miles sah zu, wie sie es schaffte, Champagner einzuschenken und den ersten Drink durch ein Cocktailsieb in das Martiniglas zu schütten. Sie gab Pfirsichnektar zum Champagner und hatte beide Drinks auf Cocktailservietten gestellt, als Trevor zurückgetanzt kam.

»So!« Er griff in seine Tasche und zückte einen Geldclip. »Ich hab nur noch Zwanziger.«

»Kein Problem«, hob Morgan an.

»Nein, du bist das wert.« Er legte einen Zwanziger in die Trinkgeldbox. »He, ist das Ihre Freundin?«, fragte er Miles.

»Nein.«

»Ein Fehler. Die beste Barkraft der Welt. Außerdem echt scharf. Verraten Sie Darcie nicht, dass ich das gesagt habe.«

»Meine Lippen sind versiegelt«, versicherte ihm Morgan. »Weiterhin viel Spaß, Trevor.«

»Worauf du dich verlassen kannst.« Er nahm einen Schluck vom Aviation und trug die Drinks anschließend zur Tanzfläche.

»Der Drink ist lila. Warum ist der lila?«

»Violett«, verbesserte ihn Morgan. »Vom Veilchensirup.«

»Klar, aber im Grunde versteh ich gar nichts. Wie lange dauert das hier noch, fünfzehn Minuten?«

»So ungefähr.«

»Ich komm später noch mal.«

Viertel nach eins war nur noch Personal im Ballsaal. Die Band packte zusammen. Morgan half dem Catering, den Alkohol wegzuschließen und band den letzten Müllsack zusammen.

»Das Catering entsorgt den schon«, sagte Miles und sah sich um. »Sie sind fertig.«

»Das ist meine erste Veranstaltung im Resort. Eins ich kann mit Sicherheit sagen: Ihr wisst echt, wie das geht.«

»Morgen findet die nächste Hochzeit statt, ein paar Tische und Stühle weniger, aber der Rest bleibt.«

»Wenn Loren ausfällt, braucht ihr dann noch jemanden?«

»Nein. Das ist eine kleinere Veranstaltung, eine zweite Ehe. Auf nach Hause.« Er nahm ihren Arm. »Ich begleite Sie.«

»Offen gestanden, will ich vorher noch kurz im Après vorbeischauen.«

»Das hat geschlossen.«

»Ich weiß, und Nick ist toll. Er ist gründlich und verantwortungsbewusst, aber er ist es nicht gewohnt, die Bar zu schließen, nicht an Wochenenden. Ich bin für das Après verantwortlich, ich will nur nachsehen.«

Schulterzuckend begleitete er sie durch die Gänge zur Lobby

und durch den Torbogen. Als er die Beleuchtung einschaltete, sah sie sich um. Tische, Nischen, Stühle wirkten sauber. Der Putztrupp kümmerte sich allmorgendlich um die Böden und einmal wöchentlich um die Fenster.

»Zufrieden?«

Sie beachtete ihn nicht weiter, betrat den Raum, umrundete die Bar. Sauber, alles aufgeräumt, Tabletts und Wannen gespült und zum Abtropfen aufgereiht, Spülen poliert.

»Warum sehen Sie nicht müde aus?«, überlegte er laut, als sie ihren Kontrollgang fortsetzte.

»Ich bin ein Geschöpf der Nacht«, meinte sie geistesabwesend.

»Eule oder Vampir?«

»Das hängt von der Nacht ab. Trotz des Events scheint die Bar einen guten Abend gehabt zu haben. Das seh ich an den Vorräten.«

Er trat selbst hinter die Bar und holte eine Flasche Cabernet aus dem Regal. »Ich würde gern was trinken.« Er sah sie an, während er die Flasche entkorkte. »Sie auch? Sie sind nicht mehr im Dienst.«

»Ich … Gern.« Sie stellte zwei Rotweingläser auf den Tresen und verschloss die Flasche mit einem Vakuumstopfen, nachdem er eingeschenkt hatte.

»Nische.« Er zeigte darauf, ging hin und setzte sich.

Als sie sich zu ihm gesellte, seufzte sie laut. »Ich weiß also noch, wie man sitzt. Es ist eine Weile her.«

»Sie haben bei einer Veranstaltung ein Anrecht auf Pausen.«

»Ja, aber Tricia und ich haben durchgearbeitet.« Trotzdem tat es verdammt gut zu sitzen. Sie nippte am Wein und seufzte erneut. »Machen Sie das oft? In einer verlassenen Bar sitzen?«

»Nein. Sie?«

»Offen gestanden Ja. Aber ohne Cabernet zu trinken, schon gar nicht diese Sorte. Eine verlassene Bar besitzt ihre eigene

Persönlichkeit. Dort herrscht so eine tröstliche Ruhe, gepaart mit einem Hauch von Eleganz. Das gefällt mir.«

Er sollte das eigentlich nicht fragen, er mochte keinen Small Talk. Aber er fragte trotzdem, weil es ihn aufrichtig interessierte. »Warum Barkeeperin?«

»Na ja, so kann ich in Bars abhängen und gleichzeitig nüchtern bleiben. Ich mag Bars. Ich mag Menschen. So muss das sein, wenn man im Service arbeitet.«

»Ich arbeite im Service und mag Menschen nicht besonders.«

Sie musterte ihn, während sie trank. Diese Augen, dachte sie, die wissen, wie man etwas fixiert. »Das ist ein bisschen verrückt. Wir müssen doch täglich mit Menschen arbeiten.«

»Da haben Sie recht.«

»Nun, wenn man hinter der Bar arbeitet, ist man von vielen Leuten umgeben. Die meisten sind gut gelaunt. Sie kommen, um sich zu entspannen oder zu feiern. Manche, wenn sie sich einsam fühlen oder jemanden zum Reden brauchen. Dafür sind Bars da. Warum kommen Sie ausgerechnet jeden Freitagabend, wenn die Bar voll ist, obwohl sie keine Menschen mögen?«

»Wenn man in eine volle Bar geht, um etwas zu trinken, ist es weniger wahrscheinlich, angesprochen zu werden. Dann kann ich in aller Ruhe arbeiten, mich entspannen und ein Gläschen Wein trinken. Bei einer leeren Bar wird man zwangsläufig in ein Gespräch verwickelt. ›Was für ein Wetter heute.‹ – ›Wie fanden Sie die Chicago Cubs?‹ So was in der Art.«

Sie verstand. »Sie benutzen Ihr Handy als Abwehrzauber.«

Ein leichtes Lächeln umspielte seine Lippen. »Ich benutze es zum Arbeiten, und ja, auch als Abwehrzauber. Ich frage mich nur, wie genau Sie Barkeeperin geworden sind und laut Trevor sogar zur besten Barkraft der Welt aufsteigen konnten.«

»Trevor hatte einiges intus«, stellte Morgan fest.

»Ich habe Ihnen beim Arbeiten zugeschaut. Mir ist jetzt klar, warum meine Mutter und meine Schwester Sie bei diesem schwierigen Event heute dabeihaben wollten.«

»Ich hab im College gekellnert. Das ist wirklich harte Arbeit.« Ob es nun an der verlassenen Bar lag, am Cabernet oder an der netten Gesellschaft, sie fühlte sich absolut entspannt. »Es kann sehr befriedigend sein. Doch es gibt Leute, die alles, was sie nicht mögen, neben den Teller legen. Da habe ich beschlossen, dass ich nicht hauptberuflich kellnern oder ein Restaurant führen will.«

Sie lehnte sich zurück und nippte wieder an ihrem Wein.

»Außerdem ist die Gewinnspanne eines Restaurants hauchdünn. Das Geld wird mit den Getränken verdient. Aus diesem zynischen Grund habe ich einen Kurs für Barleute besucht. Das hat mir gefallen. Sehr sogar. Mit einundzwanzig habe ich aufgehört zu kellnern und als Barkeeperin angefangen. Ich war sofort begeistert.« Sie schloss kurz die Augen. »Mein Plan war, genug zu sparen und Erfahrungen zu sammeln, um meinen eigenen Laden zu eröffnen. Eine nette kleine Bar im Viertel. Mir haben drei Jahre gefehlt, das hatte ich mir ausgerechnet. Aber dann …« Morgan zuckte mit den Schultern und trank wieder von ihrem Wein. »Bei Ihnen muss ich nicht lange raten. Hotelier in der dritten Generation. Der Älteste der dritten Generation. Wünschen Sie sich manchmal, etwas ganz anderes zu tun?«

»Klar.«

»Was zum Beispiel?«

»Indiana Jones. Meine Version von Indiana Jones, der einsame Abenteurer und Anthropologe.«

»Jedes Kind, das diese Filme sieht, will Indy sein.«

»Das war erst letztes Jahr.«

Lachend schüttelte sie den Kopf. »Ihnen fehlt der Hut. Ohne diesen Hut schafft das niemand. Sie haben sich bewusst für das hier«, sie machte eine weit ausholende Geste, »und die damit verbundene Arbeit entschieden? Ihre Familie steckt viel Herzblut hinein.«

»Nichts, was ich mir sonst gewünscht hätte, war von Dauer. Ja, ich hab das bewusst so entschieden. Wir stecken alle viel hinein, weil wir es so wollen.«

»Das spürt man. Die Leute, die hier arbeiten, lieben ihren Job und die Arbeitsbedingungen, also geben sie ihr Bestes. Die an der Spitze genauso wie alle anderen. Mein Tagesjob vorher war auch in einem Familienbetrieb. In einem viel kleineren natürlich, aber das kommt aufs selbe raus. Die Bar, in der ich zuletzt gearbeitet habe, war ebenfalls gut geführt. Die, in der ich in meinem letzten Studienjahr gejobbt habe, dagegen nicht. Trotzdem habe ich auch da was gelernt. Das ist das Einzige, was zählt.« Sie stellte ihr leeres Glas ab. »Ich schenke Ihnen noch eines ein, wenn Sie mögen. Aber ich muss nach Hause.«

»Nein, eines reicht.«

Morgan trug die Gläser in die Küche. In der Bar sah sie sich ein letztes Mal um, bevor sie die Lichter löschte. »Nick ist super.«

»Das wissen wir.«

»Die Schwester auch. Sie ist ein Monster, aber supertoll.«

»Sie wird nicht umsonst die Barbarin genannt. Keine Jacke?«

»Ich hab eine für den Notfall im Auto.« Sie trat hinaus in die kühle, wohlriechende Luft. »Ich brauch keine. Ihr gesamtes Personal ist super.«

Sie liefen zum Parkplatz, vorbei an dem Riesenbeet, in dem sich Blumen in Rot, Weiß und Zartrosa tummelten. Beim Wagen kontrollierte sie erst den Rücksitz, bevor sie ihn entriegelte. »Danke für den Drink und die Begleitung.«

»Kein Problem.«

Sie stieg ein, schaute auf die Benzinuhr. Natürlich stand er da und wartete. Während sie davonfuhr, dachte sie: Im Grunde war das gerade ein echt schräges Date. Sie wusste nicht so recht, was sie davon halten sollte, und gelangte zu dem Schluss, dass er das bestimmt anders wahrnahm.

Sollte er es ebenfalls für ein schräges Date halten, hätte Morgan nichts dagegen.

14

Am Samstag schlief Morgan aus. Als sie endlich zum Kaffee hinunterkam, sah sie ihre Großmutter mit einem Glas Eistee auf der Terrasse sitzen. Morgan nahm sich einen Muffin. Da hatte wohl jemand gebacken. Mit Gebäck und Kaffee ging sie nach draußen. »Was für ein herrliches Wetter! Perfekt, weder zu heiß noch zu kalt«. Sie setzte sich und biss in ihren Muffin. »Wo ist Mom?«

»Sie ist für ein paar Stunden im Laden. Eine unserer Künstlerinnen stellt eine neue Schmuckkollektion vor. Sie wollte sie mit Preisen auszeichnen. Ich sitze lieber draußen und genieße das Wunder, das meine Enkelin vollbracht hat.«

»Mom und du, ihr habt echt Zeit investiert. Ich liebe diese Windspiele.«

»Wie ist es gestern Abend gelaufen?«

»So eine elegante Hochzeit hab ich noch nie erlebt. Hier im Garten sind weniger Blumen als gestern im Ballsaal. Im Ernst, es war atemberaubend. Die ganze Veranstaltung. Die Männer im Smoking, die Frauen in Abendroben. Das Kleid der Braut war sensationell.«

»Genauso soll es sein.«

»Sie hat gestrahlt, die reinste Prinzessin. Nachdem sie Drea und Nell monatelang in den Wahnsinn getrieben hat, sah sie endlich glücklich und entspannt aus. Hach, war das romantisch! Die Dekoration, die Musik, das Kerzenlicht. Sie wusste genau, was sie will, und die Jamesons haben dafür gesorgt, dass alles genauso wurde.«

»Und Ihr Vater, nehme ich an. Der hat bezahlt.«

»Das muss echt heftig gewesen sein. Allein ich habe über dreitausend Dollar Trinkgeld bekommen.«

»Wie bitte, was?«

Lachend warf Morgan die Arme in die Luft. »Dreitausendzweihundertsechsundsechzig Dollar Trinkgeld, nur für mich. Ich habe auf anderen Hochzeiten gearbeitet, da kann man generell gut verdienen. Aber so viel Geld hab ich noch nie bekommen.«

»Vielleicht bin ich in der falschen Branche.«

»Es ist fast so, als würde man dafür bezahlt, auf eine Party zu gehen. Natürlich nicht ganz. Die Leute haben uns auf Trab gehalten. Aber das war es wert, das war es absolut wert.«

»Klar, denn du hast eine wunderbare Arbeit abgeliefert.«

»Ich denke schon. Bei solchen Anlässen ist alles möglich. Manche Leute geben großzügig Trinkgeld, weil die Getränke gratis sind. Andere Leute denken bei Gratisgetränken, dass man auch kein Trinkgeld geben muss. Aber gestern waren alle großzügig.« Sie knabberte wieder an ihrem Muffin. »Gegen Ende ist Miles gekommen. Anscheinend begleitet er mich jetzt jeden Freitagabend zum Wagen.« Sie verlagerte ihre Sitzposition. »Du kennst ihn schon lange. Ist dir eigentlich aufgefallen, dass er keine Anzüge trägt, aber irgendwie trotzdem so wirkt, als hätte er einen an?«

»Ich kann dir nicht ganz folgen.«

»Na ja … so wie Superman, der sein lächerliches Superman-Outfit unter seiner Kleidung trägt, damit es niemand sieht. Bei Miles ist es genau umgekehrt. So, als würde er einen unsichtbaren Anzug über seinen normalen Klamotten tragen. Deswegen diese natürliche Autorität und Eleganz.«

»Ich kann nicht behaupten, dass mir das aufgefallen wäre.«

»Ich werde nicht so recht schlau aus ihm.« Sie musste zugeben, dass sie gerne schlau aus ihm werden wollte. Seit er das erste Mal am Ende der Bar Platz genommen hatte. »Gestern Nacht, nach der Veranstaltung, wollte ich noch kurz die Après-Bar kontrollieren. Nick schließt sie normalerweise nicht, außerdem war es ein Freitagabend.«

»Du bist wieder mal besonders verantwortungsbewusst.«

»Ja, das bin ich. Wir gehen also in die Bar, und ich kontrolliere alles. Er nimmt eine Flasche Wein und fragt, ob wir was trinken wollen. Warum nicht, denk ich mir. Also setzen wir uns, trinken ein Glas Wein und reden. Auf der Fahrt nach Hause hatte ich dann das seltsame Gefühl, dass das eine Art Date war. Was meinst du?«

»Schwer zu sagen, ich war schließlich nicht dabei.« Olivia, sichtlich neugierig, rückte näher. »Hat er dich angemacht?«

»Nein, nein, nichts dergleichen. Wir haben bloß getrunken und geredet. Aber so richtig intensiv, was normalerweise eher nicht sein Ding ist. Er wollte wissen, warum ich Barkeeperin geworden bin, und ich, ob er von was anderem geträumt hat, als in den Familienbetrieb einzusteigen. Du weißt schon, so typische Kennenlerngespräche beim ersten Date.«

»Es ist Jahrzehnte her, dass ich ein erstes Date hatte, aber ich kann mich gut erinnern.«

»Es hat gefunkt, obwohl wir bloß geplaudert haben.«

»Er ist ein sehr attraktiver junger Mann.«

»Allerdings. Die Jamesons sind alle attraktiv.«

»Und, fühlst du dich zu ihm hingezogen?«

»Körperlich? Ich bin hetero, er sieht super aus, so gesehen Ja. Er kann recht direkt und grüblerisch sein, normalerweise finde ich das nicht attraktiv. Aber er hat auch eine freundliche

Art. Er begleitet mich nicht nur zum Wagen, was er locker delegieren könnte, sondern wartet auch, bis ich losgefahren bin. Das ist sehr rücksichtsvoll.«

»Er wurde zum Gentleman erzogen und dazu, den Menschen, die für ihn arbeiten, mit Respekt und Wertschätzung zu begegnen. Manchmal hat er Mick begleitet, dann hingen die beiden mit Steve in der Werkstatt ab.«

Olivia schaute zum Schuppen, der sich zwischen den Bäumen am Ende des Grundstücks verbarg. Steves Kleider hatte sie aussortiert, sein Büro umfunktioniert. Aber seinen Schuppen ausräumen? Das hatte sie nicht übers Herz gebracht.

»Das wusste ich nicht.«

»Er war sehr reif. Das hab ich an seinem Blick gesehen.«

»Er hat tolle Augen.«

»Hm. Angenommen, er wäre an dir interessiert, hättest du auch Interesse an ihm?«

Ja, dachte Morgan, überlegte es sich dann aber anders. »Vermutlich wäre das keine gute Idee. Ich arbeite schließlich für ihn. Nicht direkt, aber er ist einer der Oberbosse. Ich glaube, es war einfach nur nett, mit einem gut aussehenden, interessanten Mann zusammenzusitzen und etwas zu trinken. Das letzte Mal ist schließlich eine Weile her. Eine ganze Weile.«

»Ja, du solltest öfter Leute in deinem Alter treffen.«

»Ach, Gram. Ich treffe ständig Leute, das gehört zu meinem Job. Nur bisher noch niemand, mit dem ich gerne etwas trinken gehen würde. Im Moment ist das völlig in Ordnung so. Ich habe das Gefühl, so langsam wieder die Alte zu werden.«

***

Gavin Rozwell, der sich gerade Charles P. Brighton nannte, spazierte durchs französische Viertel. Er genoss das Nachtleben, die dämlichen Touristen, die lächerlichen Besoffenen. Von seiner luxuriösen Hotelsuite war es nicht weit zu den Läden, Restaurants und Musikkneipen. Jemand wie er ging leicht in der Menge unter. Er hatte sich den Bart abrasiert und die Haare wachsen lassen. Sie waren jetzt knallrot. Seiner Erfahrung nach bemerkten die Leute vor allem die rote Mähne, aber sonst eher wenig. Sollte ihn jemand fragen, war er nach New Orleans gekommen, um für seinen Roman zu recherchieren und in die Kultur und Atmosphäre der Stadt einzutauchen.

Charles P. Brighton war ein arroganter Dreckskerl mit einem dicken Treuhandfond – eine Rolle, die Rozwell gern spielte. Doch obwohl er das Vieux Carré und diese Rolle zu schätzen wusste, empfand er so etwas wie »gepflegte Langeweile«, wie Charles sich ausdrücken würde. Der letzte Mord – Robin möge in Frieden ruhen – hatte ihn seltsam unbefriedigt zurückgelassen.

Sie war das perfekte Opfer gewesen. Attraktiv, entgegenkommend, vertrauensselig. Mit dem Kredit auf ihr Haus und dem Geld von ihrem Konto, das er in einen brandneuen Wagen investiert hatte, hatte er über siebzigtausend Dollar kassiert. Wie leicht das gewesen war!

Viel zu leicht, befand er, während er mit seinen Rum-Punsch durch die Straßen flanierte. Eine Frau zu verführen, die verzweifelt auf Männersuche war, bot keine Herausforderung. In Robins Fall hatte es keine engen Freunde gegeben. Eine Schwester, ja, aber sie hatten nicht nah beieinander gewohnt. Eigentlich ein ideales Opfer, diese Robin, dennoch hatte sie sich als Enttäuschung entpuppt.

Mit ihrer Bedürftigkeit hatte sie ihn zu Tode gelangweilt. Obwohl ihm der Mord Spaß gemacht hatte, kam keine richtige Spannung auf. Es ging ihm schließlich nicht nur ums Geld. Das Geld garantierte ihm den Lebensstil, den er wollte und verdiente. Aber das Morden machte es erst aufregend, sorgte für den Kick, von dem er wochen- oder monatelang, zehren konnte. Robin hatte ihm den nicht verschafft.

Genauso wenig Morgan Albrights lächerliche Mitbewohnerin.

Er brauchte diese Aufregung, diesen Kick.

Er hatte ein Recht darauf.

Zwei Frauen gingen an ihm vorbei. Beide jung, auch wenn die Linke für seinen Geschmack einen etwas zu fetten Arsch hatte. Knappe Shorts, winzige Oberteile. Sie bettelten förmlich darum, keine Frage. Dazu das angeschickerte Kichern. Er könnte sie beide umbringen, vollkommen problemlos. Er bräuchte ihnen nur in die nächste Bar zu folgen, ein Gespräch anzufangen und sie auf Drinks einzuladen.

Keine schlechte Idee, er behielt sie im Auge. Es dürfte nicht weiter schwierig sein, sie abzuschleppen. Frauen bildeten sich ein, in der Gruppe sicherer zu sein. Dabei konnte er sie locker mit K.-o.-Tropfen außer Gefecht setzen. Oder die mit dem fetten Arsch ausschalten, um sich eine Weile mit der Brünetten zu vergnügen. Es hob seine Stimmung, sich das auszumalen. Also schleuderte er seinen Rum-Punsch in den Rinnstein und schlüpfte hinter ihnen in eine winzige Kneipe.

Dort war es total voll, das Bier kalt und die Stimmung heiß. Die Leute rieben sich förmlich aneinander. Auf einer Tanzfläche, kaum größer als ein Blatt Papier, schüttelten Frauen ihre Brüste. Die beiden standen an der Bar. So hatte er Gelegenheit, sie zu beobachten. Die mit dem fetten Arsch besaß das schönere Gesicht und blondes Haar, wenn man den dunklen Ansatz ignorierte. Die Brünette hatte die große schlanke Figur, die er bevorzugte. Er trat hinter die beiden. Alle guten Dinge sind drei, dachte er. Doch Langeweile ist keine Entschuldigung für Dummheit, rief er sich in Erinnerung. Er könnte sie umbringen, aber dann würde er mit dem bisschen Geld, das diese Schlampen in der Tasche hatten, seine Sachen packen, sich aus dem Staub machen, das Hotel und New Orleans verlassen müssen. Normalerweise sah seine Strategie anders aus.

Er verließ die Kneipe, aber da er die Idee nicht mehr aus dem Kopf bekam, kaufte er sich ein Basecap, ein T-Shirt mit dem Aufdruck der New Orleans Saints und eine alberne Sonnenbrille. Vielleicht würde er sein Stimmungstief überwinden, wenn er die Herausforderungen verschärfte. Mit dem Haar unter der Kappe, dem T-Shirt über seinem eigenen und der Sonnenbrille auf der Nase kehrte er in die winzige Kneipe zurück.

Die mit dem fetten Arsch war auf der Tanzfläche und schüttelte alles, was sie hatte. Die Brünette unterhielt sich kichernd mit ein paar Jüngelchen an der Bar. Er würde ein Bier bestellen und gucken, ob sich eine Gelegenheit ergab. Ehe er sich's versah, war die Gelegenheit da, denn Fettarsch kehrte zurück. Vielleicht musste sie Pipi, vielleicht kotzen. Auf jeden Fall war das der Moment für Action. Er zählte bis zehn, bevor er ihr folgte.

Jede Menge Leute auf der Tanzfläche, Gedränge an der Bar und an den Tischen. Die Musik wummerte. Insgeheim probte er ein lallendes »Huch, falsche Tür«, sollte noch jemand auf der Damentoilette sein. Die Musik übertönte sein Kommen. Niemand stand vor dem einzigen Waschbecken, und in den beiden winzigen Toilettenabteilen war nur cin Paar Füßc auszumachen.

Eindeutig die ideale Gelegenheit. Wozu sie noch länger ignorieren? Er schloss die Tür hinter sich. Das war riskant, eindeutig riskant, aber er brauchte die Aufregung, den Kick. Genau in dem Moment, als er das Klicken des Schlosses hörte, reagierte er. Sie riss die Augen auf, als er zu ihr hineindrängte. Große, ziemlich schöne braune Augen, die glasig wurden, als er ihr die Faust ins Gesicht rammte. Sie gab kaum einen Laut von sich, als sie zusammen zu Boden gingen. Er umklammerte ihren Hals. »Schau mich an, Fettarsch, ich will zusehen, wie bei dir die Lichter ausgehen.«

Zu betrunken und benommen von dem Fausthieb, um sich nennenswert zu wehren, schlug sie röchelnd nach ihm, während ein Cajun-Akkordeon ein langes Riff spielte, das von den Toilettenwänden widerhallte. Er sah ihr beim Sterben zu und wartete auf den Kick. Als er kaum mehr als ein schwaches Prickeln wahrnahm, schlug er erneut nach ihr. »Schlampe.« Er ließ ihren Kopf gegen die Seitenwand des Toilettenabteils knallen, entriss ihr die winzige Umhängetasche, steckte sie sich hinten in den Hosenbund und ließ die Frau auf dem Boden liegen.

Als er nach draußen ging, wummerte die Musik nach wie vor. Die Menschen tanzten, und die Brünette lachte über etwas, was diese Jüngelchen sagten. Er wollte sie ebenfalls umbringen. Sie war verfügbar, hatte die richtige Figur, wenn auch die falsche Haarfarbe. Nachdem er die Sonnenbrille weggeworfen hatte, lief er ein Stück, nahm das Basecap ab und warf es auf den Bürgersteig, wo es bestimmt jemand aufheben würde.

Im Gehen malte er sich die Schreie und das Chaos aus, sobald die nächste Frau die Toilette der winzigen Kneipe betreten würde. Wenigstens das verschaffte ihm ein wenig Befriedigung. Die Brünette würde sich bestimmt schuldig fühlen. Während ihre Freundin ermordet worden war, hatte sie an der Bar geflirtet. Seine Befriedigung wuchs. So gesehen waren seine Anstrengungen nicht ganz umsonst gewesen. Es schadete nie, etwas Neues auszuprobieren. Er hatte an einem öffentlichen Ort gemordet, das gab Extrapunkte. Natürlich musste er sich ein neues Opfer suchen. Er hatte die Wahl.

Als er sich die langweilige Robin ausgesucht hatte, war die Belohnung ausgeblieben. Morgan hingegen würde ihm Befriedigung verschaffen, das stand außer Frage. Noch nicht, dachte er, während er in sein Hotel zurückkehrte. Käme sie endlich an die Reihe, sollte das eine besondere Erfahrung werden.

***

In Frühlingsmonat Mai sah Morgans Budget sehr vielversprechend aus. Vielleicht sogar das Leben im Allgemeinen. Ein guter Job mit gutem Trinkgeld und mehr Freizeit, als sie in den letzten zehn Jahren je gehabt hatte. Die würde sie richtig ausnutzen.

Als Morgan hörte, wie die Ladys laut überlegten, die Toilette zu modernisieren, warf sie einen Blick hinein. Sie musste nur ein paar Dinge ausmessen und zum Baumarkt fahren. Nach ein paar Stunden Arbeit wäre alles erledigt.

Morgan machte gerade die letzten Handgriffe, als die beiden nach Hause kamen.

»Morgan, wir sind wieder da. Was für ein Tag«, rief Audrey. »Einer, der mit einem schönen Abendessen und einem Glas Wein belohnt werden sollte.«

Morgan trat von der Wand zurück, an der sie gerade Poster aufgehängt hatte, und griff zum Garteneimer, den sie als Werkzeugkasten benutzt hatte.

»Hast du Zeit, mitzuessen, bevor …« Als Audrey an der offenen Badezimmertür vorbeikam, blieb sie abrupt stehen und machte große Augen. Ihr entfuhr ein leises Quietschen. »Was … O mein Gott, Mom, schau dir das an.«

»Was ist? Ich muss erst aus diesen Schuhen raus.« Dann blieb auch ihre Großmutter abrupt in der Tür stehen. Sie blinzelte ausgiebig und verschränkte die Arme. »Das ist ja ein dicker Hund!«

»Ich weiß, ihr wolltet eigentlich die Handwerker rufen, ein neues Waschbecken aussuchen, die Armaturen ersetzen und den Raum neu streichen lassen. Aber es war eigentlich nicht viel Arbeit, und das Waschbecken ist noch völlig in Ordnung.« Sie fuhr über das altmodische weiße Porzellan. »Die Chrombeine waren nicht mehr ganz frisch, genauso die Armaturen. Ich dachte, wenn ich die Beine mattschwarz lackiere und einen neuen Wasserhahn im gleichen Look kaufe, macht das was her. Mit den Wänden in diesem neuen Puderton ist es richtig schön feminin geworden. Vor allem mit der neuen Lampe und dem alten Spiegel, den ich auf dem Dachboden gefunden habe. Ihr habt tolle Sachen da oben.«

»Den Spiegel habe ich vor Audreys Geburt gekauft«, murmelte Olivia.

»Er sieht richtig super aus, man musste ihn nur ein wenig reinigen. Dass ich den Rahmen schwarz gestrichen habe, sorgt dafür, dass alles zusammenpasst. Die Handtücher über einer schwarzen Halterung geben ebenfalls einen modernen Touch. Ich habe eines von euren Usambara-Veilchen für die Fensterbank geklaut und einen neuen Lampenschirm gekauft. Die Fransen sind echt cool! Dazu ein paar hübsche Seifen und zwei Poster. Der kleine Teppich stammt vom Flohmarkt. Dass er ausgeblichen ist, verleiht ihm Charakter, fand ich.« Aus Angst, zu weit gegangen zu sein, klapperte Morgan mit dem Garteneimer. »Wenn es euch nicht gefällt, könnt ihr immer noch die Handwerker rufen.«

»Ich bin begeistert, Morgan. Schaut nur, wie diese hübschen Blumenposter das Puderrosa und das Schwarz aufnehmen. Entzückend. Und stilvoll! Feminin, ja, aber nicht übertrieben. Wo hast du gelernt, Armaturen zu installieren?«

»Bei meinem Tagesjob in einem Bauunternehmen in Maryland hab ich einiges mitbekommen.«

»Vieles ist unverändert geblieben.« Nach wie vor mit verschränkten Armen, sah sich Olivia um. »Es ist nicht so, wie ich es mir vorgestellt habe. Weil ich dachte, das Waschbecken ist hoffnungslos veraltet.«

»Es ist ein Schmuckstück.«

»Jetzt schon. Es ist besser, als ich es mir vorgestellt habe … Wie viel Zeit hast du investiert?«

»Ich wohne hier und benutze das Bad ebenfalls. Außerdem habe ich jede Minute der Restaurierung genossen.«

»Es ist ein Geschenk, Mom.« Audrey legte ihrer Mutter die

Hand auf die Schulter. »Irgendjemand hat mir beigebracht, dankbar zu sein, wenn man etwas geschenkt bekommt.«

»Das rächt sich jetzt. Danke, Morgan. Der Werkzeugkasten deines Großvaters ist übrigens im Schuppen. Nimm ihn dir.«

»Gern.«

»Wenn wir das nächste Mal was renovieren wollen, reden wir zuerst mit dir. Jetzt müssen wir was zu essen machen. Auf deinen Vorschlag mit dem Wein komme ich gern zurück, Audrey.«

»Ich lass den Wein weg, esse aber gern mit euch. Ich komm fast um vor Hunger. Lasst mich nur schnell das Werkzeug wegräumen und mich für die Arbeit umziehen.«

Nachdem Morgan davongesaust war, sah sich Audrey noch einmal alles ganz genau an. »Wie beim Garten hatte ich nicht die geringste Ahnung, dass sie so was kann.«

»Wundert dich das?«

»Nein, kein bisschen. Es hat sie glücklich gemacht«, fuhr Audrey fort, als sie die Küche betraten. »Nicht nur unsere Reaktionen. Sondern sich das alles auszudenken und umzusetzen. Sie will sich unbedingt erkenntlich zeigen, Mom, und du solltest sie lassen.«

»Ich weiß. Leicht fällt es mir nicht. Wie wär's mit Huhn und Reis, dazu ein feiner Salat?«

»Klingt toll.« Audrey ging zur Vorratskammer. »Ich kenne meine Tochter viel zu wenig.«

»Es gab Zeiten, da war es bei uns dasselbe. Aber wir haben es hingekriegt. Und ihr werdet das auch hinkriegen.«

»Hoffentlich. Im Moment bin ich froh, dass sie glücklich ist. Neulich nach dem Yoga hat Drea mich dazu beglückwünscht, was für eine kluge, fähige Tochter ich großgezogen habe. Ich konnte nur daran denken, wie wenig ich damit zu tun hatte.«

»Da täuschst du dich, Audrey. Das wirst du bald begreifen.«

***

Als der Mai dem Juni wich, stieg Morgan von Lavendel auf Aprikose um. Es gab Aprikosen-Coladas und heißen oder kalten Aprikosentee. Nachdem die Probezeit hinter ihr lag, und das Après jetzt draußen Plätze anbot, machte sie sich ein paar Gedanken und ging damit zu Nell. Die verließ gerade ihr Büro.

»Hast du zufällig kurz Zeit?«

»Wenn du mich begleitest, schon. Ich muss Vorbereitungen für eine Veranstaltung in der Präsidentensuite kontrollieren.«

»Eine Cocktailparty mit fünfzig Gästen. Loren macht die Bar, Marisol und Kevin servieren.«

»Du bist echt auf dem Laufenden. Wein, Bier, alkoholfreie Getränke, warme und kalte Vorspeisen, eine Auswahl an kleinen Desserts.« Nachdem Nell den Lift geholt hatte, winkte sie Morgan herein und legitimierte sich mit ihrer Zugangskarte für den Klub-Bereich. »Was hast du auf dem Herzen?«

»Die Saisonkräfte funktionieren gut. Opal hat die neuen Leute toll eingearbeitet.«

»Das war nicht anders zu erwarten.«

»Insofern möchte ich sie für eine Gehaltserhöhung empfehlen. Sie hat viel Zeit und Mühe in die Ausbildung dieser Leute investiert. Das zahlt sich aus. Ich kann dir eine genaue Aufstellung schicken.«

»Gern.« Nell verließ den Lift und bog links ab.

»Ui, toll! Rustikale Eleganz. Hohe Decken mit Balken, warme Farben, amerikanische Antiquitäten und Kunstwerke. Die Lounge heißt einen so richtig willkommen. Mit Kamin, Blumen und einem Mobiliar, das zum Verweilen einlädt.«

»Finden wir auch.« Am Ende des Flurs blieb Nell vor einer Doppeltür stehen und legitimierte sich erneut.

»Wow. Diese Suite heißt nicht umsonst Präsidentensuite.«

In dem großzügigen Eingangsbereich, tapeziert in einem verträumten Blau, stand eine rustikale Bank. Ein Jagdtisch war mit Blumen und Kerzen geschmückt und wurde von zwei Lehnstühlen flankiert. Morgan sah rechts ein Schlafzimmer mit einem Bett, auf dem eine dicke weiße Daunendecke lag. Zahlreiche Kissen lehnten am gepolsterten goldenen Kopfende.

Der Eingangsbereich öffnete sich zu einem Wohnraum, der Platz für eine Sitzecke und einen langen Esstisch mit mehreren Warmhalteplatten bot. Die mobile Bar stand bereit. Der absolute Hammer waren die Panoramafenster und Glastüren, die auf einen Balkon mit wunderschönem Blick hinausgingen. Der mit Kajaks und Kanus betupfte See glitzerte blau vor den grünen Hügeln und der sanft ansteigenden Bergkette.

»Ich habe Fotos davon auf der Webseite gesehen, aber in natura ist es echt was anderes.«

»Zwei Schlafzimmer, zwei Bäder. Was wir Butler Pantry nennen, lässt sich mit den Snacks und den Getränken für die Gäste bestücken. Wird der Raum für eine Party gebucht, kann das Catering dort Geschirr, Tabletts und so weiter lagern.«

»Wunderschön, ohne steif zu wirken.«

»Wir haben die Innenarchitektin schwer überreden müssen. Und recht behalten. Was kann ich für dich tun?«

»Entschuldige, ich war abgelenkt. Eine der Neuen würde ich gern zur Barkeeperin ausbilden. Bailey Myerson. Sie ist von hier und jobbt neben dem Studium. Eine exzellente Kellnerin und äußerst lerneifrig. Wenn die Tische im Außenbereich in Betrieb sind, könnten wir eine Springerin gebrauchen.«

»Hast du Opal gefragt?«

»Ich wollte zuerst mit dir reden.«

»Du hast schon eine genaue Aufstellung gemacht?«

»Ja.«

»Schick sie mir. Sag Opal, ich will ihre Meinung hören.«

»Gut. Außerdem würde ich Nick gern zum stellvertretenden Barmanager mit entsprechendem Gehalt befördern. Er hat es verdient, Nell, und füllt die Position ohnehin schon aus, wenn ich nicht da bin. Bei jedem Schichtwechsel gibt er mir einen genauen Lagebericht und springt für mich ein, wenn nötig.«

»Bei der vierteljährlichen Mitarbeiterbewertung hat Don bereits erwähnt, dass Nick eine tolle Arbeitsmoral hat und ein echter Team Player ist. Aber ihm fehlt Führungserfahrung.«

»Das sehe ich anders.«

»Ich auch, weshalb wir Nick deine Stelle angeboten hatten. Warum glaubst du, dass er diese Position annehmen würde?«

»Weil er ohnehin schon alles macht, was ich von einem stellvertretenden Manager erwarte.«

»Dann bekäme er ein festes Gehalt und würde nicht mehr nach Stunden bezahlt.«

»Er würde mehr verdienen als jetzt. Ein angemessenes Gehalt vorausgesetzt, wofür du sicherlich sorgen wirst.«

»Schick mir deine Aufstellung. In die Anrichtekammer!«, instruierte Nell die Leute vom Catering, die gerade einen Wagen mit Wein und bereits gekühltem Bier heranrollten.

»Danke. Ich hab eine Viertelstunde, bevor meine Schicht beginnt, und kann dir beim Aufbau helfen, wenn du magst.«

»Brauchst du nicht«, sagte Nell, als ein weiterer Wagen mit Gläsern anrollte. »Ich krieg das hin.«

Zufrieden schickte ihr Morgan vom Handy aus die gewünschten Aufstellungen, noch während sie zum Après lief.

Nick begrüßte sie wie immer strahlend. »Da ist sie ja! Auf der Terrasse ist mordsmäßig was los. Wer will an so einem schönen Tag nicht draußen sitzen? Unsere Aprikosen-Colada ist der absolute Hit.«

»Echt?«

»Du wirst Püree nachbestellen müssen.«

Er arbeitete Bestellungen ab, während sie den Dienstplan und die Vorräte für den Abend kontrollierte. Sie wartete auf eine Flaute. »Die Jamesons werden dir die Stelle als stellvertretender Manager und ein entsprechendes Gehalt anbieten.«

»Wie bitte? Moment mal, die haben doch dich!«

»Und dich. Sie wissen deine Arbeit sehr zu schätzen. Du machst den Job ohnehin schon, Nick. Es wird Zeit, dass du entsprechend verdienst. Es ist keine Mehrarbeit damit verbunden, aber du wirst monatlich statt nach Stunden bezahlt. Ich habe darauf gedrungen, dass dein Gehalt deiner Erfahrung und deinen Kenntnissen angeglichen wird.« Sie nannte den Betrag. Dann ließ sie ihn erst einmal allein.

»Warum sollten sie mir so viel mehr zahlen für etwas, was ich ohnehin schon mache?«

»Aus demselben Grund, aus dem du seit Jahren hier arbeitest. Geh heim, denk drüber nach, besprich es mit Corrine. Wenn du den Job willst, meld dich bei Nell.«

»Du bist zu Nell gegangen, um ihr das vorzuschlagen?«

»Das gehört zu meinem Job. So wie es zu deinem gehört, Bescheid zu geben, wenn etwas fehlt.«

Er kam zu ihr und küsste sie auf die Wange. »Danke. Im Ernst! Egal, wie unsere Entscheidung ausfällt.«

Er würde die Stelle nehmen, das wusste sie. Sie hatte seine Frau und das entzückende Baby kennengelernt. Daher wusste sie, dass Corrine eine vernünftige Frau war. Das hätte sie also abgehakt. Sie sah zu Opal hinüber. Hoffentlich ließ sich auch diese Angelegenheit ohne größere Probleme klären.

15

Der Andrang in der Bar ließ etwas nach – vermutlich wegen der Party in der Präsidentensuite und der Essenszeit. Morgan rief eine der erfahreneren Kellnerinnen zu sich. »Ich mach Pause.«

»Du machst doch nie Pause.«

»Jetzt schon. Kümmre dich bitte um die Bar, und behalt deinen Bereich im Auge. Zehn Minuten! Im Moment ist ja nicht viel los.« Sie tippte Opal auf die Schulter. »Ich muss dich kurz sprechen.«

»Seh ich so aus, als hätte ich Zeit?«

»Ja. Suzanne, übernimm Opals Bereich. Zehn Minuten.«

Opal gehorchte murrend. »Ich muss die Neulinge im Auge behalten. Die Terrasse ist voll.«

»Ja, aber drinnen und an der Bar ist nichts los.« Morgan ging ins Freie und lief weiter, bis sie außer Sicht- und Hörweite waren. »Ich möchte mit dir über Bailey reden.«

Opal ging sofort in die Defensive und stemmte die Hände in die Hüften. Die Augen unter dem exakt geschnittenen Pony blickten zornig. »Sie macht das toll. Wenn du ein Problem …«

»Ich möchte sie für die Bar ausbilden.«

»Ich hab sie gerade erst als Kellnerin eingearbeitet und kann sie nicht entbehren. Als Managerin solltest du das eigentlich wissen.«

»Ich weiß, wie ich meine Arbeit zu machen habe. Deine Probleme mit mir können wir gern ein andermal diskutieren.« Es gab tatsächlich Probleme, und die räumte man lieber aus dem Weg, fand Morgan. »Ich komme gern vor Schichtbeginn, egal, an welchem Tag, und dann setzen wir uns zusammen. Bis es so weit ist, könnte ich eine weitere Barkeeperin auf Abruf gut gebrauchen. Aus meiner Sicht hat Bailey das Zeug und die Energie dazu, je nach Bedarf hinter der Bar *und* als Bedienung zu arbeiten. Sie bekäme eine kleine Gehaltserhöhung und würde was dazulernen. Nell wüsste gern, wie du das siehst.«

Opal ballte die Hände. »Du hast mich übergangen?«

»Nein. Ich bin zu meiner direkten Vorgesetzten, um eine Empfehlung auszusprechen. Das gehört zu meinem Job. Du bist für die Bedienungen zuständig, und jetzt möchte unsere Chefin deine Meinung hören. Bailey will etwas lernen und ich ihr gern Gelegenheit dazu geben. Wenn du sie nicht entbehren kannst, sie aber trotzdem Interesse hat, kann ich sie an ihren freien Tagen einarbeiten. Wir können einen Terminplan ausarbeiten.«

»Vielleicht hat das Mädel auch noch ein Privatleben?«

»Wenn es ihr nicht passt, kann sie Nein sagen. Frag sie.«

Opal verschränkte die Arme. »Wenn sie Nein sagt, schreibst du in ihre Beurteilung, dass sie unkooperativ und nicht ehrgeizig genug ist.«

»Warum sollte ich so etwas tun? Meine Güte, Opal!«

»Schrei mich nicht an.«

Ach, vergiss es, dachte Morgan. »Hör auf, mir zu unterstellen, Leute aus unserem Team anzuschwärzen. Wenn Bailey nicht will, sagt sie Nein und damit basta. Sie hat die Wahl. Leg mir so viele Steine in den Weg, wie du willst, aber hör mit den Unterstellungen auf. Nenn mir einen Tag, dann komm ich eine halbe Stunde früher, damit wir das klären können.«

»Ich mache meinen Job.«

»Ja, das tust du. Aber wenn wir unsere Differenzen nicht klären, werden wir zwar beide unseren Job machen, uns dabei aber tierisch auf den Wecker gehen. Ich kann damit leben. Hauptsache du sagst Nell, wie du das mit Bailey siehst.« Morgan ging wieder rein, übernahm die Bar und versuchte sich nicht zu sehr zu ärgern.

Nach zehn Minuten kam Bailey. »Opal meinte, dass gerade wenig los ist. Hast du vielleicht Zeit, mir was zu zeigen?«

»Klar.« Froh, dass Opal ihr keine Steine in den Weg gelegt hatte, winkte Morgan Bailey zum Regal. »Solange du nicht als Bedienung gebraucht wirst, kannst du mir im hinteren Barbereich zur Hand gehen«, erklärte Morgan. »Dafür sorgen, dass wir genug Eis haben, Garnituren vorbereiten, Flaschen austauschen, Gläser abräumen und ersetzen. Die Barhocker sind leer, wir arbeiten also nur Bestellungen von den Tischen ab. Dafür braucht man einen guten Draht zu den Bedienungen.«

»Ich verstehe.«

»Bei uns hinterm Tresen geht es um Hygiene, Organisation und darum, ruhig zu bleiben, wenn es hektisch wird. Ist man gut organisiert, fällt das nicht weiter schwer. Sobald du eine Flasche benutzt hast, stellst du sie wieder dorthin zurück, wo sie hingehört. Jedes Mal. Egal, ob es sich um einen edlen Tropfen oder Standard handelt.« Sie zeigte auf den Bereich unter der Bar. »Nennt der Kunde keine bestimmte Marke oder Spezialmischung, stehen dort die Standardzutaten. Siehst du die beiden Frauen, die gerade reinkommen? Alte Freundinnen, die ein paar Tage zusammen Urlaub machen. Sie werden auf den Barhockern Platz nehmen.« Genau das geschah. Morgan begrüßte sie. »Wie war die Massage?«

»Himmlisch.« Die Linke seufzte. Um die fünfzig, rote Brille, blondes, zu einem lockeren Pferdeschwanz gebundenes Haar. »Ich staune, dass wir noch aufrecht sitzen können.«

Ihre Begleiterin lachte. Dunkle kurze Locken, einen verträumten Blick in den braunen Augen. »Das müssen wir auch, denn wir wollen das Ganze mit einer von diesen köstlichen Aprikosen-Coladas begießen.«

»Geht klar. Soll ich sie aufs Zimmer schreiben?«

»Ja, bitte.«

Morgan nickte Bailey auffordernd zu und gab ihr einen Teller mit Barsnacks. »Dafür nehmen wir Brandy-Gläser.« Sie gab Eis in einen Mixer. »Alles nacheinander einfüllen und dann mixen. Aprikosenhälften in Sirup, Ananassaftkonzentrat, Kokosmilch, Rum und ein Schuss Crème de Cacao.«

»Du hast nichts abgemessen.«

»Doch, aber mit dem bloßen Auge und indem ich gezählt habe.« Sie drückte auf die Taste des Mixers.

»Ich liebe dieses Geräusch«, schwärmte die Brünette. »Ziemlich ruhig heute Abend.«

»Es ist mitten unter der Woche, außerdem findet im Klub-Bereich eine Party statt.«

»Und wir sind nicht eingeladen«, sagte die Blonde.

»Pech für die.« Morgan schüttete die Drinks in die Brandy-Gläser, garnierte jeden mit einer Scheibe Ananas. »Lassen Sie es sich schmecken.«

Bailey war so geistesgegenwärtig, gleich den Mixer zu spülen. »Das mit bloßem Auge kapier ich, aber das Zählen?«

»Ich zähle immer bis vier. So wie ich einschenke, sind das dreißig Milliliter in vier Sekunden. Nimm einfach leere Flaschen mit nach Hause, einen Mixbecher kannst du dir leihen. Benutz Wasser. Miss erst mit einem Glas ab, dreißig Milliliter, fünfzig Milliliter, sechzig Milliliter ... Benutz ein weiteres Glas, um das Einschenken zu üben. Mit bloßem Auge und indem du zählst.«

»Wie einundzwanzig, zweiundzwanzig, um Sekunden zu zählen.«

»Genau. Als Kellnerin besitzt du Menschenkenntnis. An der Bar sind die Leute auch nicht anders, aber du musst sie alle im Auge behalten, dich mit den verschiedenen Alkoholika, Getränken und Fachbegriffen vertraut machen.«

»Vom Kellnern weiß ich schon ein bisschen was.«

»Den Rest lernst du. Wenn du Fragen hast, frag.«

»Eine hätte ich schon. Woher wusstest du, dass sich die Frauen an die Bar setzen werden?«

»Sie waren gestern Abend da und meinten, sie sitzen gerne an der Bar, weil man da interessante Leute kennenlernt.«

Sie arbeiteten die Bestellungen der Tische ab, und Morgan erklärte Bailey alles. Ein Schnellkurs, dachte Morgan und musste sich einbremsen, um nicht wie gewohnt zum Regal zu laufen. Sie erhaschte einen Blick auf Liam. Er stand im Torbogen, mit einer Frau mit hoch aufgetürmtem rotem Haar, deren schwarzes Kleid allerdings maximal mini war.

Morgan hörte, wie Bailey »Mist!« murmelte, und sah zu ihr hinüber. »Gibt es ein Problem?«

»Nein. Ich kenne sie, die Frau da bei Liam Jameson. Wir waren zusammen auf der Highschool.«

»Lass mich raten … eine hinterhältige Zicke.«

»O ja, hinterhältiger als die kann man gar nicht sein. Zum Glück muss ich sie nicht bedienen.«

»Immer schön die Ruhe bewahren«, rief Morgan ihr ins Gedächtnis. »Die beiden werden an die Bar kommen, etwas bestellen und dann zum Tisch gehen. Das macht Liam immer so.«

Genauso geschah es auch. »Hallo Morgan, wie läuft's?«

»Ganz ordentlich. Dürfte bald voller werden. Wenn die Party oben vorbei ist. Was darf ich euch bringen?«

»Was willst du, Jessica?«

»Einen Martini, aber wirklich extra dry, Hanger One und Carpano Bianco, drei Oliven. Picholine-Oliven.« Morgan kühlte sofort ein Martini-Glas vor.

»Zu kompliziert«, sagte Liam. »Ich nehm das Übliche.«

»Wir servieren am Tisch. Drinnen oder draußen?«

Bevor Liam etwas antworten konnte, lachte Jessica laut auf. »Bailey? Bailey Myerson? Ich hätte dich fast nicht erkannt mit dieser Frisur. Arbeitest du als Barkeeperin?«

»Hallo, Jessica. Lange her, dass wir uns das letzte Mal gesehen haben.«

»Allerdings. Bailey und waren zusammen auf der Highschool.« Während sie zu Liam aufsah, hakte sich Jessica bei ihm ein. »Du bist also wieder nach Westridge gezogen?«

»Für den Sommer.«

»Ich bin nur diese Woche da. Ich lebe inzwischen in New York. Wir sollten uns dringend mal wieder unterhalten, wenn du frei hast. Nehmen wir uns doch einen Tisch, Liam, und lassen die beiden in Ruhe arbeiten.«

»Klar. Bis später.«

»Wir werden ihr einen perfekten Martini mixen«, beharrte Morgan. »Auch wenn wir sie nicht ausstehen können.« Während sie Bailey Liams Bier zapfen ließ, machte sie ihr vor, wie das ging.

»Ich bringe die Getränke.« Bailey griff zum Tablett. »Die Highschool ist lange her, ich bin inzwischen erwachsen.«

Danach wurde es voller, genau wie vorhergesagt. Opal ließ ausrichten, dass sie Bailey in einer Viertelstunde als Bedienung brauche. »Ich hab so viel gelernt! Danke, Morgan.«

»Gerne wieder, im Ernst.«

Liam ließ sich auf einen Barhocker sinken.

»Noch eine Runde?«

»Nein, nur eine Cola. Ich geh bald heim.«

»Und deine Verabredung?«

»Das ist keine richtige Verabredung, bloß ein Drink. Außerdem Bailey: Ich mag deine Frisur.«

»Ach.« Verlegen strich sie darüber. »Danke. Ich muss jetzt wieder kellnern.«

»Mach erst mal Pause. Zehn Minuten hast du noch,« meinte Morgan.

»Die arbeitet doch sonst nicht an der Bar?«, fragte Liam, nachdem Bailey davongesaust war.

»Ich bilde sie aus. Bailey ist nur über den Sommer hier, sie studiert. Mit ihr bist du nicht zur Highschool gegangen?«

»Wir waren auf der Lincoln, ein anderer Sprengel. Einer meiner Freunde war damals eine Weile mit Jessica zusammen, daher kenne ich sie. Wir sind uns vorhin in der Stadt über den Weg gelaufen.« Er hob seine Cola und verdrehte die Augen. »Manche Leute ändern sich wirklich nie. Eine echte Tusse.« Sofort zuckte er zusammen. »Ah, das war nicht politisch korrekt.«

»In diesem Fall lassen wir das durchgehen. Mochte sie den Drink?«

»Sie meinte, er wäre ganz okay. Als ob sie gnädig etwas hinnimmt, das nicht ganz dem Standard entspricht. Als Bailey die Drinks gebracht hat, konnte sie das Sticheln nicht lassen. Doch Bailey hat nur gelächelt und gesagt, wie interessant es doch sei, in den Sommerferien heimzukommen und jemanden aus Highschool-Zeiten zu treffen, der sich kein bisschen verändert habe. Mit einem strahlenden Lächeln. Das war kein Kompliment.«

»Sehr gut. Aber nicht besonders angenehm für dich.«

»Offen gestanden, fand ich es ziemlich interessant.«

»Du bist also noch mal davongekommen.«

»Das brauchst du mir nicht zweimal sagen.«

Sie plauderte weiter mit ihm und dem Grüppchen in der Mitte der Bar. Dabei arbeitete sie Bestellungen ab und behielt den Saal im Auge.

»Weißt du«, sagte Liam, nachdem sie sich wieder zu ihm vorgearbeitet hatte. »In den Schulferien hab ich auch im hinteren Barbereich gejobbt.«

»Tatsächlich?«

»Das ist ein eisernes Gesetz bei den Jamesons. Man muss sich mit all seinen Fähigkeiten einbringen, damit man versteht, wie der Laden läuft. Oder laufen sollte. Ich dürfte damals ziemlich versagt haben.«

»Das wage ich zu bezweifeln.«

»Was du machst, hab ich nie gekonnt. Ich sitze da, beobachte dich und kapier nicht, wie du das machst.«

Sie beugte sich vor. »Dafür kann ich nicht Ski fahren.«

»Nächste Saison sorg ich dafür, dass sich das ändert.«

»Du wirst nie Gelegenheit dazu bekommen. So komische Stiefel auf zwei schmalen Brettern, dazu ein verschneiter Berg? Ohne mich.«

»Jetzt möchte ich dich erst recht überzeugen.« Er stand auf und legte ein paar Scheine auf den Tresen. »Eine Herausforderung. Ich mag Herausforderungen. Bis demnächst.«

»Schönen Abend.«

Kurz vor Betriebsschluss marschierte Opal auf die Bar zu. »Morgen, eine halbe Stunde vor Schichtbeginn.«

»Gut. Im Weinkeller. Da sind wir ungestört.«

»Einverstanden.«

Morgan merkte, dass Opal richtig sauer war. Wenigstens würde sie bald den Grund dafür erfahren.

***

Morgan stand so früh auf, dass sie vor der Aussprache mit Opal genug Zeit hatte, kurz im Crafty Arts vorbeizuschauen. Sie wollte einen ersten Blick auf die Fotoausstellung werfen, die die Ladys fürs Wochenende geplant hatten. Doch ehe sie aufbrach, holte sie die Post und sortierte sie. Als sie den einen an sie adressierten Brief einer Kreditkartengesellschaft sah, rechnete sie mit Werbung und wollte ihn schon wegwerfen.

Sie öffnete ihn. Ihr wurde abwechselnd heiß und kalt.

Dreitausendzweihundertachtundsechzig Dollar und achtundzwanzig Cent. Mit diesem Betrag war eine Karte belastet worden, die sie nicht besaß. Für Einkäufe, die sie nie getätigt hatte, in zwei Läden in New Orleans, wo sie nie gewesen war.

Sie zitterte am ganzen Körper. Ihre Kehle war wie zugeschnürt, sie bekam kaum Luft. Einen kurzen schrecklichen Moment lang flimmerte ihr alles vor den Augen. Ohne es richtig mitzubekommen, sank sie auf den Küchenboden. Während es in ihren Ohren rauschte, zerknüllte sie die Abrechnung.

Mühsam rappelte sie sich auf, taumelte zur Spüle und beugte sich darüber, bis die Übelkeit so weit nachließ, dass sie sich Wasser ins Gesicht spritzen konnte.

Nach wie vor zitternd, schleppte sie sich zu einem Barhocker und setzte sich, um den Kopf auf den Küchentresen zu legen. So lange, bis sie wieder Luft bekam, wieder klar denken konnte. Sie zückte ihr Handy und rief ihr Adressbuch auf, wählte die Nummer von FBI-Ermittler Beck.

»Hallo, er ist New Orleans oder war gerade dort.«

»Morgan.«

»Er hat eine neue Kreditkarte auf meinen Namen ausstellen lassen. Auf Morgan Nash Albright. Diesmal hat er auch meinen mittleren Namen benutzt. Die Abrechnung war in der Post. Über dreitausend Dollar.«

»Morgan, beruhigen Sie sich.«

»Ich kann mich aber nicht beruhigen!«

»Beruhigen Sie sich bitte. Schicken Sie mir die Abrechnung, fotografieren Sie sie mit dem Handy. Es kommt gleich jemand vorbei, der das Originaldokument abholt, also bitte nicht wegwerfen! Schaffen Sie das?«

»Ja.«

»Halten Sie sich an die Vorsichtsmaßnahmen, die wir besprochen haben?«

»Ja.«

»Gut. Ich weiß, das ist ärgerlich, Morgan.«

»Ärgerlich.« Sie musste die Hand vor den Mund schlagen, um ein hysterisches Auflachen zu unterdrücken.

»Hören Sie mir bitte gut zu. Er hat seinen Aufenthaltsort preisgegeben, zumindest den Ort, an dem er bis vor Kurzem gewesen ist. So können wir ihm auf die Spur kommen.«

»Glauben Sie, er ist auf dem Weg hierher?«

»Er wusste, dass Sie diese Abrechnung erhalten würden und auch wann, nämlich nach etwa ein, zwei Tagen. Es ist höchst unwahrscheinlich, dass er kommt. Er will, dass Sie in Panik geraten. Dass Sie nur noch an ihn denken.«

Morgan schloss die Augen. »So wie auch er nur noch an mich denkt. Was Sie mir lieber unterschlagen.«

»Eben *weil* das der Fall ist, geht er unnötige Risiken ein. Wir können gerne zu Ihnen kommen, wenn Sie wollen.«

»Nein, nein, finden Sie lieber *ihn*.«

»Machen wir, versprochen. Schicken Sie mir das Foto!«

»Gut, wird gemacht. Ich muss gleich zur Arbeit. Wenn jemand das Original abholen will, muss er ins Resort kommen.«

»Das kriegen wir hin. Sobald wir etwas Neues wissen, melden wir uns, versprochen.«

Sie schickte das Foto, zwang sich, ins Büro ihrer Großmutter zu gehen, um einen braunen Umschlag zu holen. Sie steckte die Kreditkartenabrechnung hinein, klebte den Umschlag zu und verstaute ihn in ihrer Handtasche. Statt in den Laden zu gehen, fuhr sie ziellos umher, bis sie sich einigermaßen beruhigt hatte. Mit dem Ergebnis, dass sie ein paar Minuten zu spät zu ihrem Treffen mit Opal kam.

»Meine Zeit ist genauso kostbar wie deine.«

»Entschuldigung.« Sie brachte keinerlei Erklärung vor, während sie sich im kühlen Weinkeller gegenüberstanden.

Opal musterte Morgan mit zusammengekniffenen Augen. »Bist du krank oder so?«

»Es geht mir gut. Du hast ein Problem mit mir. Das ist die Gelegenheit, es anzusprechen.«

»Gut, dann mach ich das. Würden sich deine Großmutter und Lydia Jameson nicht so gut kennen, hättest du den Job nicht.«

»Da hast du vermutlich recht.«

»Nicht nur vermutlich. Normalerweise besetzen die Jamesons Führungspositionen intern. Nur diesmal nicht. Du bist nicht die Einzige im Resort, die Getränke mixen kann. Und du bist langsam, weil du viel zu sehr damit beschäftigt bist, mit jedem Mann zu flirten, der in die Bar kommt. Du machst sie regelrecht an, vor allem die Jameson-Männer. Das ist unerhört und fällt negativ auf uns alle zurück.«

»Flirten? Anmachen? Was soll der Mist?«

»Diese Ausdrucksweise kannst du dir sparen.«

»Einen Dreck werd ich! Du sagst mir also mitten ins Gesicht, dass ich eine Schlampe bin?«

»Wenn es nun mal so ist? Ich habe dich gestern Abend mit Liam beobachtet. Außerdem tust du alles, was in deiner Macht steht, um dich an Miles ranzuschmeißen. Du lässt dich nach Arbeitsschluss von ihm zum Wagen begleiten. Ich würde mich nicht wundern, wenn du auch mit Nell in die Kiste steigen würdest, nur um dir Vorteile zu sichern.«

Morgan musste lachen, sie konnte nicht anders. »Das muss ich mir merken. Nur für den Fall, dass es mit meinem flotten Dreier mit Liam und Miles nicht klappt.«

Opal lief knallrot an. »Du solltest dich was schämen.«

»Nein, aber du. Dafür, dass du so eine schmutzige Fantasie hast. Ich kümmere mich bloß um die Gäste, so wie sie es mögen. Egal, ob Mann oder Frau. Auch um die Jamesons. Das gehört zu meinem Job. Ich habe neulich nicht mit Liam geflirtet. Wir haben uns unterhalten. Dabei ging es hauptsächlich um Bailey.«

»Nachdem du sie losgeschickt hast, um diese Tussi zu bedienen.«

»Ich hab sie nicht losgeschickt. Sie wollte selbst hingehen und sich behaupten. So wie sie sich im hinteren Barbereich behauptet hat. Das hat Liam bemerkt und gewürdigt. Sollten ihm Baileys Fähigkeiten bislang nicht aufgefallen sein, spätestens jetzt ist es der Fall.«

»Wird *er* dich heute nach Arbeitsschluss zum Wagen begleiten? Vielleicht kannst du die Brüder ja gegeneinander ausspielen, indem du das hilflose Weibchen spielst. ›Ach, mir ist was Schlimmes passiert, bitte beschütz mich.‹«

Schockiert wich Morgan einen Schritt zurück. »Ja, mir *ist* etwas Schlimmes passiert. Und meiner engsten Freundin noch etwas viel Schlimmeres, sie ist nämlich tot. Er hat sie halb totgeprügelt und dann erwürgt. Sie war erst sechsundzwanzig.«

Wieder schoss Opal die Röte ins Gesicht. »Was ihr passiert ist, tut mir leid, aber …«

»Da gibt es kein Aber, verdammt noch mal! Hätte sie nicht die Grippe bekommen und seine Pläne durchkreuzt, wäre ich vermutlich tot. Er will mich umbringen.«

»Das sagst *du* und …«

»Ja, das sage ich. *Und* das FBI. Dasselbe würde auch die Frau sagen, die er vor wenigen Wochen ermordet hat, wenn sie noch könnte. Er hat das Medaillon *meiner* Großmutter, das er mir geklaut hat, bei ihrer Leiche hinterlassen.« Es brach einfach so aus ihr heraus. Alles, was sie für sich behalten hatte. »Glaubst du etwa, das ist eine Art Spiel? Ein Spiel, für das ich die Jamesons benutze, damit sie … Ja, was eigentlich? Mitleid mit mir bekommen? Ich warne dich, ich warne dich nur ein einziges Mal. Egal, welche Probleme du mit mir hast, lass das bitte außen vor.«

»Jeder hat Probleme. Das bedeutet noch lange nicht, dass einem eine Führungsposition in den Schoß fällt, dass man eine Sonderbehandlung bekommt. Es gibt einem auch nicht das Recht, mit dem Mann einer anderen zu flirten.«

»Ich habe mit niemandem geflirtet. Wenn du dir einbildest, ich hätte das bei Miles oder Liam getan … Die sind nicht verheiratet.«

»Aber Nick.«

»Ich glaub, ich spinn. Selbst dir sollte klar sein, wie lächerlich das ist. Außerdem: Willst du etwa das Urteilsvermögen der Jamesons infrage stellen? Ihr Recht, das Personal einzustellen, das sie für richtig halten?«

»Nein, aber auch ich habe ein Recht auf mein Urteil.«

»Das du hiermit kundgetan hast. Wenn du eine so schlechte Meinung von mir hast, biete ich dir an, die Tagesschicht zu übernehmen, wenn dir das lieber ist.«

»Nein.«

»Nun gut, dann müssen wir uns eben weiterhin auf den Wecker gehen.« Sie hatte schon Schlimmeres erlebt. Sie *erlebte* gerade Schlimmeres, machte sich Morgan bewusst. »Ich werde weder mich ändern, noch meine Art zu arbeiten, nur um deinen Vorstellungen zu entsprechen. Als deine Vorgesetzte bedaure ich, dass wir den Konflikt nicht lösen konnten. Doch solange wir beide unseren Job ordentlich machen, müssen wir wohl damit leben. Als Privatperson sage ich dir: Kümmere dich verdammt noch mal um deine eigenen Angelegenheiten! Sonst noch was?«

»Ich habe dem nichts mehr hinzuzufügen.«

»Dann zurück an die Arbeit.«

***

In der Bar war am frühen Abend schon einiges los. Ein Teil von Morgan entspannte sich, sobald sie ihren vertrauten Wirkungskreis betrat. Bevor sie die Bar von Nick übernahm, zapfte sie ein paar Biere, während er alles fertig machte.

»Ich hab mit meiner Frau gesprochen. Und mich mit Nell getroffen. Darf ich vorstellen? Dein neuer Stellvertreter.«

»Juhu!« Sie klatschten sich ab. »Gute Nachrichten kann ich echt gebrauchen. Geh nach Hause und feiere schön.«

»Gleich nachdem ich unterschrieben hatte, hab ich meine Mom angerufen. Sie hat doch glatt ein paar Tränchen verdrückt. Typisch Mom.«

»Och, süß.«

»Dann meinte sie, dass ich in einem halben Jahr bestimmt Manager bin.«

»Hallo?«

Lachend räumte er ein Tablett ab. »Und ich hab gesagt: ›Wie soll ich dir bitteschön mehr Enkel schenken, wenn ich die ganze Zeit arbeite?‹ Da wollte sie plötzlich nichts mehr davon wissen. Sie meinte, ich soll mich bei dir bedanken, dass du mir einen Schubs in die richtige Richtung gegeben hast.«

»Gern geschehen. Bis morgen also.«

Sie stand hinter der Bar, schaute in den Saal und anschließend durchs Panoramafenster zu den Tischen auf der Terrasse. Sie würde das schaffen.

Was blieb ihr auch anderes übrig?

***

Morgan musste ihren Ladys Bescheid sagen. Als sie am nächsten Morgen nach unten kam, freute sie sich, die beiden draußen auf der Terrasse Kaffee trinken zu sehen, umgeben von einem Blumenmeer. Sie würde diesem Morgenritual leider einen empfindlichen Dämpfer verpassen müssen. Nachdem sie sich ihren Morgenkaffee gemacht hatte, gesellte sie sich zu ihnen.

»Du bist aber früh auf«, bemerkte ihre Mutter. »Gram und ich machen es uns gerade richtig gemütlich, weil wir nicht vor elf wegmüssen. Vielleicht sogar erst gegen zwölf.«

»Ich dachte, wir könnten heute Abend Pizza holen. Sodass du noch mitessen kannst, bevor du losmusst.«

»Wer kann da schon Nein sagen?« Morgan setzte sich und wartete einen Moment.

Ein smaragdgrün in der Sonne schimmernder Kolibri machte sich am Futterautomaten zu schaffen, während ein junger Specht wie verrückt auf den Vogelknödel einhackte. Die im Frühling gepflanzten Blumen hatten ihre Blüten geöffnet und wurden immer üppiger. Genau in diesem Moment war alles gut und wunderschön. Und Gavin Rozwell wollte das zerstören, all dem ein Ende bereiten. Sie durfte das auf keinen Fall zulassen.

»Ich habe gestern mit den FBI-Ermittlern gesprochen.«

»Was ist passiert?« Audrey richtete sich abrupt auf.

»Sie kümmern sich um alles. Ich hatte eine Kreditkartenabrechnung in der Post. Es ist nicht meine Kreditkarte, es sind nicht meine Abbuchungen.«

»Dieses Ungeheuer«, hob Olivia an. »Für mich hat er nichts Menschliches mehr, er ist das Böse in Person.«

»Dem kann ich nicht widersprechen. Aber Ermittlerin Beck meinte, er hätte damit wieder einen Fehler gemacht. Und ich glaube ihr. Er war in New Orleans einkaufen. Sie wissen also, wann er dort war.«

»Er möchte dir Angst machen.«

»Das ist ihm auch gelungen, Gram. Doch inzwischen geht es mir wieder gut. Die Konfrontation mit Opal Reece in der Après-Bar war offen gestanden schlimmer. Eigentlich war es ein handfester Streit. Das FBI kümmert sich auch um die Kreditkartengesellschaft. Sie werden Rozwells Spuren in New Orleans verfolgen. Mit etwas Glück finden sie heraus, wo er anschließend hin ist. Es wäre zu schön, um wahr zu sein, wenn er noch dort wäre. Aber zumindest haben sie eine Spur.«

»Wir sollten einen Kurztrip planen. Für ein paar Tage verschwinden. Strandurlaub«, warf Audrey ein. »Unterm Sonnenschirm sitzen und Mai Tais trinken.«

»Mom.« Morgan tätschelte die Hand ihrer Mutter. »Strandurlaub und Mai Tais sind keine Lösung. Außerdem darf ich gar keinen Urlaub nehmen. Ich bin sehr vorsichtig. Alle sind vorsichtig. Und ja, es nervt. Ich wünsch mir nur, einfach dazusitzen wie jetzt, den Garten zu bewundern, die Vögel zu beobachten und zu wissen, dass Gavin hinter Gittern sitzt. Sobald das der Fall ist, bin ich wunschlos glücklich.«

»Dann gibt's Sekt mit Orangensaft zum Frühstück statt Kaffee«, verkündete Olivia. »Was war das für ein Streit mit Opal? Die Chefkellnerin vom Après, oder? Ich kenne sie kaum.«

»Ich habe ihr eine Aussprache angeboten, und die fand gestern statt. Wegen der Kreditkartensache war ich nicht in Bestform, aber absagen wollte ich nicht. Egal. Sie hasst mich. Sie hasst es, dass ich den Managerposten über Beziehungen bekommen habe. Da hat sie nicht ganz unrecht, aber ich bin qualifiziert dafür und mache einen verdammt guten Job.«

»Natürlich!«

»Klar, dass du das sagst, Mom, aber es stimmt tatsächlich. Sie meckert, ich wär zu langsam, was Quatsch ist. Außerdem ist der Umsatz eindeutig gestiegen. Dann hat sie mir vorgeworfen, mit allen Männern, die in die Bar kommen, zu flirten. Vor allem mit denen aus der Familie Jameson.«

»Das ist doch lächerlich.« Wut schwang in Audreys Stimme mit. »Und selbst wenn! In diesem Land ist Flirten schließlich nicht verboten.«

»Dann würden jede Menge Barleute im Gefängnis sitzen. Es geht nicht nur darum, Drinks zu mixen, sondern auch darum, einen guten Draht zum Gast zu bekommen, ihm das Gefühl zu geben, dass er etwas Besonderes ist. Oder sich unsichtbar zu machen, wenn das gewünscht wird. Opal arbeitet lang genug in der Après-Bar. Sie sollte es eigentlich besser wissen.«

»Was willst du jetzt tun?«, fragte Olivia.

»Gar nichts. Wenn sie während der Arbeit einen Hass auf ihre Vorgesetzte schieben will … bitte sehr. Außerdem weiß ich, sie glaubt, ich würde sie bei der Mitarbeiterbeurteilung kritisieren. Ich schreibe sie gerade. Warum? Sie ist echt gut in ihrem Job, mehr als nur gut. Sie muss mich nicht mögen.«

»Kluges Mädchen. Sie klingt auf jeden Fall sehr unangenehm.«

»Anscheinend seh nur ich das so. Nach allem, was ich so mitbekomme, lieben die Kellner sie. Auch bei den Gästen ist sie gern gesehen. Stammgästen ist sie in guter Erinnerung geblieben. Die Jamesons wissen sie zu schätzen.« Morgan zuckte mit den Schultern. »Ich komm schon damit klar.«

»Kluges Mädchen«, wiederholte Olivia. »Eine typische Nash.«

»Weil dem so ist, werde ich jetzt meine Beurteilungen fertig schreiben. Am besten, ich gebe sie Nell einen Tag früher, sie sind schließlich so gut wie fertig.«

»Du könntest dich mit deinem Notebook nach draußen setzen und das Wetter genießen.«

»Das ist echt eine gute Idee.« Morgan hob die Hand. »Bin gleich wieder da.«

Audrey sah ihr nach und schaute dann ihre Mutter an.

»Sie macht das schon, Liebes. Wir passen auf sie auf.«

»Natürlich. Trotzdem …«

»Wenn Sorgen dazu dienen, einen zu schützen, dann trägt Morgan eine undurchdringbare Rüstung.«

»Allerdings. Außerdem müssen wir uns nicht länger aus der Ferne Sorgen machen.«

»Nein, das müssen wir nicht.«

16

Die FBI-Ermittler Beck und Morrison standen in der Toilette mit zwei Abteilen einer Bar namens Bourbon Beat. Zwei Wochen zuvor hatte Jennie Glade nach ihrer Freundin gesucht und Kayleen Dressler tot auf dem Boden des ersten Toilettenabteils vorgefunden. Die Ermittlungen waren in vollem Gange, man ging von einer Zufallstat aus. Das Opfer aus Mobile, Alabama, hatte seine Freundin besucht und kannte sonst niemanden in der Bar oder in der Stadt.

»Die Ortskräfte werten es als Überfall mit Todesfolge. Kein sexueller Übergriff«, fuhr Morrison fort. »Der Angreifer, höchstwahrscheinlich ein Mann, ist zu ihr ins Abteil gekommen, hat sie mit einem Hieb ins Gesicht außer Gefecht gesetzt und erwürgt. Sie ist erst mit der Schläfe gegen die Wand geknallt, nachdem sie tot war. Bei sich trug sie eine kleine Handtasche mit Ausweis, Lippenstift und Kreditkarte, außerdem Bargeld. Wie viel, wissen wir nicht, aber unter zweihundert Dollar.«

»Das war Rozwell, Quentin.«

»Weder die übliche Vorgehensweise noch das übliche Opfer.«

»Das war Nina Ramos genauso wenig. Dieses Opfer passt perfekt zu seinem Tötungsmuster. Erst zuschlagen, dann erwürgen und nach Eintritt des Todes erneut zuschlagen. Aus

Frust vermutlich. Sie hat ihm vorenthalten, was er sich erhofft hat. Ihre Schuld.«

Morrison nickte. »Das Opfer war blond und in dem von ihm bevorzugten Alter. Trotzdem ist das was Neues, Tee. In einer vollen Bar. Es hätte jederzeit jemand reinkommen oder ihn beim Rauskommen bemerken und ihn beschreiben können.«

»Vermutlich ist er den Frauen gefolgt. Sie waren in mehreren Bars. Er ist unruhig, auf Beutezug, und denkt an Morgan Albright. Das Opfer betritt die Tanzfläche. Er sieht der jungen Frau zu. Sie geht aufs Klo. Ihre Freundin steht an der Bar, ohne zu merken, dass Kayleen auf die Toilette verschwindet.«

»Die Leute trinken, tanzen und suchen nach jemandem für eine Nacht«, fuhr Morrison fort. »Niemandem fällt auf, dass Rozwell ihr nachgeht und sie mehr als eine Viertelstunde weg ist. Geschweige denn, dass Rozwell die Bar verlässt.«

Beck ging zur Tür. »Er gibt ihr eine Minute Vorsprung und betritt dann die Toilette. Sollte neben seinem Opfer eine zweite Frau drin sein, ist das Spiel vorbei. Dann sagt er einfach nur: ›Hoppla, Entschuldigung‹, lacht und geht wieder. Aber es war niemand da, also macht er die Tür hinter sich zu.«

»Er muss nur warten, bis sie die Tür des Toilettenabteils aufmacht«, fährt Morrison. »Ein Hieb ins Gesicht.« Er ahmt die Bewegung nach. »Sie taumelt rückwärts und geht zu Boden, ihr ist schwindlig. Es läuft laute Musik.«

»Sogar wenn sie geschrien hätte, wer hätte sie hören können? Er denkt an Morgan, als er Kayleen erwürgt, Quentin. Aber sie ist nicht Morgan, also fehlt ihm der Kick. Deshalb knallt er ihren Kopf gegen die Wand, klaut ihre Handtasche und geht. Zurück in sein Hotel. Kurz darauf reist er ab.«

»Für mich klingt das stimmig.«

»Ein gutes Hotel, eine Suite. Im Viertel.«

»Ja, genau«, pflichtete Morrison ihr bei. »Das passt.«

»Finden wir es. Wenn wir das geschafft haben und uns sicher sind, werde ich Morgan kontaktieren.«

***

Die Einschläge kommen näher, dachte Morgan, als sie auflegte. Sie hatte nur sechsunddreißig Stunden Zeit gehabt, sich von der Sache mit der Kreditkartenabrechnung zu erholen. Eine weitere Frau war tot. Von Rozwell ermordet. Eine bemitleidenswerte Frau, die es gewagt hatte, mit ihrer Freundin auszugehen und ein bisschen Spaß zu haben. Er hatte sie vorher nicht gekannt, laut Beck keinerlei Nachforschungen über sie angestellt. Er hatte sie sich einfach ausgeguckt.

Sie hatten sein Hotel gefunden. Obwohl er sich entweder die Haare gefärbt oder eine rote Perücke getragen hatte. Am Nachmittag nach dem Mord hatte er ausgecheckt. Nach den Einkäufen mit der falschen, auf sie ausgestellten Kreditkarte. Um dann ein Taxi zum Flughafen zu nehmen. Den er den Überwachungskameras zufolge nie betreten hatte.

Es gibt nichts, was ich tun kann, rief sich Morgan in Erinnerung. Nur das, was ich ohnehin mache. Zur Arbeit gehen.

Ein Hochzeitsprobedinner am Freitagabend bedeutete viele Gäste zusätzlich zu den Wochenendgästen und Einheimischen, die im Resort etwas trinken gingen. Sie war froh über das Timing, denn sie würde schlichtweg zu beschäftigt sein, um ins Grübeln zu kommen. Wieder überließ sie Bailey den hinteren Barbereich. Bestimmt hatte die Studentin Opal um Erlaubnis gebeten. Wie dem auch sei, es klappte, und Morgan setzte sie auf die Rille.

»Du kannst diese Tischbestellung abarbeiten: ein Shiraz, ein Chardonnay, ein normaler Sekt und ein Pinot Grigio. Eine doppelte Portion Cheese Fries, vier Teller.«

Morgan warf den Mixer an, um drei Aprikosen-Coladas zu

mixen. Mechanisch arbeitete sie die Bestellungen ab, plauderte und bot Kostproben an, wenn sich ein Gast nicht entscheiden konnte.

Ein Typ um die vierzig kam zu ihr an die Bar.

»Was kann ich für Sie tun?«

»Meine Kumpels und ich machen gerade eine Art Mutprobe. Ich soll die Barkeeperin mit einem komplizierten Drink überfordern. Sie sind jung und machen das vermutlich noch nicht lange, also stehen meine Chancen ganz gut.«

»Was ist der Einsatz?«

»Meine Greenfee für morgen.«

»Sehr schön. Welcher Drink darf's denn sein?«

Grinsend hielt er einen Finger in die Luft. »Googeln verboten.«

Sie hob beide Hände.

»The Bone.«

»Ich muss älter sein, als ich aussehe. Wollen Sie Wild Turkey oder Bourbon?«

»Verdammt.« Er lachte. »Wild Turkey. Viermal bitte.«

»Vier Drinks für harte Männer. Wir bringen sie zum Tisch. Das mit Ihrer Platzgebühr tut mir leid.«

Sie kühlte vier Gläser und griff zu zwei Mixbechern, um zwei Drinks auf einmal zu mischen. Das hob ihre Laune. Genau wie das Paar, das eine Flasche Champagner bestellte, um seine Verlobung zu feiern.

»Meine Güte, macht das Spaß«, sagte Bailey atemlos, als sie Garnituren nachfüllte. »Es geht richtig ab, aber ich bin gar nicht gestresst, sondern eher aufgeputscht. Wahrscheinlich, weil das alles noch so neu für mich ist.«

»Für mich nicht, aber es macht immer noch Spaß.« In einer der Nischen wurde laut gelacht. »Und nicht nur uns.«

Die Bar füllte sich zunehmend. Gegen Mitternacht erschien Miles, nahm seinen üblichen Platz ein und zückte sein Handy.

Morgan schenkte ihm einen Cabernet ein. »Du hast Glück, dass du einen Platz bekommst.«

»Das Resort ist fürs Wochenende ausgebucht. Die Hälfte der Leute scheint hier drin zu sein.«

»Da hättest du die Bar vor einer Stunde erleben müssen. Es wird bereits ruhiger.« Sie ging zu dem Paar, das einen Merlot und einen Wodka Tonic ausgetrunken hatte. »Noch eine Runde?«

»Genau im richtigen Moment. Gern, und eine Portion von den pikanten Pommes bitte.«

»Tut mir leid, aber die Küche macht um Mitternacht zu.«

»Och nö.« Der Mann klopfte auf seine Armbanduhr. »Es ist erst fünf nach. Vielleicht hätten Sie früher zu uns kommen sollen?«

»Die Verspätung tut mir leid. Mal schauen, was ich tun kann.« Da sie wusste, dass die Fritteuse bereits ausgeschaltet war, bestellte sie beim Zimmerservice. »Die Pommes dauern einen Moment, die Rechnung geht auf mich.«

»Das hört sich schon besser an.«

»Danke für Ihre Geduld.« Sie ging zur Bar.

»Insgeheim verdrehe ich die Augen«, murmelte Bailey.

»Solange man es dir nicht ansieht.«

Mit ausdruckslosem Gesicht trat Opal an die Bar. »Zwei Bellinis, eine Aprikosen-Colada und ein Corona.«

»Ich mach das Corona und räume ab. Danke, dass ich heute Abend üben durfte, Opal. Ich lerne so viel.«

»Morgen brauch ich dich wieder bei mir.«

»Geht klar.«

Während der Mixer summte, holte Morgan die Kelche und reichte Bailey die Sektflasche. »Mach du sie.«

»Echt? Meine ersten offiziellen Cocktails.«

Während sie ein Auge auf Bailey hatte, stellte Morgan den Mixer aus und machte die Colada fertig. »Sieht perfekt aus. Gut gemacht.« Nachdem sie die Getränke aufs Tablett gestellt hatte, sah Morgan zu Opal hinüber. Eine Bewegung erregte ihre Aufmerksamkeit. Da war er. Sie sah, wie er auf die gläsernen Terrassentüren zuging. Den Kopf abgewandt, aber sie konnte einen Blick auf sein Profil erhaschen. Das goldblonde Haar, die Figur, die Art, wie er sich bewegte …

Ihre Beine waren wie aus Watte.

»He, Morgan, bist du …«

Dann wurde es wild. Sie rannte um die Bar herum, erwischte ihn, bevor er die Tür erreichte und packte ihn am Arm. »Du widerlicher …« Überrumpelt drehte er sich um. Sie stand einem Wildfremden gegenüber. »Es tut mir leid. Es tut mir so leid. Ich dachte, Sie wären …«

»Zum Glück nicht.« Er schenkte ihr ein verwirrtes Lächeln. »Schlimme Trennung?«

»Es tut mir unendlich leid«, wiederholte sie. Sie konnte kaum atmen, bekam einen Tunnelblick, machte kehrt und war weg.

»Tisch Nummer drei auf der Terrasse.« Opal schob Bailey das Tablett hin. »Bring das rüber, und kümmere dich um die Bar.«

Sie rannte hinter Miles nach draußen. Der zeigte nur auf die Damentoilette. Opal stürzte hinein und fand Morgan auf dem Boden wieder. An die Wand gelehnt, rang sie nach Atem.

»Langsam.« Sie ging in die Hocke, nahm Morgans Gesicht in beide Hände. »Langsam atmen.«

»Geht nicht. Krieg keine Luft.«

»O doch. Langsam, schön langsam.«

»Tut weh. Meine Brust.«

»Klar. Langsam ausatmen. Einatmen. Das ist eine Panikattacke, und deshalb beruhigen wir uns jetzt. So ist es gut, ein und wieder aus. Meine Schwester hatte die, nachdem sie von einem Irren im College angegriffen worden war. Schön weiteratmen.«

»Ich dachte … Ich dachte, er wäre …«

»Ja, das hab ich kapiert. Weiteratmen.« Opal richtete sich auf und öffnete die Tür. »Sie braucht ein Glas Wasser.«

Inzwischen hatte Morgan die Beine angezogen und das Gesicht auf die Knie gelegt. »Es geht mir gut, alles in Ordnung. Das ist so peinlich.«

»Sei nicht albern.« Als jemand klopfte, ging Opal zur Tür. Sie nahm das Glas. »Noch eine Minute«, sagte sie zu Miles.

»Trinken!« Wieder kniete sie sich vor Morgan hin. »Nicht alles auf einmal.«

»Danke. Er sah ihm bloß so ähnlich, bis ich …«

»Du bist sicher, dass er es nicht war?«

»Ja.«

»Nur gut, dass du dich eingebremst hast.« Während Morgan am Wasser nippte, setzte sich Opal auf die Fersen. »Du warst drauf und dran, ihm eine reinzuhauen.«

»O Gott.« Wieder ließ Morgan den Kopf sinken. »Das wäre der Gipfel gewesen.«

»Das zeigt, dass du Mumm hast. Mehr, als ich dachte. Ich dachte, du denkst dir das aus, um das Opfer zu spielen. Tut mir furchtbar leid.«

»Schwamm drüber.« Mit geschlossenen Augen lehnte sie den Kopf kurz gegen die Wand. Dann zuckte sie zusammen. »Um Himmels willen, ich hab die Bar im Stich gelassen. Bailey …«

»Die kriegt das für ein paar Minuten hin. Ich habe sie beobachtet, du bildest sie gut aus. Du hast aber auch super Ausgangsmaterial.«

»Ja, aber ich muss zurück.«

»Nun, du bekommst langsam wieder etwas Farbe und zitterst nicht mehr so. Versuch aufzustehen, dann schauen wir mal.«

Sie stand auf, und Opal nickte. »Also gut.« Sie öffnete die Tür zum Flur, auf dem Miles auf und ab lief.

»Jetzt sind Sie dran«, sagte Opal und ging zum Torbogen. »Komm, ich fahr dich nach Hause.«

»Nein, um Himmels willen, nein, ich muss zurück.« Bevor er widersprechen konnte hob sie die Hand. »Ich muss. Mir zuliebe, Miles. Sonst hat er einen Sieg davongetragen.«

Nachdem er sie ausgiebig gemustert hatte, zeigte er auf den Torbogen.

»Tut mir leid, dass ich …«

»Ich will nichts davon hören«, erwiderte er. Er kehrte zu seinem Barhocker zurück und sie hinter die Bar.

Kaum hatte Morgan zu einem Lappen gegriffen, fasste Bailey sie am Arm. »Tut mir leid, dass ich dich im Stich gelassen habe.«

»Mach dir keine Gedanken. Alles in Ordnung bei dir?«

»Ja, alles in Ordnung.«

»Die Pommes sind gekommen, und ich habe eine Bestellung mit Standardgetränken abgearbeitet.«

»Toll. Kannst du mir einen Gefallen tun?«

»Natürlich.«

»Finde raus, was der Typ, den ich beinahe vermöbelt hätte, und seine Leute trinken. Ich will ihm eine Runde ausgeben, bevor Schluss ist.«

»Geht klar.«

Morgan klammerte sich an ihrem Lappen fest und kontrollierte die Barhocker. Das Paar mit den pikanten Pommes hatte sich nicht viel zu sagen. Alkohol und Kohlenhydrate halfen nicht gegen schlechte Laune. Die beiden über ihrem Chardonnay kichernden Frauen erinnerte sie an die Ermordete und ihre Freundin in New Orleans. Sie bekam Kopfschmerzen. Am Ende der Bar arbeitete Miles auf seinem Handy.

»Ein Fünfertisch«, berichtete Bailey. »Zwei Heady Toppers, ein Mojito, eine Margarita on the Rocks und ein Merlot.«

»Danke. Wie wär's, wenn du dich um das Bier und den Wein kümmerst?«

Sie trug die Getränke selbst zum Tisch. Kühle Nachtluft strich ihr übers Gesicht, als sie die Terrasse betrat. »Die gehen auf mich«, sagte sie, während sie servierte. »Noch mal Entschuldigung. Es ist mir mehr als unangenehm.«

»Nun, danke, aber das war keine große Sache. Außer, Sie hätten wirklich zugeschlagen. Zuerst sah es ganz danach aus.«

»Mein rechter Haken ist tödlich.« Lächeln, lächeln, lächeln, befahl sie sich und sammelte die leeren Gläser ein, während seine Freunde lachten.

»Der Ex scheint ein besonders netter Typ zu sein.«

»Nun, Sie sind deutlich netter. Danke für Ihr Verständnis. Genießen Sie Ihre Drinks.« Etwas gefasster trat sie den Rückweg an.

Der mit den pikanten Pommes war weg und hatte einen ganzen Dollar Trinkgeld hinterlassen. Die kichernden Mädels bestellten eine letzte Runde. Morgan schickte Bailey zu ihnen und gab ihr dann den Dollar. »Zur Erinnerung: Du kannst alles richtig machen, aber manche Leute sind trotzdem unzufrieden.«

»Was für ein Vollidiot.«

»Seine Frau dürfte das genauso sehen. Sollte er morgen wiederkommen, werden wir ihn trotzdem korrekt bedienen.«

»Weil wir stolz auf unsere Arbeit sind, selbst wenn der Kunde ein Vollidiot ist.«

»Ja, sogar dann. Und weil wir für das Ansehen des Resorts verantwortlich sind.«

Ein paar Gäste saßen noch drinnen und draußen. Das Personal begann, die Tische abzuräumen. Die kichernden Mädels machten Schluss für heute und verließen lachend die Bar. Der Mann, der doch nicht Gavin Rozwell war, blieb an der Bar stehen.

»Danke für den Drink.«

»Gern geschehen.«

»Sollten Sie je über schmerzhafte Trennungen reden wollen, lade ich Sie gern auf einen Drink ein.« Er legte eine Visitenkarte auf den Tresen und lächelte sie an. »Ich bin froh, dass Sie nicht zugeschlagen haben.«

»Ich auch.«

Nachdem er weg war, beugte sich Bailey zu ihr hinüber. »Der hat dich echt angemacht.«

»Du kannst die Karte gerne haben.« Sie steckte sie ihr zu. »Miles dürfte ein Glas kaltes Wasser wollen, danach darfst du gehen. Du hast dich heute echt gut geschlagen, Bailey.«

»Ich kann bleiben und dir helfen, die Bar zu schließen.«

»Du hast mir genug geholfen. Den Müll rausgebracht, die Eimer mit frischen Müllbeuteln bestückt, die Zapfhähne fest zugedreht und gesäubert, die Eiswürfelbehälter geleert und gespült, die Gläser eingeräumt. Ich werde richtig verwöhnt.«

»Opal meinte, ich kann am Dienstag ein paar Stunden einschieben, wenn Nick nichts dagegen hat. Ich arbeite dienstags tagsüber.«

»Gute Idee, er hat bestimmt nichts dagegen. Dann lernst du einen anderen Arbeitsstil und Rhythmus kennen.«

Als die letzten Gäste gegangen waren und sich das Personal verabschiedete, fuhr Morgan damit fort, die Bar zu schließen und hielt nur inne, als Miles hinter den Tresen trat.

»Setz dich.«

»Ich muss …«

»Ich weiß, wie man eine Bar schließt. Setz dich.«

»Du weißt nicht unbedingt, wie man eine Bar schließt, außerdem ist das mein Job.«

Ohne sie weiter zu beachten, wischte er die Flaschen sauber. »Ich war mal für den hinteren Barbereich zuständig. Und Bailey hat den größten Teil längst erledigt.«

»Sie passt gut auf.« Und du auch, dachte Morgan.

Sie arbeiteten schweigend. Nachdem sie genug Bier und Wein in die Kühlung gestellt hatte, schloss sie die Kühlschränke ab. »Den Weinkühlschrank nicht abschließen! Setz dich. Magst du Cabernet oder was anderes?«

»Ich habe nicht gesagt, dass ich was trinken will.«

»Aber wenn – welchen Drink hättest du dann gern?«

Sie hatte sich nie als stur empfunden. Vor allem war sie nicht so stur wie er. »Eher was Leichtes. Einen Pinot Grigio.«

Er schenkte ein Glas Rot- und ein Glas Weißwein ein und schloss den Weinkühlschrank ab.

»Komm, nehmen wir die Gläser mit raus. Du bist bestimmt müde«, fuhr er fort. »Und angespannt. Also komm runter.«

Er nahm beide Gläser und wartete, bis sie ihm die Tür aufmachte. Dann ging er zum nächsten Tisch und setzte sich.

»Sah er Rozwell tatsächlich so ähnlich?«

Kopfschüttelnd gab sie sich geschlagen und nahm Platz. »Nein. Aber von der Figur, der Frisur und der lässig-eleganten Kleidung her …«

»Mhm. Hat Jen dir aufgetragen, einen Mörder zu verfolgen und ihm ins Gesicht zu schlagen?«

»Natürlich nicht. Ich hab bloß … reagiert.«

»Ich saß ganz in deiner Nähe. Und die Wachleute sind nur einen Anruf entfernt.«

»Ich konnte keinen klaren Gedanken fassen.« Sie kostete von dem Wein. Kühl und leicht wie die Luft. »Das soll keine Entschuldigung sein. Ich glaube nicht, dass ich so reagiert hätte, wenn er nicht noch eine Frau umgebracht hätte.«

»Wann?«

»Ich weiß nicht genau, vor ein paar Wochen. Ich habe es gerade erst erfahren. Er hat sich eine neue Kreditkarte auf meinen Namen ausstellen lassen«, fuhr sie fort und erzählte ihm alles. »Sie haben sein Hotel gefunden. Am Tag nach dem Mord hat er ein Taxi zum Flughafen genommen. Dort hat er einen Wagen vom Langzeitparkplatz gestohlen. Er hatte fünf Tage Zeit, bevor der Besitzer zurückkam und den Diebstahl gemeldet hat. Er kann überall sein.«

»Er wäre nicht an unseren Wachleuten vorbei ins Après gekommen.«

»An die Wachleute hab ich gar nicht mehr gedacht. Ich habe überhaupt nichts mehr gedacht, sondern bin in Panik geraten.«

»Nein.« Miles ließ sie nicht aus den Augen. »Du bist erst in Panik geraten, als du gemerkt hast, dass du den Falschen erwischt hast. Bis dahin hast du ausgesehen, als würdest du gleich jemanden fertigmachen. Neigst du zu Panikattacken?«

»Eigentlich nicht. Seit der Sache mit Rozwell dürfte ich ein paar gehabt haben, aber nie so eine heftige.«

»Wut ist die bessere Lösung, wenn du sie aufrechterhalten kannst. Wirst du ihn anrufen? Den Typen, den du verwechselt hast. Der, der dir die Visitenkarte gegeben hat«, fügte Miles hinzu, als sie ihn verständnislos ansah.

»Ach, bestimmt nicht. Das wäre schlechter Stil, ganz unabhängig von den Umständen. Der Letzte, mit dem ich mich verabredet habe, hat sich als Serienmörder entpuppt. Irgendwie verliert man da die Lust am Daten.«

»Es geht dir bereits besser.«

Sie legte den Kopf in den Nacken um die Sterne zu betrachten. »Ich denke schon.«

»Und dann war da noch der Vollidiot mit den Pommes.«

»Ach, der war echt der Gipfel.« Sie prostete ihm zu. »Einer von der Sorte, der genau weiß, dass ein mickriges Trinkgeld schlimmer ist als gar keins.«

»Was ist seine Geschichte?«, fragte sich Miles laut. »Du hast da bestimmt eine Idee.«

»Er führt sich gern wie ein Vollidiot auf. Dann fühlt er sich wichtig. Vor allem, wenn er Bedienungen oder Untergebene herumscheuchen kann. Er trug eine Rolex, die echt aussah, und seine Zimmernummer gehört zu einer der Suiten im Klub. Eigentlich kann er es sich leisten, großzügig zu sein. Aber so er tickt nicht. Er ist ein schrecklicher Chef, ungeduldig, fordernd und unverschämt. Einfach, weil er es kann.«

Miles nippte an seinem Wein und ließ sie nicht aus den Augen. »Seine Frau?«

»Sie hat kein Wort gesagt, mir aber einen kurzen Blick zugeworfen: ›Das findest du schlimm? Du solltest sehen, was ich alles ertragen muss.‹ Ich würde sagen, sie erträgt es nicht mehr lange.«

Morgan zuckte mit den Schultern.

»Das ist meine Sicht der Dinge, von hinterm Tresen aus.«

»Das deckt sich mit meiner Sicht der Dinge vom Ende des Tresens aus. Trotzdem magst du Menschen.«

»Der Typ, den ich fast geschlagen hätte, war großzügig. Und die beiden Frauen an der Bar, die sich ein normales Zimmer teilen, haben fünfundzwanzig Prozent Trinkgeld gegeben. Opal hat ihre Stellung verlassen, was sie sonst nie tut, um mir während dieser idiotischen Panikattacke beizustehen. Und du sitzt jetzt da, um mir über einen schwierigen Abend hinwegzuhelfen, wo du schon längst in Boxershorts vor dem Fernseher lümmeln könntest. Deswegen mag ich Menschen.«

Er musterte den letzten Rest Wein, bevor er ihn austrank. »Ich höre eher Fernsehen als Fernsehen zu schauen. Und was, wenn ich Slips trage?«

»Nein, nein du bist ein echter Boxershorts-Typ. Und dieses Gespräch wird langsam absolut unangemessen. Ich sollte dringend aufbrechen.«

Er stand mit ihr auf. »Ich fahr dich heim.«

»Was? Nein, es geht mir gut.«

»Besser heißt noch lange nicht gut. Wir nehmen deinen Wagen, einer vom Hotel wird meinen fahren.«

»Es geht mir echt gut.«

Er hob abwehrend die Hand. »Schlüssel! Du kennst das Prozedere.«

»In meiner Handtasche. Aber das ist doch albern!«

»Es ist absolut unangemessen, seinen Vorgesetzten als albern zu bezeichnen.«

»Ich habe nicht gesagt, dass *du* albern bist«, murmelte sie und schnappte sich die Gläser.

Er wartete, bis sie sich um die Gläser gekümmert und ihre Handtasche geholt hatte. Dann schloss er hinter ihnen ab.

»Hör zu, Miles ...«

»Schlüssel.«

»Also echt.« Sie nahm den Schlüssel heraus und legte ihn in seine Hand. »Im Moment mag ich Menschen weniger.«

»Vermutlich ein Schritt in die richtige Richtung.« Er machte die Lichter aus.

Beide Autos standen vor dem Eingang. Sie kam sich lächerlich vor, als sie auf dem Beifahrersitz Platz nahm, während sich Miles ans Steuer setzte. »Du hast lange Beine«, stellte er fest. »Ich muss den Sitz kaum vorschieben.«

Sie schnallte sich an. »Nach dem Resort fährst du in den Ort und dann ...«

»Ich weiß, wie man zu dir kommt.«

»Aha.«

»Unsere Großeltern«, erklärte er, während er ausparkte. »Die sind gut miteinander bekannt. Ich habe meinen Großvater manchmal begleitet.«

Stimmt, das hatte ihr Gram erzählt.

»Dein Großvater hat mir geholfen, ein Vogelhäuschen für die Schule zu schreinern.« Er sah zu ihr hinüber. »Note eins.«

»Aber du magst trotzdem keine Menschen.«

»Deinen Großvater hab ich sehr gemocht.«

»Ich auch.« Die Schulterverspannungen ließen nach. »Es war was ganz Besonderes, sie zu besuchen. Wie lange der Besuch dauerte, hing davon ab, wo mein Vater gerade stationiert war. Nach der Trennung waren wir in der Regel eine Woche im Sommer und über Weihnachten da.«

»Oft umgezogen.«

»Oft umgezogen«, bestätigte sie. »Die Army. Danach wurde

meine Mutter einfach nicht sesshaft. Ich hätte nie gedacht, dass sie ausgerechnet hier zur Ruhe kommt.« Sie änderte ihre Position. Weil es ihr wirklich besser ging und sie sich das ernsthaft fragte, meinte sie: »Hast du je überlegt, woanders hin zu ziehen?«

»Mir gefällt es hier.«

»Wenn es den Familienbetrieb nicht gäbe, meine ich.«

»Dann würde es mir immer noch gefallen.«

Sie hatte sich nicht getäuscht. Das freute sie. »Das sind deine Wurzeln. Sie reichen tief. Darum beneide ich Leute.«

»Du hast jede Menge Zeit, Wurzeln zu schlagen.« Er fuhr in stetigem Tempo durch die leeren, ruhigen Straßen.

Nur weil sie Zeit verloren hatte, hieß das nicht, dass ihr keine Zeit mehr blieb. Sie hatte sich selbst hierher verpflanzt, aus schierer Notwendigkeit heraus. Trotzdem spürte sie, wie sie langsam Wurzeln schlug. Morgan mochte die ruhigen Straßen in der Nacht und auch, wie sie sich tagsüber füllten. Sie mochte die einsamen Waldspaziergänge genauso wie die lebhafte, volle Bar. Sie besaß kein Haus, das sie zu ihrem Zuhause machen konnte, aber ein Zuhause hatte sie.

Als sie in der Auffahrt hielten, musste sie sich nicht erst ermahnen, dankbar zu sein.

Er gab ihr den Autoschlüssel zurück. »Hier.«

Dankbar für die Zeit, die er ihr gewidmet hatte, ergriff sie seine Hand. »Danke.«

Sie sah ihm die Augen, und ihr Herz setzte einen Schlag aus. Dann zog er die Hand weg.

Als sie sich vor dem Wagen gegenüberstanden, verriegelte sie ihn. »Gute Nacht, Miles.«

»Schließ gut hinter dir ab.«

Natürlich blieb er stehen und schaute ihr nach, bis sie zur Tür gegangen war und aufgeschlossen hatte. Sie sah sich noch einmal um und spürte so ein Sehnen, das sie gar nicht spüren wollte. Dann betrat sie das Haus. Er war nett zu ihr gewesen, mehr als ihr lieb war. Als sie das dringend gebraucht hatte. Unter den gegebenen Umständen wäre es nicht nur dumm, sondern ein Riesenfehler, mehr als nur Dankbarkeit zu empfinden.

Ein attraktiver Mann, dachte sie, außerdem interessant. Sehr attraktiv, gestand sie sich ein. Da war es nur natürlich, dass sie sich angezogen fühlte, oder? Solange sie es dabei beließ.

Morgan setzte sich aufs Bett und versuchte die Schmetterlinge ihn ihrem Bauch zu ignorieren. Um sich dann inständig zu wünschen, Nina wäre da, um alles mit ihr bereden zu können.

17

Miles hatte den Sonntag frei und nahm sich bewusst nichts vor. Keine dringende Arbeit, keine Meetings, auch keine im Familienkreis. Keine Probleme im Kopf, seien sie nun klein oder groß. Es galt, ein paar Dinge im Haushalt zu erledigen. Doch selbst das machte Spaß, wenn er sich nicht hetzen musste.

Seine Art auszuschlafen bestand darin, kurz vor neun aufzustehen und den Hund rauszulassen. Weil er so schlau gewesen war, sich eine Kaffeeecke einzurichten, genoss er seinen ersten Sonntagskaffee auf der Schlafzimmerterrasse. Wie immer lief Howl im Garten ab und verteidigte ihn gegen potenzielle Eindringlinge. Manchmal fragte sich Miles, was wohl im Kopf des Hundes vorging. In der Regel gelangte er zu dem Schluss, dass das nicht besonders viel war.

Miles lief hinunter in den Keller, wo er ein Fitnessstudio eingerichtet hatte und legte eine intensive Trainingseinheit ein. Stolz duschte er lange und ausgiebig. So sah ein idealer Sonntagmorgen aus! Nachdem er eine Waschmaschine gefüllt hatte, fütterte er den Hund, machte Rührei und toastete einen Bagel. Mit einer zweiten Tasse Kaffee setzte er sich auf die hintere Terrasse des Hauses und las die Zeitung auf seinem Tablet, während er das Frühstück in der Sommersonne genoss.

Wegen der Sonne hängte er die Wäsche auch zum Trocknen raus. Er bezog das Bett neu, bestückte das Bad mit frischen Handtüchern, kümmerte sich ums Geschirr und fand, dass das genug Hausarbeit gewesen war. Weil das Wetter so verlockend aussah, jätete er ein bisschen im Garten. Mehr war nicht nötig, da die Gärtner vom Resort sich um alles kümmerten, wenn er keine Zeit hatte. Trotzdem kannte er sich aus, weil es Sommerferien gegeben hatte, in denen er mit den Gärtnern gejobbt hatte. Howl lag im Gras und sah ihm zu.

Miles arbeitete in aller Stille, weil er Stille zu schätzen wusste. Nichts als Vogelgezwitscher – er sollte die Futterautomaten auffüllen. Hin und wieder ein Grunzen vom Hund und Bienensummen. Bewusst hatte er sein Handy in der Ladestation gelassen, wie jeden Sonntag. Wenn etwas Wichtiges geschah, würde man ihn holen. Ansonsten blieb er für einen Tag von der Bildfläche verschwunden. Testhalber holte er einen Tennisball und zeigte ihn Howl. Dann warf er die gelbe Filzkugel. Wie immer saß der Hund da, sah ihr nach und schaute Miles anschließend an, als wollte er sagen: Wie bitte? Hol ihn doch selber. »Was bist du nur für ein Hund?« Howls Brummen und Grunzen sollte wohl so was bedeuten wie: »Mir doch egal.«

Miles holte den Ball und verstaute ihn im Gartenschuppen.

Gegen zwei war die Wäsche getrocknet und gefaltet, der Eistee im Kühlschrank und alles im Haushalt erledigt. Der restliche Tag stand zur freien Verfügung, was ihn in Versuchung brachte, sein Handy zu checken. Doch er würde standhaft bleiben, diszipliniert war er. Aber es war eine echte Versuchung. Er könnte sich auf die vordere Veranda setzen und ein Buch lesen. Er könnte sich die Wanderstiefel anziehen und in die Berge gehen. Dann würde er den Hund mitnehmen müssen, alles andere wäre unfair.

Erst wandern und dann lesen wäre sinnvoller. Aber wenn er es umgekehrt machte, konnte er kurz in die Stadt schauen und sich was zum Abendessen holen, damit er nicht kochen musste. Wofür er sich auch entschied, es musste draußen stattfinden. Es wäre zu schade, einen perfekten Sommersonntagnachmittag im Haus zu verbringen.

Was Morgans Fernsehbemerkung anbelangte: Er sah generell wenig fern, seien es nun Sportsendungen oder etwas anderes. Der Gedanke an ihre Bemerkung ließ ihn an sie denken, was er den ganzen Vormittag tunlichst vermieden hatte. Es gab keinen Grund an sie zu denken, nicht über ihre Funktion als Barmanagerin hinaus. Aber er fand sie so verdammt interessant. Sie leistete fraglos super Arbeit. Wie Nell bei ihrem Familientreffen erwähnt hatte, konnten sie von Glück sagen, jemanden gefunden zu haben, der über Kreativität *und* Organisationstalent verfügte. Er machte sich nur ungern Sorgen ihretwegen, schien aber nicht damit aufhören zu können. Sah dauernd vor sich, wie ihre Wut der Panik gewichen war.

Für die Wut bewunderte er sie und empfand Mitgefühl angesichts der Panik. Sie hatte alles verloren und ganz von vorn angefangen. Ja, mehr noch, es nötigte ihm Respekt ab. Sie hatte Träume, Ziele, Hoffnungen, dachte er und griff zu dem Buch, das er gerade las. Wie viele davon hatte Rozwell zunichtegemacht? Jemand wollte sie umbringen und rief ihr das ständig in Erinnerung. Trotzdem stand sie jeden Tag auf, ging zur Arbeit, erledigte ihren Job, lebte ihr Leben. Das sie sich gerade neu aufbaute. Diese Mischung aus Verletzlichkeit und Stärke faszinierte ihn.

Er konnte sich einreden, diese Faszination hätte nichts mit ihrem Aussehen zu tun. Doch er belog sich nur ungern. Wie sie strahlte, wie sie lachte, wie sie sich hinter der Bar bewegte … Als stünde sie auf einer verdammten Tanzfläche! Dazu diese Augen, dieses schimmernde Grün, der Blick stets aufmerksam. Er musste echt aufhören, an sie zu denken.

Als er zur Tür ging, heulte Howl. Miles würde die Tür offen

lassen, damit der Hund kommen und gehen konnte, wie es ihm gefiel. Das Tier wusste genau, dass es das Grundstück nicht verlassen durfte, wenn es nicht angeleint war. Die große Straße war weit weg, trotzdem.

Miles öffnete die Haustür. Da stand sie, als hätte er sie durch seine Gedanken heraufbeschworen.

Morgan trug ein rotes T-Shirt und verblichene kurze Jeans. Die ellenlangen Beine hauten ihn fast um. Sie hatte eine Dose in der Hand und eine Sonnenbrille auf der Nase. Trotzdem erkannte er den ungläubigen Ausdruck in ihren Augen.

»Du hast Türme«, sagte sie.

»Das Haus, ja.«

»Zwei Türme«, wiederholte sie. Howl kam auf die Veranda. »Und einen Hund.« Howl brummte und jaulte, während er mit dem ganzen Körper wedelte. »Türme und einen sprechenden Hund.«

Miles wollte gerade »Sitz!« rufen, als Howl eine Grundregel brach. Er sauste direkt auf Morgan zu. Statt zu erschrecken, war sie entzückt, ging in die Hocke und begrüßte Howl.

Der Hund schleckte sie ab, rieb sich an ihr und legte sich auf den Rücken, um den Bauch gekrault zu bekommen. Dabei gab er ständig begeisterte Laute von sich. Nicht einmal bei meinem Vater führt sich der Hund so auf, dachte Miles.

Morgan lächelte, kraulte, sprach auf ihn ein und streichelte ihn. »Guter Junge, du bist ein guter Junge! Bist du nicht hinreißend? Wie heißt du? Wie heißt er?«

»Howl. Er …« Wie zu Demonstrationszwecken heulte Howl und brachte Morgan zum Lachen. »Er darf die Veranda ohne Leine nicht verlassen.«

»Äh, aber … Ach so, die Straße. Gute Erziehung! Komm, Howl, wir wollen keinen Ärger machen. Entschuldigung, mein Fehler.« Morgan richtete sich auf, und der Hund hüpfte neben ihr her zur Veranda, obwohl er sonst nie hüpfte.

»Entschuldigung«, sagte sie noch einmal. »Ich habe nicht aufgepasst, weil mich die Türme abgelenkt haben. Ich wollte das nur auf der Veranda lassen und dir eine Nachricht schreiben. An deinem freien Tag wollte ich nicht stören.«

»Was ist das?«

»Ich hab Kekse gebacken.« Sie hielt ihm die Dose hin.

»Du hast …« Er war schon vorher durcheinander gewesen, aber jetzt war es um ihn geschehen. »Du hast mir Kekse gebacken.«

»Um mich für Freitagabend zu bedanken. Zugegeben, das war die Idee meiner Mutter. Die Kekse schmecken nur, weil sie jeden einzelnen Schritt überwacht hat. Aber mein Dank ist aufrichtig.«

Er nahm die Dose, öffnete sie und kostete einen Keks, während sie den Hund auf die Schnauze küsste und zu entzücktem Jaulen hinriss. »Die schmecken gut.« Als Howl ihm einen Blick zuwarf, schüttelte Miles nur den Kopf. »Nicht für dich.«

»Nein, für dich keine Schokoladenstückchen.« Morgan kraulte Howl hinter den Ohren. »Die tun dir nicht gut. Was ist er?«

»Ein Hund.«

»Was für eine Rasse, meine ich.«

»Das weiß keiner. Vermutlich haben sich da ein Schäferhund und ein Beagle zusammengetan.«

»Was für eine Kombi. Ich täusche weiterhin Bedauern vor, dass ich dich an deinem freien Tag störe, aber sonst hätte ich Howl nicht kennengelernt.« Jetzt sah sie auf. Er wusste, dass es ihm schwerer fallen würde, ihren Augen zu widerstehen als denen von Howl. »Hast du fünf Minuten Zeit?«

»Ich denke schon.«

»Darf ich … darf ich mir einen der Türme von innen ansehen? Nur einen kurzen Blick reinwerfen.«

»Ich denke schon«, wiederholte er. »Aber warum?«

»Ich habe eine Schwäche für Architektur. Du hast ein schönes viktorianisches Haus. Die Türme setzen ihm buchstäblich die Krone auf.«

»Einverstanden.«

»Ach, danke. Nur fünf Minuten, versprochen, danach bist du mich los.« Er winkte sie hinein. »Wow, ist das schön. Die Rundungen des Turms wurden innen beibehalten, ein ideales Zimmer. Ja, ein ideales Was-auch-immer-Zimmer! Holzvertäfelt, Stuck an der Decke ... die Böden, sind die original?«

»Ja.«

Sie entdeckte das vom Eingangsbereich abgehende Wohnzimmer. Ihr Gesichtsausdruck wirkte, als hätte er gerade Aladdins Schatzhöhle für sie geöffnet. »Wunderschön, einfach nur wunderschön! Und die Fenster! Entschuldige, die erste Minute ist schon um. Ich liebe Häuser, vor allem Altbauten. Neubauten sind so ... na ja, neu eben. Hier drin spürt man den Atem der Geschichte. Dafür muss man sich bloß die Treppe anschauen.« Morgan ging hinüber. Der Hund folgte ihr. Sie strich über eine der Balustersäulen des Geländers.

»Du musst raufgehen, wenn du dir den Rest des Turms anschauen willst.«

»Und ob ich das will. Es wirkt alles elegant, aber nicht steif oder überladen. Ein echtes Zuhause.« Sie nahm die Stufen und ließ die Hand über das Geländer gleiten. »Dein Zuhause.«

»Inzwischen schon, ja.« Während Miles sie durch den ersten Stock führte, dachte er, wie seltsam es doch war, dass er sie herumführte, ihre Kekse noch in der Hand. Morgan betrat sein Büro und stieß eine Mischung aus Stöhnen und Seufzen aus. Er befahl sich, nichts Sexuelles daran wahrzunehmen. Ohne Erfolg.

»Ja, ja, ja! Perfekt. Die gerundete Wand, der Blick aus den großen Fenstern, das natürliche Licht. Der Schreibtisch zeigt zur Tür, weil du sonst gar nicht zum Arbeiten kommen würdest, stimmt's? Einbauregale. Ein Kamin mit Stuckfries. Cool! Dazu ein moderner Computer auf dem schönen antiken Schreibtisch, schokobraune Lederstühle. Die Geschichte des Hauses bleibt gewahrt, aber man bekommt trotzdem etwas erledigt.« Sie zwickte ihn schelmisch in den Bizeps. »Hut ab. Echt.« Dann bückte sie sich, um erneut den verzückten Howl zu kraulen. Graue Hundehaare flogen durch die Gegend. »Und du, ringelst du dich auf einem Sessel zusammen, während Daddy arbeitet?«

»Auf einem Sessel? Daddy? Hilfe, nein! Er ist ein Hund, ich bin es eindeutig nicht.«

»Äh. Ja.« Sie lächelte »Vielen Dank, dass ich gucken durfte.«

»Den Rest möchtest du dir nicht anschauen?«

»Doch, selbstverständlich. Ich kann mir zwar nichts Schöneres als dein Büro vorstellen, aber ich schaue es mir gerne an.« Sie folgte ihm in den Flur. »Ein großes Haus.«

»Ich habe es gern geräumig.«

»Ich auch. Mein Haus in Maryland war zwar recht klein, aber ich wollte Zwischenwände rausnehmen. Nach der erfolgreichen Eröffnung meiner eigenen Bar hätte ich dann das Dach ausgebaut. Tja …« Schnell verstummte sie und betrat das oberste Turmzimmer. »Noch schöner. Ein echter Rückzugsort. Wo man sich aufs Sofa legen oder im Winter am Kamin sitzen, Whiskey trinken und in Ruhe nachdenken kann. Oder einfach nur am Fenster stehen und rausschauen …« Morgan seufzte und streichelte den Hund, der ihr nicht von der Seite wich. »So, jetzt kann ich den Turm von meiner Wunschliste streichen.«

»Du hast eine Wunschliste?«

»Ich habe für alles Listen. Listen und Tabellen. Dabei wusste ich nicht mal, dass das auf meiner Wunschliste stand, bis ich es gesehen hatte. Jetzt hab ich es noch am selben Tag abgehakt. Ziemlich gut für ein paar Kekse.« Sie drehte sich vom Fenster ins Licht.

Wie konnte es nur sein, dass sie so aussah, als gehörte sie hierher?, dachte er.

»Jetzt geh ich. Auch wenn es mir schwerfällt, mich von meinem neuen besten Freund zu verabschieden.«

»Willst du ihn haben?«

»Hör auf!« Sie gab ihm im Vorbeigehen einen Klaps auf den Arm. »Wetten, du hast einen von diesen Riesendachböden mit freigelegten Balken und lauter Schätzen?«

»Möchtest du den auch sehen?«

»Nein, ich hab dir was versprochen … Aber vielleicht back ich ja mal wieder Kekse. Das Haus meiner Großmutter hat auch einen Dachboden. Wenn ich freihabe, schau ich mich dort um.«

»Wieso das«

»Um auf Schatzsuche zu gehen. Wenn man nicht viel Geld hat, muss man kreativ werden. Ich hab erst kürzlich eine tolle alte Lampe dort oben gefunden. Ein neuer Lampenschirm, neue Kabel und fertig ist das gute Stück.«

Er dachte an diese langen, schmalen Finger. »Du hast eine Lampe neu verkabelt?«

»Google weiß alles. Für mich war das einfacher, als Kekse zu backen. Es ist super, dass ich an meinen freien Tagen nicht mehr kochen muss. Dafür darf ich Lampen restaurieren, wenn ich welche finde, oder einen alten Tisch.«

»Wir haben bestimmt alte Lampen da oben.«

»Einen ganzen Vorrat auf dem Dachboden. Ich weiß das sehr zu schätzen, Miles.« Im Erdgeschoss drehte sie sich um und strahlte ihn an.

»Ich hab dafür die Kekse bekommen.«

»Zum Dank für das, was ich am Freitag bekommen habe. Auch wenn ich mich erst geweigert habe. Also …« Sie wollte die Tür öffnen, drehte sich aber noch mal um. »Ich wollte dich noch was fragen. Egal, wie die Antwort ausfällt: Es ist okay.«

»Du möchtest den Keller besichtigen?«

Sie lachte. »Nein … oder besser gesagt Ja. Aber das war nicht meine Frage. Ich möchte dich gern unabhängig vom Resort was fragen, als Privatperson, wenn das in Ordnung ist.«

»Woher soll ich das wissen, bevor ich weiß, was du mich fragen willst?«

»Stimmt. Es ist mir ein wenig unangenehm. Ich habe normalerweise eine ziemlich gute Menschenkenntnis. Wenn man als Kind öfter in eine neue Schule, ein neues Viertel oder auf einen neuen Spielplatz kommt, lernt man das. Ich würde einfach gern wissen, ob ich völlig falschliege … oder ob da vielleicht, unter Umständen, was zwischen uns ist.«

Sie zeigte auf ihn und sich.

»Unabhängig vom Resort«, wiederholte sie rasch. »Ich weiß, wie es ist, wenn einen ein Vorgesetzter bedrängt. Ich habe deswegen auf dem College einen Job gekündigt. So ist das bei uns nicht, kein bisschen. Ich frage mich, ob ich das richtig interpretiere. Ob du Interesse hast, unabhängig vom Resort.«

»Wir *sind* hier im Resort, Morgan.«

»Stimmt, ja. Also gut. Danke für die Turmbesichtigung und das Hundetreffen. Genieß die Kekse.« Sie öffnete die Tür.

Er wollte sich zwingen zu warten, bis sie weg war. Vergeblich. »Du interpretierst das richtig.«

Sie schloss die Tür und lehnte sich dagegen. »Gott sei Dank! Gut. Kommen wir zum zweiten Teil meiner Frage. Können wir uns darauf einigen, dass mein Job außen vor bleibt, wenn aus diesem Interesse mehr werden sollte? Ich liebe meinen Job, Miles, und du deinen, das sehe ich. Mir ist klar, dass es für dich in deiner Position komplizierter ist als für mich.«

»Vielleicht hab ich dich bald über und werf dich raus.«

»Zunächst einmal ist Nell meine direkte Vorgesetzte. Außerdem würdest du so was nie tun. Umgekehrt könnte ich sauer werden und dich wegen sexueller Belästigung belangen.«

»Zunächst einmal hab ich einen Anwalt, dem niemand das Wasser reichen kann, nämlich meinen Vater. Außerdem würdest du so etwas niemals tun. So bist du nicht. Auch ich besitze eine gewisse Menschenkenntnis.«

»Ja, das stimmt. Wir könnten das schriftlich festhalten. Dass wir uns nähergekommen sind, weil wir uns voneinander angezogen fühlen. Keiner wurde zu irgendetwas gezwungen. Dein Vater könnte einen entsprechenden Text aufsetzen, und Howl könnte es bezeugen.«

»Gut, dass du das ergänzt hast, damit ich weiß, dass du Witze machst. Das zwischen uns nennt man sexuelle Anziehungskraft, Morgan. Wenn wir der Meinung sind, dass wir Sex haben wollen, sollten wir das Kind beim Namen nennen.«

»Falls der Sex schlecht sein sollte, werde ich nicht kündigen, versprochen. Ich lass es dich auch nicht spüren.«

»Ich verspreche ebenfalls, dich nicht zu feuern oder es dich spüren zu lassen. Falls der Sex schlecht sein sollte, ist es nämlich deine Schuld. Ich bin ziemlich gut im Bett.«

»Jetzt machst du Witze. Die traurige Wahrheit ist, dass ich völlig außer Übung bin. Deshalb auch dieses peinliche Gespräch. Du solltest anfangs nicht zu streng benoten.«

Er wurde nicht schlau aus ihr. »Pflegst du Männer für ihre Leistungen im Bett zu benoten?«

»Mein Gedächtnis lässt nach. Es ist ein paar Jahre her.«

»Hast du gerade *Jahre* gesagt?«

Sie ließ die Schultern sinken und steckte die Hände in die Taschen ihrer winzigen Shorts. »Mach es nicht noch schlimmer.«

Er hob einen Finger und ging zu einem Tisch, um die Dose mit den Keksen abzustellen. »Ich werde dieses lächerliche Gespräch, das ich seltsam erregend finde, noch etwas in die Länge ziehen. Ich frage dich warum? ›Letztes Jahr‹ kann ich ja noch verstehen, aber ›Jahre‹?«

»Ich war sehr beschäftigt und hatte andere Prioritäten.«

»Ich bin auch sehr beschäftigt und habe andere Prioritäten. Trotzdem.«

»Ich hatte zwei Jobs auf einmal.« Als er nichts darauf sagte, zuckte sie nur seufzend mit den Schultern. »Na gut, das dürfte deinem Ego guttun. Es gab niemanden, bei dem es klick gemacht hat. Niemanden, für den ich Zeit freischaufeln wollte. Bis jetzt. Aber es macht nichts, wenn es nur eine Affäre wird, eine kürzere Beziehung oder …«

»Ich wünschte, du würdest den Mund halten.«

»Gern. Ich sollte gehen.« Sie öffnete die Tür. Und schloss sie wieder.

Um dann schnurstracks auf ihn zuzugehen und ihm den Mund auf die Lippen zu pressen.

Für eine Frau, die behauptete, außer Übung zu sein, war sie ziemlich geschickt. Vage bekam Miles mit, wie Howl mit dem Schwanz wedelte und dabei auf den Boden klopfte. Morgan umschlang ihn. Er konnte nicht behaupten, dass es ihm leichtfiel, aber er überließ ihr die Führung. Zumindest dieses Mal. Sie umarmte ihn, brachte sein Blut in Wallung. Um sich dann wieder von ihm zu lösen.

»Ich muss dir noch was sagen.«

»Redest du immer so viel? Das wäre mir doch aufgefallen?«, fragte er sich laut.

»Ich finde, in diesem Fall sollten wir es uns sparen, zusammen was trinken, was essen, ins Theater oder tanzen zu gehen. Oder was du sonst so zu machen pflegst.«

»Ich hab da kein festes Ritual.«

»Egal, wir könnten es einfach überspringen. Wir könnten gleich zum Sex übergehen.«

Sein freier Sonntag versprach einer der besten überhaupt zu werden. »Du wirst mich nicht erst zum Essen einladen?«

»Später.« Wieder küsste sie ihn auf den Mund.

Da Morgan ihn verdammt heißgemacht hatte und das Schlafzimmer zu weit weg lag, schob er sie ins Wohnzimmer. Dabei zog er ihr das T-Shirt aus und ließ es zu Boden fallen.

»Bitte beurteile mich nicht nach meiner Unterwäsche.« Atemlos zerrte sie an seinem Hemd. »Ich habe nicht an Sex gedacht, als ich mich heute Morgen angezogen habe.«

»Na, dann ziehen wir sie doch einfach aus.« Mit einer Hand hakte er ihren BH auf und ließ sie erzittern.

»Du kannst das gut.«

»Schsch.« Er drückte sie aufs Sofa. »Ich mag es leise.«

So ganz leise blieb Morgan nicht. Nicht bei dem, was er mit seinen Händen, seinem Mund in ihrem Körper auslöste. Wieder berührt zu werden, das Gewicht eines Mannes auf sich zu spüren, von seinem Mund erobert zu werden … Sie spürte die Wellen der Lust mit jeder Faser ihres Körpers. Warme Haut, feste Muskeln. Was sie unter ihren Händen wahrnahm, ließ sie erbeben. Seine Lippen waren genauso, wie sie sie sich erträumt hatte: weich und kundig. Ihr Herz hämmerte unter seinem Mund, der nach und nach von ihr Besitz ergriff. Die Lust verschlug ihr den Atem und brachte sie ganz durcheinander, alles kribbelte.

Ohne ihr Zeit zu geben, sich zu erholen, steigerte Miles ihre Erregung, erstickte ihre Schreie mit den Lippen, während sie unter ihm ins Hohlkreuz ging. Dann drang er in sie ein, ganz tief, bis sie die Hüften rhythmisch hob und wieder senkte, und alles um sie herum verschwamm. Er sah ihr zu, nahm seine Tigeraugen nicht von ihr, während sie die Beine um ihn schlang, ihn anfeuerte. Er sah die Lust in ihrem Gesicht, die Hingabe. Sie konnte noch länger, und er musste sich zusammenreißen, weiterhin zu geben, statt zu nehmen. Er hörte nicht auf, während ihr Körper sich gemeinsam mit seinem hob und wieder senkte. Er beglückte sie, bis sie erneut aufschrie, ihr Kopf in den Nacken fiel und sie die Sofalehne umklammerte, als könnte sie sonst davonfliegen.

Bis sie erschlaffte und unter ihm dahinschmolz. Anschließend war er dran.

***

Morgan hätte sich den Nachwehen der Lust Stunden, wenn nicht Tage hingeben können. Sie gönnte es sich, ihr nachzuspüren, daran zu denken, wie sein Herz an ihrem gerast hatte. Zu ihrer großen Zufriedenheit lag er im Augenblick genauso erschlafft und dahingeschmolzen da wie sie. Sie mochte zwar außer Übung sein, hatte ihren Part aber perfekt erledigt. Da sie sie gerade vor sich hatte, fuhr sie über seine Rückenmuskeln. »Die kann man unter deinem unsichtbaren Anzug gar nicht sehen.«

Er rührte sich nicht. »Was für ein unsichtbarer Anzug?«

»Du trägst ihn jeden Tag. Nicht jetzt, aber sonst schon.«

»Wie sieht er aus?«

»Anthrazitgrau, einer dieser Einreiher aus feinstem italienischem Zwirn. Dazu ein gestärktes weißes Hemd, eine stahlblaue Krawatte mit einem einfachen Windsorknoten und schwarze Oxfordschuhe. Aus Italien natürlich.«

»Eine sehr genaue Beschreibung.«

»Hätte ich zu viel Geld, würde ich darauf wetten, dass etwas Ähnliches in deinem Schrank hängt. Es steht dir.«

»Und warum ist der Anzug unsichtbar?«

»Keiner muss ihn sehen, um zu wissen, wer das Sagen hat, das spürt man. Doch gerade sind wir nackt, und das ist schön.«

Er stützte sich auf, um sie zu mustern. »Vielleicht siehst du ja nach dem Sex nicht klar, und ich trage ihn trotzdem.«

Sie lächelte nur. »Nein, ich hab dich nackig gemacht, und das war eine Idee, für die ich gelobt werden will.«

»Es war mehr eine Strategie als eine Idee, außerdem hab ich dich zuerst nackig gemacht. Allerdings war das nicht weiter schwer, weil du so winzige Shorts anhattest.«

»Ich wollte eigentlich diese kleine Bank abschleifen und streichen, nachdem ich die Kekse abgegeben habe … Ach, Mist, ich muss dringend meinen Ladys Bescheid geben! Ich hab gesagt, ich bin gleich wieder da.«

»Deinen Ladys.«

»Mom und Gram. Mein Handy liegt im Auto. Ich wollte echt nur die Kekse auf der Veranda hinterlassen. Dann waren da auf einmal ein Turm, ein Hund und … Sex. Ich brauch mein Handy.«

»Du bist nackt«, rief er ihr in Erinnerung. »Wir sind zwar abgeschieden, aber willst du wirklich nackt zum Wagen laufen?«

»Vorher zieh ich mich an.«

»Gut«, sagte er erneut und näherte sich ihrem Mund.

»Nein, warte, verdammt. Ich will nicht, dass sie sich Sorgen machen.« Sie schlüpfte unter ihm hervor und griff nach ihren Klamotten. »Am besten, ich erfinde eine Ausrede. Du hast mir dein Haus gezeigt. Das ist besser.«

»Besser inwiefern?«

»Weil die Leute nicht zu wissen brauchen, dass wir Sex auf deinem Sofa hatten. Das bleibt lieber unter uns.«

»Du denkst zu viel.«

»Ja.« Sie zog sich an. »Ich kann nicht anders. Beim Yoga mit meinen Ladys musste ich so tun, als ob ich meditiere. Wetten, die anderen tun auch alle so, als ob?«

»Viel zu oft. Hol dein Handy, und sag deinen Ladys, es dauert noch eine Weile.«

»Es dauert noch?«

»Du schuldest mir ein Essen. Wir überlegen nachher weiter, sobald ich dich wieder aus diesen winzigen Shorts bekommen habe. Und was den Rest angeht … Warum sollte es mir was ausmachen, wenn die Leute wissen, dass wir zusammen sind? Außerdem wirst du aussehen wie eine Frau, die gerade Sex gehabt hat, wenn du nachher nach Hause kommst. Die Gefahr ist groß, dass deine Ladys das merken.«

Er hatte »zusammen sind« gesagt. Nicht nur »Sex gehabt«.

»Hör auf zu denken.« Er griff nach seinen Boxershorts. »Hol dein Handy. Wir ziehen ins Schlafzimmer um.«

»Super. Bis gleich. Und hab ich nicht Boxershorts gesagt?«, rief sie ihm in Erinnerung. »Howl tut so, als würde er schlafen«, ergänzte sie, als sie zur Tür sauste.

Miles sah zum Kamin, vor dem sich der Hund zusammengerollt hatte. Er hatte ein Auge geöffnet.

»Kümmere dich um deine eigenen Angelegenheiten.«

18

Sein Schlafzimmer stand dem, was Morgan bisher vom Haus gesehen hatte, in nichts nach. Zumindest gelangte sie zu diesem Schluss, als sie endlich Gelegenheit hatte, es sich richtig anzusehen. Dass sie den Anblick in einem wunderschönen Himmelbett genießen konnte, machte die Erfahrung umso großartiger. Ein eleganter Marmorkamin, Türen, die auf eine Terrasse führten, und eine gemütliche Sitzecke, dazu Bilder von lokalen Künstlern an den in einem kräftigen Blauton gestrichenen Wänden. Das alles sorgte für lässigen Luxus.

Unter ihm zu liegen, fühlte sich sowohl lässig als auch luxuriös für sie an. Bestimmt enthielt die hübsche Zedernholztruhe am Fuße des Bettes Decken und Überwürfe. Und der sechstürige Mahagonischrank seine Kleider. Sie würde nach wie vor diese imaginäre Million darauf wetten, dass ein Anzug darin hing, der ihrer Beschreibung sehr nahe kam. Durch die offene Zimmertür hatte sie einen Blick auf das angrenzende Bad und die große, frei stehende Wanne mit Löwentatzen. Aber nur ganz kurz, da Miles ihr im Schlafzimmer gleich wieder die Kleider vom Leib gerissen hatte.

»Kann es sein, dass du schon wieder zu viel denkst?«

»Das würde ich nicht sagen. Ich bewundere eher. Das ist ein

traumhaft schönes Zimmer. Das Turmzimmer oben ist ein Rückzugsraum, ein Tempel. Hier wird nicht gearbeitet.«

»Nicht, wenn ich es irgendwie vermeiden kann.«

»Deine Arbeit hinterlässt Spuren.« Gedankenabwesend spielte sie mit seinem Haar. »Das erleichtert mir den Job.«

»Inwiefern?«

»Die meisten, die in die Après-Bar kommen, sind gut gelaunt. Sie hatten gerade eine Wellnessbehandlung, waren wandern, bei einem von euren Abenteuern oder haben gut gegessen. Dieses Glücksgefühl wollen sie bei einem Drink auskosten. Der Service ist überall ausgezeichnet, und das beginnt bei der Führungsebene. Jedes Detail sitzt. Diese Atmosphäre strahlt auch auf den Ort ab, wenn die Gäste dort bummeln gehen. Immer wenn ich im Crafty Arts arbeite, kommen Resortgäste, die unseren Laden nur selten mit leeren Händen verlassen. So gesehen, hinterlässt deine Arbeit Spuren.« Entspannt, so entspannt, dass sie nur die Augen schließen müsste, um einzuschlafen, strich sie ihm ein letztes Mal zärtlich über den Rücken. »Ich sollte gehen.«

»Du schuldest mir ein Abendessen. Ich hab ein paar Steaks aus dem Kühlschrank geholt, als du am Telefon warst. Ich werde sie auf den Grill legen. Du kümmerst dich um den Rest, und dann sind wir quitt.«

»Um den Rest? Woraus besteht der Rest?«

»Es gibt Steaks vom Grill. Mach irgendwas mit Kartoffeln.«

Miles wollte, dass sie zum Abendessen blieb, und darüber freute sie sich sehr. Andererseits … »Ich kann bloß zwei Kartoffelgerichte. Nur eines davon habe ich öfter als einmal gemacht. Normalerweise bekomme ich Anweisungen.«

»Du schaffst das schon.«

»Na gut, ich schaff das.«

***

Kurze Zeit später hatte Morgan Gelegenheit, das Bad in aller Ruhe anzusehen und ein leidenschaftliches Intermezzo zu genießen. In der größten Dusche, die sie je gesehen hatte. Sie bedauerte, nicht wenigstens einen Lippenstift dabeizuhaben, aber Miles hatte sie ohnehin splitterfasernackt bewundert.

Dann durfte sie die Küche begutachten. »Ah, schlau. Eine offene Küche, die modern ist, ohne den Altbau zu verleugnen. Gram und meine Mutter haben in ihrem Tudor-Haus dasselbe gemacht. Kochst du viel? Das ist ein beeindruckender Herd.«

»Nein, nicht besonders. Aber genug, um klarzukommen.«

»Ich habe früher meist nur Salat oder was vom Lieferservice gegessen.«

»Und Kartoffelfertiggerichte.«

»Auf meine Tiefkühlkroketten lass ich nichts kommen! Und ich kann Schweinekoteletts mit Kartoffeln auf mexikanische Art. Die sind echt scharf.«

»Ich mag es scharf.«

Sie trat durch die Glastüren nach draußen. »Dein Garten ist wunderschön. Es gibt Kräuter, ich kann ein paar frische verwenden. Das Rezept ist von Ninas Mutter. Leider hält sie nichts von genauen Mengenangaben. Genau wie meine Ladys.«

»Du misst hinter der Bar auch nichts ab«, stellte er fest.

»Bring mich nicht durcheinander, wo ich mir gerade Gedanken über die Kartoffeln mache! Apropos, wo sind die?« Er zeigte auf einen niedrigen Schrank, in dem sie Drahtkörbe mit roten Kartoffeln vorfand. »Hast du was zum Schrubben?«

»Unter der Spüle. Wie lange brauchen die?«

»Ungefähr eine Stunde, nachdem ich … Mist, ich muss den Ofen vorheizen. Siehst du? Mir fehlen Anweisungen. Puh, hat dieser Herd viele Knöpfe.«

Weil es ihn amüsierte, schwieg er, bis sie sich selbst schlaugemacht hatte. In der Zwischenzeit suchte er eine Flasche Wein aus. »Ich hab auch Weißwein da, wenn du lieber …«

»Nein, der Cabernet ist mehr als nur in Ordnung. So! Geschafft. Glaub ich zumindest. Ich komm schon ins Schwitzen.«

Während sie die Kartoffeln wusch, saß Howl neben ihr, den Kopf an ihr Bein geschmiegt.

Miles ging zur Tür. »Raus«, befahl er.

»Er stört mich nicht.«

»Er muss seinen Rundgang machen.«

»Ach ja?«

»Seine Idee, nicht meine.« Nachdem er die Tür geschlossen hatte, drehte er sich zu ihr um. »Meinst du, zu diesem Essen passt ein Salat oder eine Gemüsebeilage?«

»Ich meine nichts dergleichen.«

»So langsam glaube ich, du bist die perfekte Frau.«

Er stellte ihr ein Glas Wein hin.

»Ich mag Salate und Gemüse, bin aber im Moment viel zu sehr mit den Kartoffeln beschäftigt. Ich hab keinen Kopf mehr für was anderes. Ich brauche das Schneidebrett und eines der Messer an deiner Profi-Magnetleiste.«

»Greif zu.«

»Dann brauche ich Gewürze, Olivenöl und ein Backblech. Und eine Schere für ein paar Kräuter von draußen. Es sieht wirklich so aus, als würde Howl das Grundstück bewachen.«

»Klar, stimmt ja auch.« Miles holte ein Backblech, eine Küchenschere und zeigte dann erst auf die Olivenölflasche und dann auf einen Schrank. »Gewürze.« Er sah zu, wie sie die Kartoffeln viertelte. Wieder amüsierte es ihn, wie konzentriert sie arbeitete, während er am Küchentresen lehnte und an seinem Wein nippte. Normalerweise genoss er die sonntägliche Ruhe und Einsamkeit. Trotzdem fand er es überraschend angenehm, sie in seiner Küche zu haben.

Morgan murmelte was von Knoblauch, also zeigte er ihr, wo er lag. Als sie nach draußen ging, um die Kräuter zu holen, unterbrach Howl seinen Rundgang, um zu ihr zu rasen. Sie versicherten einander erneut der gegenseitigen und ungeteilten Zuneigung. Sie kam wieder rein, schnitt die Kräuter klein. Holte Gewürze aus dem Schrank. Gab alles auf die Kartoffeln und hob es mit einem Holzlöffel unter. Sie griff zur Pfeffermühle, was sie offensichtlich bisher vergessen hatte, und vermengte alles noch einmal. »So, ich glaub, jetzt hab ich's. Rein in den Ofen!« Sie stellte den Küchenwecker.

»Eine Stunde, hast du gesagt. Das sind dreißig Minuten.«

»Weil man dann alles wenden muss. Keine Ahnung warum, und es ist mir auch egal. Auf jeden Fall soll man das machen.« Sie griff zu ihrem Wein, stieß einen erleichterten Seufzer aus und nahm einen Schluck. »Hast du in der Resort-Küche gejobbt?«

»Allerdings.«

»Deshalb ist deine so gut organisiert. Ich hab diesbezüglich keine Erfahrung. Meine Mutter hat immer gekocht. Nachdem mein Vater weg war, haben wir was bestellt oder waren jeden zweiten Tag essen. Früher gab es um Punkt sieben Abendessen. Mit viel Gemüse.«

»Ganz schön altmodisch.«

»Stimmt. Im Rückblick erkenne ich aber, wie nervös sie war, wenn sie für uns kochte. Ich musste den Tisch decken, und das wurde streng kontrolliert. Militärischer Drill. Nach der Scheidung wurde diese Routine eine Weile aufrechterhalten, danach hat sie einfach was zusammengerührt oder wir haben bestellt.« Morgan zuckte mit den Schultern und trank wieder von ihrem Wein. »Vielleicht ist das der Grund für meine Kochphobie. Heute werkeln Gram und sie gemeinsam in der Küche, quatschen und lachen. Mom backt sogar Brot.«

»Aus Mehl?«

»Woher soll ich das wissen?« Lachend warf sie ihr Haar zurück. »Sie behauptet, das würde sie entspannen. Bisher bin ich noch nicht von ihrer Begeisterung angesteckt worden. Wovor bewacht Howl dich eigentlich?«

»Das weiß man nicht so genau. Das ein oder andere Eich-hörnchen geht ihm durch die Lappen, aber bisher habe ich weder Bären noch Rehe auf dem Grundstück gesehen. Komm, setzen wir uns raus.« Er nahm die Flasche.

Howl verließ seinen Posten, um zum Tisch zu eilen und sei-nen Kopf in Morgans Schoß zu legen. »Wie still es ist«, flüs-terte sie. »Du musst das sehr mögen.«

»Ja. Siehst du deinen Vater oft?«

»Was? Ach, nein, gar nicht. Ich habe anscheinend nicht das richtige Geschlecht. Wofür ich dankbar bin«, fügte sie hinzu. »Sonst würde ich inzwischen vermutlich salutieren, oder man würde vor mir salutieren.«

»Viele Frauen gehen zum Militär.«

Lachend verdrehte Morgan erneut die Augen. »Der Oberst ist der Überzeugung, dass Frauen anderswo besser aufgehoben sind. Sie sollten nur im Büro oder im Krankenhaus Uniform tragen.«

»Ganz schön altmodisch«, sagte Miles erneut.

»Ach, der ist einfach durch und durch frauenfeindlich. Keine Ahnung, ob es damals schon einen Namen dafür gab. Dass er keine selbstständigen Frauen mag, habe ich trotzdem gemerkt. Er hat gleich nach der Scheidung wieder geheiratet, womit klar war, warum er von uns wegwollte. Ich würde sa-gen, heute sind wir alle besser dran.«

Aus ihrer Sicht vielleicht schon, dachte Miles. Er konnte sich nicht vorstellen, ein Kind einfach so aus seinem Leben zu streichen.

»Schiebt Howl auch Wache, wenn du arbeitest?«

»Was er tut, wenn ich nicht da bin, ist allein seine Angele-genheit.«

»Wenn es regnet? Und im Winter, wenn es richtig kalt ist?«

»Es war seine Idee, bei mir einzuziehen.« Miles zuckte mit den Schultern. »Er hat eine Hundehütte im Garten.«

Ganz so als wüsste er, dass es um ihn ging, brummte Howl.

»Stimmt das? Bis spät in die Nacht musst du Armer in deiner Hütte bleiben?«

»Sie ist beheizt.« Miles gab es nur ungern zu. Frau und Hund starrten ihn an. »Und der Waschraum hat eine Hundetür.«

»Na dann. Ein guter Kompromiss«, stellte sie fest. »Du kümmerst dich um dein Haustier.«

»Howl ist kein Haustier. Eher so was wie ein Untermieter.«

»Ein Untermieter.« Ihre Augen strahlten ihn über das Weinglas hinweg an. Diese sprühenden, grünen Augen. »Wie hoch ist die Miete?«

»Er sorgt dafür, dass sich keine Bären über die Vogelfutterautomaten hermachen. Und dass keine Rehe in den Garten kommen.«

»Eine faire Abmachung. Das merk ich mir, sollte ich mir je einen Hund anschaffen. Das hatte ich eigentlich vor, sobald ich ein eigenes Haus haben würde. Aber als es dann so weit war, kam es mir nicht richtig vor. Zwei Jobs, kaum zu Hause. Im Moment ist Gram noch nicht so weit. Sie hat Pa und ihren Labrador innerhalb weniger Wochen verloren.«

»Bei meinem Vater ist es auch so. Er ist noch nicht so weit, deshalb verwöhnt er den da, sobald er nur kann.«

»Wie sollte man ihm widerstehen? Schau dir nur sein Gesicht an.« Sie quietschte begeistert und nahm es in beide Hände.

»Der Küchenwecker!« Sie eilte zu den Kartoffeln.

»Ich kann bestens widerstehen«, sagte er zu Howl, stand auf und warf den Grill an.

Als Morgan meinte, sie esse ihr Steak gern medium, wurde sie in seinen Augen zur absolut perfekten Frau. Ihre Kartoffeln waren natürlich die perfekte Beilage. Während sie aßen, legte sich Howl in einer gewissen Entfernung ins Gras. Er hatte bereits gefressen und kannte die Regeln.

»Hiermit wären wir quitt«, verkündete Miles, als die Sonne im Westen unterging.

»Wenn das mit einer Beilage erreicht ist, gern. Dafür werde ich dein Ego weiter streicheln.«

»Ich hab durchaus noch Platz für Nachtisch.«

»Ich bin so entspannt. Ich glaube, ich war schon seit ewigen Zeiten nicht mehr so entspannt.«

»Ich würde ja sagen, gern geschehen. Aber das Vergnügen war ganz auf meiner Seite.«

»Dafür musste ich bloß Kekse backen. Ich mach den Abwasch, bevor ich gehe. Das kann ich gut.«

Sie räumten gemeinsam die Küche auf, bis er sie an den Hüften packte und hochhob. »Hören wir da auf, wo wir angefangen haben«, sagte er und zog sie zum Sofa.

Nachdem sie zu Ende gebracht hatten, womit sie angefangen hatten, zog Morgan sich wieder an. »Seh ich so aus, als hätte ich den ganzen Nachmittag und Abend Sex gehabt?«

»Ja. Ich habe meine Pflicht erfüllt.«

Sie fuhr sich durchs Haar. »Dann bist du schuld an der Reaktion, die mich zu Hause erwartet. – Schön brav sein«, sagte sie zu Howl, während sie ihn ins Delirium kraulte.

»Du hast morgen frei.«

»Montags kann ich machen, was ich will.«

»Ich nicht, aber ich sollte gegen sieben zu Hause sein. Komm doch vorbei.«

Sie riss sich vom Hund los und sah in diese faszinierenden Augen. »Ich könnte Pizza aus dem Ort mitbringen.«

»Super. Eine große für mich mit Peperoni und egal was. Hauptsache keine Pilze.«

»Wird gemacht.«

Als Miles seine Boxershorts wieder anhatte, brachte er sie zur Tür und küsste sie. Wieder wurden ihr die Knie weich.

»Gute Nacht. Nacht, Howl.« Er wartete in der Tür, bis sie in ihren Wagen gestiegen und davongefahren war.

Sobald sie weg war, heulte der Hund herzerweichend.

***

»Du bist eine erwachsene Frau«, machte sich Morgan klar, während sie von ihrem Wagen zur Haustür ging. »Eine erwachsene, ungebundene Frau. Du darfst Sex haben.« Außerdem konnte man ihr schlecht Hausarrest erteilen.

Sie betrat die Villa, kümmerte sich um die Alarmanlage und zog allen Ernstes in Erwägung, sich feige nach oben zu stehlen. Dort könnte sie die Tür hinter sich zuziehen und einen Freudentanz aufführen. Weil sie nämlich nicht nur Sex gehabt hatte. Sondern jede Menge tollen Sex. Gleichzeitig hatte sie das Gefühl, drei Tage lang schlafen *und* einen Berggipfel stürmen zu können. Stimmen in der Küche. Das ist feige und unhöflich, sagte sie sich. Sie ging ganz ungerührt zu ihnen, wie sie fand. Die beiden saßen mit Tee und Kuchen am Tresen.

Audrey lächelte, blinzelte mehrmals, und ihr Lächeln wurde breiter. »Genau rechtzeitig für Grams berühmten Pfundkuchen. Hast du schon gegessen?«

»Ja. Tut mir leid, dass ich so lang weg war.«

»Ist doch schön, dass du dich an deinem freien Tag amüsierst. Setz dich, und trink eine Tasse Tee. Wir überlegen gerade, den Pfundkuchen auf die Speisekarte zu setzen. Mit Himbeeren und Sahne. Probier mal, und sag uns deine Meinung.«

Da der Tee bereits fertig war, nahm sich Morgan eine Tasse.

»Miles und du wart also essen?«

Morgan zuckte innerlich zusammen. »Nein, er hat ein paar Steaks auf den Grill gelegt. Ich hab Ofenkartoffeln gemacht.«

»Toll!«

Während sie zum Dessertteller griff, wurde ihre innere Unruhe immer größer. »Und ja, wir hatten Sex. Jede Menge Sex. Morgen besuche ich ihn wieder.« Ohrenbetäubende Stille, während sie die Abdeckhaube von der Tortenplatte nahm.

»Aha.« Olivia nippte an ihrem Tee. »Das müssen ja tolle Kekse gewesen sein.« Während Audrey laut auflachte, machte Morgan nur große Augen.

»Komm, setz dich.« Audrey klopfte auf einen Hocker. »Gram und ich können uns gut erinnern, wie das war. Wir werden nicht nachbohren … doch, werden wir!«

»Ich platze vor Neugier«, gab Olivia zu.

»Wir werden uns zusammenreißen. Dein erstes Mal hab ich verpasst, stimmt's?«

»Ja.« Morgan nahm eine Gabel und setzte sich. »Das war auf dem College. Es war nicht besonders toll.«

»Ich hab dein erstes Mal auch verpasst«, sagte Olivia zu Audrey. »Aber so wie du vom Spring Break zurückgekommen bist, wusste ich Bescheid.«

»Diese Uniform. Ich war hin und weg.«

»Du redest von Dad? Dad war dein erster Mann?«

»Der erste und einzige.«

»Der einzige? Das ist allein deine Schuld. Ich wette, dieser Sommelier würde dir nur zu gern den Ausdruck in die Augen zaubern, den Morgan gerade hat.«

»Mom! War Pa nicht auch dein erster Mann?«

»Ich bitte dich.« Kichernd nahm Olivia einen Bissen Kuchen. »Denk an die Zeit. Freie Liebe, Baby.« Sie machte das Peace-Zeichen. »Nein, er war nicht der Erste, aber der Beste.« Sie sah zu Morgan hinüber. »Ich weiß, dass Miles ein guter Kerl ist. Ein bisschen arbeitssüchtig vielleicht, aber das passt zu dir. Er dürfte dich nicht dazu gedrängt haben. So siehst du jedenfalls nicht aus. Das ist wichtig.«

»Ich dürfte das eher selbst in die Wege geleitet haben. Ich sage nur – Türme.«

»Ist das eine sexuelle Anspielung? Muss ich im Slangwörterbuch nachschauen?«

»Nein, Gram.« Morgan musste lachen. »Er hat tatsächlich Türme. Also sein Haus, meine ich. Er hat mich dabei ertappt, wie ich sie mit großen Augen anstarrte. Außerdem hat er einen hinreißenden Hund. Ich hab gefragt, ob ich einen Turm von innen ansehen darf. Da führte eines zum anderen.«

»Liebst du ihn? Oder ist das schon Nachbohren?«, überlegte Audrey laut.

»Ich habe in der Tat eine altmodische Tochter! Keine Ahnung, wie das passieren konnte. Audrey, das sind zwei junge, gesunde ungebundene Erwachsene.«

»Ich mag ihn«, erklärte Morgan. »Fühle mich zu ihm hingezogen. Er hat viele interessante Facetten. Und ja, ich respektiere seine Arbeitsmoral, sein Engagement für den Familienbetrieb. Mal schauen, wie es sich entwickelt. Im Moment bin ich glücklich … Dieser Kuchen schmeckt toll. Ich kann ihn mir echt gut mit Himbeeren und Sahne vorstellen.«

»Du könntest Miles was davon mitbringen, wenn du ihn morgen besuchst«, schlug Audrey vor.

»Nur kein Stress, er hat noch Kekse. Außerdem bring ich Pizza mit.«

»Hach.« Olivia lehnte sich seufzend zurück. »Pizza und Sex – das waren noch Zeiten. Es fällt schwer, nicht neidisch auf die Jugend zu sein. Weil ich schon so alt bin, geh ich jetzt nach oben, wo ich über meinem Buch einschlafen werde.«

»Du bist doch nicht alt, Gram.« Morgan stand auf um sie zu umarmen. »Du bist zeitlos. Ich kümmere mich ums Geschirr.«

»Zeitlos.« Olivia drückte sie. »Wenn du nicht meine einzige Enkelin wärst, wärst du allein schon deshalb meine Lieblingsenkelin. Gute Nacht, Ladys!«

»Sie *ist* zeitlos«, pflichtete Audrey Morgan bei. »Ich kann nur hoffen, in zwanzig Jahren so viel Energie zu haben.«

Vielleicht lag es an der Stimmung, vielleicht war es einfach der richtige Moment, jedenfalls wandte sich Morgan an ihre Mutter. »Ich werde jetzt nachbohren.«

»Ich wüsste nicht, wonach man da bohren sollte.«

»Warum gab es nach der Scheidung keinen anderen Mann?«

»Ach, ich weiß nicht, Morgan.« Audrey seufzte leise und errötete. »Anfangs wusste ich überhaupt nicht, was ich machen sollte. Du warst noch klein, hast mich gebraucht, außerdem musste ich arbeiten. Ich hab gar nichts hingekriegt.«

»Wieso sagst du das? Das stimmt nicht. Du hast in Nullkommanichts unseren ganzen Hausrat ein- und woanders wieder ausgepackt. Wenn er nicht da war, hast du den ganzen Haushalt allein erledigt. Ich hatte kaum Pflichten.«

»Ich wollte, dass du Freunde findest, eine unbeschwerte Kindheit hast. So, wie ich sie hatte.«

»Es geht gerade nicht um mich. Ich frage dich und merke, dass ich das längst hätte tun sollen. Du warst nicht glücklich. Du hast nur so getan. Warum bist du geblieben?«

»Ich habe ihn geliebt. Ach, ich habe ihn vom ersten Moment an geliebt und lange gebraucht, um darüber hinwegzukommen.« Langsam drehte sie die Teetasse auf der Untertasse. »Das war vielleicht das Problem. Ich bin sehr abrupt auf dem Boden der Realität gelandet. Ich wollte eine gute Ehefrau und Mutter sein. Bei beidem habe ich versagt.«

»Hör auf damit. Ich meine das ernst.«

»Dir hat es an nichts gefehlt … Aber du hattest kein festes Zuhause, keinen festen Freundeskreis, was dir wichtig war. Du hast die ständigen Umzüge gehasst, und ich habe nach der Scheidung einfach damit weitergemacht. Ich hatte solche Angst, einen Fehler zu machen, Fehler zuzugeben. Du hingegen hast dir was aufgebaut, lebst dein eigenes Leben …«

»Es geht nicht um mich«, wiederholte Morgan »Nicht jetzt.«

»Na gut.« Nach einem gedehnten Seufzer nickte Audrey.

»Na gut. Ich bin geblieben, weil ich ihn geliebt habe und du nicht ohne Vater aufwachsen sollest. Ich wollte, dass wir haben, was meine Eltern hatten. Was ich hatte, weil sie so ein gutes Team waren. Auch wenn mir das erst viel später klar geworden ist.«

»Sie haben sich geliebt. Sie haben dich geliebt.«

»Immer. Ich habe das für uns nicht geschafft und mich wie eine Versagerin gefühlt.«

»*Er* hat versagt«, verbesserte Morgan sie. »*Er* hat uns im Stich gelassen.«

»Ja. Ja, das hat er. Ich habe darauf geachtet, wie ich über ihn rede, weil ich gehofft habe, er würde sich dir zuwenden und Kontakt zu seinem einzigen Kind aufnehmen. Doch das hat er nicht gemacht und wird es auch nie machen.«

»Er hat mich nie geliebt.«

Audrey bekam feuchte Augen, doch sie schüttelte den Kopf und trank von ihrem Tee. »Nein, tut mir leid. Er hat keine von uns geliebt. Oder damit aufgehört, keine Ahnung. Wir waren nicht das, was er sich gewünscht hat, worauf er ein Anrecht zu haben glaubte. Ich war immer total nervös, bevor er heimkam.«

»Das hat man gemerkt.«

»Eltern können blind sein für das, was Kinder mitkriegen. Ich hatte Angst vor ihm. Nicht körperlich«, sagte sie rasch. »Das nicht, nie. Angst, ihn zu enttäuschen, was ich ständig getan habe. Er wollte eigentlich keine Kinder und wenn, dann einen Sohn. Eine Tochter war eine Enttäuschung. Er wollte, dass ich mich nach deiner Geburt sterilisieren lasse. Ich war knapp vierundzwanzig und wollte noch Kinder. Das dürfte das Einzige sein, was ich ihm je verweigert habe. Also hat er sich sterilisieren lassen. Damit war das Thema gegessen.«

»Das war ganz schön grausam.«

»Nein, nein, nicht grausam, Morgan. Er war fest davon überzeugt, im Recht zu sein. Ich wollte ein Kind, und ich hatte ein Kind. Solange du sauber, gut genährt, gut erzogen, gut ausgebildet warst, hat er seine Vaterpflichten erfüllt. Er wollte nicht, dass ich arbeiten gehe, also ließ ich es bleiben. Du und der Haushalt, das waren meine Pflichten. Meine Leistungen waren aus seiner Sicht nur durchschnittlich. Wir waren ihm nicht genug. Ich hätte aufgeben, mit dir nach Hause zurückkehren sollen. Doch dazu hätte ich mir mein Scheitern eingestehen müssen. Dann hat er Schluss gemacht. Er hatte eine andere kennengelernt, die er lieber mochte. Also hat er mir gesagt, dass er die Scheidung einreicht, und mir die Konditionen genannt. Das hätte mich nicht wundern sollen, aber ich war schockiert. Ich hätte eigentlich keinen Liebeskummer haben dürfen, aber ich hatte welchen.«

»Du hast dich wochenlang in den Schlaf geweint.«

»Was Kinder alles mitkriegen«, murmelte Audrey. »Trotzdem bin ich nicht zurück nach Hause. Gram und Pa haben ihn nie gemocht. Sie haben ihn als meinen Mann und deinen Vater respektiert. Es gab jedoch keine Zuneigung, auf beiden Seiten. Mit der Rückkehr hätte ich mein Scheitern eingestanden.«

Morgan merkte, dass sie das sehr gut verstehen konnte. Hatte sie nach Rozwell nicht genau dasselbe gemacht?

»Stattdessen habe ich dich von Ort zu Ort geschleppt und mir eingeredet, dass wir Wurzeln schlagen werden, sobald der richtige gefunden ist.«

»Du hast nicht versagt.«

»So hat es sich aber angefühlt. Nur einen Tag nach der Scheidung hat er wieder geheiratet.«

»Das wusste ich nicht. So schnell?«

»Einen Tag nach der Scheidung. Meine Güte, war das ein Schlag ins Gesicht. Ich wurde einfach ersetzt. Nach all den

Jahren, in denen ich versucht habe, so zu sein, wie er mich haben wollte. Dann bist du aufs College, und ich habe mich endgültig völlig verloren gefühlt.«

»Mom.«

»Ich habe gemerkt, dass ich dich mehr brauche als du mich. Du bist Gram so ähnlich, Schätzchen. Stark, energisch, unabhängig und so was von schlau. Irgendwann wurde mir klar, dass ich das mit dir richtig gut hingekriegt habe. Ganz allein. Nach einer Weile bin ich dann zurück nach Hause. Das hat sich nicht mehr wie Scheitern angefühlt. Sondern wie echtes Nachhausekommen. Danach habe ich aufgehört, ihn zu lieben. Hab die Beziehung und ihn klarer gesehen. *Er* hat versagt, genau wie du gesagt hast. Als Ehemann und, weiß Gott, auch als Vater. Trotzdem, es geht uns gut.«

»Und ob. Ich habe mich nie bei dir für all das bedankt, was du für uns getan hast. Das möchte ich gern nachholen.«

»Das bedeutet mir viel.« Sie drückte Morgans Hand. »Ich bin so stolz auf dich. Tut mir leid, dass ich dich nicht früher zu deinen Großeltern mitgenommen und dir ein solides Fundament geschenkt habe. Aber wer weiß, vielleicht würden wir dann nicht mehr hier sitzen?«

»Ich hab das ständige Umziehen gehasst.«

»Ach Schätzchen, ich weiß.«

»Doch das hat mich zu der Frau gemacht, die ich heute bin. So gesehen, bereue ich nichts. Ich hab dich für schwach gehalten, Mom, aber du bist unglaublich stark. Eine echte Nash eben.«

Audrey beugte sich vor und umarmte sie fest. »Aus sehr egoistischen Gründen bin ich froh, dass du Sex mit Miles hattest.«

Laut lachend lehnte sich Morgan zurück. »Verstehe. Warum?«

»Weil das ein Türöffner für mich war. Die Tür, die ich viel

zu lang verschlossen gehalten habe, steht endlich offen. Und wir sind gemeinsam hindurchgegangen. Es geht uns gut.«

»Mehr als nur gut. Ich bin froh, dass ich nach Hause gekommen bin. Die Gründe dafür sind schrecklich, trotzdem bin froh, da zu sein. Hast du meinetwegen seinen Namen behalten?«

»Ich wollte nicht, dass du anders heißt als deine Mutter.«

»Du solltest ihn ablegen, wir beide sollten das tun.« Eine Idee, die sich so richtig anfühlte, dass sich Morgan wunderte, warum sie nicht längst darauf gekommen war. »Weißt du, Mom, wir haben beide denselben mittleren Namen, Grams Namen.«

»Pa hat es nie was ausgemacht, dass sie ihren Namen behalten hat. ›Livvy Nash‹, hat er gesagt, ›komm und schau.‹«

»Ich weiß. Wir hätten alle denselben Namen, wenn wir Nash nehmen würden. Ganz offiziell. Wir sind Nash-Frauen, Mom. So kompliziert kann das doch nicht sein, oder?«

»Möchtest du das denn?«

»Dasselbe frage ich dich.«

»Nash-Frauen. O ja, das gefällt mir.«

»Dann machen wir das.«

»Wenn du dir sicher bist. Ich ruf gleich morgen früh Rory Jameson an und frag, wie das geht.«

»Ja. Lass uns werden, wer wir längst sind, Mom. Audrey und Morgan Nash.«

Später in ihrem Zimmer, betrachtete sie sich im Spiegel. Schwer zu sagen, ob sie aussah, wie eine Frau, die gerade tollen Sex gehabt hatte. Auf jeden Fall fühlte sie sich wie eine Frau, die eine unerwartet tiefe Befriedigung verspürte.

Ja, die Gründe dafür waren blankes Entsetzen. Sie würde Gavin Rozwell nie dankbar dafür sein. Genauso wenig dem Oberst.

Aber sie lebte in einem tollen Frauenhaushalt, hatte eine

Arbeit, die sie liebte und, zumindest im Moment, einen Mann, der ihr sehr gefiel und dem sie auch gefiel.

»Morgan Nash«, murmelte sie und lächelte. »Genau die bin ich, und das kann mir niemand nehmen.«

19

Wenig überraschend hatten sie zuerst Sex und danach Pizza. Morgan erzählte Miles von ihrem Gespräch mit den Ladys, als sie endlich mit Pizza und einem Glas Wein dasaßen. Howl kaute an einem Rinderhautknochen. »Du hattest recht, sie haben es sofort gemerkt. Jetzt weiß ich, dass meine Großmutter ein Hippie war, bevor sie meinen Großvater geheiratet hat.«

»Das wusste ich längst.«

»Woher?«

Er hob sein Glas. »Ich habe auch eine Großmutter. Obwohl sie keine Anhängerin der freien Liebe gewesen ist, hat sie deine Großmutter stets für ihren Lebensstil bewundert, wenn nicht sogar manchmal darum beneidet.«

»Echt? Ich glaube, ich muss meine Gram mal etwas genauer zu ihrem jugendlichen Lebensstil befragen. Danach hatte ich ein längst überfälliges Gespräch mit meiner Mom über den Oberst. Ich war damals ein Kind und ziemlich mit mir selbst beschäftigt. Deswegen habe ich nicht ganz begriffen, wie gefühllos er mit ihr umgesprungen ist. Wie hart die Scheidung war. Warum sie mich von einem Ort zum anderen geschleppt hat, was ich gehasst habe. Was ich brauchte, waren Wurzeln.« Morgan warf einen Blick auf seinen Garten und das Haus.

»Solche, wie du sie hast. Mir war damals nicht klar, dass meine Mutter weder unstet noch schwach war. Sie musste alles erst verarbeiten, denn sie hat meinen Vater geliebt. Warum, ist für mich schwer nachzuvollziehen, aber sie hat ihn geliebt.«

»Die Liebe ist ein seltsames Ding.«

»Anscheinend, ja.« Sie biss in ein neues Stück Pizza. »Hast du damit Erfahrung?«

»Nein.«

»Ich auch nicht. Mit körperlicher Anziehung, ja. Mehr ist daraus nie geworden. Mein Vater hat nie einen echten Zugang zu uns gehabt. Es hat gutgetan, sich das klarzumachen. Meine Mom hat heute übrigens mit deinem Vater gesprochen.«

»Aha.«

»Ob wir den Namen Albright ablegen und offiziell Nash-Frauen sein können. Wie meine Großmutter. Mom hat den Namen bloß meinetwegen behalten. Ich habe immer Albright geheißen. So kompliziert kann eine Namensänderung nicht sein. Aber man muss zum Nachlassgericht deswegen und dann jede Menge Dokumente ändern lassen. Dein Vater kümmert sich drum.«

»Führerschein, Sozialversicherungsausweis, Pass.«

»Genau. Wir werden neue Ausweise bekommen, aber keine neue Identität. Nur einen Namen, der zu uns passt. Zu uns dreien.«

»Der Geburtsname deiner Mutter war Kennedy, oder?«

»Ja, aber Nash für alle fühlt sich besser an. Noch ein positiver Nebeneffekt, den der viele Sex hat.«

»Ich plane durchaus noch etwas davon ein. Mal schauen, was sich daraus entwickelt.«

Sie lächelte ihn an. »Darf ich fragen, wie dein Tag war, oder würdest du das lieber im Resort lassen?«

»Die Arbeit bleibt nie so ganz im Resort. So ist das bei einem Familienbetrieb.«

»Ich kann das sehr gut nachvollziehen. Meine Ladys sprechen auch ständig über neue Produkte, neue Ideen. Gestern haben wir Pfundkuchen gegessen, weil sie beschlossen haben, ihn auf die Speisekarte des Cafés zu setzen. Also, wie war dein Arbeitstag?«

»Montagmorgenbesprechung mit den Abteilungsleitern, der Chefbutler würde gern die Küchen- und Lagerräume renovieren lassen. Dann haben wir uns die Zahlen angeschaut, wovon ich leider erst erlöst wurde, als Jake vorbeigeschaut hat.«

»Jake?«

»Jake Dooley.«

»Polizeichef Dooley?« Sie bekam einen Kloß in der Kehle. »Ist wieder was …«

»Nein, nein. Wir sind gute Freunde. Wir waren zusammen in der Grundschule und später auch auf der Highschool. Er gehört sozusagen zur Familie.«

»Ich habe ihn bei der Eröffnung des Cafés kennengelernt. Dass ihr alte Freunde seid, wusste ich nicht.«

»Nicht schon im Sandkasten, eher so ab der Pubertät. Er möchte ein Teambuilding Event mit seinen Leuten in unserem Klettergarten veranstalten. Das bespricht er gerade mit Liam.«

Ganz normale Sachen, wurde Morgan klar. Wie gut es tat, über ganz normale Sachen zu reden.

»Hast du den Klettergarten schon ausprobiert?«

»Ja, getreu der Jameson-Methode. Bevor man seinen Gästen etwas anbietet, probiert man es erst selber aus. Nur meine Großeltern sind entschuldigt.«

»Und, wie hast du dich geschlagen?«

»Gut. Liam ist der reinste Spiderman, aber ich war nicht schlecht. Du solltest es mal versuchen.«

»Vielleicht im nächsten Leben. Schaffen würde ich es bestimmt. Ich werde nämlich immer stärker.«

»Aha.«

»Im Ernst. Rein sportlich. Ich habe mehr Muskeln.«

»Lust auf eine Runde Armdrücken?«

»Nein. Eine Runde auf der Matte wär nach der Pizza nicht schlecht.«

Er nahm noch ein Stück. »Du kommst der perfekten Frau tatsächlich ziemlich nahe.«

Als Morgan wieder zu Hause war und ins Bett schlüpfte, fühlte sie sich zumindest perfekt.

***

Mitten unter der Woche kam Miles mit seinem Bruder und seiner Schwester in die Bar. Wieder so ein Treffen der dritten Generation, dachte Morgan. Die Geschwister nahmen einen Tisch weiter hinten. Morgan arbeitete ihre Bestellungen ab, bis der Kellner an die Bar kam. Drei Après-Burger und eine doppelte Portion Cheese Fries zum Teilen. Liams Lieblingsbier vom Fass, Weißwein für Nell und Cabernet für Miles. Eine Flasche stilles Wasser für den ganzen Tisch.

Während der Arbeit beobachtete sie die Jamesons. Sie redeten. Es wurde gelacht, manchmal wurde der Kopf geschüttelt, oder es wurden die Augen verdreht. Der Beginn einer Auseinandersetzung? Nein, einer Diskussion. Unterbrochen von Pausen, um mit dem Kellner zu reden. Sie blieben fast anderthalb Stunden und machten beim Rausgehen an der Bar halt.

»Ganz schön viel los für unter der Woche«, bemerkte Nell.

»Es würden mehr Leute draußen sitzen, wenn nicht der kurze Schauer gewesen wäre.«

»Apropos draußen: Ich muss mit dir reden – morgen reicht! Über eine kurzfristige Terrassenbuchung. Eine Geburtstagsüberraschungsparty, sechsundzwanzig Gäste. Sie haben soeben beschlossen, die Terrasse zu reservieren, nächsten Donnerstagabend, zwischen sieben und elf.«

»Kriegen wir hin.«

»Wir sprechen morgen ausführlich darüber.«

»Geht klar.«

»Ich hab dich bisher nicht im Klettergarten gesehen«, bemerkte Liam.

»Am besten, du fragst mich in fünfzehn Jahren noch mal.«

»Du musst es probieren. Hab einen schönen Tag!«

»Den wünsche ich dir auch.«

Als Miles kommentarlos mit ihnen verschwand, zog sie nur die Brauen hoch und arbeitete weiter. Zwei Minuten später war er wieder da. »Einen Cabernet?«

»Nein. Am Sonntag ist das monatliche Familientreffen.«

»Okay.«

»Möchtest du vielleicht am Freitagabend zu mir kommen?«

Sie wischte den Tresen ab. »Da hab ich zufällig Zeit.«

»Gut. Ich muss jetzt was besprechen, also bis dann.«

»Genieß den Abend«, sagte sie betont freundlich und professionell. Und lächelte in sich hinein, während sie eine neue Bestellung abarbeitete.

***

Am Samstag half Morgan Miles im Garten – und bewies, wie gut sie sich damit auskannte. Er genoss ihre Gesellschaft mehr als erwartet. Dann musste er zurück ins Haus, um arbeitsrelevante Anrufe und Mails zu erledigen. Sie blieb mit dem Hund draußen.

Als er wieder rauskam, stand eine alte Gartenwanne mit Blumen auf dem Tisch. Miles sah zu, wie Morgan einen Tennisball warf. Zu seinem großen Erstaunen rannte Howl nicht nur glücklich hinter ihm her, sondern apportierte ihn begeistert. »Was zum Teufel …«

Sie wirbelte herum, den Ball in der Hand. »Tut mir leid. Ich hab den Ball gefunden, als ich die Wanne geholt habe, und dachte, der ist von Howl.«

»Er ist ihm hinterhergerannt.«

»Na ja, er ist ein Hund.«

»Bei mir macht er das nie. Gib her!«

Sie ließ den vollgesabberten Ball in seine Hand fallen. Miles warf ihn. Howl blieb sitzen und starrte ihn an.

»Aha«, sagte Morgan. Ihr Räuspern konnte ein Lachen nicht ganz unterdrücken. »Verstehe.«

»Ach ja? Wirklich?« Mit diesen Worten ging Miles quer durch den Garten und holte den Ball. Während sie in ihren kurzen Shorts und ihrem knappen weißen Tanktop Howl zwischen den Ohren kraulte. Er reichte Morgan den Ball. »Wirf ihn.«

Kaum holte sie aus, sauste Howl los, mit wedelndem Schwanz und strahlenden Augen. Dann tänzelte er zurück und ließ den Ball in ihre ausgestreckte Hand fallen. »Braver Junge!«

»Unverschämtheit! Wer gibt dir zu fressen?« Howl schmiegte sich verliebt an Morgans Beine. Miles wusste genau, dass er sich das Hundegrinsen nicht bloß einbildete.

»Vielleicht spürt er, dass du nicht ganz bei der Sache bist. Willst du's noch mal probieren?«

»Nein.«

Sie warf den Ball. »Für dieses Familientreffen morgen wären doch Blumen nett. Ich kann sie dir in eine schöne Vase stellen, bevor ich zur Arbeit gehe.«

»Klar, gern.«

Nachdem sie Howl gelobt hatte, der hüpfte wie ein Flummi, legte Morgan den Ball zurück in den Schuppen. Sie gingen ins Haus. Miles wollte dem Hund die Tür vor der Nase zumachen. Doch Howl sah Morgan so verliebt an, dass er es nicht übers Herz brachte. »Hast du eine Vase?«, fragte sie, während sie sich die Hände wusch.

»Ganz unten im Küchenbüfett. Such dir eine aus. Wie wär's mit einem Bier?«

»Nein, danke, ich steh nicht so auf Bier.«

»Lieber eine Cola?«

»Gern.« Sie ging in die Hocke und öffnete eine der Büfett-türen »Wow. Eine richtige Sammlung.«

»Grand hat nur ein paar mitgenommen, als sie ausgezogen sind. Es ist überwiegend ihre Sammlung.«

»Die ist wunderschön.« Sie hielt eine Vase aus glattem Holz hoch. »Ist die von Crafty Arts?«

»Ja. Ich kenne den Künstler sogar. Er hatte letztes Jahr eine Ausstellung.«

»Perfekt.« Sie hantierte mit den Blumen. »Du kennst bestimmt viele Leute. Das ist der Vorteil, wenn man lange am selben Ort lebt, gemeinsam auf die Schule geht.«

»Nicht alle bleiben.«

»Nein, natürlich nicht. Aber die meisten, oder? Fast alle aus meinem Team sind aus dem Ort oder wohnen schon lange hier. Nicht unbedingt direkt in Westridge, aber in der Gegend.«

»Wir bieten viele Arbeitsplätze.« Er reichte ihr ein Glas. »Es gibt gute Schulen, eine niedrige Kriminalitätsrate, viele Kunst-handwerker. Der Ort ist malerisch, bietet gute Freizeitmög-lichkeiten und liegt in der Nähe eines Naturschutzgebiets.«

»Nur gegen den langen Winter kommt keiner an.«

»Man lernt ihn zu lieben.« Weil er ihr gerne zusah, lehnte er mit seinem Bier am Küchentresen. »Skifahren, Schneewandern und Eislaufen auf dem See, Eishockey, Eisfischen.«

»Ich hab nie verstanden, warum man durch ein Loch im Eis angeln und in einem armseligen Unterstand rumsitzen sollte.«

»Das ist nichts für jeden.«

Sie sah zu ihm hinüber. »Ist das was für dich?«

»Nicht in diesem Leben. Es ist verdammt kalt da draußen auf dem Eis.« Morgan lachte, und er zuckte mit den Schultern.

»Viele mögen das sehr gern. Es geht nicht nur ums Fischen, sondern auch ums Biertrinken, um Kameradschaft. Liam macht es gern. Meist sitzen Großvater und er dort einfach nur rum. Dann schaut sich Liam die anderen Unterstände an, albert ein wenig herum, kommt zurück und erzählt Pop, was es Neues gibt.«

»Liam ist sehr sozial, er könnte Traumschiffkapitän sein. Im Grunde ist er das sowieso schon.« Sie trat einen Schritt zurück, kontrollierte das Ergebnis und arrangierte ein paar Blumen um.

»Dasselbe könnte man von dir sagen.«

»Von mir? Nicht wirklich. Er ist dafür gemacht. Ich musste mich reinarbeiten. Man darf nicht schüchtern sein, wenn man kellnert oder hinter der Bar arbeitet. Nicht, wenn man Trinkgeld will. Das hat mir geholfen.«

»Schüchtern ist kein Wort, das ich mit dir in Verbindung bringen würde.«

»Heute nicht mehr.« Morgan stellte die Vase auf die Kücheninsel. »Du weißt nicht, wie ich früher war. Bis zum College hatte ich kein einziges Date.«

»Waren die Jungs dort blind und taub?«

Das brachte Miles nicht nur ein Lächeln ein. Sie kam zu ihm und küsste ihn. »Ich war das dürre Mädchen, das nicht viel zu sagen hatte. Das gut vorbereitet im Unterricht saß und darum betete, dass der Lehrer es nicht aufrief. Auf dem College wusste ich, dass ich vier Jahre dortbleiben würde. Also konnte ich mich neu erfinden. Außerdem habe ich geübt.«

»Du hast geübt?«

»Klar. Zum Bespiel so: Wenn ich heute mit drei Leuten rede, achte ich darauf, was sie sagen. Wenn ich mich heute in diesem Café bewerbe, bekomme ich den Job. Irgendwann ist mir das in Fleisch und Blut übergegangen.« Sie klopfte ihm auf die Schulter. »Du warst immer selbstbewusst. Andere tun nur so, als ob, bis sie es tatsächlich sind.«

»Du scheinst es gelernt zu haben.«

»Ja.« Sie kehrte zur Vase zurück, um noch eine Blume um-
zustecken. »Liam war bestimmt von klein an von Freunden umgeben oder von Leuten, die es gern gewesen wären. Nell war
sicher beliebt, ohne je gemobbt zu werden. Sie hat das Aussehen, den Look, den Verstand und den Teamgeist dafür. Und
du? Du bist eher der Typ einsamer Wolf. Wenige, aber echte
Freunde. Wie Jake, der Polizeichef. Keiner von euch hatte mit
Schüchternheit zu kämpfen, weil ihr von Anfang an wusstet,
wer ihr seid. Ich musste das erst herausfinden.«

»Das hat geklappt.«

»Ja.« Sie schmiegte sich an ihn, selbstbewusst und ohne jede
Verlegenheit. »Rozwell hat geglaubt, er könnte mich kaputt
machen. Genau das will er bezwecken, er will mich auslöschen.
Eine Zeit lang dachte ich, es wär ihm gelungen. Doch egal, was
er mir genommen hat, ich bin immer noch ich.«

Miles strich ihr zärtlich über den Rücken. »Ich habe nicht
das Gefühl, dass du erst lernen musstest, wer du bist. Du musstest dich nur erst ausgraben. Aber du warst immer da.«

»Das hast du schön gesagt. Und das?« Morgan hob das Gesicht und küsste ihn. »Es war echt schön. Jetzt muss ich mich
für die Arbeit fertig machen. Ich komme ungern zu spät. Nicht,
dass ich gefeuert werde.« Der Hund folgte ihr nach oben. Miles
wäre fast selbst mitgegangen, riss sich dann aber zusammen.
Mach dich nicht lächerlich, sagte er sich.

Als sie eine halbe Stunde später mit perfekter Frisur, perfekt
geschminkt und in gestärkter Uniform zurückkam, saß er am
Küchentresen und arbeitete. »Ich muss los. Hab eine gute Besprechung morgen! Du auch.« Sie beugte sich zum Hund hinunter. »Sei schön brav, und hol Miles den Ball.«

»Miles wird sich an diesem Spiel nicht beteiligen.«

»Sturkopf.« Trotzdem küsste sie ihn erneut.

Er begleitete sie zur Tür und unterdrückte das Bedürfnis, sie zu bitten, gleich nach Arbeitsschluss zu ihm zurückzukommen. Das wäre zu viel und zu schnell ... Miles sah zu, wie sie zu ihrem Wagen ging, während der Hund neben ihm jaulte. Er wusste, dass sie beide Freiraum und Zeit für sich selbst brauchten. Als er die Tür schloss, ärgerte ihn die Stille, was ihn erst recht ärgerte. Denn er mochte Stille.

Er nahm sein Bier und sein Notebook mit nach draußen und arbeitete weiter.

***

Das Essen beim Familientreffen würde aus in der Spezialsoße seines Großvaters marinierten Lammkoteletts vom Grill, dem Kartoffelsalat seiner Großmutter, gegrilltem Gemüse und dem Mürbeteig-Erdbeerkuchen seiner Mutter bestehen. Bevor es Essen gab, wurde jedoch gearbeitet. Dazu versammelten sich alle mit Eistee oder Limonade um den Esstisch. Es gab jede Menge Events wie Hochzeiten, Verlobungsfeiern und Familientreffen sowie neue Freizeitprogramme für den Sommer zu besprechen.

Nell berichtete von Nicks Beförderung, von Änderungen auf den Speisekarten und von den Erfolgen und Herausforderungen beim Picknick am See. »Das Feedback war sehr gut«, erläuterte sie. »So gut, dass ich die Picknicks gern bis in den Herbst hinein fortsetzen würde. Vorausgesetzt, das Wetter spielt mit. Das bunte Herbstlaub in Vermont ist eine Attraktion. Besonders, wenn wir ein Lagerfeuer anbieten und den Gästen die Möglichkeit geben, Marshmallows zu rösten. Wir verlieren dadurch zwar Einnahmen im Restaurant und beim Zimmerservice. Doch das gleichen wir mit den Picknickbuchungen mehr als aus.«

»Wir sollten warme Decken anbieten wie bei den Terrassengästen«, schlug Mick vor. »Im Spätsommer oder an Herbstabenden kann es recht frisch werden. Vor allem den älteren Herrschaften.«

»Dann müssen wir mehr Decken bestellen. Das ist es wert.« Er sah zuerst seine Frau und dann Miles an. »Miles?«

»Das Feedback ist gut, und der Umsatz stimmt auch. Ich bin einverstanden.«

»Dann bist du dran«, sagte Nell zu Liam.

Er erstattete Bericht. »Am Donnerstag wird ein Teambuilding Event der hiesigen Polizei stattfinden. Ich werde ihn selbst leiten und ein paar Fotos für unsere Webseite machen. Wir sollten so eine Veranstaltung auch bei der Freiwilligen Feuerwehr bewerben, selbstverständlich mit demselben Rabatt.«

»Das gefällt mir.« Seine Mutter nippte an ihrem Eistee. »Wenn wir genug Werbung machen, können wir vielleicht auch Polizei- und Feuerwehrteams von außerhalb gewinnen. Lass uns einen Fotografen beauftragen, Liam. Du wirst mit den Leuten genug zu tun haben.«

»Unsere Webseite muss sowieso aktualisiert werden. Ich bin bereits dabei«, sagte Miles. »Wir könnten das verbinden. Ich werde mich mit Tory in Verbindung setzen.« Er machte sich eine Notiz. »Vielleicht hat sie am Donnerstag Zeit für die Fotos.«

»Ich bin fertig. Du bist der Nächste«, sagte Liam zu ihm.

Es dauerte ein wenig, aber Miles erläuterte die Geschäftszahlen des letzten Monats, informierte über Personalentwicklungen, aktuelle sowie zukünftige Änderungen und zeigte ihnen eine Tabelle, die die Fortschritte bei der Webseitenaktualisierung illustrierte. Daneben präsentierte er ein paar neue Broschüren. »Das könnte auch zum Teambuilding passen, falls wir das ausbauen wollen: Eisfischen.«

»Müssen wir heute schon an den Winter denken?« Nell stöhnte. »Ich hab mich gerade erst an Sandalen gewöhnt.«

»Der nächste Winter kommt bestimmt. Ob wir uns nun Gedanken darüber machen oder nicht. Ein Wettbewerb im Eisfischen, drei Tage, mit Preisen. Die meisten Interessenten dürften

Leute aus dem Ort sein«, fuhr Miles fort. »Natürlich können Gäste teilnehmen, aber es soll für alle bezahlbar bleiben. Dad, du kannst das juristisch abklären, vermutlich brauchen die Teilnehmenden einen Angelschein. Wir markieren etwa ein Dutzend Fische und setzen sie ins Eisloch. Sechs davon bringen je hundert Dollar. Die anderen bis auf einen sind einen Tausender Wert. Der Hauptpreis für den Superfisch beläuft sich auf zehntausend Dollar.«

»Das muss aber ein Mordsfisch sein.« Mick rieb sich die Hände. »Den nehme ich.«

»Du weißt, dass wir nicht mitmachen dürfen. Trotz Antrittsgeld dürften wir draufzahlen, aber so was stärkt den Nachbarschaftsgeist und ist gut fürs Marketing. Wenn es gut funktioniert, machen wir die Veranstaltung jedes Jahr.«

»Ich finde die Idee toll.« Lydia nickte ihm zu. »Du warst nie Eisfischen, wirklich nie. Wie bist du darauf gekommen?«

Miles zuckte mit den Schultern. »Irgendwann wird es Winter, und der zieht sich dann. So bekommen wir kostenlose Aufmerksamkeit von den lokalen Fernsehsendern, im Internet und durch Mundpropaganda. Wir bringen das groß auf unserer Webseite und in den Sozialen Medien.«

»Ich denke eher an zwei Dutzend Preisfische. Regle du das, Rory«, wies Mick seinen Sohn an. »Die Details, die Preise, wie alles funktioniert.«

»Wird gemacht.«

»Hundert-Dollar-Fische, Fünfhundert-Dollar-Fische, Tausend-Dollar-Fische. Als Krönung den dicksten Fisch aller Zeiten.«

»Wir könnten auch Preise für die Hütten ausloben, die am schönsten dekoriert sind. Das sieht bestimmt toll aus«, überlegte Drea laut. »Das muss kein Bargeld sein. Eine Gratisübernachtung oder ein Gratiswochenende, Rabatt im Spa, in den Läden, Restaurants und Bars … Wir bauen eine Station für heiße Schokolade, Kaffee und Gebäck auf. Nell und ich können das ausarbeiten. So was wie im Januar bei unserem Eisskulptur-Event.«

»So läuft das.« Liam nickte und machte sich ebenfalls Notizen. »Darauf hätte ich auch kommen können.«

»Kümmre dich lieber um deinen Klettergarten«, riet ihm seine Mutter.

»Mach ich. Sonst noch was? Ich bin am Verhungern.«

»Eine Sache. Sie betrifft das Resort und die Familie.«

»Bei einem Familienbetrieb gilt das für fast alles.« Drea warf die Hände in die Luft.

»Ja«, pflichtete ihr Miles bei. »Deshalb möchte ich euch sagen, dass ich mich mit Morgan Albright treffe.« Er rechnete mit einer Pause, einem Moment der Verwirrung. Beides trat ein.

»Du triffst dich also mit Morgan«, sagte Drea langsam. »Das heißt, ihr habt eine romantische Beziehung?«

Nell musterte Miles scharf. »Nein, das heißt, dass sie miteinander ins Bett gehen, Mom. Verflixt noch mal, Miles!«

»Tut mir leid. Wolltest du etwa auch mit ihr ins Bett?«

»Hört, hört! Gibt es keine anderen Frauen in Vermont, mit denen du schlafen kannst? Muss es ausgerechnet jemand sein, der im Resort und in *meiner* Abteilung arbeitet?«

»Noch mal, es tut mir leid. Die anderen hab ich alle schon durch. Sie war als Einzige übrig. Wenn ich mit ihr fertig bin, schau ich mich in New Hampshire um.«

»Beruhigt euch, Kinder.« Ihr Vater hob beschwörend die Hände. »Es reicht. Erstens ist das Miles' Privatleben, auf das er ein Anrecht hat wie alle anderen auch. Zweitens weiß jeder am Tisch, dass er niemals eine Frau, geschweige denn eine Angestellte, zu einer sexuellen Beziehung nötigen würde.«

»Morgan sieht das vielleicht anders.«

Liam stöhnte genervt auf und wandte sich an seine Schwester.

»Komm schon, Nell. Morgan ist lange genug bei uns. Sie ist psychisch stabil. Würde sie sich genötigt fühlen, würde sie zu dir, Grand oder Mom kommen oder Miles sagen, dass er sie in Ruhe lassen soll. Ich habe erlebt, wie sie mit Gästen umgeht, die ihr zu nahetreten. Und ihr habt das auch.«

»Ja. Ich weiß aber auch, dass sie vor Kurzem traumatisiert wurde. Schwer traumatisiert. Und das Ganze ist nicht vorbei.«

»Das ist mir durchaus bewusst.« Miles klang gelassen – ein Warnsignal. »Wenn du behauptest, ich würde die Situation ausnutzen, trittst *du* mir zu nahe.«

»Das behaupte ich nicht. Ich sage nur, dass *sie* das denken könnte. Ich werde mit ihr sprechen. Keine Widerrede«, fuhr sie fort, bevor Miles etwas sagen konnte. »Ich bin ihre direkte Vorgesetzte und trage die Verantwortung.«

»Ich möchte was dazu sagen.« Sobald Lydia Jameson das Wort ergriff, unterbrach sie niemand. »Es ist Miles' Privatleben. Das muss die Familie respektieren. Seine Familie sollte ihm außerdem vertrauen. Er hat uns nie Anlass gegeben das Gegenteil anzunehmen. Doch Nell hat recht«, fuhr sie fort. »Obwohl ich keine Zweifel daran habe, dass Miles von der Gegenseitigkeit der Zuneigung überzeugt ist, sollte Nell als Morgans Vorgesetzte ein offenes Gespräch mit ihr führen. Morgan ist Olivia Nashs Enkelin. Weshalb ich keinen Zweifel daran habe, dass Liam ebenfalls recht hat. Wenn sie keine Beziehung mit Miles eingehen wollte, dürfte sie das deutlich formulieren.« Sie machte eine Pause. »Aber wir dürfen nicht vergessen, was sie durchgemacht hat und noch durchmacht. Nell, wir wissen es sehr zu schätzen, dass du morgen mit Morgan unter vier Augen sprechen möchtest. Dann solltest du genug Antworten haben, die es uns erlauben, zwei Erwachsene ungestört ihr Privatleben leben zu lassen.«

»Ich kümmere mich drum.«

»Dann wäre das also geklärt.« Mick klopfte leise auf den Tisch. »Miles wird zweifellos respektieren, was Morgan zu diesem Thema zu sagen hat.«

»Selbstverständlich.«

»Sie ist eine sehr attraktive junge Frau.« Mick lächelte. »In mehrfacher Hinsicht. Ein echter Gewinn für das Resort. Wäre Miles nicht, wer er ist, hätte er das Ganze überhaupt nicht erwähnt. So, und jetzt lasst uns den Grill anwerfen.«

Draußen nahm Nell Miles beiseite. Drea zuckte zusammen.

»Die machen das unter sich aus.« Rory legte ihr eine Hand auf die Schulter. »Wir haben keine Mimosen großgezogen.«

»Ich mach mir Sorgen, dass das in Streit ausartet.«

»Das wäre nicht das erste Mal.«

»Stimmt. Du hast recht, die werden das schon regeln. Wir können anschließend ihre Wunden verarzten, falls nötig.«

Nell zog Miles hinters Haus. »Hör zu, ich muss das machen.«

»Das hast du bereits gesagt, und wir sind uns alle einig.«

»Es geht nicht darum, dass ich dir nicht vertrauen würde.«

»Ach nein?«

»Nein. Das weißt du ganz genau, also komm bitte von deinem hohen Ross runter.«

»Ich bin gar nicht erst in den Sattel gekommen.«

Sie lief in gewisser Entfernung auf und ab. »Du wirst mich nicht auf die Palme bringen.«

»Was wollen wir wetten?«

»Miles!« Sie warf die Hände in die Luft und klopfte sich dann gegen die Stirn. »Du kannst vielleicht bei der Vorstellung mitfühlen oder dich aufregen, dass jemand seine Macht dazu benutzt, eine Frau zu Sex zu nötigen. Du wirst jedoch nie wissen, wie es ist, diese Frau zu sein.«

»Du weißt das?«

»Sehr richtig. Ich weiß, wie es ist, von einem Kerl in die

Enge getrieben zu werden, der sich einbildet, ich wäre an ihm interessiert, dankbar oder einverstanden. Und …«

»Moment, Moment!« Er packte ihren Arm und starrte sie an. »Wer? Wer war das?«

Sie sah ihn nur an, liebevoll und verächtlich zugleich. »Soll ich dir alle Namen der Männer seit der Highschool einzeln aufzählen? Ich komme damit klar. Im Gegensatz zu dir weiß ich also, wie das ist. Und Liam hat recht. Ich habe mit eigenen Augen gesehen, wie sie damit umgeht. Aber du bist nicht irgendein Gast oder Kollege. Du bist der Chef. Also werde ich mit ihr reden und sicherstellen, dass es keinen Zweifel an der Freiwilligkeit der sexuellen Beziehung zu dir gibt. Ist es denn nur eine sexuelle Beziehung?«

»Wer will das wissen? Die Chefin oder meine Schwester?«

»In diesem Fall dürfte es deine Schwester sein.«

»Ich weiß nicht genau.«

Sie nickte. »Das ist fair. Ich weiß es am Anfang auch nie.«

»Meine Schwester hat keine sexuellen Beziehungen. Sie ist rein und unberührt.«

»Genau.« Sie tätschelte ihm die Wange. »Wie deine Mutter, die durch ein Wunder drei Kinder zur Welt gebracht hat.«

»Soweit meine Theorie.«

»Ich liebe dich, Miles. Und du hast mich nicht auf die Palme gebracht. Insofern hast du die Wette verloren.«

»Noch ist der Tag nicht vorbei.«

***

Nell überlegte, wo sie sich am besten treffen sollten. Schließlich fragte sie Morgan, ob sie am Montag um zehn bei den Nash-Frauen vorbeikommen dürfe. Aus irgendeinem Grund ging sie davon aus, dass Morgan sich dort wohler fühlen würde.

Wenn ihre Familie in der Arbeit war, würden sie Privatsphäre haben.

Als Nell eintraf, ging Morgan rasch zur Tür. »Hallo, danke, dass ich kommen durfte. Ich habe ganz vergessen, was für ein schönes Haus das ist. Ich bin selten hier draußen.«

»Komm rein. Erst war ich überrascht, dass du vorbeischauen willst, aber dann wurde mir klar, warum.«

»Hat dich Miles vorgewarnt?«

»Nein, er hat nichts gesagt. Aber ich weiß, dass ihr gestern eine Zusammenkunft hattet. Also dürfte das Thema aufgekommen sein, dass wir uns regelmäßig treffen.«

»Genau so hat er sich ausgedrückt. Interessant.«

»Komm, gehen wir ins Wohnzimmer. Ich kann Kaffee machen.«

»Gern. Man sieht, dass hier drei Frauen leben, und das ist ein Kompliment! Es wirkt feminin. Es riecht feminin. Ach, und euer Garten! So hübsch. Ich liebe die Vogelfutterautomaten.«

»Ich auch. Kaffee, Latte, Cappuccino … du hast die Wahl.«

»Gern einen Latte.«

»Dann mach ich zwei. Setz dich.«

»Euer Garten hat etwas Künstlerisches und gleichzeitig Beruhigendes. Ich habe mir auch ein kleines Haus gekauft. Damit ich mich selbst drum kümmern kann, mit einem kleinen pflegeleichten Garten. Und bin grandios gescheitert.«

»Das kann ich mir gar nicht vorstellen.«

»Irgendwas hab ich immer vernachlässigt oder aufgeschoben. Irgendwann staut sich alles. Also habe ich jemanden eingestellt, der sich darum kümmert.«

»Auf diese Weise gibst du jemandem Lohn und Brot«, rief ihr Morgan in Erinnerung.

»Stimmt. Trotzdem. Dein Garten ist so viel schöner und kreativer als meiner. Ist das ein Klangspiel von Crafty Arts?«

»Ja.«

»Ich werde auf dem Rückweg dort vorbeischauen und mir auch eines besorgen. Hast du was dagegen, wenn wir uns auf die Terrasse setzen?«

»Einer meiner Lieblingsorte.«

20

Als sie auf der Terrasse saßen, schaute sich Nell noch einmal um. »Ich würde auch gern hier draußen wohnen. Trinkst du deinen Latte jeden Tag im Freien?«

»Normalerweise schon.«

»Miles hat auch so ein tiefenentspanntes Zuhause. Er schafft es sogar, einmal die Woche im Garten zu arbeiten, außer er ist zu kaputt. Aber das dürftest du bereits wissen.«

»Ja, es ist wunderschön dort.«

»Tja.« Nell strich sich das Haar, das sie heute offen trug, hinters Ohr. »Ich möchte dich nicht in Verlegenheit bringen.«

»Zu spät.«

Nell nickte zustimmend. »Ich fürchte, ganz ohne geht es nicht. Ich wollte lieber hier mit dir reden und nicht in meinem Büro, damit du dich möglichst wohlfühlst.«

»Das weiß ich sehr zu schätzen. Darf ich gleich zur Sache kommen und fragen, ob du mich feuern willst?«

»Wie bitte? Um Himmels willen, nein! Nichts dergleichen.« Nell machte eine abwehrende Geste.

»Gut.« Morgan atmete auf. »Dann kann ich mich entspannen.«

»Ich wünschte, es ginge anders, es geht nämlich um deine Komfortzone, Morgan. Ich kenne Miles natürlich und liebe meinen Bruder. Aber im Moment bin ich deine direkte Vorgesetzte, deine Vertrauensperson in der Arbeit. Soweit ich weiß, führt ihr eine Beziehung, Miles und du. Ich möchte, dass du mir aufrichtig sagst, ob du dich in irgendeiner Weise dazu genötigt fühlst. Selbst wenn Miles nicht dieser Ansicht …«

»Den Rest kannst du dir sparen, denn meine Antwort lautet eindeutig Nein. Er hat mich nicht genötigt und sich nie unangemessen verhalten. Ich habe den ersten Schritt gemacht und dachte deshalb, du willst mich vielleicht feuern.«

»Ja, für einen kurzen Moment vielleicht.« Sie trank einen Schluck Kaffee. »Davon hat er gar nichts gesagt. Warum sollte er auch. Typisch Miles. Dann würden wir dieses Gespräch zwar auch führen. Trotzdem wäre es hilfreich gewesen.«

»Ich kann dir noch ein paar Sachen sagen. Er war nach meiner Panikattacke am Freitag mehr als nur nett zu mir. Freitag vor einer Woche. Du weißt sicherlich Bescheid.«

»Ja, und das Ganze tut mir sehr leid.«

»Mir auch. Nun, ich hatte bereits vorher das Gefühl, er könnte Interesse an mir haben. Er hat nie etwas dergleichen gesagt oder getan, aber … Na ja, du weißt schon, Nell. Wenn ein Mann Interesse hat … Man kann das falsch interpretieren, aber in der Regel spürt man es.«

»Ja, stimmt.«

»Ich wollte nicht darauf reagieren, obwohl ich ebenfalls Interesse hatte. Eben weil ich meinen Job liebe und ihn dringend brauche. Aber ich habe ihm Kekse gebacken.«

»Im Ernst?«

»Eine Idee meiner Mutter.«

»Aha, verstehe.« Sie lachte, schüttelte den Kopf und trank wieder Kaffee. »Du hast ihm also Kekse gebacken.«

»Mit entsprechender Unterstützung, ja. Danach wollte ich sie ihm nur auf die Veranda stellen, sah aber die Türme.«

»Es ist ein großes Haus.«

»Ja, und dann kam zu allem Überfluss Howl angerannt. Ich war total entzückt und Miles total verdattert. Also habe ich ihn gefragt, ob ich einen Turm besichtigen darf. Wollte der Anziehungskraft zwar nicht nachgeben, aber unbedingt den Turm sehen. Irgendwann war ich am Gehen, aber …«

»Danke, das reicht.«

»Ich hatte einfach das Gefühl, dass es auf Gegenseitigkeit beruht. Also habe ich ihn gefragt, ob er an mir interessiert ist. Er hat so lange geschwiegen, dass ich glaubte, ich hätte mich getäuscht. Doch er meinte, ich hätte recht. Wir haben über die ganze Situation gesprochen. Darüber, wie wir das regeln wollen. Zu guter Letzt führte eines zum anderen.« Morgan zuckte mit den Schultern. »Ist das hilfreich genug?«

»Er hätte mir das nie erzählt. Ich bin froh, dass du es getan hast.«

»Wenn das Ganze ein Problem ist, weiß ich offen gestanden nicht, was ich tun soll. Der Job, meine Ladys und Miles … all das sorgt dafür, dass ich endlich wieder ich selbst bin. Ich würde ungern etwas davon aufgeben.«

»Warum solltest du? Du bist eine ausgezeichnete Managerin, das ist ein wunderschönes Zuhause. Obwohl mich mein Bruder Miles auf die Palme bringen kann, ist er ein interessanter Mann mit strikten Moralvorstellungen. Ich musste nur wissen, wie es dir damit geht. Der Rest ist eure Privatsache.«

»Gut. Danke. Ich bin vermutlich nicht sein üblicher Typ.«

»Ich glaube nicht, dass er einen bestimmten Typ hat.«

»Ich meinte, nicht so wie die Frau, mit der er vorher zusammen war.«

»Carlie Wineman? Ich bitte dich.« Nell verdrehte die Augen. »Ich merke sofort, wenn jemand berechnend ist. Eigentlich sollte ich nicht darüber reden, aber egal … Ich sage das als Miles' Schwester, nicht als Vorgesetzte. Carlie sieht super aus.

Sie weiß sich in Szene zu setzen, ist Kunst- und Weinkennerin, fährt Ski wie ein Profi und spricht Französisch.«

»Nichts davon ist gut für mein Selbstbewusstsein.«

»Nach einer Weile habe ich gemerkt, dass Miles so was wie ein Sprungbrett für sie sein sollte. Um gesellschaftlich und finanziell voranzukommen. Außerdem war sie verliebt in das Bild vom Paar in der Öffentlichkeit. Alles an ihr ist oberflächlich, nur ihre Eitelkeit ist bodenlos.«

»Gut, das stärkt mein Selbstbewusstsein wieder.«

»Du gefällst mir. Ich freue mich für Miles. Ich weiß nicht, ob das nur rein körperlich ist, oder ob …«

»Ich auch nicht.«

»Klar. Sobald ich Carlie besser kannte, gefiel sie mir nicht mehr. Deshalb war ich erleichtert, dass er die Beziehung beendet hat. Ich liebe meinen Bruder, auch wenn er mich regelmäßig auf die Palme bringt. Wie ich ihn umgekehrt auch.«

»Weil ihr euch so ähnlich seid.«

Nell musterte sie kühl. »Jetzt bringst du mich gleich auf die Palme.«

»Das weißt du doch. Du bist sehr selbstbewusst. Du bist extra hergekommen, damit ich mich wohlfühle und das Gefühl habe, die Situation zu kontrollieren. Das ist fürsorglich und verständnisvoll. Miles ist das auch, auf eine direktere Art. Liam dagegen ist unbekümmert. Ihr alle macht euren Job ganz ausgezeichnet. Das liegt an eurer Arbeitsmoral und daran, dass ihr die Familie und den gemeinsamen Betrieb liebt.«

»Vielleicht hättest du lieber Psychologin werden sollen?«

»Eine gute Barkeeperin ist eine Psychologin, die Getränke mixt. Hat dir dieser Teil der Ausbildung gefallen? Liam hat mir erzählt, dass ihr alle Bereiche eures Betriebs durchlaufen habt.«

»Ach so? Ja, das stimmt. Ich kann nicht behaupten, dass mir diese Arbeit Spaß gemacht hat, aber ich habe viel gelernt. Getränke zu mixen macht nur einen kleinen Teil aus. Ich merke gerade, wie gut es tut, zu entspannen, und würde liebend gern noch mit dir zusammensitzen. Aber ich habe heute leider nicht frei. Ich werde ein Klangspiel kaufen und dann zur Arbeit gehen. Also lasse ich dich deinen freien Tag genießen.«

»Schön, dass du vorbeigekommen bist.«

»Finde ich auch.« Nell erhob sich. »Ich schließe nicht so schnell Freundschaften, aber wenn, dann halten sie lange. Wir sollten mal zusammen zum Mittagessen gehen.«

»Mittagessen?«

»Oder auf einen Drink. Ich weiß, das klingt, als wollte ich dich aushorchen. Vielleicht mach ich das ja auch irgendwie. Weil ich mir vorstellen könnte, dass wir Freundinnen werden.«

»Auch ich schließe nicht schnell Freundschaften, würde aber gern mit dir essen oder auf einen Drink gehen.«

»Cool. Ich schreibe dir, sobald ich in meinem vollen Terminplan Zeit dafür finde. Der ist auch ein Grund, warum ich nicht so schnell Freundschaften schließe.«

Sie verabschiedeten sich. Danach ließ sich Morgan auf einen Stuhl sinken und war sehr erleichtert. Man würde ihr nicht kündigen. Sie würde sich nicht zwischen dem Mann und dem Job entscheiden müssen, die sie beide dringend behalten wollte.

Aber vor allem hatte es Miles seiner Familie gesagt.

»Ein Wendepunkt«, sagte sie leise. »Es fühlt sich doch tatsächlich so an, als würden sich die Dinge zum Besseren wenden.«

***

Gavin Rozwell genoss die milde Meeresbrise und den goldenen Sandstrand in South Carolina. Die heimischen Meeresfrüchte schmeckten ihm sehr. Obwohl er von der Veranda aus Meer, Strand und Sonnenaufgang bewundern konnte, vermisste er den Service einer Hotelterrasse. Doch buchte man ein Zimmer gleich mehrere Monate, erregte das Aufmerksamkeit. Man wurde schnell zum Ortsgespräch. Nicht so, wenn man ein Strandhaus mietete. Nun musste er dafür sorgen, dass sich der Aufwand lohnte.

Im Augenblick war er Trevor Caine, ein erfolgreicher junger Ghostwriter, der gerade ein Projekt abschloss, um danach seinen eigenen Roman zu beenden. Er hatte sich einen lässigen Look verpasst, der zum Strandleben und seiner derzeitigen Rolle passte. Kastanienbraunes Haar mit ein paar blonden Strähnchen, ein flottes Ziegenbärtchen, T-Shirts, Jeans im Vintagelook oder Shorts. Selbstbräuner verstärkte den Strandlook. Gekrönt wurde das Ganze von einem Basecap der New York Mets, dem er etwas Patina verpasst hatte, sowie von einer sündteuren Sonnenbrille. Er sah sehr gut aus. Ab und an lief er den Strand entlang, doch die meiste Zeit verbrachte er an seinem Notebook. Statt zu schreiben, setzte er seine Nachforschungen fort und vervollständigte seinen Plan.

Seine Zielperson, Quinn Loper, nannte ein Strandhaus und ein erhebliches Vermögen ihr Eigen. Ihr gehörte eine Reinigungsfirma, die sie selbst leitete. Die Firma kümmerte sich vor allem um Mietobjekte, die eine Immobilienagentur vermittelte. Die Drecksarbeit machten andere. Je nach Geldbeutel bot sie Grundreinigungen, Frühjahrsputz, Fensterputzen auch für Einheimische an. Quinn hatte einen MBA und ein florierendes Geschäft. Darüber hinaus vermögende Großeltern, die als Rentner von New York nach Myrtle Beach gezogen waren, des Wetters und des Golfspielens wegen.

Quinns Mutter war bei einem Unfall ums Leben gekommen, als Quinn sechs war – wie traurig, schluchz! Danach war der verwitwete Vater mit ihr und der damals acht Jahre alten Schwester nach South Carolina gezogen, um näher bei seiner Familie zu sein. Sieben Jahre später heiratete der Vater erneut. Er lebte inzwischen in Atlanta. Ihre Schwester hatte eine andere Frau geheiratet. Verstehen konnte er das zwar nicht, aber wie heißt es so schön? Leben und leben lassen. Die beiden kauften sich in Charleston ein altes Haus im Plantagenstil. Sie renovierten es und eröffneten eine Frühstückspension. Eine Familie mit echtem Unternehmergeist.

Quinn war erste Sahne. Sie stand länger auf seiner Liste. Nach der Enttäuschung mit Fettarsch in New Orleans hatte er sie eingehend ausgekundschaftet. Sie war Single, achtundzwanzig und sportlich genug, um an den meisten Tagen morgens am Strand zu joggen. Ins örtliche Fitnessstudio ging sie außerdem. Sie arbeitete von zu Hause aus, sparte sich so das Geld für ein Büro und beschäftigte sechzehn Personen in Voll- oder Teilzeit. Dazu vertrieb sie Putzausrüstung und Putzmittel unter dem Namen Beachy Clean. Zu süßlich dieser Name für seinen Geschmack, aber er funktionierte.

Sie hatte viel Geld in die zweistöckige Strandvilla mit vier Schlafzimmern, zweieinhalb Bädern, zwei Terrassen sowie einem Whirlpool gesteckt. Ihr Fuhrpark bestand aus einem Cabrio und einem Pick-up. Ihr Firmen- und ihr Privatkonto erwiesen sich dennoch als gut gefüllt. Ihr MBA und die reichen Großeltern zahlten sich aus. Er schätzte, dass er zwischen zweihundert- und zweihundertfünfzigtausend Dollar abgreifen konnte, bevor er sie umbrachte und mit dem Cabrio davonbrauste. Der Pick-up hatte zwar Extras ohne Ende und war neuer, aber das Cabrio war einfach *süß*.

Nachdem Gavin seine Hausaufgaben gemacht und sich in seine neue Rolle eingefunden hatte, brauchte er nur noch für eine romantische Begegnung zu sorgen. Kurz nach Sonnenaufgang eilte er zum Strand. Da ging sie laufen, das war ihre Zeit. Er rannte an diesem und auch am nächsten Tag drei Kilometer, ohne sie zu treffen. Geduld! Er musste ein Ritual entwickeln, das andere Frühaufsteher mitbekamen, die um diese Zeit joggten oder auf ihren Veranden mit Meerblick saßen. Er war der Typ mit dem Mets-Cap, der morgens zum Joggen geht.

Am dritten Tag überholte sie ihn. Er klemmte sich hinter sie. Lange Beine und durchtrainierte Figur wie er es mochte. Ein langer Pferdeschwanz wippte unter ihrem Cap. Von der Haarlänge abgesehen, erinnerte sie ihn an Morgan. Vielleicht mehr Kurven, die ihn wiederum an seine Mutter erinnerten.

Erste Sahne.

Nach guten anderthalb Kilometern machte sie kehrt. Er rannte so, dass sie lange aufeinander zu joggen würden. Bei der Begegnung schenkte er ihr ein Lächeln, tippte sich an das Cap und zeigte auf ihres. »Ein Hoch auf die Mets.«

»Gute Saison«, erwiderte sie etwas atemlos und lief weiter.

»Gute Schlagmänner.« Er machte kehrt und klemmte sich erneut hinter sie, wobei er etwa knapp zwei Meter Abstand ließ. Als sie ins Schritttempo fiel, winkt er ihr im Vorbeirennen kurz zu. Sie würde noch etwa vierhundert Meter weiterlaufen. Er hatte ihre Trainingsroutine durch ein Fernglas beobachtet. Sie würde ein paar Dehnübungen machen und dann den Weg nehmen, der zu ihrem Haus führte. Dort postierte er sich und stützte keuchend die Hände auf die Oberschenkel, als sie vorbeikam. Mit einem angedeuteten Lächeln richtete er sich auf. »Schöne Trainingsstrecke, aber ich bin es nicht gewohnt, auf nassem Sand zu laufen.«

»Sie haben sich gut geschlagen.«

»Nicht so gut wie Sie. Aus New York?«

»Ich bin dort geboren.« In sicherer Entfernung balancierte sie auf einem Bein, um einen Oberschenkel zu dehnen. »Aber die meiste Zeit meines Lebens lebe ich hier.« Was man ihrem Südstaatenslang deutlich anhörte. »Die Begeisterung für die Mets habe ich von meinem Großvater. Sind Sie aus New York?«

»Ich bin nach dem College nach Brooklyn gezogen. Dort

hab ich meine Heimat und meine Mannschaft gefunden. Bassit gegen Castillo.«

»Da freu ich mich schon drauf. Sie machen mit Ihrer Familie Urlaub?«

»Keine Familie. Arbeitsurlaub. So eine Aussicht ist nicht zu toppen.« Er machte eine weit ausholende Geste. »Ich wohne zwei Reihen hinter diesen Luxushütten mit Meerblick.« Sie würde diese Informationen überprüfen. Genau das war sein Plan. »Ach so, Trevor Caine.« Er gab ihr die Hand.

»Quinn Loper. Genießen Sie Ihren Aufenthalt.«

»Das werde ich. Vielleicht sehen wir uns ja morgen wieder.« Sie lächelte ihm im Weggehen zu. »Vielleicht.«

***

Am nächsten Tag stimmte das Timing, Quinn lief knapp hinter ihm. Gavin alias Trevor verlangsamte seine Schritte ein wenig. »Ein Wahnsinnsspiel«, rief er. Er hatte es nicht gesehen, wusste aber über alle Punkte und Highlights Bescheid. »Das Double Play am Ende des neunten Innings? Einfach super.«

Sie liefen ein Stück gemeinsam, redeten über das Spiel. Diesmal verlangsamte er seine Schritte mit ihr. »Das hab ich mir bei Ihnen abgeschaut«, sagte er. »Ein paar Schritte gehen. Ich fürchte, ich sitze zu viel und mache zu wenig Sport.«

»Ich auch, wenn ich meine Routine vernachlässige. Was arbeiten Sie denn?«

Er merkte, dass sie die Identität, die er sich ausgedacht hatte, bereits in groben Zügen kannte. »Ich bin Autor und arbeite an einem Roman. Was ich bereits seit über drei Jahren sage.« Ein verlegenes Lächeln begleitete diesen Satz. »In der Zwischenzeit lebe ich von meinem Honorar als Ghostwriter.«

»Ghostwriter? Das heißt, Sie schreiben das Buch, und jemand anders steht auf dem Titel?«

»Nicht ganz. Eher so, dass ein vorhandenes Manuskript in eine ordentliche Form gebracht werden muss. Oder jemand hat eine Idee, die professionell umgesetzt werden soll.«

»Bücher und Basketball sind beides Leidenschaften von mir.«

Was er natürlich wusste.

»Für wen haben Sie denn schon geschrieben?«

Er lächelte und zuckte mit den Schultern. »Ghostwriter sind unsichtbar. Das darf ich leider nicht verraten. Verträge und so. Ich bin hergekommen, um ein Projekt für einen Kunden fertigzustellen und mich danach ernsthaft meinem eigenen Buch zu widmen.« Er schaute übers Wasser. »Es läuft. Wenn alles gut geht, hab ich meinen Auftrag Ende der Woche fertig und endlich Zeit für mein Projekt, für meine Geschichte.« Er sah sie wieder an, lässig und ungezwungen, aber nicht ohne Interesse. »Was lesen Sie denn so?«

»Gute Geschichten. Thriller, Mystery, Liebesromane, Horror, Fantasy. Ich lasse mich gern in eine andere Welt entführen.«

»Das ist das Ziel. Was machen Sie, wenn Sie nicht gerade lesen oder Basketball schauen?«

»Ich leite eine Reinigungsfirma. Beachy Clean kümmert sich auch um Ihr Cottage.«

»Im Ernst?« Er schob das Cap in den Nacken. »Sie putzen mein Ferienhaus?«

»Nicht persönlich. Ich leite die Firma, die dafür sorgt.«

Sie verriet nicht, dass ihr die Firma gehörte. Sehr vorsichtig. »Dann will ich mal besonders ordentlich sein vor der Wochenreinigung, damit ich nicht als Chaot gelte.« Er strahlte sie an.

»Mein Team ist wie ein Ghostwriter, äußerst diskret. Jetzt muss ich los. Viel Glück beim Schreiben.«

»Danke.«

Für den vierten Tag hatte er gemeinsames Joggen eingeplant, doch sie tauchte nicht auf. Dann eben an Tag fünf. An

Tag sieben schlug sie vor, etwas trinken zu gehen, und kam ihm damit um zwei Tage zuvor. Er revanchierte sich mit einer Essenseinladung. Ganz ungezwungen und freundschaftlich, was mit einem freundschaftlichen Gutenachtkuss endete, bevor er sich bewusst einen Tag rar machte.

»Ich hab durchgearbeitet«, erzählte er und täuschte Begeisterung vor. »Die Worte flossen nur so aufs Papier, ich konnte einfach nicht aufhören.«

»Du redest von deinem Buch, oder?«

»Ja, von meinem eigenen.«

»Worum geht es da?«

»Kann ich nicht verraten, da bin ich abergläubisch. Sobald ich drüber rede, versiegt die Quelle.« Er sah zu den über sie hinwegfliegenden kreischenden Möwen empor. »Das ist der richtige Zeitpunkt und der richtige Ort. Wenn ich jemals fertig und veröffentlicht werde, wovon ich ausgehe, schicke ich dir ein Exemplar. Offen gestanden haben die morgendlichen Joggingrunden mit dir alles in Gang gebracht.«

»Das ist ja toll, Trevor.«

»Wie wär's, wenn ich dich morgen Abend bekoche, um das zu feiern?«

Sie lächelte. »Ja, wieso eigentlich nicht?«

***

Es dauerte fast drei Wochen, bis der Paarungstanz mit einem Abendessen bei Quinn endete. Das gab Trevor die Möglichkeit, sich den Grundriss ihres Hauses einzuprägen und sich ein paar Minuten an ihrem Computer zu schaffen zu machen. Sie wollte Sex. Das war okay und kam nicht unerwartet. Er brauchte sich nur den Mord vorzustellen, um einen Steifen zu bekommen. Außerdem hatte sie ein Notebook im Schlafzimmer, er konnte also von zwei Geräten aus zugreifen.

Er lernte ihre Großeltern kennen, aß Spareribs vom Grill auf deren Veranda. Die Gelegenheit war günstig, also spielte er seine Schadsoftware auf den Bürocomputer des Großvaters. Warum sollte er sich nicht auch bei deren Konto bedienen? Das würde ihn nur ein paar Tage mehr kosten.

Am Ende brauchte er bloß einen Monat statt der geplanten zwei. Zuerst nahm er Kredite im Namen von Quinn Loper auf, überwies das Geld auf seine Konten und räumte ihr Konto ab. Danach stockte er die üppige Beute mit hunderttausend Dollar vom Konto ihres Großvaters auf. Er überlegte, auch die Großeltern umzubringen. Doch das gab ihm nichts. Viel erregender fand er die Vorstellung von ihrer Erschütterung, nachdem er ihre geliebte Enkelin umgebracht hatte.

Zuerst brach er bei den Großeltern ein, die bei offenem Fenster schliefen, um das Meeresrauschen zu hören. Was für Idioten! Er löschte seine Schadsoftware und schlüpfte unbemerkt hinaus.

Quinn ließ zwar die Fenster nicht offen, aber ihre Haustür war ein Witz. Rasch lief er durch das im Dunkeln liegende Haus ins Schlafzimmer, wo sie im Bett lag. Er war versucht, sie aufzuwecken, damit sie mehr von dem mitbekam, was ihr gleich zustoßen würde. Damit sie mehr Zeit hatte, sich zu fürchten. Doch sie würde sich mit Sicherheit zur Wehr setzen. Deshalb ließ er sich vorsichtig aufs Bett sinken und kniete sich auf ihre Arme. Als er die Hände um ihren Hals legte, riss sie die Augen auf. Sie brachte keinen Ton heraus, bäumte sich allerdings auf und versuchte, sich auf die Seite zu drehen.

»Du bist auch nur eine von diesen Schlampen.« Fester, immer fester zudrücken, ihr die Luft abschnüren. Zusehen, wie sie die Augen verdreht. »Du hältst dich wohl für was Besonderes, aber das bist du nicht. Ich knips dich aus.« Sie riss den Mund auf, um nach Luft zu ringen, während er ihre Arme blockierte, krallte sich in die Laken, trat um sich. »Ich habe mir genommen, was ich wollte, verstehst du? Dein Haus, deine Firma gehören mir. Nichts, was du je getan hast, hat eine Bedeutung.«

Sie hörte auf zu kämpfen und verfiel in Zuckungen. Selbst im Dämmerlicht bekam er mit, wie das Leben aus ihren Augen wich. Ausgeknipst! Gut so. Sehr gut. Ah, dieser Kick! Er fühlte sich wie berauscht. Perfekt war es jedoch nicht. Sie war gut gewesen. Viel, viel besser als Fettarsch aus New Orleans, aber eben nicht perfekt. Nichts würde perfekt sein, bis er Morgan erledigt hatte. Er zog das Armband aus der Tasche, das er in Morgans Schublade gefunden hatte, und legte es Quinn an. »Da, kannst du behalten. Das soll sie daran erinnern, dass ich sie holen werde.«

Er nahm die Schlüssel für das Cabrio, fuhr zu seinem Ferienhaus, um die bereits gepackten Koffer einzuladen. Sein Gesicht war rasiert und das Haar schwarz gefärbt. Er hatte sich eine neue Identität zugelegt. Bis man sie finden würde, hätte er das Cabrio längst in North Carolina vertickt und wäre mit einem neuen Wagen nach Westen unterwegs. Während er in die Dunkelheit hineinfuhr, lächelte er in sich hinein.

»So geht das!«

***

Für Morgan hätte der Sommer ewig dauern können. Jeder Tag, egal ob Regen oder Sonnenschein, brachte sie ihrem neuen Leben einen Schritt näher. Einem, das ihr echt gefiel. Nichts konnte die Tragödie ungeschehen machen, die sie zu diesem Kurswechsel gezwungen hatte. Trotzdem würde sie den neuen Weg nicht nur weitergehen, sondern sogar genießen. Voller Dankbarkeit.

An einem sonnigen Sonntag wollte sie sich mit einer Überraschung bei den Ladys erkenntlich zeigen.

»Ich weiß es sehr zu schätzen, dass du mir hilfst.« Während

der Fahrt streichelte Morgan Howl, der sich in Miles' SUV an ihren Sitz schmiegte. »Ich kenne deine Wochenendroutine.«

»Es ist zwar eine Routine, aber nicht in Stein gemeißelt.«

»Egal, ich werde diesen Betonklotz niemals allein versetzen können, weshalb er seit zig Jahren in der Werkstatt meines Großvaters steht. Zu dritt schaffen wir das bestimmt.«

»Ja, der Hund wird uns eine große Hilfe sein.«

»Er ist zur moralischen Unterstützung mitgekommen, stimmt's Howl? So kommt er ein bisschen raus. Kurzurlaub sozusagen.«

»Für einen Hund ist jeder Tag ein Urlaubstag.« Miles hielt vor der Tudor-Villa.

»Meine Ladys dürften frühestens um drei zurückkommen. Das sollte klappen.«

»Je öfter du das sagst, desto weniger überzeugt klingt es.«

»Ich bin zwar nervös, aber habe ich erst mal angefangen, ist es damit vorbei.« Sie führte ihn durchs Haus, während sich Howl umsah und herumschnupperte. »Ich hab den Sonnenkollektor gestern rausgestellt, damit er die Batterie für die Pumpe auflädt. Alles andere ist in der Werkstatt. Es gibt ein Rollbrett, aber ich hab mich an den Klotz nicht rangetraut.« Sie grinste Miles an. »Du bist der Muskelmann.«

»Sieht gut aus alles«, bemerkte Miles.

»Wenn wir dieses Projekt beendet haben, wird es noch besser aussehen. Das Tüpfelchen auf dem i, bis mir was Neues einfällt.«

Die Werkstatt, ein verwitterter Schuppen mit einer knallblauen Tür, stand von Bäumen verborgen am Ende des Grundstücks, dahinter plätscherte ein Bach.

»Genau wie ich es in Erinnerung habe. Der Hund, den dein Großvater hatte, als ich ein Kind war, ist gern in den Bach gesprungen. Unsere Großväter saßen auf Klappstühlen, tranken Bier und alberten herum. Deiner hatte immer eine kalte Cola für mich, wenn ich dabei war.«

»Er hat Kinder geliebt.« Morgan öffnete die Tür zum Schuppen. »Meine Großeltern haben sich eine große Familie gewünscht, aber Gram hatte Komplikationen.«

»Wie schade. Wow, es sieht wirklich alles noch genauso aus wie früher. ›Alles ist an seinem Platz, Miles‹, hat er immer gesagt. ›Wenn man ein Werkzeug braucht, möchte man nicht erst lange danach suchen.‹«

Sie fuhr mit der Hand über eine Werkbank, schaute sich die elektrisch betriebenen Geräte an, die Steckplatte mit dem Handwerkszeug, die große rote Werkzeugkiste sowie die etikettierten Einmachgläser mit Schrauben, Nägeln und Unterlegscheiben. »Es riecht irgendwie nach ihm. Deswegen hat Gram noch nichts weggegeben oder verkauft. Für mich und meine kleinen Projekte ist das äußerst praktisch.«

Miles ging zu einem Betonklotz, der bestimmt einen Meter hoch war. »Das Ding hier?«

»Das Ding da. Keine Ahnung, was er damit wollte, Gram weiß es auch nicht. Ich hoffe, ihm gefällt, was ich damit vorhabe. Ich hab schon Löcher in den Frosch gebohrt.«

Sie ging zu dem Betonfrosch auf der anderen Werkbank. Der saß im Schneidersitz in einer breiten Kupferschale. Die Hände mit den Handflächen nach oben auf die Knie gelegt und ein seliges Lächeln im Gesicht. Die Löcher in den Handflächen gaben einen ersten Hinweis.

»Da soll Wasser rauskommen?«

»Sobald ich ihn gesehen hatte, wusste ich, wie ich das mache. Die Wasserpumpe kommt unter seinen Sitz, und das Kabel für das Solarpanel führt durch die Basis. Siehst du die Löcher? Der Brunnen funktioniert mit Sonnenenergie.«

»Hat dir dein Großvater das Bohren beigebracht?«

»Nein. Ich habe nicht viel Zeit hier verbracht, was ich sehr bereue. Aber die Grundlagen hab ich von ihm gelernt. Wie man Hammer und Nagel benutzt. Dass man immer alles zweimal abmessen, aber nur einmal schneiden soll und so was. Ansonsten gibt es Tutorials im Netz. Es wird bestimmt klappen.«

Der Hund erkundete den Schuppen. Miles holte das Rollbrett. »Weißt du schon, wo der Brunnen hinsoll?«

»Ganz genau.«

»Das sagen alle Frauen.«

»Das ist echt eine sexistische Bemerkung. Könnte zwar stimmen, ist aber trotzdem sexistisch.«

Er versuchte den Sockel zu kippen, um das Rollbrett darunter zu schieben, hielt inne und sah Morgan an. »Uff.«

»Ich weiß, das Ding wiegt Tonnen. Vermutlich steht es deshalb noch hier rum. Komm, wir schaffen das!« Gemeinsam bugsierten sie das Teil tatsächlich aufs Rollbrett. Während Miles es anschob, hielt sie die Last im Gleichgewicht.

»Wenn es kippt, versuch nicht, es aufzufangen. Ah, es kippt!«

»Es kippt nicht.«

Sie mussten sich ganz schön abmühen und gerieten ins Schwitzen. Wie sich herausstellte, wusste sie tatsächlich genau, wo der Klotz hinsollte. In die pralle Sonne, nahe einem Pfirsichbaum und vor üppigen blauen Hortensien. »Gut, jetzt stehen bleiben.« Sie rannte davon, um eine bereits vorgebohrte Schieferplatte, die Pumpe und das Kabel zu holen.

Nachdem Morgan die Pumpe installiert hatte, schoben sie den Betonblock auf die Platte. Miles rüttelte daran. »Da muss ein Tornado kommen, um dieses Ding wegzuwehen.«

»Allerdings.« Begleitet von Howl, schaffte sie Frosch und Schale herbei. »Siehst du, die Pumpe passt perfekt unter den Frosch und der Frosch in die Kupferschale. Die ist übrigens von einem lokalen Künstler. Das Rohr verschwindet im Frosch. Hast du den Schlauch?« Sie zeigte darauf. »Lang genug ist er, ich hab's überprüft.«

Ihr entgeht nichts, dachte er, marschierte los, drehte das Wasser auf und kam mit dem Schlauch zurück.

»Es wird funktionieren«, murmelte sie.

»Wasser marsch?«

»Bitte. Wie schön die Schale in der Sonne schimmert. Das Kupfer ist echt ein Hingucker. Und der Frosch ist so süß. Total zenmäßig. Die Ladys werden ihn lieben. So, der Moment der Wahrheit.« Sie schaltete die Pumpe ein. Wasser schoss aus den Handflächen des Froschs. Zwei hübsche Fontänen, die in die Kupferschale zurückfielen. »Es funktioniert.« Sie drehte sich um die eigene Achse, zog Miles an sich, küsste ihn und wirbelte ihn herum. »Ist das nicht wunderbar? Wunderbar, schräg und einzigartig.«

»Du bist handwerklich echt geschickt. Du hast einen verdammten Brunnen gebaut!«

»Ich bin begeistert. Komm, setzen wir uns auf die Terrasse, und ich hole uns was zu trinken.«

Teil 3

Wurzeln

Schönheit, Kraft und Jugend
welken wie Blumen dahin.
Pflichterfüllung, Treue, Liebe –
Wurzeln und immergrün.

George Peele

Denn Liebe ist stark wie der Tod,
und ihr Eifer ist fest wie die Hölle.

Das Hohelied Salomos 8,6

21

Morgan füllte zwei große Gläser mit Eiswürfeln und führte einen kleinen Freudentanz auf. Vor dem Küchenfenster, jenseits der Terrasse, schickte der Frosch zwei Fontänen in den Himmel. Sie stellte sich vor, wie ihre Ladys beim Morgenkaffee oder Feierabendwein lächeln würden. Den restlichen Sommer über und bis in den Herbst hinein, solange es nicht zu kalt war.

Sie öffnete den Kühlschrank, um den Krug mit der Limonade herauszunehmen, und erstarrte, als es klingelte. Bestimmt ein Paketbote, dachte sie, als sie zur Tür ging. Doch weil ihr die Vorsichtsmaßnahmen in Fleisch und Blut übergegangen waren, schaute sie zuerst aus dem Fenster. Sofort war die naive Freude wie weggeblasen. Sie machte den beiden FBI-Ermittlern auf. »Sie hätten mich angerufen, wenn Sie ihn gefasst hätten, damit ich Bescheid weiß. Also geht es um etwas anderes.«

»Ja, Morgan, es tut uns aufrichtig leid. Dürfen wir reinkommen?«, fragte Beck.

»Ja, natürlich.« Sie machte die Tür hinter ihnen zu. »Wer war die Frau?«

»Setzen wir uns.«

»Tut mir leid, ja. Ich …« Sie warf einen Blick in die Küche. »Ich bin nicht allein, mein …« Ja, was? Konnte sie »mein Freund«

sagen? Mein Partner? Lover passte eher und gleichzeitig auch wieder nicht. »Miles Jameson. Wir sind liiert.« Das klang vernünftig und entsprach der Wahrheit. »Er hat mir bei einem Projekt geholfen und weiß Bescheid.«

»Ja, wir haben mit ihm gesprochen.« Morrison sah sich um. »Wollen Sie ihn dazuholen?«

Nein, dachte sie. Sie wollte lieber mit Miles und Limonade in der Sonne sitzen und den Froschbrunnen bewundern. Andererseits … »Er wird sowieso informiert werden müssen. Ich arbeite im Resort, das seiner Familie gehört. Und wie gesagt, wir sind liiert. Ich wollte gerade Limonade holen. Das klingt so normal.« Sie lachte auf, strich sich übers Haar. »Ein schöner Sommernachmittag. Ich hole noch zwei Gläser.«

Sie ging mit ihnen in die Küche und konnte sehen, dass Miles den Schlauch wieder aufgewickelt hatte. Jetzt stand er da, die Hände in den Hosentaschen, und musterte den Brunnen.

»Kann ich Ihnen helfen?«

»Nein«, sagte sie zu Morrison. »Ich hole ein Tablett. Gehen Sie ruhig nach draußen. Ich brauche nur eine Minute.« Morgan zwang sich, die Ruhe zu bewahren, und holte das Tablett. Jetzt sah sie, wie Miles sich umdrehte. Sein belustigter, entspannter Gesichtsausdruck verhärtete sich. Rasch füllte sie zwei weitere Gläser mit Eiswürfeln und trug alles nach draußen. Alle drei standen immer noch herum. Die Sonne ließ die Kupferschale aufleuchten, und der Frosch lächelte selig.

Sie hätte nicht sagen können, warum ihr es so viel bedeutete, dass Miles ihr entgegenkam und das Tablett übernahm. »Setz dich.« Obwohl es wie ein Befehl klang, gab ihr das Halt. Sobald sie saß, schenkte er die Limonade ein. Die Eiswürfel klirrten. In ihren Ohren klang es wie eine Maschinengewehrsalve. Howl legte ihr den Kopf in den Schoß.

»Wer war sie?«, fragte Morgan erneut.

Beck begann. »Sie hieß Quinn Loper, achtundzwanzig Jahre

alt und Single. Mit eigener Firma in Myrtle Beach, South Carolina. Sie entspricht seinem Beuteschema zu hundert Prozent. Allerdings wohlhabender als die meisten Opfer. In diesem Fall ist es ihm sogar geglückt, Zugriff auf die Konten der Großeltern zu bekommen. Er hat sie um hunderttausend Dollar erleichtert, hätte aber deutlich mehr nehmen können.«

»Er hat ihnen ihre Enkelin genommen«, gab Miles zu bedenken.

Beck nickte. »Ja, und vielleicht war das diesmal genug.«

»Er hatte sich für zwei Monate in einem Ferienhaus eingemietet, unter dem Namen Trevor Caine«, fuhr Morrison fort. »Er hat sich als Schriftsteller ausgegeben.«

Sie schilderten die Beweislage. Dann ergriff Beck erneut das Wort. »Wir sind zu dem Schluss gelangt, dass er lieber ein Ferienhaus statt eines Hotelzimmers gemietet hat, weil Ferienhäuser dort verbreitet sind und er so weniger auffällt.« Beck beugte sich vor und legte ihre Hand auf Morgans. »Morgan, ich weiß, es sieht aus, als hätten wir keinerlei Fortschritte gemacht. Wir konnten ihn nicht aufhalten, sind aber seiner Spur von New Orleans aus gefolgt. Irgendwann haben wir den Autoverleih für den Wagen gefunden, mit dem er nach South Carolina gefahren ist. Er hat sein Aussehen verändert, zwei der dortigen Mitarbeiter konnten ihn identifizieren. Wir wissen, welchen Namen und welchen Look er verwendet hat. Deswegen konnten wir ihn bis Myrtle Beach und in das Hotel verfolgen, in dem er paar Tage abgestiegen ist.«

Morgan sagte nichts, sondern nickte nur.

»Wir haben die Polizei dort alarmiert und damit begonnen, die Immobilienagenturen abzuklappern, als uns der Mord an Quinn Loper gemeldet wurde. Es ging nur um ein paar Stunden.«

»Trotzdem ist sie tot. Es tut mir leid, denn ich weiß, wie viel Zeit und Arbeit Sie investieren. Aber sie ist tot.«

»Ja, das ist sie.« Das Bedauern war aufrichtig. So aufrichtig, dass Morgan sich wünschte, sie hätte die grausame Wahrheit für sich behalten. »Wir sind zu spät gekommen. Aber er hat Fehler gemacht. Er hat ihren Wagen gestohlen, ein Luxuscabrio, und vergessen, den GPS-Tracker abzuschalten.«

»Ich weiß nicht, was das bedeutet.«

»Das ist ein im Auto eingebautes Ortungssystem. Das zeigt, wo er gerade ist.« Miles kniff die Augen zusammen. »Sie haben ihn noch nicht gefasst?«

»Nein, aber wir haben den Mann, der den Wagen gekauft hat. Er hatte früher schon Autos von Rozwell weiterverkauft oder ihm welche verkauft. Er wurde verhaftet.«

»Dieser Mann weiß, wo Rozwell steckt?«

Morrison übernahm. »Er sagt Nein, und wir glauben ihm. Der Mann behauptet, er sei davon ausgegangen, dass Rozwell ein Autoknacker ist. Von den Morden wusste er nichts.«

»Wir kennen den Wagen, den er eingetauscht hat«, sagte Beck. »Und den Namen, der in den Papieren steht. Wir haben seine derzeitige Personenbeschreibung und wissen, welche Richtung er eingeschlagen hat. Das Fahrzeug wurde zur Fahndung ausgeschrieben, ebenso der Name, den er gerade benutzt.«

»Kommt er hierher?«

»Wir wissen nur, dass er eine Karte auf seinem Notebook aufgerufen hat, während sein neues Auto für ihn fertig gemacht wurde. Er hat sich eine Route nach Westen angesehen, vermutlich nach Kansas, nicht hierher. Wir gehen davon aus, er ist noch nicht so weit, sich Ihnen zu stellen.«

Beck öffnete ihren Aktenkoffer und nahm einen Beweisbeutel heraus. »Das hat er beim letzten Opfer hinterlassen.«

»Mein Armband.« Trotz der Sonne begann Morgan zu frösteln. »Das er nach dem Mord an Nina mitgehen ließ.«

»Auf diese Weise will er Ihnen mitteilen, dass er Sie nicht

vergessen hat. Er will, dass Sie in Angst leben. Fakt ist jedoch, dass *er* in Angst lebt, Morgan. Sonst hätte er nicht so viele Fehler gemacht. Er kennt sich mit Autos aus, mit Technik. Trotzdem hat er den GPS-Tracker übersehen.«

»Wir können Sie in eine sichere Unterkunft bringen«, hob Morrison an.

»Meine Mutter und meine Großmutter leben hier. Was, wenn er nach mir sucht und ihnen etwas antut?« Bei dem Gedanken daran zog sich ihr Magen schmerzhaft zusammen. »Und wie lange sollte ich mich bitte schön einschließen? Eine Woche, einen Monat, ein Jahr? So kann ich nicht leben. Niemand kann das. Miles …«

»Nein«, sagte er. »So kannst du nicht leben. Wir befolgen sämtliche Sicherheitsmaßnahmen, die Sie uns empfohlen haben. Wenn wir darüber hinaus etwas machen können, werden wir das tun. Wie oft soll sie sich nehmen lassen, was sie hat, was sie ist? Wie oft soll sie noch mal von vorne anfangen?«

Morgan schwieg und sah ihn nur an. Seine Stimme blieb absolut ruhig, doch eine eisige Kälte schwang darin mit. Der unsichtbare Anzug, dachte sie. Er trug seinen unsichtbaren Anzug. Ihretwegen. Was er da sagte und wie er es sagte, bedeutete ihr in diesem Moment alles.

»Sie hat sein Selbstvertrauen erschüttert, stimmt's?«, fragte Miles. »Sie haben doch Profiler. Ist das der Grund, warum er so viel Mist baut? Sie hat ihm einen Dämpfer verpasst, deshalb soll sie büßen. Doch vorher muss er sicherstellen, dass er ihr Selbstbewusstsein erschüttert. Sonst hätte er sie sich längst geschnappt. Die Sache muss sehr an ihm nagen. Er hat sich mehr als ein Jahr Zeit gelassen. Sie macht ihm Angst. Und die sollte er, verdammt noch mal, haben.«

»Das sehe ich auch so«, sagte Beck. »Wenn wir ihn nicht vorher erwischen, wird er hier auftauchen. Denn die Sache nagt tatsächlich sehr an ihm. Die drei Frauen, die er seit Morgans

Überleben ermordet hat, sind nur ein Ersatz. Ein Ersatz ist nie so befriedigend wie die erste Wahl.«

»Dann sollten Sie ihn bald finden.«

Beck lehnte sich zurück, nahm ihr Glas und stellte es wieder ab. »Hätte er in Kalifornien nur einen Tag länger gewartet! Wir hatten gerade die Immobilienagentur betreten, bei der sein Haus gemietet hat. Wären wir doch ein paar Stunden früher gekommen. Sind wir aber nicht.«

»Das ist hart für mich.« Morgan strich über Howls Kopf. »Und für Sie.«

»Das ist unser Job«, hob Beck an, als sowohl ihr als auch Morrisons Handy klingelte. »Entschuldigen Sie uns bitte.« Sie stand auf und entfernte sich ein Stück.

»Ist das Ihr Hund?«, wollte Morrison von Morgan wissen.

»Nein, der von Miles.«

»Mehr oder weniger«, murmelte Miles.

»Es könnte nicht schaden, sich einen Hund anzuschaffen. Ein Hund schreckt ab. Sie könnten …«

»Wir haben einen Anhaltspunkt«, schaltete sich Beck ein. »Er ist in einem Hotel in Kansas City, Missouri, abgestiegen. Die dortigen Ordnungskräfte reagieren gerade. Wir melden uns.«

Morgan erhob sich, um sie zur Tür zu begleiten, aber sie rannten bereits los. »Viel Glück«, rief sie ihnen hinterher.

»Vielleicht klappt es ja diesmal«, sagte sie zu Miles.

»Vielleicht. Immerhin geht es dir gut.«

»Wie meinst du das?«

»Keine Panikattacke.«

»Nein. Was du gesagt hast, hat mir viel bedeutet.«

»Was genau?«

»Dass ich nicht zulasse, dass er mir erneut das Leben ruiniert. Dass er Angst vor mir haben sollte. Du hast mich verteidigt. Das tut mir gut. Dass du an mich glaubst. Dass du mich verteidigen würdest. Das bedeutet mir viel.«

Er schwieg einen Moment und sah sie an. Der Hund hatte sich unter ihrem Stuhl ausgestreckt. »Morrison hat etwas Wichtiges gesagt. Du solltest den Hund zu dir nehmen. Keine Ahnung, ob er ein guter Wachhund ist, aber er würde bestimmt anschlagen.«

»Da müsste er seine schicke Hundehütte aufgeben.«

»Ich bin mir sicher, er würde auch draußen im Regen schlafen, solange du ihm den Kopf tätschelst.«

Lächelnd kraulte sie Howl mit dem Fuß. »Du bist sein Zuhause, und ich weiß, wie es ist, sein Zuhause zu verlieren. Also nein. Trotzdem danke. Diese zwei Ermittler betrachten das nicht nur als ihren Job. Sie wollen ihn echt stoppen.« Sie trank einen Schluck von ihrer Limonade. »Ich glaube, ich habe ihm einen Dämpfer verpasst, genau wie sie gesagt haben. Wenn ihn das so aus der Bahn geworfen hat, dass er leichter gefunden und aufgehalten werden kann, bin ich froh. Hoffentlich weiß er, dass ich trotz allem, was er mir angetan hat, ein gutes Leben führe. Ein schöneres Leben als alles, was ich je für möglich gehalten hätte. Hoffentlich verpasst ihm das einen zusätzlichen Tiefschlag.«

»Am besten, ich bring es hinter mich.« Miles überraschte sie, indem er ihre Hand nahm. Er war eher sparsam mit liebevollen Gesten.

»Werde ich mögen, was du mir sagst?«

»Ich fühle mich zu dir hingezogen. Das ist offensichtlich, sonst säßen wir nicht hier. Ich bin gern mit dir zusammen, und zwar nicht nur wegen dem Sex. Aus irgendeinem seltsamen Grund mag ich es, wie du einen Frosch in einen Brunnen verwandelst.«

»Du hast mir dabei geholfen.«

»Nur mit meiner Muskelkraft und unterbrich mich bitte nicht. Ich würde es sogar genießen, einfach nur zuzuschauen, wie du hinter der Bar stehst, selbst wenn wir keine Beziehung hätten. Das ist das reinste Ballett. Ich mag deinen Körper und vor allem, dass ein schlauer Kopf darauf sitzt. Abgesehen davon bewundere ich dich wahnsinnig.«

Ihr Erstaunen wuchs. »Äh, aha, na ja.«

»Unterbrich mich nicht«, wiederholte, er. »Keine Ahnung, wie ich auf das, was du dir soeben anhören musstest, reagiert hätte. Wenn ich einen nahestehenden Menschen verloren hätte, ein Familienmitglied. Genau das war Nina für dich, Familie. Ich kann nur hoffen, dass ich nie herausfinden muss, ob ich auch so viel Mut besitze … Jetzt darfst du etwas sagen.«

»Ich bin ziemlich sprachlos.«

»Das ist mal was Neues.« Howl rührte sich, brummte und kam dann unter dem Stuhl hervor. »Ich glaube, die Ladys kommen.«

Ehe er seine Hand wegziehen konnte, verstärkte sie den Griff und nahm dann seine andere Hand. »Du hast gerade eine schlimme Situation entschärft. Ich werde mich später erkenntlich zeigen, aber es sei schon mal festgestellt.«

»Miles, wie schön, dich zu sehen.« Ganz in Rosa ging Audrey auf ihn zu. »Nein, nein, bleib bitte sitzen. Ach, und da ist ja auch der süße Hund, von dem Morgan erzählt hat … Bist du nicht hinreißend?«, säuselte Audrey, beugte sich vor und streichelte den wedelnden Howl. »Und wie du sprechen kannst.« Sie lachte, als er brummte. »Was für ein schöner Tag. Einer, an dem richtig viel los war«, fügte sie hinzu, als sie sich aufrichtete. »Wir haben fast … Oh, Morgan! Wo hast du das her? Das ist ja wunderbar. Eine Vogeltränke, ein Brunnen. Ein Yoga-Frosch! Ganz entzückend. Mom! Komm raus, und schau dir das an.«

Amüsiert und angetan sah Miles einfach nur zu. Morgans Mutter, zuckersüß im rosa Sommerkleid, ging auf die Zehenspitzen und faltete die Hände unterm Kinn. Dasselbe Kinn wie Morgan, fiel ihm auf. Dieselben schmalen Hände mit den feinen Fingern. Olivia Nash kam aus dem Haus, schlank wie ein Teenager, in einer weißen Leinenhose, über der sie ein ärmelloses, knallrotes Oberteil trug. Auch in ihr sah er Morgan. Dasselbe Kinn, dieselben Wangenknochen.

»Audrey, was um alles in der Welt … Hallo, Miles, hallo Howl. Bist du nicht goldig?«

»Danke«, sagte Miles und erntete Gelächter.

»Mom, schau!« Um das sicherzustellen, zog Audrey am Arm ihrer Mutter und zeigte in den Garten.

»Ach, das ist ja … Oh!«

»Morgan hat uns eine Yoga-Frosch-Fontäne besorgt.«

»Sie hat sie *gebaut*«, verbesserte Miles sie.

»Ich hab sie nicht gebaut. Ich hab bloß die Teile dafür gefunden und sie zusammengesetzt.«

»Morgan, genau das nennt man *bauen*.«

»Das ist dieser alte Betonklotz, von dem Dad nie wusste, was er damit machen soll, Audrey. Und Doug Gunds Kupferschale. Ich hab gesehen, dass sie verkauft wurde, aber nicht, an wen.«

»Ich habe darum gebeten. Findet ihr den Platz gut? Gefällt euch der Brunnen?«

Olivia musterte den Frosch und klopfte Morgan auf die Schulter. »Er wäre absolut begeistert.« Dann beugte sie sich vor und küsste ihre Enkelin auf den Scheitel. »Dein Großvater wäre stolz auf dich. Schön, dass du etwas von seinem Geschick geerbt hast. Ich finde den Brunnen hinreißend.« Sie nahm Audreys Hand und wandte sich an Miles. »Wetten, Morgan hat Sie dazu abkommandiert, diesen Betonklotz dorthin zu wuchten.«

Er ließ nur seinen Bizeps spielen.

»Howl und Sie bleiben doch hoffentlich zum Abendessen? Wir haben Tilapia-Filet eingekauft. Ich habe vor, geschwärzten Cajun-Fisch zu machen. Mögen Sie es scharf, Miles?«

»Welcher Mann kann da schon Nein sagen?«

»Dann wäre das geklärt. Anscheinend hattet ihr Besuch?«

Morgan stand auf und nahm die Gläser der Ermittler. »Setzt euch, ich hole frische Gläser und erzähle euch alles.«

Audrey hielt sie zurück. »Es geht um Gavin Rozwell.«

»Ja, aber es gibt nicht nur schlechte Neuigkeiten. Lass mich erst die Gläser holen.«

Audrey sah ihr nach. »Gut, dass Sie da waren, Miles.«

»Ja. Sie ist okay. So schlimm ist es nicht.«

Olivia setze sich. »Was immer es auch ist, wir werden damit klarkommen.«

Sie hörten Morgan zu, während die Sommersonne schien und ein laues Lüftchen wehte. Miles sah, wie Audrey die Hand ihrer Tochter nahm und Olivia nicht den Blick von ihrer Enkelin abwenden konnte.

»Er hat dafür gesorgt, dass sie ihn ins Herz schließt«, murmelte Audrey. »Um ihr Vertrauen zu gewinnen, hat er Zeit investiert, damit ihre Zuneigung langsam wächst.«

»Diese Grausamkeit spielt eine wichtige Rolle. Ihre Großeltern hat er nicht ermordet«, fuhr Olivia fort. »Sicherlich vor allem, weil er weiß, wie sehr sie jetzt leiden. Er genießt das. Was für ein kranker, perverser Kerl.«

»Höchste Zeit, dass er hinter Gitter kommt.«

Morgan drückte die Hand ihrer Mutter. »Bald könnte es so weit sein, Mom. Er hat den Fehler gemacht, das Ortungssystem des Wagens nicht abzuschalten. Und die Polizei hat Informationen von diesem Autotypen bekommen.«

»Er kann jederzeit den Wagen wechseln«, wandte Olivia ein.

»Ja, aber sie wissen, wo er ist. Das Neueste hab ich dir noch gar nicht gesagt. Er ist in einem Hotel in Kansas City abgestiegen. Die örtliche Polizei kümmert sich drum. Möglich, dass sie ihn haben. Vielleicht ist bereits alles vorbei.«

***

Gavin wollte ein paar Einkäufe machen, sich die Füße vertreten und mit der Umgebung vertraut machen. Für ihn war wichtig, wo was los war. Außerdem war er den Strandlook leid. Seine derzeitige Identität erforderte eher ein Künstler-Outfit. Italienische Slipper, Vans mit Animalprint, schwarze Jeans, ein paar neue Hemden, ein Strohhut. Er hatte sich genug amüsiert und ließ sich an einem der Außentische eines Bistros nieder, um ein Glas Malbec und eine Vorspeise zu bestellen. Mit den Einkaufstüten unter dem Tisch fuhr er sein Notebook hoch und schaute nach, was es Neues aus Myrtle Beach gab.

Da war sie! Ein wirklich schönes Foto. Breites Lachen und sommerblondes Haar. Die Phantomzeichnung von Trevor Caine, dem Verdächtigen, was gar nicht schlecht, musste er zugeben. Doch Trevor Caine war genauso tot wie Quinn Loper. Er las den Bericht und war enttäuscht. Sein tatsächliches Ich musste erst noch mit Caine beziehungsweise dem Mord in Zusammenhang gebracht werden. Was bestimmt passieren würde. Darauf zählte er fest. Ein Mann braucht Anerkennung für seine Erfolge!

Ob diese Trantüten von Ermittlern, Beck und Morrison, mit dem Fall befasst waren? Hoffentlich! Es verschaffte ihm tiefe Befriedigung, sie jedes Mal aufs Neue zu frustrieren. Hatten sie Morgan Bescheid gegeben? Das hoffte er sehr. Er prostete ihr zu, während er sich vorstellte, wie sie zitternd vor Angst in einem dunklen Zimmer saß, hinter verschlossenen Türen, während Mutter und Großmutter vor lauter Sorge weinten.

Seine Mutter hatte viel Zeit in abgedunkelten, verschlossenen Räumen verbracht, um ihre Veilchen und ihre gebrochenen Rippen auszuheilen.

Gut, dass er den billigen Modeschmuck aus Morgans Schublade nicht weggeworfen hatte. Ihn bei den Frauen zu hinterlassen, die er um die Ecke gebracht hatte, war sehr inspirierend. Was Morgan wohl sagen würde, wenn sie hörte, dass eine Leiche ihr billiges, kitschiges Armband trug? Er malte sich aus, wie sie hysterisch weinte und um Schutz bettelte. Bald würde er es mit eigenen Augen sehen. Live, verdammt noch mal! Das würde seine Schmach ausbügeln, bevor er sie erledigte.

Er trank seinen Wein und zahlte. Da ihn seine Fantasien aufgeheitert hatten, gab er ein großzügiges Trinkgeld. Carter John Winslow III konnte sich das leisten, denn er besaß einen üppigen Treuhandfond. Das erlaubte ihm, sich der Kunst zu widmen, ohne sich über Geld Gedanken machen zu müssen.

Nicht, dass er dieses Lügenmärchen gerade brauchte. Er würde höchstens ein paar Tage in Kansas City bleiben. Dann wollte er den Bundesstaat Richtung Süden verlassen und sich an der Pazifikküste ein Ferienhaus mieten. Um richtig zu relaxen.

Er hatte es weiß Gott verdient.

Hätte er sich nicht die Füße vertreten und eingekauft, hätte er nicht kurz einen Happen gegessen und ein Glas Wein getrunken, dann hätte er nicht mitbekommen, wie Polizeiautos und ein schwarzer SUV vor seinem Hotel hielten. Dann wäre er nicht einen halben Block entfernt gewesen, als die Bullen heraussprangen und in die Hotellobby eilten. Dann hätte er nicht einfach weitergehen können. Mit pochendem Herzen und Klingeln in den Ohren.

Wie hatten sie ihn bloß gefunden, wie? Den Caine-Ausweis hatte er entsorgt, bevor er die Schlampe umgebracht hatte. Er hatte keine Spuren hinterlassen.

Gavin ging weiter.

Irgendwo musste er eine Spur hinterlassen haben. Sein Winslow-Ausweis war nichts mehr wert. Seine ganzen Sachen – Bargeld, Ausweise, Elektronik, Kleidung – befanden sich in ihrem Besitz. Kalter Schweiß brach ihm aus. Er betrat eine Drogerie. Er brauchte Haarfarbe, Schere und Rasierer und das Nötigste für unterwegs. Mexiko fiel flach. Er konnte unmöglich riskieren, über die Grenze zu fahren. Nach Norden, er würde nach Norden fahren. Montana oder vielleicht Wyoming, wo es mehr Kühe als Menschen gab und sich die Leute um ihre eigenen Angelegenheiten kümmerten. Seinen Wagen konnte er ebenfalls nicht mehr benutzen, musste also einen klauen. Eine alte Karre, die er schnell kurzschließen konnte. Als Nächstes brauchte er eine Übernachtungsgelegenheit, wo er sich um seine Haare kümmern konnte. Ein billiges Motel. Bargeld hatte er dabei. Außerdem konnte er noch auf seine Konten zugreifen.

Ein billiges Motel, ein verändertes Äußeres. Dann ein Auto klauen und weg aus diesem verfluchten Kansas City. Nein, nein, zuerst das Auto klauen und abhauen. Halt. Straßensperren, eine Personenfahndung. Seine Gedanken fuhren aus lauter Angst und Unsicherheit Karussell.

Er verließ die Drogerie, ohne etwas gekauft zu haben, und ging bis zu einer Bushaltestelle. Dort nahm er den ersten Bus, der kam, und hielt den Kopf tief gesenkt. Selbst Busse verfügten manchmal über Kameras, wie inzwischen fast alles, verdammt! Wenigstens hatte er noch sein Notebook! Seine Hände zitterten. Wieder brach ihm der Schweiß aus.

Fast eine Stunde war er unterwegs. Laufen, noch mal Bus fahren und wieder laufen, bis er auf einem riesigen Supermarktparkplatz ein passendes Auto fand. Er schloss es kurz und arbeitete sich bis zur Interstate 29 vor. Auf der ging es Richtung Norden. Er fluchte, weil er tanken musste, aber es blieb ihm nichts anderes übrig. Bis er einen Plan hatte, musste er weiterfahren. An der Tankstelle zahlte er mit der Luke-Hudson-Kreditkarte, die er in Erinnerung an Morgan behalten hatte. Das war wegen der Kameras weniger riskant, als reinzugehen oder die Winslow-Kreditkarte zu benutzen.

Er würde nach Nebraska fahren, ein billiges Motel nehmen und sich dort um sein Haar kümmern. Am nächsten Morgen konnte er kaufen, was er brauchte, um eine neue Identität zu kreieren. Im Fahren trommelte er aufs Lenkrad. Seine ganzen Sachen! Alles war weg. Er musste seine Atmung beruhigen, sich auf die Straße konzentrieren. Was, wenn man ihn anhalten würde? Man würde ihn nicht anhalten, ausgeschlossen. Schnell nach Nebraska. Er wiegte sich vor und zurück, um sich zu beruhigen.

Irgendein Drecksmotel, bei dem niemand zweimal hinsah. Den gestohlenen Wagen musste er stehen lassen. An einem Flughafen, auf dem Langzeitparkplatz, um Zeit zu schinden. An irgendeinem Hinterwäldler-Flughafen im hinterwäldlerischen Nebraska. Vielleicht auch auf einem illegalen Schrottplatz. In den verdammten Getreidefeldern stapelten sich bestimmt genug Schrottkarren. Die Kennzeichen abschrauben und das Auto loswerden. Vielleicht im Internet ein neues Fahrzeug kaufen. Oder ein Auto mieten, sobald er seinen neuen Ausweis hatte.

Er konnte sich nicht entscheiden.

Er konnte keinen klaren Gedanken fassen.

Zuallererst musste er einen Unterschlupf finden, sich verstecken und in Ruhe überlegen, wie es weitergehen sollte.

Zum ersten Mal in seinem Leben war Gavin Rozwell auf der Flucht.

22

Morgan saß in dem stillen, leeren Haus, das Handy in der Hand. Sie rechnete mit einer Panikattacke. Vielleicht musste sie einen Hilferuf absetzen. Die Panikattacke blieb aus. Also verstaute sie das Handy wieder in ihrer Tasche. Sie würde arbeiten gehen, das würde sie ablenken.

Der Sommer neigte sich seinem Ende zu. Es galt, neue Spezialdrinks für den Herbst zu kreieren. Außerdem konnte sie ihre Halloween-Pläne für die Après-Bar weiter ausarbeiten. Dafür konnte sie sich in den Garten setzen und die beruhigende Zen-Atmosphäre auf sich wirken lassen.

Als es klingelte, zuckte Morgan zusammen und spürte eine Enge in der Brust. Sie atmete bewusst aus und ein und suchte Halt an der Lehne eines Stuhls, bevor sie es schaffte, zur Tür zu gehen. Sie sah aus dem Fenster und entdeckte Miles mit einem Mann, den sie nicht kannte. Sie machte auf.

»Morgan? Das ist Clark Reacher. Er wird Sicherheitskameras in eurem Haus installieren.«

»Bitte was?«

»Miles hat mir erklärt, was Sie brauchen. Sie müssen mir Ihre Anforderungen also nicht mehr schildern.« Reacher, ein sympathischer Mann um die vierzig mit drahtiger Figur, lächelte sie an. »Sie bekommen nur das Beste.«

»Ich erklär es ihr. Fang ruhig schon mal an.«

»Aber …«

Miles nahm Morgan am Arm und zog sie beiseite. »Du bekommst Sicherheitskameras an der Vorder- und Hintertür, außerdem am Seiteneingang. Versucht jemand einzudringen, wirst du alarmiert. Wenn jemand klingelt, brauchst du nicht aus dem Fenster zu schauen. Du benutzt dafür dein Handy oder dein Tablet. Clark macht das schon.«

»Ich hab das nicht bestellt. Hat Gram das angeordnet?«

»Nein, das war ich.«

»Du kannst doch nicht einfach so …«

»Lass uns rausgehen.«

»Miles, du kannst das nicht einfach organisieren, ohne dass wir vorher darüber gesprochen hätten!«

»Doch, kann ich.« Er schob sie hinaus. »Deine Ladys dürften nichts dagegen haben.«

»Aber ich!« So leicht ließ sie sich nicht abspeisen. »Du kannst nicht einfach was auf einem fremden Grundstück installieren lassen. Das ist mehr als übergriffig.«

»Das mag durchaus übergriffig sein, aber ich mach es trotzdem. Damit deine Großmutter, deine Mutter und du ein bisschen ruhiger schlafen könnt. Und ich ebenfalls.« Er machte eine kurze Pause. »Den Hund wolltest du ja nicht.«

»Herrgott noch mal!«

»Was, wenn du bis spät im Resort arbeitest und die beiden Ladys allein im Haus sind?«

»Das ist nicht fair!«

Seine Augen, diese Tigeraugen funkelten energisch. »Ob fair oder nicht, ich habe mir überlegt, was wäre, wenn ich jemanden verlieren würde, der mir am Herzen liegt, der mir wirklich wichtig ist. Keine schöne Vorstellung. Deshalb wird das auch nicht passieren. Du bist mir wichtig.«

»Das ist erst recht nicht fair.« Sie wandte sich ab.

»Ja, zugegeben. Ich habe das nicht geplant. Dass du mir so wichtig wirst, meine ich. Aber so ist es nun mal. Deshalb habe ich die Installation veranlasst. Und ja, es ist übergriffig und unfair. Damit musst du leben.«

So war Morgan noch nie herumkommandiert worden. Dafür war sie dem Oberst viel zu egal gewesen, und ihre Mutter hatte sich leicht umstimmen lassen. Sie musste herausfinden, wie sie damit umgehen sollte. »Du hättest das vorher mit mir besprechen können. Dann hätten wir gemeinsam überlegt.«

»Während du überlegst, wird es bereits erledigt. Sollte deine Großmutter mit mir darüber sprechen wollen, stehe ich jederzeit zur Verfügung. Ich mag die Vorstellung eines Überwachungssystems nicht besonders«, fügte er hinzu. »Aber in diesem Fall ist es leider notwendig.«

»Ich lass mich ungern übergehen.«

»Das verstehe ich gut. Ich werde mich dafür entschuldigen, sobald dieser Mistkerl hinter Gittern ist. Falls es dich tröstet: Sobald Clark bei euch fertig ist, installiert er dasselbe System bei mir. Wie gesagt, ich bin kein Fan davon, aber nachdem du oft bei mir bist …«

Sie ließ sich auf einen Stuhl fallen. »Ich fühle mich so hilflos.«

»Sei nicht dumm! Außerdem bist du nicht hilflos. Du hast Rozwell einen empfindlichen Dämpfer verpasst, schon vergessen? Und jetzt wird vorgesorgt, damit er dir keinen verpassen kann.« Er nahm ihr gegenüber Platz. »Insgeheim betrachtest du es als Niederlage, dass du umgezogen bist. Das ist Quatsch. Es beweist nur, wie stark du bist. Deshalb kannst du die zusätzliche Sicherheit ruhig annehmen, die man dir anbietet.«

»Knallharte Logik ist auch nicht unbedingt fair.« Sie massierte sich die Augenlider. »Es ist ein schwerer Tag. Und er ist noch nicht zu Ende.« Sie legte die Hände auf den Tisch. »Ich habe Neuigkeiten vom FBI.«

»Aha.«

»Ich muss ein Stück spazieren gehen. Wollen wir eine Runde drehen? Ich brauche dringend ein bisschen Entspannung.«

»Klar. Eine Sekunde.«

Als er sein Handy zückte, massierte sie sich erneut die Augen. »Du musst zurück in die Arbeit. Lass uns später reden.«

»Mach dich nicht lächerlich! Nur eine Sekunde.« Er stand auf und entfernte sich ein paar Schritte. Während er mit seiner Sekretärin Termine verschob, fragte er sich, warum eine vernünftige Frau wie Morgan sich schwertat, Hilfe anzunehmen.

Als er zurückkam, reichte er ihr die Hand. »Komm, gehen wir.«

»So viel zuerst: Sie haben ihn noch nicht.«

»Aber?«

»Er war nicht in seinem Hotel, als die Polizei sein Zimmer gestürmt hat. Dafür haben sie jede Menge Sachen gefunden – Kleidung, Ausweise, Elektronik. Das Auto, das er sich genommen hat, nachdem er das seines letzten Opfers verkauft oder in Zahlung gegeben hat, stand in der Garage. Sie wissen, unter welchem Namen er die Suite reserviert hat. Er war einkaufen und beim Mittagessen. Sie haben die Kreditkartenbelege.«

Beim Brunnen blieb sie stehen. Die beiden schwiegen einen Moment. Er wartete, während das Wasser in den Himmel schoss und die Sonne die Kupferschale aufglänzen ließ.

»Den Zeitangaben konnten sie entnehmen, dass er mitbekommen haben muss, wie die Polizei ins Hotel ist. Er kam wohl gerade vom Mittagessen zurück. Schlechtes Timing.«

Miles fasste die Situation zusammen. »Sie haben also die Sachen aus seinem Zimmer und sein Auto.«

»Ja, aber nicht nur das. Er ist ein Stück zu Fuß gegangen und hat einen Bus genommen. Aufgrund von Zeugenaussagen und Überwachungsbildern wissen sie, wie er gerade aussieht. Er ist auch auf den Bildern der Buskamera zu sehen. Da sie wissen, wann und wo er ausgestiegen ist, gehen sie davon aus, dass er auf einem Supermarkt-Parkplatz einen Wagen geklaut hat. Marke, Modell und Autokennzeichen sind bekannt. Er hat denselben Ausweis zum Tanken benutzt, den er damals während meiner Zeit benutzt hat. Der Wagen ist inzwischen auf einem Langzeitparkplatz des Flughafens von Omaha, Nebraska, aufgetaucht. Dort sind sie gerade.«

»Er ist auf der Flucht.«

»Genau. Sie klappern sämtliche Hotels, Motels und Autovermietungen ab, schauen sich jeden Autodiebstahl in ganz Omaha an. Den Flughafen hat er nicht betreten, da scheinen sie sich sicher zu sein. Vielleicht hat er ja auf demselben Parkplatz ein anderes Fahrzeug geklaut?«

Sie hatte Rozwell nicht nur einen Dämpfer verpasst, wie Miles klar wurde. Er war den Behörden schutzlos ausgeliefert. Das machte Miles Sorgen. »Seine ganze Ausrüstung ist weg.«

»Er hatte eine Notebooktasche dabei, als er das Hotel verließ«, erklärte Morgan. »Das ist genug. Da er die alte Kreditkarte zum Tanken benutzt hat, dürfte er keinen sauberen Ausweis mehr haben. Im Moment zumindest.«

»Er braucht Material, um Ausweise zu fälschen, und einen sicheren Unterschlupf. Er befindet sich in Omaha oder Umgebung, und du bist hier, Morgan.«

»Ich weiß. Mir ist klar, wie frustriert die Ermittler sind, das konnte ich Beck anhören. Auch wenn sie sich um Sachlichkeit bemüht hat. Sie haben ihn nur um Minuten verfehlt … Da stehen wir also gerade.«

»Er hat's vermasselt. Das weiß er auch.« Miles mochte ebenfalls frustriert sein, aber Morgan hörte die tiefe Befriedigung in seiner Stimme.

»Jemand, der so technikaffin ist wie er, vergisst den GPS-Tracker auszuschalten. Er benutzt eine bekannte Kreditkarte zum Tanken. Es wäre einfacher gewesen, bar zu zahlen. Da wären sie ihm nicht so schnell auf die Spur gekommen.«

Das hatte sie nicht bedacht. Die Ereignisse überschlugen sich. »Kann sein.«

»Bestimmt! Bei irgend so einer kleinen Tanke an der Autobahn. Der Langzeitparkplatz ist ein Trick, den er öfter benutzt hat. Er hätte lieber die Kennzeichen austauschen und den gestohlenen Wagen in der Pampa stehen lassen sollen.«

»Ja, ich …« Seine eiskalte Logik beruhigte ihre Nerven. »Das war nicht besonders schlau.«

»Er ist in einer dünn besiedelten Gegend unterwegs, warum macht er sich das nicht zunutze? Stattdessen sucht er einen Ort auf, an dem viel los ist. Warum hat er den Wagen nicht neu lackieren lassen und ist weitergefahren, bevor er ihn irgendwo abgestellt hat? Warum hat er keine Kleinanzeigen durchforstet und jemandem seine alte Karre bar auf die Kralle abgekauft?«

Stirnrunzelnd sah Morgan ihn an. »Sollte ich je vor dem Gesetz fliehen müssen, will ich, dass du dabei bist. Was würdest du als Nächstes tun?«

Miles antwortete, ohne zu zögern. »Vom alten Muster abweichen. In billigen, abgelegenen Motels absteigen, wo keiner auf die Gäste achtet. Mir die Dinge besorgen, die ich brauche, um mein Äußeres zu verändern. Mir mehrere neue Ausweise zulegen. Er muss Zugriff auf sein Geld haben.« Er dachte laut nach, um sie abzulenken, und lief mit ihr durch den Garten. »Dann würde ich einen belebten Ort aufsuchen und Konten bei mindestens zwei verschiedenen Banken eröffnen, auf denen ich Geld bunkern kann. Anschließend würde ich die Schrottkarre loswerden und mir über die neuen Konten ein Auto kaufen. Danach würde ich mir eine abgelegene Gegend suchen und ein Haus oder eine Hütte mieten. Um zur Ruhe zu kommen und darüber nachzudenken, was ich alles vermasselt habe.«

Er sah sich um. Clark installierte gerade die Kamera an der

Hintertür. »Wenn genügend Zeit vergangen ist«, fuhr Miles fort. »Dann würde ich ein Privatflugzeug buchen und auf die Kanaren fliegen, um mir einen ausgedehnten Urlaub zu gönnen.«

»Auf die Kanaren?«

»Ein Beispiel. Um Abstand zwischen mich und meine Verfolger zu bringen. Aber er wird nichts dergleichen tun.«

»Nein. Warum nicht?«

»Alles weist daraufhin, dass er sich keine Fehler eingestehen kann. Wenn er merkt, dass sie den Wagen von South Carolina aus verfolgt haben, ist das nicht etwa sein Fehler. Sondern der des Typen, der den Wagen in Zahlung genommen hat. Von wem auch immer er den nächsten Wagen geklaut hat. Es war dessen Fehler, dass der Tank nicht voll war und er deshalb seine alte Kreditkarte benutzen musste.«

»Vor allem ist alles mein Fehler, weil ich noch lebe.«

»Ganz genau.« Er nahm sie bei den Schultern und drehte sie so, dass sie die Kamerainstallation beobachten konnte. »Deshalb das da. Er wird an seinem Verhaltensmuster nichts ändern. Kurzfristig mag er davon abweichen, aber nur wenn er dazu gezwungen ist. Anschließend wird er in seine alten Bahnen zurückkehren. Er hat nicht die Kraft, sein Leben von Grund auf zu ändern und neu anzufangen.«

»Du verschweigst mir allerdings, dass er eben darum zwangsläufig bei mir auftauchen wird.«

»Ich muss dir nichts sagen, was du ohnehin weißt. Inzwischen stehen die Chancen aber deutlich besser, dass er vorher geschnappt wird, Morgan.«

»Glaubst du das echt? Ich wüsste lieber, was du tatsächlich denkst, statt mir eine Notlüge vorzusetzen.«

»Ich glaube das echt. Bei allem, was du mir gerade erzählt hast … Er ist auf der Flucht, er hat Panik, und er versaut's. Ganz im Gegensatz zu dir. Und er ist allein.« Er strich über ihre Arme. »Du nicht.«

»Dafür muss ich damit leben, dass an allen Türen Überwachungskameras installiert wurden.«

»Damit leben Millionen Menschen. Es gefällt ihnen sogar.«

»Die Kameras bieten meinen Ladys Schutz.« Sie sah zu ihm auf. »Übergriffig war es trotzdem.«

»Stimmt. Was willst du mir damit sagen?«

Sie seufzte nur und lehnte den Kopf an seine Schulter. »Lass mich schauen, wie das Ganze funktioniert, damit ich es den Ladys erklären kann. Bedanken tu ich mich aber nicht.«

»Das ist mir egal. Du wirst sowieso meckern, wenn ich dir sage, dass du mir von nun an jedes Mal Bescheid sagst, wenn du von der Arbeit nach Hause gekommen bist.«

»Jetzt mach aber mal …«

»Nur eine kurze Nachricht. Bin zu Hause. – Alles okay. – Leck mich. Sobald du im Haus bist und hinter dir abgeschlossen hast.«

»Du weißt, wie spät ich nach Hause komme.«

»Das ist mir durchaus bewusst.«

Weil sie nicht anders konnte, strich sie ihm über die Wange. »Ich werd dich wecken.«

»Das ist mein Problem. Ich bitte dich nur, mir ein paar Worte zu schreiben. Bring mich nicht dazu, dir ein schlechtes Gewissen zu machen. Das hab ich meisterhaft von meiner Mutter gelernt.« Er wusste, dass er sie überzeugt hatte, als er Belustigung statt Verärgerung in ihrem Blick sah.

»Und wie macht das deine Mutter so?«

»Du hast es nicht anders gewollt.« Er schlug einen leidenden, aber gleichzeitig äußerst liebevollen Ton an. »Ich versteh nicht, warum ich mir solche Sorgen machen muss. So ein egoistisches Verhalten passt gar nicht zu dir. Es ist nur eine kleine Bitte. Und es würde mich wahnsinnig beruhigen.«

»Ah ja … das … das ist wirklich meisterhaft.«

»Sie wendet diese Taktik nur selten an, hat auch selten Grund dazu«, fügte er etwas sarkastisch hinzu. »Denn solche Aktionen wirken jahrelang nach. Jahrzehnte. Bloß eine kurze Nachricht, Morgan. Nachdem du im Haus, in Sicherheit bist.«

Nein, so hatte Morgan noch niemand herumkommandiert. Aber bis auf ihre Familie, ihre Ladys, hatte sich auch noch nie jemand solche Sorgen um sie gemacht. »Das ist, als ob du mir nachschaust, bis ich mit dem Auto aus deinem Blickfeld verschwunden oder ins Haus gegangen bin. Nur aus der Ferne. Na gut. Aber beschwer dich nicht, dass ich deinen Schlaf störe.«

»Komm, lassen wir uns einweisen. Clark sagt, es ist nicht kompliziert.«

»Ich werde mich nicht bei dir dafür bedanken, dass du die Kamera hast installieren lassen.« Sie nahm sein Gesicht in beide Hände und küsste ihn. »Doch ich bin sehr froh, dass du so schnell nach dem Anruf in Sachen Rozwell bei mir warst. Dass ich alles mit dir besprechen konnte und du extra deine Termine verschoben hast. Dafür danke ich dir sehr.«

»Wie gesagt, du bist mir wichtig. Jetzt lass uns gucken, wie das verdammte Ding funktioniert. Schließlich hab ich auch so was am Hals.«

Sie nahm seine Hände. »Das gefällt mir.«

»Ich kann dich gut verstehen.«

**

Vom Auto aus rief Miles seine Sekretärin an und verschob weitere Termine. Er würde später länger arbeiten und die Zeit reinholen. Doch anders als ein Psychopath konnte er sehr wohl Verhaltensmuster und Gewohnheiten ändern, wenn es nötig war. Deshalb fuhr er in den Ort und zum Polizeirevier.

Er hatte Glück. Jake war in seinem Büro. Einen Becher mit Kaffee neben sich, starrte der Mann auf seinen Computerbildschirm. »Gott sei Dank. Welch willkommene Ablenkung!

Bürokratie ist die Wurzel allen Übels. Zieh bitte die Tür hinter dir zu.« Er machte eine auffordernde Geste. »Fünf Minuten. Wieso bist du um diese Uhrzeit auf freiem Fuß?«

»Ich kann gehen, wann ich will.« Obwohl Miles wusste, dass der Kaffee schmecken würde wie erhitzter Teer, schenkte er sich etwas ein. »Hast du von der Bundespolizei gehört?«

Jake legte die Füße, die wie immer in schwarzen Sneakers steckten, auf den Schreibtisch. »Wieso willst du das wissen?«

»Weil ich gerade von Morgan auf den neuesten Stand gebracht worden bin.«

»Ich hab nichts Neues gehört, seit Morrison mir gesagt hat, dass sie ihn in Kansas City verpasst, aber einen regelrechten Schatz in seinem Hotelzimmer ausgehoben haben. Wird auch Zeit, dass sich das Blatt für diesen Mistkerl wendet! Deinem Ausdruck entnehme ich, dass sie ihn nicht geschnappt haben.«

»Noch nicht.« Während Miles ihn informierte, lehnte sich Jake zurück und nippte an seinem Kaffee. Würde Miles ihn nicht so gut kennen, könnte er meinen, Jake wäre mit den Gedanken ganz woanders.

»Er ist also nicht nur auf der Flucht, sondern hinterlässt auch Spuren. Er ist am Ende und es nicht gewöhnt, dass irgendwas schiefläuft. Genau das ist jedoch mehrfach passiert, seit ihm Morgan entwischt ist.«

Die beiden Männer verstanden sich blind. Wie das eben ist, wenn man sich ein Leben lang kennt, dachte Miles. »Glaubst du, er wird seine Flucht fortsetzen?«

»Eine Weile bestimmt. Er braucht einen sicheren Unterschlupf, einen Ort, an dem er sich alles beschaffen kann, was er verloren hat. Nicht nur für seine so genannte Arbeit, sondern auch um Selbstbewusstsein aufzubauen. Er dürfte Angst haben. Und wütend sein.«

»Und dann?«

»Wenn man einen tollwütigen Hund reizt, Miles, springt

einem dieser Hund irgendwann an die Kehle. Er wird tun, was er tun muss, um sich zu schützen, bevor er Morgan an die Kehle geht.« Jake trank einen Schluck Kaffee. »Du brauchst mich gar nicht erst darum zu bitten. Wir werden eine Streife bei ihrem Haus abstellen, und nicht nur das.«

»Ich habe Clark eins von diesen Überwachungssystemen installieren lassen. Es lässt sich über das Handy steuern. Dasselbe baut er gerade bei mir ein, schließlich übernachtet sie manchmal da.«

Jake schnaubte. »Miles Jameson baut eines von diesen smarten Sicherheitssystemen in seine alte Villa ein? Puh, dich muss es ja ganz schön erwischt haben.«

»Tja, so schaut's aus. Außerdem ist es nur vorübergehend.«

»Morgan oder das System?«

Miles wollte etwas erwidern, beschränkte sich jedoch auf ein Schulterzucken.

»Dass das mit dieser brünetten Nobeltussi nichts wird, habe ich geahnt. Aber die Blonde jetzt, die ist wirklich dein Typ.«

»Ich habe keinen bestimmten Typ.«

»Komm schon, Kumpel, wir alle haben einen Typ. Zweifellos sieht sie gut aus, aber das kommt bei dir erst an zweiter, wenn nicht dritter Stelle. Sie ist nicht zimperlich, verantwortungsbewusst und steht mit beiden Beinen auf der Erde.«

Miles merkte, dass es Nachteile hatte, wenn man sich so lange kannte. »Sie hatte keine Chance, Wurzeln zu schlagen.«

»Würde sie aber gern, stimmt's? Das merkt man ihr an. Ich mag sie. Aber sogar, wenn ich sie nicht mögen würde, würde ich alles für ihre Sicherheit tun.«

»Ich weiß.« Miles verließ sich darauf. »Ich muss arbeiten.«

»Ich auch. Vorher sollte ich dir als Freund etwas sagen.«

»Das wäre?«

»Ich hab deine Schwester dazu überreden können, mit mir essen zu gehen.«

Miles hatte gerade aufstehen wollen, ließ sich aber wieder auf seinen Stuhl sinken. »Wie bitte?«

»Es hat ein wenig gedauert, aber wir waren gestern Abend essen. Nachdem ich ihre harte Schale ein bisschen angekratzt habe, konnte ich sie zu einer Kajaktour am nächsten Sonntag überreden. Das dürfte dich eigentlich nicht wundern. Schließlich hab ich dir schon mit zehn oder elf erzählt, dass ich deine Schwester eines Tages heiraten werde.«

»Du warst auch davon überzeugt, dass du den Mount Everest bezwingen und Werfer bei den Red Sox werden wirst.«

»Nun, manche Träume verblassen mit der Zeit, andere nicht. Oder sie verblassen vorübergehend, wie in diesem Fall, und kehren umso heftiger zurück.«

»Ich denke lieber nicht darüber nach«, sagte Miles. »Dass Nell dein feuchter Traum ist und ihr beide … Verstörend!«

Jake grinste nur. »Seit über zwanzig Jahren bin ich dein Freund. Wenn du Nell nicht mir anvertrauen willst, wem dann?«

»Du hast leicht reden. Du hast keine Schwester.«

»Stimmt.«

»Also werde ich nicht mehr darüber nachdenken.« Miles erhob sich. »Sie ist verletzlich. Auch wenn sie nicht so wirkt.«

»Miles, auch Nell kenne ich über zwanzig Jahre. Ich weiß, wer sie ist. Die traurige Wahrheit schaut eher so aus, dass sie mich verletzen wird. Ich habe nicht umsonst eine Schwäche für sie seit ich zehn bin.«

»Egal, einer von euch beiden wird mich bestimmt auf die Palme bringen.« Kopfschüttelnd ging Miles zur Tür. »Nell und du, ihr habt doch nicht etwa …?« Er verstummte.

Jake grinste und hob vielsagend eine Augenbraue.

»Vergiss es. Ich will es lieber nicht wissen.«

***

Miles fuhr weiter zum Resort. Bevor er in sein Büro ging, schaute er bei Nell vorbei.

»Miles, wie schön! Ich habe gerade Änderungen bei den Planungen für das Picknick nächste Woche vorgenommen und …«

»Warum hast du mir nicht erzählt, dass du mit Jake ausgehst?«

Nell legte den Kopf schräg, wickelte eine ihrer drei Halsketten um den Finger und lächelte ihn an. »Weil dich das … wie sagt man das am besten? Ach so ja, weil dich das einen feuchten Kehricht angeht.«

»Du bist meine Schwester. Er ist mein ältester und bester Freund. Das soll mich nichts angehen?«

Sie griff nach der knallblauen Resort-Wasserflasche auf ihrem Schreibtisch. »Miles, du willst mir nicht ernsthaft vorschreiben, mit wem ich ausgehen darf und mit wem nicht?«

»Nein, aber das ist etwas anderes.«

»Inwiefern?«

»Schwester. Und bester Freund«, zählte er an einer Hand ab. »Außerdem ist Jake seit Jahren heimlich in dich verliebt.«

»Was er bewundernswert oder bedauerlicherweise gut vor mir verborgen hat. Je nachdem, wie man es sehen will. Egal, wir waren zusammen Abendessen und hatten viel Spaß. Du kannst gerne eine Pressemitteilung rausgeben.«

»Hör auf damit! Ihr geht am Sonntag zum Kajakfahren.«

Mit zusammengekniffenen Augen knallte sie die Wasserflasche auf den Tisch. »Erzählt er dir etwa alles?«

»Nein. Alles will ich auch gar nicht wissen. Aber es gibt so was wie ein ungeschriebenes Gesetz, Nell. Geht ein Freund mit deiner Schwester aus, sagt er dir Bescheid. Es wäre schön gewesen, wenn auch meine Schwester mir was gesagt hätte.«

»Er ist auch *mein* Freund, und wir waren bloß zusammen beim Abendessen. Sollte mehr daraus werden, geht das nur mich etwas an. Jetzt schau, dass du verschwindest.«

Miles setzte sich. »Ich hatte nur eine einzige Verabredung mit dieser ... ich weiß nicht mehr, wie sie hieß. Mit diesem Mädchen, das zu deiner Highschool-Clique gehört hat.«

»Candy.«

»Ja. Allein der Name hätte mir eine Warnung sein sollen. Nell, eine einzige Verabredung. Du warst wochenlang sauer!«

»Ich habe mich weiterentwickelt. Aber du?«

»Ich liebe dich.«

»Ich dich auch, du Blödmann.«

»Und ich liebe Jake.«

»Mensch, Miles, ich werd ihn sicher nicht in mein Bett zerren und anschließend nicht mehr anschauen. Umgekehrt wird das auch nicht passieren. Du solltest uns eigentlich kennen.«

»Erwähne das Wort *Bett* nicht in meiner Gegenwart.«

Gereiztheit wich Belustigung. »Ich werde mit ihm schlafen. Dabei könnte ein Bett durchaus eine Rolle spielen.«

»Sei bitte sofort still!«

»Vorausgesetzt, wir verabreden uns öfter und haben beide Lust. In der Zwischenzeit habe ich mich übrigens außerhalb der Arbeit mit Morgan angefreundet. Es fällt mir nicht leicht, neben der Familie und der Arbeit Zeit dafür zu finden. Aber wir waren zusammen Mittagessen und was trinken. Man könnte fast sagen, wir hatten ein Date.«

Miles fuhr sich energisch übers Gesicht.

»Du schläfst mit ihr. Muss ich mir Sorgen machen?«

»Nell ...«

»Miles«, sagte sie übertrieben geduldig. »Keiner von uns beiden geht leichtfertig eine Beziehung ein. Das geht dich zwar nichts an, trotzdem verrate ich dir, dass auch ich schon länger heimlich in Jake verliebt bin.«

»Oha! Du hast nie was gesagt.«

»Weil dich das nichts angeht«, warnte sie. »Nach allem, was Morgan durchgemacht hat und wie sie damit umgegangen ist, habe ich begriffen, wie schnell sich alles ändern kann. Hätte Jake mich nicht gefragt, ob ich mit ihm ausgehen will, hätte ich ihn gefragt. Wir werden sehen, wohin uns das führt. Damit musst du leben.«

»Ich verlege mich darauf, nicht darüber nachzudenken.«

»Sehr weise.«

»Morgan.« Er nahm eine Cola aus ihrem Kühlschrank. »Ich war gerade bei ihr.«

»Ist dir aufgefallen, dass ich nicht frage, was du an einem ganz normalen Arbeitstag bei ihr zu suchen hattest?«

»Ich lasse eines von diesen Überwachungssystemen bei ihr installieren.«

»Aha.« Sie dachte nach und nickte. »Ausgezeichnete Idee.«

»Sie war nicht gerade begeistert, aber sie wird sich damit abfinden. Sie hatte gerade Neuigkeiten wegen Rozwell bekommen, als ich dort auftauchte. Ich fass alles kurz für dich zusammen, und dann muss ich los. Ich bin total in Verzug. Du kannst dann den Rest der Familie informieren.«

»Einverstanden.«

Während er ihr alles erzählte, machte sie sich Notizen.

»Ich treffe mich in … Mist! In fünf Minuten mit Mom. Ich sage ihr Bescheid. Lass uns später zusammen was essen und alles besprechen. Du hast Jake Bescheid gegeben?«

»Ja, deshalb hab ich ja überhaupt … den Rest erfahren. Ich bin spät dran.«

»Ich auch.« Sie erhoben sich gemeinsam.

»He!« Ohne jeden Groll umarmte Nell ihren Bruder. »Mach dir keine allzu großen Sorgen. Je besser ich sie kenne, desto mehr wird mir bewusst, wie selbstständig sie ist. Und wir sind schließlich auch noch da, außerdem das FBI und die Polizei.«

»Ein tollwütiger Hund. So hat Jake ihn genannt.«

»Das trifft es ziemlich gut.«

Grund genug sich große Sorgen zu machen, wie Miles fand.

23

Jedes Mal, wenn Morgan dachte, sie fände Gefallen an ihrem Training, ersann Jen eine neue Foltermethode. Die heutigen Übungen waren die bisher schlimmsten: Kreuzheben, Kickbacks mit gestrecktem Bein, Schulterdrücken mit der Langhantel und Bizepscurls im tiefen Squat. Auf Zehenspitzen! Sie schwitzte wie verrückt, genoss die von Jen gewährten dreißig Sekunden Pause, um etwas Wasser zu trinken, und bemühte sich nach Kräften, nicht in Tränen auszubrechen.

Kraft aufbauen!, rief sie sich wieder in Erinnerung. Damit *sie* Rozwell an die Kehle gehen konnte. Nach den letzten mörderischen Wiederholungen legte sie die Gewichte weg. War das alles? Leider nein. Sie durchlitt weitere zwölf quälende Minuten Rumpftraining mit Sit-ups, Bicycle Crunches und dem verhassten Inchworm. Danach brannten ihre Bauchmuskeln genauso wie ihr restlicher Körper. Atemlos und völlig erschöpft lag sie auf der Matte und schloss die Augen. »Wann werde ich das endlich nicht mehr hassen?«

Jen war so nett, ihr ein Handtuch zuzuwerfen. »Warum tust du dir das gleich wieder an?«

Hinter geschlossenen Lidern verdrehte Morgan die Augen. »Um Kraft aufzubauen, stark zu sein und stark zu bleiben.«

»Das funktioniert. Du hast die Gewichte und deine Wiederholungen bereits verdoppeln können. Inzwischen bist du echt muskulös.«

Morgan drehte den Kopf und öffnete ein Auge, mit dem sie ihre Arme musterte. »Ein bisschen.«

»Für deine Statur hast du tolle Muskeln. So, jetzt viel trinken und das Dehnen nicht vergessen.« Lächelnd reichte ihr Jen die Hand. »Ein Körper made by Jen. Mir gefällt, was ich sehe.«

Morgan schlug ein und kam stöhnend zum Stehen. »Dieser Körper made by Jen fühlt sich völlig zerschlagen an.«

»Ordentlich trinken und dehnen«, wiederholte Jen. »Dann wird das wieder. Du hast enorme Fortschritte gemacht. Bleib dabei. Hallo, Nell.«

»Hi, Jen. Ich habe eine Stunde Zeit.«

»Das ist ja noch nie da gewesen.«

»Eben.« In ihren schwarzen Shorts und dem dazu passenden Tank Top schnappte sich Nell zwei Achtkilohanteln. »Dann wollen wir mal ein wenig Spaß haben.« Sie nahm ihre Position ein, führte die Hanteln an ihren Schultern vorbei über dem Kopf zusammen und schaute zu Morgan hinüber. »Schon fertig?«

»Und ob. Komplett erledigt. Diese Frau ist ein Monster.«

»Ich betrachte das als Lob. Dehnen!«, befahl Jen erneut. Ihre perlengeschmückten Zöpfchen wirbelten herum, während sie nach einem neuen Opfer Ausschau hielt.

Morgan begann mit ihren Dehnübungen und beobachtete Nell im Wandspiegel. »Angeberin.«

»Ich betrachte das als Lob. Ich habe gehofft, dich vor deiner Schicht hier zu treffen. Mom hat mir gerade von dem Friedman-Event am Sonntag erzählt. Die wollen noch eine Bar.«

»Sie haben doch schon zwei.«

»Jetzt wollen sie drei. Eine für Cocktails und statt der zweiten für Wein, Bier und alkoholfreie Getränke eine nur für alkoholfreie Getränke und eine für Wein und Bier.«

»Ich werde Bailey bitten, die zu übernehmen.«

Nell ging ohne jede Pause zu einarmigen Bizepscurls mit je acht Wiederholungen auf jeder Seite über. Kein Wunder, dass die Crazy Eights hießen. »Ist sie schon so weit?«

»Mehr als das. Eine Wein- und Bierbar schafft sie locker. Das wäre eine tolle Gelegenheit für sie, bei einem Event allein zu arbeiten. Ich sage dir Bescheid. Wenn sie keine Zeit hat, frage ich Nick. Oder wir tauschen die Schicht, und ich spring ein. Bec hat ihren abendlichen Malkurs, den soll sie nicht versäumen. Und Tricia ist bis Sonntag in Urlaub.«

»Das überlass ich dir. Wie fühlst du dich?«

Morgan streckte die hinterm Rücken verschränkten Hände und seufzte erleichtert. »Ich glaube, auch meine Knochen brennen.«

»Immer schön weiterdehnen. Aber das hab ich nicht gemeint.«

»Ich habe nichts mehr gehört. Beim letzten Mal haben sie den Wagen gefunden, den er geklaut hat, nachdem er den ersten auf dem Flughafen von Omaha abgestellt hat. Er hatte ihn mit einem anderen Kennzeichen auf einem Trucker-Rastplatz in South Dakota stehen lassen. Vielleicht hat er sich dort von jemandem Richtung Westen mitnehmen lassen. Kann sein, dass er in Wyoming gesichtet wurde, aber das steht noch nicht fest.«

»Er ist also auf der Flucht. Weg von uns. Das ist gut.«

»So versuche ich, es zu sehen.«

Nell griff zu den Sechskilohanteln und begann mit dem Trizepsstrecken. »Wie läuft's mit dem Überwachungssystem?«

»Die Ladys sind erstaunlicherweise ganz begeistert.« Während Morgan ihren Trizeps dehnte, musste sie zugeben, dass das Brennen der Wärme wich und ihre Erschöpfung sich zu Stolz wandelte. »Sie haben Miles sogar einen Kirschkuchen gebacken.«

»Ich liebe Kirschkuchen. Er hat mir nichts davon abgegeben. Das mit dem Überwachungssystem war übergriffig von
ihm, Morgan. Aber Miles wird nicht übergriffig, außer seine
Gefühle überwiegen sein Bedürfnis, sich nicht einzumischen.«

»Ich weiß. Apropos: Wie läuft's mit eurer Dreierbeziehung?«

»Ich habe eine Dreierbeziehung?«

»Na ja, Jake, Miles und du.«

Lachend legte Nell die Gewichte beiseite. »Ich bemühe mich
nach Kräften, den einen zu genießen und den anderen zu ignorieren. Apropos: Warum gehen wir nicht gemeinsam essen und
machen einen flotten Vierer draus? Gleich nächsten Sonntag,
wenn du frei hast?«

»Hm.« Morgan ließ die Schultern kreisen und dehnte die
Oberschenkel. Während Nell zu schwereren Gewichten für eine
weitere Runde Schulterpressen griff, fragte sich Morgan, wie
Nell das schaffte, ohne zu schwitzen. »Wird das nicht ein bisschen peinlich?«

»Ich finde nicht. Miles dürfte es guttun, Jake und mich als
Paar zu sehen.«

»Seid ihr das denn?«

»Ich denke, wir steuern vorsichtig darauf zu. Ich kann das
gerne organisieren. Ein ganz ungezwungenes Essen.«

»Miles könnte grillen«, schlug Morgan vor. »Das macht er
gern, und das passt auch zum Anlass. Freunde und Familie.«

»Super Idee. Darauf hätte ich auch kommen können.«

»Vielleicht mag ja Liam mit einer Freundin dazukom-
men? Dann würde aus dem Dreieck ein Hexagon oder so. Ein
Sechseck.«

»Genial. Ich kümmere mich drum.«

»Gib mir Bescheid. So, jetzt habe ich diese Hölle hinter mir.
Wenn du Zeit hast, schau im Après vorbei. Ich möchte dir
gern Kandidaten für die Herbst-Specials vorstellen.«

»Gern. Ich freu mich immer über neue Ideen, Morgan.«

»Die gehen mir eigentlich nie aus.« Sie verließ den Fitnessbereich, überlegte ernsthaft, den Lift statt der Treppe zu nehmen, entschied sich dann gegen ihre Bequemlichkeit.

Miles kam gerade die Stufen herunter. »Ist Nell im Fitnessbereich?«

»Ja, sie gibt gerade mit Achtkilohanteln an.«

»Gut, ich muss dringend was besprechen, aber sie würde mir den Kopf abreißen, wenn ich ihr während des Trainings eine Nachricht schicke.« Er legte den Kopf schräg und musterte sie mit diesen bernsteinfarbenen Augen. »Du siehst gut aus.«

»Im Ernst?«

»Klar. Irgendwie rosig, taufrisch.«

»Das nennt man eigentlich verschwitzt.«

»Steht dir aber.« Zu ihrer Überraschung kam er näher, hob ihr Kinn und küsste sie. Richtig lange und intensiv. »Und wie dir das steht! So, jetzt muss ich dringend Nell erwischen.«

Er sauste davon und ließ sie am Fuß der Treppe stehen. Mitten im Blickfeld des Spa-Personals, das so tat, als hätte es nichts gesehen.

**

Den Freitagnachmittag verbrachte Morgan mit ihren Ladys im Garten. Ein kurzes nächtliches Unwetter hatte das Unkraut schießen lassen wie verrückt. Das erinnerte sie daran, wie Miles und sie in seinem Bett von Donnern geweckt worden waren. Wie sie sich von ähnlichen Urgewalten getrieben in den Laken gewälzt hatten. Sie schaute zu ihrer Mutter, die gerade verblühte Rosen abzwickte, dabei vor sich hin summte und zufrieden wirkte. Ganz so, als hätten all die unsteten Jahre sie zwangsläufig hierherführen müssen.

Morgan wischte sich den Schweiß von der Stirn und ging in die Hocke. »Wie fühlt es sich an, wieder Audrey Nash zu sein?«

»Einfach nur richtig. Albright hat eigentlich nie zu mir ge-
passt oder ich nie zu Albright. Wer hätte gedacht, dass es so
leicht ist, wieder die zu werden, die ich eigentlich war?« Sie
drehte sich um. »Dir war das sofort klar. Und, wie fühlt es sich
an, Morgan Nash zu sein?«

»So, als hätte ich ein Kapitel abgeschlossen, damit ich ein
neues aufschlagen kann. Damit hab ich nicht gerechnet. Genauso wenig, wie ich geglaubt habe, hier glücklich zu werden.«

»Ach, Morgan.«

»Ich kam her, weil ich musste. An diesem ersten Abend hier,
Mom, da habe ich mich so verzweifelt, so erstarrt gefühlt. Inzwischen ist das Gegenteil der Fall. Ich werde bald dreißig und
lebe im Haus meiner Großmutter, fühle mich aber voller
Hoffnung und Energie. In den letzten Monaten habe ich dich
und Gram erst so richtig kennengelernt, habe gelernt, wer ich
bin. Mir gefällt, wer wir sind: Nash-Frauen.«

»Mir auch.«

»Zeit für eine Pause«, rief Olivia und stellte einen Krug mit
Eistee auf den Terrassentisch. »Die Sonne knallt runter, aber
keine Klagen! Der Winter wird lang und kalt genug.«

»Okay, okay.« Morgan ging zu ihr hinüber.

Olivia stemmte die Hände in die Hüften. »Dieser Garten
hat nie besser ausgesehen. Was du da alles ergänzt und besser
in Szene gesetzt hast, Morgan. Ich werde draußen sitzen und
den Anblick genießen, solange es geht.«

Audrey nahm Platz und fächelte sich mit ihrem Hut Luft
zu. »Nein, keine Klagen. Trotzdem, puh! Heute Nacht wird es
gewittern, danach kühlt es vielleicht ein bisschen ab.«

Morgan lächelte in sich hinein, während sie Tee einschenkte.
Sie dachte an das Unwetter und Miles. »Ich mag es, wenn es
ordentlich rumst. Von mir aus darf es gern ein wenig kühler werden. Miles meinte, ich soll meine Wanderstiefel mitnehmen.«

»Du hast dir noch gar keine Zeit zum Wandern genommen. Dabei hast du das mit Pa immer so gern gemacht.« Audrey nahm ihr kühles Glas Eistee, presste es an ihre Wange, bevor sie trank. »Ich bin froh, dass du was Schönes unternimmst, das nichts mit Arbeit zu tun hat und sei es Gartenarbeit.«

»Ich hab den Verdacht, dass Morgan und Miles noch was anderes einfällt, das nichts mit Arbeit zu tun hat. Ich spreche dabei nicht vom Canasta-Spielen«, sagte Olivia.

»Gemeinsame Interessen sind wichtig in einer Partnerschaft«, sagte Audrey lachend. »Da habe ich einen Fehler gemacht. Während Dad und du viele Gemeinsamkeiten hattet, war das bei mir und dem Oberst nicht der Fall. Morgan und Miles dagegen haben gemeinsame Interessen. Gärtnern, das Resort, Hunde und jetzt auch noch das Wandern. Außerdem gebt ihr am Sonntag zum ersten Mal gemeinsam eine Einladung.«

»Na ja, Einladung klingt ein bisschen überkandidelt.«

»Ihr ladet Freunde ein, und ihr werdet Spaß haben.«

»Ich habe das Gefühl, euch im Stich zu lassen, wenn ich so viel Zeit bei ihm verbringe.«

»Sei nicht albern.« Olivia winkte ab. »Wir freuen uns, dass du so einen netten Partner hast. Es tut dir gut, mit Gleichaltrigen zusammen zu sein. Freundschaften zu schließen. Freunde sind wichtig, wenn man Wurzeln schlagen will.«

»Mom und ich haben unseren monatlichen Literaturkreis, unser Yoga, den Laden und das Café. Es macht Spaß, mit einer Freundin auszugehen. Wir nehmen uns beide Zeit dafür.«

»Morgen Nachmittag zum Beispiel, da gehen wir zu Tom und Ida. Jeder bringt was zu essen oder zu trinken mit. Wir werden zu viel futtern und jede Menge quatschen.« Olivia seufzte selig. »Noch sind wir nicht alt und gebrechlich und müssen rund um die Uhr beaufsichtigt werden.«

»Außerdem haben wir das magische Überwachungssystem. Ich finde das echt toll!«

Kopfschüttelnd schaute Morgan zur Kamera über der Hintertür. »Ich versteh es zwar nicht, aber ich weiß.«

Audrey lächelte. »Letzte Woche hat es mich sogar benachrichtigt, als ein Bote ein Paket gebracht hat.«

»Die Sonne scheint, der Garten gedeiht, dieser verdammte Frosch entlockt mir stets aufs Neue ein Lächeln, und wir haben schöne Verabredungen. Toll, oder? Freuen wir uns darauf.«

Morgan schwor sich, genau das zu tun.

***

An einem gut besuchten Freitagabend in der Après-Bar genoss Morgan die Arbeit und die Leute. Sie konnte es kaum erwarten, am Samstag Wandern zu gehen und sich am Sonntag mit den anderen zu treffen. »Komm, wir tauschen, Bailey.«

»Wie bitte?«

»Ich übernehme den hinteren Barbereich.«

»Ach, aber …«

»Ich bin ja da, wenn du Hilfe brauchst. Schauen wir mal, wie es in der nächsten Stunde läuft.«

»Bist du sicher?«

»Sonst würde ich es kaum vorschlagen.« Morgan schob sie nach vorn. »Du hast das Kommando.«

Bailey schlug sich super, weshalb Morgan anderthalb Stunden daraus machte. »Genau so läuft das.«

»Ich hab ganz vergessen, nervös zu werden.«

»In ein paar Wochen gehst du wieder auf die Uni. In der nächsten Schicht machen wir das zwei Stunden lang so wie heute. Geh in die Pause, die hast du dir verdient.« Es war wirklich befriedigend, jemanden einzuarbeiten und ihm etwas beizubringen. Nicht dass Bailey einen Beruf daraus machen würde. Doch auf diese Weise konnte sie gutes Geld verdienen, bis sie ihren eigentlichen Beruf ergreifen würde.

»Du hast sie einfach machen lassen.« Opal blieb an der Bar stehen. »Und dich zurückgenommen. Wenn ich mich in jemandem täusche, dann gebe ich das zu. In dir hab ich mich getäuscht.«

»Und ich mich anscheinend in dir.«

»Kann sein. Zwei Summer Specials, ein Mineralwasser mit Eis und einen doppelten Bombay Tonic.«

»Kommt sofort.«

»Ein Neffe von mir ist gerade einundzwanzig geworden. Er hat in den letzten sechs Monaten in der Lodge-Küche gearbeitet. Es gefällt ihm nicht besonders, aber er ist ein Arbeitstier. Sollte er Barkeeper werden wollen, würdest du ihn ausbilden?«

»Wenn Nell damit einverstanden ist, gern.«

»Gut.«

Morgan ging davon aus, dass sie Miles erst sehen würde, wenn sie zu ihm rüberfuhr, aber er kam in die Bar, als sie sie gerade schloss.

»Spät geworden.«

»Allerdings.«

»Wir holen deine Tasche aus dem Auto. Du kannst mit mir fahren.«

»Aber dann hab ich kein Auto.«

»Wir können es morgen holen. Hast du Wanderstiefel dabei?«

»Ja, wie besprochen.« Sie machte das Licht aus. »Mich hat heute ein Freund angerufen«, erzählte sie beim Verlassen des Gebäudes.

»Aha.«

»Sam. Nina und er waren ein Paar. Er hat sie geliebt und stand kurz davor sie zu fragen, ob sie nicht zusammenziehen wollen, bevor all das passiert ist.« Sie machte bei ihrem Wagen Halt und holte ihre Tasche heraus.

»Ihr seid in Kontakt geblieben?«

»Ja. Er ist mindestens einmal im Monat bei Ninas Familie zum Essen. Heute hat er mir gesagt, dass er jemanden kennengelernt hat.«

In seinem Wagen wartete Miles, bis sie sich angeschnallt hatte. »Ist das ein Problem für dich?«

»Nein, um Himmels willen, nein! Er trifft sich seit mehreren Monaten mit ihr und … na ja, es ist ernst. Deshalb wollte er mir Bescheid geben. Er ist ein echt netter Kerl, Miles. Ich freue mich für ihn. Das Ganze ist fast anderthalb Jahre her. Wahnsinn! Manchmal fühlt es sich länger an und dann wieder, als wäre es erst gestern gewesen. Seine neue Freundin heißt Henna. Sie ist Rechtsanwaltsgehilfin und hat eine Katze namens Suzie, die sie total verwöhnt. Außerdem liebt sie alte Filme, richtig alte in Schwarz-Weiß, und liest Thriller.«

»So viele Informationen auf einmal«, bemerkte Miles.

»Nachdem Sam gemerkt hat, dass ich es gut aufnehme, konnte er gar nicht aufhören, von ihr zu schwärmen. Ich freue mich echt für ihn! Ach, sie fährt übrigens Ski. Deshalb wird er nächsten Winter mit ihr herkommen, im Resort absteigen und uns miteinander bekannt machen. Hoffentlich mag ich sie. Wenn nicht, lass ich mir aber nichts anmerken.«

»Du wirst sie bestimmt mögen. Vorausgesetzt, sie ist ansatzweise so, wie er sie beschreibt. Gab es heute Abend Probleme?«

»Ganz im Gegenteil.« Wie sie diese nächtlichen Autofahrten durch die Dunkelheit und Stille liebte, während alle Welt schlief! Die laue Luft, die zum Fenster hereinwehte, den Schrei einer Eule, irgendwo tief im Wald. »Es war ein gut besuchter Freitagabend«, fuhr Morgan fort. »Ich bin im hinteren Barbereich geblieben, während Bailey anderthalb Stunden alles allein gewuppt hat. Außerdem waren meine ersten Stammgäste da. Ein Paar, das letzten März im Resort gewohnt hat, kam mit seinem Sohn, dessen Frau und den beiden Enkeln.«

»Du hast dich an sie erinnert?«

»An ihre Gesichter. Die Namen wusste ich nicht mehr, aber das hat genügt, um sie willkommen zu heißen. Da sie Getränke aufs Zimmer bestellt haben, konnte ich ihre Namen nachschauen. James beziehungsweise Jim und Tracey Lowe.«

»Die kommen zweimal im Jahr, seit ihr Sohn Manning aufs College kam. Manning hat seine Frau, Gwen, übrigens bei einem Sommerurlaub im Resort kennengelernt. Sie haben bei uns geheiratet. Ihre Kinder heißen Flynn und Haley. Er dürfte inzwischen sechs sein, sie ungefähr vier.«

Während er in der Auffahrt hielt, schüttelte sie nur den Kopf. »Und ich dachte, ich kann mir gut Fakten merken. Ein bisschen was davon habe ich aufgeschnappt, als sie auf einen Absacker in die Bar kamen.«

»Das Resort lebt von seiner engen Kundenbindung, von dem individuell zugeschnittenen Service. Als die Lowes anfingen, zweimal im Jahr zu kommen, war ich noch auf der Highschool.«

Sie gingen zur Tür. Howl bellte drei Mal laut, gefolgt von seinem typischen Heulen. »Besser als jede Alarmanlage und das neue Überwachungssystem.«

»Mein Angebot, dass du ihn nehmen kannst, steht nach wie vor.« Als Miles die Tür aufmachte, hüpfte Howl vor Freude und sauste zu Morgan.

»Du hast mich vermisst, stimmt's?« Während sie Howl mit Liebe überschüttete, sperrte Miles das Haus für die Nacht zu.

»Willst du noch irgendwas?«

»Nur diesen süßen Hund.« Sie hob den Kopf und sah Miles vielsagend an. »Und vielleicht dich.«

»Der Hund hat sein eigenes Bett.« Mit diesen Worten hob er Morgan hoch und legte sie sich über die Schulter.

Sie musste lachen, während Howl brummend vor ihnen die Treppe hochsauste. »Das ist neu.«

»Damit du dich nach der langen Schicht ausruhen kannst.«

»Ach ja? Die meisten Männer hätten mich romantisch hochgehoben, statt mich über die Schulter zu legen.«

»Ich bin nicht wie die meisten Männer.«

»Das hab ich gemerkt. Weißt du, dein Haus sieht sogar gut aus, wenn es Kopf steht.«

Er trug sie ins Schlafzimmer. Die Sterne und ein Dreiviertelmond spendeten etwas Licht. Dort ließ er sie aufs Bett fallen und warf sich auf sie. »Und, wie gefällt dir das?«

»Inzwischen weiß ich diesen Anblick sehr zu schätzen.«

Während sie sich gegenseitig ansahen, strich sie ihm zärtlich über den Rücken, ließ die Hände anschließend wieder nach oben wandern.

»Mein Anblick gefällt mir besser.« Er ließ sie nicht aus den Augen und gab ihr einen sanften Kuss. »Du hast so ein Gesicht.«

»Allerdings.«

»Ein verdammt schönes Gesicht.« Sein Kuss wurde intensiver. »Das fand ich schon, als ich dich zum ersten Mal gesehen habe.«

»Hinter der Bar.«

»Nein, das allererste Mal. Beim Trauergottesdienst für deinen Großvater.«

»Ach, da bist du mir gar nicht aufgefallen. Offen gestanden, war alles ganz verschwommen.«

»Das hat man dir angesehen. Die Trauer, das schlechte Gewissen, dein Bedürfnis nach Alleinsein. Ich habe mich gefragt, ob mir das aufgefallen ist, weil ich ganz genauso empfunden habe.« Er küsste sie erneut, wieder ein wenig länger. »Als ich dieses Gesicht später erneut entdeckt habe, hinter der Bar, hab ich noch etwas anderes gesehen. Mehr als nur die Fassade einer freundlichen, effizienten Barkeeperin.« Jetzt küsste er sie auf den Hals, spürte freudig, wie sich ihr Puls beschleunigte. »Ich habe deine Kraft gesehen, aber auch deine Verletzlichkeit. Einfach faszinierend, dieses Gesicht! Es gefällt mir, es in die Hände zu nehmen.«

»Ich mag, was du mit deinen Händen machst.«

Er umschloss ihre Hände mit seinen und erregte sie weiter, indem er geschickt seinen Mund benutzte. »Gleich geht es los.« Mit einer Hand öffnete er die Knöpfe ihrer Bluse, küsste den schmalen Spalt nackter Haut und ließ seine Lippen weiterwandern. Diesmal dehnte er den Kuss weiter aus und spürte, wie sie sich ihm hingab. Er merkte, dass er viel zu wenig Zeit mit ihr verbracht, ständig bis spät gearbeitet und früh wieder angefangen hatte. Nun würde er sich Zeit nehmen.

Dann öffnete er den Verschluss ihres tief ausgeschnittenen weißen Spitzen-BHs, den sie eindeutig für ihn angezogen hatte. Sanft fuhr er über ihre Haut, während seine Zunge dasselbe tat. Ihre Lust war ansteckend. Er küsste eine ihrer Brüste, sanft, ganz sanft. Nichts überstürzen, bloß keine Eile. Seine Finger neckten sie nur. Bis sie unter ihm den Rücken durchbog und das Summen in ihrer Kehle einem leisen Stöhnen wich.

Seine Lippen und Hände glitten weiter nach unten, wobei er ihr den Slip über die Hüften streifte, die Lippen auf ihren Bauch presste. Er fand es unglaublich erotisch, komplett angezogen zu sein, während er nach und nach einen Körper entkleidete, der lustvoll unter ihm bebte. Er hob sie hoch, ließ ihr Gesicht nicht aus den Augen, als er ihr Verlangen erhörte. Sie zuckte zusammen. Genau in diesem Moment tauchte der erste Blitz das Zimmer in grellweißes Licht. Sie hauchte seinen Namen. Lautes Donnern. Er ergriff von ihr Besitz, und sie ließ ihn gewähren. Während sie sich hingab, schöpfte sie Kraft. Sie nahm, was er ihr gab, bis sie die Lust regelrecht durchrüttelte. So wie der Wind die Fenster. Ihr Körper schien sich zu verflüssigen, während es draußen zu regnen begann. Es war, als würde sie ihm durch die Finger rinnen. Unter seinen Händen bäumte sie sich auf, trat in eine Phase ein, in der die Leidenschaft hoch aufloderte und die Luft schwül wurde, nur um sich dann ins Weiche, Warme fallen zu lassen. Als er sein Hemd abstreifte, umklammerte sie seinen muskulösen Oberkörper. Obwohl er sich Zeit ließ, herrlich viel Zeit, schlug sein Herz wie verrückt.

»Dieses Gesicht«, murmelte er. Es rührte sie, wie atemlos er war. »Ich liebe den Gesichtsausdruck, wenn ich in dir bin.«

»Und ich will dich in mir spüren.«

Erneut ein Blitz, der sie in grelles Licht tauchte, während sie die Arme nach ihm aussteckte. Er deckte sie zu und beobachtete sie, während er sich langsam in ihr bewegte. Sie festhielt, als sie erneut abhob, ihn fest umklammerte.

»Miles.«

»Langsam«, murmelte er, während er sich diese kostbare Zeit nahm. Und ihr genug Zeit gab, erneut abzuheben, während draußen das Gewitter tobte. Dann nahm er ihre Hand und führte sie an seinen Mund, damit sie gemeinsam kommen konnten.

***

Miles lag auf ihr, seliger denn je. Das Gewitter, das sich bereits wieder verzog, ließ ein paar letzte Regentropfen gegen die Fenster prasseln. Wo es vorher geblitzt hatte, glänzte der Mond. In der Bibliothek schlug die Uhr, die einst seinem Urgroßvater gehört hatte, dreimal. Er hob den Kopf, um Morgan anzuschauen, und sah nichts als Seligkeit. »Dieses Gesicht«, wiederholte er.

Sie verzog die Lippen zu einem Lächeln.

24

Morgan schlief wie ein Stein und wurde von Kaffeeduft geweckt.

»Los, raus aus den Federn!«

Blinzelnd starrte sie Miles an. Er stand bereits angezogen neben dem Bett. »Wie spät ist es?«

»Spät genug.« Er nahm ihre Hand und zog sie hoch.

»Warum machen das Frauen?«, überlegte er laut, als sie das Laken mitnahm. »Ich hab dich längst nackt gesehen. Ich kenne deine Brüste, die übrigens hübsch proportioniert sind.«

»Einfach so«, sagte sie und beließ es dabei. Dann entdeckte sie den Becher auf dem Nachttisch. »Du hast mir Kaffee ans Bett gebracht.«

»Ich hab dir was gebracht, das so tut, als wäre es Kaffee. Kipp ihn runter, und steh auf. Du hast dreißig Minuten Zeit.«

»Wie lang bist du schon auf?«

»Lange genug, um zu duschen, richtigen Kaffee zu trinken, mich anzuziehen und zuzubereiten, was du für Kaffee hältst.«

»Gut. Das schaff ich auch in dreißig Minuten. Danke noch mal für den Kaffee. Wo ist Howl?«

»Auf Gartenpatrouille. Dreißig Minuten!«, ermahnte er sie und ging zur Tür. »Ich muss ein paar Anrufe erledigen.«

Sie nahm die Herausforderung an. Nach Punkt dreißig Minuten kam sie nach unten. Sie trug ihre kurze Wanderhose, Wanderstiefel, ein blaues T-Shirt und ein rotes Basecap. In ihrem leichten Rucksack befanden sich Insektenspray, Wasser, Erste-Hilfe-Paket, Studentenfutter und ein paar Dinge, die sie für unerlässlich hielt. Sie fand ihn in der Küche vor, wo er gerade eine weitere Tasse Kaffee in sich hineinschüttete. »Fertig?«

Er drehte sich zu ihr um. »Frauen in Stiefeln und kurzen Hosen haben echt was. Sonnencreme? Insektenspray?«

»Alles dabei.« Sie holte die Leine. »Howl kommt mit.«

»Ja, er geht fest davon aus.«

Nachdem Miles seinen eigenen Rucksack geschultert hatte, nahmen sie die Hintertür. Als der Hund die Leine sah, blieb er, wo er war, und schaute bewusst weg. »Er empfindet die Leine als Beleidigung.«

»Klar. Du bist doch ein ganz Braver«, säuselte sie und ging zu ihm. »Der Bravste überhaupt. Aber ohne darfst du uns auf dieses Abenteuer nicht begleiten.«

Gequält unterwarf er sich dem unwürdigen Ritual.

»Wir nehmen den Wagen.«

»Ach, ich dachte, wir wandern gleich los.«

Miles ergriff ihre freie Hand, in der anderen hielt sie die Hundeleine. »Der Birkenpfad ist eine nette Rundwanderung. Auf der Rückfahrt nehmen wir dein Auto mit.«

»Gern. Ich dürfte ganz schön eingerostet sein«, sagte sie. Die beiden stiegen in den Wagen. »Ich war seit Jahren nicht mehr wandern. Höchste Zeit, wieder in Form zu kommen, damit ich fit bin, wenn sich das Laub bunt färbt. Bis dahin ist es nicht mehr lange. Im Herbst war ich nie hier.«

»Da wimmelt es von Touristen.«

»Gut für das Resort und gut für den Ort.«

»Ja, aber die Wanderwege sind voll. Selbst heute werden

wir nicht allein sein. Die Leute gehen auch im Sommer in die Berge. Aber es dürfte längst nicht so viel los sein wie im September und Oktober.«

»Ich freue mich auf den Herbst.«

Nachdem er neben ihrem Wagen geparkt hatte, stieg sie aus, schulterte ihren Rucksack und ließ Howl aus dem Wagen.

»Es sind acht Kilometer«, erklärte Miles. »Aber man kann auf drei Kilometer abkürzen.«

»Acht schaff ich locker.« Wieder eine Herausforderung.

»Die Runde endet am Klettergarten mit der Seilrutsche.«

»Ich hab mir im Frühling ein paarmal ein Rad gemietet, um das Resort abzufahren und mir die gesamte Anlage einzuprägen. Ich wollte mir eigentlich eins kaufen, aber um mit dem Rad zur Arbeit zu fahren, ist es zu weit. Im Dunkeln will ich jedenfalls nicht nach Hause radeln.«

»Man kann ein Rad nicht nur zur Fortbewegung nutzen.«

»Ich wüsste nicht, wofür sonst.« Geld ausgeben, nur so zum Spaß? Im Augenblick undenkbar für sie. »Noch mal zur Anlage des Resorts: Der Wanderweg um den See und die Wanderpfade, die ich kenne, sind alle markiert. Dann gibt's da noch die Seilrutschen, die Kletterwand und den niedlichen kleinen Spielplatz. Alles sehr gut durchdacht. Wegen des Rads war ich natürlich im Adventure Outlet. Auch eine gute Idee, dass man Ausrüstung sowohl kaufen als auch mieten kann. In Sichtweite zu den Skiliften und Laufpfaden. Und zum See.«

Sie blieb stehen und schaute über das blaue Wasser, das mit Kajaks und Kanus betupft war. Die Green Mountains, die ihrem Namen alle Ehre machten, spiegelten sich darin. »Ich war noch nie kajaken. Du bestimmt, oder?«

»Klar. Wir werden das demnächst mal einplanen.«

»Das hat schon was, alles in unmittelbarer Nähe zu haben.«

»Meine Urgroßeltern haben das Land gekauft und die erste

Hütte darauf errichtet. Danach bald die ersten Blockhütten, eben wegen des Sees und der superschönen Aussicht.«

»Du kannst dich glücklich schätzen, dass sie so viel Weitblick hatten. Deine Familie hat die ursprüngliche Idee weiterentwickelt, aber behutsam. Beim Herumradeln hab ich die eine oder andere Hütte gesehen. Sie sahen alle aus, als hätten sie schon immer dort gestanden.« Howl, der die beleidigende Leine vergessen hatte, lief hierhin und dorthin und schnupperte den Weg ab. »Ich hab gehört, ihr wollt auf Elektroshuttles umstellen?«

»Ja, im Herbst. Wir lassen gerade weitere Ladestationen installieren.«

»Sehr schlau.«

Sie kamen zum Klettergarten, der sich in den Bäumen verbarg. Morgan schüttelte den Kopf, als sie sah, wie die Gäste dort oben herumbalancierten und schaukelten.

Miles führte sie zum Anfang des Rundwanderwegs.

»Das probiere ich bestimmt aus«, bemerkte sie. »Aber erst wenn die Zombie-Apokalypse eintritt oder die Invasion von Außerirdischen, die die menschliche Rasse vernichten wollen. Dann wird es vielleicht nötig, Hängebrücken zu bauen und zu lernen, über an Bäumen hängende Autoreifen und Holzplanken zu balancieren. Aber bis dahin?« Morgan verlagerte das Gewicht ihres Rucksacks. »Bis dahin ist Wandern genug Abenteuer für mich«, sagte sie, als sie mit dem Anstieg über den Birkenweg begannen. »Es ist schön hier, wunderschön.«

»Es wird noch viel schöner. Sag Bescheid, wenn du es leid bist, die Leine zu halten.«

»Das passt schon. Ich warne dich, ich werde eine Million Fotos machen. Ah, daran kann ich mich erinnern. Wilde Lupinen.« Sie ging in die Hocke, um die violetten Stauden scharf zu stellen. Howl leckte ihr über die Wange.

Miles wartete geduldig, wenn sie Gefleckten Wasserdost oder eine interessante Rinde an Birken oder uralten Ahornbäumen entdeckte. Sie passierten eine Gruppe Wanderer, die bereits beim Abstieg waren. Ein Paar überholte sie beim Aufstieg.

Miles fühlte sich wohl in ihrer Gesellschaft. Er war froh, dass sie nicht ununterbrochen redete, sondern Stille und Vogelgezwitscher zu schätzen wusste. In letzter Zeit hatte er sich viel zu wenig Zeit dafür genommen, durch die Berge und Wälder zu wandern, die er so sehr liebte.

Sie blieb stehen und hob eine Hand. »Warte, ich hör da was. Ist das etwa ein Wasserfall?«

»Gleich hinter der nächsten Kurve. Klein, aber fein, Little White Falls. Dort endet das Resort. Wir können da abkürzen und den Rückweg antreten. Oder wir machen den restlichen Rundweg durch den National Forest. Der wird steiler.«

»Unbedingt den ganzen Rundweg. Aber ich möchte den Wasserfall sehen.« Das Wasser rauschte in die Tiefe und vermählte sich dort mit dem Fluss, während die weiße Gischt einen eindrucksvollen Kontrast zum Braun der Felsen bildete. »Wunderschön. Wie Musik.« Der Vorhang aus Wassertropfen funkelte beim Sturz in die Tiefe und wühlte dort den Fluss auf, der an anderen Stellen so klar war, dass man bis auf den Grund schauen konnte. Moosbewachsene, dicht belaubte Äste dämpften das Licht. Doch dort, wo die Sonne aufs aufgewühlte Wasser traf, war es gleißend hell. Das Paar, das sie überholt hatte, machte Selfies und trat dann den Rückweg an. Ein Dreiergrüppchen erhob sich von einem niedrigen Felsausläufer und setzte den Anstieg fort.

Miles nahm die Leine, damit Morgan ihr Handy zücken konnte. Während sie ihre Fotos machte, zog er einen Faltbecher aus seinem Rucksack und gab Wasser hinein. Ein dankbarer Howl schlabberte es auf. Miles sah gerade noch rechtzeitig auf, um zu merken, dass sie fotografierte, wie er dem Hund einen zweiten Becher anbot.

»Tut mir leid, aber ich konnte einfach nicht widerstehen. Ich hab einen alten Plastikbecher dabei, aber der ist besser.« Sie hielt das Gesicht in die Sonne, »Das ist ein absolut perfekter Ort. Eigentlich hasse ich Selfies«, sagte sie.

»Ganz meine Meinung.«

»Aber dieser Wasserfall … ich würde gern eine Ausnahme machen.«

»Nur zu.«

»Du musst mit drauf. Ein Wasserfall, Miles und perfektes Licht. Bitte! Nur dieses eine Bild.«

Er hätte es ahnen können. Doch wenn er jetzt Nein sagte, wäre er ein Spielverderber. Normalerweise machte ihm das nichts aus, aber er wollte ihr diesen Moment nicht verderben.

»Danke.« Sie stellte sich neben ihn und hielt das Handy so, dass die Perspektive stimmte. »Ich zähle bis drei. Nicht so grimmig gucken!«

»Ich gucke nicht grimmig.«

Um das zu ändern, drehte sie das Gesicht so, dass sie ihm einen Kuss auf die Wange geben konnte. Als sich seine Lippen zu einem Lächeln verzogen, machte sie das Foto.

»Wieso hast du nicht gezählt?«

»Viel besser so, schau!« Sie hielt ihm das Foto hin. »Wir sind ein entzückendes Paar. Ich werde viele solcher Fotos machen.« Sie verstaute das Handy. »Das schwöre ich angesichts des magischen Wasserfalls feierlich.«

Die beiden setzten ihren Aufstieg fort. Es wurde steiler. Dass ihr nichts wehtat, hatte Morgan vermutlich nur Jens gnadenlosem Training zu verdanken. Ein paar halbwüchsige Jungs sprangen leichtfüßig an ihnen vorbei wie Antilopen und kicherten dabei eher wie Hyänen.

»Die amüsieren sich, solange sich keiner den Knöchel bricht«, bemerkte Miles.

»Wie alt waren die? Sechzehn? Da fühlt man sich unbesiegbar.«

»Was hast du mit sechzehn gemacht?«

»Ich weiß nicht mal mehr, wo ich gelebt habe. Ich habe Buch über die vielen Umzüge geführt. Nach der Scheidung sind wir ständig umgezogen. Aber ich habe das Buch weggeworfen, als ich aufs College kam. Leider! So nach dem Motto: Das liegt alles hinter mir.« Sie machte eine wegwerfende Geste. »Eine Art kleiner Tobsuchtsanfall. Das war ein Fehler.«

»Solltest du das rekonstruieren wollen, weiß deine Mom sicherlich Bescheid.«

»Vielleicht.« Sie verstummte. Vor ihr tat sich ein unglaubliches Panorama auf. »Davon hast du gar nichts gesagt!«

»Das sollte eine Überraschung sein. Nicht schlecht, oder?«

»Einfach *überwältigend*.«

Berge, Täler, Flüsse in lebhaften Grün- und zarten Blautönen, eingerahmt von bizarren Felsformationen. Sanfte Kuppen, wohin das Auge sah, uralt und von der Vergangenheit geformt. Sie konnte die Buchten und die Einschnitte des Seeufers, die bewaldeten Hänge und die Pfade in der Landschaft unter dem weiten Himmel ganz deutlich erkennen. Das i-Tüpfelchen bildete der Wasserfall in der Ferne.

Wie ein wunderschönes Gemälde, dachte sie. Wie es hier wohl aussah, wenn Nebel aufzog und die Berge verschwimmen ließ? Wenn sich das Laub im Herbst bunt verfärbte und der Winter alles in Weiß hüllte? Heute herrschte jedoch eindeutig Sommer. Die Natur befand sich auf dem Höhepunkt ihrer Fülle.

Die Stille war wie Musik in ihren Ohren.

»Ich kann es einfach nicht lassen.« Morgan drehte sich zu Miles um. »Tut mir leid, aber es ist perfekt.« Sie hob das Handy.

»Selbst schuld! Von mir aus kannst du grimmig schauen.« Sie legte ihm den Arm um die Taille und machte das Foto. Danach nahm sie Howl ins Visier. »Jetzt bist du dran. Sitz! Brave Hunde machen Sitz!« Sie ging in die Hocke und bestimmte den Bildausschnitt. Seine Hundeaugen strahlten, und er sah erwartungsvoll zu ihr auf.

Vermutlich war das der Moment, als es endgültig um ihn geschehen war, sollte Miles später denken. Der Moment, als er sah, dass sie den Hund zum Posieren brachte, der kreuzbrav folgte. Verdammt! Der Moment, in dem sie ganz im Hier und Jetzt war, sich davontragen ließ wie die Falken vom warmen Aufwind. Der Moment, in dem sie ihn anstrahlte, während sie in der Landschaft stand, die seit eh und je seine Heimat war.

Dann richtete sich Morgan auf, verstaute ihr Handy und nahm seine Hände. »Danke. Du hättest keinen besseren Tag und keine schönere Wanderung aussuchen können.«

»Wart nur ab, wie das hier alles erst im Herbst aussieht.«

»Kann ich mir vorstellen. Aber im Moment ist es Sommer pur.« Den Blick in die Ferne gerichtet, lehnte sie den Kopf an seine Schulter. »Der Herbst ist die Zeit der Ernte, der Winter die Zeit der Ruhe, der Frühling die Zeit des Neuanfangs. Und der Sommer ist die Zeit, in der Träume wahr werden.«

Die Stille wurde von Stimmen unterbrochen. Leute kamen den Weg hoch, also ging er mit ihr und dem Hund weiter, schob diesen Moment gedanklich beiseite.

»Damit hast du mich echt gekriegt«, sagte sie. Der Weg führte jetzt abwärts. »Ich werde mir viel mehr Zeit für so etwas nehmen – und sei es nur eine Stunde oder einen einzigen freien Tag. Zeltest du gern?«

»Ich glaube fest daran, dass die Menschheit durch technische Innovationen, reine Notwendigkeit und mit viel Glück seit den Zeiten der Höhlenbewohner und Pioniere große Fortschritte gemacht hat. Ich respektiere ihre Bemühungen, weiß aber Erfindungen wie Sanitäreinrichtungen, Isolierfenster, Matratzen und WLAN durchaus zu schätzen. Ich wüsste nicht, warum ich in einem Zelt schlafen sollte.«

»Also ein klares Nein. Nur gut, dass ich einen gesunden Respekt vor dem Fortschritt und vor technischen Neuerungen habe. Wetten, du wüsstest trotzdem, wie das geht, sollte eine Zombie-Apokalypse oder eine Invasion von Außerirdischen über uns hereinbrechen … Da ist ein Bär!« Sie erstarrte. Das Tier kreuzte den Pfad in einiger Entfernung. »Ein echter Bär.«

»Der interessiert sich nicht für dich.« Trotzdem nahm Miles die Leine, als Howl anfing zu knurren und mit dem Schwanz zu wedeln. »Ein Braunbär. Die sind normalerweise nicht aggressiv. Wir können allerdings kein Selfie mit ihm machen.«

»Das würde mir nie einfallen! Der ist echt groß.«

Der braune Geselle verschwand zwischen den Bäumen.

»Geben wir ihm eine Minute. Du warst doch mit deinem Großvater wandern, oder? Seid ihr da nie Bären begegnet?«

»Nein. Er hat mir allerdings erklärt, was man da tun und lassen soll. Ich weiß noch, dass ich enttäuscht war, weil wir nie einen gesehen haben. Jetzt frage ich mich, warum.«

»Manchmal kommen Bären aufs Resort-Gelände. Vor allem in die Nähe der Hütten.« Im Gehen hielten sie nach dem Bären Ausschau, der sich jedoch nicht mehr blicken ließ.

»Ich fände es wahrscheinlich aufregend, einen zu sehen. Jedenfalls solange ich in der Hütte in Sicherheit bin.«

Er zuckte mit den Schultern. »Sie waren zuerst da.«

Sie musste lächeln. »Liebes Tagebuch, heute habe ich einen Wasserfall gesehen, ein wunderschönes Bergpanorama bewundert, und ein Bär ist an mir vorbeispaziert.«

»Machst du das? Tagebuchschreiben?«

»Nein. Wer hat dafür schon Zeit? Wenn wir nachher mein Auto holen, schau ich in der Bäckerei vorbei, um für morgen was zum Nachtisch zu kaufen.«

»Nell bäckt Kuchen.«

»Nell bäckt?«

»Manchmal. Ich grille, und du machst dieses Kartoffeldings. Sie möchte auch etwas beitragen.«

»Das mag ich an ihr. Sie nimmt jede Herausforderung an. Es war bestimmt nicht leicht, als Mädchen zwischen zwei Brüdern aufzuwachsen.«

»Vielleicht ist es ja auch eine Herausforderung, der Älteste zu sein?«

»Findest du?«

»Eigentlich nicht. Aber möglich wäre es.«

»Das stimmt nicht, weil ihr ein Team seid, wenn's drauf ankommt. Da ist eine eurer Hütten. Schau nur, wie gemütlich diese Schaukelstühle auf der großen Veranda aussehen. Mir war gar nicht klar, dass wir so nah am Resort sind.«

»Wir haben unseren Ausgangspunkt fast erreicht.«

»Ja, jetzt sehe ich es.«

Sie nahmen die kleine Brücke über den Bach, dann erwartete sie der Klettergarten. Sie sah, wie Liam Klettergurte über eine Bank legte. »Schöne Wanderung gehabt?«, rief er, während sie näher kamen.

»Ganz wunderbar. Wasserfälle, tolle Aussichten und Bären. Keine Gäste heute?«, fragte sie angesichts der leeren Anlage.

»Wir haben gleich eine Privatveranstaltung.« Er hielt ihr einen Gurt hin.

»Ist das dein Ernst?« Morgan nahm die Hände hinter den Rücken. »Nein.«

»Genau das Richtige, um eine Wanderung zu beenden.«

»Nein, auf gar keinen Fall. Bei so was kreisch ich wie eine Fünfjährige und ruf nach meiner Mama.«

»Du hast keine Höhenangst.« Miles nahm einen Klettergurt und legte ihn an. »So wie du beim Aussichtspunkt am Rand gestanden bist ...«

»Nein, Höhenangst nicht.«

»Wenn ja, lassen wir den ausgesetzten Teil weg.«

»Keine Höhenangst, aber viel Respekt vor der Schwerkraft.«

»Du kannst nicht abstürzen. Siehst du das?« Liam hielt den Gurt hoch, zeigte ihr den Karabiner und das Sicherungssystem. »Man hängt ihn hier ein, und der Karabiner schließt sich. Er kann nicht aufgehen, außer man öffnet ihn selbst. Außerdem bist du die ganze Zeit über durch mindestens einen Gurt gesichert. Sogar wenn du auf einer Plattform stehst.«

»Wieso sollte ich das wollen?«

»Weil es Spaß macht.«

»Wenn sie Angst hat ...« Miles ließ den Satz in der Luft hängen und begann seinen Gurt wieder abzulegen.

»Angst ist ein großes Wort.« Sie wusste genau, dass er es mit Absicht benutzt hatte. »Vorsichtig trifft es eher.«

»Was willst du machen, wenn die Zombies angreifen?«, fragte Miles.

»Einen schrecklichen Tod sterben? Den Rest meiner Zombieexistenz damit verbringen, Gehirne zu essen? Mist, das ist ein Hinterhalt.« Sie griff nach dem Gurt. »Zeig mir, wie das Ding funktioniert.«

Als Liam bei ihr den Karabiner einhängte, strahlte er sie an. »Der hält locker dein dreifaches Gewicht. Wir begleiten dich beide nach oben. Vorher erklär ich dir alles, was du wissen musst.«

»Mir gefällt es unten eigentlich ganz gut.«

Liam war gründlich. Es hörte sich nicht so kompliziert an.

»Was ist mit Howl?«

Miles befestigte die Leine an der Bank, gab ihm Wasser und einen Kauknochen. »Dem geht es gut.« Er reichte ihr einen Schutzhelm.

Sie musste nicht jede Herausforderung beim Schopf ergreifen. Trotzdem kletterte sie zwischen Liam und Miles zur ersten Plattform. Während sich Howl weit unter ihnen befand, erklärte ihr Liam erneut das Sicherungssystem. »Die Hängebrücke wird wackeln, aber du bist gesichert.«

»Du zuerst.«

»Klar. Ich warte auf der nächsten Plattform.«

Genauso gut hätte er über eine Steinbrücke laufen können, nur wenige Zentimeter über einem trägen Bach. Morgan war beeindruckt.

»Jetzt du«, sagte Miles hinter ihr.

Sie warf ihm einen misstrauischen Blick zu, hielt die Luft an und verließ die Plattform. Das Ding schaukelte! Morgan behielt die zweite Plattform im Blick. Auch als Howl unten anfing zu jaulen. Sie stürzte nicht ab und zappelte auch nicht hilflos herum.

»Super! Möchtest du diesmal vorangehen?«

»Nein danke, ich bleibe gern die Zweite.«

»Weißt du noch, was du machen musst?«

»Ja, ich habe mir die Regeln gut eingeprägt.« Sie sah zu, wie Liam über sehr schmale Planken lief, zwischen denen sich breite Lücken auftaten. Sie schaute sich um und sah, dass Miles die Hängebrücke mühelos passierte. Angeber! Sorgfältig öffnete sie ihren ersten Karabiner, hängte ihn beim nächsten Drahtseil ein und zog probehalber daran, bevor sie den zweiten einhängte. Die Planken schwankten, aber bei der Vorstellung, auf halber Strecke stehen zu bleiben, lief sie lieber weiter. Dass sie es dabei schaffte, jedes Quietschen zu unterdrücken, hob ihr Selbstbewusstsein. Danach ging es über schmale Schaukeln, die … schaukelten. Und über ein Netz aus Seilen, das es zu queren galt.

Liam jubelte, als sie es hinter sich ließ. »Du hast es echt drauf! Kannst gern hier arbeiten.«

Nein, dachte sie, als sie sich vorsichtig über einen langen Balken schob, kaum breiter als ein Seil. Ganz bestimmt nicht.

Es folgte eine Strickleiter. Sie kletterte hinauf und spürte, wie ihre Bauchmuskeln sich beim Balancieren über mehrere Reifen verkrampften.

Erst das Trapez machte ihr richtig Angst. Sie sah zu, wie Liam danach griff, sich festhielt und wie ein Zirkusartist auf die nächste Plattform schwang. Das Herz schlug ihr bis zum Hals. Ihre Muskeln zitterten. Das war echt Schwerstarbeit! Sie griff mit beiden Händen nach dem Trapez, hielt die Luft an und stieß sich ab. Es war wie Fliegen. Ein, zwei Sekunden befand sie sich in der Luft. Der Wind wehte ihr entgegen, während sie im wahrsten Sinne des Wortes der Schwerkraft trotzte.

Beim Erreichen der letzten Plattform lachte sie laut.

»Geschafft.« Sie umarmte Liam und drehte sich zu Miles um, der das Trapez noch vor sich hatte. »Wer hätte das gedacht?«

Da stand sie, die Wangen von der Anstrengung gerötet, ganz verzückt, die Arme nach wie vor um seinen Bruder geschlungen. Ein Strahlen im Gesicht, das die ganze Welt hätte erhellen können. Da wurde es ihm klar. Es war nicht so, dass aus Zuneigung langsam Liebe wurde, dass sich aus Anziehungskraft mehr entwickelte. Die Liebe war einfach da. Nichts auf der Welt konnte das verhindern. Er fühlte sich atemlos und überrumpelt. Was ihn ein klitzekleines bisschen ärgerte. Darüber würde er nachdenken, wenn er wieder einen klaren Kopf hatte und sie ihn nicht ablenkte.

Morgan und Liam kletterten schon hinunter. Also schwang er sich hinüber auf die Plattform und stieß unten zu ihnen.

»Super, oder?«

»Besser als gedacht«, gestand sie Liam. »Viel besser.«

»Willst du noch mal? Wir haben genug Zeit vor der nächsten Gruppe. Ich wusste nicht, wie lange du brauchen würdest, aber du bist ein Naturtalent.«

»Einmal reicht vollkommen.«

»Es gibt noch die Seilrutsche und die Kletterwand.«

»Aus dem Weg.« Lachend versetzte sie ihm einen Stoß. »Die kommen wirklich nicht infrage.«

»Das nächste Mal kommt die Seilrutsche dran. Man hat ein tolles Tempo drauf und kann meilenweit sehen.«

»Du bist verrückt. Dein Bruder ist verrückt«, sagte sie zu Miles. »Ich geh jetzt und erlöse Howl.«

»Sie ist toll«, meinte Liam, nachdem Morgan weg war. Er trat verlegen von einem Fuß auf den anderen. »He, ich hab sie nicht angemacht.«

»Das weiß ich. Außerdem würde sie nie darauf eingehen!«

»Ich meine nur. Weil du so angefressen aussiehst.«

»Nein, nein! Sie hat sich wirklich super geschlagen.«

»Ich mag sie echt. Rein freundschaftlich natürlich. Ich freu mich für dich.«

»Ich freu mich auch.« Miles setzte seinen Helm ab. Der Hund begrüßte sie, als wäre sie gerade aus dem Krieg heimgekehrt. »Vielleicht bin ich ja deshalb ein bisschen angefressen.«

Liam klopfte ihm auf die Schulter. »Du wirst es überleben.«

»Kann sein. Danke für alles. Ich dachte, bei dir wird sie sich wohler fühlen als bei einem der Mitarbeiter.«

»Es hat Spaß gemacht.« Er nahm Miles den Gurt ab. »Sie hat Mumm, das muss man ihr lassen. Bevor wir gehen: Irgendwelche Neuigkeiten von diesem perversen Mistkerl?«

»Nicht wirklich. Sie verfolgen eine Spur Richtung Westen. Oregon vielleicht?«

»Hoffentlich gehen ihm irgendwann die Bundesstaaten aus und er springt in den Pazifik.«

»Damit könnte ich leben. Besser, sie fassen ihn bald. Morgan wird erst aufatmen können, wenn er tatsächlich hinter Gittern sitzt.«

»Er kann nicht ewig davonlaufen, Miles. Das kann niemand.«

Nein, dachte Miles. Genau das war das Problem. Früher oder später würde Rozwell erneut zum Angriff übergehen.

***

Zu Hause lockte Miles Morgan in die Dusche. Nicht nur weil er sie begehrte. Sondern in der Hoffnung, der Sex würde ihm einen klaren Kopf bescheren und sein inneres Gleichgewicht zurückgeben. Es funktionierte nicht.

Nachdem sie zur Arbeit aufgebrochen war, lief er in seinem Haus auf und ab. Er fragte sich, warum sie ihn so sehr beschäftigte, obwohl sie gar nicht da war. Dann ging er in sein Büro und schaute aus dem Fenster des Turms, der sie so fasziniert hatte. Er setzte sich und arbeitete ein wenig.

Trotzdem musste er immer wieder an die Momente denken, in denen es endgültig um ihn geschehen war. Wenn er ehrlich war, hatte es schon Klick gemacht, als er sie das erste Mal hinter der Bar sah. Das hatte er ignoriert. Später war sie in dieser Schrottkarre davongefahren. Und dann trainierte sie im Fitnessraum, weil sie fest vorhatte, sich selbst zu verteidigen. Es hatte also einige solcher Momente gegeben, bevor er sie mit einer Dose Kekse in seinem Vorgarten vorfand.

»Und was jetzt?«

Howl tat brummend seine Meinung kund.

»Auf deinen Rat kann ich verzichten. Sie hat dich längst um den Finger gewickelt. Oder du sie. Das scheint auf Gegenseitigkeit zu beruhen.« Miles lehnte sich zurück und schloss die Augen. »Nun, dann ist es eben so.« Geistesabwesend legte er Howl eine Hand auf den Kopf und merkte, dass sein kleiner Bruder recht hatte. Er würde es überleben.

»Sie wird in ein paar Stunden heimkommen.«

Ja, sie würde nach Hause kommen, und er würde sie sehnsüchtig erwarten.

»Dann mach mal deine letzte Patrouille!«

Sie gingen nach unten. Während Howl seine Pflicht tat, schenkte sich Miles ein Glas Cabernet ein und dachte an Morgan. Wartete darauf, dass sie nach Hause kam.

25

Die Schlampe hatte sein Leben zerstört. Gavin Rozwell starrte hinaus in den Dauerregen vor dem Fenster des schäbigen Motels im Nirgendwo von Oregon und träumte von sonnigen mexikanischen Stränden. Von Luxushotelsuiten mit Daunenkissen und Terrassen mit Meerblick, von Sonnenuntergängen über türkisblauem Wasser. Von Champagner in silbernen Eiskühlern. Er dachte daran zurück, wie es war, wenn man nur mit den Fingern schnippen musste, und sofort kam ein Angestellter. Wie es war, durch sonnenüberflutete Straßen zu flanieren und alles haben zu können, was er wollte. Alles, worauf er ein Anrecht hatte.

Morgan Albright hatte ihm das genommen. Oder Morgan Nash, wie sie sich jetzt nannte. Doch das durfte nicht von Dauer sein. Die verdammten FBI-Ermittler saßen ihm im Nacken. Er spürte ihren Atem, wenn er in einem schmuddeligen Zimmer, in einem durchgelegenen Bett aufwachte. Nass geschwitzt, desorientiert, umgeben von Dunkelheit. Inzwischen hatte er sich angewöhnt, das Licht brennen zu lassen. In der Dunkelheit lauerten zu viele bedrohliche Schatten.

Er konnte seine Verfolger nie ganz abschütteln, redete sich aber ein, dass man in so einer Absteige in der feuchten Mitte von Nirgendwo nie nach ihm suchen würde. Dennoch spürte er, wie sie langsam näher kamen. Zweimal hatte er sich in das Computersystem der Polizei gehackt, einmal in Idaho und ein weiteres Mal in Oregon. Zu seiner Verärgerung und zu seinem Entsetzen entdeckte er, dass seine Personenbeschreibung aktualisiert worden war.

Die Phantomzeichnung traf es nicht wirklich, war aber ähnlich genug. Das zwang ihn dazu, sich einen neuen Look zuzulegen. Er änderte seine Frisur und ließ sich einen ungepflegten mausbraunen Bart stehen. Dazu trug er eine billige schwarze Brille und hasste die Visage, die ihm im Spiegel entgegenblickte. Mit Make-up betonte er seine Augenfalten. Sein Teint war so fahl wie der eines Häftlings. Von dem vielen Fast Food und ohne sein Training in den Fitnessbereichen der Hotels hatte er ordentlich zugelegt.

Bisher hatte er seinen Aufenthaltsort und seine Fahrzeuge jeden zweiten Tag gewechselt. Modrige Zimmer, verrostete Pick-ups. Und die Schlampe lebte am anderen Ende des Landes einfach ihr Leben weiter und lachte ihn aus. Ihr Lachen hörte er sogar, wenn er nachts das Licht anließ.

Er malte sich unzählige Male aus, sie umzubringen, in jeder nur erdenklichen Weise. Aber diese süßen Träume zerplatzten, sobald dieses Lachen ertönte, sobald er den heißen Atem seiner Verfolger im Nacken spürte. So konnte das unmöglich weitergehen. Als Erstes brauchte er einen sicheren Ort. Der Luxus konnte warten, aber er brauchte einen anständigen Platz, an dem er ein paar Wochen untertauchen konnte. Eine Unterkunft mit einer anständigen Dusche, wo einem vor Regengeprassel nicht der Kopf platzte. Eine Zuflucht, wo er nachdenken, Pläne schmieden und sich vorbereiten konnte.

Warum nicht nach Süden fahren, nach Nevada? Die Hitze der Wüste würde sein vernebeltes Hirn klären und sein Blut zum Fließen bringen. Noch heute Abend würde er aufbrechen, im Schutz der Dunkelheit und des Regens. Beim Gedanken daran wurde er ganz aufgeregt. Nach Süden, in die Sonne, während sie im nasskalten Nordwesten nach ihm suchten. Doch zunächst nach Westen, Richtung Küste. Dort musste er die Karre loswerden, die er am Vortag geklaut hatte, und sich was Neues suchen. Er konnte den verdammten Bullen ja ein paar Krümel hinterlassen, damit es so aussah, als führe er weiter nach Norden, Richtung des Bundesstaats Washington. Doch er würde sich nach Süden wenden, der Sonne entgegen. Wo er in Ruhe planen konnte.

Dann lächelte er dem Regen zu und beschwor Morgans Gesicht herauf. Die in der Angebervilla hockte und sich einbildete, ihn besiegt, gewonnen zu haben. »Genieß den restlichen Sommer, du Schlampe, ich bin unterwegs zu dir.«

Jetzt war er derjenige, der lachte.

***

Als Miles am Sonntagmorgen aufwachte, streckte er den Arm nach ihr aus. Der Platz neben ihm war leer. Er schlug die Augen auf und musterte die Betthälfte, die zumindest an den Wochenenden zu ihrer geworden war. Die Leere gefiel ihm ganz und gar nicht. Weil er sich daran gewöhnt hatte, dass sie dort lag. Auf der linken Seite, eine Hand unter dem Kissen.

Genervt und noch genervter, *weil* er genervt war, setzte er sich auf und merkte, dass ihn auch der Hund im Stich gelassen hatte. Also verließ er das Bett und schlüpfte in seine Turnschuhe. Mit der vagen Idee, nach dem Kaffee oder besser noch nach dem Sex zu trainieren. Als er in die Küche kam, hörte er den Fernseher im Wohnzimmer. Eine Heimwerkersendung.

Da war sie, in einer weiten kurzen Hose und einem noch weiteren T-Shirt. Sie stand am Tresen. Dort lagen ganze und ausgepresste Zitronen und Orangen neben einigen Flaschen. Der große Krug seiner Großmutter leuchtete dunkelrot, ja fast violett. Keine Ahnung, was sie da zusammengemixt hatte. Zu Leuten hinüberschielend, die hässliche kackbraune Küchenschränke rausrissen, filetierte sie eine Orange.

»Was machst du da?«

Ohne ihre Arbeit zu unterbrechen, sah sie zu ihm hinüber. »Morgen! Wieso? Ich wachse mein Surfbrett, siehst du doch.«

»Hahaha.« Er ging schnurstracks zur Kaffeemaschine.

»Ich mache Sangria. Die muss gut durchziehen. Ich wollte die eigentlich gestern Abend ansetzen, aber du hattest andere Pläne. Deshalb mache das jetzt.«

Miles sah sich um, während er nach einem Becher griff. »Ich hatte für heute Morgen andere Pläne.«

Das brachte ihm ein Lächeln ein. Sie gab die Orangenfilets in den Krug und griff zu einer Zitrone. »Das muss warten. Wir müssen das Abendessen vorbereiten.«

Kaffee, Kaffee, Kaffee, dachte er, als der Duft seine Sehnsucht noch verstärkte. »Es ist kein formelles Dinner.«

Das hatte sie anfangs ebenfalls gedacht. Inzwischen hatte sie sich die Einstellung ihrer Ladys zu eigen gemacht. »Wir haben Gäste zum Abendessen, das wir selbst zubereiten. Klar bin ich da aufgeregter als du. So was mach ich nicht so oft.« Sie gab die Zitronenschnitze in den Krug und begann Limetten zu filetieren. »Beim letzten Mal haben Nina und ich für Sam und den Mann gekocht, den ich für Luke Hudson hielt. Der heutige Abend wird die Erinnerung daran auslöschen.«

Das war ihr wichtig, merkte er. Was er als ungezwungenen Sommerabend mit Verwandten betrachtet hatte, war ihr wichtig. Aus vielerlei Gründen. Er verließ die Kaffeemaschine und umarmte sie. »Hast du keinen größeren Krug finden können?«

Sie lachte und entspannte sich. »Das fragst du nur, weil du denkst, dass Nell aus Solidarität vielleicht ein Glas mittrinkt, ihr Jungs aber beim Bier bleiben werdet. Könnte ja sein, dass eure Männlichkeit Schaden nimmt, wenn ihr was trinkt, das ihr für Mädchenkram haltet.«

»Das habe ich eigentlich nicht gedacht.«

»Sangria ist ein perfekter Sommerdrink für Erwachsene. Und in ein paar Stunden werdet ihr merken, wie außergewöhnlich gut meine Sangria ist.«

Er strich ihr über den Rücken, bevor er zu seinem Kaffee zurückging. »Das sagt ausgerechnet eine Frau, die ganze Obstplantagen verwertet und jede Menge Flaschen auf dem Tresen stehen hat.«

»Eines der Geheimnisse meiner Sangria ist frischer Saft.«

Als es klingelte, ließ Morgan das Messer sinken.

»Ich geh schon«, verkündete Miles.

»Ich bin vollkommen angezogen, du eindeutig nicht.«

Er hob die Hand, um sie aufzuhalten, bevor er auf dem Monitor der Klingelanlage das Bild der Überwachungskamera aufrief. »Meine Mutter. Warum klingelt die um Himmels willen?«

Er verließ die Küche, als Morgan an sich herabsah. »Mist.«

Als Miles aufmachte, zog Drea die Brauen hoch. »Gerade erst aufgestanden?«

»Warum bist du nicht reingekommen?«

»Für den Fall, dass du noch schläfst oder anderweitig beschäftigt bist.« Sie reichte ihm einen Korb mit Pfirsichen. »Die Millers aus Georgia sind da.«

»Wie viele Kilo diesmal?«

»Sechzig. Ich weiß, dass ihr nachher Liam und Nell zu Besuch habt. Du kannst ihnen ihren Teil geben.«

»Komm um Himmelswillen rein. Wir sind in der Küche.«

»Ich möchte nicht stören.«

»In der Küche«, wiederholte er und trat den Rückweg an. »Morgan macht Sangria für ganz Barcelona … Es gibt Pfirsiche«, verkündete er.

Seine Mutter stellte den Korb auf den Küchentresen. »Die wirst du doch nicht da reintun?«

»Ich hatte mich für Rotwein und Zitrusfrüchte entschieden. Wenn ich das vorher gewusst hätte …« Morgan nahm sich einen Pfirsich und roch daran. »Die sind ja mega. Danke, Drea.«

»Bedank dich bei den Millers. Das sind Cousins zweiten Grades aus meinem Zweig der Familie, die in Georgia Pfirsiche züchten. Deine Sangria sieht toll aus.«

»Ich würd dir gern was davon anbieten, aber sie ist noch nicht durchgezogen. Wie wär's mit einem Cappuccino auf Eis?«

»Ich … macht das nicht zu viel Arbeit?«

»Quatsch.« Morgan stellte den Krug in den Kühlschrank. Da kam Howl angerannt und wedelte, um Drea zu begrüßen.

»Da ist er ja.« Drea bückte sich.

»Wie war die Wanderung?«

»Toll.« Morgan machte einen Espresso und holte eine Schüssel heraus. »Mir war gar nicht klar, wie sehr ich das Wandern vermisst habe.«

»Und der Klettergarten?«

»Du meinst den Hinterhalt?« Sie warf das Haar zurück, mischte den Espresso zu gleichen Teilen mit süßer Kondensmilch und einer Prise gemahlene Vanille. »Besser als ich dachte. Hast du das mal ausprobiert?«

»Der Familienstolz erforderte es, aber einmal hat mir gereicht. Sind das Kaffee-Eiswürfel?«

Morgan schüttelte die Tüte, die sie aus dem Gefrierschrank geholt hatte. »Wieso etwas so Gutes mit Wasser verdünnen?«

»Sie trinkt eher süße Milch mit einem Schuss Kaffee«, erklärte Miles. »Vielleicht möchte ich ja auch einen Cappuccino auf Eis?«

»Es ist genug für alle da.« Morgan holte zwei große Gläser, gab die Eiswürfel hinein und goss die Kaffeemischung darüber.

Drea nahm erst einen Schluck, dann noch einen. »Vielleicht solltest du zu mir ziehen.«

»Ich frage mich, warum ich das noch nie getrunken habe.«

»Du trinkst sonst immer schwarzen Kaffee«, rief ihm Morgan in Erinnerung. »Heißen schwarzen Kaffee. Ich hatte vor, das nach dem Abendessen zu servieren. Mit den Pfirsichen sollten wir auch was machen, oder? Ein Dessert oder so, meine ich.«

Miles zeigte auf seine Mutter. »Sie sagt, wir müssen teilen.«

»Nun, da teilen wir doch automatisch. Außerdem sind genügend da. Also, was machen wir damit?«

»Einen Pfirsich-Cobbler«, schlug Drea vor.

»Jetzt versteh ich erst recht Bahnhof.«

»Einen Pfirsichauflauf, das ist so was Ähnliches wie ein Crumble. Geht schnell und einfach. Nicht weiter schwer für jemanden, der gerade in weniger als zwei Minuten zwei Cappuccinos auf Eis gemacht hat.«

»Getränke sind für mich kein Problem. Aber das Kochen oder Backen?«

»Ich zeig's dir.«

»Echt?«

»Ich hab noch Zeit, bevor ich meinen Eltern die Pfirsiche bringe und heimgehe, um Eiswürfel aus Kaffee zu machen. Du schickst mir bitte eine Nachricht, in der du mir erklärst, was du da in der Schüssel veranstaltet hast.«

»Abgemacht.«

»Ich geh trainieren.« Miles verließ die Küche.

Wie perfekt sie in sein Leben passte. Ganz, als sollte es so sein!

***

Nach anderthalb Stunden straffem Fitnesstraining duschte Miles, zog sich an und sah, dass seine Mutter schon weg war. Pfirsiche füllten eine knallblaue Schale auf dem Tresen einer blitzblanken Küche.

»Ich hab Pfirsichauflauf gemacht.«

»Aha.«

»He, das ist eine Sensation. Ich hab ihn selbst gemacht!« Sie zeigte auf eine Backform, die gerade abkühlte. »Deine Mom hat nur aufgezählt, was ich in welcher Reihenfolge reintun soll. Ein Dessert im Handumdrehen. Von mir! Wir müssen ihn vor dem Servieren nur aufwärmen, hat sie gesagt. Und eine Kugel Vanilleeis dazugeben oder so.«

»Super. Ich hätte dir geholfen, die Küche aufzuräumen.«

»Das hat deine Mom erledigt. Sie ließ sich nicht davon abbringen. Sie meinte, dein Dad wird sie vergöttern, wenn sie ihm einen Cappuccino auf Eis serviert. Damit wären wir quitt. Ich mag deine Familie echt gern, Miles.«

»Ich auch, meistens zumindest.«

»Das merkt man. Ich hab ein bisschen rumgewühlt«, fuhr sie fort. »Ich hoffe, es macht dir nichts aus. Dabei hab ich dieses wunderschöne Geschirr gefunden. In lauter verschiedenen bunten Farben. Das könnten wir doch heute Abend verwenden? Die Sachen sehen so fröhlich und ungezwungen aus.«

Genau dieses Geschirr benutzte seine Großmutter seit eh und je für Gartenpartys, fiel ihm auf.

»Du hast auch die perfekten Sangriagläser. Nicht zu hoch, schön dickwandig und mit farbigem Stiel. Dazu bunt gestreifte Servietten und …« Sie verstummte, als er sie an sich zog und küsste. »Ich nehme das mal als Ja.«

»Nimm, was immer du willst.«

»Das gute Porzellan bleibt im Schrank. Aber ein bisschen austoben darf ich mich schon.«

»Ein bisschen schon, Morgan.« Sie duftete nach Pfirsichen. »Komm, setzen wir uns einen Moment.«

»Na gut. Warte! Es ist schon fast zwei. Die kommen um sechs zum Cocktailtrinken.«

»Bis dahin sind es vier Stunden.«

»Ja, aber ich muss noch was erledigen. Jede Menge sogar. Im

Fernsehen haben sie diese sommerliche Tischdeko gezeigt, die würde ich gern ausprobieren.«

»Das hätte ich mir denken können.«

»Ich brauche also Blumen, Vasen, Kerzen … alles Mögliche. Dann muss mich um die Kartoffeln kümmern. Und mich schön machen. Damit ich gut aussehe.«

»Du siehst gut aus.«

»Bitte! Ich schäme mich immer noch für das Outfit, in dem mich deine Mutter soeben angetroffen hat. Während sie aussah, als wäre sie soeben einer Modezeitschrift mit dem Thema ›Lässiger Sommerchic‹ entstiegen.«

»Wirst du in Zukunft jedes Mal so ein Trara machen, wenn wir Besuch bekommen?«

»Ich hoffe nicht, aber dieser Abend soll ein Erfolg werden. Es ist schließlich dein Haus, deine Familie. Und der Polizeichef kommt. Das ist keine Kleinigkeit für mich.«

»Na dann. Sonst noch was?«

Sie seufzte selig. »Danke.«

Er konnte warten, dachte er, während sie Servietten holte und sie zu falten begann. Für die Tischdeko, die sie sich vorstellte.

Er konnte warten. Mit dem, was er ihr sagen wollte. So hatte er noch mehr Zeit, die richtigen Worte zu wählen.

***

Morgan brauchte tatsächlich fast vier Stunden, bis sie mit allem zufrieden war. Blumen, Kerzen, Servietten. Sie blieb konzentriert, obwohl sie plauderte, während sie die Kartoffeln zubereitete und Miles das Huhn marinierte, das Gemüse grillte, die Barbecuesoße anrührte. Bei den gemeinsamen Vorbereitungen staunte er erneut, wie perfekt sie harmonierten. Wie sie ihn mit ihrer Vorfreude auf den Abend ansteckte.

Sie zog ein Kleid an – und hatte absolut die Beine dafür. Ein luftiges Kleidchen in einem zarten Grünton, bei dessen Anblick er sich erst recht über den Sommer freute. Dann stand sie draußen, musterte alles ein letztes Mal kritisch und nickte.

»Sieht gut aus, oder? Sieht echt gut aus.«

»Das sollte es auch. Du hast stundenlang Servietten gefaltet und mit Kapuzinerkresse geschmückt. Nur damit die Leute sie gleich wieder auseinanderfalten.«

»Die Kresse sieht hübsch aus und ist essbar.«

»Von mir aus. Ich hol mir ein Bier.«

»Du könntest von der Sangria probieren«, schlug sie vor, als er zu der Kupferwanne ging. Darin hatte er auf ihr Geheiß Bier und Wein kühl gestellt.

»Ich dachte, die muss noch ziehen.«

»Jetzt sind sechs Stunden um, das dürfte reichen. Nur probieren«, sagte sie im Hineingehen. »Wenn sie dir nicht schmeckt, ist das kein Problem.«

Miles schaute zum Hund hinunter, der zu ihm aufsah. »Ich will eigentlich bloß ein verdammtes Bier. Ich habe Servietten mitgefaltet. Das Bügelbrett rausgeholt, von dem ich nicht mehr wusste, dass ich es habe. Um einen Tischläufer zu bügeln, der bald ohnehin voller Barbecuesoße sein wird. Ich hab mir ein Bier verdient.« Howl grummelte etwas, und Miles hörte Mitleid heraus. Vielleicht sogar so etwas wie Solidarität.

Morgan trug den Krug zum Tisch, wo eine Kupferwanne, Gläser, Cocktailservietten, Blumen und weitere Kerzen standen.

»Ich hab ein bisschen Mineralwasser reingeschüttet, dann prickelt es richtig.« Sie schenkte zwei Fingerbreit ein und reichte ihm das Glas. »Mal schauen, was du sagst.«

Er nippte daran und runzelte die Stirn.

»Nicht gut?«

»Nein. Doch. Ich wundere mich nur, *weil* es gut ist. Dabei wollte ich eigentlich ein Bier.«

»Du kannst immer noch ein Bier trinken«, sagte sie und küsste ihn auf die Wange.

Er hörte Nells Stimme. »Wir sind da! Ich stelle den Nachtisch in die Küche.«

»Mist.« Morgan schlug sich gegen die Stirn. »Ich hab Pfirsichauflauf gemacht und ganz vergessen, dass sie Nachtisch mitbringt. Wir lassen den Auflauf weg.«

»Von wegen, wir essen beides. Das geht schon.«

Nell kam mit Jake in den Garten. Auch sie trug ein Sommerkleid. Miles bemühte sich nach Kräften zu verdrängen, welche Hintergedanken Jake wohl bei ihrem Anblick hatte.

Nell blieb stehen und starrte den Tisch an.

»Wow. Einfach nur wow.« Sie sah zu Morgan hinüber. »Es wirkt alles so fröhlich. Ach, ist das Sangria? Lasst uns welche trinken. Jake, wenn Morgan sie gemacht hat, schmeckt sie bestimmt toll.«

Miles glaubte, einen sehnsüchtigen Blick von Jake Richtung Bier aufzufangen, sagte aber: »Ich bin dabei.«

Als Liam kam, saßen sie alle am Tisch und tranken Sangria. Er hatte eine Schönheit namens Dawn mit mandelförmigen Augen und rabenschwarzem Haar dabei. Miles brauchte nur zehn Minuten, um zu wissen, dass das nicht passte. Eine nette junge Frau, das schon, aber nichts von Dauer. Was man von Nell und Jake nicht sagen konnte. Er kannte sie beide gut genug, um zu verstehen, was er sah. Die beiden passten wirklich zusammen.

Liam unterhielt die Damen, während Miles den Grill anwarf. Jake leistete ihm dabei Gesellschaft.

»Du wirst ihr wehtun«, sagte Miles. »Und sie wird dir wehtun. So sind Menschen nun mal. Das geht nur die Betroffenen etwas an.«

»So ist das Leben.«

»Ja. Aber wenn du *ihr* wehtust, bring ich dich um.«

»Was solltest du auch anderes tun?«

»Genau.«

»Im Moment lässt sie sich Zeit. Das ist okay für mich. Ich kann warten.« Jake sah zum Tisch hinüber. »Sobald sie so weit ist, stehe ich bereit. Warst du auch an dem ganzen Aufwand beteiligt? Der Tisch sieht aus wie aus einer Zeitschrift.«

»Ich war der Arbeitssklave.«

»Du hast es wirklich schwer.«

»Und sie erst. Rozwell?«

Wieder sah sich Jake um und sprach bewusst leise. »Sie glauben, dass er Richtung Washington State unterwegs ist. Das FBI, die lokale Polizei – alle sind sie ihm auf den Fersen.«

»Das macht leider keinen Unterschied. Solange er auf freiem Fuß ist, hängt das wie ein Damoklesschwert über ihr.« Er hörte sie lachen und schüttelte den Kopf. »Aber nicht heute Abend.«

***

Die Runde saß um den fröhlichen, mit Blumen und Kerzen geschmückten Tisch. Heute war Morgan ganz im Hier und Jetzt und genoss diese Einladung, stellte Miles erleichtert fest. Sie lachte mit Liam, unterhielt sich angeregt mit Dawn über Impressionismus, Dawns Spezialgebiet. Sie redete mit Jake über Baseball und plauderte mit Nell über alles Mögliche. Miles wusste, dass sie eine Gabe dafür hatte, dass es zu ihrem Beruf gehörte. Trotzdem schien es, dass sie es schlichtweg genoss, unter Menschen zu sein und zuzuhören, was sie zu sagen hatten.

»Na gut, Miles, die geheime Jameson-Grillsoße hast du echt mega hingekriegt.« Nell schob ihren Teller von sich. »Du sitzt unserem nächsten Familientreffen vor, wenn ich mich richtig erinnere. Ich bin für Pulled Pork.«

»Ich bin auch dafür. Und für diese Kartoffeln«, sagte Liam.

»Die sind Morgans Spezialität.«

»Eines von zwei Rezepten, die ich beherrsche. Wenn es nach meinen Ladys geht, kommt bald noch ein drittes dazu.«

»Deine Ladys?« Dawn lächelte Morgan fragend an.

»Meine Mutter und meine Großmutter. Wir wohnen zusammen.«

»Ah so.« Sie nahm einen Bissen von dem Huhn. »Du lebst mit deiner Mutter zusammen? Ich dachte, du arbeitest im Resort.«

»Das tue ich auch. Es ist spannend und sehr angenehm, in einem Dreigenerationenhaushalt zu leben.«

Dawn ließ nicht locker. »Deine Großmutter fühlt sich bestimmt sicherer in dem Wissen, dass du im Haus wohnst. Weil sie schon ein bisschen betagt ist, meine ich.«

Miles sah, wie Nell die Augen verdrehte, aber Morgan lachte nur. »Lass Gram bloß nicht hören, dass du sie als betagt bezeichnest! Meine Mutter und sie gehen einmal die Woche zum Yoga. Als ich da mal dabei war, konnte ich kaum mithalten. Ihnen gehört das Crafty Arts und die Cafébar.«

»Ach, da war ich schon. Wunderbar! Ich glaube, ich habe deine Großmutter sogar gesehen. Die ist echt fit im Kopf.«

Morgan hob ihr Glas, konnte sich aber ein Grinsen nicht verkneifen. »Und ob sie das ist.«

Nein, dachte Miles, die Schönheit mit dem rabenschwarzen Haar passte kein bisschen.

Die Sonne ging unter, noch ehe sie zum Dessert gekommen waren. »Ich muss euch was gestehen«, hob Morgan an. »Ich hab ganz vergessen, dass ihr Nachtisch mitbringt. Nell, deine Mutter hat Pfirsiche vorbeigebracht.«

»Du hast Dessert gemacht?«

»Sie hat mir gezeigt, wie man Pfirsichauflauf bäckt.«

»Ein Nachtischwettbewerb«, rief Liam.

Nell warf ihm einen bösen Blick zu. »Nein. Das ist kein Wettbewerb.«

»Ist nicht alles ein Wettbewerb?«

Morgan schlug sich auf Nells Seite. »Nein. Wir haben heute Abend einfach Glück und bekommen gleich zwei Desserts. Hat jemand Lust auf Cappuccino? Heißen oder auf Eis?«

»Cappuccino auf Eis? Den habe ich noch nie getrunken.«

»Du wirst es nicht bereuen«, klärte Miles Jake auf.

»Hast du fettarme Milch?«

Morgan war so nett, Dawn erneut anzulächeln. »Tut mir leid, nein.«

»Vielleicht eine halbe Tasse. Heiß bitte.«

»Gern.«

»Ich helfe dir.« Nell stand auf und klopfte Jake auf die Schulter, zum Zeichen sitzen zu bleiben.

»Sie ist jung«, sagte Nell in der Küche zu Morgan. »Ein bisschen jünger im Kopf als den Jahren nach.«

»Ja, sie kommt aus einer sehr reichen Familie, und das merkt man auch. Dafür kann sie nichts.«

»Na, hoffentlich! Ich komme nämlich auch aus einer reichen Familie.«

»Sie hat an der Kunstakademie studiert und genießt ihren letzten Sommer, bevor sie eine Stelle in einer Galerie in Chicago antritt. Auch wenn ihr New York lieber gewesen wäre.«

»Du weißt mehr als ich.«

»Sie ist wie ein offenes Buch. Ein echt nettes Mädchen, weder falsch noch hinterhältig. Sie und Liam werden sich nicht groß vermissen, wenn sie nächsten Monat nach Chicago geht.«

»Nein.«

»Jake und du hingegen, ihr meint es ernst.«

»Mehr als mir ursprünglich lieb war. Inzwischen bin ich froh darüber. Für einen Polizisten hat er erstaunlich wenige Macken. Und er sorgt dafür, dass meine nicht so auffallen.«

»Außerdem hat er einen tollen Hintern, wenn ich das so sagen darf.«

»Allerdings. Der ist schwer zu übersehen.« Morgan nahm den Pfirsichauflauf aus dem Ofen. »Der sieht toll aus. Genau wie der von meiner Mutter,« stellte Nell fest.

»Sie hat mich angeleitet. Dein Nachtisch sieht auch toll aus. Was ist das?«

»Schneller Kirschkuchen. Eine Backmischung, ein paar Kirschen und Gewürze rein. Ab in den Ofen damit und fertig.«

»Das könnte ich auch hinkriegen.«

»Ich schick dir das Rezept. Sind das Kaffee-Eiswürfel? Das ist ja mega. Gib mir einen.« Morgan gehorchte, und Nell lutschte daran wie an Wassereis. »Die könnten zum Dauerbrenner werden. Warum habe ich nie daran gedacht? Ich hol die Desserts. Kümmere du dich um den Kaffee.«

Die leckeren Desserts sorgten dafür, dass sich der Abend ausdehnte, bevor man sich verabschiedete. Sterne standen am Himmel, als Morgan allein mit Miles im Garten zurückblieb.

»Und, hast du den Abend erfolgreich hinter dich gebracht?«, fragte er.

»Es lief wie geschmiert. Das hat Spaß gemacht. Oder?«

»Allerdings. Sogar die neue und künftige Ex-Freundin hat Spaß gehabt. Du hättest sie abblitzen lassen können. Hast du aber nicht.«

»Sie hat es nicht böse gemeint und war überrascht. Es lag außerhalb ihres Vorstellungsvermögens, dass eine erwachsene Frau freiwillig mit Mutter und mit Großmutter zusammenlebt. Liam hatte sie offensichtlich nicht eingeweiht.«

»Das geht nur dich etwas an. Also hat er darauf verzichtet.«

»Das weiß ich sehr zu schätzen. Auch dass du heute meinen Dekowahn ausgehalten hast. Ich weiß, ich war echt nervig.«

»Stimmt.« Er mochte es, wie sie auflachte. »Das musst du wiedergutmachen.«

»Ich kann's ja mal versuchen. Woran hattest du gedacht?«

»An das, was ich bereits heute Vormittag im Kopf hatte, als du damit beschäftigt warst, mich zu nerven.«

»Verstehe.« Sie erhob sich und nahm auf seinem Schoß Platz. »Das ist ja wohl das Mindeste.«

»Aber sicher nicht das Letzte, wenn wir hier fertig sind.«

Er stand mit ihr auf, während sie die langen Beine um seine Taille schlang. »Wir sollten den Hund reinrufen.«

»Der muss seine letzte Runde drehen. Er weiß, wie er danach ins Haus kommt.«

»Können wir das irgendwann wiederholen?«

»Auf gar keinen Fall«, sagte er und trug sie ins Haus. »Nicht, wenn ich wieder Servietten falten muss.«

»Beim nächsten Mal bist du entschuldigt.«

»In diesem Fall geb ich dir eine Chance.«

»Miles.« Sie schmiegte sich an seinen Hals. Das ließ sein Herz höher schlagen. »Du bist so lieb zu mir.«

Genau das hatte er vor.

26

Vor zehn Tagen hatte Gavin Rozwell sein heruntergekommenes Motelzimmer verlassen, um in die verregnete Nacht hineinzufahren. Jetzt saßen Beck und Morrison in einem nicht ganz so heruntergekommenen Motelzimmer, während es draußen wieder schüttete. Sie hatten Landkarten aufgehängt, auf denen die verfolgten Spuren eingezeichnet waren. Bestätigte Sichtungen von Gavin Rozwell hatten sie rot vermerkt, noch nicht bestätigte gelb.

Neben den Karten arbeiteten sie mit Fotos und Beschreibungen der gestohlenen Fahrzeuge, die sie zu Rozwell zurückverfolgt hatten. Diese waren in zwei Gruppen eingeteilt, je nachdem, ob sie wieder aufgetaucht waren oder nicht. Sie hatten Fotos von seinem letzten Motelzimmer in Oregon, Aussagen des wenig interessierten Rezeptionisten und Aussagen der neugierigen Kellnerin vorliegen, die ihm im traurigen Diner neben dem Motel Huhn serviert hatte. Außerdem die Aussage eines Minimarktangestellten, der nach Joints und Verzweiflung gerochen hatte. Dort hatte Rozwell ein Sechserpack zuckerfreie Cola, eine Familienpackung Chips und ein halbes Dutzend Gläser Erdnussbutter gekauft.

Außerdem war eine Rostlaube von einem Pick-up mit platten Reifen, von seinen Fingerabdrücken außerhalb von Fall

City, Washington, an einer Nebenstraße gefunden worden. Und sie besaßen die Beschreibung eines anderen Pick-ups, der einen knappen Kilometer vom letzten entfernt aus einer Auffahrt gestohlen worden war. Alle Spuren führten nach Norden.

»Wir konnten ihn bis zum Motel außerhalb von Alpine, Oregon, zurückverfolgen, weil er dort eingekauft hat. Wir haben Bilder von einer Überwachungskamera.« Beck lief vor der Wand auf und ab, an die sie ihr gesamtes Ermittlungsmaterial gepinnt hatten. Sie trug ein ärmelloses T-Shirt und eine Jogginghose, in der sie bis spätabends arbeitete und dann schlief. Morrison war mit dem abendlichen Bericht beschäftigt.

In den letzten drei Wochen hatten sie nur achtundvierzig Stunden zu Hause in Baltimore verbracht und davon nur zwei Nächte im eigenen Bett. Als Schreibtisch diente Morrison ein winziger Couchtisch, an dem er auf seine Notebooktastatur einhackte. Die billige Lesebrille aus dem Supermarkt rutschte ihm ständig auf die Nasenspitze. Auf sein letztes Optikermodell hatte er sich leider draufgesetzt.

»Warum ist er in diesen Minimarkt gegangen?«

Morrison schaute sie über seine Lesebrille hinweg an. »Weil er Süßigkeiten und Kohlenhydrate für die Fahrt brauchte?«

»Der Minimarkt ist keine sechzehn Kilometer vom Motel entfernt. Das Motel verfügt über Snackautomaten. Doch er bedient sich nicht dort, sondern geht extra in den Minimarkt. Dabei wusste er genau, dass der Ausgang videoüberwacht wird.«

»Wir können von Glück sagen, dass wir auf diesen Zeugen gestoßen sind.«

»Ja, schon. Der hat uns erst zu dem Motel und dann zu dem Pick-up geführt, den er auf dem Parkplatz in Molalla stehen ließ. Immer noch Oregon, aber seine Spur führt nach Norden. Salem ist ein größerer Flughafen. Aber er stellt die Karre nicht dort ab, sondern da, wo wir sie leicht finden können.«

Morrison rieb sich die Augen, sodass die Brille auf und ab hüpfte. »Nichts davon war leicht.«

»Schau mal! Norden.« Sie tippte auf die Landkarte. »Eine eindeutige Spur. Ja, mit kleineren Abweichungen, aber sie führt konstant Richtung Washington. Als wollte er sich über die Grenze nach Kanada und Alaska durchschlagen.«

Morrison musterte die Karte. »Wir brauchen ihm also bloß zu folgen.«

»Genau. Ist er wirklich so unvorsichtig geworden, Quentin? Oder legt er eher eine Spur für uns aus?«

»Möglich. Wir wissen, dass er angezählt ist. Er übernachtet in Absteigen und fährt Schrottkarren. Wenn man den Zeugenaussagen glaubt, hat er ordentlich Gewicht zugelegt. Er ist am Ende und auf der Flucht. Aber …«

Jetzt nickte Beck. »Aber.« Sie setzte sich aufs Bett und zog die Beine hoch. »Ich hab so ein Gefühl, das immer stärker wird. Er spielt mit uns. Der Pick-up, den wir gestern gefunden haben, ist wie ein Neonschild, das nach Norden zeigt.«

Morrison stand auf und streckte sich, dass es knackte. Ach, wie sehr er seine extraharte Matratze in Baltimore vermisste! »Nachdem ihm Morgan entwischt ist, hat er fast ein Jahr verstreichen lassen, ohne zu morden.«

»Zumindest, soweit wir das wissen«, korrigierte ihn Beck.

»Nach allem, was uns bis heute bekannt ist, hat er seit Myrtle Beach niemanden mehr umgebracht. Davor hatte er das Tempo gehörig angezogen. Arizona, New Orleans, Myrtle Beach, drei Morde in nur sechs Monaten.«

»Er musste die verlorene Zeit, das verlorene Jahr wieder reinholen.« Sie näherte sich der großen Karte und tippte auf Arizona. »Den hat er geplant, sich Zeit dafür genommen, um wieder in Schwung zu kommen.«

»Dressler in New Orleans war eine Impulstat, ein Kontrollverlust. Er hat sich abreagiert und war unvorsichtig.«

»Er musste wieder seinen Rhythmus finden. Das hat gedauert. Bis zu dem Opfer in Myrtle Beach. Da hat er ordentlich abkassiert. Trotzdem, Quentin, er war nicht so vorsichtig wie sonst. Dass er das Ortungssystem am Cabrio übersehen hat, war auch unvorsichtig. Er geht nicht mehr so pedantisch vor wie früher, seit damals bei Nina Ramos.«

»Jetzt lässt er wieder viel Zeit verstreichen. Seit Missouri ist er auf der Flucht. Deshalb ist er unvorsichtig, nicht mehr in seinem Element und versaut es. Aber ...«

Wieder nickte Beck. »Er ist sauer. Und wem gibt er die Schuld?«

»Morgan Albright, äh, Nash«, verbesserte sich Morrison. »Und uns.«

»Und uns. Vielleicht befriedigt es ihn, uns auf eine falsche Fährte zu locken?«

»Glaubst du, er ist hinter Nash her?«

»Nein.« Sie schüttelte den Kopf. »Nicht, solange er denkt, dass wir ihm auf der Spur sind. Er will uns los sein, verstehst du?«

»Nein. Er ist am Ende, Tee, deshalb muss er sich erst einen ruhigen Ort suchen, um Pläne zu schmieden. In seinem kranken Hirn weiß er sehr wohl, dass er Fehler gemacht hat. Sie ist sein Hauptziel.« Morrison griff zu der Flasche Ginger Ale, die er neben dem Couchtisch auf den Boden gestellt hatte. Er nippte daran und verzog das Gesicht, weil das Getränk warm war. Dann setzte er sich wieder und drehte den Stuhl so, dass er Beck ansehen konnte. Das Zimmer roch nach der Reiseduftkerze, die sie immer dabeihatte. Sie arbeiteten in ihrem Zimmer, seines roch angeblich wie eine Sportumkleide. Damit hatte sie recht. Deshalb setzte er sich, streckte die Beine aus und ließ sich von dem Duft beruhigen. Pfingstrose, wurde ihm bewusst, wie die Mairosen im Garten seiner Mutter.

Weil sie wusste, wie er funktionierte, schwieg Beck.

»Wir sollten Polizeichef Dooley kontaktieren und den Wachdienst des Resorts verständigen, damit sie besonders wachsam sind.«

»Einverstanden.«

»Er ist kein Mann für halbe Sachen, bei ihm heißt es entweder oder. Je länger ich darüber nachdenke, desto mehr bin ich davon überzeugt, dass du recht hast.«

»Er will nach Süden«, bestätigte Beck.

»Ursprünglich wollte er nach Mexiko. Das wissen wir von unseren Ermittlungen in New Orleans. Vielleicht konnte er einen Pass fälschen. Aber bis dorthin ist es weit.«

»Du glaubst, dass er nicht so weit weg will. Ich auch. Dieser Regen, Quentin! Ich könnte glatt einen Mord begehen, um ein wenig Sonne zu sehen, ein wenig Wärme zu spüren. Wetten wir um dein linkes Auge, dass es ihm genauso geht?«

»Mein linkes Auge ist mein schlechtes. Also auf nach Süden! Wir haben genug Beweise für deine Vermutung. Morgen früh bei Tagesanbruch?«

Sie sah zum verdunkelten Fenster und lauschte auf den Regen. »Wenn es jemals Tag werden sollte.«

»So machen wir das.«

»Wir werden ihn kriegen, Quentin. Und er wird nicht in Morgans Nähe gelangen. Ich habe nur Angst, dass er sich noch eine andere schnappt, bevor wir ihn erwischen.« Beck ließ den Kopf kreisen und lockerte die Schultern. »Mist, verdammter! Weißt du, was ich mache, wenn wir diesen Scheißkerl haben?«

»Was?«

»Nachdem ich dich auf den Mund geküsst habe, womit du klarkommen musst, werde ich zu meinem lange vernachlässigten Mann zurückeilen und ein Kind machen.«

»Im Ernst?«

»Worauf du dein linkes Auge wetten kannst! Dieser Fall hat

mich eines gelehrt. Das Leben ist dazu da, gelebt zu werden. Lass uns diesen Scheißkerl schnappen und anfangen zu leben.«

»Damit kann ich mich anfreunden.« Er schloss sein Notebook und suchte seine Sachen zusammen. »Ich mach das in meinem Zimmer fertig. Lass uns ein wenig schlafen.«

***

Gavin Rozwell, inzwischen Leo Nesser, genoss die Wüstensonne. Er fühlte sich wie neugeboren. Selbst das heruntergekommene Motelzimmer konnte seine Stimmung nicht trüben. Er hatte sich das Haar geschnitten. Es sah immer noch zottelig, aber eher lässig als ungepflegt aus. Außerdem hatte er sich Strähnchen gefärbt und einen lockeren Pferdeschwanz gebunden. Sein Gesicht zierte ein Dreitagebart mit einem Unterlippenbärtchen. Selbstbräuner hatte die Blässe in goldenen Teint verwandelt. Ihm gefiel der Look mit den grünen Kontaktlinsen und der John-Lennon-Brille. Typ umherziehender Künstler mit Ledersandalen und zerfetzten Jeans. Er brauchte inzwischen eine ganze Hosengröße mehr. Darum würde er sich in Kürze kümmern. Inzwischen redete er sich ein, dass ein Bauch seine Tarnung verbesserte. Trotzdem wollte er seine alte Figur zurück.

In der sengenden Hitze unternahm er lange Gewaltmärsche, schleppte einen Skizzenblock und eine Kamera mit. Vegas mit seinen protzigen Hotels und seinem Wahnsinnsnachtleben lockte ihn wie eine Sirene. Sogar Reno klang verführerisch. Aber er hielt sich davon fern und durchwanderte unzählige sonnendurchglühte Canyons. Das würde die Pfunde zum Schmelzen bringen. Außerdem amüsierte er sich mit der Vorstellung, wie die Bullen gerade durch den dunklen, nassen Norden tappten.

Sogar ein Blinder konnte die Spur finden, die er hinterlassen hatte, bevor er den geklauten Kleinwagen in einen See schob

433

und ihm beim Sinken zusah. Irgendwann würden sie auch den finden. Zu spät.

Abends recherchierte er. Er brauchte einen sicheren Ort. Irgendwo in den Canyons und Wüsten würde er etwas finden. In dieser Gegend gab es jede Menge Orte, an denen man abtauchen konnte und jede Menge Prepper-Idioten, die in Chatgruppen Blödsinn verkündeten. Einer davon genügte. Er ließ sich Zeit. Wenn er mehrere Wochen oder sogar Monate in der Hütte eines Irren verbringen wollte, dann musste er sicherstellen, dass es der Richtige war. Jemand ohne Freunde und Verwandte, die Nachforschungen anstellen könnten. Jemand, der das Prepping so ernst nahm, dass er über große Lebensmittel- und Wasservorräte verfügte. Mit einem anständigen Dach über dem Kopf.

Unter dem Namen »Nowhereman« mischte er sich ins virtuelle Gespräch und bat um Rat, ließ sich jedoch nicht in Auseinandersetzungen hineinziehen. Ratschläge führten von einer Gruppe zur nächsten und schließlich in seine Gegend.

Er recherchierte die Leute, unternahm Wanderungen oder Fahrten, um sie sich genauer anzusehen. Dabei ernährte er sich von Burritos und fettigen Fritten. Er aß Chips, nach denen er inzwischen regelrecht süchtig war, und stieg in einem weiteren abgehalfterten Motel ab. Dann investierte er in eine Drohne und ließ sie über die Canyons fliegen. So konnte er anständige Luftaufnahmen von den Aussteigern machen. Sobald er die Auswahl auf zwei geeignete Gruppen reduziert hatte, suchte er die Namen der Mitglieder heraus und stellte weitere Nachforschungen an.

Die Entscheidung zwischen dem siebenundvierzigjährigen pensionierten Marinesoldaten, der aussah, als verspeiste er Felsbrocken zum Frühstück, und der dreiundfünfzigjährigen Witwe mit dünnen Ärmchen und dem Namen »Prep4Jesus« fiel ihm nicht weiter schwer.

Jane Boot und ihr Mann James hatten sich vor zwölf Jahren irgendwo im Nirgendwo zwischen Gabbs und Two Springs, Nevada, niedergelassen. Anscheinend war James vor vier Jahren an Krebs gestorben, der sich nicht wegbeten ließ. Jane machte alleine weiter. Sie hielt eine Ziege wegen der Milch und ein paar Hühner, schlachtete ihre eigenen Schweine und besaß eine Räucherkammer. Sie glaubte aus tiefstem Herzen an die Entrückung, an die Infiltration der Regierung durch Kommunisten und an einen unausweichlichen Krieg der Menschheit gegen Aliens. Die Posts auf QAnon-Seiten verschlang sie schneller, als er Chips futtern konnte.

Jane und der noch nicht allzu lang verstorbene James waren als Impfgegner, Regierungsgegner und Schwulenhasser bekannt. Sie hassten alles, was nichts mit Gott oder Waffen zu tun hatte. Definitiv durchgeknallt, aus Rozwells Sicht. Keine Kinder und eine Schwester, die sich längst von Jane abgewandt hatte, dafür Internetzugang. Es hatte einen Hund gegeben, den sie aber im Vorjahr neben ihrem Mann beerdigen musste.

Rozwell rechnete damit, dass sie bis an die Zähne bewaffnet und mehr als nur bereit war, jeglichen Eindringling über den Haufen zu schießen. Doch er würde einen Weg finden. Er hatte anderthalb Kilo abgenommen, siebeneinhalb fehlten noch, und sein Selbstbewusstsein wuchs, als er sich mühelos durch ihre Accounts hackte. Natürlich besaß sie einen Pickup. Ihrer Computerbuchhaltung zufolge fuhr sie alle zwei Wochen entweder nach Gabbs oder Two Springs um Eier, Ziegenmilch und Tand zu verkaufen, den sie aus billigen Perlen und gefärbtem Schweinsleder herstellte.

Gruselig.

Sie nutzte weder Amazon noch UPS oder FedEx. Die unbefestigte Straße und ihre fünf staubigen Hektar wurden durch ein eisernes Tor und einen hohen Stacheldrahtzaun geschützt, der mit jeder Menge Warnschildern versehen war. Betreten verboten! Auf dem Grund gab es eine Hütte, einen Schuppen, einen Brunnen, fließendes Wasser und Solarstrom. Dafür hatte ihr handwerklich geschickter Mann noch gesorgt, bevor er den Löffel abgab. Ansonsten wäre Rozwell das Risiko mit dem Marinesoldaten eingegangen.

Er ließ seine Drohne aufsteigen, beobachtete und wartete. Jane besaß eine Schrotflinte und so was wie ein Gewehr im Waffenregal, außerdem eine Pistole, die sie in einem Halfter am Körper trug.

Eines Tages sah er, wie sie zum Schuppen ging. Diesmal fuhr sie mit ihrem Pick-up los. Endlich! Wie ein Geier beobachtete er sie aus der Luft, sah zu, wie sie Milchkannen und Eierkartons aus der Hütte in die Kühlboxen auf dem Pick-up verlud. Zu guter Letzt schleppte sie eine Kiste heraus und lud sie ein, vermutlich der Tand. Schließlich schloss sie die Schuppentür und sicherte sie mit einem Vorhängeschloss, bevor sie zur Hütte zurückging und auch deren Tür mit einem Vorhängeschloss sicherte. Mit ihren staubigen Stiefeln und Jeans sah sie klapperdürr aus, doch wetten, sie war zäh?

Mit der Drohne verfolgte er ihre Fahrt über die unbefestigte Straße. Noch bevor sie das Tor erreichte, beorderte er die Drohne zurück. Da ihr letzter Eintrag Gabb verzeichnete, ging er davon aus, dass sie nach Osten und nach Two Springs fahren würde. Er stieg wieder in seinen Pick-up und zog eine Karte heraus, um zu gucken, ob sie in seine Richtung fuhr. Es dauerte, bis sie das Tor erreichte, aufsperrte, hindurchfuhr, wieder ausstieg und absperrte. Dann fuhr sie nach Osten.

Rozwell wusste, dass seine Pechsträhne beendet war.

Er wartete zehn lange Minuten, bis er sich sicher war, dass sie nicht kehrtmachen würde. Die Vorhängeschlösser konnte er nicht einfach knacken, sonst würde sie gleich Bescheid wissen. In seinem Motel hatte er jedoch ausreichend Zeit gehabt, sich mit Vorhängeschlössern zu beschäftigen und damit, wie man sie aufbekommt. Leicht war das nicht. Als er das erste geöffnet hatte, triefte er vor Schweiß. Er brauchte fast eine halbe Stunde, um alle drei zu öffnen. Dann holte er den Wagen, fuhr durchs Tor und schloss hinter sich ab.

In den vielen Stunden, in denen er sie beobachtet oder auf seinem Motelzimmer rumgehockt hatte, hatte er sich alles genau überlegt. Der Pick-up durfte nicht gesehen werden. Er umkurvte das Haus und musste ihn an dem Anbau vorbeimanövrieren, wo die Ziege im Schatten stand. Dabei schürfte er Putz ab, aber das war ihm egal. Ganz am Ende des Grundstücks, wo sie mehrere Stacheldrahtzäune gespannt hatte und Wüstenbeifuß wucherte, hielt er endlich an.

Mithilfe der Drohne hatte er sich die Blickachsen angeschaut. Wenn sie zum Schuppen fuhr, würde sie nichts von seinem Pick-up sehen, da er vom Haus und dem Gestrüpp verdeckt wurde. Nur, wenn sie zum Hühnerstall ging. Aber dann würde er sie aus dem Hinterhalt angreifen.

Auch hinterm Haus gab es einen Anbau mit Vorhängeschloss, davor stand der dreibeinige Hocker, den sie zum Ziegenmelken benutzte. Bei jedem verdammten Fenster waren die Rollläden heruntergelassen, sodass er nicht hineinspähen konnte.

Er holte eine seiner Wasserflaschen aus dem Pick-up und setzte sich auf den Hocker im Schatten. Ihren alten, scheppernden Pick-up würde er von Weitem hören. Also konnte er sich gut und gern ein bisschen erholen.

***

Rozwell daddelte auf seinem Handy herum, trank Wasser. Sehnte sich nach einer Suite mit Klimaanlage im Plaza Hotel. Nein, nach Meerblick. Die Kakteen und der Sand, ja allein die Canyonwände ließen ihn förmlich nach Wasser dürsten. Nach der Casa Cipriani, wenn er es bei New York beließ. Er konnte sich auch den Pazifik vorstellen. Das Post Ranch Inn in Big Sur …

Da kam sie. Schepper, klapper, doing doing. Es wurde auch verdammt noch mal Zeit.

Er stand auf, lauschte zur Sicherheit erst einmal. Der Pick-up hielt an, und da war das Quietschen der Scheunentür. Jetzt wartete er darauf, dass der Motor abgestellt und die Tür geschlossen wurde. Er musste sie von hinten überwältigen. Am besten, nachdem sie die Tür des Schuppens geschlossen hatte. Sie würde beide Hände voll haben. Von diesen Touren pflegte sie stets frisches Obst und etwas Gemüse mitzubringen.

Dann hörte er, wie die Tür zufiel, das Vorhängeschloss klirrte und sich ihre Schritte dem Haus näherten. Also huschte er Richtung Schuppen und presste sich an die Wand.

Schließlich verstummten ihre Schritte.

Er riskierte einen Blick.

Sie hatte ihm den Rücken zugekehrt. Trug diese mit Stofftaschen abgedeckte Kiste. Eine Karotte ragte heraus.

Sie starrte auf den Boden.

Da sah er es auch. Seine Reifenspuren. Seine Fußabdrücke.

Sie ließ die Kiste fallen, griff nach der Waffe in ihrem Halfter. Er rannte los. Sie zog die Waffe, wollte gerade zielen, als er sie umwarf. Die Frau fiel um wie ein Sack mit losen Knochen. Die Waffe flog in hohem Bogen durch die Luft.

Sie landeten hart, und er hörte, wie sie mit dem Kopf gegen die Veranda knallte. Was sie allerdings nicht daran hinderte, ihm den Ellbogen in den Unterleib zu rammen. Das Messer bemerkte er erst, als es über seinen Arm glitt. Der Schmerz und der Geruch seines Blutes machten ihn rasend. Er packte die Hand, die das Messer hielt, und verdrehte sie. Ihr Handgelenk brach wie ein dürrer Ast. Er genoss den schrillen Schrei und verpasste ihr einen Fausthieb mitten ins Gesicht.

»Du hast mich aufgeschlitzt.« Sein Schrei stand dem ihren in nichts nach. Er schlug erneut zu. »Du Schlampe! Du Nutte!« Dann schlug er ihren Kopf erneut gegen die Verandakante. Ihr Schrei wich einem röchelnden Stöhnen, das schnell verstummte. Sie wurde ganz still, ganz schlaff. Während er sich aufrappelte und seinen Arm umklammerte, starrte sie ihn an. Das Blut strömte nur so, tropfte ihm von den Fingern und hinterließ Flecken im Staub. Genau wie ihres. Zwischen Schulter und Ellbogen hatte sie ihm eine zwölf Zentimeter lange Wunde beigebracht. »Ich werde eine verdammte Narbe zurückbehalten, vielen Dank auch!« Tobend vor Wut trat er auf sie ein. »Na, wie gefällt dir das, du blöde alte Schlampe?«

Ihm war klar, dass sie den Schmerz, den er ihr zufügen wollte, nicht mehr spüren konnte. Trotzdem fand er kein Ende, bis ihm vor Anstrengung und Hitze ganz schwindelig wurde. Er griff nach den Schlüsseln, die sie mit der Kiste hatte fallen lassen, um die Hütte aufzuschließen. Sie ließ er einfach im Staub liegen. Bestimmt hatte sie Medikamente.

Er ging durch den Wohnraum mit dem geschwungenen Sofa und dem einen Sessel in die Küche. Diese war doppelt so groß wie der Wohnraum und besaß lange Arbeitsflächen und einen Hackblock, vermutlich Marke Eigenbau des praktisch veranlagten Ehemanns. Offene Regale voller Einmachgläser, Konserven und Aufbewahrungsbehälter säumten die Wände. Ein alter, vielleicht ebenfalls selbst geschreinerter Wandschrank verfügte über einen Erste-Hilfe-Kasten mit Verbandsmaterial, Alkohol, Desinfektionsmittel, Schmerztabletten und so weiter.

Er säuberte die Wunde an der Küchenspüle. Sie brannte wie die Hölle. Das Blut floss nur so. Mit zusammengebissenen Zähnen schüttete er das Desinfektionsmittel darauf. Das brannte erst recht. Tränen liefen ihm über die Wangen. Aber er ließ nicht locker, gab Wundsalbe auf den Schnitt und umwickelte alles mit Verbandszeug. Dann trank er kaltes Wasser direkt aus dem Hahn und nahm drei starke Schmerztabletten.

Anschließend verließ er das Haus und starrte sie an. Er würde sich nicht die Mühe machen, sie zu begraben. Liegen lassen konnte er sie aber auch nicht. Sie würde anfangen zu stinken, außerdem wollte er sie nicht mehr sehen, geschweige denn riskieren, dass irgendjemand mit einer Drohne einen Blick auf sie warf. Er zog sie auf die andere Seite des Hauses. Breite Blutschlieren blieben im Sand zurück, aber das war ihm egal. Am Stacheldrahtzaun angekommen durchsuchte er ihre Taschen. Das war widerlich, aber notwendig.

Seine Suche erbrachte ein kleines Bündel Geld, weitere Schlüssel, eine alte Taschenuhr und ein Taschenmesser. Mit dem Bolzenschneider aus dem Pick-up durchtrennte er den Stacheldraht und zerrte sie ein Stück ins Gestrüpp. Geier und Krähen würden sich bestimmt um sie kümmern.

Um seine Sachen auszuladen, fuhr er seinen Pick-up zur Hütte. Nie wieder würde er etwas zurücklassen, deshalb trug er stets alles bei sich, was er brauchte. Mit dem Bolzenschneider kümmerte er sich um das Schloss zum Schuppen. Eine kleine Goldmine, dachte er. Viel Proviant, säuberlich aufgereiht, dazu Werkzeug und Viehfutter. Kein Platz für einen zweiten Pick-up. Egal. Mit dem Bolzenschneider kehrte er zum Haus zurück und grinste beim Anblick des blutigen Pfads. Er griff nach der Kiste, um die Lebensmittel hereinzutragen. Spare in der Zeit, dann hast du in der Not.

Ein kurzer Blick auf seinen pochenden Arm genügte, um zu sehen, dass sein Verband bereits durchweicht war. Deshalb erneuerte er ihn, bevor er den Riegel der Tür in der Küche durchknipste. Er rechnete mit einer Art Waschraum, stand dann jedoch staunend in der offenen Tür und lächelte.

Sie mochte wie eine Einsiedlerin gelebt haben, besaß aber jede Menge Technik. Anständige Technik, die sie gut genutzt hatte. Neben der Elektronik gab es allerlei solarbetriebene Gerätschaften, Leuchtraketen, Taschenlampen, Ladegeräte, Wasserfilter, sogar einen winzigen, faltbaren Solarofen. Und einen zweiten Solarstromgenerator. Ob Invasionen, Kommunisten, ein Bürgerkrieg oder die Entrückung – »Prep4Jesus« war auf alles vorbereitet. Er entdeckte auch etwas, was er für eine AR-15 hielt oder was auch immer durchgeknallte Amokläufer so liebten. Das halb automatische Gewehr hing neben einem Jesusbild an der Wand.

Staunend schaute er sich um wie ein Kind im Spielzeugladen. Sein Blick fiel auf den Safe. »Was für eine nette Überraschung!« Eigentlich sehnte er sich nach einer Dusche, wollte sich dringend umziehen und auspacken, so richtig ankommen. Verschob das jedoch auf später und suchte zuerst nach dem Versteck der Zahlenkombination.

Im Waschraum stand eine uralte Waschmaschine, kein Trockner. Ein Bad, mit dem er sich wohl oder übel zufriedengeben musste. Ihr Schlafzimmer. Weitere Jesusbilder, eine verblichene patriotische Flagge an der Wand. In dem Schrank dort, in einer ebenfalls durch ein Vorhängeschloss gesicherten Metallbox, entdeckte er Papiere. Alte Briefe, Kopien von Geburtsurkunden, die Heiratsurkunde, den Grundbuchauszug und die Safe-Kombination. Er ging zurück. Da der Safe am Boden festgeschraubt war, setzte er sich auf die nackten Dielen und gab die Kombination ein.

»Sechsunddreißigtausenddreihundertzweiundsechzig Dollar.« Er warf den Kopf in den Nacken und lachte schallend. »Jane, du alte Schlampe, danke fürs großzügige Trinkgeld.«

Schließlich duschte er, kümmerte sich erneut um die Wunde und zog frische Kleidung an. Ihre Handtücher waren rau wie Sandpapier, ein Blick auf ihre Bettwäsche sagte ihm, dass es sich damit genauso verhielt. Er würde einen Abstecher nach Two Springs machen. Das war näher und außerdem doppelt so groß wie Gabbs. Dort würde er neue Bettwäsche kaufen. Aus Mako-Satin natürlich. Und eine anständige Seife. Von ihrem Geld.

Ihre Kleidung warf er in eine Kiste. Wetten, dass er noch mehr Bargeld finden würde? Und seien es nur ein paar Scheine hier und da, aber Geld war Geld. Da er von alldem Hunger bekommen hatte, nahm er sich eine schöne dicke Pflaume von ihrer jüngsten Einkaufstour. Die Ziege blökte, die Hühner gackerten und die beiden Schweine grunzten. Er würde die frischen Eier genießen, aber die Ziege würde er ganz bestimmt nicht melken. Selbst wenn er gewusst hätte, wie das ging. Wie man ein verdammtes Schwein schlachtet, wusste er sowieso nicht. Trotzdem, wenn die dämlichen Viecher verhungerten, würde er sich darum kümmern müssen.

Darüber wollte er sich jetzt aber keine Gedanken machen. Er ging zum Schuppen, holte Ziegenfutter und pumpte sogar Wasser für sie aus dem Brunnen. »Ich bin zu einem verdammten Farmhilfsarbeiter geworden. Also höchste Zeit, dass ich die Früchte meiner Arbeit genieße.« Er fand Eier, und zwar jede Menge. In einer Gefriertruhe gab es Schweine- und Hühnerfleisch sowie Brotlaibe, auf denen das Einfrierdatum vermerkt war. Die Schlampe hatte tatsächlich ihr eigenes Brot gebacken. Er wusste zwar nicht, wie er das Fleisch zubereiten sollte, aber wozu gab es Google? Vorerst würde er sich an die Eier halten. Aus ihren haltbaren Vorräten nahm er jede Menge Konserven und ein paar Flaschen guten Whiskey mit.

Er machte sich Rührei, das ein wenig anbrannte, dafür machte es satt. Dazu aß er den Rest seiner Chips und genoss zwei Fingerbreit Whiskey. Während er aß, legte er in seinem Handy eine Einkaufsliste für Two Springs an. Bettwäsche, Handtücher, Seife, ein paar gute Flaschen Wein, Käse, Cracker und natürlich Chips. Vielleicht noch einen Dip dazu.

Nach dem Essen saß er auf der Veranda und merkte trotz

des brennenden Arms, wie er sich zum ersten Mal seit Wochen entspannte. Zum Teil lag das an dem Mord. Er hatte einen Hauch von diesem Prickeln verspürt, auch wenn er sie viel zu brutal, viel zu schnell getötet hatte. Aber es verhielt sich wie mit den Eiern: Es machte satt.

Und sonst? Jetzt, an einem sicheren Ort, hatte er Zeit. Hier würden sie ihn niemals finden. Wieso sollten sie ihn überhaupt in dieser Gegend suchen? Er war in der Sonne, und sie hockten im Regen. Sie würden sich noch im Kreis drehen, wenn er sich die langbeinige Morgan vorknöpfte.

Dieser Moment würde unweigerlich kommen.

Bis es so weit war, würde er sich noch einen Whiskey einschenken und sich mit den Dingen amüsieren, die ihm Jane, Gott hab sie selig, hinterlassen hatte.

Denn endlich hatte er es gefunden, ein Zuhause.

27

Da Miles am Sonntag sein Familientreffen mit anschlie-
ßendem Abendessen hatte, schlief Morgan aus. Danach
verbrachte sie mit ihrer Großmutter etwas Zeit im Garten. Belustigt fiel ihr auf, dass sie beide einen Strohhut mit breiter
Krempe, Sonnenbrille, kurze Hosen mit großen Taschen und
abgewetzte, knöchelhohe Turnschuhe trugen.

»Wir sehen aus wie zwei Hippies, Gram.«

»Ich sehe schon immer so aus. Du hast mich nur imitiert.«

Morgan warf abgezupfte vertrocknete Blüten in eine knall-
violette Wanne. »Mom wirkt immer, als wäre sie gerade einer
Hochglanz-Gartenzeitschrift entsprungen. Diese Gabe habe
ich nicht. Ich wusste gar nicht, dass sie heute arbeitet.«

»Darlie hat einen Magen-Darm-Virus – vermutlich eine
Ausrede für einen Kater. Sie ist ein nettes Mädchen, eine tolle
Sommeraushilfe und soll auch mal Party machen dürfen.«

»Mom und du, ihr seid super Chefinnen.« Sie wischte sich
Schweißtropfen ab. »Ich werde mich übrigens nicht mehr mit
einem kleinen Garten zufriedengeben. Weil ich diesen hier
und den von Miles kennengelernt habe … Nina hat mich mit
ihrer Gärtnerleidenschaft angesteckt. Wir hatten unseren echt
schön gestaltet. Steingärten, Schattengärten und Schnittblu-
menbeete haben aber auch was für sich.«

»Und Zen-Frosch-Brunnen.«

»Unbedingt! Die Winter sind lang in Vermont. Deshalb möchte ich den Rest des Jahres so viele Blumen und Blüten wie möglich haben.«

»Das heißt, du bleibst.«

Morgan sah sich erstaunt um. »Wo soll ich denn hin?«

»Wohin du willst, mein Schatz. Ich hoffe sehr, dass du bleibst. Das hätten deine Mutter und ich natürlich am liebsten. Du bist nicht freiwillig hergezogen, hast aber das Beste daraus gemacht. Inzwischen hattest du Zeit, dich einzuleben und kannst eine fundierte Entscheidung treffen.«

»Ja. Ich bleibe.« Morgan ging in die Hocke und jätete Unkraut. »Erst wusste ich nicht, was ich hier machen soll. Dann bekam ich den Job im Resort. Nichts, was ich ursprünglich wollte, kein eigenes Lokal. Aber jetzt gehöre ich dorthin.« Sie zuckte mit den Schultern. »Ich habe so viele wunderbare Momente mit dir, mit Mom und in der Arbeit erlebt, in diesem traumhaften Haus. Es ist toll zu sehen, wie harmonisch Mom und du zusammenlebt. Mir ist klar geworden, wie sehr ich mich davon abgegrenzt hatte, weil ich mir etwas beweisen wollte.«

»Und, hast du es dir bewiesen?«

»Ja. Gavin Rozwell hat nichts damit zu tun. Ich habe hart gearbeitet, weil ich es wollte und konnte. Aber ich habe es versäumt, euch richtig kennenzulernen, Gram. Vor lauter Entschlossenheit, alleine zurechtzukommen. Damit kannte ich ein Stück weit auch mich selbst nicht.«

Lächelnd nahm Olivia Morgans Kinn und drückte es zärtlich. »Kluges Köpfchen. Das hast du eindeutig von mir.«

»Mom ist weniger stur, stimmt's? Irgendwie nachgiebiger als du und ich, oder?«

»So ist sie eben. Audrey nimmt das Leben lieber leicht. Für sie ist das Glas immer halb voll. Mehr noch, sie erwartet, dass es randvoll ist. Was nicht heißt, dass sie kein Rückgrat hätte.«

»Das habe ich erst in letzter Zeit richtig gemerkt.«

»Sie hat mich aufgebaut, als dein Großvater gestorben ist.« Olivia sah zum Schuppen hinüber. Dort sah sie ihn vor ihrem inneren Auge stets vor sich. »Sie war mein Fels in der Brandung, als ich den Boden unter den Füßen verloren hatte. Wochenlang hat sie den Laden geführt. Ich wollte verkaufen!«

»Das wusste ich nicht.«

»Ich konnte nur noch von einem Tag auf den anderen denken. Die Liebe meines Lebens war plötzlich nicht mehr da. Audrey hat nicht zugelassen, dass ich mich aufgebe. Sie hat mich so lange unterstützt, bis ich auf eigenen Beinen stehen konnte. Und sie hat dich ziehen lassen«, stellte Olivia liebevoll fest. »Weil du wegmusstest. Das hat ihr viel abverlangt.« Sie seufzte. »Er hat sie ruiniert. So, jetzt ist es raus. Der Oberst hat sie ruiniert. Trotzdem steht sie jetzt auf eigenen Beinen, genau wie du. Wir sind nicht umsonst Nash-Frauen.«

»Ja, und ich sage dir von Nash zu Nash, dass ich überlegt habe fortzugehen. Wegen Rozwell. Wenn sie ihn nicht erwischen, wird er hier auftauchen. Eine Gefahr für Mom und dich.« Ehe Olivia etwas sagen konnte, hob Morgan die Hand. »Ich weiß, was du sagen willst. Dass die Nash-Frauen mit ihm fertigwerden.«

»Ganz genau.« Olivia bohrte ihren Finger in Morgans Bauch, um ihre Aussage zu unterstreichen.

»Davon bin ich fest überzeugt. Ich könnte nicht bleiben, wenn ich das nicht wäre.«

»Gut.« Olivia reckte sich. »Darf ich fragen, ob Miles Jameson ein weiterer Grund ist?«

»Eindeutig. Wir sehen uns zwar meist nur an den Wochenenden richtig, aber trotzdem.«

»Genügt dir das? Die Wochenenden?«

»Ich hätte nie mit so was gerechnet. Typisch für mich«, fügte Morgan hinzu. Die beiden Frauen arbeiteten sich weiter durch den Garten. »Ich habe mir nie die Zeit für romantische Dates genommen, sondern mich auf meine Ziele konzentriert.«

»Was nicht das Schlechteste ist.«

»Nein. Bei euch habe ich aber gelernt, dass ich nicht unbedingt alles allein schaffen muss. Ich kann einen erfüllenden Beruf *und* ein Privatleben haben. Hart arbeiten *und* Zeit für die Familie finden. Mit jemandem zusammmen sein, der mich glücklich macht.«

»Du bist bodenständiger, und dir fehlt die rosarote Brille deiner Mutter. Ein Traumprinz, der dich zu sich aufs Pferd zieht, ist nicht dein Ding. Aber heißt das, dass du nicht aufrichtig lieben kannst? Nein.«

»Ich hatte nicht vor, mich in ihn zu verlieben.« Seufzend schob sich Morgan den Hut aus dem Gesicht. »Dass ich ihn mag, mich zu ihm hingezogen fühle, gern mit ihm zusammmen bin – okay. Auf dem College war ich auch mit einem Typen zusammmen.«

»Das will ich doch hoffen.«

Morgan verdrehte lachend die Augen. »Gram, ich sage nur, wie es war. Wir haben uns gemocht und waren gern zusammmen. Nach ihm gab es zwei andere, bei denen das so war. Danach hatte ich keine Zeit mehr für so was. Bis Miles kam.«

»Diesmal ist es anders.«

»Ja, für mich jedenfalls«, erwiderte sie. »Natürlich fühle ich mich zu ihm hingezogen. Schau dir den Kerl doch nur mal an! Auch gemocht habe ich ihn schnell. Für jemanden, der angeblich keine Menschen mag, kümmert er sich erstaunlich gut um sie. Ich genieße es, mit ihm zusammmen zu sein.«

Diesmal lachte Olivia.

»Doch die Liebe hat mich kalt erwischt. Dieses Gefühl hat sich still und heimlich in mein Herz geschlichen.«

»So soll es sein.«

»Echt?«

»Dein Großvater und ich waren ganz verrückt nacheinander. Wir kamen kaum aus dem Bett«, erinnerte Olivia sich laut und lachte über Morgans unterdrücktes Stöhnen. »Danach hat mich das Gefühl nicht mehr losgelassen. Die Liebe wurde immer stärker.« Sie schaute zum Schuppen hinüber. »Eines Tages hat er gesagt: ›Livvy Nash, niemand wird dich je so lieben wie ich. Lass uns heiraten.‹ Ich wollte ›Spinnst du?‹ sagen, doch da war mir schon ein Ja entschlüpft. Steve hatte einen Plan, und für den hat er mich begeistert. Was ich nie bereut habe.«

Mega, dachte Morgan. Jemand, der einen genau so liebt, wie man ist, und das für immer. »Ich schmiede auch gerne Pläne. Das muss ich von Pa haben. Das war jedenfalls nicht mein Plan. Außerdem haben Miles und ich eine Art Vereinbarung getroffen, bevor wir was miteinander angefangen haben. Die Wochenenden reichen mir also. Er wird mir bestimmt nicht das Herz brechen. Egal, was passiert, ich komm damit klar, weil ich diese schönen Momente erleben durfte. Hier ist mein Zuhause und die Après-Bar mein Arbeitsmittelpunkt.«

»Ich erzähl dir noch was, und anschließend schneiden wir ein paar Hortensiensträuße fürs Haus. Bevor wir uns mit einem Glas Limonade raussetzen.«

»Gut, raus mit der Sprache.«

»Wenn du jemanden liebst, richtig liebst und bereit für ihn bist, dann lässt du nicht locker. Liebt er dich nicht richtig, ist er nicht dafür bereit und hat Pech gehabt. Liebe braucht Mut, Morgan. Liebe setzt sich durch.«

»Das klingt logisch.«

»Es ist die Wahrheit.«

»Ich muss mich erst daran gewöhnen, dass ich ihn liebe. Ob ich dafür bereit bin. Wir werden sehen.«

»Wenn es so weit ist, wirst du wissen, was zu tun ist. Du bist nämlich nicht feige. Komm, lass uns Sträuße schneiden.«

***

Morgan und Olivia verteilten die leuchtend blauen Hortensien im ganzen Haus. Doch anstatt Limonade holte Morgan ihre Bar-Utensilien hervor. »Ich brauche Hilfe.«

»Beim Mixen? Vor drei Uhr nachmittags trinke ich eigentlich keinen Alkohol. Aber du bist die Expertin.«

»Nicht beim Mixen, beim Verkosten, gefolgt von einer Bewertung. Welcher der drei Drinks sollte Teil des Herbstangebots der Après-Bar werden? Es gibt von jedem nur ganz wenig. Ich möchte verschiedene Liköre ausprobieren. Trinkt man zu viel durcheinander, gibt's Aufruhr im Bauch.«

»Das kenne ich.«

»Ich hatte mir eigentlich zwei Cocktails ausgedacht, aber dann ist mir noch ein dritter eingefallen.«

»Hast du Nell und Drea schon testen lassen?«

»Die sind viel zu beschäftigt. Ich will Nell lieber gleich den Siegerdrink vorstellen.«

Olivia rieb sich erwartungsvoll die Hände und setzte sich an den Küchentresen. »Her damit!«

»Gut, wir beginnen mit einem guten trockenen Riesling, dazu Birnenbrand. Der verleiht dem Riesling den nötigen Wumms.«

»Wer wünscht sich das nicht, so einen richtigen Wumms?« Olivia stützte das Kinn in die Hand und sah ihr beim Arbeiten zu. »Schaut sehr hübsch aus.«

»Das wird noch besser. Ein bisschen Orangenlikör für die Zitrusnote, ein bisschen Honig für die Süße und exakt fünf Spritzer Angostura für einen Hauch Bitterstoffe.«

»Klingt genauso gut, wie es aussieht.«

»Wenn wir bei dem Drink bleiben, serviere ich ihn in klassischen Champagnerschalen mit einer dünnen Birnenscheibe als Garnitur.« Morgan stellte Olivia das Glas hin. »Nur einmal nippen! Schön nachwirken lassen. Dann einen Schluck für das abschließende Urteil. Ah, da kommt Mom! Perfektes Timing.«

»Ich habe erst ab vier mit dir gerechnet«, bemerkte Olivia.

»Darlie hat sich wieder erholt und sich entschuldigt. Was trinken wir und warum?«

»Wir sind Morgans offizielle Verkosterinnen für den Herbst-Spezialdrink.« Olivia nippte und ließ den Geschmackseindruck nachwirken. »Das ist sehr, sehr gut.« Sie nippte erneut. »Ausgezeichnet, dabei bin ich kein Birnenfan.«

»Ich könnte einen Drink gebrauchen. Heute war echt die Hölle los, Mom. Tagesausflügler – dreiundzwanzig auf einmal.«

»Nur zweimal nippen«, befahl Morgan ihrer Mutter. »Du musst nämlich noch zwei weitere Drinks probieren.«

»Ach, schmeckt der gut! Süß und prickelnd. Darf ich tatsächlich nur zweimal nippen? Was für ein Tag! Zwei Schwestern aus der Gruppe haben sich darüber in die Haare gekriegt, wer der Mutter Lacy Cardinis *Secret Garden* schenken darf.«

»Dieses Bild kostet achthundertfünfundsiebzig Dollar.« Olivia hob triumphierend die Faust. »Juhu!«

»Ich habe sie überredet, es ihr gemeinsam zu überreichen. Das hat mein ganzes diplomatisches Geschick erfordert.«

»Wenn ich die anderen beiden Drinks fertig habe, probiert ihr und fällt euer Urteil. Danach mache ich jeder ihren jeweiligen Lieblingsdrink.«

»Was wird das gerade? Ich muss mich setzen.«

»Bei dem besteht die Basis aus Wodka. Ich mische erst Birnensaft, Zuckersirup und Muskatnuss. Das Ganze kommt in ein gekühltes Martiniglas. Dazu Wodka, etwas Tuaca und eine Mischung aus Bénédictine und Brandy. Alles gut geschüttelt, damit ihr die Vanille-, Zitrus- und Kräuternoten schmecken könnt. Typisch Herbst eben. Garniert mit drei dünnen ungeschälten, halbmondförmigen Birnenscheiben.«

Olivia nippte daran. »Unsere Kleine weiß, was sie tut. Ich sehe buntes Laub vor mir.«

»Lass mich mal.« Audrey entriss ihr das Glas. »Mhm. Höchste

Zeit, den Kamin anzumachen. Herrlich, Morgan. Keine Ahnung, welchen ich besser finde.«

»Noch ist nichts entschieden. Es gibt einen dritten Kandidaten. Diesmal verarbeite ich geschälte Birne, Honig und Limettensaft zu einem Mus.«

»Klingt gut«, meinte Olivia.

»Bourbon macht es noch besser.« Morgan gab ihn in den Shaker, fügte Eiswürfel hinzu, verschloss ihn mit dem Deckel und schüttelte.

»Die machen aber alle viel Arbeit.«

Morgan lächelte ihre Mutter an. »Deswegen sind es ja auch Spezialdrinks.« Sie goss den Cocktail in ein breites Whiskeyglas. »Oben drauf noch etwas Ginger Ale, damit es schön prickelt, und eine Birnenscheibe.«

»Probier du zuerst, Audrey«, befahl Olivia.

»Normalerweise trinke ich keinen Bourbon, aber ich koste mal.« Nach nur einem Schluck schloss sie die Augen. »Oberlecker. Wie Halloween: ›Süßes oder Saures!‹«

»Jetzt ich.« Olivias Bemerkung fiel kurz aus. »Uiuiui!«

»Gut, lasst alle drei Drinks Revue passieren. Wenn ihr noch mal nippen müsst, bitte sehr. Die Hände anschließend verstecken. Ich zähle bis drei. Auf drei mit den Fingern eure Wahl verkünden.« Belustigt sah Morgan zu, wie beide Frauen noch einmal an jedem Kandidaten nippten. »Aufgepasst, ich zähle. – Nummer drei, beide? Echt?«

»Die Wahl ist mir schwergefallen«, gab Audrey zu. »Das letzte Nippen hat den Ausschlag gegeben. Alle Drinks schmecken nach Herbst, aber bei dem dritten haben meine Geschmacksknospen regelrecht jubiliert.«

»Ich hab auch zu Nummer drei tendiert, wir sind uns also einig. Das ging ja schnell.«

»Zumindest auf dieser Seite des Tresens. Als Juryälteste behalte ich den Siegerdrink für mich.«

»Ich mach dir auch einen, Mom.«

»Nein, nein, die beiden anderen sind ebenfalls großartig. Welchen soll ich nehmen, den Mittleren? Die gesunde Mitte, das passt zu mir. Unglaublich, dass ich um halb drei Uhr nachmittags Cocktails trinke. Ich wollte eigentlich Brot backen. Kochen müssen wir auch noch.«

»Lasst uns lieber Cocktails trinken und Pizza bestellen.«

Audrey lachte. »Das klingt ganz wunderbar, Morgan. Was meinst du, Mom?«

»Prost!«

***

Während die Nash-Frauen mit ihren Cocktails draußen auf der Terrasse saßen, hatten sich die Jamesons bei Miles um den Esstisch versammelt. Nell musterte ihr Tablet. »Gut, mein letzter Punkt ist der Spezialdrink in der Après-Bar und eine herbstliche Kaffeekreation, beides wird Anfang September ins Angebot aufgenommen. Der Cocktail steht noch nicht fest. Morgan will ihn mir nächste Woche vorstellen. Die Kaffeekreation heißt Kaffee à la Birne Helene. Eine Mischung aus Kaffee, Birnenmus, Schokolade, Zimt und Vanilleeis. Ich dachte, das wird zu kompliziert. Sie hat mir einen gemacht, und ich war hin und weg. Wir können vier Dollar dafür verlangen.«

»Clever«, bemerkte Drea. »Typisch Morgan. Im Oktober haben wir die Stevenson-Hochzeit, die Braut will eine Birnendeko. Ich werde Morgan bitten, einen Birnencocktail dafür zu entwickeln und die Braut zu überreden. Hat sie dir verraten, was der Spezialdrink sein wird, Miles?«

»Nein.« Das mit dem Kaffee hatte sie ihm auch nicht erzählt. Nicht gerade sein Geschmack, aber es würde sich zweifellos gut verkaufen. Morgan und er redeten durchaus über die Arbeit, merkte er, als seine Mutter von den Events berichtete. Letztlich war ihre gemeinsame Zeit jedoch sehr begrenzt. Er verdrängte den Gedanken und konzentrierte sich aufs Geschäft. Das war nicht der richtige Moment, um an Morgan zu denken.

Seine Mutter übergab an Liam und seine Herbstaktivitäten. Naturkundliche Wanderungen, Fotokurse, Firmenevents, Kinder-Wochenenden, Herbst-Pakete. Was zu Gartengestaltung, Sanierungsmaßnahmen, Sicherheit und so weiter überleitete.

Nach dem geschäftlichem Teil ging es ums Essen. Er hatte wie gewünscht Pulled Pork gemacht. Ein Wahnsinnsaufwand! Dafür hatte er sonst nichts vorbereiten müssen. Indirekt war Morgan auch wieder anwesend. Sie hatte für den Sonntag herrliche Temperaturen angekündigt. Er könne also das knallbunte Geschirr benutzen. Natürlich hatte sie es sich nicht nehmen lassen, einen ganzen Stapel Servietten zu falten und einen Riesenkrug Sangria vorzubereiten.

»Wie schön das aussieht.« Seine Mutter musterte erst den Tisch und dann ihn. »Ein femininer Touch, kann das sein?«

»Wie man sieht, hat Morgan eine Schwäche für Servietten. Und für Sangria.«

Sein Großvater schenkte sich ein. »Du auch, Lydia?«

»Gern. Den habe ich seit Spanien nicht mehr getrunken. Wie lange ist das her? Zehn Jahre?«

»Bestimmt. Ich weiß nicht recht, was ich vom Birnenmus im Kaffee halten soll, aber die Sangria schmeckt verdammt gut. Richtig nach Sommer. Der leider bald vorbei sein dürfte. Sieh mal einer an! Rory hat Howl das Apportieren beigebracht.«

Nein, Morgan, dachte Miles. Demjenigen, der ihm Fressen und ein Dach über dem Kopf gab, holte er nach wie vor keinen Ball.

Morgan schwebte irgendwie über allem. Über dem verdammten Hund, den Servietten, den Blumen auf dem Tisch.

Die Familie hielt sich an Pulled Pork, Maiskolben, Kraut- und Kartoffelsalat schadlos. Danach nahm Miles seine Großmutter beiseite. »Hast du eine Minute Zeit?«

»Mehr als nur das. Lass uns einen Spaziergang machen. Das Grundstück sieht diesen Sommer besonders schön aus. Du bist der beste Gärtner unter meinen Enkeln.«

»Etwas von meinem Praktikum im Garten- und Landschaftsbau dürfte hängen geblieben sein.«

»Anscheinend.« Sie hakte sich bei ihm ein. »Ich war letzte Woche mit Olivia Nash essen. Sie hat mir erzählt, dass Morgan bei ihnen vieles umgestaltet hat. Sie hat einen Zen-Frosch-Brunnen angelegt. Hast du ihr dabei geholfen?«

»Ja, aber ich habe nur Muskelkraft beigesteuert. Ich liebe diesen Ort, Grand. Das sage ich dir viel zu selten.«

»Das merke ich, und das genügt. Du willst den Ring.«

Er schaute sie mit großen Augen an. »Woher weißt du das?«

»Ach, Liebling, ich kenne dich. Wir alle kennen dich.« Sie beugte sich vor. »Ich habe dir den Ring versprochen, wenn du die Frau gefunden hast, die ihn tragen soll. Aber vielleicht möchte sie einen eigenen Ring?«

»Nein.« Er schüttelte den Kopf. »Sie wird es zu schätzen wissen, dass er von dir ist. Ein Familienerbstück. Ich möchte ihn nur, wenn du dir ganz sicher bist.«

Lydia betrachtete die Ringe, die sie seit mehr als fünfzig Jahren trug, und zog den Verlobungsring mit dem Diamanten ab. »Hauptsache, *du* bist dir sicher. Der Ring steht für ein Versprechen und ein gemeinsames Leben. Mein Versprechen habe ich gehalten. Das geht mit dem Ring an euch über. Möchtest du den anderen Bescheid sagen?«

»Ich muss erst wissen, was sie dazu meint.«

»Für jemanden, der so intelligent ist wie du, kannst du sehr begriffsstutzig sein. Deine Familie weiß längst Bescheid. Was Morgan dazu sagen wird, weiß ich nicht, weil ich nicht in sie hineinschauen kann. Sie kann sich aber sehr, sehr glücklich schätzen.« Lydia drückte ihm den Ring in die Hand und schloss seine Finger darum. »Vielleicht will sie ja etwas anderes für ihr Leben als ich. Ich meine nicht den Ring, sondern das damit verbundene Gesamtpaket. Das wirst du herausfinden müssen. Das Leben ist kein Ponyhof. So, jetzt gehe ich zu den anderen und sage ihnen, was sie längst wissen.«

Miles musste gar nichts sagen. Als sie zurück an den Tisch kamen, glitt der Blick seiner Mutter sofort zum Ringfinger seiner Großmutter. Ihre Augen wurden feucht.

»Ach nein. Bitte nicht weinen!«

»Ich darf das. Ach, Rory, unser Junge wird heiraten.«

»Moment, so weit sind wir noch nicht«, wehrte sich Miles.

»Super, Mann. Sie ist toll«, gratulierte ihm Liam.

»Bitte nicht so schnell«, wandte Miles erneut ein. »Wenn sie Nein sagt, bleibt alles so, wie es ist.«

»Ach, halt doch die Klappe.« Nell umarmte ihn. »Sie wird nicht Nein sagen. Was sollten wir denn dann machen? Sie feuern? Sie ist nicht nur die beste Barchefin, die wir je hatten, sondern inzwischen auch meine Freundin.«

Ihr Vater umarmte seine beiden Kinder und flüsterte Miles ins Ohr: »Fall nicht auf die Knie. Das passt nicht zu ihr.«

»Das hatte ich nicht vor. Aber im Ernst, noch steht nichts fest. Ich muss sie fragen. Bis dahin sagt keiner was.« Die Klingel rettete ihn. »Ich geh schon.«

Jake stand vor der Tür, und alles andere wurde unwichtig. »Entschuldige die Störung. Ich hab geklingelt, weil ich wusste, dass heute euer Familientreffen ist.«

»Wir sind fertig.« Er ahnte, was passiert war. Natürlich ahnte er es. »Rozwell. Eine Frau ist umgebracht worden.«

»Nicht dass wir wüssten. Ich will Morgan mit Erlaubnis des FBI auf den neuesten Stand bringen und dich vorwarnen.«

»Dann kannst du gleich alle vorwarnen. Willst du ein Bier?«

»Ich bin im Dienst.«

Die Gespräche erstarben, als Jake mit Miles hereinkam.

»Du hast Neuigkeiten«, sagte Nell sofort.

»Ich möchte euch eher auf den neuesten Stand bringen.«

»Komm, setzen wir uns.« Rory zeigte auf das Esszimmer.

Als alle so weit waren, legte Jake die Hände auf den Tisch. »Sie sind Rozwells Spuren nach Norden in den Bundesstaat Washington gefolgt. Es sah so aus, als wollte er nach Kanada. Ursprünglich haben sie angenommen, dass er sich von dort aus nach Osten und anschließend wieder nach Süden, nach Vermont, vorarbeiten wird.«

»Ursprünglich?«

»Ja, Pop.« Jake wandte sich an Mick. »Beck und Morrison, die leitenden FBI-Ermittler, die ihn am besten kennen, gehen davon aus, dass er sie an der Nase herumführen will, um unbemerkt nach Süden fahren zu können. Mich haben sie jedenfalls davon überzeugt. Mittlerweile sind sie auf dem Weg hierher. Das restliche Team ist vor Ort geblieben. Die Lokalbehörden schauen sich nach wie vor den Norden an und achten genau auf Grenzübertritte.«

»Warum nach Süden?«, fragte Miles. »Kannst du uns eine kurze Zusammenfassung der Gründe geben?«

»Er ist nicht mehr in seinem Element, steigt in abgelegenen Motels ab, fährt Schrottkarren und hat seit dem Mord in South Carolina nicht mehr zugeschlagen. Tut mir leid«, schob er sofort ein. »Das klingt irgendwie herzlos.«

»Das klingt realistisch«, widersprach Lydia. »Morgan gehört zur Resort-Familie. Und nicht nur das«, fügte sie nach einem Blick auf Miles hinzu.

»Sie glauben, er weiß, dass sie an ihm dran sind. Zu nah, um einen weiteren Mord zu riskieren.«

»Morgan«, murmelte Drea.

»Ja. Wenn er das FBI abschüttelt, dann kann er sich neu

orientieren. Das verschafft ihm einen zusätzlichen Kick. Er wird sich nach Süden wenden. Dorthin, wo sie nicht nach ihm suchen. Er mag die Sonne. Während sie ihm auf den Fersen waren, hat es unheimlich viel geregnet. Deshalb schauen sie sich gerade in Nevada, Arizona und Kalifornien um. Das FBI rechnet damit, dass Rozwell leichtsinnig wird, sobald er denkt, dass er sie los ist. Für uns zählt im Moment nur, dass sie nicht glauben, er hätte sich auf den Weg hierher gemacht.«

»Wir warnen unseren Sicherheitsdienst.«

»Gut. Glaub mir, Miles, die Polizei von Westridge ist ebenfalls in höchster Alarmbereitschaft.«

»Ein ziemlich großes Gebiet, das es abzudecken gilt«, bemerkte Liam. »Nevada, Arizona, Kalifornien.«

»Ja, ich wünschte, ich hätte genauere Angaben. Wie auch immer, im Augenblick ist er nicht in Morgans Nähe.«

»Er wird erneut sein Äußeres ändern«, sagte Nell.

»Hat er wahrscheinlich längst. Aber er hat zugenommen. Bestimmt zehn Kilo. Es gibt Aufnahmen von einer Supermarkt-Überwachungskamera. Darauf wirkt er echt mitgenommen. Aber das ist so eine Sache. Er hätte da nicht reingehen müssen. Vermutlich hat er von der Überwachungskamera gewusst.«

»Er *wollte*, dass sie ihn sehen«, schlussfolgerte Miles.

»Das ist auch ihre Einschätzung, und ich gebe ihnen recht.«

»Danke, dass du uns Bescheid gegeben hast, Jake. Redest du gleich mit Morgan und ihrer Familie?«

»Ja, Sir«, sagte er zu Mick.

Drea legte Miles eine Hand auf den Arm. »Begleite ihn. Du solltest bei ihr sein. Wir räumen auf und füttern Howl.«

»Also gut. Danke. Ich fahr mit dir Jake.«

»Schaust du nachher bei mir vorbei, Jake?«, fragte Nell.

»Ja.«

Miles schwieg, bis er in Jakes Auto saß. »Verheimlichst du uns irgendwas?«

»Nein, nur was ich zwischen den Zeilen lesen konnte. Das FBI glaubt, dass er zuschlagen wird, sobald er glaubt, sie abgehängt zu haben. Und er hat einen deutlichen Vorsprung.«

Auf ihr Klingeln hin öffnete niemand. Miles spürte, wie seine Nerven verrücktspielten. Die drei Autos der Frauen standen in der Auffahrt.

»Lass uns nach hinten gehen«, schlug Jake vor. »Es ist ein schöner Abend, sie sitzen bestimmt draußen.«

»Sie müssten übers Handy alarmiert worden sein.«

Sie waren halb ums Haus, als sie ausgelassenes Gelächter hörten. In diesem Moment fiel eine riesige Last von Miles ab. Die drei Frauen saßen um den Tisch, einen Pizzakarton und Cocktailgläser vor sich. Wenn er sich nicht täuschte, waren sie ein wenig angeheitert.

»Ladys«, hob Jake an.

Audrey stieß ein Quietschen aus, das erneutes Gelächter hervorrief. »Huch, du hast mich zu Tode erschreckt.«

»Ich hab geklingelt, aber das dürftet ihr nicht gehört haben. Eure Handys habt ihr auch nicht griffbereit.«

»Nein, wir …« Ihr Lachen erstarb. Sie umklammerte Morgans Arm. »Schätzchen.«

»Los, raus mit der Sprache«, sagte Morgan. »Bitte!«

»Sie haben ihn noch nicht. Soweit sie wissen, hat er aber niemanden mehr umgebracht. Trotzdem habe ich Neuigkeiten.«

»Gut. Gut.« Morgan fuhr sich energisch übers Gesicht. »Tut mir leid, ich fürchte, wir haben unsere Handys drinnen liegen lassen. Wir haben was getrunken. Die Herbst-Specials.«

»Holt euch Stühle«, forderte Olivia die beiden Männer auf. »Mit dem Alkohol werden wir schon fertig. Wissen ist Macht, Morgan. Diese Macht bekommen wir gerade übertragen.«

Die Frauen hörten zu. Miles schwieg, während Jake ein weiteres Mal alles erklärte. Er sah nur Morgan an, wie sie die Neuigkeiten aufnahm.

»Nevada, Arizona, im August.« Sie ließ die gefalteten Hände auf dem Tisch liegen. »Da knallt die Sonne runter, oder?«

»Vermutlich. Beck und Morrison hoffen, dass er sich ein schickes Hotel gönnt, sobald er glaubt, sie los zu sein. Er sieht nicht gut aus, Morgan. Ich kann's dir zeigen, wenn du willst. Das haben sie mir erlaubt.«

»Ja, ich würde das gern sehen.«

Jake zückte sein Handy, rief das Überwachungsvideo auf und gab ihr das Telefon.

»Oha. Ich hätte ihn auf den ersten Blick nicht erkannt. Er sieht älter aus. Nicht nur wegen der Haare und dem Bart. Er hat ordentlich Gewicht zugelegt und wirkt aufgedunsen.«

»Total durchgeknallt.« Audrey spähte über Morgans Schulter.

»Ja, das sieht man. Trotzdem ist keinem was aufgefallen.«

»Zeig mal.« Olivia streckte die Hand aus. »Das ist er also. Er weiß, dass er gefilmt wird.« Sie schaute Jake an. »Wir haben auch Sicherheitskameras im Laden. Ich habe gemerkt, wenn einer überlegt, was mitgehen zu lassen, schaut er in die Kamera, tut aber so, als ob er nicht hinguckt.«

»Ja, sehe ich auch so.«

»Er hat seine ganze Ausstrahlung verloren. Damit meine ich nicht nur die Frisur und sein Gewicht. Er hatte Stil, Selbstbewusstsein, Charme. Das scheint alles weg zu sein.«

»Beck und Morrison sehen das genauso. Wie jeder Süchtige braucht er seinen Stoff. Sie glauben, dass er in diesem Zustand nicht bei dir auftauchen wird. Ganz meine Meinung. Doch wir werden gut aufpassen, versprochen.« Jake stand auf. »Wenn Ihr noch Fragen habt, ruft an, egal zu welcher Uhrzeit.«

»Danke.« Morgan sah Miles an, »Bleibst du?«

»Ich bleibe noch ein bisschen. Danke fürs Mitnehmen, Jake.«

»Nicht dafür.«

Als Jake weg war, wandte sich Audrey an Miles. »Wir sollten gerade den Spezialdrink für den Herbst auswählen.« Sie lächelte ihn vielsagend an. »Keine einfache Wahl, und wir haben unsere Aufgabe sehr ernst genommen. Morgan, wieso machst du Miles nicht deinen Siegerdrink? Er hat schließlich ein besonderes Interesse daran.«

»Allerdings habe ich das.« Er verstand und sah Morgan an. »Das wäre toll! Ich habe bereits von der neuen Kaffeekreation gehört. Darauf kann ich allerdings verzichten. Aber den Drink nehme ich gern. Und vergiss dein Handy nicht.«

»Klar. Bin gleich wieder da.« Morgan sah aus, als stünde sie neben sich. Trotzdem ging sie ins Haus.

»Was wollt ihr mir sagen?«, fragte Miles, sobald Morgan außer Hörweite war.

»Nichts, es handelt sich eher um eine Bitte. Nimm sie mit zu dir, Miles. Sie muss auf andere Gedanken kommen. Wenn sie hierbleibt, liegt sie nur auf ihrem Bett und grübelt. Mom?«

»Geh mit ihr und dem Hund spazieren, geh mit ihr ins Bett. Lenk sie ab.«

Miles zog den Ring aus seiner Tasche. »Ich weiß schon, womit ich sie ablenken kann.«

Während Audrey sich die Hände vor den Mund schlug, musterte Olivia das Schmuckstück. »Das ist Lydias Verlobungsring.«

»Gut beobachtet. Er gehört Morgan, wenn sie ihn will.«

»Nein, nicht.« Olivia deutete auf Audrey. »Wisch dir die Tränen ab, Audrey Nash. Geheult wird erst, wenn sie weg ist.«

»Okay, okay. Ich bin ja so froh, Miles.«

»Mal sehen, was sie dazu sagt.«

»Audrey, setz die Sonnenbrille auf. Wir hatten drei Kandidaten zur Auswahl«, hob Olivia an. »Da kommt der Siegerdrink, urteile selbst.«

Miles nahm Morgan das Glas ab und musterte es. »Die Optik ist schon mal bestechend. Was ist denn da drin?«

Sie rang sich ein Lächeln ab. »Erst probieren, dann raten.«

Weil er davon ausging, dass ihr das half, spielte er mit. »Bourbon«, sagte er nach einer Kostprobe. »Bourbon, Ingwer und Birne. Honig?«

»Sehr gut. Und etwas Limette. Na, was sagst du?«

»Ich kenne die Alternativen nicht, aber der Cocktail schmeckt toll. Nach Herbst oder Winter. Wie heißt er?«

»*Birnenfeuer.*«

»Das wird Nell gefallen.«

»Ich will's hoffen.«

»Sie behauptet auch, dein Attentat auf einen anständigen Kaffee zu mögen … Es ist wirklich schön hier draußen. Dieser Frosch hält echt die Stellung. Ich frage mich, wo ich so einen unterbringen könnte.«

»Dafür müsste ich auf deinen Dachboden.«

Er nippte an ihrem Drink und ließ sie nicht aus den Augen. »Ach ja?«

»Da oben gibt es bestimmt alles Mögliche. In deinem Garten würde sich ein Spiegel gut machen, so ein antikes Ding mit einer interessanten Form, hinter den Taglilien.«

Konversation machen, für Ablenkung sorgen. Er war nicht gerade gut darin, gab sich aber Mühe. »Wozu einen Spiegel in den Garten stellen?«

»Licht, Reflexe, interessante Akzente. Du hast da oben bestimmt was Passendes.«

»Kann schon sein. Lass uns nachsehen.«

»Jetzt? Ich wollte eigentlich …«

»Fahrt«, sagte Audrey. »Nach der Pizza und den ganzen Cocktails bin ich müde und möchte gern früh ins Bett.«

»Er hat noch gar nicht ausgetrunken.«

»Zum Glück.« Er stellte das Glas ab und stand auf. »Ich fahre. Ich bin mit Jake gekommen, und so komme ich auch wieder nach Hause.« Er nahm ihre Hand und zog sie hoch.

»Ich hab keine …«

»Du hast jede Menge Zeug bei mir. Hast du dein Handy?«

»Ja, aber …«

»Genießt den restlichen Abend.«

»Ach, das werden wir.« Audrey schenkte ihm ihr ein strahlendes Lächeln. »Bis morgen, Schätzchen.« Sie erhielt es tapfer aufrecht, bis Miles Morgan fortgezogen hatte.

»O Mom. Mein Mädchen. Unser Mädchen.«

28

Ich hab die Cocktailsachen nicht aufgeräumt«, jammerte Morgan. »Dabei bin ich mit Aufräumen dran.«

»Heute hast du frei. Wie groß soll der Spiegel sein?« Miles nahm ihre Schlüssel und schob sie ins Auto.

»Wie? Ach so, das weiß ich erst, wenn ich ihn sehe. Herrje, wir haben echt viel getrunken.«

»Das ist mir bereits aufgefallen. Es ist das erste Mal, dass ich dich betrunken sehe.«

»Betrunken nicht, aber auf jeden Fall nicht fahrtauglich. Wir wollten ja auch nirgendwo mehr hin.« Morgan lehnte den Kopf zurück. »Meine Ladys hatten so viel Spaß. Wir alle. Gram hat uns übrigens beide unter den Tisch getrunken. Sie war echt krass drauf früher«, fuhr sie fort. »Wusstest du das? Ich hab ansatzweise so was geahnt. Aber sie war halt meine Großmutter, wenn du verstehst, was ich meine. Sie war in Woodstock, mit meinem Großvater. Angeblich hat sie mit Janis Joplin einen Joint geraucht. Vielleicht ist das erfunden, aber wer weiß? Heute lebt sie in diesem alten wunderschönen Haus, leitet zwei Läden und macht Brathähnchen und Pfundkuchen. Schon erstaunlich.«

»Inwiefern?«

»Wie so eine Frau nach Woodstock und Janis Joplin hier

landen kann.« Morgan machte eine weit ausholende Geste. Sie fuhren gerade durch den Ort. »In Westridge, Vermont. Um einen Laden zu eröffnen, zum Yoga und zum Literaturkreis zu gehen. Um nicht nur zufrieden, sondern sogar richtig glücklich zu sein. Wir hatten vorhin auf jeden Fall eine gute Zeit.«

»Das hat man gemerkt.« Dafür, dass sie das Handy im Haus gelassen hatte, würde er sie ein andermal schimpfen.

»Du hättest Jake nicht begleiten müssen, aber ich bin froh, dass du mitgekommen bist. Hoffentlich gehen meine Ladys tatsächlich früh ins Bett, ohne sich große Sorgen zu machen.«

»Du hast das Video gesehen. Er hat jeden Charme verloren.«

»Meine Mutter hat auch recht. Er ist total durchgeknallt. Man sieht es an seinen Augen. Den Wahnsinn konnte er in Maryland noch gut verbergen, Miles. Ich habe nichts davon bemerkt. Niemand hat das.«

»Inzwischen kann er es nicht mehr verhehlen.« Miles stoppte in seiner Auffahrt. »Das hilft, ihn zu erwischen.«

»Hoffentlich. Ich bin beschwipst genug, um rumzujammern. Ich will einfach, dass es endlich vorbei ist.«

»Ich will auch, dass es vorbei ist. Mit Jammern hat das nichts zu tun. Ich geb dir Bescheid, falls du jammerst.«

Damit rang er ihr ein Lächeln ab. »Das glaub ich sofort.«

Er stieg aus und öffnete ihr die Autotür. Im Haus hörte man Howl winseln. Miles begrüßte er mit einem kurzen Blick und einem Wedeln, um Morgan einen fürstlichen Empfang zu bereiten.

»Vielleicht liegt es an deinem Geruch«, überlegte Miles laut. »Der ist sehr anziehend.«

»Danke. Bist du schön brav gewesen? Hast du einen guten Tag gehabt? Wetten, du hattest einen guten Tag? Hat dir dein Herrchen was vom Pulled Pork abgegeben?«

»Ich bin nicht sein Herrchen, ich bin sein Lakai.«

»Achte nicht weiter auf ihn. Komm, wir gehen auf den Dachboden, das wird toll.«

»Warte. Vorher möchte ich mit dir reden.«

Mit ausdruckslosem Gesicht richtete sie sich auf. »Okay.«

»Wir sollten uns setzen.«

Gemeinsam mit dem Hund, der förmlich an ihrem Bein klebte, folgte sie ihm und ließ sich auf einem Stuhl nieder.

»Das sollte eigentlich ganz anders ablaufen. Aber da dein Reaktionsvermögen vermutlich etwas eingeschränkt bist, verschafft mir das hoffentlich einen Vorteil ... Wieso sitzt du da, als würdest du auf eine Standpauke vom Schuldirektor warten?«

»Tu ich gar nicht. Raus mit der Sprache, was immer es ist.«

»Gut. Ich liebe dich.«

Sie blinzelte. »Wie bitte, was?«

»Du hast mich schon verstanden. Aber damit es keine Missverständnisse gibt, wiederhole ich es gern: Ich liebe dich.«

»Ich muss mich setzen.«

»Du sitzt bereits.«

»Ich muss aufstehen.« Sie stand auf, um sich gleich wieder zu setzen. »Mir ist schwindelig. Nicht vom Alkohol. Miles ...«

»Schsch.« Ungeduldig brachte er sie zum Schweigen. »Du hast die ganze Fahrt über geredet, jetzt bin ich dran. Und ich bin noch nicht fertig.«

Da sie nicht wusste, was sie sagen sollte, schwieg sie.

»Ich habe das nicht geplant. Und ich hab es nicht kommen sehen. Das hätte ich vielleicht sollen, aber dem war nicht so. Ich kann nicht sagen, dass es sich langsam entwickelt hat. Wie du deine Hände bewegst, wenn du arbeitest. Lächerlich, ich weiß, trotzdem. Wie du denkst, wie du fühlst, wie du aussiehst ... einfach alles ...« Weil er sich ganz auf sie konzentrierte, merkte er gar nicht, wie Howl zu ihm kam und sich an sein Knie schmiegte. »Echt um mich geschehen war es beim Wasserfall, bei der Aussichtsplattform. Ich liebe dich, Morgan.

Das war nicht Teil unserer Abmachung. Aber die war ja eher eine Art Absicherung für den Notfall. Ich setze mich darüber hinweg.«

»Ich …«

»Ich bin immer noch nicht fertig.« Er zog den Ring aus seiner Tasche. »Wir werden heiraten.« Das verkündete er, als wäre es beschlossene Sache.

Sie starrte ihn an. Ihre Lippen bewegten sich, doch es dauerte, bis ein Ton herauskam. »Der Ring deiner Großmutter.«

»Erstaunlich, wie Frauen Diamantringe aus weiter Ferne erkennen können. Da ich dich liebe und wir unsere Abmachung über den Haufen geworfen haben, können wir auch heiraten.«

Sie nahm den Kopf zwischen die Knie.

»O nein, muss dir ausgerechnet jetzt schlecht werden?«

»Mir ist nicht schlecht, ich bekomm kaum Luft. Bleib, wo du bist, und lass mich Luft holen.« Sie fuchtelte mit den Händen, als wollte sie ihn verscheuchen, obwohl er sich gar nicht von der Stelle gerührt hatte,

»Wenn du dir ein paar wohlklingende Verse wünschst, könnte ich aus *Der Rabe* von Edgar Allen Poe zitieren. Ein paar Zeilen Yeats sind ebenfalls drin.«

»Sei ruhig! Hast du den Ring deiner Großmutter bekommen, weil Jake dir alles gesagt hat, bevor ihr zu mir gefahren seid?«

»Ich habe sie gefragt, bevor Jake kam. An ihrem fünfzigsten Hochzeitstag hat sie mir gesagt, dass ich sie um den Ring bitten darf, wenn ich die Richtige gefunden habe. Wenn ich mir sicher bin. Du bist die Richtige. Ich bin mir sicher.«

»Bevor Jake kam«, murmelte sie und hob den Kopf. Ihr Herz schlug schneller, weil er sie so grimmig ansah.

»Das ist keine magische Waffe. Das ist ein Ring, ein Symbol. Ich hab dir eine verdammte Frage gestellt, die du mir bitte beantworten sollst.«

Sie fuhr sich übers Gesicht. »Du hast mich gar nichts gefragt. Du hast etwas verkündet.« Sie hob die Hand, bevor er etwas sagen konnte. »Schon lustig. Ausgerechnet heute Vormittag im Garten hab ich Gram gesagt, dass ich dich liebe. Es hat sich nicht langsam entwickelt. Ich habe nicht damit gerechnet und schon gar nicht danach gesucht. So etwas habe ich noch nie empfunden … Ich dachte, du willst mir sagen, dass wir es lieber langsamer angehen lassen sollen.«

»Unsinn.«

»Ja? Kann sein. Daran ist wohl der Wodka schuld, bei dem ich hängen geblieben bin. Bourbon mochte ich nie besonders.«

Er ließ sie nicht aus den Augen und lächelte.

»Mein Dschungelkönig.«

»Wie bitte?«

»Deine Augen. Gut möglich, dass es damit anfing … oder mit deiner sprühenden, liebenswerten Persönlichkeit. Bleiben wir bei deinen Augen«, entschied sie, als er lachte. »So richtige Tigeraugen … Dieser Ring. Ich weiß gar nicht, wo ich anfangen soll. Du bietest mir diesen Ring an, weil ich seine Macht und seine tiefere Bedeutung verstehe.«

»Mir wurde geraten, nicht auf die Knie zu fallen.«

»Ein guter Rat. Du würdest lächerlich aussehen. Bitte bleib, wo du bist, damit ich den Gedanken zu Ende führen kann. Heiraten … Miles, ich habe selbst erlebt, wie kalt und falsch die Ehe meiner Eltern war. Einer der Gründe war ich. Ein Kind«, verbesserte sie sich, bevor er widersprechen konnte. »Ein Mädchen. Wir sollten also vorher abklären, ob …«

»Ich möchte Kinder, falls du das wissen willst. Mehrere. Egal, ob Junge oder Mädchen. Ich möchte Kinder, eine Familie, zusammen mit dir. Das Haus ist groß genug dafür.«

Jetzt liefen die Tränen. »Ich möchte das auch! Zusammen mit dir.«

»Dann lass uns gleich alles besprechen. Wenn du eine eigene

Bar eröffnen möchtest, wirst du eine Riesenlücke im Resort hinterlassen. Was du tun wirst, ist nach wie vor deine Entscheidung. Ich werde dich unterstützen, egal wie sie ausfällt. Für meine Familie gilt übrigens dasselbe, falls dir das Sorgen bereiten sollte. Nur eines sollst du wissen: Die Après-Bar gehört sowieso dir.«

Sie hatte Pläne geschmiedet. Und dann kam alles ganz anders. Was nun? »Ich will die Après-Bar.«

»Also gut. Du wirst an den Familientreffen teilnehmen.«

»Echt?«

»Das gehört dazu.« Er zögerte unmerklich, aber sie bemerkte es trotzdem. »Es gehören viele Dinge dazu, Morgan.«

»Ich mag große Herausforderungen. Deine Familie dürfte das wissen, sonst hättest du den Ring nicht bekommen.«

»Ja. Und deine auch.«

»Du hast es meinen Ladys gesagt? Natürlich hast du das!« Überwältigt wischte sie sich weitere Tränen aus dem Gesicht. »Bleib einfach sitzen, bis ich mich wieder gefasst habe. Ich will dich nicht vollheulen, wenn du mir den Ring ansteckst.«

»Dann beeil dich.«

»Rozwell.«

»Nein.« Seine Stimme wurde schneidend. »Jetzt nicht. Im Moment geht es nur um dich und mich.«

»Du hast recht. Hast du mir den Antrag echt deswegen jetzt gemacht, weil ich getrunken habe?«

»Ja.«

»Gott, wie süß. Und obwohl du mich nicht offiziell gefragt hast, lautet die Antwort Ja. Du darfst aufstehen.«

Sie stand ebenfalls auf und reichte ihm ihre Linke. Als er ihr den Ring ansteckte, ruckelte er dran. »Er ist dir ein bisschen zu groß. Wir lassen ihn ändern.«

»Ich könnte ja so machen.« Sie ballte die Faust.

»Ja, das dürfte gehen. Ich geh morgen erst spät zur Arbeit.

Wir können vorher noch zum Juwelier, sobald er aufmacht.« Er nahm ihre Faust und küsste sie. »Er sollte passen, denn du passt schließlich auch.« Er zog ihr den Ring ab und schob ihn auf ihren Zeigefinger. »Da passt er. Trag ihn bis morgen so.«

»Pragmatisch wie immer«, murmelte sie und zog seinen Kopf an sich. Der Kuss sorgte dafür, dass ihr ganz warm wurde und sie von innen heraus strahlte. Sie wurde geliebt, ein Leben voller Liebe lag vor ihr.

Nein, sie würde Rozwell nicht erwähnen. Ihr war jedoch klar, dass sie mit allen Mitteln das Leben verteidigen würde, das Miles und sie einander versprochen hatten.

»Sag's noch mal.«

»Was?«

Sie nahm sein Gesicht in beide Hände. »Miles.«

»Ich liebe dich. Keiner anderen Frau habe ich bis heute meine Liebe gestanden. Du bist die Erste.«

»Es ist meine Aufgabe, dafür zu sorgen, dass ich die Letzte sein werde. Ich liebe dich, Miles. Du bist meine große Liebe.«

Er lehnte die Stirn gegen die ihre. »Dann hab ich noch eine Aufgabe.« Er hob sie hoch. »Unseren Treueschwur zu besiegeln.«

»O ja, bitte.«

»Dort, wo alles angefangen hat.«

Sie lachte, als er sie zum Sofa trug. »Das liebe ich besonders an dir. Du bist so sentimental.«

»Ich bin pragmatisch. Das Sofa ist in Reichweite. Schsch«, machte er, während er ihr die Bluse auszog. »Ich besiegle gerade einen Treueschwur.«

***

Am nächsten Tag brachte Morgan den Ring zum Anpassen zum Juwelier. Als Miles vorschlug, ihr einen »Lückenfüller« zu schenken, wäre sie beinahe in Tränen ausgebrochen. »Nein, ich kann warten. Darauf warte ich gern.«

»Vielleicht möchten Sie sich ja Ihre Trauringe aussuchen.«
Die Verkäuferin strahlte sie an. »Die können wir dann gleich
an Ihre Größe anpassen.«

»Daran habe ich noch gar nicht gedacht. Wollen wir? Willst
du überhaupt einen Ehering tragen?«

»Ich möchte auch was haben«, befand Miles. »Was Schlichtes. Einen schlichten Bandring ohne Steine oder so.«

»Das wäre doch was für uns beide.«

»Ja, sicher.« Die Juwelierin hörte nicht auf zu lächeln. »Darf
ich einen Vorschlag machen? Zu so einem tollen Vintage-Ver-
lobungsring, so einem Erbstück, passt am besten ein Vintage-
Bandring. Wir haben ein paar Modelle in dem Schaukasten da
drüben.« Mit diesen Worten lockte sie Morgan zu dem verschlossenen Schaukasten.

»Ach, sind die aber toll.«

Miles hatte sofort gesehen, worauf ihr Blick gefallen war.
»Der da.«

»Miles …«

»Eine ausgezeichnete Wahl.« Die Frau schloss den Schaukasten auf. »Er stammt aus derselben Zeit wie der Solitär,
in Platin gefasst und doppelt so breit. Sie ergänzen einander.«

»Mal gucken, wie es aussieht.«

»Sie sollten ihn Ihrer Verlobten anstecken.« Die Verkäuferin
reichte Miles den Ring. »Da können Sie schon mal üben.
Scheint perfekt zu passen. Sie haben die Hände dafür, schöne
schmale Finger.«

»Steht dir gut.«

»Der steht jeder Frau, aber …«

»Gefällt er dir nicht?«

»Er ist fantastisch, natürlich gefällt er mir. Aber du musst
mir keinen …«

»Den nehmen wir. Und den anderen für den Mann auch.«

»O Gott.« Das war schnell gegangen, blitzschnell. Es stimmte eben alles. »Mir wird ganz schwummrig.«

»Das legt sich. Jetzt gib ihn wieder zurück. Den bekommst du erst, wenn alles offiziell besiegelt ist.«

»Eine gute Wahl! Lassen Sie mich sehen, ob wir Ihre Größe dahaben. Sie können sich etwas auf der Innenseite eingravieren lassen, ohne Aufpreis.«

»Nein, wir …«

»Messen Sie seine Größe aus, und dann kann er meinen Trauring zahlen. Danach verschwindest du, Miles, geh zur Arbeit«, befahl Morgan. »Ich kaufe dir den Ring, denn so macht man das. Und ich werde entscheiden, ob was eingraviert wird.«

»Ich muss ihn doch tragen.«

»Genau.« Sie zog ihn an sich und küsste ihn. »Damit bist du an mich gekettet.«

In diesem Moment wusste sie, was sie eingravieren lassen würde. *Abgemacht ist abgemacht.*

Vom Juwelier ging Morgan ins Crafty Arts. Ihre Mutter unterhielt sich gerade mit zwei Kundinnen. Als Audrey das Gesicht ihrer Tochter erblickte, wippte sie ganz aufgeregt auf und ab und zog Morgan in eine Umarmung. »Es ist passiert. Es ist tatsächlich passiert. Ach, zeig doch … wo ist der Ring?«

»Er muss eine halbe Größe kleiner gemacht werden. Das dauert ein paar Tage. Aber ich habe ein Foto.«

»Sie hat ein Foto! Darf ich es weitererzählen? Ich kann nicht anders. Bitte«, flehte sie. Morgan musste lachen. »Meine Tochter hat sich verlobt!«

Jede Frau im Laden klatschte, und einige kamen herbei, um sich den Ring anzuschauen.

»Ich habe nur ein Foto. Er wird gerade angepasst.« Morgan hob ihr Handy.

»Was ist hier los?«, fragte Olivia von der Treppe her. Sie ging direkt zu Morgan und küsste sie auf beide Wangen. »Miles ist ein guter Mann und könnte dich verdient haben. Sekt mit Orangensaft aufs Haus für Mitarbeiter und Kunden! Wir werden auf deinen Neuanfang anstoßen.«

***

Rozwell hasste das verdammte Nevada, die Wüste und die schmuddelige, scheußliche Hütte, in der er leben musste. Er hasste die pochende, verschorfte Narbe an seinem Arm. Aber vor allem hasste er die Einsamkeit, die Isolation, das endlose Nichts. Durch die Hühner hatte er weiß Gott Eier genug, und er war sie leid. Das ständige Kochen und Aufräumen! Er hatte Konserven aufgemacht und sogar versucht, Hühnerfleisch aus der Gefriertruhe zu braten. Das war außen verbrannt und innen noch roh gewesen, was er ebenfalls hasste.

Die frischen Lebensmittel, die seine tote Gastgeberin besorgt hatte, waren aufgebraucht. Er musste zum Einkaufen fahren und Sachen besorgen, die er nur aufzuwärmen brauchte. Dazu ein paar Snacks. Gut möglich, dass er nicht weiter abgenommen, sondern eher zugenommen hatte. Egal! Würde er sein altes Leben wiederhaben, würde er wieder in Form kommen. Er hatte ja nichts zu tun außer zu essen, im Internet zu surfen, auf seinem Notebook fernzusehen und noch mehr zu essen.

Er hatte vergessen, die Ziege zu tränken, weshalb er das tote, nutzlose Vieh hinters Grundstück zu der toten Frau schleifen musste. Was von der übrig war, stank so sehr, dass er beinahe sein Frühstück wieder von sich gegeben hätte.

Bettwäsche und Handtücher wurden ohne Trockner ganz steif. Er würde also eine Einkaufsliste schreiben und einen kleinen Ausflug machen. Erstens Lebensmittel. Außerdem ging ihm der Alkohol aus. Vielleicht konnte er ja irgendwo in Two Springs was Anständiges essen gehen. In dieser gottverdammten

Wüste suchte ihn sowieso niemand. Trotzdem musste er vorsichtig sein, auch wenn er sich sehr nach Stimmen, nach etwas Trubel sehnte. Ihm fehlten die Gespräche, wohl wissend, dass sein Beitrag aus gut formulierten Lügen bestand.

Er ertappte sich bei Selbstgesprächen und versuchte damit aufzuhören. Aber es war wie mit den Chips, es gelang ihm nicht.

Also erst die Liste machen, dann in die Stadt fahren, was essen, Vorräte kaufen und wieder zurückfahren. Vor sich hin murmelnd lief er in dem Haus auf und ab. Aus ihm war ein feister Mann mit Doppelkinn und Bauch geworden. Er stank nach Schweiß und Dreck. Seine Kleidung war schmutzig. Die Haarfarbe wuchs raus. Seine Nägel mussten dringend geschnitten werden.

»Schauen wir doch mal, was unsere liebe Freundin Morgan macht. Was die dürre Schlampe so treibt.« Er schaute sich ihre Kontoauszüge an. Die üblichen Abbuchungen und Daueraufträge. Lebensmittel, Versicherungsgebühren und die monatliche Rate an ihre gierige Großmutter. Stirnrunzelnd starrte er auf eine Abbuchung von siebenhundert Dollar und ein paar Zerquetschte von einem Juwelier in Westridge. »Was ist denn das, Morgan? Du wirst doch nicht verschwenderisch? Das können wir auf gar keinen Fall zulassen. Nicht, solange ich in diesem Loch festsitze. Höchste Zeit für eine kleine Erinnerung.« Er lehnte sich zurück, trommelte mit seinen schmutzigen Fingernägeln auf den rohen Holztisch. »Mal überlegen.«

Er schloss die Augen, wäre beinahe auf seinem Stuhl eingenickt, bevor er sich wachrüttelte und am Bauch kratzte. Dann benutzte er ihr Konto, um ein paar Schlampenklamotten zu bestellen. Bei anderen Webshops bestellte er, was ihm passend erschien. Mülltüten, weil sie Müll war. Duftspray, weil Müll stank. Dabei gab er nie mehr als fünfhundert Dollar auf einmal aus. Das machte so viel Spaß, dass er zum Schluss online einen Trauerkranz bestellte. Er füllte die dazugehörige Karte aus:

Morgan, unvergessen.

»Das sollte erst mal genügen.«

Diese belebende Aktion hatte ihm Appetit gemacht. Also ging er ins Haus, machte eine Dose Bohneneintopf auf und aß direkt aus der Dose.

»Ein paar Wochen noch. Nur um wirklich auf Nummer sicher zu gehen.« Bald konnte er nach Osten fahren, einen Blick auf das schöne Herbstlaub Vermonts werfen. Sich an den Farben und an dem Mord an Morgan erfreuen. Die offene Rechnung begleichen.

Er warf die leere Dose Richtung Mülleimer und leckte die Gabel ab. »Ich hole mir, was sie mir schuldet. Danach geht's weiter mit Dolce vita. Sie hat mir nur Unglück gebracht.«

Mit vollem Magen beschloss er, ein Schläfchen zu machen. Die Einkaufsliste und die Fahrt in die Stadt hatten bis morgen Zeit. Er hatte keine Lust, sich vorzeigbar zu machen. Morgen würde er seinem Ziel wieder einen Tag näher sein.

***

Zur gleichen Zeit fuhren Beck und Morrison durch Gabbs und weiter nach Two Springs. Sie kontrollierten abgelegene Motels und das einzige Zwölfzimmerhotel im Ort, dazu sämtliche Läden und Lokale. Danach setzten sie sich mit der örtlichen Polizei zusammen. Das dauerte fast den ganzen Tag und führte zu keinerlei Ergebnissen. Irgendwann landeten sie in einem kleinen Restaurant, in dem es herrlich kühl war und überraschend gute Enchiladas gab.

»Wir täuschen uns nicht, Quentin, das schwör ich dir. In Washington hat ihn keiner mehr gesehen.«

»Aber hier ist er nicht aufgetaucht.«

»Noch nicht. Ich spüre einfach, dass ich richtigliege.«

»Vielleicht ist er abgetaucht und nimmt ein verdammtes Sabbatical. Oder aber wir haben uns getäuscht, und er ist nach Osten. Montana, Colorado, Arizona.«

»Ich schlage Folgendes vor. Wir nehmen uns ein Zimmer, schauen uns alles gründlich an und tanken ordentlich Schlaf. Morgen früh machen wir mit klarem Kopf weiter, fahren in den National Forest und warnen die Parkranger. Wenn wir dann immer noch nichts haben, legen wir eine Pause ein. Ich möchte gern mal in meinem eigenen Bett, bei meinem Mann schlafen.«

»Noch ein Tag«, pflichtete er ihr bei. »Ausgeruht finden wir ja vielleicht einen anderen Zugang zu der Sache. So langsam habe ich das Gefühl, mich im Kreis zu drehen, Tee.«

»Ein Tag, danach fangen wir noch mal neu an. Da wir ohnehin bleiben, können wir uns eigentlich ein Bier gönnen.«

»Einverstanden.«

***

Im Resort, lange bevor ihre Schicht begann, klopfte Morgan bei Lydia. Sie wusste, dass die Matriarchin da war. Die Neuigkeit hatte sich längst herumgesprochen. Eigentlich wollte sie warten, bis der Ring wieder am Finger steckte. Aber da alle bereits Bescheid wussten, wollte sie es hinter sich bringen.

»Herein!«

Morgan öffnete die Tür. »Hast du kurz Zeit? Ich hab gleich eine Besprechung mit Nell.«

»Gern, komm rein, und setz dich. So kann ich dir gleich sagen, dass Mick und ich hocherfreut sind.«

»Danke, danke dafür. Zunächst einmal möchte *ich* mich dafür bedanken, dass … äh … Ich hatte eine zusammenhängende, von Herzen kommende Rede vorbereitet. Gerade habe ich aber einen Blackout. Ich kann dir gar nicht sagen, was es mir bedeutet, dass du mir den Ring anvertraust, den dir Mick gegeben hat. Ich verspreche ihn immer in Ehren zu halten und alles zu tun, um Miles eine gute Gefährtin zu sein.«

»Er hätte mich nicht um den Ring gebeten, wenn ich dir nicht trauen könnte. Und ich hätte ihn nicht hergegeben, wenn ich nicht wüsste, dass du ihn in Ehren hältst.«

»Das werde ich, versprochen. Der Ring ist irgendwie magisch. Das klingt jetzt vielleicht komisch, aber …«

»Nein, ganz und gar nicht.« Lydias berühmte rote Lippen verzogen sich zu einem überaus herzlichen Lächeln. »Es macht mich glücklich, dass du ihn tragen wirst. Weil du auch so empfindest. Die Nashs und die Jamesons … das wundert mich gar nicht. Deine Großmutter und ich werden jede Menge Spaß haben, Miles und dir mit Hochzeitsplänen auf die Nerven zu gehen. Er hat mir schon gesagt, dass du Après-Managerin bleiben willst.«

»Ja.«

»Wir erwarten, dass du bei unserem Familientreffen im September dabei bist, mit einem eigenen Bericht. Nell kann dir erklären, wie das abläuft.«

»Ich werde da sein.« Morgan stand auf. »Danke für alles.«

»Besuch mich, wenn der Ring angepasst wurde. Ich möchte ihn gern an dir sehen.«

»Gern.«

»Ach, und noch was, Morgan. Ich habe mich gefreut, dass du das knallbunte Service benutzt hast. Solche Details schaffen ein richtiges Zuhause. Damit hast du den Anfang gemacht.«

29

Als Morgan in die Après-Bar kam, begrüßte Nick sie mit einer festen Umarmung. »Gratuliere, meine besten Wünsche. Ich freu mich so für dich.«

»Danke. Ich mich auch.«

»Zeig mal. Lass uns … He, wo ist denn der Ring?« In seinen dunkelbraunen Augen standen Empörung und Ungläubigkeit »Was zum Teufel … Hat er dir etwa keinen Ring geschenkt?«

»Er wird gerade angepasst.«

»Ach so.« Die Erleichterung und die Enttäuschung waren ihm deutlich anzusehen. »Dann werde ich wohl warten müssen, bis ich sein Funkeln bestaunen kann.«

»Ich hab ein Foto auf meinem Handy.«

»Los, zeig her … Moment.« Er strahlte einen Mann auf einem Barhocker an, der sich gerade geräuspert hatte. »Entschuldigen Sie, was darf ich Ihnen bringen?«

»Wir probieren zwei von den Spezial-Cocktails.«

»Kommt sofort! Meine Freundin und Vorgesetzte hat sich gerade verlobt. Wir sind ganz aus dem Häuschen.«

»Wir auch!« Die Frau auf dem Hocker neben dem Gast hob ihre Linke mit dem Ring. »Damit hat er mich gestern überrascht.«

»Gratuliere. Toller Ring! Die Drinks gehen auf mich, Nick«, meinte Morgan, während er sie mixte.

»Das ist sehr nett von Ihnen.«

»Reine Solidarität.«

»Ihr Ring wird noch angepasst«, brach es aus Nick heraus, »Aber sie hat ein Foto.«

»Ach, das würden wir uns gerne ansehen, stimmt's, Trent?«

»Klar.« Er war mehr am Drink interessiert, schaute aber pflichtschuldigst auf Morgans Handy. Seiner Verlobten verschlug es den Atem. »Wunderschön! Ein Erbstück.«

»Er ist von seiner Großmutter,« erklärte Morgan.

Nick stellte ihnen die Getränke hin. »Wir reden später. Nell hat draußen einen Tisch für euer Treffen reserviert.«

»Dann geh ich raus … Genießen Sie Ihre Drinks.«

Auf dem Weg nach draußen wurde Morgan von Bedienungen aufgehalten, die ihr gratulierten und sie umarmten. Alles sehr familiär. Sie hatte sich kaum gesetzt, als Nell kam.

»Ich bin spät dran. Ich hasse das.«

»Das waren höchstens zwei Minuten.«

»Zu spät ist zu spät. Ich brauche dringend Koffein. Kriegt Nick so einen guten Cappuccino auf Eis hin wie du?«

»Klar.«

»Toll. He, Barry, einen Cappuccino auf Eis. Oder gleich zwei?«, fragte sie Morgan.

»Wieso nicht?«

»Ich hab seit heute Morgen nichts gegessen. Wollen wir uns eine Käseplatte teilen? Ich brauch eine Unterlage, schließlich will ich deinen potenziellen Spezial-Cocktail testen.«

»Käse ist super.«

»Gut. Danke, Barry. Also …«, hob Nell an. »Bevor wir übers Geschäft reden, will ich alles ganz genau wissen.«

»Was?«

Nell schenkte Morgan einen vielsagenden Blick. »Ich bitte

dich! Aus Miles war nichts herauszubekommen. ›Ja, ich hab ihr den Ring gegeben. Er wird gerade angepasst.‹ Ich will Details hören! Wie hat er um deine Hand gebeten?«

»Eigentlich gar nicht. Er hat mich eher vor vollendete Tatsachen gestellt.«

Nell lehnte sich zurück, einen derart angewiderten Ausdruck im Gesicht, wie ihn nur eine Schwester haben kann. »Na super. Was für ein unromantischer Klotz!«

»Aber er hat mir gesagt, dass er mich liebt. Das war gut.«

»Okay.« Nell war bereit, ihr Urteil zu revidieren und griff nach dem Mineralwasser, das Barry bereits gebracht hatte. »Erzähl mir alles von Anfang an.«

»Nun, angefangen hat es damit, dass meine Ladys und ich drei Kandidaten für den Herbst-Cocktail getestet haben.«

»O Mann, die Geschichte wird mir gefallen.« So war es. Nell lachte und lachte, bis der Cappuccino auf Eis zur Hälfte ausgetrunken und eine Portion Käse verspeist war. »Na gut, ich habe ihm unrecht getan. Du bist glücklich. Wir alle sind sehr glücklich. Ich hoffe, das weißt du.«

»Klar.«

»Also. Wann und wo soll die Hochzeit stattfinden? Habt ihr da was ins Auge gefasst?«

»Ganz grob. Ich möchte gern im Frühling heiraten. Damit ist er einverstanden, wenn ich bis Neujahr bei ihm eingezogen bin. Er möchte mit mir gemeinsam ins neue Jahr starten.«

»Gut.« Nell hob den Daumen der Hand, die gerade keinen Cracker hielt. »Das gefällt mir. Im Frühling also. Wo?«

»Ich weiß, wir könnten auch hier heiraten, aber …«

»Nicht privat genug.«

»Ja. Aber vor allem möchte ich in seinem Haus heiraten.«

»Das ist auch deins«, rief Nell ihr in Erinnerung. »Perfekt, wenn ich meine bescheidene Meinung äußern darf. Heiraten in einem Frühlingsgarten. Was sagt Miles dazu?«

»»Alles, was du willst.‹ Er möchte nicht mit jedem Detail belästigt werden. Solange ich nicht auf Frack und Kutsche bestehe, ist alles in bester Ordnung.«

»Gut, dass du weißt, wen du heiratest. Du solltest dich darauf einstellen, dass Mom sich einmischen wird. Und ich.«

»Ich wäre dumm, wenn ich den Rat von Expertinnen ausschlagen würde. Zumal ich ohnehin eure Hilfe brauche.«

»Sag das noch mal.« Nell tippte auf ihr Handy. »Damit ich es dokumentieren kann.«

»Ich wünsche mir Hilfe bei der Hochzeitsplanung«, wiederholte Morgan bereitwillig. »Das ist eine offizielle Aussage von Morgan Nash.«

»Gut, ich hab's aufgezeichnet.«

»Miles möchte Jake und Liam als Trauzeugen. Das ist das Einzige, was er konkret geäußert hat. Nell, möchtest du meine Trauzeugin sein?«

Nell nahm Morgans Hand. »Ach, ich habe so gehofft, dass du mich das fragst. Liebend gern.«

»Ich freu mich. Was hältst du von Rotbraun? Quatsch, das war natürlich nur Spaß«, meinte sie, als Nell die Kinnlade herunterklappte. »Ich weiß, dass ich mich für eine Farbe entscheiden muss. Aber eines steht fest: Sie muss uns allen gut stehen. Fändest du es komisch, wenn ich auch Jen bitte?«

»Nein, das ist perfekt. Wo wir gerade bei heiklen Fragen sind … Was ist eigentlich mit deinem Vater?«

»Nein.« Die Antwort kam ganz spontan, ohne jedes Bedauern. »Ich schicke ihm eine Karte, aber keine Einladung.«

»Soll dich jemand zum Altar führen?«

»Ja. Meine Mutter und meine Großmutter.«

Ihre Augen wurden feucht. Nell hob erneut die Hand. »Gut, ich bin nicht schnell gerührt, aber das rührt mich wirklich. Wunderbar, Morgan. Hast du es ihnen schon gesagt?«

»Sie haben geweint. Wir haben alle geheult.«

»Wir werden viel Spaß haben. Nichts kann uns dieses Fest verderben.« Nachdem sie ihre Tasse beiseitegeschoben hatte, atmete Nell tief durch. »Sein Name wird nicht erwähnt. Ich nehme an, Jake hat dich auf den neuesten Stand gebracht?«

»Ja.«

»Morgan, du bist ein Mitglied unserer Familie geworden, als du die Après-Bar übernommen hast. Alles, was wir tun können und was wir deiner Meinung nach tun sollten, wird getan.«

»Ich habe nicht gewusst, wie sehr ich mich nach einer Familie sehne, bis ich sie hatte. Deshalb frage ich dich … Was ist eigentlich mit Jake und dir? Habt ihr Pläne?«

»Jede Menge.« Nell sah sich um, beobachtete die Leute, die etwas tranken, einen Happen aßen und sich entspannten, während der Tag langsam einem schönen Sommerabend wich. »Er hat gewartet, bis ich so weit war. Zumindest fast, denn ganz so weit, dass ich den entscheidenden Schritt machen würde, bin ich noch nicht. Ich möchte es erst mal ausprobieren und mit ihm zusammenziehen. Er hat ein schönes Haus, aber meine Wohnung gefällt mir besser.« Sie zuckte mit den Schultern. »Sie liegt näher zu meiner Arbeit, sein Haus näher zu seiner. Mir ist klar, dass er als Polizeichef eher in Ortsnähe wohnen sollte.«

»Sucht euch ein Haus genau in der Mitte, das euch beiden gefällt. Dann ist es weder seines noch deines, sondern das von Jake und Nell.«

»Wir sollen uns zusammen ein Haus kaufen? Das ist eine echt gute Idee. Gleichzeitig zeigen wir damit, dass wir es ernst meinen. Das dürfte ihm gefallen. Finde ich gut. Ich freue mich darauf, so was wie eine Schwester zu bekommen.«

»Ich mich auch.«

»Also gut, Schwester, mach mir einen Drink, damit wir das Geschäftliche besprechen können.«

***

481

Am anderen Ende des Landes fuhr Rozwell frühmorgens nach Two Springs, um nicht in die Hitze zu kommen. Ein Witz, wie er verbittert feststellte. Die Hitze war gleichbleibend heftig. Aber er wollte die Fahrt hinter sich bringen, sich neue Handtücher, was zu essen und anständige Alkoholvorräte zulegen. Er wollte mal wieder Stimmen hören, und wenn sie von verdammten Wüstenbewohnern kämen!

Der Ort machte nicht viel her, war eher ein Kaff. Es gab ein paar Geschäfte, darunter einen ziemlich anständigen Supermarkt, ein paar Pseudorestaurants und zwei Bars mit Lizenz zum Alkoholverkauf. Dazu eine Art Sheriffbüro, das ihn nicht weiter beunruhigte, und eine Ansammlung von Häusern am Rand der Siedlung, die man mit viel Humor als Vorort bezeichnen konnte. Sie befand sich nur wenige Meilen vom westlichen Rand des Humboldt-Toiyabe-National-Forest entfernt, der ihn nicht die Bohne interessierte. Man hatte auch einen Blick auf die Berge. Nah genug für gelangweilte Ausflügler oder fanatische Wanderer und Camper. Deswegen wurden in einigen Läden Souvenirs, Camping- und Wanderzubehör verkauft. Und jede Menge Waffen.

Er war kein großer Waffenfan, aber er hatte inzwischen einige Schlangen entdeckt. Mit der Pistole, die er Jane abgenommen hatte, hatte er versucht sie abzuschießen. Als ihm das misslang, mit ihrer Schrotflinte und dem Gewehr, das er in der Hütte gefunden hatte. Zu guter Letzt hatte er die AR-15 getestet, die die Schlange auslöschte und ihn zu Tode erschreckte. Also hatte er sie lieber zurück an die Wand gehängt und war bei der Pistole geblieben. Jane hatte Unmengen von Munition gebunkert, von der er einiges aufgebraucht hatte. Wegen der Schlangen und um aus Spaß auf Kakteen zu schießen. Die Bezeichnung für die Munition der Pistole hatte er sich notiert. Es konnte nicht schaden, Nachschub zu kaufen.

Heute Morgen war er hungrig gewesen und hatte ein halbes

Dutzend Eier und den letzten Speck aus dem Kühlschrank gegessen. Jane hatte das Päckchen beschriftet, was praktisch war. Doch er hatte ihn selbst in Scheiben schneiden müssen, die entweder zu dünn oder zu dick geraten waren. Er würde sich einfach abgepackten Bacon kaufen. Und Wurst. Was immer ihn anlachte und ihm Appetit machte. Zuerst kaufte er Handtücher. Keine Mako-Baumwolle im blöden Two Springs, wie er bereits festgestellt hatte. Aber er würde zurechtkommen. Dazu besorgte er eine neue Bratpfanne, da die in der Hütte inzwischen völlig verkohlt war. Zum Schluss betrat er einen Spirituosenladen. Bier, Wein, Whiskey, Wodka, Mischgetränke, Tonic Water und … Tequila. Warum auch nicht?

»Eine Party?«, fragte der Typ an der Kasse mit einem Hohoho, als wäre er der Weihnachtsmann persönlich.

Rozwell starrte ihn mit gekräuselten Lippen an. »Klar. Ich bin der Mittelpunkt jeder Fete.«

»Das kann ich mir vorstellen.« Der Typ wandte den Blick ab, packte den Alkohol ein und gab ihm Wechselgeld heraus.

Nachdem er die Einkäufe in seinem Truck verstaut hatte, ging er Munition kaufen. Er erwarb drei Schachteln mit Hohlspitzgeschossen für den geerbten .45-Colt. Bingo, jetzt bin ich bis an die Zähne bewaffnet, dachte er.

Dann ging's in den Supermarkt. Chips, Kekse, Süßigkeiten, Tiefkühlpommes … Wieso waren ihm die nicht schon früher eingefallen? Bacon, Wurst, Tiefkühlpizza. Bei der Pizza musste er an Morgan denken. »Die Schlampe wird sich noch wundern«, murmelte er, woraufhin die Frau, die nur wenige Meter von ihm entfernt stand, hastig das Weite suchte. Tiefkühlmahlzeiten zum Aufwärmen und Essen. Käse. Milch. Frühstücksflocken, Brot, Butter, Zitronen – für anständige Tequila Shots. Bananen, Kartoffeln. Kartoffeln konnte nun wirklich jeder zubereiten. Er füllte zwei Einkaufskörbe. An der Kasse scannte eine Frau seine Waren ein. Ihr Gesicht war rund wie ein Pfannkuchen, und die Brille rutschte ihr ständig von der Nase.

Das nervte ihn dermaßen, dass er sich ausmalte, ihr diese dämliche Brille so aus dem Gesicht zu schlagen, dass die Gläser zersprangen und ihre Augen bluteten.

»Da legt wohl jemand Vorräte an«, sagte sie fröhlich.

Er verzerrte den Mund zu etwas, das er für ein freundliches Lächeln hielt. »Stimmt genau. Ich lege Vorräte an. Ein anständiger Mann braucht was Ordentliches zu essen.«

»Ja, Sir.« Sie starrte lieber auf die Waren. »Natürlich.«

Nach dem Zahlen schleppte er die Tüten nach draußen, räumte das Tiefkühlzeug in das Auto, wo die Klimaanlage dafür sorgen würde, dass sie auf der Rückfahrt nicht auftauten. Am Ende war er ganz außer Atem. Er schraubte die Colaflasche auf, die er soeben gekauft hatte, und nahm sie mit hinters Steuer. Ein ordentlicher Schluck, an dem er beinahe erstickt wäre, als es ihm den Atem verschlug. Er ließ den Motor an und starrte in den Rückspiegel. Wieder bekam er kaum Luft, und trotz der Hitze im Wagen wurde ihm auf einmal eiskalt.

Sie kamen aus einer Art Diner. Dort hätte er gefrühstückt, wäre er nicht so hungrig gewesen und hätte schon zu Hause gegessen. Das war doch nicht möglich! Eine Fata Morgana, eine Luftspiegelung. Er rieb sich die Augen hinter der Sonnenbrille, aber da waren sie. Sie kamen direkt auf ihn zu. Diese verdammten FBI-Ermittler Beck und Morrison marschierten über den Gehweg aus Holzplanken.

Er bekam Panik. Gestört von einem schrillen Pfeifen im Ohr und tränenden Augen stieg er aufs Gaspedal. Im Fahren schlug er gegen das Lenkrad. Wie konnte das sein? Der Pickup klapperte und vibrierte, als er das Gaspedal durchdrückte. Sie waren ihm auf den Fersen. Er musste schleunigst zu seinem Unterschlupf. Weil er gegen seine Regel verstoßen, Klamotten,

Ausrüstung und Geld zurückgelassen hatte. Er konnte sich nicht leisten, noch einmal alles zu verlieren.

Was hatte die beiden hierhergeführt?

Als er das Tor an der Zufahrt erreichte und aus dem Wagen sprang, knickten ihm fast die Beine ein. Nassgeschwitzt vor Angst und zitternd, hatten seine Finger Mühe mit dem Vorhängeschloss. Schließlich war das Tor auf, er fuhr hindurch und zwang sich, es wieder zu schließen. Nur für den Fall …

In Höchstgeschwindigkeit raste er die Auffahrt hinunter und bemühte sich, einen klaren Kopf zu bekommen. Er würde den Pick-up der Alten nehmen. Eine Rostlaube, aber vielleicht suchten sie ja bereits nach seinem Fahrzeug? Er hatte die Hütte abgeschlossen, musste sich also erst um die Schlösser kümmern. Drinnen raffte er alles zusammen, was er brauchte. Kleidung, Geld, die gefälschten Ausweise, Waffen, Munition, Messer. Dann stöpselte er die elektronischen Geräte aus, die er mitnehmen wollte. Die Hühner gackerten, als er die Tür zum Schuppen aufriss. Werkzeug flog auf die Ladefläche des Pick-ups. Bolzenschneider, Spitzhacke, Axt und Hammer. Das Scheppern hallte in seinen Ohren wider. Staub spritzte auf, als er zum Anbau fuhr. Gehetzt warf er Taschen, Koffer und Ordner in den Wagen. Er zwang sich, mit der Elektronik vorsichtiger umzugehen. Die Pistole verstaute er unter dem Fahrersitz. Schrotflinte und Gewehr blieben im Waffenregal. Sollten sie kommen! Er würde sie über den Haufen schießen.

Er brauchte Wasser und Lebensmittel. Als ihm das ganze Essen einfiel, das er gekauft hatte, mischte sich Wut in die Angst. Zornig riss er die Tür des anderen Trucks auf, zerrte Tiefkühlmahlzeiten, Tiefkühlpizzas, Milchkartons heraus. Eine einzige Zeit- und Geldverschwendung! In ihm tobte ein Orkan, und da sprang endgültig die Sicherung raus.

Als alles vorbei war, schaute er sich um. Sah, wie die Milch im Sand versickerte, starrte auf die zerbeulten Konserven mit

Huhn und Soße, auf die Schokoriegel, den extra pikanten Cheddar. Bei dem Anblick begann er zu lachen, konnte gar nicht mehr aufhören. Er lachte Tränen, kicherte in sich hinein, als er die restlichen Lebensmittel, den Alkohol und die Handtücher von einem Wagen in den anderen verfrachtete.

Verdammter Mist, er hatte die Nase voll. Höchste Zeit, endgültig abzurechnen. Das würde ihm die Schlampe bitter bezahlen müssen. »Die Zeit ist reif, das Walross sprach«, murmelte er und warf eine von Janes Planen über die Ladefläche.

Bevor er endgültig abfuhr, riss er den Karton mit den Schokoriegeln auf, nahm einen heraus und aß ihn, während er zum Tor fuhr. »*Adios*, Jane«, brüllte er, während er sich mit dem Süßkram vollstopfte. »Danke für nichts.«

Er schloss das Tor auf, fuhr hindurch und warf die Schlüssel fürs Schloss aus dem Fenster. Auf nach Osten.

***

Beck und Morrison überquerten die Straße, um zu ihrem Wagen zu gelangen. Die Supermarktangestellte stand vor dem Gebäude und rauchte eine Zigarette, um ihre Nerven zu beruhigen.

»He, Sie da! Sie sind vom FBI, oder?«

»Ma'am.« Morrison blieb vor der Beifahrertür stehen. »FBI-Ermittler Morrison und Beck.«

»Deb hat erzählt, dass gestern Leute nach so einem durchgeknallten Typen gefragt haben. Da hatte ich frei.« Sie nahm einen ausgiebigen Zug. »Gerade eben war ein echt durchgeknallter Typ im Laden. Total irrer Blick. Der hat eingekauft, als wollte er eine ganze Kompanie versorgen. Und wie der mich angesehen hat! Dazu dieses Grinsen … mir ist das Blut in den Adern gefroren.«

»Ach ja?« Beck hatte so eine Vorahnung und trat näher. »Wir haben eine Skizze des gesuchten Mannes beim Manager hinterlassen. Haben Sie die gesehen?«

»Nö. Ich stempele morgens ein, mach meine Arbeit und stempele wieder aus. Mich interessieren nur meine eigenen Angelegenheiten. Das wäre besser für alle.«

»Würden Sie vielleicht einen kurzen Blick darauf werfen?« Beck öffnete ihre Aktentasche und nahm eine der Phantomzeichnungen heraus.

»Von mir aus. Ich mach gerade Pause.« Sie nahm die Zeichnung und rückte ihre Brille zurecht. Dann schüttelte sie den Kopf. »Nö. Der Typ hatte kürzere Haare, straßenköterblond, soweit ich das erkennen konnte. Und er hatte …« Sie zögerte und runzelte die Stirn. »Moment mal! Vielleicht doch. Die Augen, dieser irre Blick. Aber der hatte keinen Bart, bloß Bartstoppeln, und ein Doppelkinn. Aber diese Augen …«

»Wie groß war er?«, fragte Morrison. »Was glauben Sie?«

»So um die eins achtzig.«

»Hat er irgendwas gesagt?«

»Ja. Ich hab gefragt, ob er Vorräte anlegt, weil er zwei volle Einkaufskörbe mit Lebensmitteln dabeihatte. Da meinte er: ›Ein anständiger Mann braucht was Ordentliches zu essen.‹«

»Hatte er einen Akzent?«

»Er klang nicht so, als wär er von hier.« Sie zuckte mit den Schultern und rauchte weiter. »Eher aus dem Osten, denke ich. Er könnte es sein, aber beschwören kann ich es nicht. Doch irgendwas stimmte nicht mit dem.«

»Haben Sie gesehen, was er für ein Auto gefahren hat?«

»Nein, tut mir leid. Normalerweise hätte ich Tiny gerufen. Er räumt die Waren in die Regale und hilft Kunden beim Einladen. Hab ich diesmal nicht. Ich wollte, dass der Kerl verschwindet. Soweit ich weiß, hab ich ihn zum ersten Mal gesehen. Er dürfte allerdings nicht allzu weit weg wohnen, da er jede Menge Tiefkühlzeug gekauft hat.« Eher widerwillig rückte sie mit ihrem Namen und ihren Kontaktdaten heraus.

»Wie groß ist die Chance?«, fragte Morrison laut.

»Groß genug, um es nachzuprüfen. Wenn du Rozwell wärst und würdest hier Einkäufe machen – was würdest du besorgen?«

»Wenn ich festsäße, jede Menge Alkohol.«

»Ganz genau. Hören wir auf dein Gespür, Quentin, und zeigen sein Bild im Spirituosenladen rum.« Dort schaute der Angestellte bei ihrem Eintreten von einem Taschenbuch auf. Nicht derselbe wie gestern, dachte Beck. Sein jüngerer Bruder vielleicht.

»Kann ich Ihnen helfen?«

»FBI-Ermittler Beck und Morrison.« Beck zeigte ihre Dienstmarke.

Der Angestellte rutschte von seinem Hocker. »Äh, ja?«

»Wir suchen nach jemandem.«

»Solange ich das nicht bin …«

Beck schenkte ihm ihr schönstes Lächeln. »Nein. Sondern dieser Mann hier.«

Der Angestellte nahm die Zeichnung und trat von einem Fuß auf den anderen. »Das ist ja komisch.«

»Was denn?«

»Er sieht irgendwie aus wie der Kerl, der vor ungefähr einer Stunde hier war. Die Augenpartie. Und die Mundpartie. Kein angenehmer Zeitgenosse.«

»Nein?« Beck beugte sich ein Stück vor. »Warum?«

»Na ja, er hat genug eingekauft, dass ich hätte zusperren können. Mein Bruder, dem der Laden gehört, hätte nichts gemerkt, da der Umsatz höher wäre als sonst. Aber der Typ hat was von Grund auf Böses ausgestrahlt. Weil er so viel gekauft hat, hab ich gesagt, dass er wohl 'ne Party feiert. Da hat er mich angesehen, dass ich mir gewünscht habe, ich hätte lieber den Mund gehalten. Ich glaube, das ist er, bloß mit kürzeren Haaren. Was hat er denn verbrochen?«

»Haben Sie gesehen, welches Auto er gefahren hat?«

»Ich hab rausgeschaut und gesehen, wie er seine Sachen in einen Pick-up geladen hat. Alter Chevvy, verrostet, rot. Was hat er gemacht?«

Doch da waren sie schon aus der Tür.

»Das ist er, Quentin, das spür ich einfach.«

»Beziehen wir den hiesigen Sheriff ein. Er hat einen Unterschlupf gefunden. Man kauft nicht so viel Essen und Alkohol für eine Autofahrt oder eine Übernachtung im Motel.«

»Er könnte Geiseln genommen haben. Eine halbe Stunde mit dem Auto von Two Springs entfernt, gibt es mehrere Häuser und kleine Ranches. Vielleicht ein verlassenes Anwesen? Tiefkühlmahlzeiten bedeuten, dass er einen Gefrierschrank hat und zumindest eine Mikrowelle. Wenn er sich in die Stadt wagt und mindestens zwei Geschäfte aufsucht, heißt das, dass er sich sicher fühlt.« Auf ihrer Fahrt zum Büro des Sheriffs schauten sie in jede Nebenstraße.

»Er könnte noch hier sein«, sagte Morrison. »Ist wegen der Tiefkühlsachen aber eher unwahrscheinlich.«

»Bei dieser Hitze dürfte das Zeug rasch auftauen. Er muss ganz in der Nähe wohnen.«

Das Büro des Sheriffs besaß einen Vorraum und zwei Zimmer für die beiden Deputys. Am Ende befanden sich zwei Zellen, eine Toilette und ein improvisierter Tresen mit Kochplatte und Kaffeekanne. Die Klimaanlage lief auf Hochtouren und verbreitete den Gestank von abgestandenem Kaffee. Sheriff Neederman, ein knochiger, sonnengegerbter Mann um die fünfundvierzig, hatte sein eigenes Zimmer. Die Tür stand offen. »Das FBI also.« Er erhob sich hinter seinem Schreibtisch. »Ich hätte nicht gedacht, dass wir uns wiedersehen.«

»Lucy Wigg vom Two Springs Market und Kyle Givens von

Givens Liquors & Beer haben gerade Gavin Rozwell anhand unserer Phantomzeichnung identifiziert. Er war einkaufen.«

»Wahnsinn, sind Sie sicher?«

»Ziemlich. Er hat sich Vorräte zugelegt, darunter Tiefkühlmahlzeiten und Alkohol. Er muss also in der Nähe einen Unterschlupf haben. Wir müssen eine Suche durchführen.«

»Dabei werden wir Sie natürlich unterstützen. Ich hab zwei Deputys auf Abruf. Ich werde die Behörde außerdem bitten, mir einen leitenden Beamten herzuschicken.«

»Er fährt einen roten Pick-up. Ein älteres Modell. Sie kennen die Gegend, Sheriff. Worauf tippen Sie?«

»Lassen Sie mich erst diese Anrufe machen, dann überlegen wir.« Als er so weit war, entfaltete er eine Karte. »Diese Häuser da liegen zwar weit auseinander, aber Fremde fallen dort auf. Zieht man allerdings da raus oder in die Berge, sieht es ganz anders aus. Kleine Rancher, Leute, die bewusst die Einsamkeit suchen. Dazu Prepper, die sich auf alle möglichen Katastrophen vorbereiten. Die rollen ihm bestimmt nicht den roten Teppich aus. Uns allerdings auch nicht.«

»Wenn wir uns an die halten. Wer von denen lebt allein?«, fragte Beck. »Es ist einfacher, nur eine Person auszuschalten. Er dürfte keinen Wert auf Gesellschaft legen.«

»Da ist Riley, ein ehemaliger Marinesoldat. Mit dem ist nicht zu spaßen.« Neederman tippte auf die Karte. »Sein Grundstück ist die reinste Festung. Und dann gibt es Jane Boot. Ihr Mann ist vor einer Weile gestorben, doch sie ist geblieben. Sie kommt ungefähr einmal im Monat her, verkauft Eier und Ziegenmilch. Echt zäh. Eine, die sich auf den Krieg oder die Entrückung vorbereitet. Was auch immer zuerst kommt.«

»Die Frau«, sagte Morrison. »Bevor ich es mit einem Marinesoldaten aufnehme, würde ich lieber die Frau nehmen.«

»Ich fahre vor. Sie hat kein Telefon. Ihr Grundstück ist eingezäunt und mit Stacheldraht geschützt. Ich habe einen Bolzenschneider im Wagen. Wenn sie gerade ihre Ziege melkt, wird sie wenig erfreut sein.«

Zwanzig Minuten später hielten sie vor dem offenen Tor. Neederman blockierte mit seinem Fahrzeug die Durchfahrt und stieg aus. Er hob jede Menge Schlüssel auf und schüttelte den Kopf, als Beck ihr Fenster herunterließ. »Niemals würde Jane ihr Tor offen stehen oder Schlüssel rumliegen lassen.«

»Fordern wir Verstärkung an. Von nun an werden mein Partner und ich das Kommando übernehmen. Das ist unser Mann.«

Der Sheriff musterte Morrison. »Wenn er Jane was angetan hat, ist er auch mein Mann.«

Nachdem sie kugelsichere Westen angelegt hatten, fuhren sie durchs Tor. »Er ist nicht mehr hier, Tee. Er hat gewittert, dass wir kommen.« Mit grimmiger Miene fuhr sie weiter.

»Da ist der rote Pick-up. Überall auf dem Boden liegen Lebensmittel. Die Haustür steht offen, die vom Anbau da auch.«

»Ein Wutanfall«, murmelte Morrison.

»Sieht ganz so aus. Aber wir sollten trotzdem nichts riskieren.« Sie fuhr zwischen Schuppen und Hütte hindurch. Mit dem Wagen als Deckung stiegen sie aus.

»Gavin Rozwell! Hier spricht das FBI. Kommen Sie mit erhobenen Händen heraus.« Kein menschlicher Laut. Nur das Gackern der Hühner, das Grunzen der Schweine.

Beck griff nach einem Stein und warf ihn, um ihn aufzuschrecken. Doch da wurde niemand aufgeschreckt. Sie warf einen weiteren, der gegen das Haus prallte. »Okay, Quentin, raus aus der Deckung.«

Geduckt liefen sie zur Tür. Er ging zuerst rein, hoch aufgerichtet, während sie ihm geduckt folgte. Es stank nach Schweiß und Dreck und sah aus wie nach einer Schlägerei. Sie durchsuchten die Hütte und danach den Schuppen.

»Sie hat einen Pick-up, einen Ford Ranger von 2015 oder

2016, glaube ich«, sagte Neederman. »Blau, mittelblau, ich such die Kennzeichen raus. Hat er Jane mitgenommen?«

»Das halte ich für wenig wahrscheinlich.«

Er kratzte sich im Nacken. »Ich such nach ihr,«, sagte er zu Beck. »Und nach der Ziege.«

»Er muss uns heute Morgen gesehen haben. Wieso haut er sonst ab, nachdem er so viel eingekauft hat?« Beck musste sich zusammenreißen, um nicht gegen die angetauten Fertiggerichte zu treten. »Er ist aus dem Supermarkt gekommen und hat uns gesehen. Oder er hatte schon alles eingeladen. Vermutlich eher das. Dann ist er hergefahren, hat dieses Chaos angerichtet, sich genommen, was er brauchte, und ist auf und davon.«

»Er ist auf der Flucht, Tee.« Weil sie beide das Bedürfnis danach hatten, legte er ihr die Hand auf die Schulter. »Er ist wieder auf der Flucht, in Panik und völlig durchgeknallt. Geben wir eine Fahndung nach Janes Truck heraus.«

»Sie ist da hinten«, rief Neederman. »Die Ziege auch. Verflucht. Er hat sie liegen lassen«, sagte er, nachdem sie bei ihm angekommen waren. »Er hat sie für die Aasfresser liegen lassen.«

30

Morgan machte Jake auf. Es war ein schwüler Vormittag, ein Gewitter lag in der Luft. »Komm rein. Soll ich Kaffee machen?«

Er zog die Tür hinter sich zu. »Wie wär's mit einem kalten Getränk? Sind die Ladys da?«

»Nein, in der Arbeit.«

Was auch immer er ihr sagen wollte, es waren keine guten Neuigkeiten. Ihr wurde ganz beklommen zumute.

»Es dürfte noch Eistee da sein, ansonsten Cola.«

»Das wäre toll. Morgan, ich will dir wegen Rozwell Bescheid geben. Du kannst aber mit dem FBI direkt sprechen.«

»Ich weiß es sehr zu schätzen, dass du dir die Zeit nimmst, mir persönlich Bescheid zu sagen.« Sie staunte, wie ruhig ihre Hände waren, als sie Eiswürfel in die Gläser gab. Die Zeit der Panik war vorbei. »Er hat wieder jemanden umgebracht, stimmt's? Das spüre ich.«

»Ja. Setzen wir uns doch, dann erzähle ich, was ich weiß. Was gestern in Nevada passiert ist.«

»Nevada. Sie haben also recht gehabt, er ist nach Süden gefahren. Das gefällt mir. Immerhin etwas.« Nachdem er ihr alles berichtet hatte, lehnte sich Morgan verwirrt zurück. »Ich versteh das nicht, ehrlich. Ich kann mir nicht vorstellen, dass jemand wie er in der Hütte von so einer Prepperin mitten im Nirgendwo lebt. Ich kann mir vorstellen, dass er sie umgebracht hat, aber der Rest?«

»Du hast ihn kleingekriegt. So seh ich das. Deinetwegen ist seine Glückssträhne vorbei. Das hat ihn völlig aus der Bahn geworfen. Ich bin dem FBI und Becks kriminalistischem Spürsinn echt dankbar. Sie waren rein zufällig an dem Vormittag in der Stadt, an dem Rozwell dort eingekauft hat.«

»Sie glauben, dass er sich länger dort aufgehalten hat?«

»Fast drei Wochen. Sie haben ermittelt, wann sein Opfer das letzte Mal im Ort war. Es kam wohl öfter vor, dass man dort diese Frau einen Monat oder länger nicht zu Gesicht bekommen hat. Sie hat Eier, Milch und Lederwaren verkauft, eingekauft und getankt, vor knapp drei Wochen. Außerdem haben sie Rozwell zu einem Motel zurückverfolgt, keine fünfzig Kilometer weit weg. Dort wohnte er bis zu dem Tag, an dem sie nach Two Springs gefahren ist.«

»Ich verstehe.«

»Sie war in mehreren Onlinegruppen aktiv: Prepper, religiöse Eiferer. Anscheinend hat er für sie weitergepostet. Sie haben Abweichungen zwischen ihren und den Posts gefunden, die vor neunzehn Tagen begannen. An dem Abend, nachdem sie zum letzten Mal zum Einkaufen in der Stadt war.« Jake zögerte kurz. »Sie lassen sie obduzieren, vielleicht kann der genaue Todeszeitpunkt bestimmt werden. Jeder, der Rozwell gestern gesehen hat, hat ausgesagt, dass mit ihm ernsthaft was nicht stimmt. Entweder kann er es nicht länger verbergen, oder er macht sich nicht mehr die Mühe. Die Frau besaß Waffen, Morgan. Eine Schrotflinte, ein Gewehr … Überall lagen Patronenhülsen herum. Und sie trug immer einen Colt.«

»Was ihr echt viel gebracht hat.«

»Er hat die Waffen mitgenommen. Bloß eine AR-15 hat er

dort gelassen. Und er hat im Ort Munition für den Colt gekauft. Dabei hat er bislang nie eine Waffe benutzt.«

»Er ist nicht mehr derselbe.«

»Das sagen die Profiler auch. Was sie in der Hütte vorgefunden haben, spricht eine deutliche Sprache. Er hat vollkommen
die Beherrschung verloren.« Weil sie so etwas wie eine Schwester für ihn werden würde, nahm Jake ihre Hand. »Sie glauben,
dass er keine andere Wahl hat, als herzukommen.«

»In gewisser Weise ist das eine Erleichterung. Ich warte ohnehin ständig darauf, dass quietschend eine Tür aufgeht und
das Monster mich anspringt. Er ist ständig in meinen Gedanken, Jake, egal, was ich tue.« Sie starrte in ihr Getränk, dann
sah sie ihm in die Augen. »Du machst dir Sorgen wegen der
Waffen. Du hast Angst, er könnte auf mich schießen. Wenn
ich zu meinem Wagen gehe oder Einkäufe mache. Aber das wird
er nicht tun. Das wäre ihm viel zu schnell und endgültig.«

»Er ist nicht mehr derselbe wie vorher«, wiederholte Jake.

»Nein. Aber Grundlegendes hat sich nicht geändert. Er muss
mir wehtun. Er braucht das Gefühl, mich in Angst und Schre-
cken zu versetzen. Er will sich rächen. Für alles, was seit Nina
schiefgelaufen ist.« Nachdem sie sich kurz geschüttelt hatte,
griff sie zu ihrem Getränk. »Ich kann kaum glauben, dass ich
ihn nur ein paar Wochen kannte und noch klar vor mir sehe.
Allein die Vorstellung, dass er wochenlang so gelebt hat …
Nein, er muss mir das heimzahlen. Es reicht nicht, mich einfach umzubringen, er muss mich vorher leiden lassen.«

»Das sehe ich auch so. Sorgen mach ich mir trotzdem.«

»Er hat mir alles genommen, Jake. Alles, bis auf mein nack-
tes Leben. Und schau.« Sie breitete die Arme aus. »Keine zwei
Jahre später geht es mir gut. Ich habe ein Zuhause, eine Familie. Einen Mann, der mich liebt. Ich habe einen guten Job,
ein gutes Leben. Freunde. *Er* ist derjenige, der am Ende ist.
Verzweifelt und auf der Flucht. Ein schneller Mord kann das

nicht wettmachen. Es ist was Persönliches.« Es klingelte, und sie zückte das Handy, um zu sehen, wer vor der Tür stand. »Das ist … ein Blumenbote. Das ist …« Sie reichte Jake das Handy.

Sein Blick wurde eiskalt. »Ich kümmere mich darum.«

Sie brauchte einen Moment, um sich zu sammeln und ihm zu folgen. Ein Trauerkranz. Während Jake die verblüffte Überbringerin befragte, musterte Morgan das Gebinde und die Botschaft.

Morgan, unvergessen

Unvergessen, dachte sie. Ja, das würde es bleiben.

***

Weil Rozwell wusste, dass ein Tausch der Kennzeichen nicht genügen würde, kaufte er erbsengrünen Autolack. Auf einem einsamen Abschnitt Wüstenstraße übersprühte er Janes Pickup. Es sah unmöglich aus, und er verlor viel Zeit damit, die Farbe von den Scheinwerfen und Rücklichtern zu wischen. Wenigstens entsprach sein Fahrzeug nicht mehr der Beschreibung. Für eine Weile dürfte das genügen, zumindest für die Dorftrottel von Polizisten auf dieser Strecke.

Motels konnte er nicht riskieren, so heruntergekommen sie auch sein mochten. Also fuhr er ohne Pause weiter nach Utah, bis tief in die Nacht hinein. Befeuert von Wut, Angst, Koffein und Kohlenhydraten. Höchste Zeit, seine alten Gewohnheiten wieder aufzunehmen. Deshalb steuerte er den Flughafen von Salt Lake City an, um ein dringend benötigtes Schläfchen auf dem Langzeitparkplatz einzulegen.

Kurz vor Sonnenaufgang wachte er verschwitzt und völlig fertig auf, befand aber, dass das Glück ihm erneut hold war.

Neben ihm stand ein Minivan mit dem Aufkleber *Baby an Bord*. Während seines Nickerchens dort geparkt. Bestimmt fünfzehn Jahre alt, aber tipptopp in Schuss.

Er brauchte mehr als eine halbe Stunde, um ihn aufzubrechen. Dann schaltete er das Alarmsystem aus und startete den Motor. Noch hatte er es drauf. Anschließend räumte er alles vom Pick-up in den Van um. Der Wagen hatte mehr als hundertfünfzigtausend Kilometer drauf, würde ihn aber bis nach Colorado zu einem einigermaßen anständigen Motel bringen. Für ein Hotel war es noch zu früh, ermahnte er sich. Dort hatte er dann Zeit, um wieder vorzeigbar zu werden. Zeit zum Essen und Schlafen und um die beste Route zu Morgan zu finden.

***

Am Freitagabend schloss Morgan die Bar in Anwesenheit von Miles. »Beck hat mich vor ein paar Stunden angerufen.«

»Das sagst du mir erst jetzt?«

»Wir hatten zu tun, du hattest zu tun. Ein Wachmann hat den Pick-up entdeckt, den er gefahren hat. Auf einem Langzeitparkplatz am Flughafen von Salt Lake City. Er hat versucht, ihn umzulackieren, aber das Blau hat durchgeschimmert. Sie haben etwas gebraucht, um festzustellen, was er danach geklaut hat. Einen roten Minivan. Damit hat er eine ziemliche Strecke zurückgelegt, aber sie haben ihn bis zu einem Motel in Colorado verfolgen können.«

»Warum setzen wir uns nicht?«

»Nein, alles gut so. Er hat den Van auf einem Supermarkt-Parkplatz in South Dakota stehen lassen. Mit vorgehaltener Waffe hat er einen SUV angehalten, die sechzigjährige Besitzerin gefesselt, gewürgt und im Van zurückgelassen. Sie hat eine Gehirnerschütterung. Laut Ermittlerin Beck verfolgen sie gerade eine weitere Spur nach Minnesota. Sie glaubt nicht, dass er den SUV lange behalten wird. Vorsichtshalber haben sie den Flughafen von Minneapolis alarmiert.«

»War das alles?«

»Bisher ja.«

»Morgan.« Er nahm ihre Hand, die, an dem sie seinen Ring trug. »Das hat was zu bedeuten.«

»Bestimmt.«

»Damit das klar ist: Sobald du was über diesen Mistkerl erfährst, will ich davon wissen. Nicht erst, wenn du nichts mehr zu tun hast. Ohne jede Verzögerung. Keine Diskussion.«

»Du hast recht. Tut mir leid.«

»Das hilft mir nicht weiter.«

»Nein.« Lächelnd legte sie eine Hand auf seine Wange. »Aber es tut mir trotzdem leid.«

»Du könntest zu mir ziehen.«

»Es fühlt sich nicht richtig an, die Ladys allein zu lassen. Nicht, wenn er herkommt.«

»Ich kann zu dir ziehen.«

Das würde er glatt tun, dachte sie. »Besser kann man unser Haus gar nicht sichern. Gleich morgen werde ich Jen bitten, meine Selbstverteidigungskenntnisse aufzufrischen. Gut möglich, dass er mich damals hätte umbringen können. Ich war komplett unvorbereitet. Jetzt bin ich das nicht mehr. Er wird mich nicht überrumpeln. Außerdem bin ich stärker als früher. Und vor allem bin ich stinksauer.«

»Das ist ja alles gut und schön, Morgan. Trotzdem.«

»Die Polizei patrouilliert. Ein Polizist begleitet mich allabendlich nach Hause. Sobald Rozwell die Grenze zu Vermont passiert, wird ein Beamter im Wohnzimmer kampieren.«

»Wenn er so weit kommt, kampiere ich auch dort.«

»Einverstanden. Sei bitte nicht sauer, aber ich will, dass er kommt. Ich will, dass es endlich vorbei ist. Ich will mir Brautkleider ansehen und Brautsträuße. Mir überlegen, zu welchem

Song der Eröffnungstanz stattfinden soll und genau den richtigen Fliederton für deinen Frack aussuchen.«

»Das wirst du alles machen, sobald … Wie bitte? Kommt nicht infrage.«

»Ich wollte dich nur auf den Arm nehmen. Jetzt lass uns nicht länger von Rozwell reden und nach Hause fahren.«

»Gut. Aber keinen Fliederton.«

»Nun, wenn ich mich für Pfingstrosen und Flieder entscheide, vielleicht wenigstens Flieder im Knopfloch? Ich könnte mir allerdings auch Rittersporn und Platterbsen vorstellen. Pass bloß auf, wenn ich erst mal damit anfange …«

»Wenn ich mir wünsche, dass du mit irgendwas anfängst, dann stehen Brautsträuße eher an letzter Stelle.« Draußen nahm er ihre Hand und glaubte, so etwas wie Herbstluft zu erschnuppern.

»Wie wär's mit ›Stand By Me‹?«

»Willst du heute Abend ins Kino gehen?«

»Nicht den Film, das Lied! Für den Eröffnungstanz. Ich werde zu dir halten. Und du verdammt noch mal zu mir.«

Ihr Stress ließ nach, und sie schmolz regelrecht dahin. »Du hast dir Gedanken über unsere Hochzeitsfeier gemacht.«

»Manchmal kommt sie mir durchaus in den Sinn.«

»Den Vorschlag für das Lied finde ich gut. Echt gut. Vorausgesetzt du bist mit dem Flieder im Knopfloch einverstanden, sollte es denn dazu kommen.«

»Nur ein kleiner Zweig?«

Sie deutete die Größe an.

»Okay, einverstanden.«

Sie umschlang ihn fest. »Ich liebe dich, Miles.«

»Das solltest du auch.«

***

Später, als Morgan und Miles schon schliefen, erreichte Rozwell Wisconsin in einem Pick-up, den er bar bei einem Gebrauchtwagenhändler in St. Paul gekauft hatte.

Er hatte Pläne geschmiedet.

***

Morgan kümmerte sich um die Pakete, die eintrudelten, und um die Abbuchungen von ihrem Konto. Sie meldete alles und führte Buch darüber.

Im September setzte sie sich mit ihren Ladys zusammen. »Ich weiß, dass ihr euch Sorgen macht. Genau das ist die Absicht. Er will mich kirre machen. All das zeigt uns, wie verzweifelt er ist.«

»Verzweifelt heißt gefährlich«, meinte Olivia.

»Ja. Deswegen werde ich nicht unvernünftig oder sorglos werden. Er ist seit Tagen unterwegs, ohne Pause. Sie kennen seinen Wagen. Das FBI arbeitet außerdem mit meiner Kreditkartengesellschaft zusammen. Ich benutze die Karte nicht mehr. Gestern wurde sie erneut belastet.«

»Wofür?«, fragte Audrey.

»Er muss von der Hochzeit erfahren haben. Zwei Dutzend schwarze Rosen.«

»Lag eine Karte bei den Blumen? Verheimliche uns nichts.«

»Das tu ich nicht, Gram, echt nicht. Da stand *Totenglocken statt Hochzeitsglocken*.« Ihre Mutter wurde ganz blass. »Jeder Hinweis ist eine Warnung für mich. Dabei sollte er besser heimlich handeln. Aber das ist noch nicht alles.«

»Raus mit der Sprache, sofort«, befahl Olivia.

»Er ist auf Überwachungsvideos der Fähre nach Michigan zu sehen. Anscheinend hat er den neuen Pick-up professionell umlackieren lassen und die Kennzeichen gewechselt. Sie haben ihn trotzdem entdeckt. Er ist wieder blond, kein Bart. Aber immer noch übergewichtig.«

»Sieht so aus, als würde er eine falsche Fährte legen«, murmelte Audrey.

»Ja. Das FBI weiß, dass er Richtung Indiana gefahren ist.«

»Wozu das?« Olivia stand auf, lief nervös in der Küche auf und ab. »Wieso nicht gleich nach Ohio, dann um die Seen und weiter bis nach Vermont?«

»Keine Ahnung, Gram. Ich habe lange mit Ermittlerin Beck geredet. Das FBI hat ein paar Theorien. Er versucht sie abzuhängen. Er braucht einen Ort, an dem er sich für ein paar Tage verstecken, sich ausruhen und sie zappeln lassen kann. *Mich* zappeln lassen kann. Wo er sich wieder vorzeigbar macht. Er soll ziemlich fertig aussehen. Fest steht, dass er mindestens dreihundert Kilometer von seiner Route abgewichen ist, sollte er tatsächlich hierher unterwegs sein. Sie sind ihm jedenfalls dicht auf den Fersen.«

»Das reicht nicht.«

»Das sehen sie auch so. Ich wollte nicht zur Arbeit gehen, ohne euch Bescheid zu sagen. Noch ist er tausendsechshundert Kilometer entfernt. Doch jetzt was anderes. Ich möchte euch das Hochzeitskleid zeigen, das ich gefunden habe.« Sie zückte ihr Handy und wischte darauf herum.

»Ach, Morgan, wunderschön. Schlicht und elegant.«

Morgan spürte, wie sie sich entspannte. Ihre Mutter war angetan. Und die wusste in der Tat, was gut aussah.

»Ich wollte was Schlichtes. Umwerfend, aber schlicht.«

»Umwerfend ist es auch, wirklich. Ich liebe den Schnitt, die angedeutete Weite des Rocks. Aber du wirst dein Brautkleid nicht online kaufen.«

»Du hast doch gerade gesagt …«

»Der Stil passt sehr gut zu dir und der Hochzeit im Frühling. Aber wir machen für nächste Woche einen Termin im Brautmodengeschäft von Westridge. Ein entzückender Laden. Miles Mutter, Großmutter, Schwester und Jen müssen mit.«

»Aber …«

»Je mehr Leute mitreden, desto komplizierter wird es, ich weiß.« Audrey tätschelte ihr die Hand. »Doch das ist ein wichtiges Ritual. Außerdem musst du den Stoff anfassen, das Kleid anprobieren, um wirklich sicher zu sein.«

»Ich kann es jederzeit zurückschicken, wenn es nicht …«

»Wie wär's damit?«, beruhigte Audrey sie. »Wenn du im Laden nichts findest, was dir gefällt, dann bestellst du das Kleid aus dem Internet, und ich werde keinen Pieps sagen. Es geht so oder so auf mein Konto.«

»Mom!«

»Bitte, tu mir den Gefallen.« Audreys Augen füllten sich mit Tränen. »Ich möchte es dir so gern schenken.«

»Keine Widerrede, Morgan. Es ist unhöflich, eine solche Liebesgabe abzulehnen. Diese Hochzeit ist ein Geschenk von deiner Mutter und mir. Es geht nicht darum, wer zahlt, mein Schatz. Es geht darum, Teil dieser Liebe zu werden. Gut möglich, dass die Familie des Bräutigams Einwände erhebt. Wir werden dann schon einen Kompromiss finden.«

»Ich hab längst eine Übersicht für das Budget angelegt.«

»Aha, sie ist echt genau wie du, Mom. Von mir hat sie die praktische Veranlagung bestimmt nicht. Deine schicke Budgettabelle kannst du getrost wieder löschen. Beschäftige dich lieber mit den schönen Dingen. Mit Farben, Blumen, Musik und der Gästeliste. Ich versuche den Termin im Brautmodenladen gleich für Montag zu vereinbaren. Da hast du sowieso frei, und wir können uns alle amüsieren.«

»Wir reden ein andermal weiter. Jetzt muss ich echt zur Arbeit und Miles alles erzählen. Wir finden einen Weg.«

***

Gavin Rozwell lockte seine Verfolger nach Süden, nach Indianapolis, wo er mit einer neuen Kreditkarte eine Garage angemietet hatte. Dort stellte er den Pick-up ab und nahm ein Taxi zum Privatjet-Bereich des Flughafens. Er trug eine dunkle Perücke mit Männerdutt zu einem kurzen Ziegenbärtchen. Sein Gepäck bestand aus seinem Notebook, einer Reisetasche und einem einzigen Koffer. Über die Kontrollen machte er sich keine Sorgen. Das hatte er alles sorgfältig vorbereitet.

Auf dem Flug nach Middlebury, Vermont, trank er ein Glas Wein und aß zwei Tüten Chips auf Kosten der Fluggesellschaft.

Der Privatjet-Bereich bedeutete, dass kein Gepäck durch die Sicherheitskontrollen musste. Den Colt hatte er sicher im Koffer verstaut, genau wie das Messer. Sollten sie seine Spur in Indianapolis aufnehmen, wäre seine Mission längst beendet.

Danach würden endlich wieder gute Zeiten anbrechen. An einem tropischen Strand mit Fünfsternehotel zum Beispiel. Dort würden die letzten schrecklichen Monate verblassen wie ein hässlicher Albtraum.

***

»Irgendetwas stimmt nicht, Quentin.« Beck stand im x-ten Motelzimmer und musterte die x-te Landkarte.

»Er führt uns schon wieder in die Irre.«

»Du spürst es also auch. Er hat keinen Grund, so weit vom Kurs abzuweichen. Anscheinend fängt er sich gerade wieder. Und er hat einen Plan. Das hab ich im Gefühl.«

»Wir sollten nach Nordosten fahren. Direkt nach Vermont. Die Gegend hier können wir den lokalen Behörden überlassen.«

»Ja, und zwar schnell.« Sie drehte sich zu ihm um. »Ich möchte mir ein Bild von Morgan machen. Überprüfen, wie das Haus und das Resort gesichert sind. Mit dem Polizeichef dort würde ich mich gern mal persönlich unterhalten. Ein weiteres Mal die Sicherheitsmaßnahmen durchgehen. Ich habe ein ungutes Gefühl.«

»Wir können seine Spur auch von dort weiterverfolgen. Ich glaube, er hat den Pick-up entsorgt, Tee.«

»Ja, denke ich auch. Fahren wir nach Vermont. Sollten wir uns getäuscht haben, müssen wir mit den Konsequenzen leben.«

»Bisher haben wir uns nie getäuscht.«

***

Nach einem angenehmen Flug landete Rozwell in Middlebury. Der reservierte Mietwagen wartete bereits auf ihn. Als er sich auf den Ledersitz der Luxus-Limousine gleiten ließ, wurde ihm fast schwindelig vor Glück. »Endlich alles wieder beim Alten!«

Kichernd fuhr er über das Lenkrad, betrachtete grinsend das Armaturenbrett mit dem Display. »So muss das sein. So wird das was.« Er summte eine Melodie, während er Morgans Adresse ins Navi eingab. Zweiunddreißig Minuten? Das klang gut.

***

Als Miles die Après-Bar betrat, hielt Morgan gerade einen Cocktailshaker in beiden Händen und plauderte mit zwei Frauen am Tresen. Eine kleine Showeinlage, dachte er. Sie schenkte die Drinks ein und gab jeweils einen Spieß mit drei dicken Oliven hinein. Sie hatte es einfach drauf. Die beiden Frauen prosteten ihr nach dem ersten Nippen zu, und sie verbeugte sich. »Das liegt mir im Blut«, behauptete sie gerade, als sie Miles entdeckte.

Er ging zum Tresen, sprach aber Bailey an. »Heute ist dein letzter Abend.«

»Ja, ihr werdet mir alle unheimlich fehlen. Morgan hat mir geholfen ein Vorstellungsgespräch bei einem Klub ganz in der Nähe des Campus zu bekommen.«

»Gib uns Bescheid, wie es läuft. Wenn du im nächsten Sommer wieder für uns arbeiten willst, gern. Ich muss kurz mit Morgan sprechen. Kannst du so lange übernehmen?«

»Klar. Ich hatte eine supertolle Ausbildung.«

Ganz in Gedanken folgte Morgan ihm nach draußen. »Ich dachte, du wärst weg. Ist es wegen …«

»Nichts, worüber du dir Sorgen machen müsstest, und ich bin auch schon am Gehen. Die Ermittler sind hierher unterwegs.«

»Hierher? Warum?«

Er führte sie in den Garten. Die Abende waren kühler, und an den Bäumen verfärbte sich das Laub. »Anscheinend wollen sie die Sicherheitsmaßnahmen überprüfen. Sie haben sich bei Jake gemeldet, und der hat mir Bescheid gesagt. Er meint, dass sie sich auch ein Bild von deinem Zustand machen wollen.«

»Das ist gut. Wirklich. Ich würde mir auch gern einen Eindruck von ihrem Zustand verschaffen.«

»Jake will, dass sie einen Bundespolizisten in Westridge abstellen. Dafür bin ich auch.«

»Miles, er könnte morgen auftauchen oder in einem halben Jahr. Wie lange soll ich denn bewacht und betüddelt werden?«

»So lange es dauert, Morgan. Leb dein Leben, daran ändert sich gar nichts. Falls er herkommen sollte, haben wir alle Ressourcen genutzt. Ich werde morgen mit den Ladys reden.«

»Worüber?«

»Darüber, dass ich mehrere Abende in der Woche bei euch übernachten werde. Du bist drei Nächte bei mir und ich den Rest bei euch. Das ist schön ausgewogen. Wir können später darüber streiten, aber ich dulde da keine Widerrede.«

»Das ist das zweite Mal heute Abend, dass ich übergangen werde. Das gefällt mir nicht.«

»Das verstehe ich. Man kann das erste bunte Laub erkennen.« Er sah zu den Hügeln und Gipfeln hinüber. »Die Zeit vergeht, die Jahreszeiten ändern sich. Doch du gehörst zu mir.«

»He, Moment mal, ich …«

»Wir gehören zueinander und kümmern uns umeinander, oder?«

»Ich glaube nicht, dass das so einfach ist.«

»Kann sein, aber es stimmt. Ich muss den Hund füttern. Schreib mir, sobald du zu Hause bist.«

»Sobald ich Deputy Howe zum Abschied zugewinkt und die Haustür hinter mir zugezogen habe.«

»Schließ ab.«

»Ja ja. Wenn das so weitergeht, verlangst du demnächst noch ein Codewort von mir.«

»Wir reden später darüber, was mir bei dem Wort Codewort alles einfällt. Eigentlich ist das keine schlechte Idee.« Stirnrunzelnd überlegte er.

»Na, toll! Wenn ich gerade mit Rozwell im Clinch bin, der sich an Deputy Howe und dem Alarmsystem vorbei ins Haus gemogelt hat, bitte ich ihn, innezuhalten, damit ich dir das Codewort schicken kann. Ananas.«

»Ananas ist doof.« Er küsste sie geistesabwesend auf die Stirn.

»Ach ja? *Ananas* ist doof?«

»In diesem Kontext schon. Es sollte was mit Howl sein.«

»Ist das dein Ernst?«

»Wir nutzen jede nur mögliche Ressource. Oder ich bleibe, bis die Bar zumacht, und fahre dich persönlich nach Hause.«

»Um dort unters Bett und in alle Schränke zu schauen?« Sie verstand ihn. Natürlich machte er sich Sorgen, wenn er nicht bei ihr war. Weil er die Situation dann nicht kontrollieren konnte. »Versuchen wir es andersherum. Fahr heim, setz dich in deinen Turm und beantworte sämtliche Nachrichten, Mails und was du sonst nicht in deinen Arbeitstag quetschen konntest. Wenn ich was schreibe wie *Sag Howl Gute Nacht*, kommst du angerast.«

»Worauf du dich verlassen kannst.«

***

In der Küche kümmerten sich Olivia und Audrey um das schmutzige Geschirr und redeten über das, was sie beschäftigte. Die Hochzeit.

»Wir könnten ebenfalls im Brautmodenladen nach Kleidern Ausschau halten.« Audrey spülte die Weingläser, die sie zum Abendessen benutzt hatten, von Hand. »Wir müssen perfekt aussehen, wenn wir Morgan zum Altar oder wohin auch immer führen. Ich bin so gerührt, dass wir sie begleiten sollen.«

»Aber kein Gedöns, Audrey. Die junge Frau wünscht es schlicht.«

»Schlicht, ohne Gedöns, aber perfekt.«

Olivia griff nach einem Geschirrtuch, um die Gläser abzutrocknen. »Hoffentlich engagieren sie eine anständige Band, ich möchte nämlich tanzen, was das Zeug hält. Wer hätte das gedacht, dass wir im Frühling eine Hochzeit feiern?«

»Sie ist glücklich. Wir können das live miterleben und dürfen ein Teil des Lebens sein, das sie sich aufbaut. Ich werde das nie für selbstverständlich halten, niemals.«

»Du wirst schon wieder sentimental, und das färbt dann auf mich ab. Wir sollten uns lieber einen Film anschauen.«

»Gern.«

»Ich mach Popcorn.«

»Ich bring schnell den Müll raus. Eine Komödie wäre toll«,

fügte Audrey hinzu, zog den Müllbeutel zu und griff zum Recyclingmüll. Sie trug beides hinaus und warf es in die dafür vorhergesehenen Tonnen. Als sie merkte, dass etwas nicht stimmte, hatte Rozwell sie längst in den Schwitzkasten genommen und hielt ihr eine Waffe an die Schläfe.

»Ein Mucks, und ich schieß dir in den Kopf. Du musst Mom sein. Gehen wir ins Haus, Mom.«

»Morgan ist nicht da.«

»Das *weiß* ich.« Statt den Abzug zu drücken, drehte er die Waffe und versetzte ihr mit dem Griff einen heftigen Schlag. »Hältst du mich für blöd? Hat sie gesagt, dass ich blöd bin? Los, Bewegung!«

Alles verschwamm vor ihren Augen. Die Tränen, der Schmerz, die Angst … Er zerrte sie zur Küchentür.

»Ist in der Mache«, sagte Olivia. »Ich mach zwei Schalen. Für dich mit wenig Salz.« Sie drehte sich um und erstarrte.

»Ah, da haben wir Gram. Runter auf den Boden, Oma, runter mit dem Kopf, sonst schieße ich Mom gleich die Rübe weg.«

Sein Grinsen wurde breiter.

»He! Ist das etwa Popcorn?«

31

Rozwell überlegte, sie beide umzubringen. Nicht mit der Waffe. Zu viel Lärm. Aber er hatte das Messer der toten Jane und kannte andere Methoden. Was es für einen Spaß machen würde, ihr Gesicht zu sehen, wenn sie nach Hause kam und die blutüberströmten Leichen sah. Genauso hatte er das bei dieser kleinen Schlampe damals in Morgans Haus gemacht. Doch das war nicht qualvoll genug gewesen. Diesmal würde er sie zusehen lassen, wie er sie umbrachte. Für die Bilder im Kopf, wenn sie selbst an die Reihe käme. Sie würde leiden, und sie musste leiden. Sie würde büßen, und sie musste büßen.

Die hässliche Narbe am Arm – ihre Schuld. Sein Doppelkinn – ihre Schuld. Seit ein paar Stunden hatte er Schmerzen an einem Backenzahn. Ihre Schuld. Jede Stunde, die er in einem muffigen Motelzimmer verbracht hatte, jede Meile, die er in einem beschissenen Pick-up herumgefahren war – alles ihre Schuld. Er hatte nur das Beste verdient. Sobald er sie umgebracht hatte, würde er das auch kriegen. Sie war schuld an seinem Pech.

Zuerst einmal zwang er die Schlampen, die hübschen, stabilen Essstühle ins Wohnzimmer zu tragen, und befahl der Alten, die andere an einen davon zu fesseln. Er musste ihr erst ein paar Schläge verpassen, aber das war ihm nur recht. Die Alte konnte er selbst fesseln, richtig schön fest. Sie versuchten ihn umzustimmen. Leise, tränenüberströmt, flehentlich. Deshalb verschloss er ihnen den Mund der Einfachheit halber mit Klebeband.

Dann lief er ein wenig herum, schaute sich das Haus an und stopfte sich mit Popcorn voll. Als er die Stühle quietschen hörte, ging er zurück ins Zimmer. »Wenn ihr so weitermacht, gibt's eine Kugel ins Knie oder in den Unterleib.« Er nahm ihnen gegenüber auf dem Sofa Platz, die Schale mit dem Popcorn im Schoß. »Wenn sie reinkommt, wird sie euch sehen. Phase eins. Sie wird wissen, dass es ihre Schuld ist. Alles ist ihre Schuld. Habt ihr überhaupt eine Ahnung, was sie mir genommen hat?« Wut stieg in ihm auf und brach heraus.

»Ich musste leben wie ein Penner, wie ein *Versager*. Und sie wohnt hier? Wetten, sie hat ein schönes weiches Bett im Obergeschoss? Ein großes altes Haus mit Antiquitäten, wie ich sehe, mit wertvollen Erbstücken. Wie kann es sein, dass sie sich daran erfreuen darf, obwohl sie mein Leben ruiniert hat? Ich bin gekommen, um mir alles zurückzuholen.«

Er wollte erneut nach Popcorn greifen und merkte, dass die Schale leer war. Da warf er sie quer durchs Zimmer. Glas splitterte, Scherben flogen durch die Gegend. Abrupt glätteten sich seine Züge wieder. »Ich habe Durst. Mal schauen, was ihr dahabt. Hör ich von euch auch nur einen Mucks, wird Morgan euch in einer Blutlache vorfinden.«

Als sie hörten, wie er sich in der Küche zu schaffen machte, verlagerte Olivia leise ihr Gewicht. Audrey versuchte mit den Fingern, das Handy aus der Tasche ihrer Mutter zu angeln. Das harte Plastik der Kabelbinder schnitt so tief in ihr Handgelenk, dass es blutete, aber sie gab nicht auf. Obwohl ihr Herz raste, als sie die obere Kante des Handys ertastete. In diesem Moment hörten sie, dass er zurückkam.

»Euch Schlampen geht es echt nicht schlecht.« Er nahm einen großen Schluck aus einer Colaflasche. »Ein paar gute Weine habt ihr da. Die heb ich mir für später auf. Um meine Arbeit erledigen zu können, brauch ich einen klaren Kopf. Apropos gut ausgestattet …« Er riss das Klebeband von Olivias Mund und strahlte, als er den Schmerz auf ihrem Gesicht sah. »Das Haus ist 'ne Menge wert. Außerdem habt ihr ein Depot mit Fonds und einen Haufen Geld auf den Geschäftskonten. Frauen brauchen so was nicht. Geld gehört den Männern, Granny.«

»Ich überschreibe es Ihnen! Nehmen Sie alles und verschwinden Sie. Leben Sie das Leben, das Sie verdienen.«

»Das sagen sie alle, wenn ich ihnen Gelegenheit dazu gebe. Ich will nicht, dass *ihr* mir was gebt. Ich nehm es mir, kapiert?« Er packte sie am Hals. »Kapiert?«

Sie nickte, und er lockerte seinen Griff.

»Ihr habt bestimmt ein hübsches Notebook. Wo ist es? Das Passwort brauch ich auch. Sonst hole ich eine von den Plastiktüten aus der Küche und ziehe sie einer über den Kopf. Die andere kann zusehen, wie ich sie ersticken lasse.«

Sie sagte ihm, was er wissen wollte. Er verschwand, um das Notebook zu holen.

Audrey versuchte erneut, an das Handy zu kommen.

***

Bailey schloss mit Morgan die Bar.

»Wir bleiben in Kontakt«, sagte Morgan. »Ich will wissen, wie es mit dem Studium und deinem Job läuft.«

»Ja, versprochen. Ich bin schon ganz aufgeregt. Aber ich werde dich vermissen und alle anderen genauso. Vielleicht kannst du mir für die Winterferien einen Job freihalten?«

»Wenn du willst, gern.«

Bailey sah sich ein letztes Mal um. »Der Sommer ist echt vorbei.«

»Noch ein paar letzte Zuckungen, aber ansonsten hast du recht. Das wird mein erster Herbst in Vermont.«

»Das war mir gar nicht klar.«

»Erst die Armee, dann die Schule. Wir waren nur an Weihnachten und im Sommer bei meiner Gram. Ich freu mich darauf.« Und auf alle Jahreszeiten, die folgen würden. »Bist du so weit?«

»Ja. Bis zu den Winterferien!«

Gemeinsam verließen sie das Gebäude. Morgan sah, wie Deputy Howe an seinem Einsatzfahrzeug lehnte und sich mit einem der Wachleute unterhielt. Längst war das die Routine. Polizei und Wachleute, alles Routine.

Bailey drehte sich zu ihr um, umarmte sie fest. »Bitte pass auf dich auf.«

»Genau das hab ich vor. Du lernst, was das Zeug hält.«

»Genau das hab ich vor.«

Morgan ging zu ihrem Auto. »Jerry, Deputy.«

»Gute Nacht, Morgan. Fahr vorsichtig.«

»Das geht mit einem Polizisten im Rückspiegel gar nicht anders.« Beim Fahren dachte Morgen schon an den nächsten Tag.

Wäsche waschen. Einen Termin bei der Friseurin wegen der Hochzeitsfrisur machen, damit sie ihr das Kleid zeigen konnte, das sie im Kopf hatte. Die hätte dann genügend Zeit, sich eine passende Frisur auszudenken. Nell hatte ihr eine Fotografin empfohlen, die auch ihre Ladys gut fanden. Da musste sie ebenfalls einen Termin vereinbaren. Sie wusste, dass viele Paare offizielle Verlobungsfotos machen ließen. Das war nichts für Miles und sie. Sie hatte ja die Selfies von der Wanderung.

Die leichte Gereiztheit ihm gegenüber hatte sich längst gelegt. Er machte sich Sorgen, weil er sie liebte. Wenn sie diese

Liebe wollte, musste sie das ganze Paket akzeptieren. Selbst wenn sie das mit dem Codewort lächerlich fand. Sie würden noch Jahre später darüber lachen. Während Rozwell in einem Hochsicherheitsgefängnis saß.

Miles wartete auf ihre Nachricht, Das sagte er zwar nicht, aber das musste so sein, weil er immer innerhalb von Sekunden antwortete. So was wie: *Schlaf gut*. Oder: *Wir reden morgen weiter*. Nie bloß: *Gute Nacht*. Er wollte wissen, dass sie heil zu Hause angekommen war. Sie sollte dankbar dafür sein.

Morgan hielt in ihrer Auffahrt, stieg aus und verriegelte den Wagen. Deputy Howe hing bei seinem Einsatzfahrzeug vorne an der Auffahrt herum, während sie zur Tür ging. Sie schloss auf, drehte sich und winkte. Dann zog sie die Tür hinter sich zu und schaltete die Alarmanlage ein. Eigentlich wollte sie zur Treppe und nach oben gehen. Ein Geräusch aus dem Wohnzimmer ließ sie herumfahren. Sie erstarrte.

Blaue Flecken im Gesicht ihrer Mutter und ihrer Großmutter. Angst und Schmerz in ihren Augen.

Lachend wie ein Irrer sprang Rozwell aus seinem Versteck hinterm Sofa hervor. »Überraschung«, brüllte er und fuchtelte herum, in der einen Hand eine Pistole, in der anderen ein Messer. »Schrei ruhig, aber nur ein einziger Laut, nur eine Bewegung, und ich schneide ihnen die Kehle durch, erschieße dich und bin verschwunden, bevor du zu Boden gegangen bist.«

Egal, was geschah, sie würde nicht zulassen, dass er ihren Ladys etwas zuleide tat. »Ich werde nicht schreien, Gavin. Wozu auch? Und du wirst mich nicht erschießen. Das passt nicht zu dir. Das wäre zu einfach.« Sie sah ihm in die Augen. Hätte sie in die ihrer Mutter gesehen, wäre sie zusammengeklappt. »Du machst es dir aber nicht einfach. Schließlich hast du nicht den weiten Weg zurückgelegt, bloß um mich zu erschießen.«

»Du hältst dich wohl für ganz besonders schlau.«

»Für schlau genug. Aber eigentlich bist du der Schlaue. Du weißt, dass ich nichts unternehmen kann, solange du meine Familie in deiner Gewalt hast.« Sie am Leben zu erhalten war alles, was sie tun konnte.

»Stimmt genau, du Schlampe. Nichts kannst du tun. *Ich* habe hier das Kommando. Und, haben dir die Blumen gefallen?«

»Nein.«

Er hatte wieder blondes Haar, aber es glänzte nicht mehr, war struppig und schlecht geschnitten. Durch das nachlässig aufgetragene Make-up schimmerte seine rote, von der Wüstensonne verbrannte Haut. Er sah nicht mehr fit und stylish aus, sondern aufgedunsen und echt fertig. Am Arm hatte er eine hässliche Narbe.

Sie rief sich in Erinnerung, was Jen ihr beigebracht hatte. Davonrennen war zwecklos. Ihre Schreie konnte niemand hören. Ein Versteck gab es nicht. Wenn sich die Möglichkeit dazu ergab, würde sie kämpfen. Er hatte sie reingelegt. Jetzt würde sie ihn reinlegen.

»Du wolltest mir Angst machen. Das hast du geschafft. Aber ich bin die Risiken, die du eingehst, nicht wert, Gavin. Ich bin ein Niemand.«

»Du hast mein Leben ruiniert.«

»Ich habe dein Leben nicht …« Sie verstummte, als ihr Handy in der Hosentasche vibrierte. Die Waffe in seiner Hand war direkt auf ihr Gesicht gerichtet.

Langsam hob sie die Hände. »Mein Handy. In meiner Hosentasche. Ich werde nicht rangehen.«

»Wer zum Teufel ruft dich an? Es ist zwei Uhr nachts.«

»Es ist kein Anruf, nur eine Nachricht.«

Er trat einen Schritt zurück, bohrte die Waffe unters Kinn ihrer Mutter. »Wer schreibt dir um zwei Uhr nachts? Wenn du mich verarschst, schieß ich ihr den Kopf weg.«

»Okay. Bitte! Mein Verlobter. Ich schreibe ihm jedes Mal,

wenn ich nach Hause komme. Um ihm zu sagen, dass ich heil angekommen bin. Tu ihr nichts, Gavin. Wenn ich nicht zurückschreibe, dass alles okay ist, wird er die Polizei rufen. Das kannst du nicht wollen. Ich zeig dir die Nachricht, okay?«

»Gib mir das verdammte Handy.«

»Ich hol es raus und geb es dir.«

Seine Hände hielten die Waffe und das Messer. Deshalb hielt sie das Display so, dass er Miles' Nachricht lesen konnte.

Wo zum Teufel steckst du?

»Was für ein Volltrottel! Antworte ihm. Stell dich so hin, dass ich sehen kann, was du schreibst. Wehe, du verarschst mich, Morgan.«

»Mach ich nicht. Sie ist meine Mutter.«

»Ach ja? Ich habe meine Mutter umgebracht. Wenn du mich verarschst, bring ich deine ebenfalls um.«

Sie tippte und hielt das Display so, dass er alles sehen konnte.

tut mir leid hat länger gedauert die bar zu schließen bin daheim
sag howl gute nacht schlaf schön liebe dich

»Wer zum Teufel ist Howl?« Er riss den Kopf ihrer Mutter nach hinten.

»Sein Hund«, stieß Morgan unter Tränen hervor. »Das ist so eine Angewohnheit von uns, mehr nicht. Er würde sich wundern, wenn ich das nicht schreibe. Bitte! Ich hab bloß getan, was du gesagt hast.« Das Handy vibrierte erneut. Mit einem Stoßgebet und zitternden Händen hielt Morgan Rozwell das Display hin.

Wird gemacht. Gute Nacht.

Er hat es kapiert, dachte sie.

»Lass das Handy fallen.«

Sie gehorchte, und er trampelte darauf herum.

»Wenn ich nicht abdrücken soll, geh einen Schritt zurück.«

***

Etwa zur gleichen Zeit stiegen Beck und Morrison in Middlebury aus dem Flugzeug. Der Chef des Bodenpersonals nahm sie in Empfang. »FBI? Ihr seid spät dran.«

»Das Wetter in Indianapolis, der Start hat sich verspätet.«

»Ja, haben wir gehört. Sie haben einen Wagen geschickt.« Er gab ihnen den Schlüssel. »Wir holen euer Gepäck.«

»Das Resort ist zwanzig, fünfundzwanzig Minuten entfernt, oder?«, fragte Morrison.

»Um die Zeit eher zwanzig. Komisch. Sie sind schon der zweite Privatflug heute Abend aus Indianapolis. Der erste ist noch vor dem Unwetter rausgekommen.«

»Moment.« Beck packte ihn am Arm. »Sie hatten noch einen Privatflug aus Indianapolis? Wie viele Passagiere?«

»Nur ein Passagier. Ein reicher Typ. Er hatte sich einen dicken Schlitten reserviert. He! Ihr Gepäck«, rief er, als die beiden bereits zum Wagen sprinteten.

»Ruf Polizeichef Dooley an.« Beck sprang hinters Steuer.

»Bin schon dabei.«

***

Miles raste mit Höchstgeschwindigkeit durch den Ort und rief Jake an. »Er hat sie.«

»Wie bitte? Nathan hat Morgan erst vor ein paar Minuten ins Haus gehen sehen.«

»Er hat sie in seiner Gewalt. Ist irgendwie reingekommen.«

»Warte auf mich.«

»Nein.«

»Verdammt.« Jake sprang in seine Kleider.

Dasselbe tat Nell. »Ich komm mit.«

»Tust du nicht.«

»Ich bin mit dem Auto da. Entweder ich fahr bei dir mit oder allein, aber ich fahre. Das ist eine Familiensache.«

***

Morgan trat mit erhobenen Händen einen Schritt zurück. »Ich weiß, du hast viel durchgemacht die letzten anderthalb Jahre.«

»Du weißt gar nichts.«

»Ich weiß, dass du es nicht auf Nina, sondern auf mich abgesehen hattest.«

»So heißt die! Verdammter Mist, das hat mich wahnsinnig gemacht.«

»Damit begann deine Pechsträhne. Das ist echt nicht fair. Klar, ich habe mein Haus und meine Ersparnisse verloren, aber hier stehe ich.« Sie breitete die Arme aus und machte einen Schritt zurück.

Lock ihn zu dir, dachte sie. Hauptsache, weg von ihnen.

»Ich lebe mein Leben in diesem wunderschönen Haus. Ich habe mir ein neues Auto gekauft. Aber das weißt du ja. Du weißt alles über mich. Auch, dass ich einen heißen Verlobten habe. Einen mit Geld.«

»Du hast was mit dem Chef angefangen, Morgan.« Seine Lippen kräuselten sich. »Die älteste Geschichte der Welt.«

»Nicht, wenn es funktioniert.« Sie zuckte mit den Schultern. »Er hat ein supertolles Haus. Ich habe eine Schwäche für Häuser, wie du weißt. Und schau dir das an!« Sie hob eine Hand und wackelte mit den Fingern, damit der Diamant funkelte. »Ehrlich, Gavin, letztlich verdanke ich all das dir.

Vorher hab ich mich in zwei Jobs aufgerieben und jeden Dollar beiseitegelegt. Bis du kamst.«

Noch ein Schritt zurück.

»Dir saß die Bundespolizei im Nacken. Du hast mir Botschaften hinterlassen – das Medaillon, das Armband. Sie sind angekommen.«

»Eigentlich solltest du anstelle dieser Frauen sein.«

»War ich aber nicht. Du hast sie mit bloßen Händen umgebracht, weil du das brauchst. Nicht mit einer Pistole, nicht mit einem Messer. Es funktioniert nur, wenn du deine Hände benutzt. Ganz persönlich und intim. Vor allem bei mir. Die Pistole ist unter deinem Niveau. Sie wird dir nicht geben, wonach du verlangst. Das wissen wir beide.«

»Ich brauch keine verdammte Pistole.« Er legte sie hinter sich auf den Kaminsims. »Und kein verdammtes Messer.« Es wanderte in die Scheide an seinem Gürtel.

»Das weiß ich, Gavin. Ich habe von deinen Händen um meinen Hals geträumt. Davon, dass ich dich anflehe, mich am Leben zu lassen. Mich dieses Leben weiterleben zu lassen, das du mir geschenkt hast. Doch du erhörst das Flehen der Frauen nie.«

Da lächelte er und kam langsam auf sie zu. »Ich will dich um dein Leben betteln hören. Los, mach schon.«

»Bitte tu mir nichts. Nimm, was immer du willst, aber bitte tu mir nichts.«

»Ich nehme mir, was ich will. Endlich.«

Sie holte tief Luft, als wollte sie schreien. Er legte die Hände um ihren Hals. Dann tat sie genau das, was sie gelernt hatte. Sie hob ihr Knie und rammte ihm die Daumen in die Augen. Jetzt war er es, der schrie. Als er seinen Griff ein winziges bisschen lockerte, knallte sie ihm den Handballen auf die Nase. Das Blut schoss hervor, spritzte in ihr Gesicht. Da holte sie mit aller Macht aus und rammte ihm die Faust gegen den

Kehlkopf. Er ging zu Boden. Sie wollte zur Pistole rennen, aber er packte sie am Fuß und brachte sie zu Fall. Jens Lektionen wirkten noch. Sie trat ihm im Fallen mit dem Fuß ins Gesicht und auf die lädierte Nase. Er brüllte.

Die Tür flog auf. Morgan rappelte sich hoch und griff zur Pistole. Sie hatte noch nie eine Waffe in der Hand gehabt und fuchtelte unbeholfen damit herum. Nur um zu sehen, wie Miles sich mit geballten Fäusten über Rozwell beugte.

»Miles. Miles, bitte nimm du sie. Bitte.«

»Halt den Lauf Richtung Boden, Morgan. Alles wird gut.«

Sobald er die Pistole in der Hand hatte, riss sie das Klebeband vom Mund ihrer Mutter. »Das hat wehgetan. Tut mir leid.« Dann war ihre Großmutter dran. »Es tut mir so leid.«

»Schluss«, befahl Olivia. »Du hast uns gerettet, mein Schatz.«

Sekunden später stürmte Jake mit gezückter Waffe herein und ließ sie sofort wieder sinken, als er die Situation erfasst hatte. »Himmel, Herrgott! Nell, ruf einen Krankenwagen.«

»Der kann warten«, meinte Nell, als sie hinter Jake ins Haus kam.

»Nell, ich bitte dich!«

»Halt den Mund, Miles. Ich suche was, um sie zu befreien.«

»Erste Schublade neben der Küchentür«, rief Olivia mit fester Stimme, auch wenn ihre Augen feucht waren. »Wir könnten Wasser gebrauchen.«

»Ich hol welches. Der hat ein Messer am Gürtel, Jake.«

»Ja, das sehe ich. Ich nehm's ihm ab. Das FBI ist unterwegs«, erklärte er. Miles reichte ihm die Waffe und ging Wasser holen. »Sie haben kurz nach Miles angerufen. Morgan, hast du das ganz alleine hingekriegt?«

Sie schaute auf Rozwell hinunter und nickte.

»Gut gemacht. Bist du verletzt?«

»Nein.«

»Seid ihr verletzt?«

»Er hat uns rumgeschubst. Audrey ist schlimmer dran.«

»Ihre Handgelenke und Knöchel sind blutig, Jake.« Mit der Schere ging Nell in die Hocke, um die Fesseln zu lösen

»Den Erste-Hilfe-Kasten.« Audrey schloss erleichtert die Augen. Dann schlang sie ihre schmerzenden Arme um Mutter und Tochter. »Im Waschraum über dem Trockner. Es geht uns gut!«

Rozwell stöhnte, als Jake ihm Handschellen anlegte.

»Ihm nicht.« Olivias Hand zitterte ein wenig, als sie Miles das Wasserglas abnahm. »Er hat sich mit einer Nash angelegt. Du hast genau den richtigen Knopf gedrückt, Morgan. Sie hat ihn dazu gebracht, die Pistole und das Messer wegzulegen. Sehr schlau und sehr tapfer, mein starkes Mädchen.« Dann brach sie endlich in Tränen aus.

Morgan sah Miles an. »Du hast mich verstanden.«

»Ich habe dich verstanden.«

»Ich wusste, dass du kommen würdest.« Beim Aufstehen schwankte sie ein wenig. »Gleich geben mir die Beine nach.«

»Ich hab dich.« Er zog sie an sich, vergrub das Gesicht in ihrem Haar. »Ich hab dich.«

Beck und Morrison erschienen noch vor dem Krankenwagen, eilten durch die aufgebrochene Tür. Ihnen bot sich ein interessanter Anblick. Rozwell lag zusammengerollt am Boden, zwei Veilchen im Gesicht, dazu eine geschwollene, heftig blutende Nase.

Audrey und Olivia saßen nebeneinander auf dem Sofa, während Nell ihnen die Handgelenke verband. »Miles, wir könnten den ein oder anderen Eisbeutel gebrauchen.«

»Ich hole welche. Ich weiß, wo sie sind«, rief Morgan.

Als er ihre Stimme hörte, versuchte Rozwell, sich zu fokussieren. »Ich bring dich um.«

»Nein.« Miles trat in sein Gesichtsfeld. »Das wirst du nicht tun. Sie hat dich fertiggemacht. Damit musst du leben. Morgan Nash hat dich fertiggemacht.«

»Sind Sie verletzt?«, fragte Beck, sobald sie ihre Stimme wiedergefunden hatte.

»Nein, mir geht es gut«, beharrte Morgan. »Ich muss Eisbeutel holen.«

»Das sehen wir«, meinte Morrison. »Gute Arbeit, Sheriff.«

»Das ist nicht mein Werk, sondern Morgans. Das Blut in ihrem Gesicht stammt von ihm. Der Krankenwagen ist unterwegs. Ah, da ist er ja«, meinte er, als er die Sirene hörte. »Er braucht einen Arzt. Die Nase ist mit Sicherheit gebrochen, der Kiefer vielleicht, und sein Kehlkopf ist geprellt.«

»Ich fahr im Krankenwagen mit.« Morrison nickte Beck zu. »Bleibst du am Tatort?«

»Klar. Zunächst einmal möchte ich mich entschuldigen, dass wir mal wieder zu spät gekommen sind.«

»Nein.« Morgan betrat erneut das Zimmer. »Das stimmt nicht. Sie haben mich die ganze Zeit begleitet. Hätten Sie das nicht getan, Ihr Wissen nicht mit mir geteilt, wäre das nicht möglich gewesen. Sie haben ihm im Nacken gesessen und dafür gesorgt, dass er auf der Flucht blieb. Sonst wäre er viel früher hier aufgetaucht. Bevor ich bereit war.«

»Trotzdem wünsche ich mir, wir hätten ihn vorher geschnappt. Wenn Sie wollen, warte ich gern bis morgen, aber ich brauche Ihre Zeugenaussagen.«

»Hier, Mom.« Morgan legte einen Eisbeutel auf die Schläfe ihrer Mutter. »Keine Ahnung, wie er reingekommen ist. Als ich kurz vor zwei nach Hause kam, waren sie an die Stühle gefesselt. Kabelbinder, Klebeband. Gram.« Sie legte den zweiten Eisbeutel auf Olivias Wange. »Ich mach uns einen Tee.«

»Vergiss den Tee. Bring mir einen Whiskey, einen Doppelten.« Olivia nahm die Hand ihrer Tochter. »Zwei Doppelte bitte.«

***

Bei Tagesanbruch setzte sich Morgan nach draußen und trank ein Glas Wein mit Miles. Im Osten wurde es gerade hell. Howl, den Nell geholt hatte, schlief unter dem Tisch, eine Pfote auf ihren Füßen. »Endlich sind sie schlafen gegangen. Ich wünschte, sie wären ins Krankenhaus gefahren.«

»Nie im Leben hätten sie dich oder das Haus verlassen. Der Sanitäter hat beide untersucht und Entwarnung gegeben.«

»Ich weiß.« Sie versuchte es zu verdrängen. »Das ist das erste Mal, dass ich im Morgengrauen Wein trinke.«

»Das war eine lange Nacht.«

»Das doofe Codewort war gar nicht so doof.«

»Ich hätte auch so Bescheid gewusst. Du hast keine Satzzeichen benutzt, keine Groß- und Kleinschreibung. Das machst du normalerweise nie.«

»Ich war mir nicht sicher, ob du das merkst. Als du *Gute Nacht* geschrieben hast, wusste ich, dass du kommst. Das schreibst du sonst nie.«

»Es gibt keine gute Nacht, wenn du nicht bei mir bist.«

Sie nahm seine Hand. »Das erklärt alles.«

»Bitte nicht weinen, okay? Meine Augen sind auch schon feucht. Ich werde Jen den größten Blumenstrauß schenken, den es zu kaufen gibt.« Er küsste die Hand, die die seine hielt. »Voll auf die Zwölf. Du bist eine echte Fighterin.«

»Ich war so wütend, Miles. Meine Ladys, so hilflos, voller blauer Flecken, voller Blut. Er sollte mir nicht antun, was er Nina angetan hat. Außerdem hab ich gemerkt, wie fertig und nervös er war. Und echt in Rage. Ich musste nur zuhören, etwas einwerfen und mir ein Bild machen. Wie eine gute Barkeeperin eben.« Sie nahm ihren Wein. »Und Jens Lektionen umsetzen.«

»Da bist du mir zuvorgekommen. Fair ist das nicht.«

»Du hast die Tür aufgebrochen.«

»Ja. Ich werde sie reparieren lassen. Bevor deine Nachricht

kam, dachte ich, ich wüsste, wie sehr ich dich liebe. Tja, falsch gedacht. Da ist eine Welt für mich zusammengebrochen. Bitte tu mir das nie wieder an.«

»Das habe ich nicht vor. Er wird nie mehr freikommen. Nachher ruf ich Sam an. Er muss Bescheid wissen. Ninas Familie auch. Sam soll es ihnen sagen. Danach werden wir keinen Gedanken mehr an ihn verschwenden.«

»Ich nehme mir den Tag frei. Und du dir den Abend.«

»Aber ich habe niemanden, der an der Bar einspringt.«

»Nell wird jemanden finden. Das ist ihr Job. Dein Job besteht darin, dich auszuschlafen, dich um deine Ladys zu kümmern und zuzulassen, dass sie sich um dich kümmern. Mein Job besteht darin, die Tür reparieren zu lassen.«

Sie stand neben sich. »Du machst mir Vorschriften.«

»Weil du das brauchst. Du darfst bei mir gern dasselbe tun, wenn ich es brauche.«

»Klingt vernünftig. Lass uns noch den Sonnenaufgang anschauen. Das ist der erste Tag vom Rest unseres gemeinsamen Lebens.«

Genau das taten sie dann auch.

Epilog

Die Blumen standen in voller Blüte. Nie hätte Morgan gedacht, dass sie sich so fühlen würde. Aufgeregt und seelenruhig zugleich, geerdet und schwindlig und absolut sicher, was ihre Entscheidung betraf. Außerdem voller Lebensfreude!

Audrey zog den versteckten Reißverschluss bis zu den glitzernden Knöpfen an der Taille hoch. Ihr Hochzeitskleid, dachte sie, während sie sich und ihre Tochter im Spiegel ansah. Sie standen in dem Zimmer, das Drea exklusiv der Braut zur Verfügung gestellt hatte. Das Kleid saß perfekt. Genau der schmale, schlichte Schnitt, den Morgan sich gewünscht hatte. Als Mutter hatte man eben ein Gespür dafür.

Zum Kleid trug Morgan die tropfenförmigen Diamantohrhänger, die ihr Miles zum Valentinstag geschenkt hatte, und einen Diamantanhänger von Nell. Etwas Geliehenes musste ja dabei sein. Sie fühlte sich wunderschön und merkte, dass auch das eine Premiere war. Nicht hübsch, nicht attraktiv, nicht gut, sondern wunderschön.

Hinter ihr stand Nell, die in ihrem hübschen fliederfarbenen Kleid mit Glitzerträgern alles überwachte. Jen saß daneben und trug ein blasses Rosa.

Morgan schloss die Augen und dachte an Nina. Er ist aus unseren Leben verschwunden und hinter Gittern. Damit schließt sich der Kreis. Ich liebe dich und werde dich nie vergessen.

Drea, die Mutter des Bräutigams, eilte herein. Ihr Kleid hatte einen hellen Pflaumenton. »Wir liegen gut in der Zeit, Olivia. Eins muss ich sagen. Die Blumen sehen spektakulär aus. Wie wär's mit Champagner für alle? Ein Glas Champagner und einmal tief durchatmen. Mein Sohn heiratet heute! Meine Güte, Morgan, bist du eine unglaublich schöne Braut.«

»Unsere Kinder, Drea.« Audrey nahm ihre Hände.

»Unsere Kinder. Nell, schenk den Champagner ein. Lasst uns anstoßen.«

»Ich muss vorher was sagen.« Olivia nahm den Blumenkranz aus blassrosa, mit Flieder verflochtenen Pfingstrosen, setzte ihn Morgan auf und küsste sie auf beide Wangen. »Du heiratest einen Jameson, und ich bin überglücklich. Aber du wirst immer eine Nash bleiben.«

»Haben wir nicht ein Glück?« Lydia legte Olivia eine Hand auf die Schulter. »Teil eines solchen Neuanfangs zu sein. Austrinken«, befahl sie. »Dann lass uns runtergehen, Drea, damit uns unsere gut aussehenden Männer zu den Plätzen führen.«

Als die beiden weg waren, nahm Morgan ihren Brautstrauß. Ganz schlicht, Pfingstrosen und Fliederzweige, dazu etwas Schleierkraut und duftiges, helles Grün.

Sie stiegen zusammen die Treppen hinab – in dem Haus, das zu ihrem Zuhause geworden war. Morgan hörte die Musik, die sie sich für diesen Moment ausgesucht hatte. Am Fuß der Treppe zwinkerte Jen ihr zu und ging mit Nell voraus. Nell drehte sich um. »Miles wird in Ohnmacht fallen, wenn er dich sieht.«

Dann hakte sich Morgan bei ihrer Mutter und ihrer Großmutter unter. »Gehen wir.«

Die Frauen traten ins Freie. Dort saß Howl ganz brav mit seiner Blumenkette. Sie liefen durch den von Stühlen mit weißen Hussen gebildeten Gang. Am Ende des Gangs stand Miles, einen winzigen Fliederzweig im Knopfloch seines schwarzen Anzugs.

Ninas Familie, Sam, Nick, die Greenwalds, die Ermittler Beck und Morrison – so viele Menschen waren gekommen. Alle ein Teil ihres Lebens.

Dann sah Morgan nur noch Miles. Er blickte sie an, als wäre sie seine ganze Welt. Sobald sie ihn erreichte, küsste sie ihre Großmutter und Mutter. »Ich liebe euch.«

Olivia und Audrey traten einen Schritt zurück und fassten sich an den Händen.

Morgan ergriff Miles' Hand.

»Ich habe auf dich gewartet«, sagte er.

»Das Warten hat ein Ende. Also los!«

Ich habe Wurzeln geschlagen, dachte sie, als sie sich das Jawort gaben. Diese Wurzeln würde sie hegen und pflegen, damit sie wuchsen und gediehen.

ENDE

Werkverzeichnis der im
Heyne und Diana Verlag
erschienenen Titel von
Nora Roberts

© Bruce Wilder

Die Autorin

Nora Roberts wurde 1950 in Silver Spring, Maryland, als einzige Tochter und jüngstes von fünf Kindern geboren. Ihre Ausbildung endete mit der Highschool in Silver Spring. Bis zur Geburt ihrer beiden Söhne Jason und Dan arbeitete sie als Sekretärin, anschließend war sie Hausfrau und Mutter. Anfang der Siebzigerjahre zog sie mit ihrem Mann und den beiden Kindern nach Maryland aufs Land. Sie begann mit dem Schreiben, als sie im Winter 1979 während eines Blizzards tagelang eingeschneit war. Nachdem Nora Roberts jedes im Haus vorhandene Buch gelesen hatte, schrieb sie selbst eins. 1981 wurde ihr erster Roman *Rote Rosen für Delia* (Originaltitel: *Irish Thoroughbred*) veröffentlicht, der sich rasch zu einem Bestseller entwickelte. Seitdem hat sie über 200 Romane geschrieben, von denen weltweit über 500 Millionen Exemplare verkauft wurden; ihre Bücher wurden in mehr als 30 Sprachen übersetzt. Sowohl die Romance Writers of America als auch die Romantic Times haben sie mit Preisen überschüttet; sie erhielt unter anderem den Rita Award, den Maggie Award und das Golden Leaf. Ihr Werk umfasst mehr als 195 New-York-Times-Bestseller, und 1986 wurde sie in die Romance Writers Hall of Fame aufgenommen.

Heute lebt die Bestsellerautorin mit ihrem Ehemann in Maryland.

E-Books

Alle Romane in diesem Werkverzeichnis sind auch als E-Book erhältlich.

Besuchen Sie Nora Roberts auf ihrer Website
www.noraroberts.com

1. Einzelbände

Licht in tiefer Nacht *(Come Sundown)*
So lange Bodine denken kann, liegt ein Schatten über dem Familienanwesen. Ihre Tante Alice lief mit achtzehn fort und wurde nie wieder gesehen. Was niemand ahnt: Alice lebt. Nicht weit entfernt, ist sie Teil einer Familie, die sie nicht selbst gewählt hat …

Dunkle Herzen *(Divine Evil)*
Eine New Yorker Bildhauerin erlebt in ihren Albträumen eine »Schwarze Messe«, welche in ihrem Heimatort in Maryland stattfindet. Sie erinnert sich an den grauenvollen Tod ihres Vaters und entschließt sich zur Heimkehr in ihr Elternhaus. Dunkle Mächte werden daraufhin wiedererweckt.

Erinnerung des Herzens *(Genuine Lies)*
Eine alleinerziehende Mutter und erfolgreiche Autorin soll für eine Filmdiva die Memoiren verfassen. Sie erhält deshalb immer häufiger Drohbriefe, je mehr sich die Diva in ihren brisanten Informationen öffnet.

Gefährliche Verstrickung *(Sweet Revenge)*
Die schöne Adrianne führt ein Doppelleben: bei Tag elegante Society-Lady, bei Nacht gefürchtete Juwelendiebin. Doch all ihre Einbrüche sind bloß Fingerübungen für ihren größten Coup: Sie will jenen Mann bestehlen, der einst ihrer Mutter das Leben zur Hölle machte. Nur einer könnte ihre Pläne zunichtemachen: Philip Chamberlain, Ex-Juwelendieb und Interpol-Agent …

Das Haus der Donna *(Homeport)*
Eine amerikanische Kunstexpertin wird zu einer wichtigen Expertise über eine Bronzefigur aus der Zeit der Medici nach Flo-

renz eingeladen, doch vorher wird sie überfallen und mit einem Messer bedroht. Die Echtheit der Figur und der Überfall stehen in einem gefährlichen Zusammenhang.

Im Sturm des Lebens *(The Villa)*

Teresa Giambelli legt die Führung ihrer Weinfirma in die Hände ihrer Enkelin Sophia und in die von Tyker, dem Enkelsohn ihres zweiten Mannes, beide charakterlich sehr unterschiedlich. Als vergiftete Weine der Firma auftauchen, erkennen beide, dass sie gemeinsam für ihre Familie und das Weingut kämpfen müssen.

Insel der Sehnsucht *(Sanctuary)*

Anonyme Fotos beunruhigen die Fotografin Jo Hathaway, und deshalb kommt sie nach Jahren zurück in ihr Elternhaus auf der Insel Desire. Dort findet sie ihren Vater und die Geschwister vor. Jo versucht herauszufinden, weshalb ihre Mutter vor langer Zeit verschwand.

Lilien im Sommerwind *(Carolina Moon)*

South Carolina. Tory Bodeen findet keine Ruhe, seit vor achtzehn Jahren ihre beste Schulfreundin Hope ermordet wurde. Heimlich stellt sie Nachforschungen an, unterstützt von Hopes Bruder. Sie stellen fest, dass Hope das erste Opfer einer Mordserie ist.

Nächtliches Schweigen *(Public Secrets)*

Der Sohn eines umjubelten Bandleaders wird entführt und dabei versehentlich getötet. Die Tochter Emma beobachtet die Untat, stürzt dabei und verliert jede Erinnerung an die Täter. Sie quält sich mit Vorwürfen und versucht mithilfe eines Polizeibeamten, ihr Gedächtnis wiederzuerlangen. Dadurch gerät sie in große Gefahr.

Rückkehr nach River's End *(River's End)*
Auf mörderische Weise verliert die kleine Livvy ihre Eltern, ein
Hollywood-Traumpaar. Die Großeltern bieten ihr im fried-
lichen River's End eine neue Heimat. Jahre später kommen die
Erinnerungen und damit die Gefahr, dass bedrohlicher Besuch
eintreffen könnte.

Der Ruf der Wellen *(The Reef)*
Auf der Suche nach einem geheimnisumwitterten Amulett vor
der Küste Australiens wird James Lassiter bei einem Tauchgang
ermordet. Dessen Sohn Matthew und sein Onkel sind weiter auf
der Suche, zusammen mit Ray Beaumont und dessen Tochter
Tate, und entdecken ein spanisches Wrack.

Schatten über den Weiden *(True Betrayals)*
Nach der Trennung von ihrem Mann erhält Kelsey einen Brief
von ihrer totgesagten Mutter. Diese widmet sich seit ihrer Ent-
lassung aus dem Gefängnis der Pferdezucht in Virginia. Kelsey
entdeckt dort ihre Wurzeln, verliebt sich, beginnt aber auch in
der Vergangenheit ihrer Mutter zu forschen: Weshalb wurde ihr
ein mysteriöser Mord zur Last gelegt?

Sehnsucht der Unschuldigen *(Carnal Innocence)*
Innocence am Mississippi ist für die Musikerin Caroline Waverly
der richtige Ort der Erholung nach einer monatelangen Tournee
mit Beziehungskonflikten. Tucker Longstreet, Erbe der größten
Farm in Innocence, verliebt sich in Caroline. Drei Frauen werden
innerhalb einiger Wochen ermordet, eine von ihnen war die ehemalige Geliebte von Tucker.

Die Tochter des Magiers *(Honest Illusions)*
Roxanne teilt das geerbte Talent für Magie mit Luke, einem früheren Straßenjungen, den ihr Vater, ein Zauberkünstler, einst auf-

nahm. Allerdings erleichtern sie Reiche auch um deren Juwelen. Sie werden Partner in der Zauberkunst und in der Liebe. Ein dunkler Punkt in Lukes Vergangenheit lässt ihn verschwinden – Jahre später taucht er wieder auf …

Tödliche Liebe *(Private Scandals)*
Die erfolgreiche Fernsehmoderatorin Deanna Reynolds hat Glück im Beruf – und in der Liebe mit dem Reporter Finn Riley. Doch eine eifersüchtige Kollegin und anonyme Fanpost machen ihr das Leben schwer.

Träume wie Gold *(Hidden Riches)*
Philadelphia. Die Antiquitätenbesitzerin Dora Conroy kauft eine Reihe von Objekten und gerät damit ins Blickfeld von internationalen Schmugglern. Sie und der ehemalige Polizist Jed Skimmerhorn beginnen, Diebstähle und Todesfälle im Umkreis der geheimnisvollen Lieferung zu untersuchen.

Verborgene Gefühle *(Hot Ice)*
Manhattan. Auf der Flucht vor Gangstern landet der charmante Meisterdieb Douglas Lord im Luxusauto von Whitney. Dabei erfährt sie von Douglas' Plan, im Dschungel von Madagaskar einen sagenhaften Schatz zu suchen.

Verlorene Liebe *(Brazen Virtue)*
Zwei Schwestern. Während Grace unbekümmert alleine als Krimiautorin lebt, arbeitet Kathleen als Lehrerin an einer Klosterschule und verdient sich nebenbei Geld mit Telefonsex für den Scheidungsanwalt. Ein lebensgefährlicher Job, denn Grace findet Kathleen mit einem Telefonkabel erdrosselt.

Verlorene Seelen *(Sacred Sins)*
Washington. Blondinen sind die Opfer eines Frauenmörders, die Tatwaffe immer eine weiße Priesterstola. Mithilfe der Psychiaterin Tess Court versucht Police Sergeant Ben Paris, die Mordserie aufzuklären. Doch nicht nur er hat ein Auge auf Tess geworfen.

Der weite Himmel *(Montana Sky)*
Montana. Der steinreiche Farmer Jack Mercy verfügte in seinem Testament, dass seine drei Töchter aus drei Ehen erst dann ihren Erbteil erhalten, wenn sie ein Jahr lang friedlich zusammen auf der Farm verbringen. Sie versuchen es, doch in dieser Zeit geschehen auf der Farm mysteriöse Dinge.

Tödliche Flammen *(Blue Smoke)*
Reena Hale ist Brandermittlerin und kennt durch ein schlimmes Kindheitserlebnis die Macht des Feuers. Neben Bo Goodnight interessiert sich noch jemand sehr für sie – allerdings verfolgt dieser Unbekannte ihre Spur, um die Macht des Feuers für seinen Racheplan zu benützen.

Verschlungene Wege *(Angels Fall)*
Reece Gilmore ist auf der Flucht: vor der Erinnerung und vor sich selbst. Als sie sich endlich in einem Dorf in Wyoming dem einfühlsamen Schriftsteller Brody anvertraut, glaubt sie, zur Ruhe zu kommen. Doch die Vergangenheit holt sie bald ein.

Im Licht des Vergessens *(High Noon)*
Phoebe MacNamara kennt die Gefahr. Geiselnehmer, Amokläufer – kein Problem für die beim FBI ausgebildete Expertin für Ausnahmezustände. Aber erst die Liebe zu Duncan hat sie unverwundbar gemacht. Glaubt sie. Bis sie von einem Unbekannten brutal überfallen wird. Fortan muss sie um ihr Leben fürchten.

Lockruf der Gefahr *(Black Hills)*
Tierärztin Lilian führt auf ihrer Wildtierfarm in South Dakota ein erfülltes, aber auch abgeschiedenes Leben. Fast zu spät erkennt sie die Gefahr, der sie ausgesetzt ist, als ein Mann sie und ihre Familie bedroht. In letzter Minute nimmt sie die Hilfe ihrer Jugendliebe Cooper an. Kann er sie retten?

Die falsche Tochter *(Birthright)*
Als die Archäologin Callie Dunbrook an den Fundort eines fünftausend Jahre alten menschlichen Schädels gerufen wird, ahnt sie nicht, dass dieses Projekt auch ihre eigene Vergangenheit heraufbeschwören wird.

Sommerflammen *(Chasing Fire)*
Die Feuerspringerin Rowan kämpft jeden Sommer erfolgreich gegen die Brände in den Wäldern Montanas. Doch seit ihr Kollege dabei ums Leben kam, plagen sie Schuldgefühle. Hätte sie Jim retten können?

Gestohlene Träume *(Three Fates)*
Tia Marshs Leben gehört der Wissenschaft. Dass das Interesse für griechische Mythologie ihr einmal zum Verhängnis wird, ahnt sie nicht – bis sie Malachi Sullivan begegnet. Der attraktive Ire ist dem Geheimnis dreier Götterfiguren auf der Spur, und nicht nur er will die wertvollen Statuen um jeden Preis besitzen …

Das Geheimnis der Wellen *(Whiskey Beach)*
Eli Landon wird unschuldig des Mordes an seiner Frau verdächtigt. Im Anwesen seiner Familie an der rauen Küste Neuenglands sucht er Zuflucht. Auch seine hübsche Nachbarin, Abra Walsh, will dort ihre schmerzhaften Erinnerungen vergessen. Doch während sich die beiden näherkommen, holt sie die Vergangenheit ein.

Ein Leuchten im Sturm *(The Liar)*

Nach dem Unfall ihres Mannes erfährt Shelby, dass Richard ein Betrüger war. Der Mann, den sie geliebt hat, ist nicht nur tot – er hat niemals existiert. Shelby flüchtet mit ihrer Tochter zu ihrer Familie nach Tennessee, wo sie Griffin kennenlernt. Doch Richards Lügen folgen ihr und werden zur tödlichen Bedrohung.

Strömung des Lebens *(Under Currents)*

Von außen betrachtet ist das Leben der Bigelows perfekt. Doch hinter den Kulissen tyrannisiert der Vater seine Familie. Als Sohn Zane sich schließlich zur Wehr setzt, kommt das Martyrium ans Licht. Jahre später findet die Landschaftsgärtnerin Darby in Lakeview ein neues Zuhause, und Zane kehrt als erfolgreicher Anwalt in seine Heimat zurück. Die beiden fühlen sich zueinander hingezogen, doch was damals geschehen ist, holt sie ein und wird zur gefährlichen Bedrohung …

Vermächtnis der Dunkelheit *(Legacy)*

Adriana erlebt in ihrer Kindheit Traumatisches, doch sie geht als starke Frau daraus hervor. Alles scheint perfekt, bis Adriana ein Drohbrief erreicht, dem jedes Jahr ein weiterer folgt. Um Abstand zu gewinnen, kehrt sie zu ihren Großeltern zurück. Während alte Wunden heilen, kommt Adrianas Stalker immer näher. Aber diesmal ist sie bereit, sich zu verteidigen.

Spur der Finsternis *(Identity)*

Morgans Leben wird jäh aus den Angeln gehoben, als ihre beste Freundin Nina ermordet wird. Das FBI eröffnet ihr, dass sie es mit einem Serienmörder und Identitätsräuber zu tun hat, der es eigentlich auf Morgan selbst abgesehen hat. Schritt für Schritt nimmt der perfide Hacker ihr alles: ihr Erspartes, ihr Haus, ihre Identität. Verzweifelt flüchtet sie zurück zu ihrer Familie nach Vermont. Doch Morgans Verfolger ist ihr stets auf den Fersen.

2. Zusammenhängende Titel

a) Quinn-Familiensaga

– Tief im Herzen *(Sea Swept)*

Maryland. Der Rennfahrer Cameron Quinn kehrt zurück in die Kleinstadtidylle an das Sterbebett seines Adoptivvaters. Dieser bittet ihn, sich mit den beiden Adoptivbrüdern um den zehnjährigen Seth zu kümmern. Er ist ein ebenso schwieriger Junge, wie es Cameron einst war. Hinzu kommt, dass sich die Sozialarbeiterin Anna Spinelli einmischt, um zu prüfen, ob in dem Männerhaushalt die Voraussetzungen für eine Adoption gegeben sind.

– Gezeiten der Liebe *(Rising Tides)*

Ethan Quinn übernimmt während der Abwesenheit seiner Brüder die Rolle des Familienoberhaupts. Seine Arbeit als Fischer und die Verantwortung für den zehnjährigen Seth binden ihn an die kleine Stadt. Außerdem liebt er Grace Monroe, eine alleinerziehende Mutter, welche den Haushalt der Quinns führt.

– Hafen der Träume *(Inner Harbour)*

Gemeinsam kämpfen die drei Quinn-Brüder um das Sorgerecht für Seth, denn sie wissen, dass Seths Mutter eher am Geld als an dem Jungen gelegen ist. Da kommt die Bestsellerautorin Sybill in die Stadt und will unbedingt verhindern, dass Seth von Philipp und seinen Brüdern adoptiert wird.

– Ufer der Hoffnung *(Chesapeake Blue)*

Seth Quinn hat sich durch die Fürsorge seiner älteren Brüder zu einem erfolgreichen Maler entwickelt. Als er aus Europa nach Maryland zurückkehrt, wird er von seiner leiblichen Mutter mit der Publikation seiner Kindheitsgeschichte erpresst. Seth lernt Drusilla kennen, welche sich auch nicht mehr mit ihrer leiblichen Familie identifizieren kann.

b) Garten-Eden-Trilogie

– Blüte der Tage *(Blue Dahlia)*

Tennessee. Die Witwe Stella Rothchild kehrt mit ihren kleinen Söhnen in ihre Heimat zurück. Die Gartenarchitektin beginnt, sich ein neues Leben in der Gärtnerei Harper aufzubauen, unterstützt von der Hausherrin Rosalind. Alles ist gut, bis Stella dem Landschaftsgärtner Logan Kitridge begegnet. Doch jemand will diese Verbindung verhindern.

– Dunkle Rosen *(Black Rose)*

Rosalind Harper hat sich in die Arbeit gestürzt, um den Tod ihres Mannes zu überwinden. Besonders der Gartenkunst widmet sie sich. Doch in dem harperschen Anwesen geht ein Geist um. Rosalind engagiert den Ahnenforscher Mitchell Carnegie, um zu erfahren, um welche übernatürlichen Kräfte es sich dabei handelt.

– Rote Lilien *(Red Lily)*

Hayley Phillips kommt mit ihrer neugeborenen Tochter Lily zu ihrer Cousine Rosalind Harper und findet dort ein neues Heim. Für Rosalinds Sohn Harper empfindet sie tiefe Gefühle, doch dann ergreift eine dunkle Macht von Hayley Besitz.

c) Der Jahreszeiten-Zyklus

– Frühlingsträume *(Vision in White)*

Gemeinsam mit ihren Freundinnen Parker, Laurel und Emma betreibt Mac eine erfolgreiche Hochzeitsagentur. Sie lebt und arbeitet mit den drei wichtigsten Menschen in ihrem Leben – wozu braucht sie da noch einen Mann? Doch als Mac Carter trifft, gerät ihr so gut ausbalanciertes Leben ins Wanken.

– Sommersehnsucht *(Bed of Roses)*

Freundschaft und Liebe – das geht nicht zusammen. Zu dumm nur, dass sich Emmas langjähriger Freund Jack völlig überraschend als ihre große Liebe erweist. Nun steckt Emma in der Klemme, zumal sie weiß, wie sehr Jack an seiner Freiheit hängt.

– Herbstmagie *(Savor the Moment)*

Laurel verliebt sich in den smarten Staranwalt Del, den Bruder ihrer Freundin Parker. Er ist für sie die Liebe ihres Lebens, aber sieht der heiß begehrte Junggeselle das ebenso?

– Winterwunder *(Happy Ever After)*

Parker ist anscheinend mit ihrem Beruf verheiratet – bis Malcolm in ihr Leben tritt. Aber wie soll sie mit ihm eine Beziehung führen, wenn er sich weigert, über seine Vergangenheit zu sprechen?

d) Die O'Dwyer-Trilogie

– Spuren der Hoffnung *(Dark Witch)*

Iona verlässt Baltimore, um sich im sagenumwobenen County Mayo auf die Suche nach ihren Vorfahren zu machen. Als sie den attraktiven Boyle trifft, bietet er ihr an, auf seinem Gestüt zu arbeiten. Schnell spüren beide, dass sie mehr verbindet als die gemeinsame Leidenschaft für Pferde. Doch dann droht ein dunkles Familiengeheimnis das Glück der beiden zu zerstören.

– Pfade der Sehnsucht *(Shadow Spell)*

Ionas Cousin Connor O'Dwyer hat die Frau fürs Leben noch nicht gefunden, doch auf wundersame Weise fühlt er sich immer mehr zur leidenschaftlichen Meara hingezogen. Das Glück wird getrübt, als Cabhan, der alte Feind der Familie, Meara benutzt, um sie alle zu vernichten. Hält der Kreis der Freunde dieser Herausforderung stand?

– Wege der Liebe *(Blood Magick)*
Branna und Fin waren schon mit siebzehn ein Paar, doch dann ist ihre Liebe zerbrochen. Branna liebt Fin zwar noch immer, sie fühlt sich aber von ihm verraten und misstraut ihm seither. Doch sie gehören beide zum magischen Kreis der Freunde und kämpfen gemeinsam gegen Cabhan, den unversöhnlichen Feind des O'Dwyer-Clans. Aber welche Rolle spielt Fin eigentlich in diesem Kampf? Ist er in die Machtspiele seines Vorfahren verwickelt, oder steht er aufseiten von Iona, Connor und Branna?

e) Die Schatten-Trilogie

– Schattenmond *(Year One)*
Lana und Max verbindet eine große und außergewöhnliche Liebe. Als eine weltweite Seuche ausbricht und New York innerhalb kürzester Zeit ins Chaos stürzt, fliehen sie aus der Stadt und gründen mit Gleichgesinnten die Gemeinschaft New Hope. Doch auch hier rückt die Gefahr dem Paar bedrohlich nahe. Lana setzt alles daran, dem Inferno zu entkommen, denn sie trägt inzwischen ein Kind unter dem Herzen, die »Auserwählte«, ihre zukünftige Tochter, die als Einzige in der Lage sein wird, dem Leid der Menschheit ein Ende zu setzen.

– Schattendämmerung *(Of Blood and Bone)*
Fallon trägt eine schwere Verantwortung: Sie wurde mit den Kräften geboren, die notwendig sind, um die postapokalyptische Welt vom Bösen zu befreien. Doch dafür muss sie ihrer geliebten Familie den Rücken kehren und von der kleinen Farmerstochter zur mutigen Kriegerin werden. Gleichzeitig tritt immer wieder Dun-

can in ihr Leben, mit dem sie etwas Tieferes verbindet, als sie sich eingestehen will. Um den dunklen Mächten und dem Mörder ihres leiblichen Vaters Einhalt zu gebieten, muss das junge Mädchen magische und nichtmagische Wesen zusammenbringen und Hinterhalt und Intrigen enttarnen, die die Gesellschaft noch vor der ersten Schlacht zu unterwandern drohen.

– Schattenhimmel *(The Rise of Magicks)*
Die erste Schlacht ist bereits geschlagen, doch der große Kampf um Gut und Böse steht noch bevor: Die junge Fallon führt ihre Armee nach Washington D.C., um die schwarze Magie aus der Welt zu verbannen. Sie ist die Auserwählte, die nach der Apokalypse die Welt wiederaufbauen und ihre Bewohner vereinen soll. Auf der jungen Frau liegt eine große Last, denn die Familie des Mörders ihres Vaters sinnt auf Rache an ihr und ihren Liebsten. Doch ihre große Mission fällt Fallon mittlerweile leichter als die Deutung ihrer Gefühle für Duncan, dessen Schicksal unlösbar mit ihrem verwoben ist.

3. Sammelbände

a) Die Unendlichkeit der Liebe

(Drei Romane in einem Band)

Auch als Einzeltitel erschienen:

– Heute und für immer *(Tonight and Always)*
Kasey gewinnt das Herz von Jordan und seiner Nichte Alison, aber jetzt fürchtet Großmutter Beatrice, dass sie die Macht über ihre Familie verliert.

– Eine Frage der Liebe *(A Matter of Choice)*
Ein Antiquitätenladen im Herzen Neuenglands. Ohne Jessicas
Wissen dient er einer internationalen Schmugglerbande als Um-
schlagplatz für Diamanten. Zu ihrem Schutz reist der New Yor-
ker Cop James Sladerman nach Connecticut, wo ihm Jessica die
Ermittlungen aus der Hand nimmt.

– Der Anfang aller Dinge *(Endings and Beginnings)*
Die beiden erfolgreichen Fernsehjournalisten Olivia Carmichael
und T.C. Thorpe sind erbitterte Konkurrenten im Kampf um die
neuesten Meldungen. Sie kommen sich näher, doch da gibt es
einen dunklen Punkt in Olivias Vergangenheit.

b) Königin des Lichts (A Little Fate)

(Drei Fantasy-Kurzromane in einem Band)

– Zauberin des Lichts *(The Witching Hour)*
Aurora muss den Königsthron zurückerobern, nachdem Lorcan
ihre Eltern getötet und ihre Heimatstadt zerstört hat. Verkleidet
gelangt sie an den Hof des Tyrannen. Dort trifft sie auf dessen
Stiefsohn Thane und verliebt sich.

– Das Schloss der Rosen *(Winter Rose)*
Der schwer verletzte Prinz Kylar wird von Deidre, Königin der
Rosenburg, auf welcher ewiger Winter herrscht, gerettet und ge-
pflegt. Dafür will Kylar die Rosenburg von ihrem Fluch befreien.

– Die Dämonenjägerin *(World Apart)*
Kadra ist auf der Jagd nach den Bok-Dämonen. Dabei erfährt sie,
dass sich der Dämonenkönig Sorak des Tors zu einer anderen Welt
bemächtigt hat. Um beide Welten vor dem Untergang zu bewah-

ren, folgt sie Sorak dorthin. Sie landet mitten in New York, in der Wohnung von Harper Doyle. Sie braucht seine Hilfe.

c) Im Licht der Träume (A Little Magic)

(Drei Romane in einem Band)

– Verzaubert (Spellbound)

Der amerikanische Fotograf Calin Farrell begegnet im Schlaf der Hexe Bryna, welche ihn um Hilfe bittet, und wird dazu bewogen, nach Irland zu reisen, ins Land seiner Vorfahren. Dort kommt er dem Rätsel auf die Spur: Die Vorfahren von Calin und Bryna waren vor tausend Jahren ein Paar. Doch der Magier Alasdir hatte ihr Leben zerstört – und er versucht es aufs Neue.

– Für alle Ewigkeit (Ever After)

Allena aus Boston soll eigentlich ihrer Schwester in Irland helfen. Durch Zufall verbringt sie stattdessen einige Tage im Haus von Conal O'Neil. Die offenbar zufällige Begegnung scheint vom Schicksal vorbestimmt zu sein, denn die beiden fühlen sich stark zueinander hingezogen.

– Im Traum (In Dreams)

Die Amerikanerin Kayleen landet durch einen Sturm im Haus des Magiers Draidor. Kayleen verliebt sich sofort in Draidor, und er bereitet ihr einen im wahrsten Sinne des Wortes zauberhaften Aufenthalt.